国家社科基金
GUOJIA SHEKE JIJIN HOUQI ZIZHU XIANGMU
后期资助项目

古罗斯与近代俄国
诗歌发展史

吴笛 著

上海人民出版社

国家社科基金后期资助项目
出版说明

后期资助项目是国家社科基金设立的一类重要项目，旨在鼓励广大社科研究者潜心治学，支持基础研究多出优秀成果。它是经过严格评审，从接近完成的科研成果中遴选立项的。为扩大后期资助项目的影响，更好地推动学术发展，促进成果转化，全国哲学社会科学工作办公室按照"统一设计、统一标识、统一版式、形成系列"的总体要求，组织出版国家社科基金后期资助项目成果。

全国哲学社会科学工作办公室

目　　录

第四编　多元发展：现实与唯美的冲撞

绪论：历史发展进程的精神火花

这部专著拟要探究的是俄罗斯诗歌自起源到繁荣的发展历程。诗歌作为一种文学体裁，是从丰富的语言矿产中提炼出来的语言艺术的精华，同时也是人类思想和人类智慧的结晶，是人类各个时期人们相互之间传达思想、交流情感的重要载体。英国诗人雪莱曾经深有体会地说道："诗是最快乐最良善的心灵中最快乐最良善的瞬间的记录。"①可见，诗不仅是人类心灵历程的记录，而且是良善的心灵才会具有的良善的记录。纵观世界诗歌史的发展，我们可以说，诗歌是人类生活经验和思想情感以及个体心灵轨迹的最妥帖的呈现，是人类无穷创造力和丰富想象力的生动体现，更是民族语言艺术的精华和精神文化的象征。"诗歌是引导和照耀人类走出混沌奔向文明的一柄火炬，是滋润生命的一湾清泉，更是弘扬人性的一道夺目的光芒。"②

一

我们追溯世界文学的发展历程，可以发现，诗歌是现有一切文学类型的最初的起源，包括戏剧、小说在内的其他文学类型都是基于诗歌而得以发展的。诗歌是人类最早的文学艺术形式，也是人类文学艺术成就的最早的体现。而且，诗在一定程度上促使人类智慧的生成和语言呈现。"诗的力量的定义之一：它把思想和记忆十分紧密地融合在一起，以至于我们无法把这两种过程分开。……诗性的思考被诗与诗之间的影响融入具体语境。"③可

① 〔英〕雪莱：《为诗辩护》，参见刘若端编：《十九世纪英国诗人论诗》，北京：人民文学出版社，1984 年版，第 154 页。
② 吴笛：《外国名诗鉴赏辞典·前言》，参见吴笛主编：《外国名诗鉴赏辞典》（古代卷），上海：上海辞书出版社，2009 年版，第 1 页。
③ 〔美〕布鲁姆：《读诗的艺术》，王敖译，南京：南京大学出版社，2010 年版，第 9 页。

见,诗是人类精神历程的重要记录以及人类各个民族文明互鉴的一个重要的途径。

然而,就俄罗斯诗歌而言,在相当长的历史时期,其诗歌艺术成就是落后于世界诗歌发展进程的。古罗斯文学缺乏西欧文艺复兴时期以及十七世纪玄学派诗歌流行时期的那种诗歌艺术的辉煌。即使是在俄罗斯文学内部,在公元十世纪至十七世纪的古罗斯文学中,俄罗斯的诗歌成就也是不如散文体文学作品的。虽然"壮士歌"等民间诗歌取得了一定的成就,但是,就经典作品而言,无论是在《往年纪事》还是在《洞穴修道院费奥多西传》或是在《拔都侵袭梁赞的故事》等一些重要作品中,是很难探寻到诗歌艺术要素的。这一点,是明显有别于西欧文学的。所以,俄罗斯学者认为:"古罗斯文学属于特殊类型的中世纪文学。"①之所以出现这种现象,与古罗斯的文化语境密切相关,尤其是受到宗教文化的影响。因为,"教会将民间艺术视为意识形态上的异端,不断地竭力借助审美距离将自己与民间创作隔离开来"②。但是,到了十七世纪,情况有所改观。自从《多彩的花园》这一俄罗斯诗歌史上的第一部书面诗集出版之后,俄罗斯诗歌结束了古罗斯的诗歌发展进程,其后,经过两百年时间的努力,俄罗斯诗歌一改其持续数百年的落后状态,达到俄罗斯诗歌艺术发展的辉煌。

自十八世纪起,俄罗斯诗歌率先发展,一改音节诗体的桎梏,找到了理想的音节—重音诗律,从而开始领先于散文体作品,在十八世纪的古典主义和感伤主义文学思潮中,经过罗蒙诺索夫、特列佳科夫斯基、康捷米尔、卡拉姆津等诗人群体的共同努力,在诗歌创作领域取得了理想的成就。跨入十九世纪之后,诗歌在俄罗斯的社会生活中占据极其重要的地位,它和着生活和时代的脉搏一起跳动,凝聚着各个历史发展阶段的精神火花,记录着俄罗斯民族心灵的历史,俄罗斯诗歌以其独到的艺术风格在世界诗歌发展史上占据十分突出的地位,是世界文化遗产中的一个宝贵的组成部分。尤其是以伟大诗人普希金为代表的抒情诗佳作,愉悦了无数的心灵,极大地感染了包括中文读者在内的众多读者。正如俄罗斯学者所说:"在俄罗斯如此慷慨地奉献给人类的无价的精神遗产中,俄罗斯抒情诗占据特别的地位。"③

---

① Н. И. Пруцков ред. *История русской литературы в четырех томах*. Том 1, с.11.

② Н. И. Пруцков ред. *История русской литературы в четырех томах*. Том 1, с.311.

③ Вл. Орлов сост. *Русская лирика XIX века*, Москва: Издательство Художественная литература, 1981, с.3.

然而,在十七世纪之前的世界诗坛,俄罗斯诗歌的艺术成就相对而言显得比较有限,这主要是传播载体和传播途径的限定所造成的。并不是说俄罗斯民族的祖先缺乏诗意,或是没有重视诗歌的创作,而是作为俄罗斯诗歌艺术源头的一些诗作,因为未能得到有效传播,湮灭在历史的长河之中,未能流传下来。

就俄罗斯诗歌的发展历程而言,如果进行追溯,最早的源头应推口头上流传的"圣诞歌"(коляда)、"壮士歌"(былина 或俗称"старина")等民间文学作品,①当然也应包括一些口头流传的民间谣曲(народная баллада)。但是,由于当时传播途径的限定,这些创作没有以文字的形式记载下来,这些通过口头流传而存在的处于"脑文本"状态的作品,随着脑文本所有者的死亡而消失了。很多珍贵的口头诗歌多半沉没于那些不可复现的年代,而最早的形成文字的诗歌成就,则是十二世纪的《伊戈尔远征记》。这部描写抵御外敌侵略的诗篇,不仅是古罗斯文学中的最卓越的成就,而且与法国的《罗兰之歌》、西班牙的《熙德之歌》、英国的《贝奥武夫》,以及德国的《尼伯龙根之歌》等作品一起,成为中世纪英雄史诗的代表性作品,以其爱国主义的热忱和高度的艺术性在世界文学宝库中占有一席之地,成为俄罗斯诗歌现存的最早的艺术成就之一。

"基辅罗斯书面文学传统的开始,取决于对基督教的接受。"②自公元988年基辅大公定基督教(希腊东正教)为国教,从而使俄罗斯文学得以产生起,直到十七世纪的漫长的时间里,俄罗斯诗歌发展极为缓慢,无论是创作实践还是诗歌理论,都远远落后于英、法等一些西欧国家,也没有形成自身的特色。

概括起来,古罗斯的诗歌艺术成就与古罗斯的社会历史语境具有一定的关联,主要体现于三个发展时期。

第一时期是基辅罗斯时期。在古罗斯,"系统的文学活动是在 988 年基督教被接受之后才开始的"③。所以,"中世纪的俄罗斯文化始于十世纪的来自拜占庭的基督教化"④。基督教的接受极大地影响了文学以及文化的

---

① Б. П. Городецкий ред. *История русской поэзии в двух томах*. Том 1, Ленинград: Издательство Наука, 1968, с.13—25.

② Andrew Kahn et al. *A History of Russian Literature*, Oxford: Oxford University Press, 2018, p.17.

③ Dimitrij Cizevskij. *History of Russian Literature: From the Eleventh Century to the End of the Baroque*. The Hague, Netherlands: Mouton & Co., Publishers, 1971, p.11.

④ Evelyn Bristol. *A History of Russian Poetry*, Oxford: Oxford University Press, 1991, p.9.

进程。现在流传下来的手抄文献中,绝大部分是与宗教相关的书籍。根据有关考据,"在保存至今的十一世纪至十二世纪的 130 多部手抄本书籍中,约有 80 部属于祈祷经书"①。由此可见基督教对古罗斯文化产生的影响。然而,在随后的六个多世纪的历史长河中,古罗斯文化与西欧等国家的文化相对隔绝。由于"基辅罗斯的自然群体是欧洲中南部的东正教斯拉夫国家"②,所以,作为这样的东正教斯拉夫国家,与以天主教、新教为主体的西欧一些国家,缺少思想意识方面的共性。这一点,在基辅罗斯时期,更是显得突出。文学方面,这一时期的主要成就除了著名的《伊戈尔远征记》,还有一些民间诗歌。《伊戈尔远征记》这部史诗在艺术形式和艺术手段方面,具有创新价值,在高度的音乐性、修饰语的运用、丰富的诗歌意象,以及艺术结构方面,都具有一些重要的开拓意义。

　　第二时期是十三世纪至十五世纪的异族统治时期。这一时期,在文学领域虽然已经有编年史等一些突出的散文体文学成就,但是,诗体作品相对而言还是较为贫乏,主要诗歌成就是《囚徒丹尼尔的言论》等诗作。值得一提的是,在这部诗体作品中,明喻等一些典型的诗歌艺术技巧,开始得到广泛的使用,从而展现了诗歌艺术魅力的独到之处。

　　第三时期是十六世纪至十七世纪,主要诗歌成就有《戈列-兹洛恰斯基的故事》等诗体文学作品,这一时期的诗歌成就还体现于音节诗的发展以及真正诗人的产生。尤其是波洛茨基的诗集《多彩的花园》,别洛博茨基的《五经,或关于最后四件事以及关于人的虚荣和生命的五卷短作集》等重要的诗歌作品,不仅使得俄语音节诗律得到探索和发展,俄语诗歌的韵律特征得到了最初的体现,而且也为俄罗斯音节—重音诗律的形成和发展,作出了开创性的贡献。十七世纪,俄罗斯最早的论述诗歌的著作,也在这一时期开始出现,这是斯莫特里茨基(Мелетий Смотрицкий)的《斯拉夫语法》(Грамматика славенския правильное синтагма)。该书于 1619 年出版,其后在俄罗斯、乌克兰、白俄罗斯以及保加利亚、塞尔维亚等地广泛流传。《斯拉夫语法》中有一专章,题为"诗歌韵律学"(О просодии стихотворной),探讨了有关格律诗的理论,并且引用和介绍了诸如"节奏""扬抑格"等许多诗歌术语和诗歌基本概念,强调格律的意义。因此,这部《斯拉夫语法》得到了罗

---

① Н. И. Пруцков ред. *История русской литературы в четырех томах*. Том 1, с.20.
② Evelyn Bristol. *A History of Russian Poetry*, Oxford: Oxford University Press, 1991, p.9.

蒙诺索夫等学者的高度重视，将其与波洛茨基的《赞美诗集》等著作一起，被看成"通往博学的大门"。①这部语法著作，对于俄罗斯诗歌的理论探索和创作实践，都具有重要的意义。

《赞美诗集》的作者波洛茨基不仅创作了俄国文学史上的第一部诗集《多彩的花园》，而且率先将诗学从宗教题材脱离出来，让诗歌回归应有的使命和独立的价值。他受波兰诗歌的影响，引介了音节诗体，这一诗体风格显得庄严，同时也显得有些华而不实，但它统领了相当一段时间的俄国诗坛。

从公元988年到十七世纪末，在这长达700多年的时间里，西欧诗歌在继承古希腊和古罗马诗歌遗产的基础上，由于密切的文化交流以及广泛的翻译和传播，在诗歌创作技巧方面已经发生翻天覆地的变化，取得了突出的诗歌艺术成就，涌现出一系列辉煌的诗歌经典，而且还诞生了但丁、彼特拉克、乔叟、莎士比亚、龙萨、贡戈拉等许多举世闻名的抒情诗人。然而，俄罗斯诗歌在这长达700多年的、缓慢的发展进程中，除了英雄史诗《伊戈尔远征记》，未能产生任何具有世界影响力的诗人以及相应的诗歌作品，与西欧诗坛存在着极大的差距——不仅创作主题相对比较单一，而且，在诗歌形式方面，尤其在诗律学层面，尚处在漫长的、向世界先进文化学习和借鉴以及不断进行探索的过程中。不过，虽然书面诗歌相对而言落后于西欧文学，民间口头诗歌创作却显得非常繁荣，尤其是以"圣诞歌""壮士歌"和英雄史诗为主要代表的民间诗歌，对于理解和认知长达七个世纪的古罗斯文化，具有独特的意义，正如俄罗斯诗歌史学者戈罗杰茨基所说，"谈论俄罗斯民间诗歌——这意味着谈论俄罗斯农民生活的所有领域，它的历史、社会、家庭生活的各种形式，所有这些问题全都摆到了它的面前，不断地使历史现实显得复杂。俄罗斯抒情歌曲的特点是主题特别多，情感丰富，色彩斑斓"②。可见，理解古罗斯诗歌与同时期社会历史文化的关联，正是其研究意义所在。

二

进入十八世纪之后，俄罗斯文坛终于结束了长达700多年的"古罗斯文

---

① Н. И. Прокофьев сост. *Древняя русская литература. Хрестоматия*. Москва: Издательство Просвещене，1980，с.299—300.

② Б. П. Городецкий，ред. *История русской поэзии в двух томах*. Том 1，Ленинград: Издательство Наука，1968，с.18.

学"，进入近代文学的"新时期"，开始了诗歌创作的新的征程。在彼得大帝实行社会改革政策之后，国家政权和贵族利益得到了强化。彼得大帝逝世之后，叶卡捷琳娜一世于 1725 年登基，特别是自 1762 年起，叶卡捷琳娜二世开始了她长达 34 年的执政，贵族的阶级特权更加突出地得到巩固和强化。俄罗斯诗坛随着俄罗斯社会思想的演变，在诗学思潮和艺术风格方面都经历了迅速的变化，发生急剧的变革，涌现出许多优秀的诗人，并且开始改变与世界文学主流脱节的弊端，主动学习西欧的先进文化，学习西欧的诗歌创作技巧，力图融入世界诗坛。自十八世纪三十年代开始，经过 60 年时间的不懈努力，俄罗斯诗歌中的古典主义得以成熟，并且融汇了启蒙主义的内涵；接着又经过大约 10 年的时间，在卡拉姆津、德米特里耶夫、杰尔查文等重要诗人的创作中，突破了古典主义的思想桎梏，为感伤主义思潮的兴起和浪漫主义诗歌的发展开拓了道路，并且为十九世纪上半叶俄罗斯诗歌创作的辉煌，以及俄罗斯诗歌"黄金时代"的形成奠定了坚实的基础。

十八世纪古典主义诗歌最初的代表有康捷米尔和特列佳科夫斯基，此后还有苏马罗科夫、杰尔查文，以及波格丹诺维奇等诗人。康捷米尔被认为是第一个在作品中将诗歌与生活融为一体的诗人，他的一些诗作讽刺了各种守旧现象和社会生活中的种种弊端，而且，极为可贵的是，他的诗蕴含着高度的公民意识和爱国主义热情。但是，他又深受音节诗体的影响和限定，在诗歌语言方面显得很不协调。这一局面的改善首先归功于特列佳科夫斯基，是他把重音诗体带进了俄国文学，把俄罗斯诗歌从不自然的音节诗体的桎梏中解放出来，进入良性的发展阶段。特列佳科夫斯基于 1735 年所写的《俄罗斯诗歌创作简要新方法》，首次提出俄语诗歌应该用重音诗体代替音节诗体，创造性地建构了音节—重音诗律体系，并以自己的诗学理论和创作实践为俄国诗歌的发展作出了重要的贡献，他的诗歌理论和创作实践"对于发展俄国诗歌和文学理论思想有着十分重要的奠基意义"[1]。

随后，十八世纪最伟大的学者兼诗人罗蒙诺索夫在净化俄罗斯民族语言以及在俄语诗歌的诗体改革方面也作出了重要贡献，他曾著有论文《关于俄罗斯诗歌规则的信》，发展和深化了特列佳科夫斯基所提倡的观点，彻底推进了用重音诗体代替音节诗体的诗体改革，使俄罗斯诗歌最终具备了优美的形式和鲜明的音乐性。

---

[1] 〔苏〕尼古拉耶夫等：《俄国文艺学史》，刘保瑞译，北京：生活·读书·新知三联书店，1987 年版，第 23 页。

在思想倾向和创作主题等方面，俄国古典主义诗歌也具有一定的典型特征。促使其产生的历史背景与西欧诗歌具有相同之处，都是以这种古典主义思潮来强调准则与典范的重要性，以便巩固中央集权统治，强化统治阶层的应有的地位。然而，尽管俄国也和西欧一样，正处在君主专制时期，但贵族与资产阶级并非像西欧那样势均力敌，而是完全由贵族阶层统治，古典主义诗人也多半是宫廷的官员或得益于集权统治的贵族阶层，因此，俄国古典主义诗歌基本上是贵族中的先进分子的世界观的呈现，他们对俄国社会政治生活表现出浓厚的兴趣。与此同时，当俄国接受古典主义的时候，在古典主义的发源地——法国，古典主义的极盛时期已经成为过去，而且在十八世纪，在法国又发生了声势浩大的启蒙运动，康捷米尔、特列佳科夫斯基等人都曾在法国居住过较长时间，而且还参与文学交流活动，深受法国文学思潮的影响以及法国文化的熏陶，所以，俄国古典主义文学又带有鲜明的启蒙主义色彩。很多古典主义诗人，如特列佳科夫斯基和罗蒙诺索夫等，本身就是著名的学者，他们以哲学、自然科学和文学艺术等知识的光辉，启发人们的智性，主张恢复理性的权威，反对封建与愚昧，争取文明与进步。如康捷米尔的《致智慧》，对形形色色崇尚愚昧的人们进行了揭露和讽刺，并把诗人看成科学与教育的卫士。擅长于创作风格庄严崇高的颂诗的罗蒙诺索夫，不仅创作了歌颂开明君主的《伊丽莎白女皇登基日颂》等诗篇，而且也在一些作品中赞颂国家和民族的理性教育、科学文化、人类的文明与人的智慧，以及上苍的神圣安排等。他的《晨思上苍之伟大》等著名诗篇，虽然歌颂的是神力，蕴含着对超自然物体的一种信仰，实际上接近自然的化身，含有一定的科学思想和唯物主义的理念。

罗蒙诺索夫曾在自己的纲领性诗篇《与阿那克里翁对话》中，表示反对像古希腊诗人阿那克里翁那样歌唱温柔的爱情，而是要赞颂英雄们的不朽的荣耀。这种观点基本符合西欧古典主义诗学理论中有关克制个人感情、尊重王权和国家利益的主张。然而，苏马罗夫、勒热夫斯基等人的诗歌创作，以及杰尔查文的部分诗作，却与这种主张背道而驰。他们不再局限于宣扬非个性化的忠君爱国和公民美德，也不再一味地主张以理性来压制情感，以公民义务及责任压制个人的感情和欲望，而是对个性化的情感体验、人的内心世界和自然本性作了深入的发掘。譬如，苏马罗科夫断然主张："作者所写的内容，首先应是自己所喜欢的内容。"①他还十分强调语言的明晰，认

---

① Б. П. Городецкий ред. *История русской поэзии в двух томах.* Том 1, Ленинград: Издательство Наука, 1968, с.85.

为"没有明晰的语言,也就不存在崇高的风格"①。他和勒热夫斯基创作的一些以风格简洁、基调忧伤为主要特征的恋歌,表现出了一定的创新精神,以及对古典主义的种种清规戒律的突破。

这种突破在杰出的诗人杰尔查文的后期创作中表现得更加突出。这位以歌颂叶卡捷琳娜二世的颂诗《费丽察颂》而闻名的诗人,在其后期创作中,从许多方面摆脱了古典主义的桎梏。即使是他早期的颂诗,也不同于典型的罗蒙诺索夫的古典主义颂诗,而是具有鲜明的叙事性和浓郁的抒情性。杰尔查文的后期创作一扫古典主义惯有的格局,不再贬抑情感,而是如有的论者所说,成了一位"高度个性化的艺术家","全然沉醉于被想象力……所煽动的情感的火焰中,如痴如醉,拿起他的竖琴,听从心灵的指挥,放声歌唱"②。由于杰尔查文的创作,俄罗斯诗歌向生活和现实跨出了新的坚实的一步。

十八世纪的最后十年,因为卡拉姆津、德米特里耶夫、拉吉舍夫等作家的诗歌创作成就,形成了俄国文学史上的一个典型的感伤主义时期。其源自十八世纪中叶英国的感伤主义(Sentimentalism),反对古典主义对理性的崇拜,推崇情感,同时又受到启蒙主义的民主性的影响,重视描写人物的不幸和痛苦,旨在唤起社会大众的同情之心。作为感伤主义重要作家和理论家的卡拉姆津,强调忠实于自然和想象的自由,认为诗歌的对象和灵感的主要源泉只能是自然,认为只有自然才是艺术的永恒的原本,是美与灵感取之不尽的源泉③,他的这些观点,成了俄国浪漫主义文学的理论源泉之一。

在诗歌创作方面,卡拉姆津往俄罗斯诗歌中注入了自然风景主题、心理的深度分析以及浪漫主义所特有的忧伤和苦闷的情调。他尤为同情下层人民的苦难,关注普通人物的生活,揭示他们的内心世界。他还在当时努力尝试历史悠久的谣曲(баллада)的创作,使文学语言贴近受过教育的贵族阶层的日常口头语言,并且充分吸收西欧语言的合理要素,特别是法语的语言特征和营养,从而极大地丰富了俄罗斯诗歌的艺术表现力。正因如此,别林斯基认为卡拉姆津的诗歌创作"开创了俄国文学的一个新纪元"。④

---

① А. П. Сумароков. *Избранные произведения*, Ленинград: Издательство Советский писатель, 1935, с.378.

② W. E. Brown. *A History of Eighteenth Century Russian Literature*. Ann Arbor: Ardis, 1980, p.409.

③ 〔苏〕尼古拉耶夫等:《俄国文艺学史》,刘保瑞译,北京:生活·读书·新知三联书店,1987年版,第56页。

④ Гайдзинков, *Русские поэты XIX века*, Москва: Издательство Просвещене, 1964, с.48.

对于社会苦难,卡拉姆津只能发出哀叹,表示同情,并且逃避社会斗争。然而另一位感伤主义的代表人物拉吉舍夫,却积极参与社会斗争。他深受启蒙主义思想的熏陶,有反抗暴政、向往自由的思想倾向,他附在《从彼得堡到莫斯科旅行记》中的《自由颂》一诗,表现出了俄国文学前所未有的革命热情和人道主义思想,以及对封建的农奴专制制度的批判,从而极大地影响了随之而来的整个十九世纪的俄罗斯文学。

三

由于1789年的法国大革命激发了思想文化领域的变革,十九世纪是西欧浪漫主义诗歌运动刚刚兴起的时期,被誉为英国浪漫主义宣言的华兹华斯的《抒情歌谣集·序》,于1800年面世。而俄罗斯诗歌,在其于十八世纪与西欧诗歌思潮接轨的基础上,在浪漫主义诗歌发展阶段,已经开始呈现出与西欧诗歌同步发展的趋势。亚历山大一世执政时期(1801—1825),在卡拉姆津感伤主义诗歌的作用下,在席卷欧洲的浪漫主义思潮的影响下,俄罗斯诗歌的浪漫主义思潮得以兴起,并且很快进入发展进程中的辉煌时代——俄罗斯诗歌的"黄金时代",这一时期先是出现了以茹科夫斯基、巴丘什科夫为代表的早期浪漫主义,随后出现了维亚泽姆斯基、普希金、巴拉丁斯基、莱蒙托夫、丘特切夫等一系列重要的诗人以及杰出的诗歌作品。

以茹科夫斯基为奠基人的早期俄国浪漫主义诗歌,具有与西欧浪漫主义相似的创作倾向,而且,他也是在翻译《墓园挽歌》的基础上,逐渐接受西欧浪漫主义诗歌创作主张的。早期浪漫主义诗歌具有远离社会现实、注重内心探幽的倾向。

在俄国浪漫主义文学发展的进程中,俄国的社会政治现实的作用亦显得极为重要,尤其是1812年的反抗拿破仑的卫国战争,以及1825年的十二月党人起义,都极大地作用于俄国浪漫主义诗歌的发展,促使俄国浪漫主义诗歌形成了鲜明、独特的俄罗斯民族特色。

以普希金为代表的后期浪漫主义诗人,更是在接受和超越西欧诗歌,尤其是"拜伦主义"的过程中,使俄国浪漫主义诗歌获得了不寻常的技艺和独立的价值,从而享有世界声誉。作为俄国浪漫主义文学杰出代表的普希金,显现了自十七世纪后期开始的俄罗斯文学语言生成历程的最终完成,他在各种文学体裁的创作方面都为俄国文学提供了典范性作品。特别是在1812年的卫国战争至1825年的十二月党人起义期间,普希金在浪漫主义的抒情诗以及"南方组诗"等叙事诗的创作实践中,注重贴近现实,从日常生活中汲取丰富的营养,广泛收集民间文学素材,吸取民间传说和民间语言的精华,并且十分注意文学语言的生命力,强调文学语言与普通百姓日常生活语言之间的协调和完美的结合,使得文学语言贴近日常生活语言,贴近日常生活场景和社会现实。而以一首《诗人之死》登上诗坛的莱蒙托夫,不仅善于表现自我,展示内心情感,而且往俄罗斯诗歌中注入了极为独特的孤傲、忧郁、悲愤等气质。

以雷列耶夫、格林卡、拉耶夫斯基、丘赫尔别凯为代表的十二月党人诗人,有着高昂的激情,他们所书写的诗篇,不仅洋溢着浓郁的浪漫主义情感,而且也具有现实主义的特质。十二月党人诗人以高度的政治自觉、爱国主义热忱和反抗意识为俄罗斯文学开辟了新的广阔的道路,在唤起公民的爱国热情和社会理想以及为自由而斗争等方面,为俄国浪漫主义诗歌增添了全新的内容,并且开创了公民诗的优秀传统。十二月党人的诗歌不仅是俄国民族解放运动初期贵族家庭出身的革命家的思想感情的具体表现,而且首次将俄国文学同民族解放运动密切结合起来,在诗歌创作中融入了民族解放的主题和爱国主义的思想,影响了后来文学的发展,特别是十九世纪后期现实主义诗歌的发展进程。

在诗歌创作主题和艺术手法等方面,俄国浪漫主义诗歌与西欧国家的浪漫主义诗歌没有任何根本的区别,而是具有西欧浪漫主义诗歌的一些基本的艺术特点。俄国浪漫主义诗歌同样强调主观性,崇尚自我,重情感,重想象,并且受到"返回自然"学说和泛神论思想的影响,热衷于表现大自然,歌颂大自然,把大自然看成一种神秘力量或者某种精神境界的象征,追求人与大自然在思想感情上的共鸣。在艺术形式上,俄国浪漫主义诗人也喜欢标新立异,追求强烈的艺术效果,并且喜欢使用极度夸张和强烈对照的艺术手法。在诗歌创作主题方面,西欧浪漫主义诗人所关注的死亡主题、墓园主题、超自然的境界、逃避现实、社会反抗与个性孤独,以及爱恋与激情等方面的创作内容,也都相应地出现在俄国诗人的作品中。

然而,在与西欧浪漫主义诗歌接轨的同时,俄国浪漫主义诗歌也具有自身的鲜明的特色。

首先,俄国浪漫主义诗人特别强调民族性(народность),所谓民族性,是指一种民族的精神和民族的独特气质,诗歌应该通过自身来传达和反映民族的生活和风貌。普希金在这方面也是一个典范,所以他当时就被人们誉为"民族诗人"。

其次,俄国的浪漫主义文学中有较多的现实主义因素,而且有不少作家经历了从浪漫主义到现实主义的过渡，尤其是在十二月党人诗人以及柯里佐夫等诗人的创作中，现实主义因素显得更为强烈。甚至在文学理论中，俄国作家对浪漫主义的理解也具有现实主义的成分。普希金就曾经认为，"真正的浪漫主义"的特点"是对人物、时间的忠实的描写，是历史性格和事件的发展"①，其中的现实主义成分和思想内涵是不言而喻的。

再次，俄国浪漫主义诗歌中也有较为浓厚的智性和玄学的成分。这一点，尤其突出地表现在巴拉丁斯基、韦涅维季诺夫以及丘特切夫等一些重要诗人的创作中。巴拉丁斯基不仅是一位"酒宴与忧愁的诗人"（普希金语），创作了"追求悲剧真理之光"的"心理抒情诗"，②而且他也在自己的诗中进行哲理的探索，关注人类的命运，留意艺术在生活中的位置以及智性与理性的冲突。别林斯基认为，在巴拉丁斯基的诗中"主要因素是才智"，还有论者认为他成熟的诗作是俄国"最初的和最重要的哲理诗"③。韦涅维季诺夫因醉心于德国唯心主义哲学，从而往俄国浪漫主义诗歌中注入了玄学色彩和哲理的要素，于是，他也以哲理诗人的身份而闻名文坛，由于他理性地思考宇宙与人生的奥秘以及诗人自身的命运，并且表达孤独的诗人在文化荒原中失望的情绪，所以，他被人们认为是俄罗斯哲理抒情诗的首创者之一。而以"思想一经说出就是谎"的诗句闻名于世的丘特切夫，由于他的诗歌的基本主题是表现处于宇宙与混沌、善与恶、昼与夜之间的人类的困境，所以被人们称为"玄学诗人"④，而且还被象征派诗人看成他们的先驱。

四

从十九世纪四十年代起，尽管曾被认为是当时"最大的浪漫主义诗人"的丘特切夫仍在创作，浪漫主义运动的余波尚未消失，然而，这一运动已经被挤出舞台的前列，其在文学中的主导地位已经让给了现实主义。由于落后的封建农奴制度日益暴露出腐朽的一面，俄国社会出现了种种社会思潮，

---

① А. С. Пушкин. *Собрание сочинений в десяти томах*. Том 6, Москва: Государственное издательство художественной литературы, 1962, с.282.

② Б. П. Городецкий ред. *История русской поэзии в двух томах*. Том 1, Ленинград: Издательство Наука, 1968, с.345.

③ See Victor Terras. *Handbook of Russian Literature*, New Haven: Yale University Press, 1990, p.39.

④ Charles A. Moser ed. *The Cambridge History of Russian Literature*. Cambridge: Cambridge University Press, 1996, p.150.

人们探究解决社会问题的方式,寻找民族的出路。因此,人们已经不满于浪漫主义的自我情感的漫溢以及想入非非,而是要求文学准确、客观、清醒地反映社会现实,要求文学从"理想的诗"转为"现实的诗","忠实于生活的现实性的一切细节、颜色和浓淡色度,在全部赤裸和真实中来再现生活"①。在诗歌创作领域,现实主义最为杰出的代表是"复仇和悲歌的诗人"涅克拉索夫。他一方面抒发对普通人民悲惨命运的深切同情,另一方面,他又表达对封建专制制度的强烈憎恨。他以卓越的表现力抒写公民的情感和思想,强调诗人的社会责任,主张"为人生而艺术",并且宣称:可以不做一个诗人,但必须做一个公民。他以公民的眼光来观察社会,密切联系现实,反映基本的社会冲突以及对时代的探索。他的这一公民诗的传统后来被人们誉为"涅克拉索夫诗派"。而且,确实有不少有才华的诗人,如尼基钦、米哈伊洛夫、苏里科夫以及讽刺诗人库罗奇金、米纳耶夫等,紧随涅克拉索夫,深入人民的生活,表现人民的疾苦,反映社会问题,宣扬民主思想,为俄国现实主义诗歌的发展作出了突出的贡献。

也是从四十年代起,在著名现实主义诗人奥加辽夫和涅克拉索夫创作的同时,又出现了一批也在俄罗斯文学中占据重要位置的、属于"纯艺术派"的诗人,代表人物有费特、迈科夫、阿·康·托尔斯泰和波隆斯基等。"纯艺术派"作家与强调"美是生活"的革命民主主义文学形成对立,他们坚持艺术独立于生活的口号,认为诗歌属于纯美的艺术世界,极端强调艺术的自身价值。他们蔑视涅克拉索夫等人的公民诗传统,以自己的"头戴玫瑰花冠的缪斯"同涅克拉索夫的被鞭打的缪斯相对立,因而,多半将自己的诗歌局限在爱情、自然、艺术这三个主题之内。如费特把爱情和自然作为自己诗歌的两个基本领地,他以清新而细腻的笔触在这两个中心主题中描绘了心灵的颤动和风景。在他看来,即使"必须做一个公民"(涅克拉索夫语),那也应该做"青春世界的一个永恒的公民"(《大海与星辰》),在他所建构的这个青春世界中,大自然的两极——大海和星辰——成了远离庸俗的社会现实、并能驱除一切人类痛苦的永恒的纯美的境界。迈科夫的诗歌所描写的主要对象是自然景色和古代艺术。他善于深入古代社会,寻觅古希腊罗马时代的自然与和谐之美,用明朗的、严谨的、玉石浮雕似的形式来表现诗的形象,成了古希腊、古罗马文化的热烈的歌颂者和能够敏感地感受自然之美的一名风景巨匠。"纯艺术派"诗人的作品不仅具有优美的形式和内容,而且也具有强

---

① 〔俄〕别林斯基:《论俄国中篇小说和果戈理君的中篇小说》,参见《别林斯基选集》第 1 卷,满涛译,上海:上海文艺出版社,1963 年版,第 147 页。

烈的音乐性,他们善于以音调悦耳动人的诗句,来传达内在的情感体验,表现诗歌所具有的音乐魅力,并且"将音响结构当成表现内容的重要手段"①。正因如此,费特才被柴可夫斯基称为"音乐家式的诗人",而且,从充分反映迈科夫美学观念的名诗《八行诗》中,我们也可以清楚地看出诗人怎样从大自然中获取心灵的音乐,并且把它转化成和谐流畅的诗句。

以涅克拉索夫为代表的现实主义诗歌和以费特为代表的"纯艺术派"诗歌,自十九世纪中叶起,就一直在相互斗争和冲撞中并行发展,但是到了八十年代和九十年代,俄罗斯诗歌又面临新的挑战。自涅克拉索夫逝世后,先进文学遭受严格的检查,而自1881年3月亚历山大二世被刺杀起,政治上更是发生了严重的倒退。由于政治高压和沙皇政府部门的查禁,文学的发展受到了严重的干扰。在诗歌领域,虽然在四十年代登台的迈科夫等诗人仍在坚持创作,但是已经很难再现前一时期的繁荣景象,也没有形成新的特色,大体上处于一种过渡阶段。当然,也可以将八十年代和九十年代初的诗歌看成四五十年代以来现实主义和"纯艺术派"两种诗歌创作倾向的继续和发展。如纳德松、布宁等诗人作为新的现实主义诗人登上诗坛,涅克拉索夫的公民诗的优秀传统在高尔基等早期无产阶级作家的创作中也得到了发扬,而"纯艺术派"诗歌则影响了阿普赫京、福法诺夫等人的创作。

从公元988年起,直到十九世纪八十年代末,在长达900年的漫长时间内,俄罗斯诗歌从起源到成形耗费了800年时间,又在十九世纪花费半个世纪的时间,达到俄罗斯诗歌艺术创作的顶峰,具有其后很难企及的艺术水准。随后,又在数十年的"唯美"和"现实"的较量和冲撞中,文学领域的聚焦点从诗歌中转移出来,诗歌创作让位于小说创作,俄罗斯诗歌的发展获得暂时的喘息,短暂告一段落。自十九世纪九十年代起,随着社会历史的发展变化和哲学思潮的影响以及"世纪末情绪"的弥漫,俄罗斯诗歌中也出现了与传统诗歌迥异的一些新的特征,属于现代主义的象征派诗歌开始出现,标志着俄罗斯诗歌发展史上的"白银时代"的到来,预告了俄罗斯诗歌发展的新的进程。

关于世界文学史的划分,学界主要存有两种理念,一种是基于所在国历史文化语境的划分,这种划分,蕴含着各种矛盾,例如会将十四世纪的但丁

---

① Б. П. Городецкий ред. *История русской поэзии в двух томах*. Том 2, Ленинград: Издательство Наука,1968,с.145.

看成近代第一位诗人,将二十世纪的泰戈尔也看成近代诗人;另一种是基于我国文艺研究语境的划分,但很不统一,即使是对"当代文学"的理解,也有极大的差距。二十世纪九十年代,飞白先生所著的《诗海——世界诗歌史纲》一书,以客观时间结合文学思潮进行划分,将远古时期直到十九世纪末的诗歌视为"传统诗歌",将十九世纪末期现代主义诗歌开始之后的诗歌视为"现代诗歌"。他所说的"传统诗歌",实际上是相对于"现代诗歌"而言的"古代诗歌",他所作的划分是很有创新意义的。二十一世纪初期,陈建华先生任总主编的《外国文学鉴赏辞典大系》,将远古直到十八世纪末的诗歌视为"古代诗歌",将十九世纪的诗歌视为"近代诗歌",将十九世纪末之后的诗歌视为"现当代诗歌",也是对文学史划分的一个创举。而我国出版的一些俄罗斯诗歌中文译本,如极具影响力的张草纫翻译的《俄罗斯抒情诗选》,则将十九世纪之前的诗歌称为"俄国古典文学"。我们认为,世界文学历程的划分,是一个动态的过程。譬如,文艺复兴时期的人们认为自己生活在当代,而希腊、罗马则被他们视为古代,处于古代与当代之间的时代则被他们视为"中间时代"(中世纪)。可见,曾经的当代,现在已成为过去,曾经的过去,现在已成为远古,即使是我们当下所生活的当代,也将会在历史长河中被后世的人们视为古代。

正是鉴于这一情形,我们在赞同我国学界各种不同划分的同时,也力求兼顾俄国历史发展的真实以及我国学界所普遍认可的真实。

因此,结合我国学术语境和社会语境,并侧重俄罗斯民族国家形成和发展的有关重要时间节点,在俄罗斯诗歌发展史研究中,我们倾向于将起始于公元988年直至十七世纪末的诗歌视为古罗斯诗歌,将始于十八世纪初至十九世纪八十年代的诗歌视为近代诗歌,将十九世纪九十年代现代主义运动开始之后的诗歌以及十月革命之后逐渐形成的现代主义和现实主义交织为一体的诗歌视为现代诗歌,将二战结束之后,尤其是斯大林逝世之后直到二十一世纪的诗歌视为当代诗歌。

这部《古罗斯与近代俄国诗歌发展史》,所研究的对象是古罗斯与俄罗斯近代诗歌。时间跨度长达九百年,即从公元988年至十九世纪八十年代的俄罗斯诗歌。总体框架分为四个部分,第一部分是探寻始于公元988年直至十七世纪的俄罗斯诗歌的源头,即古罗斯诗歌。第二部分是探究十八世纪的俄罗斯诗歌的成形,以及以古典主义诗歌和感伤主义诗歌为代表的诗歌创作与西欧诗歌的接轨。第三部分研究的是俄罗斯诗歌的"黄金时代",即十九世纪上半叶以普希金为代表的俄罗斯诗歌的辉煌。第四部分研究的是十九世纪中后期俄罗斯诗歌在浪漫主义思潮退潮之后朝现实主义和唯美主义的两极发展以及相应的诗歌艺术成就。

　　俄罗斯诗歌从漫长的"中世纪"极度落后的状况中逐渐成形,经过十八世纪的奋起直追,到了十九世纪在世界诗坛占据举足轻重的地位,这一现象是值得我们深思的,这一发展历程更是值得我们借鉴。

第一编　古罗斯：俄国诗歌的渊源

第一章 俄罗斯诗歌的起源

诗歌是语言的精华,诗歌的艺术成就以及发展自然离不开语言的根基。我们考察俄罗斯诗歌的生成渊源,同样应该关注古罗斯语言的产生。正是因为斯拉夫人使用基里尔字母并且发明了属于自己民族的语言文字,一些相关的文化活动才能够被记录下来,包括《圣经》在内的一些重要的文献才能够被翻译成斯拉夫语,从而满足斯拉夫人的精神需求,影响斯拉夫人的文化生活。

俄罗斯诗歌的渊源,可以追溯到十世纪的基辅罗斯文化的形成时期,俄罗斯古代诗歌的生成一直延伸到彼得大帝改革之前的十七世纪。这一时期,在俄罗斯历史上,称为"古罗斯"时期。在公元十世纪,第聂伯河流域地区的东斯拉夫各个氏族部落组成联盟,逐渐形成以基辅为中心的古罗斯早期封建公国,史称"基辅罗斯",其最高统治者为大公。到了十世纪末,当时的基辅大公弗拉基米尔尤其富有远见,他向位置相邻的拜占庭帝国学习,并且出于国家的利益需求,为了加强与拜占庭帝国的关系,他迎娶拜占庭的安娜公主为皇后,并且接受了拜占庭的东正教,从而促使民族国家内部文化的形成和发展。所以,论及俄罗斯诗歌的渊源的时候,公元988年是一个重要的时间节点。因为正是在这一年,基辅大公弗拉基米尔确定基督教(东正教)为国教,他在这一年发布了诏令:"凡我国臣民,在接到朕诏令后,必须立即去第聂伯河中受洗,以表示其皈依基督的决心。违背者和逾期不至者,无论是富人还是穷人,也无论乞丐还是奴隶,都是我的仇敌。"[①]这一诏令,是弗拉基米尔大公执政时期的一项至关重要的决定。所以,公元988年,"对于俄罗斯政治和文化史来说,是具有重大意义的年份"。[②]在此之前,在当时的人们的想象中,基辅罗斯是一个远离地中海文明的多神教地区,但是,到

---

① 张建华:《俄国史》,北京:人民出版社,2014年版,第7页。

② Charles A. Moser ed. *The Cambridge History of Russian Literature*. Cambridge: Cambridge University Press, 1996, p.1.

了公元 988 年前后,基辅罗斯已经成为当时欧洲最大的国家。基辅罗斯是在多神教的基础上接受了希腊基督教。定基督教为国教之后,基辅罗斯在文化方面有了良好的发展。"到了公元十一世纪,西欧作家们已经为罗斯成为一个高度发达的基督教国家而惊叹了。"①《往年纪事》对此有着明晰的记载,基辅大公弗拉基米尔非常重视国教的选择,曾经就宗教问题派使节到世界各地考察,也派出使节访问拜占庭索菲亚大教堂。这些使节返回后,对东正教进行了美化性的描述:"我们来到希腊国土,他们把我们领到上帝祭祀的场所,当时我们不知道是在天上还是在人间:因为这人间从没看过有这种奇观,如此美妙的场所,真不知道如何形容这一切。我们只知道在那里上帝是和人们融洽在一起,他们的宗教仪式也比其他所有国家的都好。我们无法忘记那种美妙景色,因为任何人如果尝过甜的,就再也不会去吃苦的了,所以我们已经再也不能在这里过多神教的生活了。"②正是因为基辅罗斯大公弗拉基米尔从此接受了拜占庭基督教,所以,根据现在学界公认的观点,俄罗斯民族文学的起源自然开始于公元 988 年。

在世界文学史上,基辅罗斯时代属于中世纪文学时期,尽管那时古罗斯还没有出现真正意义上的书面文学,更没有出现书面诗歌,但口头诗歌已经形成并且趋于繁荣,只是缺少必要的记录和整理,所以,一些优秀的诗作只限于口头流传,并没有以文字形式记录并流传下来。因此,由于缺乏必备的、较为全面的文字资料的记录,这一时期的诗歌长期遭受忽略,即使存有一些发掘出的文献,但是,在研究方面仍是不受重视的,以至于著名文学史专家普鲁茨科夫感叹道:"古罗斯文学,正如古罗斯艺术一样,在许多方面还处在无人问津的状态。"③正是因为缺乏深入的整理和研究,甚至有俄罗斯学者认为:"俄罗斯文学史的生成过程表明:俄罗斯诗歌并不是直接从民间口头诗歌中发展起来的。古老的俄罗斯文学(书面文学)不知道我们所理解的诗歌的意思。俄国教会文献中没有诗歌传统;民间诗歌被轻蔑地看成孩童的玩物,或者被视为一种鬼把戏(教会和世俗权力机构长期为此毫无结果地争斗)。只是到了十七世纪,俄罗斯文学才因诗歌而丰富起来。"④这一观点,显然是失之偏颇的。十七世纪之后的俄罗斯诗歌也是具有自身的民族

---

① 高尔基世界文学研究所编:《世界文学史》(第二卷·下册),上海:上海文艺出版社,2013年版,第 408 页。

② 〔俄〕拉夫连季主编:《往年纪事》,朱寰、胡敦伟译,北京:商务印书馆,2011 年版,第 88 页。

③ Н. И. Пруцков ред. История русской литературы в четырех томах. Том 1, с.17.

④ В. Е. Холшевников. Основы стиховедения: Русское стихосложение, Москва: Издательский центр «Академия», 2002, с.16—17.

文化传统和诗歌艺术根基的。基辅罗斯的确立为古罗斯文学的形成和发展
奠定了文化根基。虽然真正意义上的有着民族特质和民族精神的俄罗斯诗
歌艺术成就成形于十七世纪后半叶,完善于十八世纪,然而,其源头和发展
进程却是发生在俄罗斯国家得以产生的漫长的中世纪。而且,在漫长的古
罗斯时期,诗歌艺术成就在民间诗歌中的体现是极其富有艺术特色的,甚至
充分表明,即使在古罗斯,也存在着某些层面的文化交流,正如著名学者利
哈乔夫在其专著《古代俄罗斯文学诗学》一书中所述,"古代俄罗斯文学不仅
没有与邻国——西方和南方国家的文学隔绝,特别是与同为拜占庭的文学
隔绝,而且在直到十七世纪的范围内,我们可以说是绝对相反的——其中缺
乏明确的民族界限。我们可以理直气壮地谈论东斯拉夫文学和南斯拉夫文
学的共同发展"①。正因如此,虽然古罗斯的诗歌艺术成就只是在英雄史诗
《伊戈尔远征记》(*Слово о полку Игореву*)中有过一段辉煌,但是,在俄罗斯
口头文学以及众多流传下来的散文体作品中,还是能够探寻这部经典得以
生成的蛛丝马迹和文化语境的,也能理解其后民间诗歌的生成与发展。

第一节　古罗斯诗歌的生成与十至十六世纪诗歌的发展

我们既然谈及诗歌的生成,首先就得涉及诗的定义。然而,每当谈及有
关诗的定义时,人们的观点和理念却不尽相同。在世界诗歌史上,有太多理
论家对诗歌下过定义,也有各个时期太多的诗人以诗的形式对诗下过定义。
但是,人们的观点很难达到统一,也不可能达到统一。"十九世纪俄国评论
家别林斯基曾经谈道:尽管所有的人都谈论诗歌,可是,只要两个人碰到一
起,互相解释他们每一个人对'诗歌'这一字眼的理解,那时我们就知道,原
来一个人把水叫作诗歌,另外一个人却把火称作诗歌。"②正是对诗的定义
的不同理解,导致了不同的诗学理论以及不同的思潮流派的产生。但是,无
论怎么定义,诗歌的基本功能是得到一致肯定的。"每个真正的诗人不仅有
自己的世界观,不仅有自己的意义,还有自己建构意义的方式。"③可见,在
一定意义上,诗歌是一种媒介,是为了传达诗人自己思想和情感的一种手段。

---

① Д. С. *Лихачев. Поэтика древнерусской литературы.* Изд. 3-е, доп. Москва: Издательства
　　Художественная литература, 1979, с.6—7.
② 吴笛:《世界名诗欣赏》,杭州:浙江大学出版社,2008 年版,第 1 页。
③ В. С. *Баевский. История русской поэзии: 1730—1980. Компендиум.* Москва: Новая
　　школа, 1996, с.4.

诗歌作为一种文学形式,也是有规律可循的。探索这些规律,是诗歌研究的重要任务之一。无论是哪个语种或哪个民族的诗歌,其实都是人类认识世界以及进行沟通的一种重要的文化模式。而且,就形式而言,诗歌并不仅仅是每行文字都不写到页面边缘的文学类型,而且有着系统的"韵律"等诗学特征和诗学体系。诗歌并不像散文体作品那样,直接陈述情节内容或表达"意义",而是通过包括声音和韵律在内的多种诗学技巧,表达意义和思想内涵。就俄罗斯诗歌主题而言,俄罗斯诗歌尤为关注精神世界和生活现实。诗人们总是善于通过诗歌传达思想,或是表达自己的诉求。"俄罗斯的诗歌总是比西方的诗歌更明显地与政治情感和命运联系在一起。当然,这种联系也促成了俄罗斯人对诗歌的极大热爱。"①

关于诗的起源问题,也如诗的定义一样,历来存有较大的争议。不过,也有一些观点被人们所普遍接受。譬如,流传较广的"模仿说"。这一学说在解释诗的起源问题上,具有一定的启迪意义,也充分体现了人类艺术与自然以及其所生存的环境之间的逻辑关联。"模仿说"其实并不限于诗歌,而是就整体文学艺术而言的。这一观点始于德谟克利特和亚里士多德等古希腊哲学家的相关学说。德谟克利特强调的是诗歌中的声音要素,以及这一要素与自然的关联,他认为诗歌起源于人类对自然万物的声音的模仿,而亚里士多德在其重要理论著作《诗学》中,则明晰地写道:"一般说来,诗的起源仿佛有两个原因,都是出于人的天性。"②他接着对两个原因进行了解释,而且断言模仿的本能和对模仿的作品总是感到快感。他甚至从模仿这一视角探究诗歌体裁的由来,认为颂神诗和赞美诗是出自比较严肃的人对高尚行动的模仿,而讽刺诗则是比较轻浮的人对下劣人之行动的模仿。

从人类诗歌发展的历史进程来看,"模仿说"具有一定的合理性。因为人类最早出现的诗歌是尚未以文字记录而是以"脑文本"形态存在的劳动歌谣。而劳动歌谣则是出自模仿,包括对劳动呼声的模仿。"所谓劳动呼声,是指从事集体劳动的人们伴随着劳动动作节奏而发出的有节奏的呐喊。这种呐喊既有协调动作,也有情绪交流、消除疲劳、愉悦心情的作用。这样,劳动也就决定了诗歌的形式特征以及诗歌的功能意义,使诗歌与节奏、韵律等要素联系在一起。"③当然,在人类童年时代,因为缺少纸质文本进行有效的传播,节奏和韵律也在一定程度上发挥了协助记忆的功能。

---

① Evelyn Bristol. *A History of Russian Poetry*, Oxford: Oxford University Press, 1991, p.11.

② 〔古希腊〕亚里士多德:《诗学》,罗念生译,上海:上海世纪出版集团,2006 年版,第 24 页。

③ 吴笛:《世界名诗欣赏》,杭州:浙江大学出版社,2008 年版,第 2 页。

而且,从事劳动的人们在发出有节奏的呐喊时,伴随着这一呐喊的,还有身姿的扭动以及劳动工具的挥动,从而构成了原始的诗歌、音乐、舞蹈的"三位一体"。正因如此,诗歌从诞生之时起就有了至关重要的节奏等要素。这一点,世界各国的诗歌都是相近的。譬如,中国诗歌也是如此,"从原始歌谣到《诗经》创作的时期,诗乐舞三位一体,诗歌和音乐是构成综合艺术的基本要素"①。

但就抒情诗而言,古希腊的诗歌艺术成就还充分表明,它是个性意识萌生的结果,正是因为个性意识取代了群体意识,抒情诗这一艺术形式才得以产生。尤其是古希腊的独唱琴歌等艺术形式,对世界抒情诗艺术的生成和发展,起到了重要的奠基作用。

古罗斯诗歌无疑也是起源于包括民谣在内的口头诗歌,但是,随着教会斯拉夫语(Церковно-славянсккий язык)的定型以及祈祷书等一些经书的翻译,诗歌作品在当时也偶有出现。不过,由于流传和保存等诸多方面的原因,古罗斯的诗歌作品得以流传下来的,数量却相当稀少,远远不及同时代的散文体作品;但是,这并不一定意味着古罗斯诗歌作品的创作成就不及散文体作品那样丰硕。随着学界不断深入的考据和挖掘,一定会有更多的诗歌类作品被发掘出来,公之于世。然而,就目前的文献而言,尽管可以肯定,在书面文学出现之前,民间歌谣等诗歌形式就已经存在,东斯拉夫也拥有民谣等艺术形式,但是却没有相应的文本流传下来,因此,有学者断言:"要把现代民间传说的特点归结为十个世纪之前的特点,是绝对不可能的。因此,所有试图以'民间文学'的特征来开始文学史的尝试的,显然是不科学的。"②这种观点虽然显得有些偏激,但对于古罗斯这样相对缺少民间诗歌流传下来的情形而言,还是有其道理的。

就现有的发现来说,古罗斯的诗歌艺术成就主要经历了三个时期的发展。一是基辅罗斯时期,二是十三世纪至十五世纪异族统治时期,三是十六世纪至十七世纪。

古罗斯诗歌发展的第一时期是基辅罗斯时期。公元十世纪至十三世纪,基辅是古罗斯的文化中心,基辅洞窟修道院是抄书中心,由此出现了最早的古罗斯手抄本书籍,其中包括编年史以及圣徒传。因此,"基辅罗斯时期是俄罗斯文学的起点"③。同样,这一时期是俄罗斯诗歌的起源时期,主

---

①　李炳海:《中国诗歌通史·先秦卷》,北京:人民文学出版社,2012年版,第4页。

②　Dimitrij Cizevskij. *History of Russian Literature*:*From the Eleventh Century to the End of the Baroque*. The Hague, Netherlands:Mouton & Co., Publishers, 1971, p.11.

③　М. Н. Сперанский. *История древней русской литературы*, Москва:Юрайт, 2018, c.13.

要诗歌成就除了民谣,最为重要的是英雄史诗《伊戈尔远征记》。此外,还有"圣诞歌""壮士歌"等方面的一些口述诗歌成就。

公元 988 年,基辅大公弗拉基米尔意识到大众的信仰对政权的作用,以及为了谋求与拜占庭帝国的关系,于是定基督教(希腊东正教)为国教,逐步形成了统一的古代俄罗斯国家——基辅罗斯。以基督教(希腊东正教)为国教的统一国家的初步形成,对于俄罗斯民族文化的生成与发展而言,其意义是非常重要的。正是这一具有奠基意义的文化行动,促成了古罗斯语言文化的萌生。

当然,古罗斯语言文化的萌生也离不开基里尔字母的确认。"东斯拉夫人接受了君士坦丁堡萨洛尼卡市的基里尔和梅杜丢斯设计的基里尔字母,同时也继承了丰富的拜占庭文化遗产,这笔遗产译自古希腊和继续翻译的古希腊文化。"[1]与古希腊罗马文学以及其他地区的文化传承一样,翻译活动在古罗斯文学的最初形成阶段,发挥了一定的引领和启迪作用。由于古斯拉夫语(古保加利亚语)和古罗斯语非常相近,所以,人们通过古保加利亚语,甚至无须经过翻译,就可以研读很多经典著作。当然,直接从古希腊语进行翻译也是一个重要的途径。譬如,根据《往年纪事》中的记载,在雅罗斯拉夫统治时期,"雅罗斯拉夫非常尊重教堂的规章,也很赏识教士,特别是修道士,并热衷于经书,经常不分白天黑夜地攻读。他聘请了许多抄书者,他们把希腊文译成斯拉夫文。他们还抄录了许多经书。从此虔诚信教的人们可以一面读书,一面幸福地分享上帝的教诲"[2]。正是翻译活动,引发了古罗斯人对经书的热衷。当然,翻译活动和抄书行为,也受到古罗斯人偏爱的限定,在翻译和抄写中,有所偏好,也有所放弃,正是由于偏爱,从而有所选择,并且为真正意义上的古罗斯独创性的文学作品的产生奠定了基础。

在基辅罗斯时期,古罗斯诗歌艺术形式尚未完全成形,只是属于发展的雏形阶段。但是,"圣诞歌""谣曲"等口头诗歌,在古罗斯诗歌的成形过程中,发挥了应有的作用,同时,《伊戈尔远征记》在中世纪的英雄史诗领域,具有极高的地位。在《伊戈尔远征记》等作品中,可以看出古罗斯诗歌艺术的一些鲜明特征。而且,在基辅系列的"壮士歌"中,也可以探究俄罗斯诗歌的丰富的渊源。

---

① Charles A. Moser ed. *The Cambridge History of Russian Literature*. Cambridge：Cambridge University Press，1996，p.1.

② 〔俄〕拉夫连季编:《往年纪事》,朱寰、胡敦伟等译,北京:商务印书馆,2011 年版,第 152 页。

古罗斯诗歌发展的第二时期,即十三世纪至十五世纪异族统治和封建割据时期,主要诗歌艺术成就除了诺夫哥罗德系列的"壮士歌",成就相对突出的,是"宗教诗歌"和"历史诗歌"的出现。此外,《囚徒丹尼尔的言论》(Слово Даниила Заточника)等单篇作品中,已经开始出现作者的理念。

在《囚徒丹尼尔的言论》中,不仅出现了作者这一概念,而且,个性化的明喻等艺术技巧,也被运用得非常典型。这部诗作在古罗斯诗歌中,显得别具一格。不过,有关作者、版本等相关问题依然存有较大的争议。主要有两个版本,一个名为《囚徒丹尼尔的言论》,另一个名为《囚徒丹尼尔的祈祷》(Моление Даниила Заточника)。前者稍早一些,后者是在前者的基础上拓展而成的。这部作品署名为丹亚尔,但是,究竟是真实作者还是匿名作者,同样存有一定的争议。有的研究者认为囚徒丹尼尔是一个纯文学形象,匿名作者代为创作了一部纯文学作品,有的研究者则认为囚徒丹尼尔是一个历史人物,他的作品是写给王子的真实信息。尽管对于其中的一些问题存有争议,但是作品的艺术价值还是不可忽略的。

自十三世纪起,"历史民谣"(народная историческая песня)开始出现,成为十三世纪至十六世纪古罗斯诗歌的一个组成部分。"历史民谣"是民间史诗在古罗斯国家发展新阶段的延续,这些诗歌致力于纪念历史事件和历史人物,表达人民的利益和理想;所歌颂的人物通常是著名的真实人物,如伊凡雷帝、叶尔马克、拉辛等,当然,也有一些诗歌直接歌颂名不见经传的炮手等普通士兵的形象。

自十四世纪起,宗教诗歌开始陆续出现,在俄语中,有一个专有名词称呼这类诗篇,名为"精神诗歌"(Духовные стихи)。

在"宗教诗歌"中,《约瑟夫的哀歌》(Плач Иосифа)、《隐士约沙夫王子》(Царевич Иосаф, Пустынник)、《德米特洛夫礼拜六》(Дмитровская Суббота)、《圣母之梦》(Сон Пресвятыя Богородицы)等诗篇相对富有特色,也较为著名。

古罗斯诗歌发展的第三时期是十六世纪至十七世纪。这是一个重要的转折时期,主要诗歌成就有《戈列-兹洛恰斯基的故事》(Повесть о Горе-Злочастии)等作品。这部作品与以前的编年史以及史诗类作品有较大的区别,尽管这属于民间叙事诗的范畴,但是,却以虚构和传奇为主要特色,而且,与早期大多"故事"的体裁也有所不同,这是以诗体为形式的作品。

这一时期的艺术成就还体现在音节诗体的发展以及作为创作主体的真正诗人的产生,出现了《多彩的花园》(Вертоград многоцветный)等抒情诗集以及西梅翁·波洛茨基等真正意义上的抒情诗人。而十七世纪的诗歌以及十七世纪的代表诗人波洛茨基的诗歌创作,笔者将以专章展开论述。

第二节　口头诗歌与古代民谣

如同世界各个民族的诗歌发展历程,尤其是与西欧各个国家的诗歌发展一样,作为诗歌的源头,口头诗歌(устная поэзия)是追溯诗歌起源的不可忽略的组成部分。口头诗歌是文学作品得以形成和流传的一个重要步骤,在远古时代,正是因为有了口头诗歌,人们才有了交流思想情感以及形成口承文化的良好途径。即使在具有高度文化修养的社会里,口头诗歌也继续发挥着重要的作用,因为作者在创作中无疑要受到口头思维习惯的影响,更何况,社会中所产生的文学作品具有一定程度的口头性(orality),作者也会在文本中采用各种叙事的声音。譬如,有学者认为,即使在中世纪后期,"文学接受仍然主要是(也许对很大一部分社会来说,完全是)听觉而不是视觉"[1]。更有学者认为,中世纪的作品不是写给人们看的,而是"写给别人听的"[2]。其实,古罗斯的诗歌不是写出来的,而是唱出来的,古罗斯的诗歌不是依靠读者的阅读而进行的"视觉"传播,而是依靠声音要素所进行的"听觉"传播。正因如此,俄罗斯著名诗人叶赛宁形象地写道:"古代的歌手、咏颂者、行吟诗人、说书人以及鲍扬们,常常努力在自己的声音里按照形似的法则转达鸟儿的歌鸣。"[3]

就文学类型而言,"口头诗歌包括叙事形式(史诗、民谣)和抒情形式(民歌)两种"。[4]尤其是作为口头诗歌的民间谣曲等艺术形态,不仅语言简洁流畅,而且具有很强的叙事色彩,对于书面诗歌的形成,无疑发挥了重要的根基作用。

古罗斯的口头诗歌与世界各个民族的口头诗歌有着密切的关联,也同样很早就受到俄罗斯学者和西方一些学者的关注。譬如,早在十八世纪,俄国学者就系统地收集整理民间口头诗歌,楚尔科夫(Михаил Дмитриевич Чулков)收集整理并于十八世纪七十年代在圣彼得堡出版的四卷集《各种

---

① Mark C. Amodio ed. *Oral Poetics in Middle English Poetry*. New York: Garland Publishing, Inc., 1994, p.6.

② A. N. Doane & Carol Braun Pasternack eds. *Vox intexta: Orality and Textuality in the Middle Ages*. Madison: University of Wisconsin Press, 1991, p.xii.

③ 〔俄〕叶赛宁:《玛丽亚的钥匙》,参见张建华等主编:《20世纪俄罗斯文学:思潮与流派》,北京:外语教学与研究出版社,2015年版,第117页。

④ 〔美〕艾布拉姆斯哈珀姆编:《文学术语词典》,北京:北京大学出版社,2014年版,第531页。

歌谣集》(*Собрание разных песен*)，以及在十八世纪八十年代出版的六卷集《新版俄罗斯歌谣全集》(*Новое и полное собрание российских песен*)，达尼洛夫(Кирша Данилов)收集整理的《俄罗斯古代诗集》(*Древние российские стихотворения*)，都极具史料价值，是如今研究古罗斯诗歌的重要参考文献。在学术研究方面，早在十九世纪，法国作家兰波(Alfred Rambaud)就撰写了《俄罗斯史诗》(*La Russie épique*)，该著作"是对这一领域令人钦佩和令人愉快的研究"①。德国学者韦斯特法尔更是认为："俄罗斯民歌是一个丰富的、取之不尽、用之不竭的真正温和的诗歌宝库，具有纯粹的诗意，投入了高度的诗意的形式，一旦俄罗斯民歌被纳入其比较研究的范围，文学美学界一定会把它放在全球所有民族的民歌中的首位。"②然而，由于古代罗斯的口头诗歌长期处于口头流传的状态，所以也在随后较长的历史时间里缺乏应有的收集和整理，"俄罗斯民间文学最初的整理出现在十七世纪和十八世纪，尽管谁也不会怀疑民间文学自古代起就得以保存，但是口头文学作品的系统收集和整理是开始于十九世纪的"。③

一、作为脑文本的口头诗歌

纵观世界文学发展的历程，在作为书写文本的书面诗歌尚未出现之前，作为脑文本存在的口头诗歌是一种重要的文学文本和知识载体。时至今日，文学已经发展到极其高超的阶段，如果我们将今天的文学比作枝繁叶茂的参天大树，那么，我们可以发现，这棵参天大树的坚实的根须则是远古的诗歌，而这一远古的根须最早的形态便是以脑文本形态出现的口头诗歌。正是从这些以脑文本形态体现的根须中，逐渐生出了戏剧、散文、小说等其他各种文学艺术类型。

而且，从诗歌这一艺术形式的生成渊源中，我们可以充分理解脑文本的存在以及口头诗歌的价值所在。坚持"模仿说"的学者总是认为，诗歌起源于模仿，出自人的天性，正是出于人的这种天性，诸如诗歌这类的人间艺术形式才得以生成和发展。朱光潜先生也以人类天性为基础，探讨诗歌的起源，认为诗歌、音乐、舞蹈原是三位一体的混合艺术，它们共同的命脉便是节

---

① H. Munro Chadwick，Nora K. Chadwick. *The Growth of Literature*，Volume 1，Cambridge：Cambridge University Press，2010，p.4.

② См：П. М. Сакулин. *Русская литература. Социолого-синтетический обзор литературных стилей*，В 4-х частях. Ч. 1. Русская старина，Москва：Издательство "Работник просвещения"，1928，с.32.

③ В. П. Аникин. *Устное народное творчество*，Москва：Издательский центр «Академия»，2011，с.18.

奏。"后来三种艺术分化,每种均仍保存节奏,但于节奏之外,音乐尽量向'和谐'方面发展,舞蹈尽量向姿态方面发展,诗歌尽量向文字方面发展,于是彼此距离遂日渐其远。"①而且,在诗歌的生成渊源中,人们的伦理诉求在其中占据重要的位置。无论是劳动歌谣,还是赞美诗或讽刺诗,或是坚持"巫术说"的巫术诗,其生成动因并非仅出于情感的表达,更多的则是出自伦理意识,出自自身的伦理选择的诉求。

在文学经典刚开始生成的时候,为什么首先出现的不是别的文学类型,而是诗歌呢?笔者认为这与脑文本的流传方式密切相关,因为韵文更容易记忆和流传,少出差错,可以用韵律为脑文本制定一个价值尺度,"韵律的产生涉及格律、节奏、韵脚、诗节等方面"②,这些约定有利于脑文本中诗歌概念的形成。尤其是韵律,它是以重复为基础的,而重复的使用则增强了大脑的记忆。"无数文学理论都确认,诗行是以变化多端的重复为基础的:某种韵律单位每隔一定时间的重复(韵律),相同的声音在韵律单位结尾的重复(韵脚),文本中声音的重复(谐音),等等。"③后来,随着印刷术的产生和普及,韵律的作用得以淡化。正是因为有了文本流传的更为有效的物质形式,所以,韵律的作用得以消解,靠脑文本难以流传的长篇小说等艺术类型得以产生,即使是诗歌文本,也不再强调韵律的作用,于是,自由诗体也就随之自然地产生了。

尽管俄罗斯文学是个例外,所流传下来的中世纪文学多半是散文体作品,但是,这并不能说明小说等散文体作品产生于诗歌之前,而是在流传过程中,诗歌相对而言,较少地流传下来而已;还有,古罗斯文人在接受基督教影响时,有选择地接受了较多的散文体作品,而忽略了诗歌遗产。这一点,俄罗斯学界也有定论。对于中世纪古罗斯文学诗歌相对缺乏的现象,有学者指出:"一方面,罗斯从国外借鉴的教会诗歌为数不多,宗教抒情诗则根本没有;另一方面,带有崇拜贵妇人倾向的骑士礼仪和与此有联系的抒情诗也付诸阙如。民间口头抒情诗并未进入文学,而且看来对它只有局部的影响(在'哀歌'中)。在古罗斯文学中占统治地位的总是散文,但即使在散文中,抒情的特别是爱情的主题也表现得极为有限。"④不过,流传和发现的因素

---

① 朱光潜:《诗论》,北京:生活·读书·新知三联书店,1984年版,第11页。
② 黄玫:《韵律与意义:20世纪俄罗斯诗学理论研究》,北京:人民出版社,2005年版,第96页。
③ 〔爱沙〕洛特曼:《艺术文本的结构》,王坤译,广州:中山大学出版社,2003年版,第192页。
④ 高尔基世界文学研究所编:《世界文学史》(第二卷·下册),上海:上海文艺出版社,2013年版,第631页。

也要考虑其中,在十八世纪所发现的手抄本的英雄史诗《伊戈尔远征记》便是典型的例子,这也从一个侧面充分说明,早在十二世纪,古罗斯的诗歌创作与同时代的西欧国家的诗歌创作几乎是同步的,《伊戈尔远征记》与同时代的英国史诗《贝奥武夫》、法国史诗《罗兰之歌》、德国史诗《尼伯龙根之歌》、西班牙史诗《熙德之歌》一样,同属中世纪英雄史诗的代表性作品。

其实,早在俄罗斯书面文学文本出现之前,东斯拉夫人就广泛地发展了各种形态的口头诗歌。"东斯拉夫人的口头诗歌最初在社会性方面具有不很严格的区别。有史以来,罗斯继承了各种体裁的部落民间口头创作的各种类型,其中大约包括古代劳动歌谣,无疑还有咒语或祈祷以及与农业祭祀有关的日历仪式诗歌。"①由于缺乏记录,作为脑文本形态的口头诗歌必然随着脑文本所有者的死亡而消亡。不过,从古罗斯盛行的编年史等著作中,也可以探寻到一些蛛丝马迹。因为,在编年史中,有谚语、谜语、赞歌,以及歌谣的回响。

在古罗斯时代,就诗歌主题而言,主要分为两类,一类是宗教题材的诗篇,一类是英雄史诗类的作品。这两种类型不仅充分体现在古罗斯的书面文学中,也体现在一些口头文学的汇集中。如作为前者的"圣诞歌",以及作为后者的"壮士歌"。除了这两种类型,作为俄罗斯口头诗歌的重要形态,主要还有"日常歌谣"(бытовая песня),以及民间谣曲(народная баллада)等诗歌艺术形式。古罗斯口头诗歌不仅是俄罗斯文学的源头,而且也是俄罗斯民族的记忆,更是对俄罗斯文化渊源和中世纪古罗斯社会生活的重要的认知途径。

二、日历仪式诗

日历仪式诗(Календарная обрядовая поэзия),顾名思义,出自拉丁文"calendar"(俄文为"календарь"),与时间层面的节点有关。按照日历,时节的更替,往往具有特定的象征意义。按照当时人们的理解,冬至会将生命的一个年度周期与另一个年度周期分隔开来。而一个年头的开始,或者一个季节、一个星期甚至新的一天的开始,都会在一定程度上,被赋予特殊的寓意和内涵。"日历仪式诗在人类的艺术发展中发挥了极其重要的作用。它表达了人类'在想象中以及通过想象'积极影响、克服和征服自然力量的愿望,将人类的艺术想象力发展到了最强的程度,发展和加强了人类将其对现

---

① 高尔基世界文学研究所编:《世界文学史》(第二卷·下册),上海:上海文艺出版社,2013年版,第617页。

实的态度付诸诗歌形式的能力。"①日历仪式诗的种类主要有"圣诞歌""迎春歌"(веснянка)、"覆盘歌"(подблюдная песня)等,其中以"圣诞歌"成就最高。后来,随着时间的不断推移,日历仪式诗与仪式的联系逐渐减弱,从而获得具有独特形式特征的独立价值。

"圣诞歌"是古罗斯口头诗歌中的一种常见的种类,主要唱于圣诞前夜。正如口头诗歌出于自身的伦理选择的基本诉求一样,"圣诞歌"在一定的意义上也是出自这一诉求。研究者们常常从历法—祭祀诗开始研究,而这些诗歌形式的出现也是与最古老的农业仪式有关的。由于受到原始宗教信仰以及自然科学知识的限定,古代农民对自然界有着一种本能的恐惧,总是觉得他们的生存是依赖于一种神秘而强大的力量。为了祈求这些神秘力量给他们带来福祉,以便风调雨顺,他们就举行多种形式的农耕仪式,而每一种仪式都会产生相应的歌谣,从而形成祭祀诗的基本概念。而"圣诞歌"不仅与宗教理念有关,也是与古老的农业仪式有关。在俄文中,《圣经》(Библия)在九世纪中叶基里尔(康斯坦丁)建立斯拉夫语不久后,就被从希腊文"βιβλία"翻译而来。在十世纪至十一世纪,许多圣经中单独成篇的故事逐渐从保加利亚流传到了古罗斯,到了十二世纪,就已经有了东正教的《圣经》译本。正是由于圣经的不断流传,与宗教有关的"圣徒传"(агиография)、"圣诞歌"等文学形式得以生成和发展。"圣徒传"主要讲述圣徒的言行以及他们所建立的功勋,而"圣诞歌"则与冬至这一特殊的时间节点有关,所以这主要是一种与圣诞节等季节相关的祈祷仪式歌,甚至"圣诞歌"一词也是从罗马文"calendae"衍生而来的。如有一首圣诞歌中唱道:

> Пришла коляда
> Накануне рождества.
> Дайте коровку,
> Масляну головку!
> А дай бог тому,
> Кто в этом дому!
> (圣诞歌在这里表演,
> 在圣诞来临之前。
> 给我们一头奶牛,

---

① Б. П. Городецкий, ред. *История русской поэзии в двух томах*. Том 1, Ленинград: Издательство Наука, 1968, с.18.

或者给一些黄油！

愿这座房子里的人们

能得到上帝的馈赠！)①

这是在圣诞节前夜，欢乐的人们挨家挨户所唱的歌谣，歌者请求主人尽快出场，盛情款待他们这些客人。诗中还较好地阐述了祝愿主人丰收、健康、幸福和财富的主题。在艺术上，古罗斯诗歌的"圣诞歌"尽管还没有出现节奏、音步等基本概念，但是，为了体现音乐性，诗中开始出现成对的押韵："коляда"押"рождества"；"коровку"押"головку"；"тому"押"дому"。有些韵脚，不是押一个音节，而是押两个甚至三个音节，显得非常协调，充分体现了俄语诗歌的音响特征。后来，随着时间的推移，祭祀诗逐渐摆脱了狭隘的礼仪目的，成为人们喜爱的民间艺术体裁，并且一直在民间流传。

三、日　常　歌　谣

与"圣诞歌"相比，"日常歌谣"中的世俗性显得更为明显一些，也更为贴近人们的生活情形。"日常歌谣"是指在日常家庭生活中的某些场合所唱的歌谣，这类歌谣不仅具有很强的音乐性，而且语言朴质，贴近百姓的生活。在这类歌谣中，传统的仪式性事件元素也比较突出，既有描写情侣相会的抒情恋歌，也有诉说别离时分痛苦之情的悲歌（элегия），还有描写普通百姓艰难生活经历的歌谣，例如摇篮曲（колыбельная песня）、婚礼曲（свадебная песня）、劳动歌谣（трудовая песня）、"婚恋曲"（любимая песня）、"葬礼曲"（похоронная песня），等等。其性质和内容往往随环境而变化。而且，有时还伴随着某些仪式。所有这些，都是人民大众日常经历的记录，都是古罗斯普通百姓社会生活的真实写照。"日常歌谣"也一直为俄罗斯作曲家提供了丰富的素材，极大地激发了这些作曲家的艺术创造力和丰富的想象力。

在古代日常歌谣中，"婚礼曲"和"婚恋曲"相对而言成就显得突出。从这些歌谣中，可以看出古罗斯的一些婚礼场景，古罗斯夫妇的日常生活，以及普通百姓对待婚姻的态度。还可以看出人们对于封建婚姻所表现出的无奈。譬如，有一首题为《母亲把我嫁到远方》（Выдавала меня матушка далече замуж）的诗，反映的是已婚女子所受到的虐待。该诗讲述母亲如何去看望出嫁的女儿；当母亲到了女儿身边的时候，却没有认出自己的女儿，

---

① К. Чистова，Б. Чистова сост. *Русская народная поэзия. Обрядовая поэзия* (*Сборник*)，Москва：Издательство Художественная литература，1984，с.30—31.

"那个老女人是谁,/那个老女人是谁?"她问道;女儿对母亲回答说,她可不是老女人,而是她可爱的孩子;母亲继续询问:"你洁白的肌肤到哪里去了,/你绯红的脸颊到哪里去了?"女儿回答说:"洁白的肌肤萎靡于皮鞭,/绯红的脸颊消散于右手的掌掴。"①而《罗曼公爵失去了妻子》(*Князь Роман жену терял*)、《米哈伊拉公爵》(*Князь Михайла*)、《公爵、公爵夫人和老妇》(*Князь, княгиня и старицы*)等歌谣,则是关于家庭冲突的悲剧性歌谣,而且是以夫妻一方或双方的死亡而告终的。这些歌曲的内容与古罗斯的人们的日常生活有关。

可见,"婚礼曲"或"婚恋曲"涉及的内容较为丰富,在一些"婚恋曲"中,所书写的不仅是爱情的欢乐,还有封建婚姻的疾苦、家庭中的专横跋扈,以及受金银诱惑的买卖婚姻等种种现象,对于古罗斯的婚恋生活作了全方位的记录和审视。

四、民 间 谣 曲

在中世纪,民间谣曲是一种在英国、法国等欧洲很多地区广泛流传的诗体叙事作品,而且是一种最具特色的口头叙事体裁作品。民间谣曲是"一种口头流传、讲述故事的歌谣"②。其实,与英国中世纪的谣曲一样,这是一种篇幅较为短小的叙事诗,所体现的常常是普通百姓的日常生活状况和地方的风土人情。这一点,古罗斯的谣曲与英国、法国的谣曲是一致的。所以,有俄罗斯学者认为:"谣曲可以被定义为具有戏剧性的叙事歌曲,其中的事件是围绕着人的个体的命运而展开的,行动被简化为一个情节,叙事简短明快,没有'作者'的阐释或插话,有时还带有象征和奇幻现象。"③

在古罗斯,民间谣曲主要流传于十三世纪和十四世纪。也有俄罗斯学者认为:"古典民谣在十三和十四世纪末出现,在十七和十八世纪末逐渐消失。"④不过,"逐渐消失"只能是相对而言的。十八世纪茹科夫斯基对英国谣曲的翻译,也离不开俄罗斯口头民间谣曲传统。民间谣曲与"壮士歌"相比,就其叙事性而言,两者具有一些共同之处,有所不同的是,民间谣曲所书

---

① М. Д. Чулков сост. *Собрание разных песен*. Часть I/Издатель М. Д. Чулков, СПб.,1770, с.186.

② 〔美〕艾布拉姆斯哈珀姆编:《文学术语词典》,北京:北京大学出版社,2014年版,第47页。

③ Д. М. Балашов. "Русские народные баллады".//Д. М. Балашов сост. *Русские народные баллады*, М.: Современник, 1983, с.7.

④ Д. М. Балашов. "Русские народные баллады".//А. М. Асташова ред. *Народные баллады*(Библиотека поэта; Большая серия; Второе издание). Ленинград: Издательство Советский писатель, 1963, с.15.

写的是关于个人生活而非英雄壮举的故事,作品中的主要角色也并非一般意义上的英雄人物或者勇敢的"壮士",更不是显赫的历史人物,常常只是普普通通的人物形象,甚至有时连姓名也没有在历史上留传下来。民间谣曲所描写的事件也不是轰轰烈烈的历史事件,而是当时的普通的日常生活。但是,普通人物的戏剧性处境常常是谣曲所关注的重点,如家庭冲突、家庭暴力、误认和其他巧合的故事很是常见。如在题为《强盗兄弟和妹妹》(Братья-разбойники и сестра)的谣曲中,一个母亲生有九个儿子和一个女儿。其中,有儿子离开了母亲,去当了强盗。在作品的最后部分,这个强盗准备对一个不知姓名的女孩下手时,却突然认出了该女孩是他们幸存的唯一的妹妹。最后,妹妹没有接受强盗的金银财宝,只想快点回到基辅,见到自己的母亲。再如,题为《女修道院院长丘里拉》(Чурилье-игуменье)和《瓦西里与索菲亚》(Василий и Софья)的谣曲,描写的是悲壮的爱情故事。谣曲《瓦西里和索菲亚》描写的是狠心的婆婆与媳妇的冲突,以及新郎新娘的至死不渝的爱情。在这首谣曲中,婆婆打算用来毒死新娘的毒药,却被这对年轻夫妇共同分享。他们死后被埋葬的细节,尤其是他们坟头所发生的情形,在英国和法国的一些骑士文学中可以找到熟悉的影子:

> 瓦西里的棺材是镀金的,
> 索菲亚的棺材是油漆的。
> 王公贵族们抬着瓦西里,
> 美丽的少女们抬着索菲亚。
> 他们把瓦西里葬在右边,
> 他们把索菲亚埋在左边。
> 瓦西里的坟头长出金色的柳树,
> 索菲亚的坟头长出一棵柏树。
> 树根与树根一起生长,
> 枝条与枝条交织在一起,
> 树叶与树叶紧紧粘贴。[1]

类似的描写与西欧文学中的《特里斯坦与伊索尔德》等作品的结局是极为相似的。如果说《瓦西里与索菲亚》与西欧文学中的类似题材没有渊源,

---

[1] A. M. Асташова ред. *Народные баллады*(Библиотека поэта; Большая серия; Второе издание). Ленинград: Издательство Советский писатель, 1963, с.50.

那么人类情感的血肉相连以及人类命运的共通无疑在此得到了充分的证实。

在艺术技巧方面,为了呈现作品中的教谕功能,常常伴有神秘手法以及梦幻故事的手法。在叙事方面,谣曲亦显得独特,譬如,在上述《强盗兄弟和妹妹》中,首先是来自作者的陈述,然后由女主人公按字面意思进行重复,正是通过这种重复,强盗兄弟从中明白了事情的原委,从而达到一种高涨的悲剧效果。

尽管谣曲反映的是普通民众的思想情感,但是,谣曲中的人物并不限于普通民众,有时也会出现上层人物,如国王和王后等,不过,这些人物基本上不是真实的历史人物,所书写的事件也基本上不是历史真实事件,常常是虚构和幻想的产物,这一点,是不同于"英雄史诗"或"壮士歌"的。譬如,流行于莫斯科公国时期的题为《年轻人与皇后》(*Молодец и королевна*)的民间谣曲,就通过虚构的方式,想象了一个年轻人与王后之间的暧昧关系,体现了普通民众不切实际、耽于幻想、妄图一步登天、达到人生顶端的心理。更为重要的是,年轻人善于炫耀,当他因受到国王的厚爱而留在宫廷的时候,他却吹嘘他与皇后之间的关系,将此作为他人生成功的资本:

> 这个年轻人变得狂妄,
> 信口胡诌,夸夸其谈:
> "兄弟们,我酒足饭饱,
> 我所穿的是精美的衣裳,
> ……
> 我曾经牵过皇后的纤手,
> 还和皇后躺在垫有绒毛的床上。"①

正是因为他夸张的炫耀,有人到国王处告发,年轻人受到了严厉的处罚,这也给他和皇后带来了灾难性后果。这首谣曲的结局是悲惨的:这个小伙子被处决,皇后也自杀身亡。有的版本中,该故事还具有"变形记"的某些成分,皇后在自杀之后,"变成一只白天鹅,飞向'血红的原野'"②。就劝诫的内涵来看,古罗斯谣曲《年轻人与皇后》与中世纪波斯著名的神秘主义诗人鲁米的寓言诗《商人和鹦鹉》非常相近,所反对的是炫耀和显摆,所倡导的

---

①② А. М. Асташова ред. *Народные баллады* (Библиотека поэта;Большая серия;Второе издание). Ленинград: Издательство Советский писатель, 1963, c.83.

是心灵的顿悟。鲁米的《商人和鹦鹉》，"明确道出了含而不露的'不要丧失自我，不要显摆'的处世原则。鹦鹉之所以成为笼中之囚，在于它一开始不懂得这一原则，为了讨好于人，卖弄自己，模仿人的语言，丧失鸟的本性，从而导致自己失去自由，成为人的玩物。同样，一个人若是过于显摆，甚至卖弄自己，那么，定会遭遇忌妒和厄运"①。在古罗斯谣曲《年轻人与皇后》中，也正是因为年轻人的炫耀，才导致了两人的悲剧命运。

从流传下来的民间谣曲中可以看出，谣曲的典型特征是语言简洁，贴近百姓生活，容易理解，内容丰富多彩，为广大民众所喜闻乐见，其中富有曲折的叙事色彩以及浓郁的乡土气息，反映了普通百姓的日常生活习俗以及思想倾向，为我们了解古罗斯的社会生活状态以及相应的风土人情提供了一定的参照。

与此同时，在俄罗斯诗歌发展史上，生成于中世纪的谣曲，在中世纪的口头流传中，受到一定的限制，流传下来的作品相对有限，但是，对后世俄罗斯诗歌的影响还是显而易见的。十八世纪的茹科夫斯基和十九世纪初期的浪漫主义诗人对谣曲的广泛兴趣，充分说明这一艺术形式的历史渊源。

五、历 史 民 谣

在中世纪的古罗斯诗歌中，历史民谣也是不可忽略的重要的诗歌艺术成就之一。历史民谣是指在民间流传的基于历史事件的口头诗歌。与其他类型的口头诗歌有所不同的是，历史民谣不太关注反抗异族侵略等宏大历史事件，而是主要反映历史上不同社会阶层的内部政治冲突以及一些社会生活事件，表达人民大众的切身利益和呼声。所以，诗歌篇幅相对有限，更像是普通民众所讲述的基于并非重大历史事件的诗体故事。就人物而言，也不同于英雄史诗或"壮士歌"，其既颂扬伊凡雷帝等著名历史人物，也描写名不见经传的普通士兵的形象。

古罗斯的历史民谣，比较著名的有《谢尔康》(Щелкан)、《伊凡雷帝为儿子祈祷》(Иван Грозный молится по сыне)、《伊凡雷帝在瑟普克城》(Иван Грозный под Серпуховом)、《叶尔马克之歌》(Песни о Ермаке)，等等。

在历史题材的民谣中，《谢尔康》是最早出现的口头历史民谣之一。著名的俄罗斯语言学家康斯坦丁·卡拉多维奇指出，这首诗歌与1327年特维尔对鞑靼人巴斯克·谢夫卡尔的叛乱事件有关。在这首诗中，谢尔康这一

---

① 吴笛：《世界名诗欣赏》，杭州：浙江大学出版社，2008年版，第47页。

形象所充满的傲气和怒火，以及在众人中所引发的不满，也得到了一定的
体现：

> 那个时候，年轻的谢尔康，
>
> 在那个古老的特维尔，
>
> 在那个富有的特维尔，
>
> 坐上了法官的位置。
>
> 一旦他担任这一职位，
>
> 寡妇们就要受到羞辱，
>
> 红衣女郎们也因此蒙羞，
>
> 他辱骂众人，嘲弄各个家庭。①

《叶尔马克之歌》中的叶尔马克本是一个大盗，曾被判处死刑，但是，伊
凡雷帝为了对外大肆征伐，重用叶尔马克，攻克了西伯利亚汗国。与叶尔马
克有关的历史民谣大多体现了俄罗斯帝国的扩张，以及叶尔马克的英勇作
战和最后在河中的死亡。

古罗斯的民间诗歌主要是通过口头进行流传的，但是也在各个不同的
时期被记录和整理。由于出自不同的人手，所以也会在文字上具有一些细
小的区别。相对而言，达尼洛夫在十八世纪末收集整理并于 1804 年出版的
《俄罗斯古代诗集》，因其向同时代的人揭示了民间诗歌领域的全新材料，曾
引起广泛的注意。

第三节　《囚徒丹尼尔的言论》

与囚徒丹尼尔有关的作品，出现在十三世纪至十四世纪。流传下来的
有署名丹尼尔的好几个不同的版本，但受到关注的主要有两种，一是《囚徒
丹尼尔的言论》，另一是《囚徒丹尼尔的祈祷》。它们属于古代俄罗斯诗歌中
最有趣的文学遗迹之一。"尽管有一系列版本学性质的论据支持《言论》先
于《祈祷》的结论，也有一系列意识形态取向支持《言论》相对于《祈祷》而言

---

① Л. И. Емельянов сост. *Русская историческая песня*，（Библиотека поэта）．Ленинград：
Издательство Советский писатель，1990，с.46.

显得更早的结论,但是,《言论》与《祈祷》孰先孰后的问题仍然停留在一种假设阶段。"①

虽然存有一定的争议,但是俄罗斯学界的多数学者还是倾向于认为《囚徒丹尼尔的祈祷》是对《囚徒丹尼尔的言论》的回应和补充。作为俄罗斯十三世纪的一部重要作品,《囚徒丹尼尔的言论》对于俄罗斯诗歌艺术的发展而言,具有一定的历史贡献,尤其是在叙事技巧和明喻等艺术手法的使用方面。就艺术形式而言,这是失宠的丹尼尔给他曾经的主子——王公雅罗斯拉夫·弗拉基米罗维奇的留言。丹尼尔因无礼以及过分坦率而蒙受耻辱,并在流亡中经历了种种艰辛,因此,他祈求王子赦免他,让他回到王室供职。

《囚徒丹尼尔的言论》主要由丹尼尔于 1213—1236 年写给雅罗斯拉夫王公的书信所组成,作者似乎非常需要得到王公的器重以及他的帮助,将王公看成自己一切方面的靠山和摆脱目前处境的希望。在这部作品中,叙述者似乎陷入了极度的困境之中,难以自拔,他急需来自王公的拯救:

> 我被贫穷俘获,这是我向你哭诉的原因,
> 怜悯我吧,伟大的弗拉基米尔国王的后裔,
> 给我的苦难之地送上一片云彩,
> 免得我像亚当那样为天堂而哭泣。②

虽然深陷困境之中,但他依然怀着乐观的信念,对未来寄予希望,而且,他头脑聪明,富有才华,为了证明自己的才智,他在信中经常引经据典,尤其善于引用《圣经》中的语句,也时常引用文学经典中的词语,譬如,引用《往年纪事》、斯维亚托斯拉夫的《选集》以及《蜜蜂》中的格言,以此来强调自己的才华和渊博的学识,以便引起王公的注意和赏识。

在语言风格方面,根据利哈乔夫的观点,丹尼尔广泛使用了《圣经·旧约·诗篇》中典型的风格对称的方法,以及其他的对偶组合:比较、对比、修辞意义上的"摇摆不定"③。而且,也正是这些对偶组合,成为《故事》节奏组

---

① Н. И. Пруцков, гл. ред. *История русской литературы в четырех томах. Том первый. Древнерусская литература. Литература XVIII века.* Ленинград: Издательство Наука, Ленинградское отделение, 1980, с.102—103.

② РАН. ИРЛИ. *Библиотека литературы Древней Руси*, Под ред. Д. С. Лихачева, Л. А. Дмитриева, А. А. Алексеева, Н. В. Понырко. СПб.: Издательство Наука, 1997.-Т. 4: XII век.

③ Д. С. Лихачев. *Поэтика древнерусской литературы.* Изд. 3-е, доп. Москва: Издательство Художественная литература, 1979, с.174—175.

织的基础。该作品中，丹尼尔在祈求的同时，也对《诗篇》中的智慧竭力赞美：

> 起来吧，我的荣耀，唱起诗篇，弹起古斯里琴！
> 我将早早起身，我将向你忏悔；
> 我将以种种比喻来揭示我的想法……
> 并向万国人民宣告我的荣耀，
> 因为智者的心是用美和智慧所强化。①

从上述引文中可以看到，这部作品极为重视智慧，而且，作者对自己的智慧也赞不绝口。正因如此，这部作品充满哲理性。作品中有不少警句，讽刺愚昧，赞美智慧，譬如"宁听智者之辩，不听愚者之谏""死人不可笑，愚人不可教""有了贤明的参谋，王子就会登上王位"②。而且，在深深处于逆境的情况下，作者丹尼尔还能够明白智慧的意义。他也正是通过文字的魅力，通过艺术的感化，来驱除忧伤和不幸，所以，他在诗中写道：

> 好的文字用甜美滋润着心灵，
> 但愚昧的人心中充满了悲哀。③

作品中有许多处事原则，譬如，认为知识的积累靠的是勤奋，"我就像一只蜜蜂，依附在不同的花朵上……/我也从许多书中选择了文字和智慧的甜蜜"。而且，在作品的后部分，该诗对"恶妇"的形象进行了讽刺和批判。所有这些，都较好地体现了封建自我意识的一些典型特征。

在重视美与智慧的同时，叙述者丹尼尔还强调以"比喻"的方法来展现自己的思想，而不是简单地平铺直叙。所以，在这部作品中，有层出不穷的、异常妥帖的比喻，尤其是明喻等艺术技巧的使用，譬如，书写自己的处境时，

---

① РАН. ИРЛИ. *Библиотека литературы Древней Руси*, Под ред. Д. С. Лихачева, Л. А. Дмитриева, А. А. Алексеева, Н. В. Понырко. СПб.: Издательство Наука, 1997.- Т. 4: XII век. с.268.

② РАН. ИРЛИ. *Библиотека литературы Древней Руси*, Под ред. Д. С. Лихачева, Л. А. Дмитриева, А. А. Алексеева, Н. В. Понырко. СПб.: Издательство Наука, 1997.- Т. 4: XII век. с.279.

③ РАН. ИРЛИ. *Библиотека литературы Древней Руси*, Под ред. Д. С. Лихачева, Л. А. Дмитриева, А. А. Алексеева, Н. В. Понырко. СПб.: Издательство Наука, 1997.- Т. 4: XII век. с.278.

叙述者声称："我的心就像一张没有眼睛的脸/而我的才智就像废墟中的猫头鹰。"甚至认为自己"就像路边的一棵树,/许多人把它砍下来,扔进火里"。正是因为处于这一情形,所以他渴望得到王子的拯救:

> 把我从这贫穷中解救出来。
> 如同从网中捞出一只麋子。
> 就像从陷阱里救出一只小鸡。
> 就像从鹰爪下救出一只小鸭。
> 就像从狮子的口中救出一只羚羊。

可见,叙述者丹尼尔以类似的种种比喻,表达自己所遭遇的实际处境,渴望得到拯救。层出不穷的比喻,在作品中随处可见。在作品开头的第二诗节,作者写道:

> 我的舌头就像文士的一根拐杖,
> 我这甜美的嘴唇,就像湍急的河水。
> 于是,我决心写下所有的心结。
> 猛地砸碎它们,就像古人将婴儿砸向石头。
> 但是我的主人啊,我害怕你的谴责,
> 因为我就像那棵被诅咒的无花果树,
> 我没有用来表示悔罪的果实。①

这些生动妥帖的比喻,颇像《圣经·旧约·雅歌》中的比喻,十分新奇,体现了抒情诗的一些重要特质。

由此可见,在十世纪至十六世纪的古罗斯文学中,尽管与西欧文学不同,占主导地位的是一些散文体的作品,但是,《伊戈尔远征记》等史诗性作品、《囚徒丹尼尔的言论》等书信体诗篇,以及"民间谣曲""壮士歌"等口叙诗歌,也在一定程度上展示了古罗斯诗歌应有的概貌,并且充分体现了其在俄罗斯诗歌起源时期所发挥的重要的奠基作用。

---

① РАН. ИРЛИ. *Библиотека литературы Древней Руси*, Под ред. Д. С. Лихачева, Л. А. Дмитриева, А. А. Алексеева, Н. В. Понырко. СПб.: Издательство Наука, 1997.-Т. 4: XII век. с.268.

第二章 英雄史诗与《伊戈尔远征记》

文学作品中的史诗是由叙事和史实性的事件所驱动的,所以情节在史诗中起着至关重要的作用;而英雄史诗(героический эпос)则是由英勇壮举所驱动的。作为中世纪重要的诗歌类型,英雄史诗出现在许多民族或国家的文学创作中,是各个民族文学的最早的诗歌艺术成就之一,或是各民族文学的最早的艺术丰碑,也是各民族弘扬爱国主义精神的重要的文学经典之一。

第一节 英雄史诗概述

在漫长的历史发展进程中,英雄史诗是民族艺术成就的重要体现,也是民族传统精神文化的一个典型象征,是作为历史记忆的枢纽和历史知识的源泉以及社会道德准则的最生动的诗意表达。英雄史诗以英雄主义和传奇色彩为重要特色。所以有学者认为:"英雄史诗最为重要的决定性的标志是其内容中的英雄主义特质。"①英雄史诗也是属于口头民间文学的范畴,多半是由一些说唱诗人经过长期的行吟说唱,最终由文人整理为书面文献,相对固定下来的。由于其最初属于民间口头文学,英雄史诗的来源也是极为丰富和复杂的,有时还是不同民族的共同源头,来自不同民族的素材根据自身的民族意识的发展水平被创造性地重新解释。"英雄史诗的思想艺术内容是由人民、其创造者和承载者在多个世纪的历史发展中的具体条件来进行阐释的,是由社会关系的特性以及历史上形成的民族性格、民间生活、传统和信仰来进行阐释的。这决定了任何一部民族史诗对民族文化的特殊贡献,同时也是对世界文化共同宝库的特殊贡献。"②所

---

① В. Я. Пропп. *Русский героический эпос*. Москва: Издательство "Лабиринт", 1999, с.6.
② Виктор Жирмунский. *Народный героический эпос*, Ленинград: Гослитиздат Ленинградское отделение, 1961, с.198.

以,英雄史诗具有一定的史料特质,体现了人们对历史的记忆以及以史为鉴的现实意义。"人民在历史上经历了许多困难和欢乐的事件,他们很好地记住了这些事件,评价这些事件,并将其作为记忆传给了下一代。"①当然,诗性记忆固然是一个重要的方面,不过,以史为鉴无疑更具现实意义,"一部史诗之所以有生命力,不是因为对过去的回忆,而是因为它反映了未来的理想"②。

就古罗斯文学的发展而言,具有独特艺术特质的"壮士歌"也具有一定程度的史诗特性和英雄特质,尤其是"壮士歌"中的一些人物,如多勃雷尼亚、伊利亚·穆罗梅茨、斯维亚托戈尔、萨德科等形象,都富有一定程度的英勇特质。有些学者甚至将"壮士歌"与"英雄史诗"相提并论,或者将"壮士歌"视为英雄史诗的一个组成部分。不过,这种观点显然也是失之偏颇的。因为,一方面,英雄史诗是世界文学史上许多民族文学都共有的一种文学体裁,尤其存在于欧洲和中亚地区的一些民族文学中。其次,"壮士歌"作为古罗斯诗歌中特有的文学现象,与英雄史诗还是有着比较明显的差别的。在篇幅上,"壮士歌"较"英雄史诗"而言,显得相对较短,大多为几百行,最长的也不过上千行而已。而英雄史诗则不同,要比"壮士歌"长得多,一般为数千行,有时甚至长达上万行或者数万行。在作品内容上,"壮士歌"虽然也有与敌人进行抗争的描写,但是,很多是与大蛇等兽类抗争或是与妖怪抗争,而英雄史诗不仅限于与蛇妖或者自然力的抗争,而主要是歌颂历史上的或现实生活中的与敌人英勇作战的英雄人物,讴歌反抗异族入侵、保卫城邦或国家的英雄形象。

另外,一些历史故事中,也有一些史诗的要素,尤其是《捷甫盖尼的事业》(Девгениево деяние)等历史故事。《捷甫盖尼的事业》作为古罗斯的叙事作品,主要情节是叙述拜占庭人与撒拉逊人之间所进行的英勇的斗争,作品也讲述了捷甫盖尼(Девгений)所建立的功勋。就风格而言,它融汇了口头民间诗歌的表述传统以及基辅罗斯战争故事的叙述风格。有学者认为,这部作品实际上是以中世纪拜占庭叙事诗《狄吉尼斯》为蓝本进行改编而成的。"拜占庭叙事诗创作于十至十二世纪,所叙述的是东罗马公主与阿拉伯酋长所生的儿子狄根尼斯的经历。"③但学界对此存有争议,俄罗斯学者坚信这是原创性作品。甚至有学者认为,标题中的"деяние"本身就具有"长篇

---

① Б. Д. Греков. *Киевская Русь*. Москва: Государственное издательство политической литературы, 1953, c.7.

② В. Я. Пропп. *Русский героический эпос*, Москва: Лабиринт, 1999, c.64.

③ 吴笛:《俄罗斯小说发展史》,杭州:浙江工商大学出版社,2022年版,第34页。

小说"之意,"деяние"甚至可以翻译成现代俄语的"长篇小说"。①更有学者将此视为作于十三世纪的《狄吉尼斯》的斯拉夫语版本,认为这是同一题材在不同场所的民间流传,"斯拉夫语的版本诗文合一,俄罗斯文学形成时期在基辅流传"②。

就古罗斯诗歌而言,英雄史诗的发现,对于俄罗斯诗歌在世界文坛的整体影响力而言,具有十分重要的促进作用。在十八世纪之前,当《伊戈尔远征记》以及"壮士歌"还没有被发现以及未能引起学界注意的时候,俄罗斯文学因为缺少诗歌创作,与西欧文学相比,显得稍逊一筹,这甚至成为俄罗斯文学史的一个缺憾所在。但是,随着《伊戈尔远征记》的发现以及"壮士歌"的收集和整理,情况得以根本改观;正如俄罗斯学者所说,"英雄史诗的发现证明在我们的祖先那里,'诗意'并不欠缺或者并非不够充足"。③

古罗斯英雄史诗的艺术成就也尤为突出,正如西方学者所指出的,"英雄史诗总体上是俄罗斯和南斯拉夫口头文学中最重要的文学体裁"④。然而,由于英雄史诗属于口头文学,所以随着其讲述者的死亡而失传的情形也是难以避免的,而流传下来的最具代表性的英雄史诗就是《伊戈尔远征记》。在十七世纪之前的古罗斯文学中,这部英雄史诗占据极其重要的地位。这是一部描写抵御外敌侵略、弘扬爱国主义的优秀诗作,作为古罗斯文学中的卓越典范和最初的杰作,它连同法国的《罗兰之歌》、英国的《贝奥武夫》、西班牙的《熙德之歌》以及德国的《尼伯龙根之歌》等著名的英雄史诗,在世界文学史上代表了中世纪诗歌艺术的重要成就。

第二节 《伊戈尔远征记》的主题与书写艺术

古罗斯的这部英雄史诗中文译本通译《伊戈尔远征记》,又译《伊戈尔出征记》,约成书于 1185 年 5 月至 1187 年 10 月之间。然而在历史长河中,它被长期淹没,直到 1795 年,藏书家兼考古学家穆辛-普希金伯爵才发现一部

---

① А. И. Стендер-Петерсен. "О так называемом Девгениевом деянии", *Scando-Slavica*. Т. I, 1954, с.87—97.

② 刘建军:《译者前言》,参见〔拜占庭〕佚名:《狄吉尼斯·阿克里特》,刘建军译,北京:北京大学出版社,2017 年版,第 19 页。

③ А. М. Панченко. *Русская стихотворная культура XIX века*,Ленинград:Издательство Наука,Ленинградское отделение,1973,с.3.

④ H. Munro Chadwick, Nora K. Chadwick. *The Growth of Literature*,Volume 2,Cambridge:Cambridge University Press 2010,p.xiv.

十六世纪的手抄本,并于 1800 年公开出版。这部作品被誉为"中古俄罗斯最杰出的作品"①。

《伊戈尔远征记》成书的年代,正值古罗斯封建割据的时候,当时的基辅罗斯开始分裂成了许多公国,彼此之间颇为不和,甚至仇视,相互争权夺利,同时又经常受到游牧民族的侵扰,譬如,它当时就受到突厥草原游牧民族的波洛夫人的侵扰。《伊戈尔远征记》这部史诗就是在这样的背景下写成的,也是基于一定的史实。1185 年,古罗斯对波洛夫人进行成功的联合征伐之后,诺夫哥罗德王公伊戈尔,连同自己的堂弟符塞沃洛德、侄子斯维亚托斯拉夫等人,对草原游牧民族进行了一次新的征讨,但行动归于失败。草原波洛夫人受到胜利的鼓动而进行反击行动,他们的军队因而侵入一些当时没有设防的罗斯公国。尽管第聂伯河右岸地区没有被波洛夫人攻入,但左岸地区遭遇了毁灭性打击。直到一个多月之后,伊戈尔才成功撤离,回到故土。《伊戈尔远征记》的书写在这一史实的基础上,赋予局部冲突以史诗化的宏观呈现。所以,有学者认为:"《伊戈尔远征记》的题材受到 1185 年事件的启发,作者旨在聚焦于这一情节,希望以伊戈尔的悲剧命运为例,给当时的王公们上一堂警示课。"②

就艺术结构而言,整部史诗除了序诗和尾声之外,其主体大致可以分为三个部分。作品是以反问的形式开始的,而且也用古老的词语来表述伊戈尔王子所卷入的悲惨战役,并且是以当时的吟游诗人鲍扬可能使用的词语:

> 应当把这一支歌儿唱起,
> 但得遵循这个时代的真实,
> 而不要按照鲍扬那样来构思。
> 因为先知鲍扬,
> 要想对人把歌儿演唱,
> 那他就像一缕游丝在树上萦绕,
> 像一头灰狼在大地上奔跑,
> 像一只蓝灰的苍鹰在云彩下飞翔。③

作品的开篇就充满诗意的书写,尤其是抒情诗中常见的明喻的使用。

---

① Dimitri Obolensky ed. *The Heritage of Russian Verse*, Bloomington: Indiana University Press, 1976, p.xxxii.

② Н. И. Пруцков ред. *История русской литературы в четырех томах*. Том 1, с.82.

③ 〔俄〕佚名:《伊戈尔远征记》,魏荒弩译,北京:人民文学出版社,1957 年版,第 1 页。

接下来的第一部分，书写诺夫哥罗德王公伊戈尔在没有同别的王公进行商议，也没有告知基辅大公的情况下，便同自己的几个亲属一起召集军队，擅自向草原上的游牧民族波洛夫人进军，发动攻击，但是由于本身力量单薄，双方力量悬殊，伊戈尔遭遇了失败。

第二部分是书写作为诸侯之长的基辅大公斯维亚托斯拉夫在得知伊戈尔失败之后所采取的措施以及发出的呼吁，认为正是由于内讧，"暴力才从波洛夫人的国土上袭来"①。所以，他发出"金玉良言"，号召王室团结一致，要求诸王公停止内讧，吸取教训，保卫俄罗斯国土。

第三部分是书写伊戈尔的妻子雅罗斯拉夫娜在得知丈夫被俘后的痛苦反应，她在城堡上发出令人感动的哭泣和诉求：

> 哦，风啊，大风啊！
> 神啊，你为什么不顾我的意志来吹拂？
> 你为什么让可汗们的利箭
> 乘着你轻盈的翅膀
> 席卷到我丈夫的战士们的身上？
> 难道你在碧海上爱抚着大船，
> 在云端下吹拂得还少？
> 神啊，你为什么要把
> 我的快乐在茅草上吹散？②

在这一部分中，作者还书写了伊戈尔最后逃出波洛夫人的囚禁，重归祖国的情形。既然王子已经安全归来，罗斯大地又出现了一片欢腾的景象："所有的村落都欢喜，所有的城镇都快乐。//歌颂了往昔的王公，/而后又把年轻的王公歌颂……"③这部英雄史诗以对王公们和武士们的赞颂而告终。

从以上的三个部分，还可以看出这部英雄史诗的书写艺术的多样性。第一部分以叙事为主，第二部分侧重于总结和忠告，而第三部分则以抒情为特色。这部史诗中，有一段是描写战斗失败的诗篇，其中既着重表现悲壮的战争场面，也注意通过俄罗斯妇女等普通百姓的感受来细腻地展现笼罩在俄罗斯大地上的悲哀：

---

① 〔俄〕佚名：《伊戈尔远征记》，魏荒弩译，北京：人民文学出版社，1957年版，第23页。
② 〔俄〕佚名：《伊戈尔远征记》，魏荒弩译，北京：人民文学出版社，1957年版，第25—26页。
③ 〔俄〕佚名：《伊戈尔远征记》，魏荒弩译，北京：人民文学出版社，1957年版，第31页。

我们怎么想也想不来、

怎么盼也盼不到、

怎么瞧也瞧不见

自己的那些亲人，

而我们手里就没有积攒下寸金分银。①

　　就主题而言,尽管存在着种种不同的观点,但不可否认的是,这部史诗的作者在作品中既歌颂了伊戈尔英勇尚武的优秀品质,也批评了他追求个人荣誉的不纯动机以及由此而导致的战争的失败,并且谴责了诸王公之间的不和以及在各公国之间所形成的分裂,因此,作品中洋溢着鲜明的爱国主义思想以及强烈渴望国家团结统一的意愿。这正是《伊戈尔远征记》的思想意义所在。作者通过并不显赫的历史事件,借助种种艺术手段,成功地表现了这部作品之所以得以流传的基本主题:诸王公之间的封建割据必将关系到国家的生死存亡,王公们必须从失败中吸取教训,抵御外敌,消除内讧,避免分裂,团结起来,行动一致,共同抗敌。所以,马克思在谈及《伊戈尔远征记》的时候中肯地写道:这部史诗的要点是号召俄罗斯王公们在一大帮真正的蒙古军的进犯面前团结起来。②

　　就这部史诗的艺术特质而言,该作品成功地运用了多种艺术形式和艺术手段,有着高度的音乐质感,尤其是重复和重唱的使用,极大地增强了作品的音乐性以及浓郁的抒情性。"史诗本是叙事诗歌,但《伊戈尔远征记》却具有强烈的抒情性,整部史诗浸透着深厚的感情,几乎从头到尾都是抒情的。"③这部史诗中有大量固定的修饰语,以及丰富的意象和精妙婉转的艺术手法。

　　如前所述,史诗主要内容中的三个部分,体现了其写法的多样性,整部史诗是由叙事、忠告、抒情所构成的"三位一体"而组成的;史诗充分吸取了民间文学艺术的营养,以民间诗歌和民间的口头语作为创作的基础;史诗尤其突出地运用了象征和比喻等一些艺术手段,诗歌中的太阳、风雨、云彩、闪电、黑夜、大地、河流、植物、鸟兽等自然意象宛如有灵之物,在烘托情节的展开和思想的拓展和深化方面,发挥着重要的作用,诗中的人物及其行动和情感,以及政治、军事和社会力量,无不以这些自然意象作为象征来加以体察

---

① 〔俄〕佚名:《伊戈尔远征记》,魏荒弩译,北京:人民文学出版社,1957年版,第12—13页。

② 《马克思恩格斯全集》(第29卷),北京:人民出版社,1974年版,第23页。

③ 曾思艺:《俄罗斯诗歌研究》,北京:北京大学出版社,2018年版。

和表达,使得整部作品充满庄严和神秘的抒情气氛。在这部英雄史诗中,体现诗歌艺术特质的,是自然意象的使用。这些意象显得十分鲜明,而且富有寓意象征。尤其是狼、马、野牛、狐狸、豹子、貂等许多兽类动物名称的呈现,令人产生深刻的印象。史诗中,鹰、天鹅、猎鹰、夜莺、乌鸦、公鸡、布谷鸟、白鸭、鹅、海鸥、喜鹊和啄木鸟等鸟类意象,同样显得生动具体。在这部史诗的描述中,许多人物和事件都是可以用自然意象来进行比喻的,如将鲍扬比作"古老时代的夜莺",将撤退的波洛夫人的马车在午夜的尖叫比作"一群被惊起的天鹅",将伊戈尔比作苍鹰,比作一只保护孩子免受伤害的母鸟,将符塞沃洛德大公比作"勇猛的野牛",将奥佛鲁尔比作"豺狼",将雅罗斯拉夫娜比作"一只杜鹃",将波洛夫人比作"黑色的乌鸦"。所有这些比喻,都显得格外形象,生动妥切,充分显现了史诗作者的艺术才华。

如在表示战士的勇猛时:"他们纵马奔驰,好比原野上的灰狼,/为自己的荣誉,为王公寻求荣光。"①在形容波洛夫人的车辆在道路上疾驰时:"他们的大车辚辚地喧嚷着,/好比一群被惊起的天鹅。"②再如伊戈尔的军队由于势单力薄终于失败的时候,诗中便是以植物意象来对他们的失败表示悲哀:"青草同情地低下头来,/而树木悲凄地垂向地面。"③而像"屈辱"也能以"用自己的天鹅的翅翼在顿河旁边的/蓝色的海上拍击"④这样的一些诗句描写更是说明该诗善于使用隐喻、拟人、象征等艺术手法,突出体现了悲壮而又抒情的艺术风格。

正因如此,这部作品的独特的结构艺术得到了学界的赞赏:"《伊戈尔远征记》的结构极为复杂。叙事的主线——伊戈尔在1185年对波洛夫人的战役,他的失败、被俘和逃跑的故事——多次被历史性的离题、抒情性的赞美、赞美诗和悲歌所打断。这些材料被归纳为两个基本主题,作为诗歌的焦点:第一个是叙事性和英雄性;另一个是说教性和公开的宣传性。"⑤应该说,这部英雄史诗所体现的出色的艺术贡献是十分显著的,尤其是结构艺术,对于俄罗斯叙事诗的发展,是具有积极意义的。

---

① 〔俄〕佚名:《伊戈尔远征记》,魏荒弩译,北京:人民文学出版社,1957年版,第5页。

② 〔俄〕佚名:《伊戈尔远征记》,魏荒弩译,北京:人民文学出版社,1957年版,第6页。

③ 〔俄〕佚名:《伊戈尔远征记》,魏荒弩译,北京:人民文学出版社,1957年版,第11—12页。

④ 〔俄〕佚名:《伊戈尔远征记》,魏荒弩译,北京:人民文学出版社,1957年版,第12页。

⑤ Dimitri Obolensky ed. *The Heritage of Russian Verse*, Bloomington: Indiana University Press, 1976, p.xxxiii.

第三章 "壮士歌"的生成与发展

　　"壮士歌"是古罗斯文学中的一种具有史诗性质的口头流传的诗歌作品,对应的俄文为"былина"。相当长的历史进程中,在民间,尤其是在俄罗斯的北方地区,这种形式的诗歌曾经被称为"старина"。①"壮士歌"是典型的古罗斯的文学类型,属于民间诗歌的范畴,其源头以及生成的时间较早,传播途径主要是宫廷吟游诗人或农民行吟诗人演唱。这种吟游诗人或行吟诗人在俄语中被称为"скоморох"。但是,随着社会的发展和时代的更替,尤其是十七世纪以后,"壮士歌"的传播者或表演者在俄语中演变成了"сказитель"(说唱诗人),而这种"说唱诗人"实际上也是行吟诗人的延续。直到二十世纪,他们仍旧存在,并且以自有的特殊方式延续着"壮士歌"的传播。

　　在古罗斯,两种不同类型的说唱诗人有着不同的主题。宫廷吟游诗人所吟咏的"壮士歌"主要是对军事胜利的庆祝和对统治者的讴歌。而农民行吟诗人所吟唱的主要是民间故事或神话传说,不是讴歌统治者,而是歌颂民间英雄。而且,在古罗斯行吟诗人的说唱过程中,一般都有古斯里琴进行伴奏。这一特征,颇像古希腊的琴歌或笛歌。不过,有别于以抒情为特色的琴歌和笛歌,古罗斯的"壮士歌"具有较强的情节性,具有明晰的叙事特征,作品的长度也明显长于琴歌或笛歌,通常有两百行至三百行左右,较长一些的甚至达到近千行。"壮士歌"也不像萨福等古希腊诗人那样使用"长短格",每行的音节数量相对而言比较均衡,通常是由 12 音节或 13 音节组成,而且,为了便于"表演",诗中通常较多地采用双行韵。所以,"壮士歌"是押韵的。而且,不仅有尾韵,有时还有行内韵。因此,正如俄罗斯学者所说,"这种押韵很特别。一方面,它的出现仿佛是自然而然的,是句子排序的结果……;另一方面,这种韵律在背诵双行诗时并不总是显露出来,但在表演

---

① В. П. Аникин. *Устное народное творчество*,Москва:Издательский центр Академия,2011,с.307.

中肯定会显露出来,这就产生了特定的重音"①。"壮士歌"中的古斯里琴的伴奏及其产生的韵律特征,充分说明了诗歌韵律的自然属性以及诗歌音乐性的本质特性,对后世诗歌格律亦具有一定的影响。

就内容而言,"壮士歌"的叙事色彩尤为重要,对于我们了解古罗斯的社会习俗和风土人情具有一定的参照意义。而且,"壮士歌"还有一定的史料价值,"可以被定义为一种独特的、具有社会发展早期阶段特征的社会意识形式(意识形态),代表了人们在其生活的各个领域所积累经验的综合"②。

以口头形式流传的"壮士歌",到了十八世纪以及十九世纪的时候,得以被广泛地记录下来,尤其是留声机等设备发明之后,更是以录音的形式被记录和整理。

正是由于广泛地整理和录音,"壮士歌"的一些诗艺和技巧也被人们所欣赏和接受,甚至被后世诗人在创作中模仿。"壮士歌"中的一些英雄形象以及民间传奇色彩,在浪漫主义诗人那里得到了接受和拓展,同样,"壮士歌"中所呈现的神秘的智慧以及超自然的能力等要素,也被现代主义诗人关注和吸纳。所以,有学者认为:对壮士歌的"文学模仿在十九世纪开始流行,二十世纪的一些先锋派作品中也可以看到'壮士歌'的影响"。③

第一节　"壮士歌"概述

作为一种基于史实的民间文学创作,"壮士歌"这一诗歌形式既具有一定的史料价值,也体现了文学创作所具有的丰富的想象力。"壮士歌"这一词语,最早出现在十二世纪的《伊戈尔远征记》中,"Начати же ся тъй пѣсни по былинамъ сего времени, а не по за мышлению Бояню"(应当把这一支歌儿唱起,/但得遵循这个时代的真实,/而不要按照鲍扬那样来构思)。④此处

---

① Б. Путилов. "Русский былинный эпос. Вступительная статья", Д. С. Лихачев ред. *Былины*（Библиотека поэта；Большая серия）, Ленинград：Издательство Советский писатель, 1957, c.23.

② В. Г. Мирзоев. *Былины и летописи. Памятники русской исторической мысли.* Москва：Издательство Мысль, 1978, c.17.

③ Evelyn Bristol. *A History of Russian Poetry*, Oxford：Oxford University Press, 1991. p.14.

④ 译文引自〔俄〕佚名:《伊戈尔远征记》,魏荒弩译,北京:人民文学出版社,1957 年版,第 1 页。

的"былина",强调的是当时的"时代"（cero времени），所蕴含的是历史时代的事件或传说。但是，直到十九世纪四十年代，这一术语才被运用到文学批评中。①尽管这种诗歌形式早就以"старина"这一名称而流传。而在《伊戈尔远征记》中，"壮士歌"（былина）源自"往事"（быль）一词，因而具有"历史"的内涵，而且，存在着"鲍扬"之类的吟唱诗人。所以，有学者器重的是其中的史料性。俄罗斯著名学者格列科夫断言："'壮士歌'——这是人民大众所叙述的历史。"②尽管这一论断失之偏颇，但是，他将"壮士歌"与历史密切关联的思路还是值得肯定的。著名俄罗斯理论家日尔蒙斯基认为："史诗情节的历史来源问题对于英雄史诗的研究而言具有至关重要的意义。英雄史诗在其发展的不同阶段是不同程度的历史呈现，可能包含不同古迹的始终一贯的历史特性。例如，在俄罗斯的'壮士歌'中，弗拉基米尔王子和多布里尼亚的名字可以追溯到十世纪的圣弗拉基米尔时代。"③就作品本身而言，"壮士歌"情节所发生的场景也在一定程度上论证了其史实性。有学者甚至将"壮士歌"中涉及的地理概念称为"壮士歌"地理学，认为在壮士歌中，"典型的是空间描述、景观场景和'壮士歌'地理学。所述事件的主要舞台是俄罗斯的土地。它的形象由宽阔的田野，河流——第聂伯河、多瑙河、伏尔加河、沃尔霍夫河，城市——基辅、切尔尼戈夫、罗斯托夫、穆罗姆、梁赞、加利奇等参照物所组成。提到的王子塔、基辅的堡垒墙、街道、教堂、沃尔霍夫的桥梁、从伊尔门湖驶向韦利亚海（即波罗的海）的船只，所有这些共同构成了十至十四世纪的古罗斯的画面"④。而且，就作者而言，由于"壮士歌"属于口头文学，所以，是经过一些行吟诗人长久的口头说唱才得以流传下来的。"口头作品没有固定的版本，因为每个表演者往往会以不同的方式呈现，有时还会在上一次表演和下一次表演之间引入差异。"⑤艾布拉姆斯此处所说的"表演者"就是壮士歌中的说唱诗人。所以，壮士歌是经过一些说唱诗人长久的

---

① 参见 Б. Н. Путилов. *Былины*（Библиотека поэта；Большая серия），Ленинград：Издательство Советский писатель，1986，c.5。

② Б. Д. Греков. *Киевская Русь*. Москва：Государственное издательство политической литературы，1953，c.7。

③ В. М. Жирмунский. *Народный героический эпос*. Москва-Ленинград：Государственное издательство художественной литературы，1962，c.219。

④ Б. Н. Путилов. "Былины—Русский классический эпос"，См.：Путилов，Б. Н. сост. *Былины*（Библиотека поэта；Большая серия），Ленинград：Издательство Советский писатель，1986，c.17。

⑤ M. H. Abrams and Geoffrey Galt Harpham. *A Glossary of Literary Terms*，Stamford，CT：Cengage Learning，2015，p.265。

口头说唱才得以流传下来的。与《埃涅阿斯纪》等大多数史诗类作品有所不同的是,由于不存在特定的某位说唱诗人,壮士歌属于一种典型的集体创作。

更应强调的是,所谓集体创作,也不是为了某部作品的创作而让说唱诗人们人为地聚集在一起,各自分工,共同进行创作,而是自然而然地在流传过程中形成相对固定的"脑文本",然后又在各个不同的历史时期对同一部口头文学作品进行传承和符合自然发展规律的加工,从而逐渐形成说唱诗人们善于接受的"集体脑文本"。"与大多数文学作品不同的是,'壮士歌'是集体创作的产物。不过,……它们是以一种自然的方式,无意中被创造出来的民间口头作品。"①

而作为民间集体口头创作,英雄主义精神自然得以弘扬。所以,"壮士歌"中的英雄常常作为国家利益的捍卫者、俄罗斯土地的坚定无私的捍卫者出现。《剑桥俄国文学史》的著者相对比较客观,他认为:"在'壮士歌'中,历史元素与神话母题相融合。"②同时,该书著者也对"壮士歌"的基本形式特征进行了概述:"'壮士歌'是在类似竖琴的乐器——古斯里琴——的伴奏下吟唱的。诗行是其结构单位;每行有固定数量的重读音节,通常为三个,最后一个重读音节位于倒数第三个音节上,使诗行以扬抑抑格的形式结尾。诗行没有尾韵,每行通过重复和并列的手段组合而成更大的部分。"③根据时代以及个性化特征,"壮士歌"大致可以分为五个系列。一是前弗拉基米尔时代系列,二是基辅系列,三是诺夫哥罗德系列,四是莫斯科公国系列,五是哥萨克系列。④前弗拉基米尔时代系列是指基辅罗斯形成之前所创造的作品,例如关于沃尔赫和斯维亚托戈尔的故事。基辅系列和诺夫哥罗德系列是其中比较出色的"壮士歌"。

在基辅系列中,有多首"壮士歌"是围绕着弗拉基米尔大公而展开的。这一点,正如俄罗斯学者所说,"在许多'壮士歌'中,基辅被描绘成古罗斯的首都,由弗拉基米尔统治。他自己没有实现任何功绩,完全是被动的。

① В. Г. Мирзоев. *Былины и летописи. Памятники русской исторической мысли*. Москва: Издательство Мысль, 1978, с.22.

② Charles A. Moser ed. *The Cambridge History of Russian Literature*. Cambridge: Cambridge University Press, 1996, p.44.

③ Charles A. Moser ed. *The Cambridge History of Russian Literature*. Cambridge: Cambridge University Press, 1996, p.43.

④ 关于"壮士歌"五个系列的划分,可参见 В. П. Авенариус(сост). *Книга былин. Свод избранных образцов русской народной эпической поэзии*, Москва: Издание А. Д. Ступина, 1893, с.xi.

但是,在他周围有一些英雄,即勇士,他们完成了所有的功绩"①。在基辅系列中,很多"壮士歌"的主人公是弗拉基米尔为抗击外国侵略者和内部敌人而派出的英勇骑士,如伊利亚·穆罗梅茨,一个被赋予超人力量的英雄。

诺夫哥罗德系列中的"壮士歌"主要出现在十二世纪之后。在诺夫哥罗德系列中,"主人公已经不只是字面意义上的'壮士'了"②,而是发生了转型,其主要主人公是贫穷的古斯里琴琴手萨德科,他在海王的帮助下成为一个富有的商人。

就"壮士歌"的题材而言,其所较多涉及的是反抗异族的战争,但是也不限于战争,常常也会涉及婚恋和神话题材,如关于"萨德柯"的"壮士歌"等。

就现有的流传下来的资料来看,最古老的"壮士歌"是关于沃尔赫的传说,该传说具有变形等一定的神话色彩以及传奇色彩。在古罗斯诗歌中,沃尔赫是一个非常有趣的形象,他被描写成兼具魔术师和军事领袖形象的人物。他拥有神秘的智慧和超自然的能力,而且还拥有将自己变成所有自然界生物的能力,无论他进入什么自然界的秩序,他自己都是处于最高级别;而作为军事领袖,他总是让敌方感到恐惧。在一首题为《沃尔赫》(Волх Всеславьевич)的壮士歌中,沃尔赫的奇特的出生以及成为征服者的经历得到了书写;而且,他的出生格外奇特,这首"壮士歌"的开篇写道:

> 穿过花园,穿过绿色的花园。
> 年轻的公主在那里漫步。
> 年轻的公主玛尔法·弗塞斯拉夫耶夫娜,
> 从一块石头上跳到一条凶猛的大蛇身上。
> 凶猛的大蛇扭动着身体,
> 缠绕着她的绿色高跟皮靴,
> 也缠绕着她的丝袜,
> 用尾部猛击她洁白的大腿。
> 于是,公主这时就怀孕了,
> 怀孕了,生下了一个孩子。

---

① А. С. Орлов, В. Я. Пропп. *Героическая тема в русском фольклоре*/Сост. и отв. редактор О. А. Платонов. Москва:Институт русской цивилизации, 2015, с.169.

② В. П. Авенариус сост. *Книга былин. Свод избранных образцов русской народной эпической поэзии*, Москва:Издание А. Д. Ступина, 1893, с.xii.

天上的月亮也在闪闪发光。

在基辅诞生了一个强壮的勇士……①

可见，沃尔赫的出生是极不平凡的，他的身上，具有鲜明的神话色彩，而且，正是因为他的这一神奇的出生，使得他具有特定的、但与其他很多神话传说相似的变形能力。在他对其他生物的征服中，这一能力发挥了独到的作用：

Он обернется серым волком,

Бегал-скакал по темным лесам и по раменью,

А бьет он звери сохатые,

А и волку, медведю спуску нет,

А и соболи, барсы—любимый кус,

Он зайцами, лисицами не брезгивал.②

（他变成了一头灰色的狼，

在黑暗的云杉林中驰骋、奔跑，

他还打败了有枝形角的野兽，

而野狼和灰熊则无路可逃。

他并不蔑视野兔或狐狸，

虽说黑貂和豹子他最喜欢撕咬。）

此处，我们不仅可以看出他的变形和他获胜之间的关联，同时，他的名字"沃尔赫"（Волх）与上述引文第一行他所生变的狼（волк）之间，无疑具有渊源关系。

不过，在其后流传的一些"壮士歌"中，沃尔赫和伏尔加以及奥列格等人物形象往往被相提并论或者混同起来。后来，在国家意识以及爱国主义思想得以萌生之后，流行于民间的各种传说又增添了新的反抗异族侵略的内涵，"壮士歌"的情节中不断出现以捍卫国家利益为己任的英雄形象。

由于"壮士歌"具有一定的传奇色彩，所以，叙事成分较为浓厚，作品具有很强的情节性，部分作品还具有较为激烈的戏剧冲突，这些冲突反映在各

---

① Б. Н. Путилов сост. *Былины* （Библиотека поэта；Большая серия），Ленинград：Издательство Советский писатель，1986，c.89.

② Б. Н. Путилов сост. *Былины*（Библиотека поэта；Большая серия），Ленинград：Издательство Советский писатель，1986，c.91.

个方面,不仅反映在勇士与异族入侵者之间的斗争中,也反映在情人之间的冲突中,如在《多勃雷尼亚·尼基吉奇、他的妻子和阿廖沙·波波维奇》(*Добрыня Никитич, его жена и Алеша Попович*)中,存在的是夫妻之间的矛盾,再如《伊利亚·穆罗梅茨和他的儿子之间的斗争》(*Бой Ильи Муромца с сыном*)中,反映的是父子之间的冲突,而在《多勃雷尼亚与蛇》(*Добрыня и Змей*)和《阿廖沙与大蛇图加林》(*Алеша и Змей Тугарин*)等作品中,书写的则是英雄与野兽之间的冲突。

在题为《多勃雷尼亚与蛇》的"壮士歌"中,作品书写了主人公与蛇妖英勇的搏斗,歌颂了古罗斯传说中的杀蛇勇士的形象。在诗的起始,他的母亲就命令多勃雷尼亚不要去俄罗斯俘虏所在的原野,不要对蛇类进行踩踏。

随着情节的展开和事件的发展,作为怪物的大蛇出现了,诗中强调大蛇与雷、闪电、雨和水的关系,强调该蛇身上所蕴含的自然界中那些对人类具有破坏性的元素,它显然极为邪恶,对多勃雷尼亚不屑一顾,傲慢地声称:

> "现在多勃雷尼亚落到了我的手中!
> 如果我乐意,多勃雷尼亚,我会烧死你,
> 如果我情愿,多勃雷尼亚,我会吃了你,
> 如果我愿意,多勃雷尼亚,我要让你
> 成为我的俘虏,把你拖进我的洞里!"[1]

但作为勇士的多勃雷尼亚并不害怕,他与大蛇之间的战斗持续进行了三天,虽然中间有过停歇,也有过谈判,但多勃雷尼亚总是处于主动状态和优势地位,最后,他获得完全的胜利。

在这首诗中,蛇是异教的化身,多勃雷尼亚与蛇之间展开的斗争,是基督教与异教斗争的一种折射。他不仅是一名为了基督教而与异教进行抗争的英雄,而且还是作为一个爱国者出现的。在这首"壮士歌"中,多勃雷尼亚的功绩在于,他将俄罗斯土地从敌人手中拯救出来,将俄罗斯俘虏从囚禁中解放出来。

"壮士歌"作为古罗斯民间口头文学的重要成就,在一定程度上反映了

---

① В. П. Авенариус сост. *Книга былин. Свод избранных образцов русской народной эпической поэзии*, Москва: Издание А. Д. Ступина, 1893, с.42.

中古时代民众对自然力的恐惧,以及对战胜自然界各种敌对力量的民族英雄和英勇壮举的向往和颂扬,体现出一种豪迈的英雄气概以及史诗的崇高风格,呈现出在对抗自然的成功中所表现出的自豪感。正如俄罗斯学者所言:"'壮士歌'闪烁着战胜自然界神秘力量的喜悦,充满了人们对英勇力量的敬佩之情。"①不过,作为基于一定史实的诗歌作品,"壮士歌"与一般意义上的史诗类作品也是具有明显差异的。其中,最为典型的差异在于,史诗是特定诗人所创作的,属于书面文学的范畴,主要用来供人阅读与欣赏,而"壮士歌"则是典型的口头文学,它是以口头创作的形式在歌唱中流传、保存和再现的。

第二节　基辅系列"壮士歌"与伊利亚·穆罗梅茨传奇

在第一节所述的按时代特征和历史进程划分的"壮士歌"的五个系列中,成就最为突出的,首先是基辅系列,其次是诺夫哥罗德系列。基辅系列的"壮士歌"主要流传于古罗斯的南部地区,流传于特定的基辅公国时期,主要是在十世纪至十二世纪。

基辅系列的"壮士歌"内容较为丰富,情节也较为曲折,既有多勃雷尼亚、斯维亚托戈尔、伊利亚·穆罗梅茨等勇士的传奇故事,也有关于苏赫曼的英勇作战的传说。如在题为《苏赫曼》(Сухман)的"壮士歌"中,主人公承诺要给弗拉基米尔王公带去一只活的白天鹅。于是,他到安静的后海去打猎,尽管到过多个地方,但是却一无所获。相反,他遇到了一支鞑靼军队。苏赫曼用一棵连根拔起的橡树作为武器,杀死了所有的鞑靼士兵。不过,他也在战斗中受了重伤。然而,弗拉基米尔王公却不相信他的壮举,苏赫曼最终自杀身亡。这首"壮士歌"结尾,写得较为凄凉:

> "太阳从不知道如何爱抚我,
> 太阳从不知道怎样怜悯我,
> 而现在无法看到我的清白。"
> 他从血淋淋的伤口上,
> 拔出了罂粟的叶片,

---

① В. Г. Мирзоев. *Былины и летописи. Памятники русской исторической мысли*. Москва: Издательство Мысль, 1978, с.42.

苏赫曼自言自语地说：

"从我血液中，从我眼泪中，

从我的燃烧着的血液中，

徒劳地流淌出一条苏赫曼河……"①

诗中，主人公苏赫曼将自身的清白与自然界的相关情形结合起来，尤其是将自身的"眼泪""血液"与自然界的真实的"苏赫曼河"的流淌联系在一起，充分体现出想象性等文学要素。

在基辅系列的"壮士歌"中，尽管包含与多勃雷尼亚传奇等相关的题材和内容陈述，但是，这一系列中流传最广、影响最大的，是有关伊利亚·穆罗梅茨传奇的描写。基辅系列中，有多首这一主题的"壮士歌"，如《伊利亚·穆罗梅茨与夜莺强盗》(*Илья Муромец и Соловей-разбойник*)，在这篇"壮士歌"中，所叙述的是伊利亚与一个半鸟半人模样的奇异生物之间的奇特相遇。此外，还有《伊利亚·穆罗梅茨和伊多里什在基辅》(*Илья Муромец и Идолище в Киеве*)、《伊利亚·穆罗梅茨和伊多里什在皇城》(*Илья Муромец и Идолище в Царе-граде*)、《伊利亚·穆罗梅茨与弗拉基米尔大公发生争执》(*Илья Муромец в ссоре с князем Владимиром*)，以及《伊利亚·穆罗梅茨的三次旅行》(*Три поездки Ильи Муромца*)、《伊利亚·穆罗梅茨与斯维亚托戈尔》(*Илья Муромец и Святогор*)等，都是属于伊利亚·穆罗梅茨的传奇。

其中，《伊利亚·穆罗梅茨与夜莺强盗》是各种古代诗歌选本中最受关注的一首。这首"壮士歌"描写了伊利亚·穆罗梅茨的机智与勇敢无畏，他在奔赴基辅城并且向弗拉基米尔王公效忠的途中，遭遇了很多的阻碍，但他坚守信念，进行了英勇的抗争。而且，他尽管力大无比，但是极具仁慈之心，不会倚仗强权而滥杀无辜。当他遇到三位王子的时候，他没有俘虏他们，也没有伤害他们，而是为自己的国家和国教着想，放过了他们，好让他们能够皈依正教。当他与夜莺强盗相遇后，他竭尽全力控制了夜莺强盗，没有受到包括夜莺女儿在内的种种诱惑，而是义无反顾地奔赴基辅城。正是这一胜利，使得他在基辅的宫廷中获得了应有的地位。

这首"壮士歌"中，在描写了夜莺的哨声所具有的威力之后，作品又叙述了伊利亚的强大：

---

① Б. Н. Путилов сост. *Былины*（Библиотека поэта；Большая серия），Ленинград：Издательство Советский писатель，1986，с.167.

> 弗拉基米尔王公亲自发言：
> "干得不错，好一个夜莺强盗！
> 伊利亚·穆罗梅茨是怎么带你走的？"
> 夜莺强盗果断地回答说：
> "因为我当时喝得烂醉如泥，
> 那是我大女儿的命名日……"
> 伊利亚·穆罗梅茨听了很不高兴。
> 他一把抓住夜莺强盗的脑袋，
> 他把他带到王公的院子里，
> 把他向上抛去，抛得比大树还高，
> 抛得只比浮云低一丁点儿。
> 他让他掉在潮湿的地上，然后又往上抛，
> 就这样，夜莺强盗的骨头全都折断。①

在这首题为《伊利亚·穆罗梅茨与夜莺强盗》的著名的"壮士歌"中，不仅有如上这些细部的描写，而且在诗歌创作技巧方面，该诗也善于使用生动妥切的比喻。如在描写勇士急切的心情时，该作品写道：

> 勇士不屈不挠，无比热切：
> 他的心灵比烈焰更加炽热，
> 漂浮的寒气会迸发出火焰。②

在这首"壮士歌"中，伊利亚·穆罗梅茨与夜莺强盗的搏斗尽管是作品中重要的情节，但是，诗中所要着重强调的，则是伊利亚·穆罗梅茨战胜一切艰难险阻去为弗拉基米尔王公效劳的决心。与伊利亚·穆罗梅茨一样，斯维亚托戈尔也是基辅系列"壮士歌"中具有非凡力量的英雄形象。"斯维亚托戈尔"（Святогор）在俄语原文中有"圣山"之意，表明这一英雄具有身材魁梧的特质。不过，"壮士歌"《伊利亚·穆罗梅茨与斯维亚托戈尔》，更多地体现了时代的更迭以及斯维亚托戈尔甘于奉献的精神。斯维亚托戈尔与伊利亚·穆罗梅茨相逢并且交好：

---

① Н. Водовозов ред. *Былины об Илье Муромце*，Москва：Государственное издательство художественной литературы，1947，c.19.

② Н. Водовозов ред. *Былины об Илье Муромце*，Москва：Государственное издательство художественной литературы，1947，c.14.

"告诉我,剽悍的善良的男子,

你来自哪片土地? 来自哪个部落?

如果你是神圣罗斯的勇士,

那么我们同去空旷的场地。

让我们比试勇士的实力。"

伊利亚说出了如下的话语:

"你呀,也是个剽悍的善良的男子,

我看到你具有伟大的力量。

我不想和你比试,与你争斗打架,

我想和你建立起兄弟的关系。"①

后来,斯维亚托戈尔经过巧妙的周旋,躺进棺材里死去。在他死之前,他把自己的部分权力交给了俄罗斯土地的保卫者,伊利亚·穆罗梅茨。伊利亚·穆罗梅茨骑马穿过广阔的原野,到了基辅,并向弗拉基米尔王公深情致敬。

第三节　诺夫哥罗德系列"壮士歌"与萨德科传奇

在五个系列中,诺夫哥罗德系列的"壮士歌"的成就也较为突出,仅次于基辅系列。就时间而言,诺夫哥罗德系列主要出现在十二世纪之后。这个系列的"壮士歌"的题材,主要是与瓦西里·布斯拉耶夫(Василий Буслаев)、富翁萨德科(Садко),以及斯塔韦尔·戈迪诺维奇(Ставер Годинович)等一些人物的传奇有关。比较著名的有《瓦西里·布斯拉耶夫》(Василий Буслаев)、《瓦西里·布斯拉耶夫的青春》(Молодость Василия Буслаева)、《瓦西里·布斯拉耶夫之死》(Смерть Василия Буслаева)、《萨德柯》(Садко)、《斯塔韦尔·戈迪诺维奇》(Ставер Годинович)等。

瓦西里·布斯拉耶夫被视为诺夫哥罗德的英雄,作为民间传说中较为著名的人物,他富有理想,而且胆略超人。

斯塔韦尔·戈迪诺维奇作为俄罗斯民间诗歌中的勇士,以谦虚谨慎、不骄不躁而闻名;同时,他珍视日常生活价值,并且机智勇敢,这一形象因而受

---

① Б. Н. Путилов сост. *Былины*（Библиотека поэта；Большая серия），Ленинград：Издательство Советский писатель，1986，с.55.

到读者的喜爱。

在诺夫哥罗德系列的"壮士歌"中,有关诺夫哥罗德的吟游诗人和富商萨德科的传说,显得最为著名,有学者甚至认为,关于萨德科的"壮士歌",是"举世闻名的'壮士歌'"。[①]如《萨德柯与海王》(Садко и Морской Царь)、《萨德科成了富有的客人》(Садко делается богатым гостем)等。

"壮士歌"《萨德柯与海王》,讲述的是诺夫哥罗德的商人萨德科发生在蓝海上的一次航行经历。这篇诗作在开篇的时候,所讲的是萨德科在成功的海上贸易之后,在驶回诺夫哥罗德的途中,所遭遇到的一些障碍。

萨德科用数不清的黄金宝藏建造了 30 艘船,30 艘红色的货船,他把这些红船装满了诺夫哥罗德的货物,沿着沃尔霍夫河航行,进入拉多加湖,又从拉多加湖进入涅瓦河,再沿着涅瓦河进入海洋,进入蔚蓝的波罗的海。在大海上航行的时候,萨德科转向了金帐汗国,卖掉了诺夫哥罗德的商品,从而获得大量的利润;于是,船上装满了红金和纯银等贵重物品,然后,他驶回诺夫哥罗德。然而,当他在海上航行的时候,蓝色的海面上聚集了巨大的风暴,致使他的货船停滞在大海上,他想尽办法,船只却依然纹丝不动。

萨德科在得知这是由于海王没有得到应有的贡品而发怒的情形后,立刻以大量金银财宝向海王进贡,但是无济于事。海王现在所需进贡的,已经不是金银财宝,而是活人。于是,萨德科决定牺牲自己的性命,以保全大家。他合理地处置了财产,吩咐水手们把他连同随身所带的一把古斯里琴,一起扔到海面上的一块橡木板上:

> 萨德科自己说了如下这些话:
> "把橡木板扔到海水里去。
> 我只要躺在了橡木板上,
> 我就不再惧怕死于蓝海。"
> 他们把橡木板扔在水面上,
> 然后,船只在蓝色海面上行驶,
> 像一群黑鸟一样飞走了。
> 萨德科被留在了蓝海上。

---

① В. Г. Мирзоев. *Былины и летописи. Памятники русской исторической мысли*. Москва: Издательство Мысль, 1978, с.65.

带着这种巨大的激情，

他在一块橡木板上睡着了。

萨德科在蓝海中醒来，

在蓝海里，在大海的底层，

透过水面，他看到了一轮红日，

还有傍晚的余晖，黎明的曙光。

萨德科在蓝海中看到

那里**矗**立着一座白色的宫殿。①

在白色的宫殿里，海王要求他弹奏古斯里琴。然而，当古斯里琴的琴声响起的时候，海上顿时波涛汹涌，海浪翻滚，造成无数海难。后来，他得到圣徒的启示，折断了琴弦，弄断了琴栓，回到了诺夫哥罗德，并建造了圣尼古拉大教堂。

从上述"壮士歌"中，我们不仅可以看到其中曲折复杂的叙事色彩，而且还可以看出其具有浓郁的传奇色彩。从中我们不难看出，"壮士歌"与神话故事之间所存在的一定的关联。其实，"壮士歌"本身也是一种基于史实的艺术再现，在"壮士歌"中，真实与幻想是并行不悖的；正如俄罗斯学者所说，"虚构和幻想是英雄史诗的原始和有机特质；其中的梦幻和真实是相互渗透的元素，相互之间不能分开，在歌手的意识中以及一般史诗环境中，根本就无法分开。这样的相互渗透，使'壮士歌'具有独特的语义和诗意色彩"。②

有国外的学者对俄罗斯"壮士歌"与童话进行过比较研究，认为两者在结构和内容方面都具有一定的相似性。而且有学者认为："这种相似性可以解释为从一个共同的源头独立发展出来的，也可以解释为两种体裁之间的主题交叉渗透，还可以解释为其中一种体裁是从另一种体裁演变而来的。"③有关两者的起源以及相互关系，俄罗斯学者对此也存有争议。譬如，普罗普（В. Я. Пропп）在《神话的历史渊源》（*Исторические корни волшебной сказки*）一书中坚持认为，"壮士歌"是从童话演变而来的，认为

---

① "Садко и Морской Царь", См.: Dimitri Obolensky ed. *The Heritage of Russian Verse*, Bloomington: Indiana University Press, 1976, c.35.

② Б. Н. Путилов. "Былины—Русский классический эпос", См.: Путилов, Б. Н. сост. *Былины*（Библиотека поэта），Ленинград: Издательство Советский писатель, 1986, c.16.

③ Alex E. Alexander. *Bylina and Fairy Tale*: *The Origins of Russian Heroic Poetry*, The Hague: Mouton & Co. N. V., Publishers, 1973, c.7.

"它们本身就可以用故事来解释,往往要回到故事中去"。①他在另一部著作《俄罗斯英雄史诗》中,又认为"壮士歌"和童话是从古代神话中独立演变而来的。②

无论哪种体裁在先,两者之间的相似性都有利于我们理解"壮士歌"的诗学特质,更有利于我们思考俄罗斯诗歌这种艺术类型的渊源。而且,"壮士歌"所处的历史语境也是不可忽略的,"当我们研究'壮士歌'时,我们应试图猜测其背后的历史事实,并在这一猜测的基础上,证明壮士歌的情节与一个已知的事件或一组事件的关联"③。

总而言之,在古代罗斯五个系列的"壮士歌"中,基辅系列和诺夫哥罗德系列的成就最为突出。出现于十世纪至十七世纪古罗斯诗歌中的"壮士歌"是一种格外独特的艺术类型,是具有民间史诗特性而且主要靠口头流传的诗歌作品。"壮士歌"不仅具有基于史实的史诗特性,而且具有一定的传奇色彩。"壮士歌"的流传充分体现出脑文本作为"实体"的存在。聂珍钊教授认为:"根据文学伦理学批评的文本观点,口头文学也是有文本的,这个文本就是存储在大脑中的脑文本。口头讲述的是这个脑文本,口耳相传的也是这个脑文本。"④与书面史诗不同,"壮士歌"不是为阅读而创作的。书面史诗是由诗人创作的,旨在用于书本,用于阅读,而"壮士歌"作为古罗斯民间史诗类作品,是通过声音来呈现的,其生成是与音乐元素密切相关的,更是与特定的说唱诗人密切相关,因为说唱诗人便是脑文本的拥有者,没有说唱诗人,就没有脑文本,更有甚者,脑文本会随着所有者的死亡而丧失。所以,这类说唱诗人,便是脑文本的"活体"(живой очаг)。

作为脑文本"活体"的说唱诗人,在俄罗斯诗学领域,有人称之为"сказитель",也有人称之为"скоморох"。如日尔蒙斯基认为:"英雄史诗的专业说唱诗人(сказитель)是从古老的民间歌手中发展起来的,并且带有这种类型的生动的痕迹。"⑤而且他呼吁:"应尽可能多地记录它们在不同地理

---

① В. Я. Пропп. *Исторические корни волшебной сказки*. Москва: Издательство "Лабиринт", 1998, с.130.

② В. Я. Пропп. *Русский героический эпос*, Москва: Лабиринт, 1999, с.337.

③ М. Н. Сперанский. *Русская устная словесность*: *Пособие к лекциям на Высших женских курсах в Москве*, Москва: Типо-лит. т-ва И. Н. Кушнерев и К°, 1917, с.222.

④ 聂珍钊:"文学伦理学批评的价值选择和理论建构",《中国社会科学》2020 年第 10 期,第 80 页。

⑤ В. М. Жирмунский. *Народный героический эпос*. Москва-Ленинград: Государственное издательство художественной литературы, 1962, с.273—274.

区域和不同'流派'的说唱诗人中所发生的变体现象。对同一故事情节的最大数量的变体进行比较研究,这将有助于构建史诗的创作历史,弄明白在特定的地点和时间条件下以及不同的社会语境下所进行的修改。"①

　　而"скоморох"类似于西欧文学中的"行吟诗人",有学者认为,俄罗斯的"行吟诗人"(скоморох)参与了"壮士歌"的保存和传播,"使得壮士歌获得了最终的形式"②。可见,在"壮士歌"的流传过程中,"说唱诗人"作为脑文本"活体"的独特的存在,发挥了极其重要的作用。同一文本经过这些"说唱诗人"的不断传诵,逐渐形成人们乐于接受也善于传播的"集体脑文本"。不过,由于"壮士歌"存在于不同的活体,在流传过程中无疑会发生一定的变异,然而,它所具有的独到的伦理教诲功能却是始终如一的,尤其是英勇尚武的精神和爱国主义热忱,在俄罗斯民族意识的形成以及民族形象的建构中,发挥了尤为重要的作用。

---

① В. М. Жирмунский. *Народный героический эпос*. Москва-Ленинград: Государственное издательство художественной литературы, 1962, с.205.

② Felix J. Oinas. "The Problem of the Aristocratic Origin of Russian Byliny", *Slavic Review*, Vol.30, No.3(Sep., 1971), p.513.

第四章　十七世纪俄罗斯诗歌
与音节诗体的形成

在十七世纪，无论是在东方的中国、印度、波斯，还是在西欧的英、法、意大利等国家，诗歌艺术都已经发展到炉火纯青的地步。在东方，波斯以"诗国"在世界文坛享有盛誉，海亚姆的《鲁拜集》等作品体现了极高的艺术成就；在西欧，十七世纪初期，莎士比亚著名的《十四行诗集》已经面世，十七世纪中后叶，英国玄学派诗歌更是大放异彩，以巧智、奇喻、悖论等技巧展现出了极大的诗歌魅力，甚至有一些学者认为玄学派诗歌艺术成就代表了英诗发展的高峰。

然而，在俄国，情况却有所不同，十七世纪的文学依然延续了古罗斯文学的传统。不过，长达七百年的古罗斯文学也在这一世纪得以终结，由于彼得大帝实行的改革等一系列措施，俄国社会在随后的十八世纪进入一个新的发展时期，俄罗斯文学中的诗歌创作落后于西欧的局面开始逐渐得到改观。

第一节　十七世纪诗歌概论

起始于十世纪的古罗斯文学之所以在十七世纪得以终结，与俄国社会历史语境密切相关。十六世纪初，莫斯科大公瓦西里三世收复普斯科夫和梁赞，统一的俄罗斯国家得以最终形成。在此之后，又有一些地区不断加入俄罗斯国家。一方面，新加入的地区带来了新的要素、新的习惯、新的风俗、新的艺术；另一方面，如喀山、阿斯特拉罕等原先不属于俄罗斯的新的地区的加入，加深了俄罗斯的内在矛盾。到了十七世纪，矛盾激化，各种形式的农民起义不断爆发，比较著名的有十七世纪初的声势浩大的波洛特尼科夫农民起义，以及六七十年代更为声势浩大的拉辛领导的农民起义。于是，中央集权的巩固以及对中央集权的反抗，体现在这一时期作家创作的许多文学作品中。而自十七世纪八十年代起,彼得大帝执政后实施的改革开放决策,更使俄罗斯文学开始走出故步自封的窘境,开始了向世界先进文化学习的进程,从而极大地影响了俄罗斯文学的走向和进程。

独特的时代语境促使十七世纪的俄罗斯作家充分意识到自己作为一名作家的崇高使命和历史职责,"十七世纪作家的自我意识几乎达到了新时期的水准"①。而自我意识的萌生和发展,对于以个性化表达为特征的抒情诗来说,是极为有利的。十七世纪后期,文学自身所具有的独立的意义更是得到人们充分的认可,因而各种题材的以现实生活为根基的文学作品开始涌现出来,即使是宗教题材的作品,也开始具有宗教教谕的丰富内涵。十七世纪的文学创作,对于俄罗斯文学的发展是一个重要的转折点。正是在这一世纪,文学自身所具有的独立意义和独立价值在社会上得到了人们的充分认可,文学与现实生活之间的关系也得到了充分重视。

十七世纪诗歌作品的成就,主要体现在三个方面,一是诗体故事,如诗体作品《戈列-兹洛恰斯基的故事》,二是宗教诗篇,三是田园哀歌(пасторальная элегия)。此外,还有戏剧诗等形式,但该类作品不在我们讨论的范围之内。

第一类是诗体故事。诗体故事主要是指具有虚构性质的民间叙事诗,这些故事尽管是用诗体创作的,但具有很强的情节性和叙事色彩,也具有较强的传奇色彩。"我们今天所知的俄国民间口头叙事诗歌,很可能源自于十六世纪中期或下半期。其最初的书面形式出现在十七世纪初,这一点则确凿无疑。"②这类作品最杰出的代表是《戈列-兹洛恰斯基的故事》,其所描写的是现实生活中迷途的年轻人终于在宗教中得到救赎。比较著名的诗体故事还有《鲍瓦·科洛列维奇》(Бова Королевич)和《叶鲁斯兰·拉扎列维奇》(Еруслан Лазаревич)等作品。《鲍瓦·科洛列维奇》中的同名主人公,在当时是一个标志性的史诗类英雄人物,如同伊利亚-穆罗梅茨、多布里尼亚等壮士歌中的人物一样,在民间广为流传,受到普通民众的热切欢迎。

第二类是宗教诗篇。宗教诗篇与《圣经》的俄译不无关系,当然,其对西欧中世纪早期宗教诗歌的借鉴也是不能忽略的。"现存之最早标本,即

---

① РАН. ИРЛИ. *Библиотека литературы Древней Руси*, Под ред. Д. С. Лихачева, Л. А. Дмитриева, А. А. Алексеева, Н. В. Понырко. СПб.: Издательство Наука, 1997. Т. 8.

② 〔俄〕米尔斯基:《俄国文学史》(上卷),刘文飞译,北京:人民出版社,2013年版,第33页。

1581年奥斯特罗格版《圣经》的有韵序言。"①书写宗教诗篇的诗人中,谢苗·伊万诺维奇·沙霍夫斯科伊(Семен Иванович Шаховской)值得一提,这位十七世纪上半叶的诗人著有大量诗歌书信和写给圣人的"赠言"、诗歌和教规。这位以宗教祈祷诗而闻名的诗人,在《反对婚姻分离的祈祷》(Молитва против разлучения супружества)等诗中,又表现出强烈的世俗观念。

第三类是田园哀歌。十七世纪的重要诗人西梅翁·波洛茨基以及世纪之交的诗人费奥凡·普罗科波维奇(Феофан Прокопович)等,都在田园哀歌创作方面有所贡献,西梅翁·波洛茨基更是在俄罗斯音节诗体的生成方面,发挥了重要的作用。

俄罗斯音节诗的形成和繁荣则发生在十七世纪的最后30年。这也是俄罗斯诗歌发展进程中的里程碑般的重要事件。"十七世纪下半叶,俄罗斯出现了一股新的诗歌浪潮,其新颖之处不在于内容,而在于诗句。这些诗句的创作是基于音节的计算。这种表面上看起来很轻微的变化,却使后人把俄罗斯诗歌的出现归结为音节诗的引入。在宫廷诗人西梅翁·波洛茨基的榜样作用下,新的诗歌获得了声望,他是俄罗斯第一位具有社会影响的诗人。"②

音节诗是受波兰诗歌影响而产生的。所谓"音节诗",其创作主要是基于诗行中的音节的数量,而不是基于音步等其他诗律要素。由于波兰语诗歌的重音是固定在倒数第二个音节上的,所以,在俄语音节诗的创作中,重音应避免落在最后音节的"阳性韵"上。俄语音节诗的创作在基于音节数量的同时,韵脚是有别于音节—重音诗律的,所采用的基本上都是阴性韵脚,避免使用重音落在最后一个音节的阳性韵。不过,虽然没有对"音步"的考量,但诗行中偶尔的"停顿"也是必需的。

十七世纪后期的诗歌创作中,除了代表性诗人西梅翁·波洛茨基,还有西尔维斯特·梅德韦杰夫(Сильвестр Медведев)、卡里昂·伊斯托明(Кариона Истомин),斯捷凡·雅沃尔斯基(Стефан Яворский),以及安德烈·别洛博茨基(Андрей Белобоцкий)等。

一、西尔维斯特·梅德韦杰夫

西尔维斯特·梅德韦杰夫出生在俄国库尔斯克,是一位典型的学者型

---

① 〔俄〕米尔斯基:《俄国文学史》(上卷),刘文飞译,北京:人民出版社,2013年版,第47页。

② Evelyn Bristol. *A History of Russian Poetry*, Oxford: Oxford University Press, 1991, p.32.

诗人,是波洛茨基的少数几位学生之一,在历史学、哲学、神学等领域颇有造诣,波洛茨基逝世后,梅德韦杰夫接替了他的角色,在宫廷中占据了一席之地,成为颇受重视的宫廷诗人。就宫廷诗人而言,梅德韦杰夫的主要赞助者是女摄政王索菲亚,他因而在诗中把索菲亚描述为一个模范的、明智的、仁慈的统治者。梅德韦杰夫曾在扎伊科诺斯基学校学习过三年,较好地掌握了拉丁语和波兰语知识,后来又学习了古希腊语等语言,为诗歌创作打下良好的根基。由于教派斗争以及政治冲突等方面的原因,梅德韦杰夫于1689年被捕,并于1691年被处以极刑。

　　然而,西尔维斯特·梅德韦杰夫并没有以政治上的失败者角色被载入史册,而主要是作为俄罗斯作家被人们所记忆。"在十七世纪末的俄罗斯社会中,西尔维斯特·梅德韦杰夫无疑属于最为杰出的人物之列。"①在诗歌领域,他是波洛茨基传统的继承者,代表作有《墓志铭》(*Епитафион*)、《索菲亚公主肖像签名》(*Подписи к портрету царевны Софьи*)、《结婚贺词》(*Приветство брачное*)等。他的诗歌创作是在从事宗教和政治活动的同时进行的,有时是即兴之作,有时是对当时社会现象的思索。如他的一首题为《墓志铭》的诗,便是为悼念波洛茨基而作的:

> 看着这口灵柩,使人备受感动,
> 为恩师的逝去,痛苦地哭泣;
> 唯有像他这样正直的神学家,
> 作为一位导师,守护着教义。②

　　梅德韦杰夫的创作有着鲜明的崇尚知识和理性的精神,他在《向索菲亚公主介绍学院的特权》(*Вручение привилегии на Академию царевне Софье*)一诗中写道:"心灵有智慧,这就是好处,/意志受到美好愿望的驱使。"他还直接强调科学精神:"以同样的方式,你要展示科学的光芒……/你祝愿俄罗斯,并且永远生活在天堂……"他的诗作具有一定的启蒙色彩,他特别强调教育的功能,认为学习和教育是一个人最重要的事情:"没有灵魂,谁能活

---

① И. Козловский. *Сильвестр Медведев*. Кіевъ: Типографія Императорского университета Св. Владиміра, 1895, с.1.

② И. Беркова ред. *Вирши. Силлабическая поэзия XVII—XVIII веков* (Библиотека Поэта. Малая Серия), Л. Советский Писатель, 1935, с.126.

着？/不学无术，岂能明智？……"①所有这些，都体现了十七世纪后期的时代精神。

二、卡里昂·伊斯托明

卡里昂·伊斯托明出身于古老的库尔斯克的一个书记员家庭。他曾在莫斯科的斯帕斯卡亚学校以及斯拉夫—希腊—拉丁学院学习，受到包括波洛茨基在内的当时著名学者的教育。后来，他担任过印刷机构的监督员等。他精通拉丁语和希腊语，在修辞学以及诗学等领域颇有造诣。

卡里昂·伊斯托明自 1681 年开始他的诗歌创作生涯，在索菲亚·阿列克谢耶夫娜摄政时期，他是一名很受器重的宫廷诗人，著有《聪明的天堂》（Рай умный）、《伊甸园》（Едем）等诗集，他颂扬女摄政王索菲亚的诚实，并特别强调智慧在统治国家和人民生活中的重要作用。例如，他在《智慧》（Вразумление）一诗中，教导即位的 11 岁的沙皇彼得一世："现在就学习，勤奋地学习。/在你的青春里，国王应得到智慧的启迪。"在他看来，一个人最重要的是要拥有"智慧的灵魂"。他创作的诗歌体裁主要有颂歌（Ода）、教诲诗和墓志铭等，在这些方面留下了较为丰厚的遗产，不过，他的主要成就还是体现在颂诗方面。

卡里昂·伊斯托明的诗歌作品也具有一定的现实意义。伊斯托明充分意识到文学艺术所具有的教诲功能，将诗歌创作视为对人们进行启蒙和教育的重要途径和手段。他的诗作洋溢着人文主义和爱国主义的思想。在《关于我们的主耶稣基督复活的诗歌》（Стихи на Воскресение Господа нашего Иисуса Христа）中，他以诗句对一些教徒进行谴责；而他用诗体创作的图文并茂的《波利斯》（Полис）一书，则被誉为一部包含世界上 12 种不同科学、季节和国家特点的诗体百科全书。譬如，在论及"美洲"时，诗人写道：

> 几千年来愚昧无知，
> 茫茫大海，远远相隔。
> 不同的信仰各自吹嘘，
> 裸体的人们不忠不孝。
> 这个国度，缺乏理智，

---

① А. М. Панченко. *Русская силлабическая поэзия XVII—XVIII в.в.*（Библиотека поэта；Большая серия）. Ленинград: Издательство Советский писатель, 1970, с.194.

人们不信神明,思想异端。

他们中间没有能干的人,

是一个愚昧和罪恶的地方。①

他编撰的《看图识字读本》(*Лицевой букварь*,1694),图文并茂,大多以诗的形式传授知识,解释字母或文字,并且进行伦理教诲,被誉为"十七世纪最有趣的入门书之一,不仅在莫斯科,而且在乌克兰、白俄罗斯和立陶宛都很受欢迎"②。

三、斯捷凡·雅沃尔斯基

斯捷凡·雅沃尔斯基,出身于乌克兰利沃夫附近的亚沃镇的一个东正教家庭。1673年,他进入基辅-莫希拉学院(Киево-Могилянская коллегия)学习。后来,他担任过斯拉夫—希腊—拉丁学院院长,也担任过俄罗斯东正教会圣会首任主席。他不仅是一位僧侣,而且是十七世纪著名的神学家和哲学家,他的神学著作《信仰之石》(Камень веры)具有广泛的影响。他还有卓越的诗歌天赋,擅长用斯拉夫语、波兰语和拉丁语进行诗歌创作,由于其出色的诗歌创作才能,他赢得了皇家抒情诗人的荣誉。

在代表他神学思想和哲学思想的著作《信仰之石》中,他并没有将神学主题限制在"上帝"本身,而是按照神学理论的惯例,将神性在世界中的所有表现都纳入其中,因此,他的神学思想包含着哲学的理念,而且,有些形而上学问题也被他归入神学问题的范畴之中进行思考,其他的一些问题则被简化为道德哲学的问题。因此,他在书中用较多的篇幅谴责社会的不公,分析社会阶层的不平等,以及由此而产生的种种恶习,包括贵族式的奢侈和民众的贫穷等问题。

斯捷凡·雅沃尔斯基的诗歌创作受到十七世纪的拉丁语和波兰、乌克兰等国家和地区的巴洛克诗歌风格的影响。譬如,他创作的《你,上帝之女,披着太阳的服饰》(*Ты*,*облеченна в солнце*,*Дево Богомати* ...)一诗便有着流行于十七世纪西欧文学中的玄学的要素:

你,上帝之女,披着太阳的服饰,

---

① И. Беркова ред. *Вирши. Силлабическая поэзия XVII—XVIII веков* (Библиотека Поэта. Малая Серия), Л. Советский Писатель, 1935, с.151.

② Светлана Орлюк. ""Лицевой букварь" Кариона Истомина: от мысли образами к образу мысли", *Педагогика Культуры*, № 29(2019).

> 而我,我的影子,怎么敢接近你?
> 　你无比美丽,纯洁无瑕,我却可憎可怜,
> 　鄙人已经淹没在污秽的深渊。
> 你是善,我是恶,你是天堂,我是地狱,
> 你的全身充满了圣洁的气息。
> 　鄙人全身充满了魔鬼的诽谤,
> 　在深沉的黑暗中祈求你的光芒。
> 但我向你投奔,带着满腔的热血,
> 因为我知道你是所有罪人的避难所。
> 　请不要把我赶走,求你看在有罪的份上,
> 　因为在月亮的怀抱,荆棘也会有所特长。
> 因为这是一个月影之下的夜晚,
> 母亲啊,我企盼能够与你为伴。
> 　古代的蛇也会游向红色天堂,
> 　我也祈求能够贴近你的身旁。
> 哦,少女! 全靠你来孕育万物!
> 求你对这卑鄙的雏鸟给予全力庇护。①

在这首诗中,"悖论"和"奇喻"以及强烈对照的手法,还有哲理抒情等特色,都运用得颇为妥帖,无疑是西欧十七世纪玄学派诗歌或巴洛克文学艺术技巧得以典型呈现的范例。

十七世纪,在诗歌创作方面,最具代表性的诗人无疑是西梅翁·波洛茨基,他以自己的诗歌创作,成为古罗斯文学终结的象征,表明诗歌创作也开始迈向真正意义上的俄罗斯文学的历史性转型的阶段。

第二节 《戈列-兹洛恰斯基的故事》

《戈列-兹洛恰斯基的故事》是古罗斯十七世纪的重要的叙事类诗歌作品。该作品虽然是以诗体形式创作的,但是却具有极强的情节性,可以认为其是在古罗斯时期出现的一部独特的"诗体小说"。而且,这部作品是以书面形式存在的,最早的手稿于 1856 年由亚·尼·毕平(А. Н. Пыпин)院士

---

① T. Prokopowicz. *De arte poetica libri III*. Mohiloviae, 1786, p.185.

发现。这部"诗体小说"的主人公则是在作品中没有显现姓名的年轻人（Молодец）和作品标题所提示的"苦难"（Горе）。这两个"主人公"所呈现的主要是带有宗教色彩的道德劝善的主题。

就叙事内容而言，《戈列-兹洛恰斯基的故事》既有宗教教谕的内涵，也有对现实生活的书写。在现实生活书写方面，这部作品在一定程度上是书写年轻人的命运以及对年轻人的伦理教诲。在宗教教谕的内涵方面，这部诗体叙事作品很像歌德的诗剧《浮士德》（但该作品早于《浮士德》），也是魔鬼通过与人签订契约的方式，以满足人的吃喝玩乐为条件唆使他去干坏事。作品标题就具有寓意，"戈列"的俄文原文是"Горе"，意为"苦难"，"兹洛恰斯基"的俄文原文是"Злочастии"，具有"作恶"的内涵。作品的主要内容是强调"苦难"如何"作恶"，但是，它也促使了年轻人改邪归正，最后皈依宗教，成为一名僧侣。可见，在这部叙事诗中，与年轻人签订契约的魔鬼最终所达到的，也是《浮士德》中的魔鬼靡菲斯特般的"作恶造善"的效用。

这部作品的情节更是体现了宗教教谕的思想内涵。在《戈列-兹洛恰斯基的故事》中，诗体故事情节的引子是叙述与亚当和夏娃有关的圣经故事。作者书写他们如何违背上帝的意志而犯下了原罪，并被逐出乐园遭受苦难：

> 而在这个腐朽的时代之初，
> 上帝创造了大地和蓝天，
> 上帝创造了亚当和夏娃，
> 并吩咐他们住在圣洁的乐园。
> 他给了他们神圣的诫命：
> 并吩咐他们吃葡萄树的果实，
> 只能从伊甸园的大树上吃。
> 可是，人类的心却不可理喻，
> 他们忘记了上帝的诫命，
> 却从一棵伟大的奇异之树
> 尝到了一连串的果实——
> 亚当已经被夏娃所迷住。①

但是更为主要的，是诗人在诗中"强调这一原罪所产生的后果以及对于人类

---

① Д. С. Лихачев, Л. А. Дмитриев, Н. В. Понырко, ред. *Библиотека литературы Древней Руси*, Т. 15, СПб.: Издательство Наука, 2006, с.31.

的进步意义"。① 为了体现这一进步意义,在作为情节引子的圣经故事之后,
作品转向了更为重要的主题:一对夫妇对一个年轻儿子的教诲。而且,就像
圣经中的戒律一样,父母竭力告诫这位年轻人,要杜绝罪孽的行为——不可
酗酒,不可纵欲,不可偷窃,不可撒谎,更不可对父母不敬:

> "孩子啊,不要被金银所迷惑,
>
> 不要去拿不义的财物,
>
> 也不要做虚伪的见证,
>
> 不要对父母怀恨在心⋯⋯
>
> 孩子啊,你要学会与聪明人为伍,
>
> 与谨慎的人们同在。
>
> 与其他值得信赖者相处,
>
> 他们不会给你带来伤害。"②

然而,父母的这番告诫并没有发挥理想的效用。年轻人因为不愿遵守来自
父母的告诫而毅然离家出走。他出走时随身带了很多金钱。正是因为有了
这些金钱,他大肆挥霍,纵酒作乐,而且,因为身上有钱,他身边围着一帮狐
朋狗友。年轻人由此逐渐堕落。不过,当他耗尽了钱财无法与他们继续花
天酒地的时候,他那群所谓的朋友也都纷纷离他而去。年轻人只得在外漂
泊,动身去了异国他乡,寻求生存下去的机会。当这位年轻的主人公在异国
他乡开始新生活的时候,他经过努力,赚了比以前更多的钱财,他甚至还产
生了结婚的念头。只不过,在宴席上,他又犯下了一个本不该犯的错误:过
分炫耀自己的财富。他不加克制地自我吹嘘,引起了作为恶的化身的魔鬼
戈列-兹洛恰斯基的注意。这个魔鬼跟随年轻人的行踪,监视他的一举一
动,并且唆使他去干各种坏事。在梦中,戈列-兹洛恰斯基最初是以本体的
身份出现的,然后又以天使长加夫里尔的身份出现在年轻人的眼前。经过
最后一次变化,年轻人遵从魔鬼的理念,过着挥金如土、纸醉金迷的生活。
到了最后,他终于耗尽钱财,一贫如洗。这个时候,衣不遮体、食不果腹的年
轻的主人公只想投河自尽,了却此生:

---

① 吴笛:《俄罗斯小说发展史》,杭州:浙江工商大学出版社,2022年版,第44页。

② Д. С. Лихачев, Л. А. Дмитриев, Н. В. Понырко, ред. *Библиотека литературы Древней Руси*, Т. 15, СПб.: Издательство Наука, 2006, с.33.

这个年轻人从早晨坐到傍晚，
一整天从早到晚，没有用餐，
年轻人没有吃上半块面包，
这个年轻人迅速站了起来。
站起来的时候，他处于紧张的状态，
自言自语说出了这些话语：
"哦，戈列-兹洛恰斯基！
它把我带到了不幸的境地，
我这个年轻人，快要被饿死了，——
三天来，我一直很不开心，
我没有吃过一口面包！
我作为年轻人，将跳入湍急的河流——
让迅疾的河水清洗我的肉身，
或让鱼儿吃掉我洁白的身子！
好让我结束这种耻辱的生活。"①

当这个年轻人后悔莫及、万念俱灰，试图轻生的时候，如同浮士德想要在书房中服毒自杀时出现了魔鬼靡菲斯特一样，魔鬼戈列-兹洛恰斯基又如期出现在这个年轻人的跟前，不仅劝他不要跳河自杀，还跟他说："生活在苦难中的人是不会有悲痛的。"②于是，戈列-兹洛恰斯基与年轻人签订了一份条约，答应供他吃喝玩乐，前提是这个年轻人必须服从魔鬼的意志。作品中的这一情形，如同歌德《浮士德》中的浮士德与靡菲斯特达成契约的情状。于是，这位年轻的主人公被带到另一个国度，那里有吃有喝，但是要受魔鬼的管教。戈列-兹洛恰斯基总是与这个年轻人形影不离：

年轻人像一只透明的猎鹰飞翔
而戈列就像白色的矛隼跟随。
年轻人像一只蓝鸽子一样遨游，
而戈列就像他身后的一只灰鹰。
年轻人像灰狼一样闯入田野，

---

① Д. С. Лихачев, Л. А. Дмитриев, Н. В. Понырко, ред. *Библиотека литературы Древней Руси*, Т. 15, СПб.: Издательство Наука, 2006, c.39—40.

② Д. С. Лихачев, Л. А. Дмитриев, Н. В. Понырко, ред. *Библиотека литературы Древней Руси*, Т. 15, СПб.: Издательство Наука, 2006, c.40.

> 而戈列就像灰狗一样跟在身后。
> 年轻人走进长满毛草的田野，
> 而戈列就像镰刀接踵而至。①

年轻人想要回到自己的父母身边，但没有获得戈列-兹洛恰斯基的准许。然而，当年轻的主人公终于下定决心来到修道院的时候，戈列-兹洛恰斯基在门口停了下来，并且解除了他们之间的契约，永远地离他而去。从此，年轻人成为一名僧侣，生活在"明亮的天堂"，"上帝保佑信徒们免受折磨"②。

　　对于《戈列-兹洛恰斯基的故事》这部诗体作品所塑造的年轻人形象，学界也有不同的理解。俄罗斯著名学者利哈乔夫充分肯定这一形象，认为其"所塑造的年轻人这一形象不愿循规蹈矩，体现了探寻新的生活方式的时代精神，典型地反映了十七世纪小说不满现状、勇于探索的这一重要的转型"③。而且，其还"在一定意义上标志着十七世纪俄罗斯文学由宗教题材向日常生活题材的转型"。④然而，也有学者更关注的是这一形象的堕落，"《戈列-兹洛恰斯基的故事》的作者塑造了那个时代青年的大致形象，这样的青年堕落透顶，在自己的堕落中竟然找到了快乐——快乐就在达到的无忧无虑的境界之中"⑤。探索也好，堕落也罢，无论学者对此持有什么样的学术观点，都充分说明，这部作品反映了时代的精神。不过，我认为，更为重要的是，这部作品体现了道德教诲的内涵，探讨了如何在宗教层面通过惩罚将人们引向救赎之路这一问题，同样，该诗也具有一定的人生哲理。人的一生，总是伴随着苦难，只有经过在苦难中的挣扎，才能获得人生的感悟和生命的真谛，其中蕴含的人生哲理是不言而喻的。

第三节　西梅翁·波洛茨基的诗歌创作

　　西梅翁·波洛茨基在俄罗斯诗歌发展史上的意义十分巨大，贡献非常

---

① Д. С. Лихачев, Л. А. Дмитриев, Н. В. Понырко, ред. *Библиотека литературы Древней Руси*, Т. 15, СПб.: Издательство Наука, 2006, c.42.

② Д. С. Лихачев, Л. А. Дмитриев, Н. В. Понырко, ред. *Библиотека литературы Древней Руси*, Т. 15, СПб.: Издательство Наука, 2006, c.43.

③ 转引自吴笛:《俄罗斯小说发展史》，杭州:浙江工商大学出版社,2022年版,第44页。

④ 转引自吴笛:《俄罗斯小说发展史》，杭州:浙江工商大学出版社,2022年版,第45页。

⑤ 高尔基世界文学研究所编:《世界文学史》(第四卷·下册),上海:上海文艺出版社,2013年版,第509页。

突出。他是十七世纪俄国巴洛克文学的杰出代表,他不仅是一位真正意义上的作家,而且是具有启蒙精神的思想家。"在十七世纪的俄罗斯,在自己最杰出的代表——西梅翁·波洛茨基的优秀作品里,'巴洛克风格'因为符合即将到来的彼得时代的精神而取得了鲜明的启蒙性质。"①因此,波洛茨基认识到文学所具有的伦理教诲功能,特别强调教育的作用,以及通过教育来提升国民文化素质的意义所在。作为十七世纪俄罗斯代表性的诗人,也作为俄罗斯诗歌史上第一位出版个人诗集的诗人,波洛茨基的地位无疑是显著的。"波洛茨基作为作家所享有的经久不衰的声誉,主要基于他的三部很有分量的诗集:《多彩的花园》《韵律诗篇》和《赞美诗集》。"②

西梅翁·波洛茨基,原名或为塞缪尔·叶梅利亚诺维奇·西特尼亚诺维奇-彼得罗夫斯基(Самуил Емельянович Ситнианович-Петровский),不仅是一位诗人,而且还是杰出的剧作家、教育家,以及社会政治活动家。"他的出身和生涯反映了贯穿这一时期的主要的迥异倾向,可以简洁地概括为神学与世俗、修道院与宫廷、俄罗斯与西方、东正教与天主教、文学与宣传之间的对立。"③在俄国文学史上,他更是具有特殊的地位,是他最早将诗学从神学的附庸中分离出来。他被认为是俄语音节诗体的创始人,并被认为是俄罗斯戏剧的奠基人。甚至有俄罗斯学者认为,"就不间断的俄罗斯文学进程而言,"波洛茨基是"第一位俄罗斯职业诗人"④。他在诗中不仅颂扬了王室和朝臣生活中的各种事件,而且以诗歌为媒介,进行伦理道德的教诲以及宗教的说教。

波洛茨基出生在白俄罗斯的一个乌克兰后裔的家中,出生地名为波洛茨克(Полоцк)。波洛茨克是一座历史悠久的城市,涅斯托尔在《往年纪事》中就提及了这座城市。所以,俄罗斯学者认为:"波洛茨克是古罗斯的一座重要的城市。"⑤波洛茨基本姓彼得罗夫斯基,却因为这座城市,修改了自己的姓氏,可见他对故乡的眷恋。他的父亲加布里埃尔也是当地的名人,不仅

---

① 高尔基世界文学研究所编:《世界文学史》(第四卷·下册),上海:上海文艺出版社,2013年版,第518页。

② Andrew Kahn et al. *A History of Russian Literature*, Oxford: Oxford University Press, 2018, p.163.

③ Andrew Kahn et al. *A History of Russian Literature*, Oxford: Oxford University Press, 2018, p.160.

④ Д. Жуков, Л. Н. Пушкарев. *Русские писатели XVII века (Аввакум Петров, Симеон Полоцкий)*, Москва: Издательство Молодая гвардия, 1972, с.199.

⑤ Д. Жуков, Л. Н. Пушкарев. *Русские писатели XVII века (Аввакум Петров, Симеон Полоцкий)*, Москва: Издательство Молодая гвардия, 1972, с.202.

是成功的商人，而且有从政的经历。波洛茨基 7 岁时进入波洛茨克当地的学校学习，后于 1640 年至 1650 年在当时的名牌学校基辅-莫希拉学院接受了良好的教育，掌握了拉丁语和波兰语，并且开始大量阅读诗歌作品。毕业之后，他进入维尔诺（即现在的维尔纽斯）的耶稣会学院学习。他在该学院的神学系学习。当时，学院的教学体系是基于古代的制度构建的。学生们所要学习的是"七种文科"：语法、修辞、辩证法、算术、几何、音乐和天文学。他学习极为刻苦，1656 年冬季，他顺利通过毕业考试之后，回到故乡波洛茨克，并且接受了东正教信仰。此后，他主要在教会学校教书，并成为波洛茨克东正教兄弟学校的校长。六十年代初，他迁居莫斯科，1664 年起，他主要在沙皇宫廷供职。1667 年，他被任命为宫廷诗人和沙皇阿列克谢·米哈伊洛维奇·罗曼诺夫的子女的导师。他曾经编写过三本教材，主要用来教育当时沙皇的子女。沙皇阿列克谢·米哈伊洛维奇逝世后，波洛茨基获得新的沙皇费奥多尔·阿列克塞耶维奇的准许，在宫廷创办了印刷厂。1679 年，他还为后来成为彼得大帝的七岁少年编写过《语言入门》（*Букварь языка словенска*）一书。这本书在宫廷印刷厂印刷，以指导初学者学习。该书分为三个部分。第一部分主要谈的是信仰问题，第二部分讲述的是道德教诲类的故事，第三部分涉及的是阅读、计算以及描述节日的规则。《语言入门》一书包含了对信仰和道德基本原则的陈述，还有一些实用的说明。在该书的开篇，波洛茨基用的是自己的诗篇《致好学的少年》（*К юношам, учитися хотящим*），以诗句的形式强调学习的好处，以及自幼学习的必要性。

波洛茨基在教育方面对俄国的贡献并不局限于宫廷中的私人教学，而且，他认为当时俄国落后的根源在于教育的缺失，于是，他特别强调教育的功能。他在莫斯科积极宣传教育理念，并且为实现这一理念做了大量的工作，推动了 1687 年俄国第一所高等学校——斯拉夫—希腊—拉丁学院的建立。

在文学创作方面，波洛茨基的主要作品有诗集《多彩的花园》《韵律诗篇》（*Рифмологион*）、《赞美诗集》（*Псалтырь рифмотворная*）、《俄罗斯雄鹰》（*Орел Российский*），以及《浪子的故事》（*Комедия притчи о Блудном сыне*）等多种剧本。其中，《赞美诗集》收录的是一些用音节诗体改写的赞美诗，这些赞美诗后来被人谱曲，对年轻时期的罗蒙诺索夫产生了很大影响。

他的诗集《多彩的花园》，是俄国文学史上的第一部个人诗集。这部诗集是用音节诗体写成的，语言以古俄语为主，掺杂了斯拉夫语、希腊语，以及白俄罗斯语。这部诗集完成于十七世纪七十年代,规模宏大,收录诗作共两千多首,约两万行。这些诗作句法结构精巧复杂,涉及的主题多种多样,不仅有宗教诗作,还有风景描绘、日常感悟等关于现实生活的诗篇。许多诗篇中,诗人还借鉴了老普林尼的《自然史》中的一些动植物意象,其中包含许多虚构的异域动物,如凤凰、流泪的鳄鱼等,以及各种奇异珍宝的内容。因此,该诗集被人们誉为"特殊的诗体百科和详解词典"。我们在诗集中甚至还可以读到关于宇宙形成的各种观点的阐述,以及关于基督教象征方面的一些说明。而且,这些诗作还含有典型的寓教于乐的成分,在波洛茨基看来,诗人的一个重要任务就是阐明道德教育。可以说,这是一部"关于精神和世俗问题的百科全书"①。

1680 年的《韵律诗篇》收录了悼念和赞美沙皇及其亲属的诗歌,其主题是颂扬俄罗斯的权力和力量。

《多彩的花园》和《韵律诗篇》这两部诗集不仅代表了波洛茨基的主要诗歌艺术成就,也是十七世纪俄罗斯诗歌艺术成就的典型象征。"波洛茨基以巴洛克式的寓言花园形式铸造了两大诗歌系列,其中包含一个语言迷宫和心形的象征诗,邀请读者进入一个基督教美德的道德纯净世界。"②

波洛茨基的创作极具十七世纪的典型的时代特征。他的诗集《多彩的花园》,虽然是以古俄语创作的,但是,语言自然朴质,绝少夸张,贴近生活;而且,所使用的音节诗律和双行韵式,为俄罗斯音节—重音诗律以及相应的俄语诗歌韵式的发展,发挥了开创性的作用。

在诗歌形式方面,这部诗集呈现了各种诗歌体裁的基本模式,包括史诗、挽歌、讽刺诗、诗体寓言等多种诗歌体裁。而且,诗体寓言等体裁,亦具有很强的情节性,如俄罗斯学者所言,"十七世纪的俄罗斯诗人波洛茨基部分遵循拉丁语源,在诗集《多彩的花园》中,他收选了许多书写人类本性的教诲性诗歌,与妖蛇以及其他怪物进行了神奇的类比"③。

就内容而言,《多彩的花园》这部诗集中也有一些诗篇旨在反对思想的禁锢,反对封建的等级观念,强调才智的重要性。如在题为《等级》(Mecmo)的诗中,他以西欧流行的"英雄双行体",写出了他这部诗集中最

---

① Andrew Kahn et al. *A History of Russian Literature*, Oxford: Oxford University Press, 2018, p.164.

② Roland Greene ed. *The Princeton Encyclopedia of Poetry and Poetics*, Princeton: Princeton University Press, 2012, p.1229.

③ О. А. Кузнецова. *История о русской средневековой поэзии*, Москва: Издательство Московского университета, 2019, c.7.

短的诗篇:

> 骄傲和谦逊不是根据地位而定。
> 伟人可能卑微,卑微之人可以骄傲。①

在他看来,人的性格特性以及一个人的发展,不是取决于他的地位,而是仰赖于自身的努力。经过努力,一个人即使曾经卑微,也可以获得骄傲的资本。诗人呼唤个性的解放,首先将诗学从神学的束缚下解救出来。如在《节制》(*Воздержание*)一诗中,诗人写道:

> 倘若毫无限度地实行节制,
> 就会给心灵造成极大伤害;
> 身体疲惫不堪,难保健全的智性,
> 只有适度的节制才对人们合适。
> 每天都能适量地吃喝,
> 远远胜于长久的节食;
> 无限度节制会消耗精力,
> 并会导致沮丧和郁悒。②

该诗与十七世纪西欧流行的古典主义文学思潮十分吻合,尤其是其体现了古典主义者的"适度"的原则,强调"只有适度的节制才对人们合适"。这一"适度"原则是对中世纪宗教神权的一种有力的反叛,因为在漫长的中世纪,由于禁欲主义和来世主义世界观的影响,现世的生活意义被扼杀,其被认为只是通往来世的一种过渡,所以教会要求人们戒斋、驱除欲望、节制情感,主张只有经过现世的磨炼和净化,才能在来世享受天国之福。而在该诗中,开头部分就对宗教神权的"节制"的危害性进行了揭露和批判,认为"倘若毫无限度地实行节制,/就会给心灵造成极大伤害"。该诗一反中世纪流行的克制、戒斋的教条,提倡"每天都能适量地吃喝",这是对教会神权的有力的冲击,诗中所提倡的"适度"原则,无疑具有一定

---

① А. М. Панченко, В. Адрианова-Перетц ред. *Русская силлабическая поэзия XVII—XVIII вв.*(Библиотека поэта, Большая серия), Ленинград: Издательство Советский писатель, 1970, с.137.

② 〔俄〕波洛茨基:《节制》,吴笛译,参见飞白主编:《世界诗库》(第5卷),广州:花城出版社,1994年版,第32—33页。

的进步性。

同时,该诗还强调了诗歌的教化功能,诗人似乎在传授科学常识,教导人们怎样对待生活,怎样弃绝一些不合理的生活态度,具有道德劝善的内涵,从这一方面来说,该诗可以被视为启蒙主义思想的先声。波洛茨基特别尊重知识,重视诗歌的教诲作用。例如,在《三重愚昧》(*Невежество трегубо*)一诗中,他所列举的三种愚昧中,第一种是不愿学习,第二种是害怕困难,不愿接受新的知识,第三种则是不知道如何接受知识。而《持之以恒》(*Частость*)则是他所主张的摆脱愚昧的方法:

> 击穿巨石并非一滴水的力量,
> 而是因为水滴终年不停地滴在那水上,
> 学习也是这样:如果你生而不敏,
> 那你就持之以恒地坚持学习,直到明理又多闻。①

如果说《节制》一诗在道德劝善方面较为宏观和抽象,那么在题为《酒》(*Вино*)的诗中,波洛茨基的劝诫以及他所提倡的"适度"就显得具体,甚至"有的放矢"了:

> 对于酒,不知道该赞颂还是指摘,
> 我同时思考着酒的益处和危害。
> 它有益于增强体质,却有害于刺激
> 人体内固有的求欢的欲念。
> 所以作出如下判定:少喝有益,
> 既能增进健康,又不会危害身体,
> 保罗也曾向提摩太提过这样的忠告,
> 正是这一忠告蕴含着酒的奥妙。②

古今中外有许多诗人写过饮酒主题的诗篇,有过赞颂,也有过指摘。古希腊诗人阿尔凯奥斯认为,"酒是医治忧伤的灵丹妙药"③。同为古希腊诗

---

① 〔俄〕波洛茨基:《持之以恒》,曾思艺译,参见顾蕴璞、曾思艺主编:《俄罗斯抒情诗选》,北京:商务印书馆,2017年版,第6页。

② 〔俄〕波洛茨基:《酒》,吴笛译,参见飞白主编:《世界诗库》(第5卷),广州:花城出版社,1994年版,第33页。

③ 转引自吴笛:《世界名诗欣赏》,杭州:浙江大学出版社,2008年版,第5页。

人的阿那克里翁则将饮酒与生命关联起来,认为饮酒不是沉湎享乐,而是痛饮生活的体现,就连大自然也会贪杯,所以他对恋人高呼:"饮我的杯吧,爱人! 活我的生命。"[①]可见,诗人在对饮酒的书写中体现的是积极入世的乐观主义的人生哲学。作为十七世纪诗人的波洛茨基,则对饮酒有着更为科学的、充满理性的理解:一方面,他认为饮酒"有益于增强体质";另一方面,饮酒又"有害于刺激人体内固有的求欢的欲念"。所以,他给出了充满理性的告诫:"少喝有益。"

波洛茨基的诗是有着深刻精当的教谕精神的,他不仅通过人类日常生活的方方面面的行为,来阐述人生的哲学以及做人的道理,同时还善于通过自然意象,来呈现人与自然的同一性关系。如在《晨星》(Денница)一诗中,诗人就以黎明时分的散发光与热的晨星作为参照,阐述积极面对生活以及创造生活的道理。该诗更是通过自然意象的运用,阐述了在现实生活中应该积极向上的道理,诗中写道:

> Темную нощь денница светло рассыпает,
>
> красным сиянием си день в мир провождает,
>
> Нудит люди к делу ов в водах глубоких
>
> рибствует ов в пустынях лов деет широких,
>
> Иный что ино творит. Спяй же на день много
>
> бедне раздраноризно поживает убого.
>
> (明亮的晨星在黑色的夜晚撒落,
>
> 以红色的光点把白昼送往世界,
>
> 催促人们工作:要么到广阔的荒野
>
> 打猎,要么去深水中捕鱼捉蟹,
>
> 或者去干别的。若是白天睡大觉,
>
> 一生都摆脱不了贫困的骚扰。[②])

该诗语言显得格外清新自然,朴实简洁,除了少量的古俄语词汇之外,语言大体上贴近生活,毫无雕琢之感。景色描写中没有堆砌的浮夸的辞藻,尤其是双行韵式的使用,亦严谨规范。波洛茨基也是特别关注韵式的。在

---

① 转引自飞白:《诗海——世界诗歌史纲》(传统卷),桂林:漓江出版社,1989 年版,第 81 页。

② 〔俄〕波洛茨基:《晨星》,吴笛译,参见飞白主编:《世界诗库》(第 5 卷),广州:花城出版社,1994 年版,第 33 页。

《多彩的花园》的序言中,他强调了押韵文字的传播功能:"让押韵的文字在我们光荣的书面语言中传播开来。"①该诗是典型的俄语音节诗体,诗句的构造是基于音节的数量,而不是基于音步,每行基本上是 13 个音节,最后以阴性韵押韵,而且采用的也是音节诗体所惯常使用的双行韵。双行韵式的运用,充分表明波洛茨基对韵律问题的关注,尤其是对韵脚的独特掌控。洛特曼认为:"韵脚是指在韵律单位所规定的位置上出现的声音相同而意义不同的单位。"②托马舍夫斯基也认为:"韵脚具有两种特征:第一是韵律的组织,因为韵脚标志着诗行的结尾;第二是和音。"③波洛茨基在该诗中,正是巧妙地使用了韵脚的这一功能,使得该诗妙趣横生。而且,该诗在色彩上形成鲜明的对比,生活中的两种态度,与作品所弘扬的积极进取的现实主义精神相互映衬,极为吻合。正因为波洛茨基在诗歌风格方面的独到之处,有学者将他与十七世纪流行于西欧的巴洛克文学进行比较,认为"在波洛茨基的作品中有着鲜明的巴洛克要素"④。可见,波洛茨基在诗歌艺术上所取得的成就,与他良好的外语能力以及开放性的心态和国际化的视野是分不开的。

第四节　安德烈·别洛博茨基的诗歌创作

安德烈·赫里斯托弗洛维奇·别洛博茨基在十七世纪后期的俄罗斯诗歌中,占据独特的地位。"安德烈·赫里斯托弗洛维奇·别洛博茨基的文学作品在十七至十八世纪的俄罗斯启蒙运动史上留下了印记。他的作品在读者中获得了成功,并被广泛传播。"⑤这位于十七世纪中叶在波兰出生的俄国诗人,毕业于克拉科夫大学,他笃信东正教,在自己的诗歌作品中,他常常表现出他虔诚的宗教情感。

安德烈·别洛博茨基在 1681 年定居俄国之前,从 1665 年起,曾经在

---

① Симеон Полоцкий. *Вертоград многоцветный*. Vol.1. Wien: Böhlau, 1996, c.6.

② Ю. М. Лотман. *Структура художественного текста*, Москва: Издательство Искусство, 1970, c.153.

③ Б. В. Томашевский. *Стилистика и стихосложение*. Ленинград: Учпедгиз, 1959, c.406.

④ О. А. Державина. "Симеон Полоцкий", А. А. Сурков. ред. *Краткая литературная энциклопедия*. Т. 6. Москва: Сов. энцикл., 1971, c.842.

⑤ А. Х. Горфункель. "Андрей Белобоцкий—поэт и философ конца XVII—начала XVIII в." *Труды Отдела древнерусской литературы*, т. XVIII. Москва: Издательства Наука, 1962, c.188.

法国、意大利、西班牙以及其他西欧国家生活和学习过长达 15 年的时间①，主要攻读神学和哲学。1680 年，他经里加到达斯摩棱斯克，不过，在那里受到了当地耶稣会的迫害。1681 年定居莫斯科之后，他皈依东正教，并且进入了教会阶层，但另一位宗教诗人梅德韦杰夫担心他是其成为斯拉夫—希腊—拉丁学院院长的激烈的竞争对手，因而与他产生了一些矛盾。于是，在 1686 年，别洛博茨基作为派往中国的外交使团的成员之一，在中国居住了长达 6 年的时间。他主要从事拉丁文本的翻译工作，直到 1691 年才返回俄国，并居住在莫斯科，大约于十八世纪初至二十年代在莫斯科逝世。

在别洛博茨基现存的作品中，大多是以宗教为主题的，而且在表现手法上也受到一定的中世纪宗教文学的影响，譬如，他的重要诗作《关于上帝怜悯和折磨的恩典与真理的简短对话》（*Краткая беседа милости со истиною о божий милосердии и мучении*，1685），便是以中世纪人们最喜欢的争论形式——"辩论"——写成的。他倾向于认为，恩典是一种神圣的怜悯，恩典与真理作为神学的两个相互关联的基本特征，在力量上是平等的。但是，尽管以宗教为主题，他所宣扬的却是具有时代精神的启蒙主义思想。"因此，他在宗教方面具有宽容精神，他希望把哲学从神学的指导下解放出来，他更喜欢世俗的知识。这些启蒙思想预示了别洛博茨基与正统神学的冲突，无论是天主教还是东正教。"②他还著有《信仰告白》（*Исповедание веры*，1681），以及《修辞学》（*Риторика*，1690）、《哲理之书》（*Книга философская*，1699）等著作。在《信仰告白》中，别洛博茨基认为，相较神学，哲学具有决定性的优势，因为它在对世界的认识方面是自由而诚实的。

别洛博茨基在欧洲学习期间，在文艺复兴和宗教改革思想的基础上形成了基本的哲学和神学立场，在莫斯科的时候，他的这一立场得到了进一步的发展和一定程度的调整。在《关于上帝怜悯和折磨的恩典与真理的简短对话》中，别洛博茨基与宗教狂热者就人类罪孽的惩罚尺度问题进行辩论，他倾向于认为，即使是最大的罪人也能在恩典中获得希望，因为恩典能征服一切。他认为，恩典（神圣的怜悯、爱、善）是全能的。

别洛博茨基最重要的诗歌作品是《五经，或关于最后四件事以及关于人

---

① Evelyn Bristol. *A History of Russian Poetry*，Oxford：Oxford University Press，1991，p.38.

② Институт русской литературы АН СССР（Пушкинский дом）ред. *История русской поэзии В двух томах*，Том I，Ленинград：Ленинградское отделение издательства Наука，1968，с.51.

的虚荣和生命的五卷短作集》(*Пентатеугум，или пять книг кратких，о четырех вещах последних，о суете и жизни человека*)。这部作品被认为是"波洛茨基与康捷米尔时代之间俄罗斯诗歌最重要的里程碑式的作品"[①]。这部作品对于当时诗坛而言，意义非同一般，"别洛博茨基激发了人们的想象力"[②]。从标题可见，这部作品由五卷组成。其中，第一卷书写的是关于死亡的主题，第二卷的主题是关于上帝的可怕的审判，第三卷的主题是关于地狱的折磨，第四卷的主题是关于圣人的永恒的荣耀，第五卷较为虚妄，题为《别洛博茨基俄语方言版的人世间的梦或创造的虚幻》(*Сон жизни человека или суета Творения Андрея Бялобоцкаго на русском диалекте*)，该卷所书写的主要还是关于人的生存状态。

在第一卷关于死亡的第一首和第二首诗中，别洛博茨基写道：

> О светлейте злата солнце，луно，чиста паче сребра，
>
> Смерть блйскую слышит сердце，мне умрёти，вам жизнь добра。
>
> Два светила в день и ночи，ваш век старости не знает。
>
> Нам сон смерти лезет в очи，старых и младых стращает。

> Звёзды на небе свѣтите，планиты кругом ходите，
>
> Сестры Плеяды，простите，дождь нам в жарах посылайте。
>
> Кастор и Полюкс，ваша милость явна по морю плывущим。
>
> Нам не поможет звезд ясность，с кораблем жизни тонущим。
> （啊，灿烂的金色太阳，比白银还要清澈的月亮，
> 我心中听到临近的死亡，于我是死，对你们则是生的希望。
> 白天和夜晚的两个发光体啊，你们不知年岁的衰老，
> 而死亡之梦在我们的眼前悄然而至，不顾是老是少。

> 天上的星辰在闪耀，行星也在不停地旋转、飘荡，
> 昴星团的姐妹们，求你们在炎热时分给我们送来清凉。
> 卡斯托尔和波鲁克斯，你们的仁慈在航海中显而易见，

① А. Х. Горфункель. "Андрей Белобоцкий—поэт и философ конца XVII—начала XVIII в." *Труды Отдела древнерусской литературы*，т. XVIII. Москва：Издательства Наука，1962，с.188.

② Evelyn Bristol. *A History of Russian Poetry*，Oxford：Oxford University Press，1991，p.38.

可清澈的星空不会帮助我们,生命之船正在遭遇艰险。)①

　　可见,在探讨生命之谜时,作者也注意从宏观的视角出发,将人类的生命与宇宙万物结合起来。

　　关于该诗集的性质,俄罗斯学界也是存有争议的,因为,这部作品并不是真正意义上的诗歌创作,而是具有翻译和改写的性质。有学者认为,该诗集是根据德国耶稣会诗人拉德尔(M. Rader)的《葬礼的哭声》和《最后的审判》以及尼萨(I. Nissa)的《永恒的无间道》和《祝福的永恒快乐》中的诗歌部分改编而成的。而第五卷的源头则是雅各布·巴尔德的拉丁文诗作《论世界的虚荣》。②

　　在第五卷的第四首,诗人写道:

> Что ся родит, умирает, в мире ничтоже вѣкует,
>
> Случай и смерть осиляет, нас как хощет потчивает.
>
> Яко луны круг премѣнний колесом по небе ходит,
>
> Тако земли круг вселённый колесом премёны бродит.
>
> (事物的生生灭灭对世界没有什么影响,
>
> 　机缘和死亡可以随心所欲地将我们带向他乡。
>
> 　如同月亮善变的圆轮在天空中漂泊不停,
>
> 　地球上的宇宙之轮也同样引发种种变更。)③

　　无论是翻译、改写,还是创作,对于这部作品,有一点是不可否认的,那就是《五经》这部作品在俄语诗歌格律的使用方面所表现出的鲜明的时代特征,无论其源头出自何处,别洛博茨基都按照他所理解的俄语诗歌格律对此进行精心的组织,构成统一的整体。因此,这部作品受到学界的好评。有西

---

①　А. Х. Горфункель. ""Пентатеугум" Андрея Белобоцкого"(Из истории польско-русских литературных связей). "Новонайденные и неопубликованные произведения древнерусской литературы", *Труды Отдела древнерусской литературы*, т. XXI, Москва: Издательство Наука, 1965, с.44.

②　А. Х. Горфункель. ""Пентатеугум" Андрея Белобоцкого"(Из истории польско-русских литературных связей). "Новонайденные и неопубликованные произведения древнерусской литературы", *Труды Отдела древнерусской литературы*, т. XXI, Москва: Издательство Наука, 1965, с.39—64.

③　А. Х. Горфункель. ""Пентатеугум" Андрея Белобоцкого"(Из истории польско-русских литературных связей). *Новонайденные и неопубликованные произведения древнерусской литературы*, т. XXI, Москва: Издательство ТОДРЛ, 1965, с.61.

方学者认为："《五经》从当时的文学作品中脱颖而出,成为一种令人振奋的情感体验。它所传达的信息,是对精神倦怠和罪恶发出的危急的警告。"①

更有学者认真考据,力图探究这部作品与俄罗斯文化之间可能具有的关联:"读到这部诗作,人们会想到十七世纪末到十八世纪初俄罗斯北部教堂里的最后审判的圣像,以及沃洛格达和雅罗斯拉夫尔大教堂里的壁画。"②由此可见,在当时,这部作品是具有现实精神和警示意义的。与同时代的西欧诗歌相比,这部诗集在音步方面尚不成熟;但是,在韵脚的使用方面,已经达到了一定的高度,为十八世纪俄语诗歌的进一步发展,积累了经验,奠定了基础。

总之,十七世纪作为古罗斯得以终结的一个转型的世纪,在诗歌创作方面,已经出现了对于俄罗斯诗歌发展来说所必需的一些积极要素。在俄罗斯诗歌发展史上,十七世纪一改过去诗歌作品仅仅依靠口头流传的传统,开始出现真正意义上的书面诗歌以及作者层面的诗人的概念,尤其是出现了俄罗斯诗歌发展史上的第一部诗集——西梅翁·波洛茨基的《多彩的花园》,以及别洛博茨基的《五经》等重要的诗歌作品;通过波洛茨基和别洛博茨基等诗人的努力,俄语音节诗体得以形成,并且获得了一定程度的繁荣,经过西梅翁·波洛茨基等诗人的探索和发展,俄语诗歌的韵律特征也得到了最初的、较为成功的体现。

---

① Evelyn Bristol. *A History of Russian Poetry*，Oxford：Oxford University Press，1991，p.38.

② А. Х. Горфункель. "Андрей Белобоцкий—поэт и философ конца XVII—начала XVIII в." *Труды Отдела древнерусской литературы*，т. XVIII. Москва：Издательства Наука，1962，с.208.

第二编　十八世纪：俄国诗歌的成形

第五章　十八世纪古典主义诗歌

从十世纪到十七世纪,被俄罗斯学者视为"中古文学"的"古罗斯文学"走完了自己的历史进程。自十八世纪开始,随着彼得大帝的改革政策的实施以及文学发展语境的变更,俄罗斯文学的新阶段得以开始。"彼得大帝在北方建立了一个新的首都圣彼得堡。他打破了教会的权威,鼓励翻译,并派年轻的俄罗斯人到西方学习。他们回来时已经熟悉了西方的知识潮流、文学时尚和新的诗词规则。到十八世纪中叶,一种新古典主义文学正在形成,而诗歌是其主要的表达方式。"①作为重要的艺术形式,俄罗斯诗歌在特列佳科夫斯基和罗蒙诺索夫等古典主义诗人以及卡拉姆津等感伤主义诗人的引领下,无论是在诗歌理论的探索还是在诗歌的创作实践方面,都为十八世纪俄罗斯文学的良好开局起到了积极的推动作用,作出了显著的贡献。如果说,在古罗斯文学中,占主导地位的是编年史等散文体作品,那么,进入十八世纪以后,这种格局发生了根本性的改变。彼得大帝所进行的旨在结束俄国在军事、经济和文化领域持续落后数个世纪的局面,使得俄国能够强大起来的改革措施,首先在诗歌创作领域得到了回响,取得了较为突出的成就,唤醒并激活了俄罗斯人民的民族意识,进发出巨大的能量,之后逐渐波及小说、戏剧等其他创作领域。诗歌这一艺术形式以其极大的优势在彼得大帝改革之后的俄罗斯文坛发挥了举足轻重的主体作用。这一点,正如俄罗斯学者所作的相关总结,"俄罗斯新阶段的文学不是从散文开始的,而是从诗歌开始的,它以诗歌体裁来声张自己的历史存在,它用诗歌的语言向读者诉说话语"②。十八世纪涌现出的诗人群体以及一系列的诗歌创作成就,充分体现了彼得大帝时代之后的整个俄罗斯文化所特有的复兴局面与改革精神。正是在十八世纪,特列佳科夫斯基、罗蒙诺索夫等重要诗人对俄罗斯

---

① Evelyn Bristol. *A History of Russian Poetry*, Oxford: Oxford University Press, 1991, p.4.

② Г. П. Макогоненко. "Пути развития русской поэзии XVIII века". См.: *Поэты XVIII века*. В двух томах, т. 1, Ленинград: Издательство Советский писатель, 1972, с.9.

的作诗法进行了必要的改革,尤其是以音节—重音诗律逐渐取代音节诗律,从而建立了迄今仍然被广泛接受的俄罗斯诗律体系。"音节—重音诗律的本质特征,即重音(重读)音节与非重音(非重读)音节的有规律交替。"①于是,在俄语诗歌中,四音步抑扬格从此成了常见的诗歌构成要素,而扬抑格、扬抑抑格、抑扬抑格、抑抑扬格等其他格律也偶有使用。在十八世纪的俄罗斯诗歌创作实践中,以卡拉姆津、德米特里耶夫为代表的感伤主义诗歌理论与创作实践,则为俄国浪漫主义诗歌的繁荣奠定了根基。

第一节 古典主义诗歌概论

就俄罗斯文学发展而言,十世纪至十七世纪的文学属于"古罗斯文学";自十八世纪开始,则进入所谓的"新阶段文学",即文学发展的新的时期。"俄罗斯作为一个边陲国家,落后西欧约 200 年,至少从文艺复兴、宗教改革和反宗教改革等'进步'的历史标志来看,俄罗斯确实没有参与欧洲的划时代事件。"②于是,就俄罗斯文学发展的进程而言,十八世纪是一个新的历史时期的起点,尤其是在彼得大帝推行改革的这一重要的历史政治语境下,俄国文坛开始了与世界文坛接轨的探索,从而逐渐改变了游离于西欧文学之外的闭塞格局,以及与世界文坛主体脱轨的现象。

西欧的古典主义文学,是新兴的资产阶级与王权互相妥协的结果。所以西欧古典主义文学特别强调理性原则,而且,其对理性的崇尚一直延续到十八世纪的启蒙主义文学。西欧文学在十七世纪是以古典主义为主要思潮,到了十八世纪,则是以启蒙主义为主要思潮,主要出现了哲理小说、启蒙戏剧等文学作品。俄国文学则与西欧文学有所不同,它是在学习十七世纪西欧古典主义文学的同时,又努力与十八世纪的启蒙主义文学接轨。所以,十八世纪上半叶,俄罗斯文学将古典主义与启蒙主义融为一体,即作家主要以古典主义风格进行创作,但作品中所蕴含的以及作家所宣扬的却是启蒙主义思想。于是,俄国十八世纪的古典主义文学是有别于十七世纪法国等西欧国家的古典主义文学的,而与十八世纪启蒙主义文学密切相关。在十八世纪三十年代至五十年代的俄罗斯古典主义文学中,科学、知识、启蒙精

---

① Michael Wachtel. *The Cambridge Introduction to Russian Poetry*. Cambridge：Cambridge University Press，2004，p.18.
② Caryl Emerson. *The Cambridge introduction to Russian literature*，Cambridge：Cambridge University Press，2013，p.80.

神被赋予了极高的地位。在彼得一世改革精神的指引下，俄国已经从教会意识形态过渡到了现世意识形态，尤其是彼得大帝于1721年发布的特令，该特令取消了东正教会独立于皇权的情形，"废除了牧首制，设立东正教事务管理局，局长由沙皇指派，将教会置于沙皇直属官吏的监督下"①。于是，东正教便成了沙皇专制统治的一种精神支柱。这一点，不仅有别于西欧古典主义文学，也有别于西欧启蒙主义，从某种意义上，可以说，俄国古典主义文学是对西欧古典主义和启蒙主义两种文学思潮的一种恰当的接受和融合。

俄罗斯学者也充分认识到俄罗斯古典主义诗歌所具有的这种特性，认为"俄罗斯古典主义是一种深刻的进步现象。它有助于创造民族文学，弘扬公民的理想，形成英雄人物的思想，提升诗歌文化的高度，将古代和欧洲艺术的经验融入民族文学，为诗歌打开了分析、揭示人类道德世界的可能性"②。

十八世纪，是俄罗斯农奴制的鼎盛时期，尤其是彼得一世所进行的社会改革，强化了国家的政权和贵族的利益，他所倡导的"官僚贵族君主制"的建立，在整个俄国历史上起到了重要的进步作用，但是，宫廷贵族的特权也加深了农奴等底层阶级的反抗情绪。彼得一世逝世之后，从1725年叶卡捷琳娜一世登基开始，农奴制得到进一步强化；到了十八世纪下半叶，在叶卡捷琳娜二世执政时期，贵族在各个方面不断加强其阶级统治地位，力求扩大自身的阶级特权，并且强化他们对农奴进行奴役的权力，这些举措，不仅得到了法律的认可，更在实践中得到了充分的发展。俄罗斯地主在政府的默认和支持下，将农奴制变得极其残酷和野蛮，而且，统治阶层可以不受任何法律的限制。作为对专制政府和贵族这一政策的回应，俄罗斯的农民纷纷起来反抗，这些反抗被政府称为叛乱，大多都被镇压了。叶卡捷琳娜二世的统治是在这种大大小小的叛乱中进行的，而这些叛乱终于导致在1773年至1775年，在农奴制俄国爆发了最大规模的农奴起义——普加乔夫领导的农民起义。沙皇政府不惜一切代价对农奴起义所进行的镇压，更是激化了沙皇政府与普通百姓之间的矛盾冲突。尽管普加乔夫领导的农民战争最终遭遇了悲惨的失败，俄国农奴专制制度也没有被消灭，但这些起义战争对于农奴制度的冲击是极为严重的。在随后的几十年时间里，农奴制问题和反对

---

① 乐峰：《东正教史》，北京：中国社会科学出版社，1999年版，第47页。

② Г. П. Макогоненко. "Пути развития русской поэзии XVIII века". См.: *Поэты XVIII века*. В двух томах, т. 1, Ленинград: Издательство Советский писатель, 1972, с.12.

农奴制的斗争一直是俄国所有公共生活的核心问题。

就文学创作而言,在彼得一世的改革精神的引领之下,十八世纪的俄罗斯作家也勇于承担改革文学语言和文学类型的重任,努力掌握当时在俄国还不为人知的文学创作技巧,紧跟世界潮流,顺应世界诗歌发展的趋势。在这个意义上,十八世纪俄罗斯作家在文学创作的多个方面都是成就卓著的先驱者。譬如,康捷米尔奠定了俄罗斯讽刺诗的基础;罗蒙诺索夫使颂歌这一诗歌体裁在十八世纪得到广泛使用;苏马罗科夫不仅在悲剧和喜剧创作领域为俄罗斯文学的发展作出了卓越的贡献,而且在"恋曲"等抒情诗创作方面,突出了普遍的情感的功能;而罗蒙诺索夫和特列佳科夫斯基在俄语诗体改革方面,为俄语诗歌音节—重音诗律的最终形成,作出了杰出的贡献。

十八世纪的俄国文学开始了真正与西欧文学思潮接轨的历程,这种接轨,不仅体现在文学思潮方面,也体现在与文学思潮密切相关的哲学思想方面。"自古典主义时代以来,俄罗斯文学无一例外地吸收了西方最新哲学思想的经验。"①十八世纪的俄国文学经历了西欧十七世纪至十八世纪文学发展的数个阶段,其中包括古典主义文学、启蒙主义文学,以及感伤主义文学。

"古典主义作为一种整体的文学观于十七世纪中期在法国出现,它在法国文学中得到了最充分的表达。然后从法国传到英国、德国、意大利,最后传到俄罗斯。"②在十八世纪上半叶,俄罗斯的诗歌艺术成就主要是通过古典主义体现的,俄罗斯诗人也是崇尚理性原则的,尤其是到了十八世纪五六十年代的时候,那是俄国古典主义文学发展的鼎盛时期,古典主义成为这一时期的主要创作思潮,自从古典主义在康捷米尔和特列佳科夫斯基的创作中奠定基础之后,这一思潮极大地作用于罗蒙诺索夫和苏马罗科夫的创作。而十八世纪六十年代之后,俄罗斯诗坛显然发生了变化,开始逐渐从崇尚理性转向崇尚情感,主要的诗歌艺术成就逐渐以启蒙主义和感伤主义来体现。

俄罗斯古典主义诗歌不仅崇尚被古典主义视为一切事物出发点的理性原则,同时发扬了启蒙主义运动所颂扬的科学、知识、智慧、自由平等以及国家观念等启蒙精神。正如我国学者所说,"俄国古典主义派诗人为了更好地启迪人们,他们重视文学形式的完美。他们主张有益的内容和悦耳的诗歌

---

① Е. А. Тахо-Годи ред. и сост. *Русская литература и философия：пути взаимодействия*，Москва：Аîäîëåâå, 2018，с.10.

② Г. А. Гуковский. *Русская литература XVIII века*，Москва：Аспект Пресс，1999，с.94.

形式相结合,使读者从中受到教益"①。而且,俄国古典主义作家还从自然法则出发,特别强调贵族的责任,在苏马罗科夫等古典主义作家看来,贵族之所以高贵,并不在于其出身,而是在于其对社会所负的责任,在于对社会的贡献。这些,都典型地体现了自由平等的精神以及国家观念等启蒙主义思想。

俄国古典主义诗歌艺术成就的最重要的代表是罗蒙诺索夫、康捷米尔和特列佳科夫斯基。他们三人都在各自的作品中表达了彼得大帝改革时代文学遗产中的进步倾向。而且,这三位古典主义诗人各有侧重,相得益彰,不仅弘扬了启蒙主义精神和文明进步的思想,而且探索了俄罗斯诗歌的艺术形式和发展方向。罗蒙诺索夫的诗歌艺术成就主要体现在颂诗方面,康捷米尔的诗歌艺术成就体现在讽刺诗创作方面,而特列佳科夫斯基则善于以理性的方式来审视情感的主题。他们三人代表了俄罗斯古典主义诗歌艺术的辉煌。

除了上述三位重要作家,比较重要的诗人还有苏马罗科夫、勒热夫斯基(Алексей Андреевич Ржевский)、克尼亚日宁(Яков Борисович Княжнин)、波格丹诺维奇(Ипполит Федорович Богданович)、杰尔查文等。他们都以各具特色的诗篇丰富了历史转型之后的俄国文坛。此外,在十八世纪的俄罗斯诗人群体中,费奥凡·普罗科波维奇、瓦西里·迈科夫(Василий Иванович Майков)、波波夫斯基(Н. Н. Поповский)、巴尔科夫(Иван Семёнович Барков)、彼得罗夫(Василий Петрович Петров)、纳尔托夫(А. А. Нартов)、纳里什金(А. В. Нарышкин)、赫万斯基(Г. А. Хованский)、波博罗夫(С. С. Бобров)等诗人,以及人们熟悉的寓言诗人伊凡·克雷洛夫(Иван Крылов)也都为十八世纪俄罗斯古典主义诗歌的发展和繁荣作出了自己应有的贡献。

一、普罗科波维奇

在十八世纪的俄国,普罗科波维奇是一个颇具影响力的名字,他不仅是在理论和实践两个方面都有所贡献的作家,在诗歌和戏剧两个创作领域也颇有成就,而且,他还是东正教神学家和彼得一世的得力助手。正因如此,有学者认为:"在彼得大帝时代的文学和文化人物中,费奥凡·普罗科波维奇发挥了最突出的作用。"②

---

① 徐稚芳:《俄罗斯诗歌史》,北京:北京大学出版社,2002 年版,第 23 页。

② Н. К. Гудзий. "Феофан Прокопович", *История русской литературы*：В 10 т./АН СССР. Москва：Издательство АН СССР, 1941—1956. Т. Ⅲ：Литература ⅩⅧ века. Ч. 1. 1941, с.157.

费奥凡·普罗科波维奇降生在基辅一个不太成功的商人家庭,曾在基辅莫希拉学院学习,但因为贫困,未能完成学业。他曾在波兰、罗马等一些欧洲国家生活,并且曾在罗马的圣亚塔纳西学院学习。正是在国外的旅行中,他对天主教产生了消极态度,并对新教产生了兴趣。在国外生活 17 年之后,1701 年,他秘密离开罗马回国。因为他对新教的态度,后来他被彼得一世召到了圣彼得堡,在宗教事务方面,成为彼得大帝的助手。他是一位出色的教会演说家,他巧妙构建的布道词不限于对神学中的种种现象作出解释,而且具有丰富的社会政治以及思想文化的内涵。譬如,在他 1722 年的论文《君主意志的真相》(*Правда воли монаршей*)中,他涉及了那个时代的一个核心问题:理想的国王应该与臣民保持什么样的关系,以及臣民对国王的责任应该是什么。根据普罗科波维奇的观点,一个统治者的首要职责是维护"国家利益"。在农奴制专制的俄国的社会历史语境下,这种解释是具有一定的进步意义的。

普罗科波维奇曾经担任普斯科夫的主教和诺夫哥罗德的主教,在宗教领域,颇具影响。尽管他是作为一位僧侣诗人而进行创作的,但是,在他看来,诗歌已经不再是拯救灵魂的工具,而是在某种程度上向古典时代迈进,因而更具有现实意义。他最著名的作品是用音节诗体写成的诗剧《弗拉基米尔》(*Владимир*,1705),在这部作品中,他讽刺了反对圣弗拉基米尔接受基督教洗礼的牧师,但该剧显然是借古喻今,旨在指责当时某些针对彼得大帝改革的抵抗倾向。普罗科波维奇对俄罗斯诗歌发展的贡献不仅体现在创作实践方面,而且也体现在诗学理论方面。在《论诗艺》(*O поэтическом искусстве*,1705)中,他强调理性原则,强调某些规则和戒律对于诗歌艺术的重要性。在《修辞学》(*Риторика*)中,他提出了音节的等级关系,对文体赋予一定的关注,体现了古典主义诗学的基本原则。而且,十八世纪俄罗斯诗坛对西欧以及其他外国诗歌作品和诗歌理论著作的翻译活动,也在很大程度上推动了俄罗斯古典主义诗歌的发展。如波波夫斯基翻译的贺拉斯的《诗艺》、彼得罗夫翻译的维吉尔的《埃涅阿斯纪》等,都在引进外来文化方面,发挥了一定的作用。"普罗科波维奇的语言起初是刻意古板的,但随着时间的推移也发生了变化,逐渐变得更加现代。然而,巴洛克的特征一直延续到古典主义时代。"①费奥凡·普罗科波维奇还在田园哀歌创作方面有所贡献,他所描写的有关彼得的追随者在大帝死后对艰难时世的田园哀歌,是

---

① Evelyn Bristol. *A History of Russian Poetry*, Oxford: Oxford University Press, 1991, p.40.

"真正具有诗意的最早的俄语文学抒情诗之一"。①

二、瓦西里·迈科夫

瓦西里·迈科夫出身于雅罗斯拉夫省的一个地主家庭。他的父亲曾是谢苗诺夫近卫团的中尉。1740 年,瓦西里·迈科夫进入俄国科学院附属中学学习;1742 年,他结束学业,进入谢苗诺夫近卫团。1761 年 12 月,他以中尉的军衔退伍,定居莫斯科。从这时起,他开始与文坛人士交往,尤其与《有益的娱乐》(*Полезное увеселение*)和《闲暇时光》(*Свободные часы*)等杂志的相关人士交往密切,发表了自己的《论末日审判》(*О Страшном Суде*)、《草堆里的狗》(*Собака на сене*)等习作。

瓦西里·迈科夫的诗歌艺术成就主要体现在三部作品中。包括讽刺长诗《玩纸牌者》(*Игрок ломбера*)、诗集《道德寓言集》(*Нравоучительные басни*),以及滑稽讽刺诗《叶利塞,或被激怒的巴克斯》(*Елисей, или Раздраженный Вакх*)。

1763 年,他的讽刺长诗《玩纸牌者》面世,给他带来了极大的声誉。这部长诗的内容主要是嘲讽俄罗斯贵族阶层对纸牌游戏的迷恋。作品中的讽刺性元素是通过纸牌中的形象性人物和事件来体现的。作者将纸牌玩家的行为形象地比作古代的战斗。这部长诗体现了作者对希腊罗马古典文化以及圣经文化的艺术风格的熟悉,他常常将对纸牌上的人物描绘与历史人物或历史事件结合起来,有时也将其与圣经中的人物结合起来。譬如,在展示玩家高举着受贿的纸牌时,作者将他比作攻击特洛伊军团的阿喀琉斯。

在《玩纸牌者》面世两年之后的 1765 年,瓦西里·迈科夫的《道德寓言集》面世。这部诗体寓言集与苏马罗科夫的寓言颇为相似,都是基于民间故事,并且大量使用谚语和俗语,具有鲜明的道德劝善的特质。

自 1766 年起,瓦西里·迈科夫在从事文学创作的同时,还在莫斯科和圣彼得堡担任了许多军政要职。譬如,1766 年,他担任莫斯科省省长助理;1770 年 3 月起,他前往圣彼得堡,担任陆军部检察官。

但是,瓦西里·迈科夫始终没有放弃诗歌创作。在圣彼得堡生活期间,更是他文学创作活动极为活跃的年代,尤其是 1771 年,他遵循古典主义原则创作的新型滑稽讽刺诗《叶利塞,或被激怒的巴克斯》,受到了广泛的关注,成为讽刺诗的一个杰出范例。这部长诗的创作背景是叶卡捷琳娜二世的政府由于需要金钱,决定在俄罗斯实行买断伏特加的制度,从而引起了一

---

① 〔俄〕米尔斯基:《俄国文学史》(上卷),刘文飞译,北京:人民出版社,2013 年版,第 47 页。

些社会矛盾。作品的主人公是一名马车夫,一个社会底层的代表,他喝得很醉,经历了破坏酒窖等一系列模仿性冒险。瓦西里·迈科夫的诗作也受到了诗坛的好评。评论家扎帕多夫(А. Западов)认为:"迈科夫是时代之子,只有大胆地反对农奴制和专制制度的伟大的革命家亚历山大·拉吉舍夫能够超越他。然而,在迈科夫的作品中也有对专制政权的批评和对劳动人民的同情,在十八世纪的俄罗斯文学中,他有其应有的坚实的地位。"①

三、彼得罗夫

彼得罗夫作为被叶卡捷琳娜女皇宠爱的诗人,而且作为一名学者型诗人,在当时享有一定的声誉。

彼得罗夫出身于莫斯科的一个贫穷的牧师家庭。他早年丧父,几乎是在贫困中度过了自己的童年生活。1752 年,在他母亲去世之后,他进入莫斯科斯拉夫—希腊—拉丁学院学习。1760 年,彼得罗夫毕业后,留在学院任教,从事语法、诗歌阅读等课程的教学工作。1766 年,他撰写的《旋转木马颂》(На карусель)等颂诗,表现出极大的诗歌天赋,受到叶卡捷琳娜二世的赞赏。《旋转木马颂》这首颂歌的主题是典型的宫廷式主题,以过度的赞美之辞美化叶卡捷琳娜宫廷贵族的马术比赛。

1768 年,彼得罗夫被任命为女皇陛下内阁的翻译和皇后朗读员,并且与杰出的格里高利·波将金建立了良好的友谊。1769 年,他开始翻译古罗马诗人维吉尔的《埃涅阿斯纪》,这一工作以及他的创作得到叶卡捷琳娜的高度评价:"论及我们的年轻作家时,不可能不提及皇家图书馆管理员彼得罗夫的名字。这位年轻作者的诗歌实力已经接近罗蒙诺索夫,而且他的诗歌更加和谐:他的散文风格充满了雄辩和亲和力;且不说他的其他作品,更值得一提的是他用诗体翻译的《埃涅阿斯纪》,其第一卷最近已经出版,这一翻译将使他成为不朽的人物。"②由此可见,女皇对彼得罗夫的信任。尽管叶卡捷琳娜二世如此称赞,但彼得罗夫的才能和声望是无法与罗蒙诺索夫等作家相提并论的。

1772 年,叶卡捷琳娜二世将彼得罗夫送到英国深造。他在伦敦生活了两年,对英国诗歌产生了浓厚的兴趣。其后,他又游历了法国、意大利和德国。回到俄国之后不久,他于 1777 年开始翻译弥尔顿的《失乐园》中的部分

---

① А. В. Западов. "Творчество В. И. Майкова"//Майков В. И. *Избранные произведения* (Библиотека поэта). Москва: Издательство Советский писатель, 1966, c.51.

② Екатерина II, *Соч.*, т. 7, СПб., 1901, c.256.

诗作。1780 年,彼得罗夫因健康状况不佳而提前退休,在奥廖尔省的村庄定居,但继续从事颂诗创作和诗歌翻译活动,并于 1786 年完成了维吉尔的《埃涅阿斯纪》的全部翻译。

在诗歌创作方面,彼得罗夫常常利用刻意的词语分布、堆砌复杂的句法公式、特殊的词语模式与词语的标点重复等,这使他的诗歌语言变得极为错综复杂。而且,他在诗歌创作中所奉行的"特殊的赞美艺术"也受到很多人的反对,尤其是当时的贵族自由派对此多有攻击。但是在他诗歌中体现出的他对自然画面和运动图景的兴趣,还是值得肯定的,即使是反映特定事件,诗人也善于运用自然画面对事件进行渲染,如在《1775 年颂诗》中,诗人写道:

> 如同天穹闪烁着清蓝,
> 星星的深渊散落其间,
> 被寒霜覆盖的树枝格外灿烂。
>
> 一轮明月照耀在天空,
> 远处突然传来一阵枪声,
> 云一般的烟雾向上升腾……①

在这首诗中,作者所描写的冬天夜晚的自然景色与历史事件相互映衬,折射出时代的史实和社会现实场景。而且,在彼得罗夫的诗中,"象形性"等艺术风格也显得格外明晰,这一风格也影响了杰尔查文等重要诗人的创作。

四、勒热夫斯基

阿列克赛·安德烈耶维奇·勒热夫斯基出身于一个古老的贵族家庭。他一生中的大部分时间都在从政,担任过多种行政职务,包括国家银行的高级官员和科学院的副院长。

勒热夫斯基的诗歌活动所持续的时间较为短暂,但他投入的精力十分集中,而且取得了颇高的成就。十八世纪六十年代,他在《闲暇时光》和《有益的娱乐》等各种杂志上发表了 225 篇文学作品,其中有寓言诗(притча)也有讽刺诗,但绝大部分属于抒情诗。六十年代后期,他还创作了《魅惑》(Прелеста)等诗体悲剧。十八世纪七十年代之后,勒热夫斯基主要从事政

---

① Г. А. Гуковскнй. *Русская литература XVIII века*. Москва：Аспект Пресс，1999，с.285.

治以及共济会等活动,但也创作了一些寓言、悲剧等其他体裁的作品。

在诗歌创作方面,勒热夫斯基支持苏马罗科夫的文学主张,是苏马罗科夫艺术主张的热切的追随者和崇拜者,他强调诗歌语言的纯洁性以及逻辑的清晰性。在他看来,诗歌之美,在于"生动的意象、准确的感觉、清晰的推理、正确的结论、愉快的创造、自然的简洁"[1]。他作为俄国十八世纪中叶苏马罗科夫诗派中最有才华的诗人,创作的抒情诗,包括悲歌和十四行诗(Сонет)以及田园诗等,都十分成功。在艺术风格方面,他不受古典主义诗学主张的严格限制,时常有创新和突破。而且,他的诗歌代表了十八世纪俄罗斯诗歌中,巴洛克主义和古典主义两种诗学风格并存的倾向。

作为古典主义诗人,勒热夫斯基的诗歌中有着较为明显的理性的成分,如,诗歌《斯坦司:在不幸的时候何必要悲伤》(*Станс:Почто печалится в несчасть и человек?*),不仅形式严谨,诗句流畅优美,而且包含着丰富的思想内涵,具有深邃的哲理性,在开头的两节诗中,诗人写道:

> 在不幸的时候何必要悲伤,
> 不应当失去坦然的襟怀;
> 欢乐像甜蜜的梦一样消失了,
> 悲伤也会过去,快乐的日子会回来。

> 人的生命就像花朵,
> 春天生长,蓬勃开放,
> 等到秋天气候渐渐寒冷,
> 叶子会枯黄凋萎,落到地上。[2]

在此,勒热夫斯基认为要理性地对待不幸。不幸的时候没有必要悲伤,应该抱有"坦然的襟怀",相信"快乐的日子"定会来临。这一乐观主义的信念无疑对后来普希金的《假如生活欺骗了你》等作品,产生了潜移默化的影响。

诗人还善于以大自然的意象以及自然界的一般规律来比喻人生,书写

---

[1] *Свободные часы*,1763,№ 5,с.298. См.:И. З. Серман. "Ржевский—Биографическая справка",Г. П. Макогоненко и И. З. Серман сост. *Поэты XVIII века*.(Библиотека поэта; Большая серия;Второе издание) В двух томах. Том первый. Ленинград:Издательство Советский писатель,1972,с.190.

[2] 飞白主编:《世界诗库》(第5卷),广州:花城出版社,1994年版,第50页。

人与自然的一体性：

> 春逝夏至，天气炎热，
> 秋去冬来，结束一年的时光，
> 人生也同流年俱逝；
> 诞生，成长，衰老，死亡。
>
> 命运给予我们的幸福是多变的；
> 我们的生活像世界一样变化无常。
> 一切世事像车轮似的转着，
> 最终的命运注定是死亡。
>
> 在不幸的时刻要快乐，等待变化，
> 灾难和厄运会随着时间而消失，
> 快乐要适度，以防乐极生悲，
> 已经过去的事情悔恨已迟。①

（张草纫　译）

可见，这首抒情诗表现了勒热夫斯基对生命的独特的理解和感悟。在他看来，人的生命就像花朵，有盛开的季节，也有凋落的时分。人的生命仿佛也是有着季节的更替的，有着自己的春夏秋冬，必然经历与植物相似的"诞生，成长，衰老，死亡"等生命的历程。如同花朵般的植物，生命在春天诞生成长，在夏天盛放，在秋天成熟结果，在冬天凋萎衰亡。如同自然万物，作为自然界的一员，人的生命也无法逃脱自然的规律。可见，将人的命运与大自然联结在一起，这对于从现代意义上理解人与自然的关系也同样具有启迪意义。

　　而且，尽管作为一名古典主义诗人，勒热夫斯基也在该诗中反映了人类命运的反复无常，认为"一切世事像车轮似的转着，/最终的命运注定是死亡"。他认为我们的生活像世界一样变化无常。由此，我们可以看出，在勒热夫斯基的诗中，已经有了一些稍后出现的感伤主义的情怀。

　　当然，古典主义文学中的适度原则在该诗中体现得也较为明晰，该诗体现的是适度遵循快乐的原则，以防乐极生悲。这里既有把握现时、及时行乐

---

① 飞白主编：《世界诗库》（第5卷），广州：花城出版社，1994年版，第50页。

的倾向,又有以防"乐极生悲"的理性与克制,典型地体现了十八世纪俄罗斯诗歌中巴洛克风格和古典主义诗歌兼而有之的创作倾向。可见,勒热夫斯基的《斯坦司:在不幸的时候何必要悲伤》是一首在艺术技巧和思想内涵两个方面都极为出色的诗篇,传达了十八世纪俄罗斯诗歌所具有的艺术魅力。

在诗歌艺术形式上,勒热夫斯基也是一位大胆的实践者,他的《十四行诗:你的眼睛到处把我寻找》(*Сонет: На то ль глаза твои везде меня встречали*)就是俄罗斯诗歌史上较早的十四行诗体的实践,体现了他对西欧文学的尊崇和借鉴:

> 你的眼睛到处把我寻找,
> 是要我继续爱你,不能割舍?
> 是要我沉浸在悲苦中看不到欢乐?
> 是要是我承受无法排遣的烦恼?
>
> 你迷人的眼睛虽然没有答复,
> 我要一辈子爱你,在自慰中过日子;
> 我徒然快乐地等待着,有朝一日
> 你对我没有好感的时刻会很快结束。
>
> 但随着时间的推移我知道,我徒然爱你,
> 我徒然为你把自己的欢乐毁灭,
> 每时每刻沉湎于虚幻的感情。
>
> 不过这一点我终生不会后悔:
> 爱一个美人既愉快又不幸,
> 看着她,为她而生活,我感到快慰。①

（张草纫　译）

勒热夫斯基写过多首十四行诗。他的这些十四行诗,格律严谨,多半采用意大利十四行诗体的 4-4-3-3 结构。他创作的这首《十四行诗:你的眼睛到处把我寻找》,不仅形式严谨,而且格律规范,又富有变化,在十四行诗体在俄国的流传和发展过程中,他无疑作出了积极的贡献。

---

① 飞白主编:《世界诗库》(第 5 卷),广州:花城出版社,1994 年版,第 50—51 页。

作为古典主义作家,勒热夫斯基并没有墨守成规,与同时代的苏马罗科夫一样,他不再局限于宣扬非个性化的忠君爱国的思想以及公民美德,也不再一味地主张以理性压制情感,以公民义务及责任压制个人的欲望,而是在个性化的情感世界中进行开拓和发掘。他的这首《十四行诗:你的眼睛到处把我寻找》同前一首《斯坦司:在不幸的时候何必要悲伤》一样,表现了对爱情的执着,同样也表现出了对未来时光的乐观主义的信念。

该诗的着眼点是目光。在第一诗节中,以对方的搜寻的目光展开想象和探究,提出问题——不知道这道眼光究竟蕴含着什么样的意图;不知道是否能从这束眼光中获得解救,使自己的心灵摆脱悲苦,重现欢乐,使自己"无法排遣的烦恼"得以排遣。可是,在第二诗节中,我们看到,诗人并没有从眼光中得到任何答案。怎么办?是成天郁郁寡欢,沉陷在悲苦中不能自拔,还是振作精神,快乐地等待?诗人认为应该怀着乐观主义的精神进行等待。经过时间的考验,他相信,"你对我没有好感的时刻会很快结束"。

即使随着时间的推移,最后等到的仍是虚空一场,但是,抒情主人公同样"终生不会后悔"。既然爱情的本质特性是一种"痛苦的甜蜜",那么,"爱一个美人既愉快又不幸"也是料想之中的事情了。爱一个人,不在于爱的结果究竟如何,而在于爱的过程,就像我们的生命历程一样,我们的生命的意义同样在于它的过程,而非它的结果。所以,诗的结尾一句,"看着她,为她而生活,我感到快慰",这才是朴实的真理和爱情的意义。

勒热夫斯基是俄国十八世纪中叶苏马罗科夫诗派中最有才华的诗人之一。他撰写的抒情诗在体裁方面显得较为丰富,包括悲歌斯坦司(Станс)、十四行诗、田园诗、短诗(мадригал)、寓言诗、讽刺短诗(Эпиграмм)、颂歌等多种艺术形式。无论写什么体裁,勒热夫斯基总是在承袭西欧优秀文化的基础上,充分探索和呈现俄罗斯诗歌语言的无穷魅力。如他在创作讽刺短诗时,大多采用的是英雄双行体的形式,但他并不像其他诗人那样,以这种形式书写宏大的题材,而是对生活中的种种日常现象进行讽喻。譬如,他对邻居缺乏包容的情形的批评:

> 我知道你的邻居为什么令你生厌,
> 因为她的美德总是在你面前呈现。①

---

① Г. П. Макогоненко и И. З. Серман сост. *Поэты XVIII века.* (Библиотека поэта; Большая серия; Второе издание) В двух томах. Том первый. Ленинград: Издательство Советский писатель, 1972, с.250.

与邻里如何相处,勒热夫斯基以简短的英雄双行诗的形式,表明了自己的看法:要学会发现和欣赏邻里的优点,学会宽容和大度,而不是一味地厌恶。在另一首讽刺短诗中,诗人写道:

> 我们习惯于指责别人身上的陋习,
> 但我们对自身的陋习却一无所知。①

尽管勒热夫斯基实验的诗歌体裁多种多样,但在具体创作中,他也常常不受古典主义诗歌规则的严格限制,有时也有创新和突破,体现出较高的诗歌艺术水准。

五、克尼亚日宁

在十八世纪的俄国文坛,克尼亚日宁是一位在诗歌和戏剧两个领域都为俄国古典主义文学作出贡献的作家。

雅科夫·玻利索维奇·克尼亚日宁出身于普斯科夫的一个高级官员家庭,曾在圣彼得堡的一所寄宿学校接受了良好的语言教育,学习了法语和德语,后来又学了意大利语。自 1762 年至 1772 年,他在部队服役,并担任将军秘书等职务。1773 年,他因盗用公款等罪名遭到起诉和审判,被剥夺了贵族称号。1778 年后,他恢复职务,担任大臣秘书等职务。1783 年,他被选为俄国科学院院士。

克尼亚日宁还在寄宿学校读书时,就开始了文学创作。他的主要成就在戏剧创作领域,写过《吉东娜》(*Дидона*)、《诺夫哥罗德的瓦吉姆》(*Вадим Новгородский*)等 8 部悲剧,《怪人》(*Чудаки*)等 4 部喜剧,以及《轿车带来的不幸》(*Несчастье от кареты*)等 5 部喜歌剧,是十八世纪俄国最重要的剧作家之一,更被誉为"十八世纪俄国启蒙运动的杰出人物之一"②。

在诗歌创作方面,克尼亚日宁的主要成就有颂诗、诗体故事、诗体寓言以及抒情诗等,而且,他的主要戏剧作品也是用诗体进行创作的。在颂诗方面,他的《凌晨》(*Утро*)一诗具有一定的代表性。而在抒情诗创作中,《黄昏》(*Вечер*)一诗颇具特色,最能体现克尼亚日宁的创作特点。

---

① Г. П. Макогоненко и И. З. Серман сост. *Поэты XVIII века*.(Библиотека поэта; Большая серия; Второе издание) В двух томах. Том первый. Ленинград: Издательство Советский писатель, 1972, c.259.

② Л. И. Кулакова. "Жизнь и творчество Я. Б. Княжнина"//Я. Б. Княжнин. *Избранные произведения*. Ленинград: Издательство Советский писатель, 1961, c.5.

　　中世纪的"破晓歌"哀叹白昼的降临,因为,随着白昼的降临,共度良宵的相亲相爱的情侣必然要分离,那种难舍难分的情景自然可以想象得到。同样,经过一个白昼的劳作,当夜幕降临的时候,是否意味着情侣相聚的时分如期来临?克尼亚日宁的抒情诗《黄昏》给出了肯定的答案。

　　既然黄昏是恋爱的时候,那么,克尼亚日宁便借助月亮等自然意象,对黄昏进行了赞美;同时,也对优美景致烘托下的爱情进行了美化,歌颂了理想的、真挚自由的爱情;并且以爱情为切入点,对社会生活中的一些重要的命题进行审视,表现出"反对暴君,喜爱自由"的启蒙主义思想。

　　《黄昏》一诗成功地使用了拟人、比喻、讽刺、象征等多种艺术手法,突出体现了克尼亚日宁的娴熟的艺术技巧。

　　在诗人克尼亚日宁的笔下,"银色的月亮"可以透过幽寂的黑暗,露出"自己的面庞";"夜晚"可以向玫瑰借来芳香,向西风借来清凉;"大自然"可以懒洋洋地瞌睡;清风可以亲吻美丽的玫瑰;甚至连斑鸠也能为人类作出表率,"甜蜜地互诉衷肠":

> 世界为爱情提供筵席,
> 爱情使世界充满生气。
> 看,这里轻轻的西风
> 频频地吻着美丽的玫瑰。
> 风儿只消把它轻轻一摇,
> 花儿就开放,满枝芳菲。
> 你听那沉醉在热情中的一对斑鸠,
> 岂不是也在甜蜜地互诉衷肠;
> 你看它们温柔地扑着翅膀;
> 一切生物都为你,也为我作出榜样。[①]

　　《黄昏》中的比喻也非常妥帖,在诗人的笔下,月亮像"一个美妙无比的圆盘";脸颊上的红晕如同"无比娇艳的玫瑰";而一滴滴眼泪则犹如在百合花上映衬太阳光辉的清晨的露珠。

　　克尼亚日宁在《黄昏》一诗中以生动的、形象化的语言表达了自己的情爱观。诗人先是陈述了爱情的本质,在诗人看来,爱情是人类的一种美好的

---

① 〔俄〕卡拉姆津等:《俄罗斯抒情诗选》(上册),张草纫译,上海:上海译文出版社,1992 年版,第 49 页。

情感,是出自自然法则的"普遍的命运的安排",正是因为有了人类的爱情,大自然才会如此娇媚:

> 服从于爱情的规律,
> 为何你的胸脯不停地起伏?
> 难道你的害羞造成了障碍? ……
> 难道爱情的道路是一条罪孽的道路?
> 你的热烘烘的脸颊上升起的红晕,
> 如同无比娇艳的玫瑰。
> 眼泪增加了你的秀美,
> 仿佛清晨的露水
> 在洁白的百合花上
> 为阳光照射而闪出光辉。①

大自然与爱情的关系也是一种相辅相成的辩证关系,"世界为爱情提供筵席,/爱情使世界充满生气"。正是因为爱情是一种美好的自然的情感,所以,诗中的抒情主人公规劝自己的恋人不要把爱情的道路看成罪孽的道路,而是应该大胆地追求爱情的幸福和爱情的自由,哪怕会在这一追求中彻底地迷失自我。

而且,在诗人看来,既然爱情是一种符合"自然法则"的珍贵的情感,那么,那种只是符合"社会法则"的所谓的美满是经不起时间的考验的。爱情是建立在自然真挚的情感之上的,有了这样的真挚的爱情,哪怕住在"简陋的小屋",生活也会充满欢笑,相反,如果缺少这份真情,哪怕是躺在"黄金的地毯"上,也会发出痛苦的呻吟:

> 难道我们的幸福
> 一定要在荣华富贵中得到?
> 我们看到有人在黄金的地毯上呻吟,
> 有人在简陋的小屋里欢笑。
> 我知道,你配戴上婚礼冠,
> 但穿红袍的是否配得上你?

---

① 〔俄〕卡拉姆津等:《俄罗斯抒情诗选》(上册),张草纫译,上海:上海译文出版社,1992年版,第48页。

人比造物主更好，

他生来就是要使世界更瑰丽，

并且用目光给世人以安慰。

什么能使你变得更加美丽？[①]

(张草纫 译)

可见，克尼亚日宁在该诗中所表达的情爱观，是非常具有进步意义的。在十八世纪俄国沙皇专制制度下，在很多的"安娜"和"达吉雅娜"的爱情还处于沉睡状态、不得不服从封建婚姻制度的时候，克尼亚日宁的进步思想是难能可贵的，也必然对社会的进步和时代的发展产生应有的影响。

该诗格律严谨，抑扬格音步典雅自然，语言也显得优美流畅，全诗共十个诗节，每节又分为十行，这种"十全十美"的结构方式，显然不是巧合，而是诗人崇高理想的一种外化表现，同时也是古典主义追求高雅的艺术风格的典型体现。

六、波格丹诺维奇

波格丹诺维奇尽管是作为古典主义诗人而被人们记住的，但是，他在诗中对"个性"的张扬以及对人物精神结构的反映，得到了感伤主义诗人卡拉姆津的充分赞赏。

伊波利特·费多洛维奇·波格丹诺维奇出身于第聂伯河沿岸佩列沃罗齐纳镇的一个破落的贵族家庭，十多岁的时候，他就离开家乡，迁居到莫斯科，开始学习数学等课程。但是，他个人的兴趣似乎不在数学方面，正如他在自传中所说，"从小我就喜欢看书、画画、音乐和诗歌，尤其是读了米哈伊尔·瓦西里耶维奇·罗蒙诺索夫的诗歌，让我尝到了甜头"[②]。可见，他从小就对俄罗斯诗歌情有独钟。

1761年，波格丹诺维奇从莫斯科大学毕业。毕业后，他从事过报纸杂志的编辑工作，以及国家档案馆的管理工作。

他是在诗人赫拉斯科夫(М. М. Херасков)的影响下走上了文学创作道路的。他创作的主要作品有长诗《加倍的祝福》(*Сугубое блаженство*，1765)、《杜申卡》(*Душенька*，1778)、诗集《竖琴》(*Лира*，1773)、《俄罗斯谚

---

① 〔俄〕卡拉姆津等：《俄罗斯抒情诗选》(上册)，张草纫译，上海：上海译文出版社，1992年版，第49—51页。

② И. З. Сермана. "И. Ф. Богданович"，//И. Ф. Богданович. *Стихотворения и поэмы*，Ленинград：Издательство Советский писатель，1957，с.6.

语》(*Русские пословицы*，1785)等。他的长诗《杜申卡》对古典主义有所超越,风格显得诙谐,得到了十九世纪初期茹科夫斯基等许多浪漫主义诗人的好评,并且影响了普希金的长诗《鲁斯兰与柳德米拉》(*Руслан и Людмила*)的创作。1816 年,巴丘什科夫在谈到《杜申卡》时说:"波格丹诺维奇的诗体故事是我们语言中第一朵迷人的轻体诗之花,它以真正的、伟大的才能为标志。"①普希金则认为,该诗"可读性很强,不亚于拉封丹的诗句与篇章"②。

俄国杰出诗人普希金在他的代表作《叶甫盖尼·奥涅金》中写道:"像喜爱少年时代的过失/喜爱波格丹诺维奇的诗。"③这一诗句不仅说明了波格丹诺维奇诗歌的重要价值,同时也表明了其诗歌独特的诙谐特征。波格丹诺维奇的《歌:我已经活了十五年》(*Песня：Пятнадцать мне минуло лет …*)一诗,典型地体现了他的诙谐风格。该诗以一个未见世面的十五岁的乡村姑娘为第一人称,以她的口吻表达了对爱情的独特的理解、期盼和感悟。在她看来,爱情是人生得以成熟的一个重要阶段,是一个能激发人的美好理想、使人变得"伶俐聪慧"的重要途径。所以,她决意"见见世面":

> 我已经活了十五年,
> 我应该去见见世面!
> 乡村里所有的小姐妹,
> 大家都变得伶俐聪慧;
> 我应该去见见世面。④

正因为有了"见见世面"的想法,所以在第二诗节,乡村姑娘考虑的是遇到牧人前来求爱的时候,该如何应付。考虑的结果在第三诗节出现了——当牧人说出"我爱你"的时候,她也将不假思索地说出同样的三个字:

> 大家都说我长得漂亮。

① К. Н. Батюшков. "Речь о влиянии легкой поэзии на язык". *Сочинения*. М.—Л.，1934，с.364.
② 〔俄〕普希金:《普希金全集》(第 6 卷),沈念驹、吴笛主编,杭州:浙江文艺出版社,2012 年版,第 14 页。
③ 〔俄〕普希金:《普希金全集》(第 4 卷),沈念驹、吴笛主编,杭州:浙江文艺出版社,2012 年版,第 92 页。
④ 〔俄〕卡拉姆津等:《俄罗斯抒情诗选》(上册),张草纫译,上海:上海译文出版社,1992 年版,第 43 页。

我必须好好地想一想。

如果牧人前来求爱，

我应该怎样对待；

我必须好好地想一想。

他会说："我爱你。"

我也要向他表示有意，

并且对他说同样的三个字，

这样不会有什么损失；

我也要向他表示有意。①

为什么要说出这样表示爱情的话语？她没有多想，也不知道，因为她还不会"说爱谈情"：

这对我完全是新的事情，

我还不会说爱谈情；

他会向我要定情的信物，

给什么？我什么也拿不出；

我还不会说爱谈情……②

随着叙述的展开和一步一步的深入的思索，乡村少女逐渐对爱情的实质有了真切的理解。一开始，爱情对她来说，如同屠格涅夫的《爱之路》所表述的一样，觉得那是一种债务，当别人对她表示爱意的时候，她觉得应该给予回报。究竟回报什么呢？她首先想到的是把自己的牧羊棍赠送给他。可是转念一想，如果把牧羊棍赠送给了别人，自己又如何对付来犯的野兽？

　　这个乡村少女又想到了其他实物，譬如牧笛等物件。她甚至想到送给他一头羊。然而，乡村姑娘毕竟能力有限，觉得自己少不了牧笛，同时又害怕羊群的主人前来查账、点数。她一筹莫展，想不出更好的办法。

　　经过一番切身的体验之后，牧羊女终于明白了"爱情是心灵的主宰"，为了爱情，必然要"付出代价"，这个代价就是心灵的代价。因此，在该诗的结

---

① 〔俄〕卡拉姆津等：《俄罗斯抒情诗选》（上册），张草纫译，上海：上海译文出版社，1992 年版，第 43 页。

② 〔俄〕卡拉姆津等：《俄罗斯抒情诗选》（上册），张草纫译，上海：上海译文出版社，1992 年版，第 45 页。

尾，乡村少女期盼牧人再次"打这儿经过"，到那个时候，她一定把自己的心赠给牧人，作为对他的爱的回报。至此，她终于懂得了爱情的真谛：

> 爱情是心灵的主宰，
> 怎么办，最后自有安排：
> 爱情必然要付出代价，
> 爱情的箭决不会虚发；
> 怎么办，最后自有安排。
>
> 于是牧女把话说：
> 让牧人再打这儿经过；
> 为了不使羊群减少，
> 她把心赠给牧人作酬报；
> 让牧人再打这儿经过。[①]

可见，该诗用诙谐的风格表述了一个严肃的、重要的主题，在轻松幽默的叙述中论述了爱情的真谛和人生的哲理。

该诗所采用的是四音步抑扬格，韵式为 A-A-B-B-A，显得既严谨规范，又生动活泼，尤其是第五诗行的重复，极大地增强了作品的音乐性和艺术表现力。

作为古典主义诗人，波格丹诺维奇在诗歌创作中喜欢使用古希腊罗马的典故，《歌：夏天有许多娇艳的玫瑰》(*Песня：Много роз красивых в лете …*)便是其中的一个典型例子：

> 夏天有许多娇艳的玫瑰，
> 还有一朵朵洁净的百合；
> 世界上有许多美丽的姑娘，
> 只不过没有一个属于我，
> 只不过没有一个能够比得上
> 我那亲切珍贵的恋人的形象。[②]

---

① 〔俄〕卡拉姆津等：《俄罗斯抒情诗选》(上册)，张草纫译，上海：上海译文出版社，1992 年版，第 43—45 页。

② 此段译文可参见吴笛主编：《外国名诗鉴赏辞典》(古代卷)，上海：上海辞书出版社，2009 年版，第 324 页。

在该诗的开头一节,抒情主人公便单刀直入地叙述他的"珍贵的恋人"如何与众不同,怎样出类拔萃。人世间与自然界一样,自然界有许许多多娇艳的玫瑰和纯净的百合,人世间也同样有无数鲜花般妩媚动人的女子。但是,在抒情主人公看来,所有这些美丽的姑娘,都无法与他珍藏在心中的美丽女子的圣洁的形象相提并论,都比不上他那"亲切珍贵的恋人"。在接下来的诗行中,波格丹诺维奇所使用的典故,体现了他熟谙古典的艺术特征:

> 倘若阿穆尔与她待在一起,
> 他一定会深深地将她爱上,
> 那么他就会忘记普绪赫
> 甚至也会忘记自己的形象,——
> 满足于自己的幸福命运,
> 哪怕永世失去自己的翅膀。
>
> 她的谈吐令人感到愉悦,
> 她的步态和举止典雅高尚;
> 哪怕她的眼睛竭力避开众人,
> 可她同样能够俘获所有的目光;
> 虽然没有与别人进行过争辩,
> 可是遍地都有爱情在绽放。①

（吴笛　译）

波格丹诺维奇的这首《歌:夏天有许多娇艳的玫瑰》,与诗中所赞美的那位女子一样,显得格外清新迷人,别具一格。

经过第一诗节的描述之后,为了突出这位女子的非同寻常的美丽,诗中引用了阿穆尔和普绪赫这一古希腊罗马的神话典故。普绪赫是神话中的希腊公主,她是人的灵魂的化身,通常被描写成带着蝴蝶翅膀的少女的形象。古罗马作家阿普列尤斯在《变形记》(又译《金驴记》)中便有一段故事描写了他们的爱情。普绪赫的美丽引起了爱神维纳斯的嫉妒,于是,维纳斯决定对她进行惩罚。她派自己的儿子阿穆尔(丘比特)加害于普绪赫,然而,小爱神阿穆尔被普绪赫的美貌所折服,陷入情网,爱上了她,并让西风之神将她带

---

① И. Ф. Богданович. *Стихотворения и поэмы*. (Библиотека поэта; Большая серия). Ленинград: Издательство Советский писатель, 1957, c.176.

到自己的宫殿。为了不让她看清自己的面容,他只在夜里与她幽会。普绪赫出于好奇心,在两个邪恶姐姐的唆使下,偷看了阿穆尔。因她违背了约定,阿穆尔立刻消失得无影无踪。普绪赫外出长期寻找他,历经磨难后终于如愿以偿,与阿穆尔重新相聚,从此永不分离。

可见,普绪赫对小爱神阿穆尔具有多大的魔力!可是,这首诗所歌颂的女子,是一位比普绪赫还要美丽的女子。该诗歌用虚拟语气表明,倘若阿穆尔与该女子相遇,不仅会忘记普绪赫,而且还会忘记自己的形象,直至"永世失去自己的翅膀"。尽管诗人没有直接描述其所歌颂的女子的美丽,但是,有了阿穆尔和普绪赫的爱情典故,女子非凡的美丽便出色地呈现出来了。

该诗的最后一节,具体描写了诗人所歌颂的女子的音容笑貌。但是,诗人在歌颂的时候,深深懂得眼睛是心灵的窗户这一道理,重点刻画了他的恋人的目光:"哪怕她的眼睛竭力避开众人,/可她同样能够俘获所有的目光。"[1]犹如意大利著名诗人但丁的诗集《新生》中的诗歌《我的恋人多么娴雅端庄》,诗人在最后一节并没有正面描写女子的美丽,而是借助与这位女子相接触的人们的反馈信息,来展现和折射她那足以感化人的灵魂的异乎寻常的美丽与精神力量。

由此可见,波格丹诺维奇像西欧的一些古典主义诗人一样,有深厚的希腊罗马等古典艺术造诣。这一点,也恰如其分地反映了古典主义诗歌的艺术特质。

第二节　特列佳科夫斯基的诗歌创作

特列佳科夫斯基在俄国文学史上不仅是一位诗人,更是一位举足轻重的学者,他无疑是十八世纪俄国的一位文化巨匠,为俄罗斯的文化发展发挥了重要的作用,尤其是为俄罗斯音节—重音诗律作诗法的生成和发展,他作出了杰出的理论贡献。

瓦西里・基里洛维奇・特列佳科夫斯基(Василий Кириллович Тредиаковский),是彼得一世实行改革以后俄国科学文化和文学方面的一位典型代表。他出生在偏僻的阿斯特拉罕地区一个教区牧师的家中,曾跟随正教修士学习拉丁文。1723 年,因为不满他父亲提出的要他做神职人员

---

① И. Ф. Богданович. *Стихотворения и поэмы.* (Библиотека поэта; Большая серия). Ленинград: Издательство Советский писатель, 1957, c.176.

的要求,也为了逃婚和求学,年满 20 岁的特列佳科夫斯基逃离了自己的家乡阿斯特拉罕,到了莫斯科,进入斯拉夫—希腊—拉丁学院学习修辞学等课程。1726 年,他又到了荷兰和法国巴黎等地,进入索邦大学学习数学、哲学、神学等科目,并且掌握了良好的法语运用能力。1730 年,特列佳科夫斯基结束了国外的学习,返回俄国,并于 1732 年在俄国科学院从事翻译等工作,并且开始了他的文学事业。他在俄国科学院工作数十年,直到 1759 年退休,后于 1769 年逝世。他回到俄国的最初几年,也是他名利双收的几年,他不仅是宫廷诗人,而且是科学院教授,"他这种学术尊严……是俄罗斯人中第一个拥有这种荣誉的人"①。

特列佳科夫斯基作为学者,成就是多方面的,他著译等身,主要成就涉及语文学、历史学、文学等各个领域。在俄国诗坛,他不仅是一位理论家,而且是一位将理论付诸创作实践的诗人。他的诗歌创作题材丰富,体裁多样,他的多篇"恋曲"写得生动感人,风格清新;他于 1752 年出版的《颂歌》(*Оды*)由 28 篇组成,体现了庄严的艺术风格。他为俄语的规范化以及俄语作诗法的规范化作出了艰辛的努力。他编纂过俄语语法书籍和词典,还写过一些文学评论文章,创作过各类文学作品,他不仅为俄罗斯诗歌的理论作出了奠基性的贡献,而且,还翻译了布瓦洛的《诗艺》(*Поэтическое искусство*)等理论著作以及文学作品,他翻译的长篇小说《爱情岛之旅》(*Едва в остров Любви*),在当时拥有广泛的读者,具有深远的影响。除了翻译,在这部译著中,特列佳科夫斯基还加入了数首自己以俄语和法语创作的诗歌,而且还有一首拉丁文哲理诗。②这本书的成功在于,对于当时的俄国来说,该书带来了不寻常的内容:描绘了对女性优雅的爱和尊重的感情!这是该书的一个重要特点,也是俄罗斯文学发展的一个新的起点,正因如此,甚至有俄罗斯学者认为,在《爱情岛之旅》中,"特列佳科夫斯基奠定了俄罗斯爱情抒情诗的开端"③。

此外,特列佳科夫斯基还用 30 年的时间翻译、出版了 30 卷的世界史著作,包括《古代史》(*Древняя история*)共 10 卷;《罗马史》(*Римскую историю*)共 16 卷;《从奥古斯都到君士坦丁的罗马皇帝史》(*Историю о римских императорах с Августа до Константина*)共 4 卷。他为俄罗斯的

---

① В. К. Тредиаковский. "Краткое описание жизни и ученых трудов сочинителя сия трагедии". См.: В. К. Тредиаковский. *Деидамия*. Москва, 1775, стр. 2—3.

② В. С. Баевский. *История русской поэзии*: 1730—1980, Смоленск: Русич, 1994, с.11.

③ В. С. Баевский. *История русской поэзии*: 1730—1980, Смоленск: Русич, 1994, с.11.

文化建设奉献了全部身心，成为十八世纪中叶俄国古典主义文化巨匠之一。

特列佳科夫斯基对俄罗斯诗歌作出的最大贡献，就是俄语诗体的改革，这是一项具有现代意义的学术贡献。该项诗体改革的原则是他于 1735 年在《俄罗斯诗歌创作简要新方法》(*Новый и краткий способ к сложению российских стихов*)中提出的。特列佳科夫斯基在研究俄语、拉丁语、法语、德语、意大利语诗律的基础上，创造性地提出了诗歌创作的音节—重音诗律系统。不过，特列佳科夫斯基的诗学主张前后并不一致。在具体的短诗创作实践中，他保留了音节音律，主要采用扬抑格二音节音步，而不善于使用别人惯用的抑扬格；他也不承认将阳性韵和阴性韵组合使用的可能性。就这一方面而言，罗蒙诺索夫对于俄罗斯诗体的改革显得更有成效。在后来的俄罗斯诗歌创作实践中，抑扬格得到了更多的使用，而扬抑格的使用则相对而言比较有限，主要受到体裁、风格或主题的限定。特列佳科夫斯基虽然忽略抑扬格，强调扬抑格的完美性，而且没有从韵脚的概念中得出应该得出的结论，也没有设想到三音节韵脚的可能性，更没有把韵脚的概念扩展到少于十个音节的短诗中去；但是，不可否认，没有特列佳科夫斯基的开创性贡献，罗蒙诺索夫对诗体改革的兴趣或许很难被引发。在特列佳科夫斯基之前的俄罗斯诗歌，无论是诗歌理论，还是诗歌实践，都没有人提出将韵脚作为诗句节奏单位这一观点。特列佳科夫斯基在他的《俄罗斯诗歌创作简要新方法》中率先提出了这一观点。有俄罗斯学者认为："特列佳科夫斯基提出的韵脚概念在原则上改变了诗歌节奏的理论认知，因为它固定了重读音节在诗行中的位置，因而也固定了非重读音节的位置。特列佳科夫斯基作为诗歌节奏新原则的创始人，其贡献是无可争辩的。"[①]

特列佳科夫斯基还对诗歌的语音结构、诗歌翻译等问题作出过独到的论述。1748 年，他发表了《拼字法对话》(*Разговор об орторафии*)，这是俄国社会科学界首次研究俄语语音的结构特征；他在两卷集的《诗歌和散文创作与翻译》(*Сочинения и переводы как стихами так и прозою*，1752)中也阐述了有关诗歌翻译的理论，其中包括他对翻译布瓦洛《诗艺》的论述。所有这些，都体现了他在俄罗斯诗歌理论建构方面所发挥的重要作用。1775 年，在他逝世数年后出版的悲剧《戴达米亚》(*Деидамия*)的序言中，有学者写道："这个人通过他的许多工作为他的同胞谋福利，获得了不朽的记忆和名声。他是第一个发表俄罗斯新诗创作规则的人，这些规则被几乎所有的

---

① Л. И. Тимофеев. "Василий Кириллович Тредиаковский". // В. К. Тредиаковский. *Избранные произведения*. Ленинград：Издательство Советский писатель, 1963，с.39.

俄罗斯诗人遵循。"①

　　作为诗人,特列佳科夫斯基诗中的古典主义艺术风格尤为典型,具有与西欧古典主义极为相近的拥护王权、弘扬公民义务的特性,如作于 1728 年的《歌颂俄罗斯》(*Стихи похвальные России*)一诗,便是一首典型的表现爱国主义情怀的颂诗。有俄罗斯学者认为:"《歌颂俄罗斯》开创了俄罗斯爱国主义诗歌创作的传统。"②对于正直的知识分子而言,祖国这一概念深深地渗透在自己的血液之中,而对于离开祖国的游子来说,祖国更是魂牵梦萦的"慈母",报效祖国便是自己的神圣使命。特列佳科夫斯基正是这样一位知恩图报的知识分子,他在创作《歌颂俄罗斯》这首诗的时候,正是这样的一个游子。1726 年至 1730 年,他一直在荷兰和法国学习和工作,游子对祖国的思念,以及对祖国的崇敬,在这首诗中得到了淋漓尽致的展现。全诗从对祖国的思念开始,以对祖国的讴歌告终,首尾相贯,一气呵成。特列佳科夫斯基在第一诗节中就直接抒发了他在异国他乡对祖国的思念之情:

　　　　我用箫管吹起忧伤曲子,
　　　　从异域遥望我的俄罗斯;
　　　　在这些伧偬的日子里,
　　　　难忘是对故国的情思!③

　　有俄罗斯学者分析说:"诗人为什么'从异域遥望'他的故土? 显然是通过与异域的比较,来呈现祖国的别致与独特性,以及祖国的特色和自己身份的唯一性。"④接下来,诗人称祖国为"慈母",并将祖国与阳光相提并论,随后的每一诗节都着重突出祖国的一个特性。从第二诗节到第六诗节,诗人分别书写了祖国的光明磊落、威严清正、德行高尚、纯洁华贵、虔诚庄敬等五个重要特性:

　　　　慈母般的俄罗斯! 无尚光明!
　　　　企望你允许浪子的恳请,

---

①　См.：Л. И. Тимофеев. "Василий Кириллович Тредиаковский". // В. К. Тредиаковский. *Избранные произведения*. Ленинград：Издательство Советский писатель, 1963, с.6—7.

②　Л. И. Тимофеев. "Василий Кириллович Тредиаковский". // В.К. Тредиаковский *Избранные произведения*. Ленинград：Издательство Советский писатель, 1963, с.24.

③　飞白主编：《世界诗库》(第 5 卷),广州:花城出版社,1994 年版,第 34 页。

④　З. П. Бунковская. *Лучшие сочинения：поэзия XVIII—XIX вв*./Серия "Библиотека школьника". Ростов н/Д：Феникс, 2003, с.15.

> 啊,你端坐在璀璨的宝座,
> 就像光被万方的阳和!①

这一诗节突出表达的是祖国俄罗斯的"无尚光明"。在诗人看来,这是最为重要的品质,所以应置于突出的位置。其他四个方面的品德都是从属于"光明磊落"的:

> 黄金权杖,御冠紫袍,
> 本来是为的表征人的荣耀——
> 而你却以自身的高贵加荣于权杖,
> 光辉的容颜突现了冠裳。

> 在宇宙广袤的土地上
> 谁人不钦佩你德行高尚?
> 你本人就是大德的化身,
> 上天本好生之德才恩赐下民。

> 你一身凝聚着荣誉,
> 纯洁、华贵、莹然无滓;
> 无人敢对你口是心非,
> 邪恶见你也望而生畏。

> 你的臣下虔诚庄敬,
> 勇敢冠世,退逊闻名;
> 有其主必有其子民,
> 都乐于为你而见危受命!②

写了以上六个诗节之后,在该诗的第七节,诗人以自问自答的形式对祖国的上述特性进行了总结:"俄罗斯,你还有什么不足? /俄罗斯,你哪儿还显得薄弱?"在回答中,诗人认为,祖国俄罗斯是"大德大智的总汇",而且"永远富有",更为重要的是,祖国不忘自己的民众,她以自己的威严和富有"给

---

① 飞白主编:《世界诗库》(第5卷),广州:花城出版社,1994年版,第34页。
② 飞白主编:《世界诗库》(第5卷),广州:花城出版社,1994年版,第34—35页。

民众带来光辉"！所以,我们在第八节诗中,能断然明白,诗人在异域遥望俄罗斯,以"千口百舌"讴歌俄罗斯"丰功美德"的重要原因：

> 俄罗斯,你还有什么不足?
> 俄罗斯,你哪儿还显得薄弱?
> 你是大德大智的总汇,
> 永远富有,给民众带来光辉!
>
> 我的箫管吹罢忧伤曲子,
> 从异域遥望我的俄罗斯;
> 但愿我有千口百舌,
> 好讴歌你的丰功美德。①

（李锡胤　译）

此外,该诗也明显受到法国文学思想的影响,既具有尊重王权和国家利益的古典主义思想,同时也在对国家的赞颂和民族的理性教育中,表达了具有时代精神的启蒙思想。

　　俄罗斯大地的独特而优美的自然风光总是能够吸引俄罗斯一代又一代的抒情诗人。无论是十九世纪的普希金和莱蒙托夫,还是二十世纪的抒情诗人叶赛宁,他们都以自己优美的诗句歌颂过俄罗斯如诗如画的自然景色。二十世纪的抒情大师帕斯捷尔纳克在获得诺贝尔文学奖的时候,面对要在俄罗斯大地和诺贝尔文学奖两者之间作出抉择的局面,他选择了俄罗斯这片土地,放弃了诺贝尔文学奖,因为他离不开生他养他的俄罗斯大地。从特列佳科夫斯基的这首题为《歌颂俄罗斯》的诗中,我们或许可以探出俄罗斯知识分子爱国情怀的一些历史渊源。

　　与西欧古典主义不同,以特列佳科夫斯基等诗人为代表的俄国古典主义,对人的情感并没有采取完全弃绝的态度,而是以理性的方式来审视情感,同时关注人物内心世界的细腻呈现。他的抒情诗《恋曲》（Песенка любовна）便是这样的诗篇。在这首《恋曲》的开头,抒情主人公的心灵就已经被他所爱的女子征服。在第一诗节中,他只是乞求对方的怜悯,希望她赐给他一份爱情：

---

① 飞白主编:《世界诗库》(第5卷),广州:花城出版社,1994年版,第35页。

　　十分的标致，

　　　百分的迷人！

　　既然把我征服，

　　　既然教我倾心，

　　可怜我一片真诚，

　　请求你一份爱情。

　　　亲爱的，我爱你，

　　　爱得我如醉如迷。①

在第二诗节中，他要求更高，期盼对方答应与他"缔结良姻"。读者不由得产生好奇：他为何如此出尔反尔，为何爱得这般如痴如醉？是什么样的美丽动人的女子具有如此的魔力？

　　恳求你大发慈悲，

　　　答应我缔结良姻；

　　万不可铁石心肠，

　　　把我的命运折腾；

　　我不敢直接盘问，

　　怕只怕你羞涩拘谨。

　　　亲爱的，我爱你，

　　　爱得我如醉如迷。②

在诗的第三节，诗人终于道出了谜底。在这一节中，诗人书写了女子无与伦比的美丽，把一个俄罗斯女子的摄人魂魄的形象栩栩如生地描绘出来。面对这样的形象，他岂能无动于衷？于是，经过前面三个诗节的赞美和真诚的倾诉，抒情主人公的目的终于在最后一个诗节中表露出来。抒情主人公不满足于自己近乎一厢情愿的诉说，于是苦苦哀求对方赐给他一份爱情，期待对方报以爱情：

　　一双剪人的眸子，

　　　一串娇柔的玉音！

---

① 飞白主编：《世界诗库》(第 5 卷)，广州：花城出版社，1994 年版，第 35—36 页。

② 飞白主编：《世界诗库》(第 5 卷)，广州：花城出版社，1994 年版，第 36 页。

一张甜蜜蜜的笑口,

　　一对红喷喷的嘴唇!

纵然你不肯垂青,

我仍然苦口婆心;

　　亲爱的,我爱你,

　　爱得我如醉如迷。

啊! 真教我不知所措,

　　好一似死神来临,

究竟是什么原因

　　把你对我的一番爱情

吹散得无踪无影?

可知我依然是一往情深。

　　亲爱的,爱我吧,

　　千万别把我忘啦。①

　　　　　　　　　　　　　　　　　（李锡胤　译）

该诗以情感人,同时,作者注重诗中恋者的心理的变化,把抒情主人公"如醉如迷"又"不知所措"的复杂的内心世界展现得细腻具体、生动感人。

　　这首《恋曲》语言优美,韵律和谐,自然生动,而且富有变化。该诗中,前三个八行诗节的最后两行,不仅语义重复,而且使用成对韵,第四诗节末尾的双行,词语巧妙变换,与前三个诗节的双行结尾形成强烈的对照。

　　对待人类的情感,特列佳科夫斯基主张应从对随意的、盲目的爱情的感叹转向对理智的、自由的爱情的追求。他的《爱的乞求》(*Прошение любве*)一诗,便表现了这样的思想,该诗在第一诗节写道:

　　丘比特,放下你的箭吧:

　　我们已经并不安然无恙,

　　但为你金色的

　　爱情的箭所射伤,

　　心中感到很甜蜜;

---

①　飞白主编:《世界诗库》(第5卷),广州:花城出版社,1994年版,第36页。

　　　　大家对爱情都不违抗。①

　　古希腊女诗人萨福在人类历史上最早对爱情下过"甜蜜的痛苦"这样的定义，而这一定义的正确性在这首《爱的乞求》中得到了充分的印证。特列佳科夫斯基在这首诗的第一节就突出地书写了这样的一种悖论，他既恳求丘比特放下手中的弓箭，觉得他自己并非"安然无恙"，但是与此同时，他的言语中又有着乞求被丘比特之箭射中的暗示，因为"大家对爱情都不违抗"。在第一诗节中，另一个典型的悖论就是古希腊萨福式的悖论。抒情主人公既感到爱情之箭是一种伤害，同时又因此而感到一股甜蜜。

　　第二诗节延续第一诗节的悖论，虽然抱怨自己受到了过多的伤害，但依然使人感觉到这种"伤害"与幸福是成正比的，使人感受到其中即使有"折磨"，也是一种极为"甜蜜"的"折磨"：

　　　　为何要过多地伤害我们？
　　　　谁不呼吸爱情的气息，
　　　　岂不只会使自己受更多的折磨？
　　　　爱情使我们不会感到岑寂，
　　　　虽然它也折磨我们。
　　　　啊，爱情的火多么甜蜜！②

　　对于一位古典主义诗人而言，理性原则是必不可少的，因此自第三诗节起，诗歌发生了一个充满智性的转折，将爱情的乞求与追求爱情的自由极为巧妙地结合起来。在诗人看来，丘比特的作用只是在于盲目射箭，而爱情是一种极为珍贵的、"值得珍惜"的情感，需要我们自己努力寻求：

　　　　请你让我们安息吧，
　　　　抛弃你的箭袋：
　　　　由我们自己寻找爱情。
　　　　我们不知疲倦地寻找，
　　　　尝到了它的乐趣，
　　　　会迅速地向它飞奔。

_____

①② 〔俄〕卡拉姆津等：《俄罗斯抒情诗选》（上册），张草纫译，上海：上海译文出版社，1992 年版，第 9 页。

不能乱抓爱情(这并不奇怪),

它是所有的人的女皇,

讨厌如此的行径;

它到处闪着亮光,

因此每一个响亮地鼓掌的人,

都能快乐地看见爱情。

射向爱情的箭已经不需要:

所有的人都喜欢爱的自由。

啊,值得珍惜的爱情!

爱情射中了一个人,

另外一个人就会为此而受伤害,

产生恶毒的憎恨!①

(张草纫　译)

爱情的获得,不能靠"乱抓",更不能指望自己能够被爱情之箭射中,而是要自己寻找,要依靠我们自己的心灵的默契和感悟。所以,在诗的最后,抒情主人公发出振聋发聩的呼吁:"射向爱情的箭已经不需要:/所有的人都喜欢爱的自由。"

　　联想到十七世纪的俄罗斯尚处在沙俄专制制度的农奴制社会的境况,如此歌颂和追求自由的爱情,对于反抗封建的农奴制专制制度和封建思想而言,无疑具有极其重要的进步意义,也是他对俄罗斯爱情抒情诗的独特的贡献。因此,他特别注重爱情抒情诗的意义。在《关于爱的力量的诗》(*Стихи о силе любви*)中,特列佳科夫斯基甚至认为爱具有超越空间和文化的力量,"人们可以勇敢地对任何人说/爱情是一项伟大的事业"②。

　　特列佳科夫斯基的作品体现的关于爱情抒情诗的进步意义,在《没有爱情,没有欲望》(*Без любви и без страсти ...*)一诗中也得到了较好的呈现,该诗强调的是爱情在人的生命历程中所具有的重要性。在该诗的第一诗节和第二诗节中,诗人写道:

---

① 〔俄〕卡拉姆津等:《俄罗斯抒情诗选》(上册),张草纫译,上海:上海译文出版社,1992年版,第9—10页。

② В. К. Тредиаковский. *Избранные произведения*. Ленинград: Издательство Советский писатель, 1963, с.82.

> 没有爱情，没有欲望，
> 所有的日子都不再美好：
> 应该为此哀叹，好让
> 爱情的甜美为人知晓。
>
> 倘若没有爱情，怎么生存？
> 怎样度过每一天的时光？
> 如果不再能够遂其心愿
> 那么还拿什么进行补偿？[1]

该诗一反古典主义重理轻情的基本原则，强调情感的意义，认为生活中不能没有爱情和欲望。"倘若没有爱情，怎么生存？/怎样度过每一天的时光？"这无疑是振聋发聩的叩问。在接下去的第三诗节和第四诗节中，诗人写道：

> 啊，哪怕生活令人生厌，
> 谁没有经历激情燃烧？
> 一颗依附爱情的心灵，
> 得不到满足就会衰老。
>
> 倘若没有爱情，怎么生存？
> 怎样度过每一天的时光？
> 如果不再能够遂其心愿
> 那么还拿什么进行补偿？[2]

（吴笛　译）

在诗人看来，唯有"激情燃烧"才能驱除生活中的烦闷，有了激情，心灵才能有所"依附"，才能永葆青春。如果没有爱情，则会度日如年。特列佳科夫斯基在此处对情感的颂扬，对十九世纪俄国浪漫主义文学的产生，起到了先导的作用。

在俄罗斯诗歌发展史上，特列佳科夫斯基是第一个把音节—重音诗体

---

[1][2]　В. К. Тредиаковский. *Избранные произведения*. Ленинград：Издательство Советский писатель，1963，c.117.

带进俄国文学的诗人,他首次提出俄语诗歌应该用音节—重音诗体代替音节诗体,把俄罗斯诗歌从不自然的音节诗体的桎梏中解放出来,以自己的理论和创作实践为俄罗斯诗歌的发展作出重要的贡献。普希金在论及特列佳科夫斯基时写道:"特列佳科夫斯基当然是一位可敬的正派的人。他在语文学和语法学方面的探索十分出色。他对俄罗斯诗歌比罗蒙诺索夫和苏马罗科夫有更深广的了解。他对费内隆叙事歌谣有特殊的喜爱,为他增色不少,他以诗体翻译费内隆歌谣集的想法以及诗句推敲本身,都表明他有非凡的审美感。"①可以说,普希金将特列佳科夫斯基与罗蒙诺索夫和苏马罗科夫进行的比较,尽管有些偏颇,但总体而言是有一定的道理的。特列佳科夫斯基在俄罗斯诗歌作诗法以及韵律体系方面的贡献是颇为重要的。他作为俄罗斯诗歌音节—重音诗律体系中最富有成效的理论家和实践者的身份是毋庸置疑的。

第三节　康捷米尔的诗歌创作

康捷米尔被誉为俄国第一位古典主义作家,他主要以讽刺诗而闻名,被誉为俄国近代讽刺诗的奠基人之一。正是因为有了康捷米尔这样的讽刺诗人,俄罗斯文化才得以摆脱教会的监管和干预,适应了彼得大帝的改革主张,也使得文学在社会生活方面发挥应有的重要作用。正因为文学对社会生活所产生的作用,别林斯基称康捷米尔是"俄罗斯第一个将诗歌与生活结合起来的人"。②

安齐奥赫·德米特里耶维奇·康捷米尔(Антиох Дмитриевич Кантемир)出身于摩尔达维亚的一个公爵家庭,1711 年,康捷米尔三岁时,在俄土战争期间,他随家人迁居俄国,他的父亲德米特里·康捷米尔,不仅是一位政治家,而且也是一位著名的学者,是《奥斯曼帝国史》一书的作者,该书曾被翻译成多种欧洲语言出版,具有一定的学术影响。在德米特里·康捷米尔的四个儿子中,安齐奥赫·康捷米尔最为聪颖,因而在教育方面受到格外关照。安齐奥赫·康捷米尔从小受到严格而良好的各种教育,掌握意大利、法语、希腊语等多门外语。尤其是在彼得大帝在圣彼得堡创办俄罗斯科学院

---

① 〔俄〕普希金:《普希金全集》(第 6 卷),沈念驹、吴笛主编,杭州:浙江文艺出版社,2012 年版,第 276 页。

② В. Г. Белинский. *Полное собрание сочинений в 13 томах*. Т. 8. Москва：Издательство Академии наук СССР, 1955, с.624.

之后,康捷米尔于 1724 年至 1725 年获得在科学院学习的机会,但是,尚未完成俄国科学院大学的学业,他就进入部队服役,3 年后的 1728 年,他获得中尉军衔。

由于他出色的外语能力和学术背景,康捷米尔自 1732 年起,被俄国政府派往国外从事外交工作,先是担任驻伦敦特使,时间长达 6 年;后于 1738 年被任命为驻巴黎特使,时间也长达 6 年,直到 1744 年回国。事实证明,他是一位出色的外交家。他卓越的外交才能和高超的外交技巧赢得了英国和法国政府界人士的尊重。"在他身上,英国和法国政府界第一次看到了一个受过欧洲教育的俄罗斯人,这在道义上发挥了作用,可以说是对新俄罗斯的认可。"①同样,他的外交工作在帮助俄国处理国际事务方面发挥了应有的作用。"作为外交官的康捷米尔扮演了一个可以正确地被称为历史性的角色。他给政府的报告,语言精彩,表述清晰,是研究十八世纪三十年代至四十年代国际历史的主要文献之一。"②与此同时,在英法期间,他广泛接触政界和学界人士,学习先进文化,也关注自然科学的发展,并且结识了孟德斯鸠等启蒙思想家,这一切,对他的文学创作活动产生了潜移默化的影响。

康捷米尔的文学活动开始于 1725 年,在他刚开始从事文学活动的时候,他主要从事小说翻译工作,也从事诗歌创作。在部队服役期间,他创作并出版了他的第一部作品,《诗篇交响曲》(*Симфония на Псалтырь*)。随后,自 1727 年至 1729 年,他翻译了布瓦洛的讽刺性诗歌以及《诗艺》等理论著作;自 1729 年至 1731 年,他还积极参加社会活动以及学术团体的活动,关注改革等社会政治问题。就诗歌创作而言,康捷米尔最重要的艺术贡献是讽刺诗的创作。在形式方面,康捷米尔主要是以音节诗律来进行诗歌创作的。在创作方面,费奥凡·普罗科波维奇的悲喜剧中的讽刺形象及其自我暴露的独白,为康捷米尔讽刺剧的构造形式和内容都产生了直接的影响。

从 1729 年至 1739 年,他撰写了一系列讽刺长诗,一共有九首。"他的九篇讽刺诗含有深刻的醒世哲理,是其创作的顶峰。"③由于他翻译过布瓦洛的诗作,所以,在讽刺诗的创作中,"以布瓦洛为榜样,康捷米尔在他的讽刺诗中结合了当时意识形态辩论的能量,对俄罗斯的生活方式和俄罗斯的风俗进行了精确的描述"④。

---

①② Г. А. Гуковский. *Русская литература XVIII века*. Москва:Аспект Пресс, 1999,с.42.

③ 王福祥、吴君编:《俄罗斯诗歌撷英》,北京:外语教学与研究出版社,1999 年版,第 3—4 页。

④ Charles A. Moser ed. *The Cambridge History of Russian Literature*. Cambridge:Cambridge University Press, 1996, p.50.

他的第一首讽刺长诗为《致智慧》(*К уму своему*)，创作于 1729 年，这是一首具有重要的政治意义的作品。

康捷米尔的第二首讽刺长诗题为《论邪恶贵族的嫉妒和骄傲》(*На зависть и гордость дворян злонравных*)，大约创作于 1730 年初。这首讽刺诗以作者的发言人阿雷托菲洛斯和代表旧观念的贵族之间的对话形式写成，创作目的是谴责那些丧失了所有美德、从而变得空虚而傲慢的贵族。他以惊人的勇气提升了谱系荣誉的概念，并从启蒙运动的"自然法"理论出发，对血统的"高贵"进行了批判，强调贵族的特权不是取决于家族的古老，而是取决于他为祖国利益所作出的贡献。

第三首讽刺长诗题为《关于人类激情的差异》(*О различии страстей человеческих*)，第四首讽刺长诗题为《关于讽刺性著作的危险性》(*О опасности сатирических сочинений*)，第五首讽刺长诗题为《关于人类笼统的恶意》(*На человеческие злонравия вообще*)。这三首讽刺长诗就内容而言，具有一定的相似之处。《关于人类激情的差异》主要嘲讽人类被贪婪、浪费、虚伪等各种恶习或激情所占据。而且，这三首讽刺长诗也深刻地针对社会现实。如在第五首诗中，他怀着极大的同情描写农奴对艰难命运的抱怨。

第六首讽刺长诗为《论真正的幸福》(*О истинном блаженстве*)，作于 1738 年，在这首诗中，康捷米尔批评贵族道德、财富和官场以及宫廷生活中的阴谋。

第七首讽刺长诗题为《论教育》(*О воспитании*)，作于 1739 年，在这首讽刺长诗中，康捷米尔不仅继续对贵族道德进行批判，而且强调了艺术的道德教诲功能，宣称教育的目的是培养年轻人良好的道德情操，使他们成为对国家有用的公民。

第八首讽刺长诗题为《论无耻的鲁莽》(*На бесстыдную нахальчивость*)，这一首讽刺长诗主要批判对社会有害的"鲁莽"，这种"鲁莽"的表现形式为滥用权力和贪婪。

最后一首讽刺长诗题为《论这个世界的状态》(*На состояние сего света*)，又名《致太阳》(*К солнцу*)，作于 1738 年 7 月。在这首诗中，康捷米尔描写的是世界的状况，他觉得整个世界充满了卑鄙的肮脏的行为，所以他选择把这个世界交给太阳，交给全世界的发光体，期待以太阳的照耀来驱除人类的不公。

在康捷米尔的九首讽刺长诗中，流传最广的是第一首《致智慧》，这也是他的讽刺长诗中最为重要的一首。他在这首讽刺长诗中极力维护彼得一世的改革思想，并且谴责贵族阶级顽固守旧的思想意识和游手好闲的生活习性,努力宣扬公民精神、天赋平等,以及爱国主义精神等启蒙主义思想。对他来说,知识有助于实现一个人对社会的责任。而"无知"不仅意味着缺乏知识,更意味着缺乏对国家的责任感。

在《致智慧》这首诗中,康捷米尔在开篇就对轻视智慧的保守势力进行了猛烈的抨击:

> 我贫弱的智慧,荒学的报应!
> 你用不着撺掇我舞墨弄文,
> 饱食终日,大字不识一升,
> 不当作家,照样在国内扬名。[①]

他将美好的理想寄托在开明的君王身上,如同西欧的启蒙主义者,崇尚知识,歌颂智慧;而且,为了讽刺、批判无视知识的倾向,康捷米尔在诗中直接引用不学无术者的那些贬低科学与知识的奇谈怪论,并对这些观点进行严厉的批驳:

> "科学是旁门左道的化身;
> 谁善于思考,他一定唬人;
> 谁痴心读书,他一定是渎神"——
> 大人们手揣念珠长叹短评,
> 热泪盈眶,要力挽迷学颓风:
> 年轻人原本是老实安分,
> 虔诚谛听父兄们自己也不了然的教训,
> 乐于紧跟着为圣绩而献身。[②]

而且,康捷米尔以浑浑噩噩、目光短浅的"贵族老爷"对知识的攻击,来映衬他们的浅薄空虚、愚昧无知:

> 学问是世上穷根;
> 先前压根儿不学拉丁,
> 我们活得比目前称心;

---

① 飞白主编:《世界诗库》(第5卷),广州:花城出版社,1994年版,第37页。
② 飞白主编:《世界诗库》(第5卷),广州:花城出版社,1994年版,第38页。

浑浑噩噩，丰衣足食，

学了洋文，缺粮少银。

即使是语无伦次，目不识丁，

对贵族老爷有什么要紧？①

（李锡胤　译）

　　康捷米尔对贵族官僚所进行的抨击，艺术手法非常独到，笔锋犀利，将他们的愚昧暴露无遗。尤其是诗中的"即使是语无伦次，目不识丁，/对贵族老爷有什么要紧"更是凸显了贵族阶层的本质特征。康捷米尔的作品还体现了强烈的公民意识，他因而被誉为"公民作家兼启蒙思想家"，"他为俄罗斯文学的发展作出了巨大的贡献，为俄罗斯艺术语言的国际声誉奠定了最初的基础"。②可见，康捷米尔在诗歌创作中，较好地体现了文学的伦理教诲功能，在讽刺一切不合理的社会现象的同时，又贯穿着对公民的理想的教育。正如俄罗斯学者所作的相关概述，"康捷米尔的讽刺诗充满了对世界和人的可认知性、对道德和社会行为规范的明确性的坚定信念。康捷米尔意识到自己是道德规约与理念的传教士，他以此为名，嘲笑和谴责所有经不起理性和人类正常意识批评的东西"③。

　　在诗歌形式方面，康捷米尔主要是以音节诗律进行创作的，我们以《致智慧》一诗的第一个诗节为例：

Уме недозрелый, плод недолгой науки!

Покойся, не понуждай к перу мои руки:

Не писав летящи дни века проводити

Можно, и славу достать, хоть творцом не слыти.④

（我贫弱的智慧，荒学的报应！

你用不着撺掇我舞墨弄文，

饱食终日，大字不识一升，

---

①　飞白主编：《世界诗库》(第5卷)，广州：花城出版社，1994年版，第38—39页。

②　Ф. Я. Прийма. "Антиох Дмитриевич Кантемир" // А. Д. Кантемир. *Собрание стихотворений.* Ленинград: Советский писатель, 1956, с.51.

③　АН СССР (Пушкинский дом) ред. *История русской поэзии В двух томах*, Том I, Ленинград: Ленинградское отделение издательства «Наука», 1968, с.59.

④　А. Д. Кантемир. *Собрание стихотворений* (Библиотека поэта; Большая серия), Ленинград: Издательство Советский писатель, 1956, с.57.

不当作家,照样在国内扬名。)①

该诗作为音节诗律,是以音节数作为写诗标准的,每一行都是 13 个音节。而且,因为是音节诗律,所以不太考虑重音,双音节音步的重音的位置有时是不规则的,无法以"抑扬格"或"扬抑格"来进行衡量。但是,韵脚是有押韵的,双行押韵,"науки"与"руки"相协,"проводити"和"слыти"押韵;而且,四行全都是阴性韵。可见,康捷米尔在诗歌形式方面,仍坚守着十七世纪俄罗斯诗歌的诗律形式,在诗体革新方面,不及同时代的特列佳科夫斯基和罗蒙诺索夫。不过,作为古典主义诗人,他在坚守传统作诗规则的同时,也力所能及地进行了必要的革新。我国有学者中肯地总结说:"康捷米尔用音节诗律写诗,他喜用移行、停顿。他把每一行诗分隔为前后两个半行,每半行七个音节,其中有三个重读音节,第七音节往往是落重音的音节。虽然他用音节诗律写成诗,诗行中的重音还是有规则地间隔开。"②由此可见,康捷米尔虽然以音节诗律写诗,但是他对重音的强调,为特列佳科夫斯基和罗蒙诺索夫的音节—重音诗律的开创提供了创作的根基。

第四节 罗蒙诺索夫的诗歌创作

罗蒙诺索夫是一位集自然科学与语言文学于一身的重要学者。无论是在自然科学领域还是在诗歌理论领域,或是在教育领域,罗蒙诺索夫都是一个奠基性的人物和极为重要的存在。

米哈伊尔·瓦西里耶维奇·罗蒙诺索夫(Михаил Васильевич Ломоносов)出身于阿尔汉格斯克省杰尼索夫卡村的一个农民家庭。然而,他经过自己的不懈努力,从一个农民之子成长为俄国的文化巨匠和古典主义文学的杰出代表。他不仅是一位卓越的文学家,而且还是一位著名的学者和自然科学家,被誉为俄罗斯"自然科学的奠基者之一"③。他创办的莫斯科大学,更是奠定了他在俄罗斯教育领域的卓越地位。

一、科学家与诗人的理性结合

青少年时代,罗蒙诺索夫曾帮助父亲从事农业和渔业劳动,可他对知识

---

① 飞白主编:《世界诗库》(第 5 卷),广州:花城出版社,1994 年版,第 37 页。

② 徐稚芳:《俄罗斯诗歌史》,北京:北京大学出版社,2002 年版,第 17 页。

③ Н. В. Банников сост. *Три века русской поэзии*. Москва: Издательство Просвещене, 1979, с.7.

充满了渴求,试图进入霍尔摩戈尔斯克学校,但是没有成功,因为作为农民的儿子,他没有进入该校的权利。1730 年 12 月,他前往莫斯科,在隐瞒自己家庭出身的情况下,进入了斯拉夫—希腊—拉丁学院。罗蒙诺索夫在该校刻苦学习,在拉丁语和古希腊语的学习方面,获得了优异的成绩。1735年,作为最优秀的学生之一,他被选派到圣彼得堡,在俄国科学院大学(圣彼得堡大学前身)就读;1736 年,他又被选拔到国外深造,派往德国学习化学和冶金。自 1736 年至 1741 年,罗蒙诺索夫在德国掌握了广泛的物理、化学和采矿知识,并且研修了德语、法语、意大利语和英语。良好的外语功底,使得他有机会接触到国外最为前沿的重要文献。

回国后不久,罗蒙诺索夫于 1742 年初被任命为科学院物理学副教授。1745 年 8 月,他入选科学院院士。罗蒙诺索夫所从事的研究领域极为广泛,最初,他主要从事物理学和化学方面的研究,自 1753 年起,直到生命的最后时光,他从事的是更为广泛的自然科学和应用科学领域的研究工作,包括物理学、天文学、化学、矿物学、地质学、地理学等。而且,他在俄国高等教育领域的贡献也是载入史册的,1755 年,他创办了莫斯科大学,直到现在,莫斯科大学的校名也一直是以他的名字命名的。由此可见,罗蒙诺索夫对俄国教育的贡献是非常大的,正如普希金所说,"罗蒙诺索夫是一位伟大的人物。在彼得一世和叶卡捷琳娜二世时代之间,他是唯一的一位为教育而奋斗的独特的战士。他创立了第一所大学。确切地说,他本人就是我们的第一所大学"①。

除了自然科学研究领域之外,罗蒙诺索夫在文学理论问题的探究以及文学创作等方面,成就卓著。他汲取了欧洲古代文学和近代文学的经验,并且在遵从特列佳科夫斯基诗学理论的基础上,在《关于俄罗斯诗歌规则的信》(Письмо о правилах российского стихотворства,1739)中,进一步阐述和完善了俄罗斯音节—重音诗律。"罗蒙诺索夫在《关于俄罗斯诗歌规则的信》中写道:'俄语诗歌创作应遵循我们语言的自然特征。'根据这一基本原则,俄语诗律应借鉴实际存在的俄语重音系统,'因为我们的自然发音很容易向我们呈现'。"②

他的颂诗《夺取霍京颂》(Ода на взятие Хотина)更是最早体现他诗学理论的一个标志。罗蒙诺索夫还提出了"三等诗体论"的观点,将诗体分为"高雅体""中间体""通俗体"等三种,他的这一诗学理论的基本观点是,"'高雅

① 〔俄〕普希金:《普希金全集》(第 6 卷),沈念驹、吴笛主编,杭州:浙江文艺出版社,2012 年版,第 269 页。

② Charles A. Moser ed. *The Cambridge History of Russian Literature*. Cambridge:Cambridge University Press,1996,pp.57—58.

体'可以使用不常用的斯拉夫宗教语言;'中间体'(包括绝大多数的诗剧、讽刺诗以及抒情诗)可以使用那些已经纳入俄语口语用法的斯拉夫宗教语言;'通俗体'(包括喜剧诗及歌谣等)则不可使用斯拉夫宗教语言"①。这一观点对于后来以"中间体"为主导的俄罗斯诗歌语言的形成,具有一定的影响。1755 年,罗蒙诺索夫在他所撰写的《俄语语法》(*Российская грамматика*)中,更是强调和夸耀俄国文学语言所具有的摆脱教会语言、向生活语言贴近的倾向。在这部著作的开篇,他就对俄罗斯语言进行了狂热的赞美:"罗马帝王查理五世曾经说过,西班牙语适合与上帝交谈,法语适合与朋友交谈,德语适合与敌人交谈,意大利语适合与女人交谈……但是,如果他能熟练地掌握俄语……那么,将在其中发现西班牙语的庄严,法语的生动活泼,德语的严谨,意大利语的温柔,以及希腊语和拉丁语的丰富和简洁的表现力。"②

而且,罗蒙诺索夫还将贴近生活的语言以及他所倡导的诗歌理论和创作规则极为娴熟地运用到自己的诗歌创作实践中。他创作的《晨思上苍之伟大》(*Утреннее размышление о божием величестве*)、《夜思上苍之伟大》(*Вечернее размышление о божием величестве при случае великого северного сияния*)、《一七四七年伊丽莎白·彼得罗夫娜女皇登基日颂》(*Ода на день восшествия на престол императрицы Елисаветы Петровны 1747 года*)③等许多重要诗作,都是遵从其诗学理论的重要的实践,是极为杰出的颂诗。正是因为他最终完善和确立了俄罗斯诗歌的音节—重音诗律,所以,别林斯基称他为"俄国诗歌之父"④,并且坚信"俄国文学史是从罗蒙诺索夫开始的……罗蒙诺索夫的确是俄国文学的奠基人"⑤。

罗蒙诺索夫翻译过四首古希腊抒情诗人阿那克里翁的颂诗,并附有四首自己所创作的诗,以此表达感慨,构成《与阿那克里翁对话》(*Разговор с Анакреоном*)。在其中一首诗中,罗蒙诺索夫写道:"阿那克里翁,我本该/歌颂温柔的爱情;/我在沸腾的血液里/感觉到了以前的热忱,/我开始让自己的手指/在纤细的琴弦上弹跳,/并以甜蜜的话语/模仿诗的节奏与音调。"⑥

---

① 周式中等主编:《世界诗学百科全书》,西安:陕西人民出版社,1999 年版,第 127 页。

② M. В. Ломоносов. *Российская грамматика*, Москва: Издательство Лань, 2013, c.1.

③ 伊丽莎白·彼得罗夫娜女皇于 1741 年 11 月 25 日登基。为纪念女皇登基,罗蒙诺索夫写过多首"登基日颂",其中以 1747 年的最为著名。

④ 〔俄〕别林斯基:《别林斯基选集》(第五卷),辛未艾译,上海:上海译文出版社,2005 年版,第 188 页。

⑤ 〔俄〕别林斯基:《别林斯基选集》(第五卷),辛未艾译,上海:上海译文出版社,2005 年版,第 639 页。

⑥ 飞白主编:《世界诗库》(第 5 卷),广州:花城出版社,1994 年版,第 46—47 页。

在这首诗中,罗蒙诺索夫与那位生活在公元前六世纪至公元前五世纪的以歌颂爱情而闻名的诗人阿那克里翁进行对话。与阿那克里翁相反,罗蒙诺索夫认为自己的"诗琴"不是为了爱情,而是为了歌颂英雄而拨响,为了祖国利益而吟唱:

> 琴弦却不由自主地
> 对我响起英雄的喧嚣。
> 爱情的思绪啊,
> 不要再扰乱理性的头脑;
> 爱情中的真诚的温柔
> 我虽然还没有失掉,
> 但更能使我钦佩的
> 却是英雄们的不朽的荣耀。①

(吴笛 译)

正是为了歌颂英雄而拨响,所以,每当拨动琴弦,所响起的都是"英雄的喧嚣"。在此,罗蒙诺索夫以简洁的、与阿那克里翁对话的形式,一反众多诗人对阿那克里翁的崇拜,提出了自己的古典主义的诗学主张,认为诗歌的任务不是歌颂"温柔的爱情",而是歌颂"英雄们的不朽的荣耀",从而宣扬了国家利益高于一切的古典主义与启蒙主义思想,以及"重理轻情"的古典主义诗学原则。

作为一名自然科学家,罗蒙诺索夫的诗歌创作,也充分体现出艺术与科学的融合,譬如,罗蒙诺索夫在 1752 年创作的一首题为《关于玻璃用途的通信》(*Письмо о пользе Стекла*)的教诲诗中,就运用了科学知识。这首长达四百多行的诗篇,是献给伊凡·舒瓦洛夫(Ивáн Ивáнович Шувáлов)的。在这首诗中,他相信科学的力量:

> 轰隆隆的乌云也有制造黑暗的力量,
> 云的力量和云的黑暗是一样,
> 理解了玻璃提炼的规则和奥妙,
> 我们就能让雷声远离我们的寺庙。②

---

① М. В. Ломоносов. *Избранные произведения*(Библиотека поэта; Большая серия),Ленинград:Издательство Советский писатель, 1986,с.270.

② М. В. Ломоносов. "Письмо о пользе Стекла"//М. В. Ломоносов. *Избранные произведения*. Л.:Советский писатель, 1986,с.246.

在这首诗中,罗蒙诺索夫对科学思想,尤其是太阳系的日心说,进行了强有力的辩护,并且以此驳斥当时的至圣主教公会力图压制任何与哥白尼及其发现相关的行为。

二、罗蒙诺索夫"颂诗"中的启蒙精神

罗蒙诺索夫作为一名自然科学家兼诗人,总是具有一种跨学科的超前意识,将两者有机地结合起来,就自然科学家而言,我们可以称他为"诗人科学家",而就诗人而言,他又是一名"科学家诗人"。这一特性,在他的一些颂诗中表现得尤为明显。

譬如,在罗蒙诺索夫的《晨思上苍之伟大》一诗中,他以出色的、富有诗意的思想来美化自然科学,对他而言,富有诗意的思想成了对自然科学进行掌控的一种重要的手段。在该诗中,作者将阳光照射之下所发生的湍流描述为"永远燃烧的海洋":

> 于是这永远燃烧的海洋
> 从四面八方呈现在眼前。
>
> 那里火热的巨浪汹涌,
> 滔滔地没有边际;
> 那里酷烈的狂风盘旋,
> 多少世纪争斗不已;
> 那里石头像水一样沸腾,
> 那里有滂沱的热雨。①

诗中,既有自然科学的严谨,也有诗歌艺术的宏大想象,他将对宇宙无限的诗意愉悦与对宇宙可认知性的信念相互结合起来。即使是难以想象的"庞然大物",在上苍面前也不过是一颗微小的"火星"。从中,我们可以看出作为自然科学家的罗蒙诺索夫所具有的独特的空间意识,以及体现这一空间意识的博大的胸怀。在经过数个诗节的赞美之后,在该诗的最后一个诗节,罗蒙诺索夫以十八世纪的启蒙主义精神向上苍发出了吁请:

> 主啊! 请用智慧之光

---

① 飞白主编:《世界诗库》(第5卷),广州:花城出版社,1994年版,第42页。

　　　　来开启愚昧给我的蒙蔽，
　　　　不论你教我做什么，
　　　　都永远愿意好好学习，
　　　　瞻仰你所创造的一切，
　　　　颂扬你，永远的上帝。①

　　　　　　　　　　　　　　（王士燮　译）

从这一向上苍发出的吁请中，可以明显地感知到启蒙主义思想家以及十八世纪俄国古典主义者的那种崇尚理性、反对愚昧的基本特质。在这首著名的颂诗中，罗蒙诺索夫以自然科学家的视野，把大自然看成富有生命力与智慧之光的"上帝的杰作"。于是，对自然的崇拜就有了对权威、对理性、对智慧、对能量的崇拜的意味，就有了与十八世纪时代精神吻合的启蒙主义思想。

　　如果说《晨思上苍之伟大》以太阳为主要意象来歌颂上苍，那么《夜思上苍之伟大》则是以又一天文类意象——天空的繁星——作为主要意象的：

　　　　白昼隐去自己的面容，
　　　　原野披上湿润的夜幕，
　　　　幽黑的暗影爬上山巅，
　　　　阳光悄然离我们而去，
　　　　无底的天海布满星辰，
　　　　苍天无底，繁星无数。②

同为"科学诗"，与上一首相同，该诗用的也是抑扬格四音步，每节都是六行；但是，在这首诗中，诗人将"自我"引入诗中，引发的思索更为深邃：

　　　　像狂涛巨浪间沉浮的一粒黄沙，
　　　　像千古寒冰里闪亮的一星微火，
　　　　像强劲旋风中回转的一缕纤尘，
　　　　像狂暴烈火中飘腾的一片毛羽，
　　　　我茫然地沉入无底的深渊之中，

---

①② 飞白主编：《世界诗库》（第5卷），广州：花城出版社，1994年版，第43页。

困扰于陈积在内心的万千思绪。①

此处的"自我"已经与"黄沙"和"微火"等自然要素融为一体。该诗与《晨思上苍之伟大》还有一个不同之处是,如果说《晨思上苍之伟大》是抒情主人公的独白,那么,《夜思上苍之伟大》则是从独白转向了对话,转向了抒情主人公与大自然的对话。尤其是从第四诗节开始,诗人提出了一些有关大自然规律的问题:

> 试问,大自然,你的规律何在?
> 一片光焰升起在夜半深处!
> 莫非太阳在炫耀皇冠,
> 抑或坚冰在迸射海火?
> 这是冰冷的火焰遮覆环宇!
> 这是黑夜的大地上白日复出!
>
> 你们那转瞬即逝的影像,
> 记载入永恒法规的典藏,
> 每一微小的物象都向这些法规
> 披露大自然的法则规章。
> 你们既知众星之路,那么请回答,
> 是什么令我们心房激荡。
>
> 是何物搅动冬夜明光,
> 将纤细焰华射向长空?
> 仿佛晴天中一道闪电,
> 从大地升起疾指苍穹。
> 如何能使这寒风冷气,
> 严冬中生出烈火熊熊?②

上述第四诗节和第五诗节,诗中的思想和情感主要是通过对话以及通过提问和回答的方式来展现的。《夜思上苍之伟大》的第四诗节,是对白极

---

① 飞白主编:《世界诗库》(第 5 卷),广州:花城出版社,1994 年版,第 43 页。
② 飞白主编:《世界诗库》(第 5 卷),广州:花城出版社,1994 年版,第 43—44 页。

光现象成因之谜的探究,也是对第一诗节中的"黑夜的大地上白日复出"这一神奇的自然景观发出的由衷赞叹。这一诗节充满了对立的意象,包括黑夜与白昼,还有火与冰,以及"冰冷的火焰"等矛盾对立的表述,以此来呈现大自然的神秘,以及人类的科学在面对新的现象之谜时所表现出来的困惑。所以,接下去的数个诗节,诗人步步深入,既发出"天问",又作出回答:

> 是铅云在那里与激浪争鸣,
> 或者是灿烂阳光放出光芒,
> 穿越过沉沉浓雾照射我们,
> 或者是云峰高耸银辉闪亮,
> 或者是西风不再吹拂海洋,
> 平稳的雪涛拍向碧空浩茫。
>
> 我们身边究竟何物存在,
> 你们的回答中疑云如山。
> 既然世界广浩,你们能否尽言?
> 众星之外知是何物相延?
> 你们是否明晓生命尽头?
> 既然造化广大,你们能否尽言?①

（陈松岩　译）

　　这首诗中,诗人既对科学家提出问题,也感叹人在宇宙面前的渺小,还抒发了对知识、对智慧、对理性、对自然的尊崇;同时,这些诗句也旨在激发自然科学家对未知的世界展开无尽的探索。

　　如果说《晨思上苍之伟大》和《夜思上苍之伟大》主要是歌颂大自然以及对大自然的探索精神,那么,罗蒙诺索夫最为著名的颂诗《一七四七年伊丽莎白·彼得罗夫娜女皇登基日颂》,则是在歌颂皇权。

> 造物主创作的奇迹,
> 自古以来令人惊喜。
> 他决定继续做善事,
> 以便今天也传扬名字。

---

① 飞白主编:《世界诗库》(第5卷),广州:花城出版社,1994年版,第44页。

> 主给俄国派来了伟人，
> 做出一番前所未闻的事迹。
> 他高昂起头，历尽艰辛，
> 取得一个接一个的胜利，
> 使被野蛮人蹂躏的俄国
> 一步登天，巍然屹立。①

寥寥数行，诗人将彼得大帝所建立的功勋悉数展现出来，正是在彼得大帝的引领之下，俄国迅速地摆脱了落后的局面，呈现出崭新的格局。然而，"本应不朽的人"，却被"妒忌的命运"夺走了。可是，彼得大帝的女儿伊丽莎白·彼得罗夫娜登基后，宣称将要继承父志，罗蒙诺索夫因而为此振奋，他在伊丽莎白·彼得罗夫娜女皇身上看到了彼得的事迹和事业的延续：

> 于是各种神奇的科学
> 越过高山，大海和江河，
> 把手伸向俄罗斯，
> 对伟大的君主说：
> 我们愿意竭尽全力
> 把纯粹智慧的新成果
> 交给俄罗斯人民。
> 君主邀请它们前来作客，
> 于是俄罗斯已经期望
> 看到它们的辛勤劳作。②

全诗洋溢着爱国主义的激情，诗人以古典主义特有的气质，歌颂王权，歌颂开明的君主，在开明的君主身上寄托自己崇尚科学的理想，希望实现祖国繁荣富强的愿望。罗蒙诺索夫的颂诗风格崇高，用词古雅，如在这首歌颂君主的颂诗中，诗人直接借用"Бог"（上帝）以及"Воскресла"（复活）等宗教词语，还用类似于"ведайте"（知道）、"внемлите"（倾听）等词语来代替口语化的"знайте""слушайте"等词语，营造了一种独特的诗意氛围。

---

① 飞白主编：《世界诗库》（第5卷），广州：花城出版社，1994年版，第45页。
② 飞白主编：《世界诗库》（第5卷），广州：花城出版社，1994年版，第45—46页。

三、诗歌形式方面的开拓与创新

十八世纪,俄罗斯诗歌不仅在诗学思想上开始与西欧文学接轨,而且在艺术形式上,俄罗斯诗歌的发展也同样受到西欧诗歌的启迪与影响。罗蒙诺索夫不仅在诗的内容方面体现了启蒙主义精神,而且在诗体方面,勇于开拓创新。

我们仍以上述引用诗歌为例,探究罗蒙诺索夫的艺术贡献。如在《夜思上苍之伟大》中,开头四行是这样写的:

Лице́ свое́ скрыва́ ет де́нь,

Поля́ покры́ла мра́чна но́чь,

Взошла́ на го́ры чо́рна те́нь,

Лучи́ от на́с склони́лись про́чь.①

(白昼隐去了自己的面容,

原野披上湿润的夜幕,

幽黑的暗影爬上山巅,

阳光悄然离我们而去。②)

从上面标注了重音的《夜思上苍之伟大》头四行诗中,我们可以看出,该诗已经不同于康捷米尔的《致智慧》,不再坚守音节诗律,而是在借鉴西欧作诗法的基础上,充分发挥俄语语言的优势,使用音节—重音诗律,对诗体进行探索和革新。从此处所引用的俄语原文中,我们不仅可以看出,这是严谨的抑扬格四音步,每一行都含有四个音步,而且都是抑扬格,包括四个轻读音节和四个重读音节(原文中标注重音的音节),韵脚也是严格遵守抑扬格的规则,以阳性韵结尾;而且押韵也非常严谨,用的是 A-B-A-B 韵式。这一点,充分展现了罗蒙诺索夫作为诗人和语言学家的艺术才华,更体现了罗蒙诺索夫对于俄罗斯诗歌的发展所作出的艺术贡献。

第五节 苏马罗科夫的诗歌创作

苏马罗科夫虽然是十八世纪俄国杰出的古典主义诗人,但是却以情感

---

① М. В. Ломоносов. *Избранные произведения*(Библиотека поэта; Большая серия). Ленинград: Издательство Советский писатель, 1986, c.205.

② 飞白主编:《世界诗库》(第 5 卷),广州:花城出版社,1994 年版,第 43 页。

真挚的"恋曲"而闻名。尽管别林斯基、车尔尼雪夫斯基和杜勃罗留波夫主要把苏马罗科夫作为讽刺作家来评价,然而,他的知名度却是他所创作的"恋曲"带来的,他以风格各异的"恋曲"而广受读者的欢迎,同时,他的古典主义诗学理论以及相关论争,是对以罗蒙诺索夫、特列佳科夫斯基为代表的俄罗斯古典主义诗学思想的有效补充。苏马罗科夫的诗歌创作体裁丰富多样,无论是抒情诗还是讽刺诗,或是诗剧和寓言诗,他都进行了尝试。尽管相对而言,苏马罗科夫在诗歌创作方面,其形式和语言的规范性不及理论素养高超的罗蒙诺索夫和特列佳科夫斯基,但是,他在作品中常常使用的受过一定教育的贵族阶层的普通口语,反而使得他的诗作风格独具特色。因此,正如俄罗斯学者所说,"苏马罗科夫对俄罗斯文学语言的处理具有重要意义"①。

亚历山大·彼得洛维奇·苏马罗科夫(Александр Петрович Сумароков)出身于维尔曼斯特朗(今属芬兰拉彭兰塔)的一个古老的贵族家庭。他的父亲是一个拥有1 670个农奴的大地主,并且利用自己的智慧和家庭的财富在彼得大帝时代的军界和政界获得高官厚禄。正是在这样富裕的贵族家庭,少年时代的苏马罗科夫享有得天独厚的条件,接受了良好的家庭教育。1732年,他考入贵族陆军武备学校学习。1740年,他从武备学校毕业之后,曾提任为校长的副官等职。1741年,伊丽莎白女皇登基后,他很快就成为女皇的宠臣格罗夫的副官。1756年,他被任命为俄罗斯皇家剧院的院长。在戏剧领域,他努力开拓,使得剧院得到了良好的发展,取得了相当大的功绩,直至1761年,他因冒犯当时的女皇而被迫离职。苏马罗科夫晚年住在莫斯科,生活毫无保障,最终死于贫困。

苏马罗科夫的一生以及他的文学创作活动,适逢俄国农奴制的鼎盛时期以及皇权不断更替时期。在贵族陆军武备学校学习期间,他就开始诗歌创作,起初,他模仿特列佳科夫斯基的风格进行创作,也遵从特列佳科夫斯基和罗蒙诺索夫所倡导的音节—重音诗律。苏马罗科夫自十八世纪三十年代开始创作、四十年代开始发表作品起,他的文学创作活动持续了四十多年,取得了多方面的文学成就。他不仅在诗歌创作和戏剧创作方面成就斐然,而且还在1759年开始编辑出版俄国第一个重要的文学期刊,《勤劳的蜜蜂》(Трудолюбивая пчела)。他的诗歌创作不仅影响了俄国古典主义诗歌

---

① П. Н. Берков. "Жизненный и литературный путь А. П. Сумарокова", См.: А. П. Сумароков. *Избранные произведения*. Ленинград: Издательство Советский писатель, 1957, с.45.

发展的进程,而且也极大地作用于俄国感伤主义诗歌和浪漫主义诗歌。"苏马罗科夫的诗歌活动是具有历史意义的,它证明了俄罗斯诗歌在发展初期是如何形成的,解决了什么样的社会任务,以及遵循了什么样的美学原则。"①他坚持古典主义创作原则和美学理论,而且借鉴法国古典主义作家的创作手法,在俄罗斯文学与西欧接轨的进程中,他以自己的创作实践,发挥了重要的促进作用。譬如,在1748年出版的《两份书简》中,"苏马罗科夫以布瓦洛为榜样,对有抱负的俄罗斯作家进行指导,告诉他们在各种诗歌体裁中应该遵循什么模式,这些体裁本身应该是什么,诗人的艺术应该包含什么"。②然而,与法国古典主义理论家布瓦洛有所不同的是,他不仅强调理性原则和启蒙精神,而且也强调服从天性以及语言的精美:

> 无论是创作戏剧、悼词还是颂歌,
> 都应该听从于吸引你的天性;
> 只有启蒙才会给作家以心灵的震撼,
> 作用于语言上的美无所不能。③

应该说,苏马罗科夫所遵循的美学原则是具有启迪意义的。苏马罗科夫所创作的戏剧、颂歌、童话、抒情诗等多种题材的文学作品,都竭力遵循这一美学原则。他不仅在诗歌领域成就卓著,而且在戏剧领域,取得了非凡的成就,著有12部喜剧和9部悲剧。苏马罗科夫被认为是俄罗斯近代戏剧的开拓者之一。他还为近代俄罗斯文学语言的形成和发展,以及俄语诗歌韵律的革新,作出了极大的贡献。

在诗歌创作方面,苏马罗科夫创作体裁较为广泛,他的主要贡献包括讽刺诗、颂诗和恋曲。而且,他创作的恋曲生动优美,产生了广泛的社会影响,也给他带来了极高的社会知名度。俄罗斯学者贝尔科夫在论及苏马罗科夫的社会意义时,写道:"苏马罗科夫的诗歌之所以引起我们的兴趣,还在于,作为一种贵族文化现象,它坦率地追求加强贵族作为统治阶级地位的目标,

---

① П. Н. Берков. "Жизненный и литературный путь А. П. Сумарокова", См.: А. П. Сумароков. *Избранные произведения*. Ленинград: Издательство Советский писатель, 1957, с.7.

② Н. И. Пруцков гл. ред. *История русской литературы в четырех томах*, *Том первый. Древнерусская литература. Литература XVIII века*. Ленинград: Издательство Наука, Ленинградское отделение, 1980, с.542.

③ А. П. Сумароков. *Полное собрание всех сочинений в стиках и прозе Александра Петровича Сумарокова*. ч. I. Москва: В университетской типографии у Новикова, 1781, с.345.

这种诗歌在其讽刺、批判的部分,在一定程度上变成了一种公益的事实。当然,无论是别林斯基、车尔尼雪夫斯基还是杜勃罗留波夫,都主要是把苏马罗科夫作为一个讽刺作家来进行评价,这绝非偶然。然而,他的文学活动有着更广泛的意义。"①

苏马罗科夫善于使用丰富多彩的诗歌韵律和出色的讽刺技巧,而且他关注民间文学和百姓生活,善于从民间语言中汲取充分的营养。他对诗歌创作的目的有着独特的、贴近民众的认知,认为文学风格的崇高使命是服务于下层人民。在创作题材方面,他尤其擅长描写忧伤的恋歌和庄严的宗教颂诗。

苏马罗科夫是以颂诗登上文坛的。就颂诗这一体裁的创作而言,他是紧随特列佳科夫斯基和罗蒙诺索夫的创作传统的,也坚持以罗蒙诺索夫的诗学精神来从事颂诗创作。譬如,他在 1840 年首次发表的作品中,所遵循的完全是特列佳科夫斯基的诗歌改革原则,他写给安娜女皇的颂诗采用的是 11 音节和 13 音节诗句的音节诗体。不久之后,他就对罗蒙诺索夫所倡导的音节—重音诗体产生了浓烈的兴趣,尝试以新的诗体进行创作。

苏马罗科夫的颂诗主要分为两类,一类是"庄严颂诗"(Оды торжественные),一类是"灵性颂诗"(Оды духовные)。前者主要有《1771 年 6 月 29 日皇太子保罗·彼得罗维奇命名日颂》(Ода государю цесаревичу Павлу Петровичу в день его тезоименитства июня 29 числа 1771 года),后者主要有《美德颂》(Ода о добродетели)、《喧嚣世界颂》(Ода на суету мира)。在颂诗《1771 年 6 月 29 日皇太子保罗·彼得罗维奇命名日颂》中,苏马罗科夫不是在一般意义上对王位继承人进行赞美,而是向未来的沙皇保罗一世发出警告:

> 当一个君主沉迷于暴力的时候,
> 他就是人民的敌人,而不是领袖……
> 不守规矩的沙皇是个卑鄙的偶像,
> 如同在大海航行时的无能的舵手。②

① П. Н. Берков. "Жизненный и литературный путь А. П. Сумарокова", См.: А. П. Сумароков. *Избранные произведения*. Ленинград: Издательство Советский писатель, 1957, с.7.

② А. П. Сумароков. "Ода государю цесаревичу Павлу Петровичу в день его тезоименитства июня 29 числа 1771 года"//А. П. Сумароков. *Избранные произведения*. Ленинград: Издательство Советский писатель, 1957, с.76.

　　由此可见,苏马罗科夫通过庄严颂诗明晰地表达了自己良好的政治愿望以及对理想君主的向往。在他看来,一国之君也要遵循"规矩",不能随心所欲,否则只会成为暴君,只会成为人民的敌人,而无法成为破浪前行的掌舵者。

　　但是,以颂诗登上诗坛不久之后,苏马罗科夫就开始转向抒情诗的创作,表现出了与特列佳科夫斯基、罗蒙诺索夫有所不同的创作倾向。他逐渐对田园诗、恋歌等体裁产生兴趣,对其给予充分的关注,而且在创作风格上开始强调诗歌语言本身的细腻、精致和情感表现力,竭力强调诗歌语言的简洁性与精确性,反对背离日常生活语言的高亢以及不切实际的空幻成分。

　　在"恋曲"等抒情诗方面,就艺术技巧而言,苏马罗科夫是一位勇于探索的作家,他创作的"恋曲",不仅内容丰富,而且数量可观,他总共创作了150多首"恋曲",他在与他同时代的诗人中获得了巨大的成功。尤其在诗体实践方面,他汲取西欧诗歌的艺术成就,并结合俄罗斯诗歌的语言特性,做出了一些可贵的创作实践,正如俄罗斯学者古可夫斯基(Г. А. Гуковский)所说,"苏马罗科夫创作的抒情诗歌,有着不同维度、不同组合的抑扬格和扬抑格的形式;他还使用三音节的复杂的格律,而且敢于在诗歌中也赋予所谓的'三音节诗格的变体';他从不同长短的诗句和自由的调式节奏的组合中建立起自己的诗句,自然地重复每个诗节的节奏模式。因此,他的诗歌是诗的节奏和音乐旋律丰富多彩、形式多样的典范"[①]。此处提及的节奏和音乐旋律,是苏马罗科夫诗歌艺术成就的一个重要方面。

　　在俄罗斯文学史上,由于苏马罗科夫在戏剧创作方面有着丰富的经验,所以,就他的诗歌创作而言,一个重要的特色就是在抒情诗创作中对戏剧要素的运用。如在《别难过,我的亲人》(Не грусти мой свет！)一诗中,诗中的抒情主人公不仅不是苏马罗科夫自己,甚至不是男性,而是他虚构的一个女性主人公,以这样虚构的女性作为第一人称进行叙述:

> 别难过,我的亲人！我心里也不好受,
> 这么多日子,没能与你聚首,——
> 我那好吃醋的丈夫不让我出门,
> 我稍一挪步,他就紧跟在身后。

① Г. А. Гуковский. "Сумароков и его литературно-общественное окружение", *История русской литературы*：*В 10 т.* АН СССР.—М.；Л.：Издательство АН СССР, 1941—1956. Т. III：Литература XVIII века. Ч. 1. 1941, с.417.

他逼迫我永远困在他的身边，
说："你干吗总是愁眉苦脸?"
亲人啊，我时刻对你苦苦思恋，
你的身影始终留在我的心间。①

该诗的头两节，就导出了一个与戏剧艺术密切相关的、具有丰富的情节性以及强烈的戏剧冲突的情境。在古典主义时期的文学作品中，女性形象常常是循规蹈矩、安分守己的，更应洁身自好，守身如玉，可是，诗中的女子却对婚姻之外的恋人"苦苦思恋"，难以忘怀，由于无法与自己的情人相聚，从而显得"愁眉苦脸"。在接下去的两个诗节中，女子对自己的命运表现出特别的哀怜：

哎，真是可怜，痛苦叫人难忍，
我还那么年轻，就委身于这种男人；
我永远不会与他和睦相处，
也不可能得到片刻的欢欣。

他这个恶棍，毁掉了我的全部青春；
但是请你相信，我的主意已经拿定：
哪怕他更加残忍地对我折磨，
我也将永生永世地爱你，我的亲人。②

（吴笛　译）

在十八世纪的古典主义文学时期，苏马罗科夫书写爱情主题的诗篇，不仅突出地表现了其对真挚而炽热感情的由衷赞叹，而且对没有感情基础的封建范畴的婚姻制度也同样表示出犀利的抗议。同时，他在诗中运用鲜明对照的艺术手法，将女性主人公所遭遇的来自丈夫的、无法承受的折磨与自己心甘情愿的、对恋人一往情深的付出结合起来进行书写，形成强烈的对照，更在称呼上毫不掩饰地将"亲人"与"恶棍"形成对照，从而将一名爱憎分明、疾恶如仇的俄罗斯女性形象逼真地呈现出来。苏马罗科夫的"恋曲"所要表达的感情极为丰富多样，不过，他特别善于表达的是爱情的痛苦和忧愁。他常常抒写不求回报的激情的苦涩，以及与恋人分离的忧伤和痛苦。

①②　飞白主编:《世界诗库》(第5卷)，广州:花城出版社，1994年版，第48页。

而且，他的"恋曲"常常是不受各种现实要素影响的，在他的"恋曲"中，我们不仅看不到人物的姓名，也不知道人物的社会地位，更不知道情侣之间分离的具体原因。也就是说，苏马罗科夫所书写的恋情，常常是脱离了人物的日常生活和人物的社会语境，脱离了人物的社会关系的，他在诗中所要表达的，不是浪漫主义诗歌中的那种具有个性色彩的情感，更不是浪漫主义诗歌中具有自我强烈情感的"漫溢"，而是一种普遍的情感。这是苏马罗科夫古典主义诗歌有别于其后的浪漫主义诗歌的一个鲜明的特质。

　　作为一位杰出的剧作家兼诗人，苏马罗科夫与众不同的是他将戏剧艺术技巧恰如其分地移植到自己的诗歌创作之中。他充分借鉴戏剧文学常用的叙事手法，灵活自如地转换抒情主人公的角色。如果说，《别难过，我的亲人》一诗的抒情主人公是一位敢爱敢恨的女性，那么，在《请原谅，我的心肝……》（Прости，моя любезная）一诗中，苏马罗科夫设置的则是一名即将奔赴沙场的英勇战士的形象。在诗的开头，他以即将奔赴沙场的士兵的口吻，告诫自己的恋人要以大局为重，不要过于悲伤：

> 请原谅，我的心肝，请原谅，我的恋人，
> 再过一天，我就得奉命远征；
> 　不知能否再与你相见，
> 　希望你哪怕最后一次待在我身边。
>
> 不要悲伤——莫非是死神把我带走？
> 别为我哭泣，美人儿，别让泪水空流。
> 　应该为自己设想那愉快的时光，
> 　我凯旋而归，来到你的身旁。①

　　在戏剧中，尤其在悲剧作品中，苏马罗科夫弘扬"公民"意识，戏剧冲突常常是爱情和责任之间的冲突，而最终常常是责任取胜。所以，在抒情主人公看来，情侣之间的恋情固然珍贵，但是，与公民意识相比，是小我与大我的关系，只有英勇参战，"凯旋而归"，才更能对得起这份爱情；哪怕为国捐躯，也在所不惜：

> 如果我死，我手中也紧握武器，

---

① 飞白主编：《世界诗库》（第5卷），广州：花城出版社，1994年版，第48页。

> 打击敌人,保卫自己,无所畏惧;
> 你会听说到,我在战场上毫无胆怯,
> 我打起仗来就像恋爱一样热烈。①

在抒情主人公看来,打仗就和恋爱一样,需要的是真诚,是奉献,是勇敢。"我打起仗来就像恋爱一样热烈"这一诗行不仅抒发了他保家卫国的豪情壮志,也表达了他对女友、爱情的珍视,以及真挚与热烈的情感,体现了个人生活与国家命运紧密相连的辩证关系。于是,在接下去的诗行中,抒情主人公抒发了他将在沙场上英勇奋战、建功立业,以及凯旋后与恋人相聚的双重期待:

> 这是我的烟斗,让它归你所有!
> 这是我的杯子,里面还斟着美酒,
> 喝下它,会使你更加映丽动人,
> 这物品啊,唯有你才配继承。
>
> 若是我在那儿获奖,得到一柄利斧,
> 你的眼中该会流落出何等满足!
> 那时啊,我会把许多礼品捎给你,
> 有绣鞋、袖口、扇,还有时髦的长袜子。②

(吴笛 译)

这是一首以"离别"为主题的、带有悲剧色彩的恋歌。但是,苏马罗科夫以戏剧家对塑造人物性格的高度的创作积累,将保卫国家的崇高主题与个人感情微妙地结合起来,表达了在特定的语境中,公民意识与个人感情的融合与统一。

从《别难过,我的亲人》和《请原谅,我的心肝……》这两首抒情诗来看,苏马罗科夫的抒情诗还有一个重要的艺术特色,就是对"戏剧独白"的娴熟运用。"戏剧独白"作为一种体裁而言,在西欧一些国家具有广泛的影响,无论是多恩、马维尔等十七世纪的英国玄学派诗人,还是十九世纪维多利亚时代的勃朗宁等诗人,都对"戏剧独白"情有独钟。"戏剧独白诗,如'独白'一词所暗示的,是一种以第一人称写成的诗。"③"戏剧独白时常是对沉默的听

---

①② 飞白主编:《世界诗库》(第5卷),广州:花城出版社,1994年版,第49页。

③ Elisabeth A. Howe. *Dramatic Monologue*, New York: Twayne Publishers, 1996, p.1.

众而发出的台词。目的是通过展现部分内容来传达全部的内涵。"①苏马罗科夫作为俄罗斯诗人,在他的这些诗篇中,诗中的"说话者"不是诗人自己,而是作者所塑造的人物,而且,"说话者"所说的话,不是对我们这些读者说的,而是对诗中的一个"潜在的听众"说的。这一点,显得特别重要。西方学者伊丽莎白·豪在研究戏剧独白的专著中说:"在英美文学之外,人们只发现个别戏剧独白的例子。在俄罗斯、意大利、西班牙和法国文学中,这种形式实际上是不存在的。"②而十八世纪俄罗斯诗人苏马罗科夫的这些创作实践充分说明,早在十八世纪,"戏剧独白"这一诗歌艺术形式就已经存在于俄罗斯诗歌艺术之中。

苏马罗科夫不仅在"恋曲"的创作方面颇有创新,他创作的讽刺诗,思想性则更为深刻。如在《论蹩脚诗人》(*О худых рифмотворцах*)中,他讽刺、批判只有野心而没有才华的作家;在《关于不公正的法官》(*О худых судьях*)中,他讽刺的是无知而又自私贪婪的法官;在他最为出色的讽刺诗《关于贵族》(*О благородстве*)中,他写道:

> 任何一个贵族,无论等级如何,
> 不是贵在头衔,而应贵在行动。③

在苏马罗科夫看来,真正的高尚是对于社会的贡献。作为贵族的苏马罗科夫对他的同僚感到痛苦和羞愧,在他看来,如果利用自己的地位,自高自大,忘记自身的职责,只会令人感到痛苦和羞愧。

苏马罗科夫对于俄罗斯诗歌艺术的贡献是十分显著的,对此,普希金指出:在那个愚昧和轻视诗歌的年代,"苏马罗科夫要求尊重诗歌"④。正是因为苏马罗科夫对诗歌艺术的尊重,所以他才在这一领域作出了较为突出的贡献。

第六节 杰尔查文的诗歌创作

在十八世纪末和十九世纪初的俄国诗坛,杰尔查文是一个独特的存

---

① 吴笛:《英国玄学派诗歌研究》,北京:中国社会科学出版社,2013年版,第256页。

② Elisabeth A. Howe. *Dramatic Monologue*, New York: Twayne Publishers, 1996, p.24.

③ А. П. Сумароков. *Полное собрание всех сочинений в стихах и прозе Александра Петровича Сумарокова*, В университетской типографии у Новикова, Москва, 1787, с.190.

④ А. С. Пушкин. *Полное собрание сочинений*, т. 11. Москва: Издательство АН СССР, 1949, с.59.

在。他的诗歌创作持续了大约半个世纪,既折射了一些重大历史事件,同时也反映了他同时代人的精神世界。因此,他的创作被誉为"他那个时代的一种艺术纪事"①,甚至有学者认为,在古典主义和感伤主义时期,杰尔查文"体现了十八世纪最后三分之一甚至整个十八世纪诗歌的最高成就"②。杰尔查文以《费丽察颂》(Фелица)等诗歌创作实践以及《关于抒情诗或颂歌的论述》(Рассуждение о лирической поэзии или об оде)等诗学论文,享誉当时的俄国诗坛。他以自己漫长而又丰富的文学活动,既为古典主义的理性原则和诗学主张的发展作出了应有的贡献,同时又为感伤主义以及其后的浪漫主义诗歌的发展方向开辟了必要的途径,发挥了重要的先导作用。

加夫里拉·罗曼诺维奇·杰尔查文(Гавриил Романович Державин)出身于喀山省的一个小贵族家庭,他的父亲罗曼·尼古拉耶维奇是一个只有十来个农奴的小庄园的主人,也在部队担任过较小的官职。加夫里拉·杰尔查义的幼年时代是在典型的贵族小庄园的环境中度过的,目睹了庄园农奴生活的平庸和经济上的贫困。1753 年,他的父亲离开了人世。他母亲带着三个未成年的小孩,艰难生活,遭遇了极度的不公和欺压,少年时代的这些痛苦经历给未来的诗人留下了深刻的记忆。青年时代,经过母亲多方努力,杰尔查文终于进入喀山中学读书,但未能毕业。1762 年起,他在圣彼得堡当过十年列兵,直到 1772 年才升为军官。作为部队官员,他参与过镇压普加乔夫起义的战斗。在古典主义诗人苏马罗科夫逝世的1777 年,他转为文职,成了叶卡捷琳娜二世时代的一名受到女皇器重的官员,并且担任过司法大臣和省长等要职。他在晚年主要献身于文学创作。两年之后,1779 年,他发表了著名的颂歌《悼念梅谢尔斯基公爵》(На смерть князя Мещерского),引起文坛极大的关注。该诗既是一首颂歌,也是一首挽歌,从该诗第一行就能令人震惊地看到颂歌与挽歌的结合:"Глагол времен! металла звон!"(时代的动词! 金属的铿锵)③。"金属的铿锵"指的是时钟的报时声,它不断提醒人们时间的流动和不可抗拒的死亡的来临,具有典型的挽歌色彩,而"时代的动词"则将这一响动与时代的搏动

① В. С. Баевский. *История русской поэзии : 1730—1980. Компендиум.* М. : Новая школа, 1996, с.44.

② В. С. Баевский. *История русской поэзии : 1730—1980. Компендиум.* М. : Новая школа, 1996, с.54.

③ Г. Р. Державин. " На смерть князя Мещерского"//Г. Р. Державин. *Стихотворения* (Библиотека поэта; Большая серия). Ленинград: Издательство Советский писатель, 1957, 1957, с.85.

连接起来，又有了颂歌的特质。他就这样将颂歌和挽歌这两种不相容的体裁结合起来，表达对生命的感悟以及对死亡的悲哀冥想：

> 有如梦境，有如甜蜜的幻想，
> 我的青春也早已消逝；
> 美不会总是使人心醉魂荡，
> 欢乐不会总是如此令人着迷，
> 智慧不会总是如此肤浅，
> 我不会总是如此美满；
> 对荣誉的渴望使我备受煎熬，
> 我总听见荣耀在不停地大声召唤。①

此处引文的开头两行，不禁使人想起普希金的著名诗句："Исчезли юные забавы，/Как сон, как утренний туман."（就是青春的欢乐，/也已经像梦、像朝雾一样消亡。）②由此可见，杰尔查文对后世俄罗斯文学的影响。杰尔查文无疑是俄国十八世纪最伟大的诗人之一，是一位"富有想象力的诗歌巨匠"③。他是叶卡捷琳娜二世时代的一名重要的歌手，他的主要作品多为颂诗。主要颂诗除了上述的《悼念梅谢尔斯基公爵》以外，还有《瀑布》（Водопад）、《费丽察颂》等。

《瀑布》作于1791年至1794年，1798年发表。全诗共有74个诗节，每个诗节为6行，共有400多行。押韵形式为A-B-A-B-C-C。这首书写瀑布的颂诗，具有悼念的成分。磅礴的瀑布，是恰当的隐喻。不过，诗中不仅有悼念的内涵，还充满了对自然的赞叹，而且，诗人还借助瀑布以及相应的自然意象，抒发对人生的思考。

他最为著名、最为典型的颂诗是《费丽察颂》。《费丽察颂》共有26个诗节，每节10行，共260行。该诗以寓言的形式、对比的手法赞美了女皇叶卡捷琳娜。费丽察这个名字本身来自拉丁语的"felicitas"，意为"幸福"。在这首颂诗中，作者美化君主，强调女皇富有智慧以及待人宽容的一面，正如俄罗斯学者所说，"《费丽察颂》展示了一个理想化的君主形象，它吸收并夸大

---

① 〔俄〕杰尔查文：《悼念梅谢尔斯基公爵》，曾思艺等译，参见顾蕴璞、曾思艺主编：《俄罗斯抒情诗选》，北京：商务印书馆，2017年版，第45页。

② 〔俄〕普希金：《致恰阿达耶夫》，戈宝权译，参见沈念驹、吴笛主编：《普希金全集》第2卷，第350页。

③ 周式中等主编：《世界诗学百科全书》，西安：陕西人民出版社，1999年版，第127页。

了一位真正杰出女性的所有美德"①。该诗不仅颂扬了女皇,还讽刺了权贵。对女皇的颂扬显得非常具体,如赞美女皇对诗歌艺术的爱好:

> 你对诗的旋律较为宽容,
> 诗歌于你则格外妩媚,
> 愉悦,甜美,有益健康,
> 就像夏天可口的柠檬水。②

这一对于诗歌的比喻,不仅颂扬了女皇对诗歌的爱好,而且,诗句中的比喻本身也较为清新,显得十分恰切,凸显了杰尔查文的艺术特质。在《费丽察颂》的最后,作为结尾的两行诗同样是以自然意象作为喻体的:

> 愿您的事迹在后世流传,
> 像天上的星星闪闪发光。③

据说,当叶卡捷琳娜二世读了这首诗之后,她激动得流下了泪水,从此,极为器重杰尔查文。④"俄罗斯颂歌通常是一种没有情节的作品。它的基础不是关于一个事件或一个人的故事,而是由这个事件引起的感觉。但杰尔查文打破了既定的传统,创作了许多'叙事性'颂歌。叶卡捷琳娜二世及其故事不仅成为《费丽察颂》的典型形象,也是情节的来源。"⑤

此外,在《致君王与法官》(*Властителям и судиям*,1794)、《权贵》(*Вельможа*,1798)等作品中,杰尔查文还大胆地讽刺和批判了宫廷恶习。

杰尔查文的创作,是在俄国古典主义的轨道上发展的,保存了古典主义的某些成分。但后来,他突破了古典主义在形式、手法、语言等方面的基本要求和固定模式,进行了大胆的革新,使诗歌题材、语言、语法结构等日益贴

① В. С. Баевский, *История русской поэзии*:*1730—1980. Компендиум.* Смоленск:Русич,1994,c.41.

② Г. Р. Державин. "Фелица"//Г. Р. Державин. *Стихотворения*(Библиотека поэта;Большая серия). Л.:Советский писатель,1957,c.101.

③ Г. Р. Державин. "Фелица"//Г. Р. Державин. *Стихотворения*(Библиотека поэта;Большая серия). Л.:Советский писатель,1957,c.104.

④ З. П. Бунковская. *Лучшие сочинения*:*поэзия XVIII—XIX вв.*/Серия "Библиотека школьника". Ростов н/Д:Феникс,2003,c.46.

⑤ З. П. Бунковская. *Лучшие сочинения*:*поэзия XVIII—XIX вв.*/Серия "Библиотека школьника". Ростов н/Д:Феникс,2003,c.52.

近日常生活,在俄国诗歌朝感伤主义和浪漫主义过渡的过程中发挥了重要作用。此外,他的艺术手法还带有一定的现实主义的创作倾向。他的诗歌创作生涯是俄国十八世纪现实生活的折射。"杰尔查文的诗歌持续了大约半个世纪,这些诗作成为他那个时代的一种艺术纪事。"①

与西欧古典主义不同,杰尔查文在诗歌作品《致君王与法官》中,没有一味地歌颂君王等统治者,甚至,他还不切实际,异想天开,怀着乌托邦式的幻想,妄图借助上帝的权威,来对君王的恶性品德进行一番审判:

> 至尊的上帝昂然站起来,
> 对一大批尘世的帝王进行审判;
> 到什么时候,说,到什么时候,
> 你们才不偏袒恶人和坏蛋?②

在十八世纪,俄国是一个封建的君主专制制度国家。君王是国家的最高统治者,掌握着无限的权力。要想讽刺和批判这些君王,是要有强烈的公民责任感和不怕牺牲的大无畏精神的。俄国诗人杰尔查文便具有这样难能可贵的精神。当然,要想使君王心服口服,是一般常人力所不能及的。

所以,在这首题为《致君王与法官》的诗篇中,杰尔查文对现实社会感到无能为力,只好搬出至高无上的上帝。由至尊的上帝出面,对帝王进行审判,把他们的罪行一一列举出来:他们偏袒恶人和坏蛋;他们欺侮羸弱的、无依无靠的孤儿寡妇等下层百姓;他们"横行不法""不仁不义",他们"眼睛里只有金钱"。至尊的上帝义正词严,规劝沙皇们改邪归正:

> 你们的职责是保护法律,
> 不要去看权贵们的脸色,
> 对无依无靠的孤儿寡妇,
> 不要把他们随便抛舍。

至尊的"上帝"在这里一一列举的,其实都是沙皇所犯下的罪孽。沙皇罔顾法律的尊严,拉拢权贵,抛却平民百姓;而这里的规劝,其实就是声讨:

---

① В. С. Баевский. *История русской поэзии : 1730—1980. Компендиум.* Смоленск: Русич, 1994, c.44.

② 飞白主编:《世界诗库》(第5卷),广州:花城出版社,1994年版,第52页。

> 你们的职责是要拯救无辜的人，
> 对不幸的人们给予庇护；
> 使贫苦的人们摆脱桎梏，
> 保护弱者不受强者欺侮。
>
> 他们不愿意倾听！——熟视无睹！
> 他们的眼睛里只有金钱：
> 横行不法的行为震动大地，
> 不仁不义的勾当摇撼苍天。①

可是，沙皇们甚至对上帝的话语也表现出"熟视无睹"的态度。于是，诗人接着搬出了死神。诗人用"在死亡面前人人平等"的思想来说服君王，认为君王无论怎样飞扬跋扈、总是凌驾在人民之上，可是到头来都"免不了死亡"。如同"最卑微的奴隶"一样，最后的结局同样会是"一命呜呼"。

> 沙皇们！——我想你们都是有权的神，
> 再没有审判者凌驾于你们之上；
> 可是你们和我一样有七情六欲，
> 因此也和我一样免不了死亡。
>
> 像枯黄的树叶从枝头飘落，
> 你们也会倒在地上，
> 你们也会一命呜呼，
> 像你们最卑微的奴隶一样！②

在这两节诗中，为了证实诗人所提出的观点，诗人用了"枯黄的树叶"等一些自然意象，目的是强调"死亡"是一种自然规律，如同枯叶会从树上飘落。然而，到了诗的最后一节，诗人并没有停留和沉浸于"在死亡面前人人平等"这一自我安慰之中，而是转向了社会现实，祈求正义的审判：

> 上帝啊，复活吧！正直的人们的上帝！
> 听听他们对你的呼吁：

---

①② 飞白主编：《世界诗库》（第5卷），广州：花城出版社，1994年版，第52页。

来啊,来审判和惩罚那些狡猾的家伙,
成为大地上唯一的君主!①

（张草纫　译）

但是,在诗人杰尔查文的笔下,所进行的这一审判不是来自人民,而是来自"复活"的上帝。诗人在此祈求上帝能够成为正直的、人们的上帝,从而惩罚那些作恶多端的君王,"成为大地上的唯一的君王"。这种依靠上帝这一"救世主"来改造社会现实的思想显然带有一定的空想的色彩,也没有真正看到人民大众在创造历史方面的伟大作用,因而具有明显的思想上的局限性。但是,诗中针对沙皇所发出的严厉的批判的声音仍是振聋发聩的。

生活是不能没有诗歌的。在人类世界,无论什么时代,没有诗歌的生活是难以想象的。创作了杰出诗歌作品的诗人们历来受到人类的尊崇。如同古罗马诗人贺拉斯,杰尔查文也同样把自己的诗歌创作事业比作"金字塔"般崇高、伟大的事业,把自己的诗歌创作成就比作一座非人工的纪念碑,而且认为这座非人工的纪念碑"比金属更硬,比金字塔更高"。

诗歌是俄罗斯民族文化精神的一个重要的象征,所以,杰尔查文在《纪念碑》(Памятник)一诗中认为,只要人们"还把斯拉夫民族尊敬",人们就会记住他的姓名:

我为自己建造一座奇妙的、永恒的纪念碑,
它比金属更硬,比金字塔更高;
不管旋风还是迅雷都不能把它摧毁,
就是岁月的飞逝也不能把它推倒。

就这样!——我不会整个死灭:我的一大部分
避免了腐朽,在我死后仍然生存,
我的名声不会凋落,会不断增长,
只要全世界还把斯拉夫民族尊敬。②

有关"纪念碑"题材的诗篇,其起源可以追溯到古罗马诗人贺拉斯。在俄国文学中,罗蒙诺索夫、杰尔查文、普希金,也都创作过或者翻译过以《纪念碑》

---

① 飞白主编:《世界诗库》(第5卷),广州:花城出版社,1994年版,第52—53页。
② 飞白主编:《世界诗库》(第5卷),广州:花城出版社,1994年版,第53页。

为题的诗篇。他们在这类诗中都将诗歌创作和人生的理想追求结合起来，把诗歌创作看成实现人生价值的一个重要的途径，并且相信自己会因此流芳百世：

> 关于我的消息会从白海传到黑海，
> 那里有伏尔加河、顿河、涅瓦河、从里非山①流出的乌拉尔河；
> 每个人都会记得在无数民族中发生过的事情，
> 我怎样从默默无闻变得声名赫赫，
>
> 由于我第一个敢于用有趣的俄语
> 颂扬费丽察②的种种美德，
> 敢于用出于内心的朴实言语谈论上帝，
> 并且含笑向沙皇讲述真理。
>
> 啊，缪斯！你应该为正义的功勋而自豪。
> 谁轻视你，你自己也要轻视他们，
> 你应该用从容不迫的手慢慢地
> 把不朽的霞光装饰你的脑门。③

（张草纫　译）

当然，就精神境界来说，杰尔查文的《纪念碑》是不及俄国十九世纪伟大诗人普希金的同名诗作的。普希金在他的《纪念碑》中对自己的一生作出了总结："我所以永远能为人民敬爱，/是因为我曾用诗歌，唤起人们善良的感情，/在我这残酷的时代，我歌颂过自由，/并且还为那些倒下去的人们，/祈求过宽恕和同情。"④普希金的创作与俄罗斯整个民族的命运休戚与共、息息相关，这一段文字是普希金对自己一生所作的诗的总结，更是他诗歌创作生涯的真实写照。而相对而言，作为古典主义文学的巨匠，杰尔查文所想到的主要是文学贡献，是创作了歌颂叶卡捷琳娜二世的诗篇《费丽察颂》，他认为他之所以从默默无闻变得声名赫赫，是由于"第一个敢于用有趣的俄语/

---

① 乌拉尔山脉的古称。
② 指杰尔查文在1782年创作的著名颂诗《费丽察颂》所歌颂的叶卡捷琳娜二世。
③ 飞白主编：《世界诗库》（第5卷），广州：花城出版社，1994年版，第53页。
④ 引自戈宝权译文。参见彭少健主编：《外国诗歌鉴赏辞典》，上海：上海辞书出版社，2010年版，第253—254页。

颂扬费丽察的种种美德"。这是歌颂君主的古典主义文学与充满人道主义
思想和现实主义精神的十九世纪文学的一个重要区别。

其实,在杰尔查文创作的诗歌中,构思与《纪念碑》相近的还有《天鹅》
(*Лебедь*)和《不朽之冠》(*Венец бессмертия*)。在《天鹅》一诗的开篇,诗人
就声称:

> 我将成为一个非凡的青年,
> 具有不朽的灵魂和动听的歌唱,
> 与腐败的世界分道扬镳,
> 像天鹅一样,我将在空中翱翔。①

作为一名诗人,不仅如同天鹅一样,可以在空中遨游,将歌声洒向大地,而且
还会超越时空,达到永恒:

> 我将不会被囚禁在坟墓,
> 也不会在星星中化为尘土,
> 但是,仿佛是一个女王,
> 我的声音会从天上传出。②

他坚信诗歌艺术的升华,以及诗歌所应具有的独特的艺术魅力,在《不朽之
冠》一诗中,他颂扬古希腊诗人阿那克里翁的诗歌所拥有的永恒价值:

> 他开着玩笑,唱歌,叹息,
> 他与她们嬉戏和聊天,
> 他就是以这样的笑话
> 制作了一顶不朽的冠冕。③

把诗歌创作比作"金字塔"事业的诗人们,其实也都在以各自的方式表现艺

---

① Г. Р. Державин. "Лебедь"//Г. Р. Державин. Стихотворения(Библиотека поэта; Большая серия). Л.: Советский писатель, 1957, с.303.

② Г. Р. Державин. "Лебедь"//Г. Р. Державин. Стихотворения(Библиотека поэта; Большая серия). Л.: Советский писатель, 1957, с.304.

③ Г. Р. Державин. "Венец бессмертия"//Г. Р. Державин. Стихотворения(Библиотека поэта; Большая серия). Л.: Советский писатель, 1957. с.277.

术可以与时间抗衡的观念。一个人的生命历程是有限的,但是,艺术却以"不朽的霞光"超越时空,超越死亡,使诗人有限的生命"避免了腐朽",甚至在他们死后都能够"仍然生存"。联想到杰尔查文是俄国十八世纪最伟大的诗人之一,以及他在俄国文学史上作出的杰出的贡献,我们可以说,杰尔查文如同普希金,他以自己不朽的作品为自己建造了"一座奇妙的、永恒的纪念碑"。

与一些早期的古典主义诗人有所区别的是,杰尔查文作为一名古典主义诗人,他在坚守古典主义创作原则的同时,他的诗也开始逐渐有了一些感伤的情调甚至是浪漫的色彩。杰尔查文的抒情诗《俄罗斯姑娘》(*Русские девушки*)便是其中典型的一例。在这首诗的开篇,杰尔查文写道:

> 泰奥斯的歌手①! 你可曾看见过
> 一群俄罗斯姑娘
> 在牧人的芦笛伴奏下
> 在春天的草地上跳农民舞?
> 她们用皮靴打着节拍,
> 侧着脑袋走来走去,
> 双手轻盈地指引着目光,
> 抖动着肩膀代表言语。②

在该诗的开篇,杰尔查文就以较为宏观的视角点明了他所要书写的是什么样的"俄罗斯姑娘",原来,他是要书写与其他古典主义诗人所不同的普通的俄罗斯乡村姑娘,书写她们"在牧人的芦笛伴奏下"在草地上所进行的独特的舞蹈,以及她们能够吸引目光的双手的挥舞和能够"代表言语"的身姿的扭动。接下来,该诗逐渐从宏观转向微观,从外部动作转向内心世界:

> 金色的缎带在她们
> 雪白的前额闪着光亮,
> 贵重的珍珠项链

---

① 指古希腊诗人阿那克里翁,他生于小亚细亚的城市泰奥斯。

② 〔俄〕卡拉姆津等:《俄罗斯抒情诗选》(上册),张草纫译,上海:上海译文出版社,1992 年版,第 87 页。

装饰着她们温柔的胸膛。

在浅蓝的血管里

流着鲜红的血，

面颊上火红的小酒窝，

表示爱情的喜悦。

她们有像貂皮似的眉毛，

像鹰一般闪亮的眼睛，

她们的笑声能征服

狮子和鹰鹫的心。

如果你看见这些美丽的姑娘，

准会把希腊女人遗忘，

你的埃罗斯①也会呆若木鸡，

伸展着充满淫欲的翅膀。②

《俄罗斯姑娘》这首抒情诗作于1799年，表现了杰尔查文作为抒情诗人的敏感细腻的一面。我们从许多俄罗斯作家的优秀作品中，已经对俄罗斯女子形象有了深刻的了解。无论是列夫·托尔斯泰笔下的雍容华贵的贵族妇女安娜，还是普希金笔下的情窦初开的纯洁的乡村姑娘达吉雅娜，都具有鲜明的个性和深邃的内心世界。在杰尔查文的抒情诗《俄罗斯姑娘》中，俄罗斯女子皮肤白皙，脸颊红润，天生丽质，并且富有艺术修养。在牧人芦笛的伴奏下，她们在春天草地上跳着舞蹈，纯洁自然，如同一群林泽仙女。诗人描写俄罗斯姑娘的美丽时，着重表现的是俄罗斯女子对别人产生的印象，并且通过别人的反馈信息来展现俄罗斯女子所具有的非凡的魅力。

在艺术技巧方面，该诗在比喻、对比、夸张等手法的运用方面，具有一定的特色，显得极为成功。如"貂皮似的眉毛""像鹰一般闪亮的眼睛"等比喻，形象生动，妥帖自然，令人难忘。在对比手法方面，诗人将俄罗斯女子与古希腊女子进行比较，突出其美的品质。众所周知，在世界文化史上，古希腊女子尤为端庄美丽，如古希腊美人海伦，曾被誉为天下最美的女子，她的美丽容颜，甚至引起了长达十年的特洛伊战争。

① 希腊神话中的小爱神。

② 〔俄〕卡拉姆津等:《俄罗斯抒情诗选》(上册)，张草纫译，上海:上海译文出版社，1992年版，第87—88页。

可是，在杰尔查文的笔下，与古希腊女子相比，俄罗斯女子毫不逊色。她们的浅蓝的血管里，流着鲜红的血，"她们的笑声能征服/狮子和鹰鸷的心"。

最后，在诗人夸张的笔法之下，以颂扬美酒与爱情而著称的古希腊诗人阿那克里翁，如果看见这些俄罗斯美女，准会把希腊女人忘得一干二净，甚至连希腊神话中的小爱神，见到了俄罗斯姑娘也会不知所措，"呆若木鸡"，只是不由自主地"伸展着充满淫欲的翅膀"，甚至忘记了他本应该举起的弓箭。这种出色的夸张，既体现了崇尚古典的倾向，又具有一定的浪漫的色彩。

杰尔查文曾经深深受到罗蒙诺索夫创作思想的影响，但是到了十八世纪末的时候，杰尔查文开始突破罗蒙诺索夫的诗学的桎梏，尤其是到了他生命的最后几年，浪漫主义的色彩显现得更为明晰，如在《致叶甫盖尼：兹万卡的生活》(*Евгению жизнь званская*)一诗中，杰尔查文用了大量的诗句来描写与罗蒙诺索夫的诗的风格格不入的淳朴的乡村日常生活的无限乐趣：

> 我听着附近牧羊人召唤的号角，
> 听着远处黑咕隆咚的交配的叫声，
> 听着灌木丛中夜莺的鸣叫，犹如空中羔羊
> 听着牛的叫声，啄木鸟的雷鸣和马的嘶鸣。[1]

可见，杰尔查文的诗歌创作是在俄国古典主义的轨道上发展起来的，保存了古典主义的某些合理的成分，但是，后来他也在一定程度上突破了古典主义在形式、手法、语言、内容等方面的一些基本要求和固定模式，进行了大胆的开拓和革新，使诗歌题材、语言、语法结构等日益贴近日常生活，在十八世纪俄罗斯诗歌向感伤主义和浪漫主义过渡的过程中，发挥了重要的作用。我们从《俄罗斯姑娘》《致叶甫盖尼：兹万卡的生活》等抒情诗中，可以清楚地看到只有十九世纪浪漫主义诗歌才具有的一些典型特征。

十八世纪俄国古典主义诗歌在崇尚科学、崇尚知识方面，顺应了彼得一世倡导的改革，对于俄罗斯国民素质的提升以及科学文化的普及，都发挥了积极的作用。就文学的发展而言，在康捷米尔、苏马罗科夫、杰尔查文、特列

---

① Michael Wachtel. *Cambridge Introduction to Russian Poetry*, Cambridge：Cambridge University Press，2004，p.36.

佳科夫斯基、罗蒙诺索夫等诗人的共同作用下,不仅逐渐缩小了其与西欧古典主义文学和启蒙主义文学之间的差距,而且也在俄罗斯诗歌艺术形式以及诗律学建构等方面,作出了一系列开拓性的贡献,为十九世纪俄罗斯"黄金时代"诗歌艺术的发展和繁荣打下了应有的、坚实的基础,发挥了重要的奠基作用。

第六章　十八世纪感伤主义诗歌

感伤主义文学与古典主义文学一样，是发源于西欧国家的一种波及较广的文学思潮，是从理性向情感转型的文学思潮。感伤主义作家从理性转向情感之后，过分夸大情感的作用，强调对人物内心世界的刻画，以及普通民众的不幸遭遇，以此唤醒人道主义的同情和共鸣。感伤主义文学思潮在西欧产生之后不久就逐渐流传到了俄国。这是与过去的思潮流派所不同的现象。譬如，古典主义文学思潮是西欧十七世纪的王权与新兴的资产阶级达到暂时平衡的产物，直到十八世纪上半叶才开始在俄国流行，而感伤主义文学思潮在俄国流行的时间则与西欧非常接近，甚至可以说是同步发展。不仅如此，俄国感伤主义文学是世界整体感伤主义文学进程中的一个重要的组成部分。尤其是在诗歌领域，俄国诗人所取得的成就，极大地促进了世界感伤主义文学的发展，在很多方面丰富了感伤主义文学的艺术宝库。

第一节　感伤主义诗歌概论

感伤主义作为流行于欧洲的一种文学思潮，与十八世纪的启蒙主义思想的传播是具有一定程度的关联的。同时，感伤主义与生活现实具有较多的关联，因为到了十八世纪后期，由于即将到来的工业革命和普遍激化的社会矛盾，下层百姓，尤其是乡村农民的贫困化以及贫富不均造成的道德沦丧显得格外突出，社会的真实图景令人对现实有了新的深刻的理解。十八世纪下半叶，感伤主义文学思潮之所以能在欧洲许多国家蔓延，正是由于封建专制政权发生了深刻的危机。感伤主义文学所反映的恰恰是广大社会底层人民的普遍的情绪和典型的思想情感。在感伤主义的文学作品中，有着反封建的悲情，以及对人的内在价值的呼唤，尤其是对人类"同情"和"怜悯"等平常情怀的呼唤。但是，在西方学界，存有一种对感伤主义文学思潮进行贬低的倾向，批评感伤主义"用陈词滥调来表达情感，而不是用新颖的文字和极其具体的方式进行细节描述"①,针对文学评论界对感伤主义所抱有的不负责任的曲解,巴赫金就曾进行过严厉的指责,他批判某些评论家对感伤主义所作的"狭隘的和轻蔑的评价"。巴赫金认为:"以多愁善感偷换感伤主义,而这只是感伤主义的副产品。生活中的善感动情。以善感动情为时髦。但其基础是对人和对世界(对自然界、动物、物品)的一种特殊的有深刻内容的态度。"②在巴赫金对感伤主义所作的评价中,我们可以明晰地看出,在感伤主义文学作品中,底层人物以及琐碎小事中存在着不可忽略的美感以及对时代的认知价值。

就哲学基础而言,感伤主义文学与古典主义文学也有所不同,古典主义的哲学基础是理性主义,强调一切以理性为原则,以理性为出发点,用理性的光辉引导人们的行动,而感伤主义文学的哲学基础是英国科学家洛克(John Locke)的感性哲学,他的代表作《人类理解论》(*Essay Concerning Human Understanding*)批判了"天赋观念"等理智观念,宣扬了"白板论"(theory of tabula rasa)等学说。白板论的理念是,"人类没有感觉、经验之前(譬如,初生的婴儿)的心理状态就像一张白纸一样,上面并没有任何字迹,这就是说,没有任何观念。洛克说,人类的知识都是以经验为基础的,而且归根结底都是从经验中来的。"③所以,俄国感伤主义者也是一样,他们强调感性认知,宣称知识的起点便是感性。感伤主义作家不仅把感性理解为知识的工具,而且将其理解为情感、经验的领域,理解为对他人的欢乐和痛苦作出反应的能力。

当然,俄国感伤主义文学也有自身的哲学基础和文化语境。库图佐夫(Алексей Кутузов)将俄国思想与卢梭的哲学结合起来,在题为《论忧伤的快乐》的论文中,主张崇尚悲伤,制定了俄国感伤主义者的典型的哲学思想,即"痛苦的快乐"(мучительная радость)。对于古典主义者来说,让人难以理解的是,在感伤主义者看来,悲伤也是愉快的,悲伤能够滋养人的自尊。库图佐夫甚至认为:"我崇尚悲伤,……我的悲伤不想被人打扰。我觉得如果失去了它,我就会失去力量,无法理解自己的优点以及别人的微弱的优势,我不会让自己失去这种悲哀,而是开始热爱它。"④

---

① 〔美〕艾布拉姆斯哈珀姆编:《文学术语词典》,北京:北京大学出版社,2014年版,第727页。
② 〔苏〕巴赫金:《巴赫金全集》(第四卷),钱中文主编,石家庄:河北教育出版社,1998年版,第293页。
③ 商务印书馆:《洛克和他的〈人类理解论〉简介》,参见〔英〕洛克:《人类理解论》,关文运译,北京:商务印书馆,1983年版,第1页。
④ «Московское издание», 1781, ч. 3, с. 145—146. См. Макогоненко Г. П. «Рядовой на Пинде воин» (Поэзия Ивана Дмитриева)//И. И. Дмитриев. *Полное собрание стихотворений*. Ленинград: Издательство Советский писатель, 1967, с.30.

正是由于这种独立的见解,在俄国文学史上,感伤主义文学不仅极大地缩短了俄罗斯文学与西欧文学之间的差距,而且,就文学体裁而言,作家们也进行了极大的拓展。在西欧文学中,感伤主义文学最为重要的代表作品多半是一些散文体的叙事文学,如英国作家斯特恩的《感伤的旅行》、爱尔兰作家奥利弗·戈德史密斯的《威克斐牧师传》、法国著名启蒙主义思想家卢梭的《新爱洛伊丝》,以及德国作家歌德在狂飙突进时期面世的重要作品《少年维特的烦恼》。而俄国感伤主义文学在小说和诗歌两个领域都取得了出色的成就,不仅有《可怜的丽莎》(*Бедная Лиза*)等著名的小说作品,而且在抒情诗领域,也取得了非凡的成就,涌现出了卡拉姆津、德米特里耶夫等著名的感伤主义抒情诗人。他们的作品在俄国文学的发展进程中,有着积极的意义,如我国学者所概括的,"感伤主义大都表现诗人们悲观厌世、冷漠孤独的心绪,作品中流露出忧郁和神秘的气氛。正如俄国十九世纪批评大师别林斯基指出,感伤主义的代表作家们对俄国文学的发展作了一定的贡献,他们的成就是通过模仿德国诗人和英国诗人来取得的。茹科夫斯基开始在作品中注入本民族文化的内容;巴丘什科夫则更新了俄国抒情诗的形式"①。俄国感伤主义始于对西欧文学的承袭和模仿,但随后便努力探索,在这一领域进行开拓创新。俄国感伤主义文学之所以能够在与西欧文学思潮的接轨过程中达到并驾齐驱的效果,主要也与俄国当时的社会文化语境有关。在西欧一些国家,资本主义在其与封建王权进行较量的过程中已经取得了绝对胜利的时候,俄国依然处在封建农奴制的统治之中,而总是拥有一颗敏感而善良的心的抒情诗人,对于俄国社会的黑暗现实则抱有愤懑,对于普通百姓的苦难生活,则寄予深切的同情和怜悯,这也是俄国感伤主义文学思潮得到认可的重要缘由。

俄国感伤主义诗歌创作主要开始于十八世纪六十年代,但最具代表性的作品主要出现在十八世纪的最后十年。"感伤主义,由卡拉姆津所倡导,连同个人眼泪和社会同情,成为一种主要的文学潮流。"②但卡拉姆津所代表的感伤主义文学倾向,是以审美为主要特征的,带有一定程度的前浪漫主义的情感色彩和文学特性,他们的创作更多地作用于后来的浪漫主义创作。所以别林斯基坚持认为:"由卡拉姆津引到俄国文学中来的感伤精神的目的,就是要推动社会,让社会对内心和感情生活有一个准备。因此,在卡拉

---

① 吴晓都:《俄罗斯诗神——普希金诗歌》,海口:海南出版社,1993年版,第6页。

② Evelyn Bristol. *A History of Russian Poetry*, Oxford: Oxford University Press, 1991, p.82.

姆津之后立刻出现茹科夫斯基,这是十分明白的,也是符合文学的逐步发展,而通过文学,公众也得到了发展的规律。茹科夫斯基从而把浪漫主义引导到我们这里来的道路同样也是明明白白的。"①这一点,是不同于以拉吉舍夫为代表的感伤主义作家的。拉吉舍夫的感伤主义,带有激进的民主主义的政治思想倾向,其创作更多地作用于后来的现实主义文学创作。除了倡导者卡拉姆津、拉吉舍夫,以及重要代表德米特里耶夫之外,俄国主要的感伤主义作家还有赫拉斯科夫、斯密尔诺夫(Н. С. Смирнов)、马尔季诺夫(И. И. Мартынов)、穆拉维约夫(М. Н. Муравьев)、涅列金斯基-梅列茨基(Ю. А. Нелединский-Мелецкий)、利沃夫(П. Ю. Львов)、萨利科夫(П. И. Шаликов)、加米涅夫(Г. П. Каменев)等。此外,科泽尔斯基(Федор Яковлевич Козельский)在"悲歌"的创作方面,波波夫(Михаил Иванович Попов)在"恋曲"的创作方面,亦显得突出,而卡普尼斯特(Василий Васильевич Капнист)等诗人,则是在古典主义创作的基础上,逐渐产生反古典主义的倾向,从而靠近了感伤主义思潮。

一、赫拉斯科夫

米哈伊尔·马特维耶维奇·赫拉斯科夫出身于佩列亚斯拉夫尔的一个贵族家庭。他出生一年之后,父亲逝世,母亲改嫁给特鲁别茨柯伊公爵。1740 年,特鲁别茨柯伊被任命为总检察长,全家迁居圣彼得堡。1743 年至1751 年,赫拉斯科夫就读于圣彼得堡陆军贵族学校。毕业后,他在部队担任中尉,三四年之后,他从军队转入地方工作。

1756 年初,赫拉斯科夫迁居莫斯科,到新创办的莫斯科大学任职。在莫斯科大学,他担任过多种职务,自 1763 年至 1770 年,他担任莫斯科大学校长。随后,他迁往圣彼得堡,在政府部门担任要职,直到 1775 年退休。晚年的赫拉斯科夫主要在莫斯科大学担任学监并且从事文学活动。

赫拉斯科夫是十八世纪俄国的一位大作家,卡拉姆津曾称他是"近代俄罗斯第一位最优秀的作家"②。他自 1750 年开始发表作品,他的文学成就包括长篇小说、戏剧等多种体裁。作为诗人,他创作了 10 部长诗以及多种颂诗、抒情诗等。他的长诗《诗人》(Поэт),探讨了诗学理论。

就诗歌的基调而言,赫拉斯科夫是以情感取胜的,在《爱情的力量》

---

① 〔俄〕别林斯基:《别林斯基选集》(第四卷),满涛、辛未艾译,上海:上海译文出版社,1991年版,第 100 页。

② Н. М. Карамзин. "Переписка Карамзина с Лафатером. 1786—1790."//Н. М. Карамзин. *Письма русского путешественника*. Ленинград: Издательство Наука, 1987, с.469.

（*Сила любви*）中，他强调情感对战理性的胜利，爱情甚至赶走了"重要的思想"：

> Тотчас сердце распалится,
> Важность мысли удалится.
>
> （马上，我的心就要碎了。
>
> 思想的重要性将被抹除。）

赫拉斯科夫是一位强调通过诗歌来进行道德教诲的诗人，他创作的《新颂歌》（*Новые оды*）、《哲理颂》（*Философические оды*）、《道德寓言》（*Нравоучительные басни*）、《道德颂》（*Нравоучительные оды*）等诗集，都有一定程度的道德教诲的内涵。在 1764 年出版的抑扬格诗集《道德寓言》中，他尤为强调伦理所具有的作用，认为应该避免不良行为，善待他人。而在 1769 年出版的诗集《道德颂》，更是一部探讨伦理问题、人际关系等基本道德问题的诗集。诗歌格调流畅平和，没有演说式的语调，建立在与读者亲密对话的形式之上。然而，诗中不时流露出感伤的情调，在他看来，一切世俗的物品与天堂的物品相比都是微不足道的，只有具有德行的人才能心安理得地生活，安然地准备向更好的世界过渡：

> 所以要知道我们的幸福
> 在这个世界上，只是一个梦。
> 尘世间也有更美的世界，
> 在何处？——唯在空中。①

在他看来，人在宇宙面前是可悲的，也是极其渺小的，在尘世生活中常常无力解决任何问题，时常流露出抑郁的情怀：

> 你以前是，以后也只是灰烬，
> 没有什么会改变你的身份；
> 尽管你似乎充满普遍的恐惧，
> 死神也会对你与大家一视同仁。②

---

① Михаил Херасков. *Творения Михаила Хераскова*, чч. 1—12. М., 1796—1802. VII, с.346.
② Михаил Херасков. *Творения Михаила Хераскова*, чч. 1—12. М., 1796—1802. VII, с.311.

　　在俄罗斯诗歌史上,赫拉斯科夫真正重要的是他的两部长诗:《罗西阿达》(Россиада)和《弗拉基米尔》(Владимир)。正是因为这两部长诗,别林斯基形象地赞叹道:"同时代的人看他的眼神都带有些许怯生生的敬畏,无论是罗蒙诺索夫还是杰尔查文,都没有能让他们感到兴奋的。"①

　　长诗《罗西阿达》共有 12 章,超过 9 000 行。这部长诗,具有古典主义的艺术特质。如果按照古典主义的艺术规则,史诗的创作应该基于民族或国家历史上的重大事件。赫拉斯科夫把诗中的情节选择为鞑靼统治下的伊凡四世征服喀山,他认为这一天是俄罗斯从鞑靼—蒙古枷锁下最终解放的日子。作者依据喀山编年史等史料,构筑了这部长诗,强调了沙皇率领的俄国士兵进行抗争的困难和取得胜利的重要性。长诗《弗拉基米尔》讲述的是在俄罗斯采用基督教的时代,基辅王子对信仰的选择,以及他如何以精神净化的名义与自己的缺点展开斗争。

二、利　沃　夫

　　尼古拉·亚历山德罗维奇·利沃夫出身于特维尔省的一个贵族家庭,是一个多才多艺的人物,不仅是一位诗人,而且是一位翻译家和建筑师。他曾被选为俄罗斯科学院院士(1783 年起)和圣彼得堡帝国艺术科学院荣誉院士(1786 年起)。十八世纪七十年代,他曾在俄国外交事务局的信使处供职,因而有机会到德国、法国、英国、荷兰和意大利等国家游历,从而较好地熟悉了这些国家的历史与文化。

　　利沃夫在俄罗斯诗歌史上还是一名出色的文学组织者,他所组织的文学小组,有同时代的杰尔查文、穆拉维约夫等多位作家参与,产生了一定的社会影响。

　　利沃夫的诗歌作品深受欧洲启蒙运动以及感伤主义文学思潮的影响,并且适应了早期浪漫主义诗歌的潮流。在诗歌语言的选择方面,利沃夫善于使用民间词汇,在创作中努力使诗歌更为贴近普通百姓的日常生活语言。就十八世纪而言,利沃夫是一个具有开拓创新精神的诗体实验者,他尝试了多种诗歌格律,将其巧妙地运用在自己的诗歌创作以及诗歌翻译实践中。在俄罗斯诗歌格律与西欧诗歌交融方面,他取得了一定的进展。尤其在诗行的音节使用方面,显得格外严谨,譬如,在题为《曾经,在一个昏暗的秋天》(Как, бывало, ты в темной осени)的诗中,作者在当时的语境中就使用

---

① В. Г. Белинский. *Полное собрание сочинений в 13 томах*. Т. 7. Москва:Издательство Академии наук СССР, 1955, с.112.

了规范的抑扬格五音步：

Как，бы｜вало，｜ты в тем｜ной о｜сени，
Красно｜солныш｜ко，по｜бежишь｜от нас，
По те｜бе мы｜все со｜круша｜емся，
Тужим，｜плачем｜мы по｜лучам｜твоим。
（曾经，在一个昏暗的秋天，
红色的太阳啊，你将我们抛弃，
我们全都由此而深感悲伤，
惋惜你的光芒，显得郁悒。）①

就诗歌基调而言，利沃夫的诗歌充满了感伤之情。有时，他所表现的这种感伤不仅体现在人类的社会生活中，而且也体现在大自然的意象中。如在题为《冬天》（зима）的一首诗中，作者以鸟雀的哀鸣衬托冬天的寒冷：

Ах，зима，зима лихая，
Кто тебя так рано звал，——
Головой снегирь качая，
Заныло припевал。——
（冬天啊，寒冷的冬天，
是谁这么早叫来了你，——
红腹灰雀摇了摇脑袋，
鸣叫中充满了悲戚。）②

利沃夫在建筑和绘画艺术方面的造诣，也作用于他的诗歌创作，所以他特别关注包括诗歌格律在内的诗歌结构艺术。杰尔查文在利沃夫逝世后所写的《纪念朋友》一文中写道："这个人属于优秀而又少有的人，因为他有天赋，对优美的事物有着很强的敏感，而这种敏感，往往用浸润着眼泪的词语进行解释，迅疾地滋养着甜蜜的心灵。有了这种难得的、对许多人来说难以理解的感情，他充满了智慧和知识，热爱科学和艺术，具有一种微妙而崇高

---

① Н. А. Львов. *Избранные сочинения*，СПб.：Издательство Акрополь，1994，с.56.
② Н. А. Львов. *Избранные сочинения*. СПб.：Издательство Акрополь，1994，с.57.

的品位。"①杰尔查文的评价是恰如其分的,突出地表达了利沃夫诗歌所具有的感伤主义特质。

三、涅列金斯基-梅列茨基

涅列金斯基-梅列茨基出身于莫斯科的一个贵族家庭,曾在德国斯特拉斯堡大学留学,在德国驻君士坦丁堡公使馆任职,并在沙皇政府部门担任过要职,担任保罗一世的御前大臣。他是在退职之后开始集中精力从事文学创作的,并与德米特里耶夫、卡拉姆津等感伤主义作家频繁接触,与他们颇为亲近。他的创作受到普希金等著名作家的高度赞赏,著名浪漫主义诗人维亚泽姆斯基在评价涅列金斯基-梅列茨基时写道:"尽管我们的语言随后发生了一些奇特的变化,但他在一些关于忠诚和激情的歌曲中所表达的深沉、亲密的感情仍然是同类歌曲中的典范。"②

涅列金斯基-梅列茨基的抒情诗《我走到一条小河边》(*Выду я на реченьку*)就是这样的典范。该诗以河水的湍急奔流来形容自己内心世界中繁复多变的无尽思绪,显得妥帖生动,简洁自然。与大多数俄国感伤主义作品一样,这首诗描写的是一个普通的俄罗斯女性充满忧伤的内心世界和令人怜爱的悲凄命运。该诗以这一忧愁的姑娘作为抒情主人公,以第一人称的口吻来抒发她内心的苦闷和深邃的情感,显得极为真切自然,贴近生活的本质特性:

> 我走到一条小河边,
> 看一看湍急的河水——
> 湍急的小河啊,请你
> 带走我的伤悲。
>
> 不,你不可能带走
> 我的深切的忧伤;
> 只会增加我的悲切,

① "Объяснения на сочинения Державина, им самим диктованные", ч. 1, СПб., 1834, с. 60.//*Поэты XVIII века*. Т. 2, Ленинград: Издательство Советский писатель, 1972, с.195.

② П. А. Вяземский "Ю. А. Нелединский-Мелецкий",//Вяземский П. А. *Сочинения*: В 2-х т. Т. 2. *Литературно-критические статьи*. Сост., подг. текста и коммент. М. И. Гиллельсона. Москва: Худож. лит., 1982.

　　　　只会向它提供食粮。

　　　　波浪一个接一个，
　　　　听从你的引导；
　　　　思想一个接一个
　　　　奔向同一个目标。

　　　　我的心苦闷、疼痛，
　　　　隐藏着痛苦的热望。
　　　　我为谁而痛苦，那人不知道，
　　　　我的心忍受着怎样的创伤。①

该诗的开头部分，是抒情主人公对河水所发出的倾诉。湍急的河水，波浪一个接一个，后浪推着前浪。如果希望河水能带走她满腔的"忧伤"，这些河水是一定能够胜任的，可是转念一想，抒情主人公却又舍不得丢开这些"忧伤"了。因为"忧伤"和"痛苦"已经融入生命了。如果让河水冲走了这些"忧伤"，那么，"我将成为什么人，将怎样生活"？可见抒情主人公的心中所装载的是女性"让疲惫的心灵一辈子痛苦"的"受难意识"。这种"受难意识"体现了该女子刻骨铭心的爱恋。而正是这份爱恋，即使是痛苦，也是古希腊女诗人萨福所定义的那种"甜蜜的痛苦"：

　　　　如何排除揪心的烦忧？
　　　　如何使我的心得到安宁？
　　　　我不愿意也不会
　　　　主宰我自己的心灵。

　　　　我的心已为我的爱人所有，
　　　　他的目光就是对我的命令。
　　　　让疲惫的心灵一辈子痛苦吧，
　　　　只要他永远对我钟情。

_____

① 〔俄〕卡拉姆津等：《俄罗斯抒情诗选》（上册），张草纫译，上海：上海译文出版社，1992年版，第75—76页。

我不愿把他忘掉，
宁可永远得不到解脱。
啊！如果我忘掉自己的爱人，
我将成为什么人，将怎样生活？

我内心的每一个活动
都成为我的友人的牺牲。
我的心脏的每一次跳动
都贡献给我的友人。①

到了诗歌的最后三节，人称发生了转变，诗中的"你"已经不再是"河流"了，而是她所思念的友人。诗歌以充满激情的笔触，抒发出她对恋人的满腔爱恋："我看见的是你，听到的是你/我想的是你，呼吸的也是你！"语言朴实无华，但真切动人，富有生活气息。抒情主人公宁愿自己承受一切"忧伤"，也不愿让自己所爱的人感到悲凄。她抒发的是一种忘我的、不求回报的感情，而这种真挚的感情在十八世纪的俄国，其所具有的启蒙意义也是不可忽略的：

你，我从未这样称呼过你，
可是心中却一直想着你！
我看见的是你，听到的是你
我想的是你，呼吸的也是你！

当我的呻吟传到你耳边的时候，
你不要感到伤悲。
我的热情并不等待报答，
我服从恶毒的命运的支配。

如果你感到有可能，
请你衡量一下我的感情的力量，
用一句温存的话，哪怕是谎话，

---

① 〔俄〕卡拉姆津等：《俄罗斯抒情诗选》（上册），张草纫译，上海：上海译文出版社，1992年版，第76页。

　　　　使我的心灵少受一点创伤。①

　　涅列金斯基-梅列茨基总是善于使用抒情主人公的变换,来丰富作品的内涵,他的抒情诗具有浓郁的叙事色彩,他善于通过不同的抒情主体,来表现他的感伤主义情怀。他的抒情诗《唉! 在异乡客地》(*Ox! тошно мне ...*)作于十八世纪末,同样具有典型的卡拉姆津式的感伤主义风格,充满了感伤的情绪。如同《我走到一条小河边》一诗一样,该诗的抒情主人公也是一位年轻的女子。在诗歌的开头,该诗的抒情主人公就直抒胸臆,将自己内心的苦闷不加隐藏地宣泄出来:"一切都令人厌倦,/一切都触目凄凉。"抒情主人公为何如此悲观? 她也毫不遮掩地告诉了读者:"我已经没有爱人。"开头数行,将感伤主义诗歌中惯常表现的描写女主人公悲剧命运的主题一目了然地展现出来:

　　　　"唉! 在异乡客地
　　我感到十分苦闷;
　　　　一切都令人厌倦,
　　　　一切都触目凄凉,
　　我已经没有爱人。

　　　　爱人不在了,
　　我真不想看见这世界;
　　　　过去所有的一切
　　　　都已经消失,
　　现在我已经后悔不迭。"②

随后,诗人通过"过去"与"现时"的对照,来突出忧伤,抒情主人公借用树林等自然场景,来烘托自身的凄凉处境——曾经充满欢声笑语,见证他们幸福爱情的树林,现在却只能任由令人忧伤的树叶瑟瑟抖动,引发她对恋人的凄楚的"怀想":

―――――――――

① 〔俄〕卡拉姆津等:《俄罗斯抒情诗选》(上册),张草纫译,上海:上海译文出版社,1992 年版,第 76—77 页。
② 〔俄〕卡拉姆津等:《俄罗斯抒情诗选》(上册),张草纫译,上海:上海译文出版社,1992 年版,第 78 页。

> 在就近的树林里
> 我只能感到忧伤，
> 　　所有的树木，
> 　　所有的叶子，
> 都能引起我对爱人的怀想。
>
> 仿佛我的爱人
> 仍旧和我一起坐在那里，
> 　　我想得出了神：
> 　　经常去答应
> 我自己发出的声音。①

诗的最后，身处异乡的抒情主人公以泪洗面的形象更是深深地打动着人们的心灵，激发出人们的同情之心：

> 　　爱人不在了！
> 唉，我要去把他找寻；
> 　　不管他躲在何处。
> 　　不管他在何处藏身，
> 我的心能把道路指引。
>
> 　　唉！在异乡客地
> 我感到十分苦闷。
> 　　我流着眼泪，
> 　　泪水流个不停，
> 我从中得到了安宁。②

　　涅列金斯基-梅列茨基在诗歌创作中直接汲取民间题材，具有浓郁的民歌色彩。该诗以第一人称叙述的女子，究竟是对地方民歌的改造，还是他本人与普列谢耶娃之间那段悲剧恋情的艺术再现？我们不得而知，但是我们

---

① 〔俄〕卡拉姆津等：《俄罗斯抒情诗选》（上册），张草纫译，上海：上海译文出版社，1992年版，第78—79页。
② 〔俄〕卡拉姆津等：《俄罗斯抒情诗选》（上册），张草纫译，上海：上海译文出版社，1992年版，第79页。

可以感知到的是,抒情主人公尽管身处逆境,仍然怀着希望,并没有沉陷在忧伤之中,她坚信自己美好善良的心灵能引导她的恋人重新回到自己身边,她甚至在苦闷和眼泪中感到了宽慰与安宁。这也许是十九世纪以后普希金等诗人的作品中所独具的"明朗的忧伤"的一个渊源吧。

四、穆拉维约夫

米哈伊尔·尼基吉奇·穆拉维约夫是俄国十八世纪后期的著名诗人和社会活动家。他出生于斯摩棱斯克的一个地方官员的家中。出生后不久,他就随着家人从一个城市迁到另一个城市。从 1760 年起,他父亲到奥伦堡担任副省长,穆拉维约夫在那里接受了最初的家庭教育。1768 年,他跟随家庭迁往莫斯科,并且考入莫斯科大学附属中学学习,但在 1770 年之后,他又随接受新任的父亲迁往阿尔汉格尔斯克等地。1772 年 10 月,他到了圣彼得堡,被招入伊兹梅洛沃禁卫团,1774 年获得中士军衔,1782 年获得一级军官军衔(少尉),直到 1797 年晋升为少将。1800 年,他到政府部门供职,任枢密官,1801 年任国务秘书,1803 年任教育大臣助理。1804 年 5 月,穆拉维约夫当选为俄罗斯科学院院士,然而,没过几年,穆拉维约夫就突然离开了人世。

穆拉维约夫的文学成就是多方面的。在寓言诗、叙事诗、颂诗等方面,他显然成就斐然,而且,他还是一位出色的文学翻译家,翻译过阿那克里翁、萨福、贺拉斯、布瓦洛、伏尔泰等多位外国作家的作品。他的主要作品有《诗体寓言集》(*Басни в стихах*,1773)、《译诗集》(*Переводные стихотворения*,1773)、《颂诗集》(*Оды*,1775)等。其中,《颂诗集》最为成功,不仅收录了他创作的 10 首颂诗,而且还收有他在不同时期创作的各种体裁的诗歌,尤其是十四行诗。收在这部诗集中的《十四行诗:致迈科夫》(*Сонет к Василию Ивановичу Майкову*)、《致缪斯的十四行诗》(*Сонет к музам*)等诗篇,所遵循的基本上是意大利十四行诗体,采用的是 4-4-3-3 结构,韵脚排列形式也是严谨的 ABAB ABAB CCD EED。穆拉维约夫的《米哈伊尔·穆拉维约夫抒情新实验》(*Новые лирические опыты Михаилы Муравьева*,1776),生前没有出版,但体现了他对自传体抒情诗创作的关注,其中的挽歌和冥想诗等被誉为俄国前浪漫主义诗歌的最初的范例。

作为抒情诗人,穆拉维约夫善于书写自己的生活经历和日常体验,表达自己切身的思想感受。他的抒情诗以敏锐的感受力取胜,每首诗都如同一则抒情日记。在俄罗斯诗歌史上,穆拉维约夫是"轻体诗"(*легкая поэзия*)

的提倡者，他的这一诗学主张影响了卡拉姆津和德米特里耶夫的诗歌创作。"他最好的诗作对普希金来说具有重要的美学意义，至今仍为人们所关注。"①

在诗歌艺术技巧方面，穆拉维约夫是一位出色的实验者，他在诗歌韵律结构、节奏韵式，以及诗行形式等方面，都大胆地进行实验，富有创新精神。他的诗作，时而使用大家普遍接受的诗律，时而进行实验性的自由押韵，或以奇特的方式组合韵式。

作为俄国感伤主义诗人，穆拉维约夫同样有一颗感知各种情感色调的敏锐的心。他认为："一切美景，／只有在我们自己心中感到幸福的时候，／才能把我们吸引。"②在《青春的遗憾》（Сожаление младости）一诗中，他强调诗歌创作的思想性，认为"思想使诗句变得美丽"，针对"我思故我在"的经典理念，他写道：

> 一切都取决于我的敏感。
>
> 有了敏感，更多幸福，更多存在。③

他强调敏感的重要性，认为这是上苍的恩赐，有了敏感，就会有快乐和幸福以及人的存在的意义。正因为他所器重的是敏感，所以，他轻视名利和社会地位，正如俄国学者的概述：在穆拉维约夫看来，"个人尊严并不取决于级别和头衔——这种思想贯穿于穆拉维约夫的日记、信件、诗歌和散文中"④。他的这一观念是有很强的现实意义的。

五、卡普尼斯特

卡普尼斯特的诗歌创作在十八世纪俄国诗歌发展史上是一个颇为特殊的现象，我们很难将他视为古典主义诗人或感伤主义诗人，他既具有一定的古典主义特质，又有反对古典主义的创作倾向。认为他是古典主义诗人的，

---

① Л. Кулакова. "Поэзия М. Н. Муравьева."//М. Н. Муравьев. *Стихотворения*. Ленинград: Издательство Советский писатель, 1967, с.5.

② 〔俄〕穆拉维耶夫：《沉思》，张草纫译，见《俄罗斯抒情诗选》（上卷），上海：上海译文出版社，1992 年版，第 60 页。

③ М. Н. Муравьев. *Стихотворения*. Ленинград: Издательство Советский писатель, 1967, с.204.

④ Л. И. Кулакова. "Поэзия М. Н. Муравьева"//Муравьев, М. Н. *Стихотворения*. (Библиотека поэта; Второе издание), Ленинград: Советский писатель, 1967. С. 5—49. с.11.

其依据是他曾经属于杰尔查文诗社;而认为他是感伤主义者的,主要是为了突出他诗歌中的悲哀情调。有西方学者认为:"卡普尼斯特是一位悲观主义的作者,他以感伤的方式创作忧伤的歌词。"①但是,他的作品有一种始终如一的特质,就是具有浓郁的启蒙主义思想。而且,他也是一位立场鲜明地反对农奴制、弘扬公民意识的诗人。"卡普尼斯特的诗句充满了温暖的人情味,这证明在他的作品中,俄罗斯诗歌获得了自己的'灵魂',成为个人心灵生活的一面镜子。"②

瓦西里·瓦西里耶维奇·卡普尼斯特出生在波尔塔瓦省米尔戈罗德县的奥布霍夫卡村。他的父亲曾是一位英勇的军人,还没有来得及看到自己儿子的出生,就在与普鲁士展开的一场战争中牺牲了。他的母亲让他在家中接受了良好的教育。1771 年,他作为一位杰出的军事指挥官的儿子,被安排在位于圣彼得堡的伊兹梅洛沃禁卫团军事学校学习,随后入伍。1775年,他结束了兵役生涯,开始进入文学领域。他的成名作是《讽刺诗·第一部》(Сатира первая),出版于 1780 年,这部作品将矛头指向奴颜婢膝的宫廷。在这部作品中,卡普尼斯特书写了现实的不合逻辑性,以及生活中违背真理的"倒退"现象。1780 年底,他离开圣彼得堡前往故乡奥布霍夫卡村。此后,他主要来往于圣彼得堡和奥布霍夫卡村两地。除了讽刺诗,他的重要诗歌还有描写爱情的抒情诗,以及弘扬公民热忱的颂诗。卡普尼斯特总是将被奴役的农民的苦难生活记在心上,如 1783 年的《奴隶制颂》(Ода на рабство)一诗,便是他本人的抒情独白:

> 我将拿起我所遗忘的竖琴,
> 我将拂去留在上面的灰尘;
> 不顾所戴的沉重的枷锁
> 伸出我的被缚的双手,
> 为了与我的悲哀协调一致,
> 弹奏一曲悲悯的歌曲。
> 从被泪河冲刷过的琴弦上

---

① Evelyn Bristol. *A History of Russian Poetry*, Oxford: Oxford University Press, 1991, p.72.

② Г. В. Ермакова-Битнер. "В. В. Капнист"//Капнист В. В. *Избранные произведения*. (Библиотека поэта; Большая серия), Ленинград: Издательство Советский писатель, 1973, с.6.

将会弹出沉闷、慵懒的音响……①

在该诗中，卡普尼斯特那颗敏感的心，将人民大众的苦难与自己的悲痛联系在一起，尤其是通过套住他们的共同的锁链，传达了他与被压迫者的深刻共鸣和共情。当时，统治者叶卡捷琳娜二世将俄罗斯农奴制任意扩展到乌克兰农民的头上。在这首诗中，卡普尼斯特所描绘的是农奴的无尽的痛苦。而且，在卡普尼斯特诗歌中经常出现的悲哀，不仅是他个人生活的悲哀，也是由于诗人对周围现实强烈不满所产生的思想情感，因而具有一定的普遍性。

六、加米涅夫

加甫里尔·彼得洛维奇·加米涅夫出身于喀山的一个富商家庭，由于母亲早逝，他主要是在喀山的一所贵族寄宿学校接受的教育。他所读的喀山沃尔芬寄宿学校是当地最好的寄宿学校，杰尔查文也曾在此读书。加米涅夫在该校接受了德语、法语，以及相应的文学、绘画等方面的教育，对他之后的文学创作和文学翻译活动产生了积极的影响。加米涅夫的文学活动主要是在喀山，但是，在十八世纪九十年代，在他前往莫斯科和圣彼得堡期间，他与卡拉姆津等著名作家有过较多的交往。

加米涅夫的诗歌创作深受爱德华·杨格等英国"墓园诗派"诗歌的影响，喜欢在作品中书写墓地、夜思、梦幻等题材，善于表达在墓地徘徊的阴郁心境，与早期浪漫主义诗歌的基调颇为接近，因此，据阿·阿·富克斯所述，普希金给予加米涅夫极高的评价："……他是俄国第一个敢于摆脱古典主义的人。我们俄国的浪漫主义者，必须对他表示应有的敬意……"②加米涅夫的诗歌，无论是描写景色还是抒发情感，都充满了感伤的冥想，如在《墓地》（Кладбище）一诗的结尾，他在感叹人生悲凉的同时，又强调生时诚实，善于容忍的意义所在，认为"生时容忍，死时就会得到永恒的幸福"③。在《亲切的夜晚，紫红色的夜晚》（Вечер любезный！вечер багряный）一诗中，在描写了"寒风凛冽，阴气森森"的氛围之后，他所渲染的是坟墓般死寂的现实

① В. В. Капнист. Избранные произведения.（Библиотека поэта；Большая серия），Ленинград：Издательство Советский писатель，1973，с.59.

② А. А. Фукс，"Воспоминания".//Прибавления к "Казанским губернским ведомостям"，1844，№ 2.

③ Г. П. Каменев. "Кладбище"//Поэты 1790—1810-х годов. Сост. Ю. М. Лотман. Ленинград：Издательство Советский писатель，1971，с.599.

世界：

> Бледен, как солнце в осень печальну,
> Тих и безмолвен, как темный твой гроб!
> （苍白得如秋日的太阳,悲凉,
> 沉寂、无声无息,如同你阴暗的坟墓!）①

加米涅夫感伤主义诗歌艺术特质最典型地反映在《梦》(*Сон*)一诗中。这首抒情诗是典型的感伤主义的作品。而且就题材而言,显然也受到英国墓园诗派的一些影响。

在这首诗中,诗人采用拟人化的手法,许多抽象的概念都成了生动的、有形的实体。"夜"可以乘坐"凄凉的黑色马车";"天际"仿佛是"血染的脸庞";甚至连"梦"也成了具有实体行为的主体,"梦穿着长长的衣裳,苍白而凄凉,/用一个手指按着嘴唇,/它脱下黑色的长袍。/遮住我的眼睛"②。

该诗的感伤情怀尤为突出。在这首诗中,爱情、忧伤、激动、沉闷、恐惧、死亡,全都交织在一起,而且描写得栩栩如生,表达了抒情主人公复杂而神秘的内心世界和悲伤的情感经历。

诗的开头描述的是阴郁的自然场景以及在这一场景中的抒情主人公"难以排遣的忧愁"。他为何这般忧伤,这一点我们不得而知,可是,这还只是他去会见女友前的心情。一个男子,在将要与女友会面的时候,却感到忧心如焚,甚至感到死期已近! 我们无法了解更多的关于他俩的信息,但是其中的悲剧色彩是显而易见的。更为神秘和奇特的是,在去见女友的途中,抒情主人公却期望找个地方打个盹儿,以便忘掉自己的忧愁。

于是,在他打盹的时候,梦幻强行而至。他所梦见的是"既可怕又可憎"的墓地景象。接着,诗人着重渲染了墓地的阴暗景象:在这片墓地上,空气显得闷热,环境极为恶劣,身处墓地的感悟以及所遭受的折磨,甚至让人觉得还不如死了痛快。

在这首诗的最后五个诗节中,诗人描述了梦中发生的更为恐怖的事件:阴冷的坟墓突然打了开来,从中走出一具可怕的、裹着白色尸布的尸体,并用"坟墓里的声音"郑重宣布:梦者不久也将葬身此地。从"尸体"所发出的

---

① Г. П. Каменев. "Вечер любезный! Вечер багряный"//*Поэты 1790—1810-х годов.* Сост. Ю. М. Лотман. Ленинград: Издательство Советский писатель, 1971, с.601.

② 〔俄〕卡拉姆津等:《俄罗斯抒情诗选》(上册),张草纫译,上海:上海译文出版社,1992年版,第115页。

话语中,我们似乎也感受到了一丝"土归于土""沉沦成泥"的生命奥秘:

> 我感到胆怯,恐惧,怎能注意到
> 　　这叹息声从何而来?
> 我看见:我近旁的那个
> 　　阴冷的坟墓忽然打开。
>
> 我看见一具可怕的尸体
> 　　从里面慢慢地走出——
> 我仿佛觉得他披着白色的尸衣,
> 　　穿着殡葬时的衣服。
>
> 我吓了一跳,苍白的脑袋上
> 　　头发直竖。
> 这阴影等了一会儿,用坟墓里的声音
> 　　向我郑重宣布:
>
> "这沉重的叹息是忧愁的产物,
> 　　从地下传到你的耳根。
> 大自然呻吟着,必然归于腐朽:
> 　　这也是你的命运!
>
> 你不久也会埋在这里,委身于
> 　　我们的母亲,沉默的大地,
> 你不久也会进入这里狭窄的坟墓,
> 　　和我们躺在一起。"①

纵观全诗,加米涅夫的这首《梦》,流露出了难以排遣的感伤的情怀,读来不禁令人感到震惊。不难看出,其具有触觉感受的忧伤意识以及强烈的悲剧气息,还有他在诗中所表现出的非凡的想象力,这些都表明加米涅夫在俄国诗歌摆脱古典主义的束缚,向早期浪漫主义发展和过渡的进程中,发挥

---

① 〔俄〕卡拉姆津等:《俄罗斯抒情诗选》(上册),张草纫译,上海:上海译文出版社,第116—117页。

了一定的铺陈作用,从而可以被视为茹科夫斯基等重要浪漫主义诗人的先驱。

第二节 拉吉舍夫的诗歌创作

在俄国文学史上,以散文体作品《从彼得堡到莫斯科旅行记》(*Путешествие из Петербурга в Москву*)而闻名于世的拉吉舍夫,也是一位出色的诗人,在主题和形式方面,他都为俄国感伤主义诗歌注入了新的活力。

亚历山大·尼古拉耶维奇·拉吉舍夫(Александр Николаевич Радищев)出身于萨拉托夫省库茨涅佐夫县上阿勃里雅佐沃村的一个地主家庭。他在家乡迤逦的自然风光中度过了自己美好的童年时光,也是在家乡,他接受了一名来自法国的家庭教师的最初的教育。1756 年,拉吉舍夫被送往莫斯科,在他舅舅的家中接受了极好的教育。1762 年,他进入圣彼得堡贵族军事学校学习。四年之后,他以优异的成绩毕业,并作为 12 名留学生中的一员,被选派到德国深造,进入莱比锡大学攻读法律。1771 年,从德国莱比锡大学毕业之后,他回到了俄国首都圣彼得堡,进入了俄国枢密院工作,不久后,又转任军职。1775 年,他休假结婚,两年之后,进入俄国贸易部工作。从 1780 年起,他进入圣彼得堡海关工作,官至海关关长。1790 年,他的命运发生了根本的改变,他不仅失去了要职,而且遭到逮捕。他是因为《从彼得堡到莫斯科旅行记》这部作品的出版而遭到逮捕的。他在作品中表达了对女皇的极度不满以及对理想君主的呼唤,因而极大地激怒了当时的女皇叶卡捷琳娜二世,女皇认定该书的作者是一位"比普加乔夫更坏的暴徒"[1],并且立即下令逮捕拉吉舍夫。1796 年,叶卡捷琳娜二世逝世之后,新登基的沙皇保罗一世为了赢取社会的好感、巩固自己的地位,对拉吉舍夫开恩,准许他结束在西伯利亚的流放,而且还恢复了他的官职和贵族头衔。1801 年,在保罗一世被谋杀之后,亚历山大一世即位,新的沙皇成立了法律编纂委员会,并且任命拉吉舍夫为编纂委员会委员。这时,拉吉舍夫格外振奋,觉得自己在法律方面的修养终于有了用武之地,于是以积极的态度参与相关的工作,提出了一些具有温和改良色彩的法律草案。然而,他的主

---

① И. Д. Смолянов. *Великий писатель-революционер Александр Николаевич Радищев. К 200-летию со дня рождения*. Псков: Псковиздат, 1949, с.4.

张不仅未能得到应有的重视,反而被认为是过激的行动,拉吉舍夫的满腔热忱遭到冷遇,深受打击。他于1802年9月在绝望中服毒,自杀身亡。

作为一名诗人,拉吉舍夫不仅著有《历史之歌》(*Песнь историческая*)等长诗,也作有多首篇幅简短的抒情诗,当然,拉吉舍夫最著名的诗歌作品是《自由颂》(*Вольность*)。这首诗插入在他的散文体作品《从彼得堡到莫斯科旅行记》中。在《自由颂》一诗中,拉吉舍夫强调了自由的本质特性,他认为一个人生来就是自由的,只是由于统治者坐在威严的宝座上,手中握着铁的权杖,从而扼杀了自由。叶卡捷琳娜二世读了《自由颂》之后,曾在批语中写道:"《颂》是一首非常清楚的反诗,诗中以断头台威胁沙皇,赞赏克伦威尔的榜样。这几页有犯罪意图,完全是造反。应该问问该诗的作者,诗的用意何在?"[1]应该说,叶卡捷琳娜二世对这首诗的理解是非常正确的,她确实没有曲解这首诗,而是把握了该诗的"要害"和精髓。只不过,她混淆了正义与犯罪的界限。

拉吉舍夫在为1773年翻译的法国启蒙主义者马布里所著的《论希腊史》一书所作的注释中,十分明确地指出:"专制独裁是最违反人类本性的一种制度。"[2]而在这首著名的《自由颂》中,他进一步深化和发挥了他的这一重要思想观点。在《自由颂》中,拉吉舍夫以抒情的笔触歌颂和赞美自由,认为自由是上苍给予人类的"最美好的馈赠"和"无价之瑰宝":

> 啊!上天最美好的馈赠,
> 一切伟大事业由你产生;
> 自由啊自由,无价之瑰宝,
> 让奴隶来把你歌颂夸耀。
> 把你的热情注入人们的心灵,
> 以你的双手发出万钧雷霆,
> 将奴隶制的黑暗化为光明。
> 愿布鲁图和切利再生,
> 让那些当权的沙皇们
> 听到你的声音胆战心惊。[3]

---

① И. Д. Смолянов. *Великий писатель-революционер Александр Николаевич Радищев. К 200-летию со дня рождения*. Псков: Псковиздат, 1949, с.7.
② 转引自吴笛:《拉吉舍夫》,参见飞白主编:《世界诗库》(第5卷),广州:花城出版社,1994年版,第54页。
③ 飞白主编:《世界诗库》(第5卷),广州:花城出版社,1994年版,第54—55页。

接着,拉吉舍夫陈述了自由的特性,认为人生来是自由的,而且能用自由的双手创造财富,美化生活。只是由于统治者"坐在森严的宝座上",握着"铁的权杖",扼杀了自由,专制制度造就了人们悲惨的命运。所以,诗人号召人们起来摧毁"虚伪的奴役政权",在自由的指引下,"将奴隶制的黑暗化为光明"。可见,他对未来抱有乐观的信念,相信"最神圣的一天终将来到":

> 我已经听到大自然的声音,
> 起事的召唤,上帝的呼声,
> 震荡着世代黑暗的长空,
> 这时新事物正在诞生。
> 创始人端庄而又威严,
> 独自慢慢地降临人间。
> 他发出明亮的光辉,
> 把虚伪的奴役政权摧毁;
> 他驱散了沉沉的黑暗,
> 拨开乌云展现明朗的青天。①

该诗表现出了之前的俄罗斯文学所没有的高昂的革命热情,热情讴歌人道主义思想,并且对封建专制制度进行犀利的批判。正因如此,他的诗歌创作极大地影响了随之而来的整个十九世纪的俄罗斯文学,蕴含着强烈的批判精神。

拉吉舍夫在诗歌形式方面也善于开拓创新,在题为《萨福体》(*Сафические строфы*)的诗中,他在诗体上对古希腊女诗人萨福进行模仿,所采用的是萨福式的长短音诗律,在形式方面,与萨福式的情感世界达到了一种契合:

> 清冷的夜,碧天如水,
> 星星闪着微光,泉水静静地流,
> 微风轻拂,白杨的树叶
>   在不停地颤抖。
>
> 你发誓不会变心,

---

① 飞白主编:《世界诗库》(第5卷),广州:花城出版社,1994年版,第58页。

把夜的女神给我作保证；
但一旦北风劲吹——
　　信誓就毫无踪影。

唉，为什么这样不守信用……还不如
永远冷酷无情，心里还比较好过，
你只是用相互的情欲来诱惑我，
　　使我无法解脱。

不如死了吧，命运啊，残酷的命运，
除非你能使他忠实于自己的誓言，
祝你幸福，如果你能够
　　不受爱情的熬煎。①

在俄文原文中，该诗完全模仿萨福的长短音诗律进行创作，如最后一个诗节，其原文如下：

Жизнь прерви, о рок! рок суровой, лютой,
Иль вдохни ей верной быть в клятве данной.
Будь блаженна, если ты можешь только
　　Быть без любови.②

俄文原文中，该诗节的前三行为十一音节诗行，最后一行为五音节诗行，韵脚不作要求。全诗正是以这样的长短格形式模仿萨福的创作，体现了拉吉舍夫出色的艺术才华。

拉吉舍夫这种对西方传统诗歌技艺的借鉴以及对诗歌艺术所进行的深入探究，对于十八世纪的俄罗斯诗歌而言，无疑为俄罗斯诗歌的发展进行了有益的尝试。

该诗不同于著名的政治抒情诗《自由颂》，所展现的是另一番诗才。这首诗所展现的不仅仅是对人类理智的信仰，还有人类深邃复杂的内心世界

---

① 〔俄〕卡拉姆津等：《俄罗斯抒情诗选》（上册），张草纫译，上海：上海译文出版社，1992年版，第72—73页。

② А. Н. Радищев. "Сафические строфы"//А. Н. Радищев. *Полное собрание сочинений в трех томах.* Том 1, Москва: Издательство Академии Наук СССР, 1938, с.129.

以及对自由爱情的向往。

萨福,是古希腊以创作友谊爱情为主题的诗作而举世闻名的抒情诗人。拉吉舍夫的这首题为《萨福体》的诗作从两个方面表达了对这位古希腊著名女诗人的崇敬。

首先是在主题上的继承,该诗一反对政治抒情诗的偏爱,转向了对人物心理和情感的挖掘,而且,不仅表现了萨福式的主题,也展现了萨福式的情感世界的微妙与复杂多变的状态。尤其将萨福式的充满悖论的"发烧又发冷"的生理活动和遭受爱情"煎熬"的主人公的内心世界展现得极为真切细腻。

其次,作者还善于用自然场景的变换来烘托情感的变故,探究人与自然的一体性关系。当人拥有爱情的时候,自然界的景致就显得格外迷人:夜色清冷,碧天如水,微风吹拂,星光闪烁,泉水潺潺。但是,当爱情消逝的时候,自然界的景致也会随之发生变更:清风不再,吹来的则是一阵阵狂暴的北风。这阵阵北风预示着一种外在的、摧残的力量。所以,诗人将爱情的变故看成由"残酷的命运"所导致的结果。开头两个诗节,诗人利用场景的微妙变化,恰如其分地烘托了抒情主人公的细腻的内心体验,也为后两个诗节所描述的对山盟海誓的背弃以及情感的转变埋下了伏笔。

最后,该诗恰如其分地借鉴和运用了萨福等古希腊诗人的创作技巧,希腊诗歌所独有的长短格的表现形式,在此得到了成功的运用,该诗的抒情视角也显得富有特色,以第一人称"我"对听众"你"进行叙述,最早体现了抒情诗所独有的艺术特色,表现了对古希腊诗歌艺术形式的尊崇,以及对欧洲艺术传统的承袭和借鉴。

综上所述,拉吉舍夫不仅在政治抒情诗创作方面,歌颂了自由,表达了对美好时代的呼唤,体现了强烈的启蒙主义精神,而且在自然抒情诗和爱情抒情诗创作方面,也为俄罗斯诗歌的发展进行了有益的尝试,注入了理想的活力。

第三节　德米特里耶夫的诗歌创作

在俄国感伤主义文学发展历程中,德米特里耶夫是仅次于卡拉姆津的重要代表和奠基人。他不仅是一位优秀的抒情诗人,而且是一位出色的社会活动家。

伊凡·伊凡诺维奇·德米特里耶夫(Иван Иванович Дмитриев)出身

于喀山省(1780 年改称辛比尔斯克省)波戈罗茨科伊村的一个古老的贵族家庭。他在幼年时受到了良好的家庭教育,自 8 岁开始,他就读于喀山和辛比尔斯克的私立寄宿学校,系统地接受了法语、德语、俄语、历史、地理和数学等方面扎实的基础教育。11 岁时,他又被接回家中,后来主要是接受家庭教育。他努力学习法语和德语,并且对文学产生了浓厚的兴趣,阅读了《鲁滨孙漂流记》《一千零一夜》等大量经典文学作品。1772 年,德米特里耶夫到谢苗诺夫近卫团当列兵,1774 年 5 月,14 岁的少年德米特里耶夫被带到圣彼得堡的一所部队学校学习,这位未来诗人开始了他的军旅生涯。1777 年,在参加军事和警卫任务之余,他开始创作诗歌。部队生活开启了他诗歌创作的早期阶段,确立了感伤主义的创作风格。随后,他传奇般地在军界和政界沉浮,最后,他所担任的职位是司法大臣。1814 年退职之后,德米特里耶夫迁居莫斯科,直到 1837 年逝世。

德米特里耶夫自 1777 年开始发表作品起,文学创作生涯中最辉煌的时代是十八世纪最后十年。主要作品有《与我的闲事》(*И мои безделки*,1795)、《袖珍歌集或最好的世俗和平民歌曲集》(*Карманный песенник,или Собрание лучших светских и простонародных песен*,1796)等。他的三卷集《文集》(*Сочинения*)于 1803 年至 1805 年出版。在文学领域,德米特里耶夫的主要成就有抒情诗、讽刺诗、诗体故事和寓言诗等。别林斯基认为,德米特里耶夫"在某种程度上是诗歌语言的改革者,他的作品在茹科夫斯基和巴蒂什科夫之前,被公正地视为典范"①。他在寓言诗的创作方面成就也极为突出,共著有三卷寓言诗集,被学界誉为"俄罗斯的拉封丹"②,并且认为他的这些寓言诗"很好地代表了十八世纪俄罗斯诗歌的主要成就,创造性地感知了欧洲文学的最佳传统,丰富了欧洲文学的内容,丰富了俄罗斯的文学文化"③。

德米特里耶夫在十八世纪七十年代后期结识了杰尔查文等诗人,之后,在诗歌创作中,他受到杰尔查文诗歌艺术的一定影响。曾有一段时间,德米特里耶夫经常登门拜访杰尔查文。杰尔查文也向他表达了自己对诗歌的理

---

① В. Г. Белинский. *Собрание сочинений в 9-ти томах.* т. 1,М.:Художественная литература,1976—1982,с.86.

② Н. Д. Кочеткова. "Русский Лафонтен"(К литературной репутации Дмитриева),//*Жизнь,творчество,круг общения* /Под ред. А. А. Костина, Н. Д. Кочетковой. СПб.:Институт русской литературы(Пушкинский Дом) РАН,2010,с.7.

③ Н. Д. Кочеткова. "Русский Лафонтен"(К литературной репутации Дмитриева),//*Жизнь,творчество,круг общения* /Под ред. А. А. Костина, Н. Д. Кочетковой. СПб.:Институт русской литературы(Пушкинский Дом) РАН,2010,с.18.

解以及诗歌创作的体验,认为作为一名诗人要善于观察自然,善于在周围的日常事物中发现诗意和美的品质。与杰尔查文的密切接触,在德米特里耶夫诗学思想形成过程中,发挥了一定的作用。"在阅读杰尔查文已完成的和未完成的诗歌中,在与诗人的对话中,在对诗歌何以'栩栩如生''原创'、能够表达'生动的激情'以及观察'心灵的曲线'等方面的思考中,德米特里耶夫形成了自己的美学信念,形成了对诗歌问题的认知。"①德米特里耶夫赞赏杰尔查文的才华,敬佩他惊人的诗歌勇气以及作品中的现实意义和个性的主题,然而,也正是与杰尔查文的结识,使得他对古典主义的文学主张有了深入的理解,从而逐渐形成自己的与古典主义相抗争的感伤主义文学思想。同时,杰尔查文的创作尽管是在俄国古典主义的轨道上发展起来的,他早期的创作具有古典主义的某些特质,但是,他后来也逐渐突破了古典主义的模式,在向感伤主义和浪漫主义的转向上,进行了大量的开拓,这一点,尤其影响了德米特里耶夫。

就感伤主义文学创作而言,德米特里耶夫于十八世纪九十年代初与卡拉姆津的结识与交往,具有更重要的意义。德米特里耶夫由此成为卡拉姆津的挚友和文学上的坚定的拥护者,他将自己的诗歌作品发表在卡拉姆津主编的《莫斯科杂志》(*Московский журнал*)上,不仅是诗作,他的《图画》(*Картина*)和《时髦的妻子》(*Модная жена*)等最初的诗体故事也发表在该杂志上。正是《莫斯科杂志》,使得德米特里耶夫获得了认可和名望。从此,德米特里耶夫与卡拉姆津一起,成为俄国感伤主义诗歌最重要的两位代表性作家。"德米特里耶夫的感伤主义,特别清楚地显露于他创作的歌曲中,其中有许多首至今仍广为流行。"②

德米特里耶夫的诗歌,体裁极为丰富,包括抒情诗、讽刺诗、故事诗、寓言诗、悼念诗、颂诗等各种形式。相对于其他诗歌体裁,德米特里耶夫创作的抒情诗最能体现感伤主义特质。他创作的《一只灰鸽在呻吟》(*Стонет сизый голубочек ...*)、《啊,假如我以前知道……》(*Ах,когда б я прежде знала ...*)等抒情诗以及诗体小说《时髦的妻子》等,为他赢得了极大的声誉,他由此被认为是俄国感伤主义文学的主要代表和奠基人之一。

德米特里耶夫不仅自己在诗歌创作方面富有成就,而且,他的创作也影

---

① Г. П. Макогоненко. "Рядовой на Пинде воин"(Поэзия Ивана Дмитриева)//И. И. Дмитриев. *Полное собрание стихотворений*. Ленинград：Издательство Советский писатель, 1967, с.6.

② Charles A. Moser ed. *The Cambridge History of Russian Literature*. Cambridge：Cambridge University Press, 1996, p.111.

响了感伤主义文学以及浪漫主义文学的发展，他的创作对巴丘什科夫、茹科夫斯基等十九世纪初期的诗人，尤其是对维亚泽姆斯基，产生过一定的影响。德米特里耶夫喜欢用抑扬格进行诗歌创作，并且常以普通人喜闻乐见的口头语入诗，从而扩大了诗的影响力，而且，他的作品具有很强的音乐性，便于传诵，如《一只灰鸽在呻吟》一诗，就是典型的例子，该诗是他感伤主义抒情诗中的代表性作品。全诗生动流畅，犹如鸟儿的吟唱，旋律优美，所以被多次谱曲，广为流传。在这首诗的开头部分，德米特里耶夫写道：

> 一只灰鸽在呻吟，
> 在呻吟，昼夜不休；
> 它那可爱的小伴侣
> 离它而去已有很久。
>
> 它不再发出咕咕的叫声，
> 身边的麦粒也没啄一口，
> 它默默地流着眼泪，
> 带着无穷无尽的哀愁。①

　　美国自然文学作家约翰·巴勒斯曾经动情地写道："鸟儿与诗人最为有缘，因为只有诗人的情怀才与鸟儿完全息息相通。"②大量的实例已经充分说明鸟雀与人类的这一特殊关系，尤其是对于诗人来说，鸟在一定的程度上就是诗人的化身，从俄国感伤主义诗人德米特里耶夫的著名抒情诗《一只灰鸽在呻吟》中，我们可以清楚地感悟到这种独特的"息息相通"。在世界诗歌史上，有许多抒情诗人出色地书写过鸟的意象，如雪莱笔下富有音乐性形象的云雀，济慈笔下被人们广为称赞的夜莺，还有爱伦·坡笔下的乌鸦，以及托马斯·哈代笔下富有双重感受力的鸫鸟。而这首诗中的灰鸽的意象，在表现"息息相通"方面同样是世界诗歌史上的出色代表。在第一和第二诗节中，诗人主要书写灰鸽的呻吟，并由此引出它的"无尽的哀愁"。在描写了灰鸽的忧伤神情之后，诗人在接下来的诗行中所写的，不再局限于哀愁，而是

① И. И. Дмитриев. "Стонет сизый голубочек …"//И. И. Дмитриев. *Полное собрание стихотворений*. Ленинград: Издательство Советский писатель, 1967, с.128.
② 〔美〕约翰·巴勒斯:《鸟与诗人》,川美译,天津:百花文艺出版社,2008年版。

叙写了一出发生在鸟类世界的凄凉的爱情悲剧：

> 它从一根柔细的树枝
> 飞向另一根枝头，
> 它从四面八方等待
> 回归而来的亲爱的女友。
>
> 等待女友……可是空等一场，
> 看来，这是命运对它的作弄！
> 多情而忠诚的鸽子啊
> 只落得一副憔悴的面容。
>
> 它终于躺倒在草地，
> 并用羽毛盖住了小嘴，
> 不再呻吟，也不再哀叹，
> 这鸽子……永远安睡！①

在这首题为《一只灰鸽在呻吟》的抒情诗中，德米特里耶夫以一对鸽子的情感体验，表现了上演在鸟类世界的一场悲剧。这场悲剧与在人类世界上演的悲剧"罗密欧与朱丽叶"极为相似，表现了生物在鸟类世界与人类世界相近的悲惨命运。在这场鸟类悲剧中，首先登场的是一只灰色的公鸽，它因为自己可爱的伴侣离它而去而悲痛万分，昼夜不休地发出痛苦的呻吟。诗人以非常细腻的、感伤的笔调，描写了这只鸽子在临死之前的情绪变化。这只鸽子"带着无穷无尽的哀愁"，"默默地流着眼泪"，不再发出以前的欢快的咕咕的叫声，也不啄食，只是抱着一线希望，带着日益憔悴的面容，苦苦地等待"女友"的归来。可是，没有等到这一刻，这只灰鸽就结束了呻吟，永远地"安睡"了。

然而，这场悲剧到此尚未结束。就在灰鸽死去之后，它所苦苦等待的母鸽迟迟飞来。接着，诗人又以同样感伤的笔调，同样悲凉的诗句，描写了母鸽的悲哀的心情。母鸽"心如刀割"，痛苦地呻吟、悲泣，可是，无论它如何围在伴侣的身边，无论它如何苦苦地呼唤，也呼唤不醒自己可爱的伴侣：

---

① И. И. Дмитриев. "Стонет сизый голубочек …"//И. И. Дмитриев. *Полное собрание стихотворений*. Ленинград: Издательство Советский писатель, 1967, с.128—129.

突然,有一只母鸽

从远处失望地飞到,

歇在自己亲人的上方,

对着它发出一声声呼叫;

母鸽绕着亲人移动,

心如刀割,呻吟,悲泣——

可是……美丽迷人的赫洛亚

唤不醒可爱的伴侣!①

(吴笛　译)

　　德米特里耶夫的《一只灰鸽在呻吟》这首抒情诗不像卡拉姆津的《拉伊莎》等作品那样,主要抒写人类的悲情,对人类社会中的下层人民的苦难表达深切的同情,而是把视角转向了自然界,转向了一些非人类的意象,在自然万物中寻找悲剧的源泉,探讨悲剧的根源,从而体现悲剧的普遍性。但是,他对自然万物的描写同样具有深刻的寓意。在具体描写中,德米特里耶夫也善于采用拟人的手法,不仅使用"伴侣""女友"等人类世界表示人际关系的词语,而且借用人类世界的《达夫尼斯与赫洛亚》故事中的牧羊女的名字"赫洛亚",来称呼母鸽,突出鸟类与人类的共性关系。在措辞方面,对"灰雀""伴侣"等一些主要词语,在俄文原诗中所采用的是指小和爱称的形式,突出其情感的色彩。诗人尤其对鸟类世界的悲剧根源作了深入的探究,得出了与人类世界相同的结论:"这是命运对它的作弄!"

　　德米特里耶夫善于创造诗歌意境。在诗歌词汇的使用方面,他精心选取富有感情色彩的词语,使得读者一下子陷入静谧、悲凉的情感氛围之中:"呻吟""流着眼泪""哀愁""作弄""憔悴""悲泣"等词语的运用,恰如其分地营造了作品所需的情感丰富的意境,突出地表现了感伤主义诗歌的理想特质,在复杂而微妙的感情世界中体验道德的力量。

　　德米特里耶夫不仅善于抒写自然、表现"植物有情,动物有智"的现代境界,而且也善于抒写人类的情感。他的抒情诗有不少属于"恋曲"之类的作品。如《你究竟怎么了,我的天使?》(*Что с тобою，ангел，стало? ..*),在

---

①　И. И. Дмитриев. "Стонет сизый голубочек …"//И. И. Дмитриев. *Полное собрание стихотворений*. Ленинград：Издательство Советский писатель, 1967, с.128—129.

这首恋曲中,陷入恋情的女子总是郁郁寡欢:

> 你究竟怎么了,我的天使?
> 怎么听不到你说话的声音;
> 你总是唉声叹气。而过去,
> 你的歌声像夜莺一样迷人。①

有学者认为:"德米特里耶夫的恋曲的灵感来自'痛苦的快乐'的感伤主义哲学。"②这是颇有道理的,他的抒情诗善于审视个人的灵魂,揭示人类情感的最隐秘的角落,善于书写人类情感的各种色调以及磨难和考验。他乐于表现人类情感的忧伤,在他看来,忧伤是净化人类心灵的一种途径,但显然不是最终的目的,所以,在题为《快乐》(*Наслаждение*)的诗中,德米特里耶夫歌颂做人的乐趣。生命是短暂的,所以在悲伤、难过、无聊中度过是没有意义的:

> 远离苦闷,远离烦扰!
> 炽热的爱情才弥足珍贵!
> 时光流逝而去,难以逆转,
> 分分秒秒都不可荒废!③

可见,感伤主义十分重视情感的功能与意义,在从古典主义朝浪漫主义的过渡中,发挥了重要的铺陈作用。

在十八世纪,体现俄罗斯诗歌创作成就的,不仅有古典主义诗歌,而且还有感伤主义诗歌。"在诗歌创作中,语言的变化也很明显——从彼得大帝时代的诗歌到杰尔查文、卡拉姆津和德米特里耶夫的作品,这些作品可以称为普希金的直接的先驱。蓬勃发展——这是十八世纪俄国文学,特别是俄

---

① Дмитриев И. И. «Что с тобою, ангел, стало?..»//И. И. Дмитриев. *Полное собрание стихотворений*.(Библиотека поэта; Большая серия). Ленинград: Издательство Советский писатель, 1967. с.130.

② Макогоненко Г. П. «Рядовой на Пинде воин» (Поэзия Ивана Дмитриева)//И. И. Дмитриев. *Полное собрание стихотворений*. (Библиотека поэта; Большая серия). Ленинград: Издательство Советский писатель, 1967. с.29.

③ И. И. Дмитриев. *Полное собрание стихотворений*. (Библиотека поэта; Большая серия). Ленинград: Издательство Советский писатель, 1967, с.287.

国抒情诗的一个重要特征。"①

　　俄国十八世纪的感伤主义文学所取得的成就主要是以诗歌与小说为代表的,而诗歌艺术更胜一筹。拉吉舍夫、德米特里耶夫、卡拉姆津等作家的具有典型感伤主义色彩的诗作,是俄罗斯十八世纪文学成就的重要组成部分。十八世纪感伤主义文学在诗歌艺术上的探索和成功,为十九世纪浪漫主义文学的繁荣奠定了扎实的根基,从这一视角来说,有些学者将感伤主义视为前浪漫主义也是顺理成章、毫不为过的。

---

① Н. Д. Кочеткова ред. *Русская литература. Век XVIII. Лирика.* Москва：Издательство Художественная литература，1990，с.1.

第七章　卡拉姆津的诗歌创作

在十八世纪的俄国诗坛，卡拉姆津是一位举足轻重的人物。他创作成就卓著，主要体现在诗歌创作和小说创作两个领域。在世界文学史上，就感伤主义文学而言，他也是一个很难超越的作家。而且，他还是一位著名的学者，他撰写的 12 卷集《俄罗斯国家史》（*История государства Российского*），使他在俄罗斯史学界留下了不朽的名声。他以文学为生，在俄罗斯文学与西欧诗歌接轨方面，无疑作出了杰出的贡献。"卡拉姆津是第一个公开将文学作为职业的主要作家，而且使之成为一个光荣而受人尊敬的职业。"①

第一节　俄国感伤主义文学的杰出代表

尼古拉·米哈伊洛维奇·卡拉姆津（Николай Михайлович Карамзин）是十八世纪俄国感伤主义文学最杰出的代表，他出身于辛比尔斯克省兹纳明斯科伊村的一个地主家庭。在家乡受到启蒙教育之后，1777 年，他被送到莫斯科；1778 年，他进入莫斯科的一所寄宿中学，在哲学教授萨顿所办的私立寄宿学校学习。与此同时，1781 年至 1782 年，他在莫斯科大学旁听。毕业后，他曾在军队服役，在此期间，结识了诗人德米特里耶夫。但在 1784 年，他因父亲去世而退伍，回到辛比尔斯克。不久，他重返莫斯科，想专门从事文学活动，并且与文学界建立了广泛的联系。1789 年 5 月至 1790 年 7 月，他游历了德、法、英、瑞士等国，到过德累斯顿、莱比锡和魏玛等很多地方。彼时，他直接从欧洲文化的源头汲取所需的营养，广泛阅读西欧作家的作品，不时结识西欧的杰出作家和哲学家，领悟他们的所想所思。他与哲学家康德进行过交谈，拜见过歌德、赫尔德、维兰德等多位作家。1789 年的这

---

①　Г. А. Гуковскй. *Русская литература XVIII века*. Москва：Аспект Пресс，1999，с.352.

次长达十多个月的国外游历,对卡拉姆津的文学创作活动具有潜在的推动作用和影响。回国之后,卡拉姆津创办了月刊《莫斯科杂志》。该杂志非常优秀,出刊两年,取得了巨大的成功。卡拉姆津在其中刊载了他的许多篇小说和诗歌,包括著名的中篇小说《可怜的丽莎》,这些作品引起了不小的轰动。十九世纪初,在亚历山大一世统治时期,他又创办了文学和政治半月刊《欧罗巴导报》(*Вестник Европы*),使之成为十九世纪最初的重要刊物。自1803 年起,直到逝世,他全身心投入 12 卷的《俄罗斯国家史》的撰写工作。这是俄国历史文献中的一座丰碑,别林斯基认为:"如果没有卡拉姆津,俄国人就不会知道自己祖国的历史……《俄罗斯国家史》作为才禀卓著的文学家写成的第一部试作,是一部伟大的作品,其优点和重要性永远不会消失。"①别林斯基在此所充分肯定的是卡拉姆津作为文学家和历史学家的双重地位。

在文学创作领域,"卡拉姆津被誉为俄国感伤主义文学的领袖,这是极为中肯的"。②作为俄国感伤主义最为重要的作家和理论家,卡拉姆津在诗歌创作和小说创作两个方面都为俄国感伤主义文学的发展作出了突出的贡献,而且,他的创作深深地影响了十九世纪的浪漫主义文学以及普希金等许多俄国作家的创作。"卡拉姆津催生了一大批感伤主义的作家,他们模仿他的主题、情节和语言,其中不乏修饰语、迂回说法、'多愁善感'的细节描写,等等。于是诞生了一种新的感伤故事的体裁,以描写不幸的恋人、悲惨的死亡、乡村生活的乐趣等。"③别林斯基也坚持认为:"卡拉姆津把俄国文学引入新思想的境界——语文改革就是这件事的必然的结果。……卡拉姆津在俄国是第一个用社会的活生生的语言代替死文字的人。"④在别林斯基看来,卡拉姆津的意义已经跳出了文学领域,他的意义在于推动社会,在于通过文学得出发展的规律。这种肯定,不仅是对卡拉姆津的肯定,也是对文学功能的赞颂。普希金也曾经充满深情地赞叹道:"卡拉姆津纯洁的、高尚的名声是属于俄国的,没有一个真正有才华的作家,没有一个真正有学问的

---

① 〔俄〕别林斯基:《别林斯基选集》(第四卷),满涛、辛未艾译,上海:上海译文出版社,1991年版,第 55 页。

② Н. И. Пруцков гл. ред. *История русской литературы в четырех томах. Том первый. Древнерусская литература. Литература XVIII века.* Ленинград: Издательство Наука, Ленинградское отделение, 1980, с.512.

③ Charles A. Moser ed. *The Cambridge History of Russian Literature.* Cambridge: Cambridge University Press, 1996, p.103.

④ 〔俄〕别林斯基:《别林斯基选集》(第四卷),满涛、辛未艾译,上海:上海译文出版社,1991年版,第 50 页。

人,即使是他以前的对手,能拒绝向他表示深深的敬意和感谢。"①普希金之所以如此称赞卡拉姆津,是因为在创作方面他们有很多的共同之处。在题材上,卡拉姆津从贫苦姑娘丽莎的悲惨一生写起,一直写到《俄罗斯国家史》;普希金也是这样,他从十四品文官维林这样的"小人物"开始写起,一直写到《上尉的女儿》中的女皇,一直写到《普加乔夫史》中的农民起义领袖。在体裁上,卡拉姆津既创作了一系列抒情诗,也创作了《可怜的丽莎》等中短篇小说,以及长篇小说《一个俄国旅行者的书简》(Письма русского путешественника),甚至被一些学者誉为"俄国长篇小说之父"②;普希金也是如此,他既创作了包括《驿站长》在内的《别尔金小说集》等短篇小说集,也创作了《上尉的女儿》《叶甫盖尼·奥涅金》等长篇诗体小说。在文学活动方面,卡拉姆津创办或主编过重要的文学期刊《莫斯科杂志》和《欧罗巴导报》;普希金则创办和主编过重要的文学期刊《现代人》(Современник)。在创作风格上,无论是卡拉姆津还是普希金,都在借鉴西欧诗歌技艺的基础上,充分发挥俄罗斯语言的特性,突出体现俄罗斯诗歌的艺术风格,尤其在忧郁气质和感伤情调等方面,两人具有一定的承袭关系。而且,在创作观念方面,他们都拥有一颗敏锐的心,能够感知人类的不幸和痛苦、唤起人们的同情之心。卡拉姆津对普希金的影响也被一些评论家关注到了,俄罗斯著名评论家洛特曼认为:"如果没有卡拉姆津的诗歌,人们既不能理解茹科夫斯基和巴丘什科夫的诗歌,也不能理解年轻时代的普希金的诗歌。"③

第二节　感伤主义的风景主题与忧伤情调

这位创作了《俄罗斯国家史》这一宏大历史著作的作家,在诗歌创作方面,却不太涉及宏大的主题,而是在日常生活或细部的自然景物中捕捉题材和灵感。在他看来,感化心灵才是文学创作的目的所在,唯有那些能够创造出社会所期望的慰藉心理状态的作品才具有审美价值。所有这些都需要作者有一种特殊的灵魂,因为在这种主观主义的创作体系中,作品需要成为这种灵魂的一种反映。正因如此,作为俄国感伤主义文学的最重要的作家和

---

① А. С. Пушкин. *Полн. собр. соч.*, т. 12, Издательство АН СССР, 1949, с.72.

② В. В. Сиповский ред. *Русские повести XVII—XVIII.* СПб.: Издание А. С. Суврина, 1905, с.v.

③ Ю. М. Лотман. "Поэзия Карамзина"//Н. М. Карамзин. *Стихотворения.* Ленинград: Издательство Советский писатель, 1966, с.49.

理论家,在题为《一个作家需要些什么?》(*Что нужно автору*?)的一篇文章中,卡拉姆津对感伤主义文学的基本特性进行了中肯的论述,他认为:"人们说,做一个作家需要才华和知识,需要敏锐的思维和生动的想象。这些都很正确,但还远远不够。作家还需要有一颗善良的温存的心灵……如果你想成为一个作家,那么请你读一读人类不幸的历史——如果你的心并不为此滴血,那么你最好把笔丢在一旁,否则这支笔只会向我们描绘你心灵的冷酷与阴暗。"①卡拉姆津的这段话颇为重要,是我们理解他的感伤主义诗学思想的一个关键。从这段话语中,我们可以看出,卡拉姆津特别强调感伤情调理应具有的重要意义,在他看来,对于一个作家来说,最为重要的不是生动的想象等才华和技巧,而是具有一颗感知人类不幸历史的善良的心,一个作家应该与人类同甘苦共命运,以敏锐的思维与善良的心灵感受并且抒发人类的苦难。怀有"一颗善良的温存的心灵"来呈现"人类不幸的历史",是卡拉姆津的感伤主义伦理思想的精神实质。

卡拉姆津的许许多多的抒情诗都是从不同的方面以"一颗善良的温存的心灵"来感知人类的不幸,呼唤人道主义同情的。他所选择的意象常常是日常生活中或自然界中的细小行为或普通意象,但是他能够在普通的意象中发掘出宏大的主题。他认为:"一个真正的诗人能从最普通的事物中发现其具有热血沸腾的一面;他的工作是给一切事物披上生动的色彩,给一切事物附加一个诙谐的想法……,用一种表达方式来装饰一种普通的感觉,展示那些隐藏在其他人眼中的阴影。"②卡拉姆津在表达感伤主义思想时,总是借助对风景主题的书写,在大自然中注入心理分析的内涵,以及与人类情感相通的忧伤和苦闷的情调,而且,他的诗歌具有很强的哲理性。他的抒情诗《秋》(*Осень*)就是典型体现他感伤主义情怀的作品,该诗从一开始就表现了秋的萧瑟:

> 在阴暗的栎树林中,
> 　　秋风萧飒凄厉;
> 带着瑟瑟的响声,
> 　　黄叶纷纷坠地。

---

① Н. М. Карамзин. "Что нужно автору?" См. Н. М. Карамзин. *Избранные сочинения в двух томах*. М.；Л.：Художественная литература, 1964. Т. 2, с.120—121.

② Н. М. Карамзин. *Избранные сочинения в двух томах*. М.；Л.：Художественная литература, 1964. Т. 2, с.144.

> 田野和花园荒凉了；
> 　　山岭像在悲号；
> 林中的歌声寂静了——
> 　　鸟儿已经飞掉。①

这一情景，颇像莎士比亚十四行诗集中的第七十三首所书写的悲凉的场景。在莎士比亚的十四行诗中，曾经枝繁叶茂、枝头有百鸟欢唱的树木，如今只剩下几片即将凋零的黄叶。卡拉姆津的诗也是如此，秋风萧瑟，"黄叶纷纷坠地"，鸟雀已经飞走，田野和花园也已荒凉，现在唯有寒风悲号。随后，诗人进一步写道：

> 迟归的雁阵横空，
> 　　急急飞向南方，
> 翻越崇山峻岭，
> 　　整齐平稳地翱翔。
>
> 在静静的幽谷之中
> 　　弥漫着茫茫白雾，
> 随同村庄的炊烟，
> 　　一起向天空飘忽。②

秋，是古今中外许多诗人经常歌咏的一个主题。而且，多数诗人笔下的秋景总是与忧伤和阴郁联结在一起。我国古代著名诗人宋玉的代表作《九辩》的开篇就写道："悲哉！秋之为气也，萧瑟兮草木摇落而变衰。"③十九世纪俄国诗人费特在一首题为《秋》的诗歌中写道："冷寂萧瑟的秋日，/多么哀伤，多么阴晦！/它们来扣我们的心扉，/带来多么郁郁的倦意。"④可见，在中外诗人的笔下，萧瑟的秋景与人类的愁绪形成了一致的体验，达到了共鸣。

作为感伤主义诗人，卡拉姆津在这首《秋》中，则表现了欢乐和愁绪相互交织的复杂的情感，体现了如同英国诗人托马斯·哈代那般对大自然所具

---

①② 〔俄〕卡拉姆津等：《俄罗斯抒情诗选》（上册），张草纫译，上海：上海译文出版社，1992年版，第92页。

③ 宋玉：《九辩》，参见《先秦诗鉴赏辞典》，上海辞书出版社，1998年版，第876页。

④ 飞白主编：《世界诗库》（第5卷），广州：花城出版社，1994年版，第191页。

有的双重的分裂的感受力。诗人最开始描写的也是萧瑟的秋景,他以四个诗节的篇幅分别描写了秋天的树林、秋天的田园、秋天的大雁、秋天的幽谷。在他的笔下,秋天的树林里,"秋风萧飒凄厉""黄叶纷纷坠地";秋天的田园里,一片荒凉;秋天的鸟雀也纷纷逃离他乡,"迟归的雁阵横空","整齐平稳地翱翔";秋天的山谷,也是一片沉寂,白雾茫茫。

经过对秋天的萧瑟的自然场景进行充分渲染之后,自第五节起,诗中终于出现了人的形象:

> 站在山上的旅人
>   脸色愁苦忧悒,
> 凝望着凄凉的秋光,
>   发出疲惫的叹息。
>
> 放心吧,忧愁的旅人!
>   大自然一片肃杀,
> 只是短暂的时间;
>   一切会重新萌发。①

这是秋天里的"忧愁的旅人",他站在山巅,看着眼前一片凄凉的秋景,也自然受到了深深的感染,"脸色愁苦忧悒",并且"发出疲惫的叹息"。然而,诗人并没有沉浸在这个热情几乎丧失殆尽的秋天的时光中,而是在萧瑟和失望之中得以顿悟,感受到了一种新的热情以及新的希望。所以,在随后的两个诗节中,诗人断言:萧瑟的时光只是短暂的,美好的时节一定会重新降临。待到春天来临的时候,一定会令人感到万象更新般的"一切会重新萌发"。

接着,诗人以拟人的笔法,用新婚的比喻,写下了春回大地时的美好景象:大自然"穿上结婚的新装,/露出自豪的微笑"。还有什么比新婚时的景象更令人感到振奋的呢?

不过,卡拉姆津终究是一个具有代表意义的俄罗斯感伤主义诗人。在诗歌创作方面,卡拉姆津往俄罗斯诗歌中注入了风景主题、心理分析以及浪漫主义所特有的忧伤和苦闷的情调。所以,作为该诗结尾的最后一个诗节,

---

① 〔俄〕卡拉姆津等:《俄罗斯抒情诗选》(上册),张草纫译,上海:上海译文出版社,1992年版,第92—93页。

在经过前面的人与自然之间的"共鸣"之后,诗人又突出了人与自然的差异:

> 到春天万象更新;
>> 大自然会重起炉灶,
> 穿上结婚的新装,
>> 露出自豪的微笑。

> 人却会永远枯萎!
>> 老人即使到春天,
> 也会像在寒冬一样,
>> 感到生命的短暂。①

在卡拉姆津看来,大自然具有自我更新、自我复原的能力,而人类的生命所缺乏的,恰恰就是这一能力。人类的生命一旦衰老,哪怕是在春天这一明媚的季节,也难以得到复原。该诗从大自然的萧瑟的秋景开始,自然而然地转向了对人的短暂生命历程的感叹,表现出感伤主义所惯常表露的哀伤情调。

卡拉姆津在创作中强调忠实于自然和想象的自由,认为诗歌的对象和灵感的主要源泉只能是自然,认为只有自然才是艺术永恒的原本,是美和灵感取之不尽的源泉。他的这些观点,也成了俄国浪漫主义文学理论的一个来源。

第三节　人类社会的苦难抒写与感伤情怀的呈现

当然,无论卡拉姆津如何强调忠实于自然,如何认为自然是灵感和艺术的源泉,生活在现实世界的诗人无论如何也逃脱不了现实世界的桎梏。所以,俄国十八世纪的现实生活,同样是卡拉姆津传达自己感伤主义情怀的一个必不可少的方面,他也创作了多首描写现实社会的诗篇。如果说,上述题为《秋》的抒情诗主要是以大自然意象为题材,以大自然的规律来烘托人类社会的,那么,他的抒情诗《拉伊莎》(*Pauca*)则是主要描写人类社会的

---

① 〔俄〕卡拉姆津等:《俄罗斯抒情诗选》(上册),张草纫译,上海:上海译文出版社,1992年版,第92—93页。

诗篇。

　　从《拉伊莎》一诗中可以看出,卡拉姆津在自己的作品中表达了对下层人民的同情,他关注普通人物,揭示他们的内心世界。他在感伤主义文学的典型体裁,游记和中篇小说两个方面,都有所建树,作出了重要贡献,写下了著名的小说《可怜的丽莎》。在诗歌创作方面,卡拉姆津擅长于悲歌和书信体诗歌等形式的创作,不过,就情感的深度而言,他的抒情诗反而不及他的小说。

　　卡拉姆津的诗歌《拉伊莎》作于 1791 年,该诗比他的中篇小说《可怜的丽莎》还要早一年。这篇诗作的思想内涵颇像《可怜的丽莎》,读起来仿佛是一篇诗体的《可怜的丽莎》。拉伊莎的命运,如同丽莎一样,令人同情,令人惋惜。

　　诗篇《拉伊莎》的开头,作者所刻意描写的是拉伊莎悲剧事件发生时分的狂暴的自然场景以及在这一自然场景的衬托之下奔波着的拉伊莎的孤独的身影。在一个可怖的深夜,划过夜空的闪电、隆隆作响的雷声、压顶的乌云、倾盆的暴雨,是所能见到的自然场景,周边没有一个人影,唯有可怜的拉伊莎,面对狂风暴雨的呼啸,发出声声悲哽:

> 在深夜的黑暗中出现了风暴,
> 一道道闪电划过夜空,
> 雷霆在乌云中隆隆作响,
> 倾盆大雨哗啦啦地落进树丛。
>
> 任何地方都看不见一个生命,
> 全都躲进了忠实的住所。
> 只有拉伊莎,可怜的拉伊莎
> 独自一人在黑暗中四处奔波。
>
> 她的心中悲观失望,
> 所以对风暴无动于衷,
> 狂风暴雨的可怕的呼啸
> 也无法压倒她的悲哽。①

---

① Н. М. Карамзин. *Избранные сочинения в двух томах*. Т. 2, Москва: Издательство Художественная литература, 1964. с.25.

在接下去的诗行中,诗人以场景和色彩的强烈对照的笔法描写了海滨宏大而狂野的场景,以及在这一宏大场景衬托之下的拉伊莎弱小的身躯。尤其是第四诗节对拉伊莎的肖像的描写,显得极为生动具体。诗人分别运用白、青、黑、红等四种色彩的对比,刻画了这一悲剧性的形象:

> 她脸色苍白,像一片枯萎的树叶,
> 她嘴唇铁青,与死人相同;
> 一双眼睛上笼罩着黑晕,
> 然而,心脏却在她胸口剧烈跳动。

> 她白皙的胸部袒露着,
> 已被树枝狠狠地刺伤,
> 热血似小溪一般淌了出来,
> 滴到潮湿的绿色草地上。①

通过这一对比,卡拉姆津既在诗中对她的悲剧形象进行了渲染,也突出了她身上依然具有的生命的活力和激情。随后,经过场景的充分渲染之后,诗歌用了较多的篇幅,以第一人称的独白形式展现了拉伊莎悲剧命运的根源:

> 海岸上,高傲地耸立着
> 花岗石的悬崖峭壁;
> 在悬崖之间,拉伊莎
> 攀着怪石,登上山脊。

> (这时,借着火光的闪烁,
> 无底的大海正在发怒,
> 卷起巨大波浪,厉声咆哮,
> 威胁着要淹没整个大陆。)

> 她看了看,沉默下来,
> 但很快又发出可怜的呻吟,

---

① Н. М. Карамзин. *Избранные сочинения в двух томах.* Т. 2, Москва: Издательство Художественная литература, 1964. с.25.

与暴风雨呼啸混在一起：
"哎哟！哎哟！我就要失去生命！

克洛尼德，你离开我去了何方？
你呀，既亲切可爱又冷酷无情！
为什么要把你这个拉伊莎
孤零零地抛在可怕的黑暗中？"①

原来，拉伊莎倾心所爱的男子克洛尼德背弃了拉伊莎纯洁的感情，带着另一个姑娘柳德米拉，离她而去，奔走他方，将她孤零零地留在黑暗之中，于是，她无助地呼唤他的归来，并且回顾他们曾经的艰难恋爱经历：

"克洛尼德！快到我身边来！
我会原谅过去的一切，求求你！
可你不会来找可怜的拉伊莎！……
啊，我为什么要与你相识？

父亲和母亲那么爱我，
我也曾温柔地爱过他们；
我所度过的那一时一刻
都伴随着天真无邪的欢欣。

然而，当你像天使一般出现，
并用温柔的声音对我说：
'我爱你，拉伊莎，我爱你！'——
我便把父母亲全都忘却。

我含着炽热的爱情的泪水，
带着真诚的战栗和无比的欢欣，
投入了你的怀抱，
向你奉献了一颗芳心。

---

① Н. М. Карамзин. *Избранные сочинения в двух томах*. Т. 2, Москва：Издательство Художественная литература，1964. с.25—26.

> 两颗心终于连到了一起。
> 我的呼吸和生存迁移到你的身上,
> 在你的眼中我看到了太阳的光线,
> 对于我,你就是一个神圣的形象。"①

这一艰难的爱情历程,最后遭遇的却是背叛,拉伊莎根本无法承受这一背叛所造成的打击,她无法接受这一残酷的事实,所以,卡拉姆津一直以第一人称表白的方式,陈述理想与现实的冲撞,她所爱的男子已经从她的怀抱逃脱:

> "为什么我今儿的生命
> 没有在你爱情的拥抱中消失?
> 那么就不会发现你的变心,
> 那么就是一个幸福的结局。
>
> 然而命运作对,你觉得另一个女人
> 比你忠诚的拉伊莎更好更美;
> 当我睡得酣甜的时候,
> 你永远抛弃了我,远走高飞,
>
> 当时,我正在想着克洛尼德,
> 伸出双手,准备将他拥抱!
> 天哪! 我抱住的只是一团空气……
> 克洛尼德已经出逃!"

拉伊莎正是在这样的回顾和表白之中,逐渐醒悟过来,意识到了他们之间爱情的真实性质,当"幻想破灭",她"四处搜索"也不见他身影的时候,她作出了痛苦的抉择,选择"跳崖投海",结束自己年轻的生命:

> "幻想破灭,我醒了过来;
> 呼唤他的名字,没人答应;

---

① Н. М. Карамзин. *Избранные сочинения в двух томах*. Т. 2, Москва: Издательство Художественная литература, 1964, c.26.

我用目光四处搜索，
但是眼前不见他的身影。

我急忙登上高高的山丘……
真是可怜！……远处的克洛尼德
带着柳德米拉，逃出了我的视野！
我即刻跌倒在地，失去知觉。

从那个可怕的时候起，
我彻底崩溃，无法摆脱痛苦；
我遍地寻找，呼唤克洛尼德，——
可你却始终对我不屑一顾。

现在，不幸的拉伊莎
最后一次将你呼唤……
我的心灵期待着宁静……
永别了！……愿你幸福美满！"[1]

拉伊莎的呼唤没有唤起应有的同情，然而，拉伊莎之死，却让背弃者遭受了上苍的惩处。

说完这些话语，拉伊莎跳崖投海。
这时，雷霆轰隆一声巨响：
同一个天空宣告：毁她的人
也遭到了灭亡的下场。[2]

（吴笛　译）

这一恋爱故事本身并没有什么新奇之处，但是，它却反映了俄国感伤主义作家的基本思想倾向。卡拉姆津等感伤主义作家多半是具有逃避现实的社会斗争的倾向的，他们不太关注一些理应关注的重大题材，对于人民的生

---

① Н. М. Карамзин. *Избранные сочинения в двух томах.* Т. 2，Москва：Издательство Художественная литература，1964. с.26—27.

② Н. М. Карамзин. *Избранные сочинения в двух томах.* Т. 2，Москва：Издательство Художественная литература，1964. с.27.

活和社会的苦难,他们也只会发出哀叹、表示同情。这也是俄国感伤主义作家的局限所在。

卡拉姆津对俄国诗歌的主要贡献是在诗的韵律、语言及形式方面。他汲取了民间文学的韵律特征,在十八世纪之后的俄罗斯诗歌中再次尝试民谣的创作,并竭力使诗歌语言贴近生活,接近贵族阶层的口头语。这一点,别林斯基曾经给予高度评价,他写道:"卡拉姆津在俄国是第一个用社会的活生生的语言代替死文字的人。在卡拉姆津之前,在我们俄国,人们认为书写出来,印出来,只是给'有学问的人'看的,不学无术的人几乎就不应该手触书本,正像教授不应该跳舞一样。"①卡拉姆津还注意充分吸收西欧语言,特别是法语的语言特征和营养,从而极大地扩展了他的诗歌的表现力。

就诗歌题材而言,卡拉姆津不仅善于描写大自然以及人类社会,也在死亡等主题方面,表达了自己的哲理思考,同时也传达了他的感伤主义伦理思想。抒情诗《岸》(Берег),便是卡拉姆津的一首书写死亡主题、表达死亡意识的诗篇。

在世界诗歌史上,人的存在之谜总是吸引着诗人的思考和探究,描写死亡主题的诗篇从诗歌艺术诞生之时,就成了很多诗人关注的对象和思考的焦点。被誉为人类最古老的书面文学的古代埃及诗集《亡灵书》,便是对这一主题进行探索的最早体现。由此可见,从文学产生之日起,作家们就以思想家的姿态,开始自觉地思考死亡这一命题。而且,从人类最早的书面诗歌作品《亡灵书》起,众多描写死亡的诗篇主要是从生命的意义上来探讨死亡的,以死亡主题来体现作家对生命的尊崇以及对生命意义的追求,从而奠定了死亡意识的乐观基础。即使是在漫长的中世纪,当宗教神权思想统治一切、来世主义思想占据主导地位的时候,当文学在一定意义上只是神学的奴仆的时候,依然有一些诗人表现出强烈的现世主义的人生观和死亡观,表现出对现实生活的眷恋以及对现世生活意义和价值的充分肯定。

中世纪的法国著名诗人维庸和波斯诗人海亚姆在死亡主题书写方面具有一定的代表性。维庸声称,在死亡面前人人平等;而在海亚姆看来,人的生命如同泥土一般,人一旦死亡,便"永无尽期""永无回程"地化为无声无息的泥土,所以,人生的意义在于充分享受现世生活。可见,海亚姆的这一死亡意识同样是对中世纪宗教神学的一个挑战。卡拉姆津这首写

① 〔俄〕别林斯基:《别林斯基选集》(第四卷),满涛、辛未艾译,上海:上海译文出版社,1991年版,第50页。

于十八世纪的诗篇,同样是在生命的意义上歌颂死亡,歌颂到达"彼岸"时
的无限欢乐:

> 经历旅途的艰难险阻,
> 在狂风暴雨和颠簸之后,
> 航海者已经并不怀疑
> 将到达安全平静的码头。
>
> 即使这码头没有名气!
> 即使在地图上也找不到!
> 在那里能摆脱灾难的想法,
> 使它变得非常美好。[①]

该诗借用航海者的意象,通过离开此岸的"航海者"在狂风暴雨中的海洋上
的颠簸,来表现人类生命不息、灵魂不灭的思想。在卡拉姆津看来,今生今
世的生活,便类似于"海洋和波浪",而死亡并不是生命的终结,死亡只是生
命的"码头和安息"。死亡还是被生活浪花冲散的人们在彼岸相聚的一个理
想的场所,在那儿,可以遇见"许多亲戚至交",在那儿,有惊呼,还有拥抱。
我们从这些生动优美的诗句中可以感觉到,卡拉姆津竭力呈现身后生命的
存在和存在的意义以及身后生命所具有的美好特性。

　　但是,卡拉姆津毕竟是一位感伤主义作家,我们从《岸》中也可以感受到
诗人对现实的不满,尤其是在第二诗节中,卡拉姆津对俄国当时社会现实的
不满表现得极为强烈。在卡拉姆津看来,日常生活中的种种不公,社会现实
中的种种阴暗,在当时的俄国沙皇专制制度下,是根本无法得以改善的,所
以,他以感伤主义作家的独特视野,悲观地认为只有死亡的彼岸才是"摆脱
灾难"的途径,才能使人的存在"变得非常美好"。所以在诗的结尾,诗人所
强调的是被"神秘的海岸"所吸引,以及彼岸所留出的"位置":

> 如果他们在岸上看见
> 自己的许多亲戚至交,
> 啊,好极了! 他们会惊呼

---

① 〔俄〕卡拉姆津等:《俄罗斯抒情诗选》(上册),张草纫译,上海:上海译文出版社,1992 年
版,第 96 页。

并且投入亲友的怀抱。

生活啊！你是海洋和波浪！
死亡啊！你是码头和安息！
在这里被浪花冲散的人们，
将会在那儿会合在一起。

我知道，我知道……你在吸引
我们到达神秘的海岸！……
可爱的树荫！留出点位置吧，
好让朋友们同你结伴！①

  作为感伤主义诗人，在描写死亡主题的诗篇时，与西欧的其他诗人相比，卡拉姆津诗中的"神秘的海岸"以及"同你结伴"等表述，是有其较为消极的一面的，对此，我们必须有清楚的认识，充分认识到他作为感伤主义诗人的局限性。

  作为十八世纪的作家，卡拉姆津的感伤主义思想是在漫长的生活经历中发展起来的，他的世界观也是在对乌托邦主义和怀疑主义这两种思想的吸引和排斥中逐渐发展起来的，他甚至认为，在政治上有德行的人，"构成了哲学中的折中主义"②。他在思想上，曾经崇尚过柏拉图式的共和乌托邦，但是，当他发现这一理想难以实现时，他又时常流露出一种无可奈何的忧伤。在1791年3月的《莫斯科日报》上，卡拉姆津对托马斯·莫尔的《乌托邦》的俄文译本进行了广泛而有趣的评论，认为"这本书包含了对一个理想的描述，即柏拉图的《共和国》"，但他立即表示相信其原则"永远无法付诸实践"③。1794年，在《致德米特里耶夫》（*Послание к Дмитриеву*）一诗中，在描述对法国革命的幻灭时，卡拉姆津写道：

但时间和经验正在摧毁
青春年华的空中楼阁；
魔法的美感逐渐消失，

① 〔俄〕卡拉姆津等：《俄罗斯抒情诗选》（上册），张草纫译，上海：上海译文出版社，1992年版，第96—97页。
② См.：*Вестник Европы*，1803. № 9, с.56.
③ 《Московский журнал》，1791，ч. 1, с.359.

现在我看到的是不同的世界，——

我很清楚，我们无法

与柏拉图建立理想国……①

　　他的一些作品，即使表面上看起来相对平淡，实际上也有着深邃的思想。他以感伤主义情怀，传达了富有时代精神的启蒙主义思想。于是，无论是小说还是诗歌，对现代读者来说，都毫无距离感，因为他有着博大的胸怀，对人类的苦难也有着真挚的同情，所以，他的作品依然充满活力，充满现代气息，这也是卡拉姆津数百年来一直吸引读者的一个根本原因吧。而且，卡拉姆津的创作对后世的影响也是不可低估的。"卡拉姆津对俄罗斯文化的意义是非凡的。在他的文学作品中，他充当了改革者的角色，将简洁性与抒情性相结合，创造了心理叙事的体裁，并在诗歌方面为茹科夫斯基、巴丘什科夫和普希金铺平了道路。"②应该说，著名评论家洛特曼对卡拉姆津的评价是十分中肯的，尤其是其对"心理叙事"的赞赏，是颇具说服力的。

---

①　Н. М. Карамзин. "Послание к Дмитриеву". См.: Н. М. Карамзин *Избранные сочинения в двух томах*. Москва: Издательство Художественная литература, 1964. Т. 2, с.35.

②　Ю. М. Лотман. "Николай Михайлович Карамзин", *Русские писатели. 1800—1917. Биографический словарь*. Том 2. Москва: Большая Российская энциклопедия, 1992, с.477.

第三编　黄金时代：俄国诗歌的辉煌

第八章 十九世纪浪漫主义诗歌

经过十八世纪罗蒙诺索夫、特列佳科夫斯基、苏马罗科夫等古典主义诗人的开拓，以及卡拉姆津、德米特里耶夫等感伤主义诗人的共同努力，俄罗斯诗歌一改十七世纪之前闭塞独立、停滞不前的局面，开始与世界诗坛接轨。俄罗斯诗人结合俄语诗歌的韵律特性，在诗歌艺术方面积极探索，使得俄罗斯文学得到迅猛的发展，尤其是到了十八世纪末、十九世纪初，当浪漫主义文学在世界各国成为文学主潮的时候，俄罗斯诗坛奋起直追，逐渐与西欧浪漫主义文学同步发展，甚至在特定的时间以及特定的领域占据了引领地位。俄罗斯诗坛，因为有了普希金和莱蒙托夫等作家，在世界诗坛开始与英国诗歌、法国诗歌、德国诗歌并驾齐驱，极大地丰富了世界诗歌的艺术宝库，为世界文学中的浪漫主义诗歌艺术的繁荣，作出了极为重要的贡献。正是因为这一突出的贡献，人们将这一时代视为"黄金时代"。而且，这一时代与俄国浪漫主义诗歌的发展是同步的。正是在这一时代，诗人为了传播的目的而进行诗歌创作，而且俄国社会民众也对诗歌产生了浓厚的兴趣。在世界文化史上，为了体现和谐，在许多描绘黄金时代的作品中，一个常见的主题就是舞蹈，有学者以舞池所作的比喻，就显得十分妥帖："黄金时代的诗歌创作方式更像是在舞厅或舞池中进行的。在这里，每个人都有成为舞者的可能性：你可以碰碰运气，邀请别人跳一支舞，或者被邀请跳一支舞，然后善意地屈尊。在舞蹈中是如此，在诗歌中也是如此：在这里，你可以阅读、写作、被写作、被抄写、被展示给他人、讨论你所读到的内容，或者与写诗的人闲聊。参与是必不可少的。毫无疑问，当时的俄罗斯文学与文化是一个书籍和刊物的王国；大多数诗歌都是为了印刷而写的。"①从这一表述中，我们不难发现这一时期俄罗斯诗歌的辉煌以及社会功能的强大。

就俄罗斯诗歌"黄金时代"的具体时间而言，有学者作了界定："从时间

---

① Daria Khitrova. *Lyric Complicity*：*Poetry and Readers in the Golden Age of Russian Literature*，Madison，Wisconsin：The University of Wisconsin Press，2019，p.14.

上看,俄罗斯诗歌的黄金时代大约持续了四十年,从十八世纪九十年代中期到十九世纪三十年代中期。"①这一界定与俄罗斯浪漫主义诗歌的发展进程是基本相近的,或者说,与法国大革命之后的世界历史现实是基本吻合的。

第一节　浪漫主义诗歌概论

从 1789 年法国大革命开始,到 1830 年前后,欧洲资产阶级革命的浪潮汹涌澎湃,封建统治和民族压迫使民主运动和民族解放运动愈加高涨。正是在这样的历史语境下,浪漫主义文学思潮得以兴起和迅猛发展,成为这一时期世界文学的主要创作倾向,并且在民族解放运动中发挥重要作用。俄国文学一改落后于西欧文学的局面,开始与西欧浪漫主义文学同步发展,涌现了普希金、莱蒙托夫等许多优秀的浪漫主义作家,以及一系列颇具影响并且在世界文坛占据重要地位的浪漫主义经典作品。

一、浪漫主义诗歌生成和发展的背景与来源

就政治形势而言,十八世纪末和十九世纪初,欧洲处于风云突变的状态,资产阶级革命浪潮汹涌澎湃。浪漫主义文学便是法国大革命、西欧民主运动高涨以及俄国民族解放运动兴起时期的产物。而且,浪漫主义文学的主要成就体现在诗歌领域,在一定程度上体现了时代的巨变与激情。1789年爆发的法国资产阶级大革命,推翻了封建专制政权,确立了资产阶级的政治统治。但围绕着法国大革命,不同的阵营进行了反复的较量,因此,也引发了文学思潮的更新。不过,浪漫主义并不是一场自觉的文学运动,而是由后来的评论家结合时代特征给这一时期的作家所粘贴的一个标签。

拿破仑政权为了巩固已经确立起来的资本主义制度、消除隐患,促使资本主义在各个方面自由发展,在统治时期制定了许多规章制度,采取了一系列强硬措施,对内残酷地镇压复辟活动,坚决代表法国大资产阶级的利益,强化中央集权;对外进行扩张和掠夺,反对欧洲封建君主国的反法联盟,从而巩固了法国资产阶级革命的成果。在拿破仑垮台以后,波旁王朝复辟,"神圣同盟"也扶植欧洲各国的封建王国。但"神圣同盟"的所作所为加深了欧洲各国的社会矛盾以及各个民族之间的矛盾冲突,反而促使各国资产阶

---

① Daria Khitrova. *Lyric Complicity：Poetry and Readers in the Golden Age of Russian Literature*，Madison，Wisconsin：The University of Wisconsin Press，2019，p.15.

级民主革命运动得以迅猛展开以及民族解放运动的蓬勃发展。

在封建王朝与新兴的资产阶级展开殊死搏斗的同时,各国的工人运动也此起彼伏。在英国、法国等一些先进的资本主义国家里,产业工人轰轰烈烈地开展了各种形式的罢工运动。如英国在十九世纪初就连续不断地发生工人捣毁机器的事件,1811 年至 1812 年还爆发了声势迅猛的"卢德运动"。在俄国,在 1812 年反抗拿破仑的卫国战争中所取得的胜利,激发了民众个性意识的萌生以及民族意识的觉醒,而 1825 年的反抗俄国农奴制的十二月党人起义的爆发,更是标志着俄国民族解放运动的兴起。具有强烈的反传统和理想主义色彩的浪漫主义思潮便在这样如火如荼的斗争形势下应运而生。

在哲学思想方面,浪漫主义文学在形成和发展过程中主要受到三个方面的影响。

首先,浪漫主义文学受到卢梭的"返回自然"学说的影响。"返回自然"学说是法国启蒙主义作家卢梭的先进的思想。卢梭认为,私有制观念造成了人世间的不平等的现象,以至于人类文明导致了人类罪恶,所以,他主张"返回自然",将自然作为社会现实的对照。卢梭在社会思想上谴责贫富不均的社会现象,认为这违背了自然的社会法则,所以他崇尚自然。与此相适应的是,他在文学艺术上也强调对"自然感情"的呈现。他的这一学说以及他在创作中所坚守的返回自然、歌颂自然的理念,对欧洲各国的浪漫主义文学的发展,产生了极大的影响。浪漫主义诗人在自然中所发现的是与人类社会相悖的美的渊源,所看到的是创作的灵感以及乐观的希冀。所以自然中的种种意象触发了他们的诗情。"但不管诗人的审美情趣或思想感受怎样千变万化,都不是自然本身所造成的,而是诗人自身特殊的洞察力使得自然力产生了特殊的效力,使诗人的自然有别于常人的自然。"①

其次,浪漫主义文学受到德国古典哲学的影响。康德、黑格尔等古典哲学家特别强调自我、天才以及灵感的重要性,所有这些都对欧洲浪漫主义文学的一些本质特征产生了影响。可以说,这些哲学家以哲学的思辨唤醒了诗人的想象。

最后,浪漫主义文学受到空想社会主义学说的影响。十九世纪初期,空想社会主义思想是在启蒙主义者的幻想破灭之后所提出的理性的蓝图。空想社会主义思想的主要代表有法国的圣西门和傅立叶,以及英国的欧文。

---

① 吴笛:《译序:论帕斯捷尔纳克的抒情诗》,参见〔苏〕帕斯捷尔纳克:《第二次诞生:帕斯捷尔纳克诗选》,吴笛译,上海:上海人民出版社,2013 年版,第 12 页。

他们都是从唯心主义的理性出发,深刻揭露资本主义的社会制度和道德观念等本质特征,构想未来的理想社会,提出了许多美妙的设想以及预测,在历史的发展进程中起到一定的进步作用。他们企图建立起"人人平等,个个幸福"的理想社会。这一思想在关注社会变革、描写理想社会等方面,对后期浪漫主义作家产生了很大的影响。浪漫主义作家通常将主观理想与黑暗现实相对照,以表达对社会现实的反抗以及对自由的渴望和对建立未来美好世界的幻想。

在十九世纪,俄国浪漫主义诗歌也在向西欧诗歌的借鉴中间接地接受了上述这些哲学思想。而且,俄国浪漫主义文学在其发展进程中,也像西欧一样,相应地经历了前后两个发展阶段,俄国前期浪漫主义的主要代表是茹科夫斯基,后期浪漫主义的主要代表有普希金和莱蒙托夫。俄国浪漫主义诗歌是在借鉴西欧浪漫主义诗艺的基础上逐渐发展起来的。不过,茹科夫斯基在翻译英国墓园诗派、普希金在借鉴拜伦诗风的同时,他们也努力体现俄罗斯的民族风格,逐渐形成了俄罗斯诗歌所特有的精神气质和浪漫主义诗风。

二、俄国浪漫主义诗歌的基本特征

作为一个具有共同社会历史背景和哲学思想基础的文艺思潮,欧洲各国的浪漫主义就其艺术特征而言,既有强烈的反传统倾向以及开拓创新的一面,也有对传统文化进行传承和发扬的一面。在反传统倾向方面,浪漫主义作家竭力反对古典主义,尤其反对自文艺复兴以来占主导地位的理性原则,在诗歌艺术的情、理、美三极中,明显倾向于情的一极。在继承和发扬传统精神方面,浪漫主义作家承袭了欧洲优秀的文学传统和文化遗产,尤其是继承和发扬了感伤主义、狂飙突进运动,以及具有传奇色彩的中世纪的文学传统。概括起来,俄国浪漫主义文学具有以下一些基本的艺术特征:

(1)在客观叙述和主观抒情方面,浪漫主义诗人总是乐于表现作家的主观理想,因此,主观性是浪漫主义文学的一个尤为突出的本质特征。就人类的思想发展进程而言,如果说文艺复兴运动体现的是"人的发现",那么,浪漫主义体现的则是"自我的发现"。浪漫主义作家对社会现实和资本主义的种种弊端感到强烈的不满和愤懑,所以他们试图远离社会现实,转向内心世界,着重描写对现实生活的主观感受,抒发强烈的个人情感,他们乐于展开自己想象的羽翼,书写非凡的事件和离奇的现象。他们反对古典主义所坚守的理性原则,认为这些理性原则束缚了作家的想象力的展开以及对情感的抒发。在主观性方面,俄国浪漫主义诗歌与西欧的浪漫主义诗歌没有任何本质上的区别,而且具有西欧浪漫主义诗歌的一些基本特点,无论是俄罗斯浪漫主义诗歌还是西欧国家的浪漫主义诗歌,都强调从客观世界转向主观世界,都具有崇尚自我,以及重情感、重想象的创作倾向,把情感和想象提升到了极其重要的位置。而且,在崇尚自我的同时,俄国浪漫主义诗人还特别强调民族性原则。所谓民族性,是指一种民族所具有的独特的精神和民族气质,俄国浪漫主义诗人主张诗歌应该通过对自身的书写来传达和反映民族的生活和风貌。普希金在这方面也是一个典范,所以他当时就被人们誉为"民族诗人"。

(2)浪漫主义诗人大多是自然的歌手,他们崇尚自然、讴歌自然,善于在自然界发现创作的灵感,探寻美与智慧的源泉,而且,他们善于使用对照手法,体现对照原则,将大自然的美丽景色与资本主义社会的阴暗面进行对照,歌颂大自然,并且在大自然中探寻适合自己进行抗争的神秘力量。

浪漫主义作家作为城市文明的叛逆者,总是厌弃城市文明。由于他们深深受到卢梭"返回自然"学说与泛神论思想的影响,所以对大自然的美有着一种本能的、发自内心的崇拜。他们总是热衷于在自然界寻找适当的"客观对应物",来表达自己的思想感受,将一些妥切的自然意象看成某种精神境界的象征和化身,并将自己的理想寄予其中,突出人与大自然之间的共鸣和一体性关系。就诗歌主题而言,俄国浪漫主义诗人与西欧浪漫主义诗人有很多共同之处,譬如,在俄国早期的浪漫主义诗歌中,诗人们总是热衷于书写死亡主题、墓园主题,以及超自然的境界,等等。而后期的浪漫主义诗人则在自然主题与社会主题的融合方面,发挥了特定的作用。普希金、莱蒙托夫等俄国浪漫主义诗人尤其受到拜伦等西欧诗人的影响,在他们的早期诗歌中,也具有逃避现实的倾向,他们喜欢抒发孤独感和个人意识,表现对社会的不满与反抗,以及个人的爱恋与激情。不过,他们在后期创作中,则转向对社会现实的关注。在这一方面,俄国浪漫主义文学不像西欧文学那样远离现实、脱离实际。俄国有不少作家在自身的创作历程中都经历了从浪漫主义到现实主义的过渡,即使是浪漫主义诗篇,也有较多的现实主义因素。尤其是在十九世纪二十年代的十二月党人诗人的创作中,作家深深地介入现实生活,作品中的现实主义色彩表现得极其强烈。正因如此,有俄罗斯学者在分析浪漫主义诗人茹科夫斯基与西欧浪漫主义诗歌的区别时,写道:"茹科夫斯基安抚了人心,给灵魂带来了慰藉,启迪了心智,治愈了创伤,播撒了善良,唤醒了敏感、同情和怜悯。他看到艺术的任务不是扰乱人心、引爆激情的热度,而是以安抚来解决对抗。正是在这一点上,俄国早期浪漫主义诗歌不同于欧洲浪漫主义诗歌。"①就自然主题的书写而言,俄国浪漫主义诗人也具有一些突出的艺术特征,他们尤其注重自然与人生的一体性关系,很多重要的浪漫主义诗人,都在自然主题方面,作出了开拓性的贡献。茹科夫斯基、普希金、巴拉丁斯基、莱蒙托夫、普列特尼奥夫、伊凡·米亚特列夫、丘特切夫等诗人,都是出色的书写自然的诗人,他们创作的自然主题的诗篇,为黄金时代俄罗斯诗歌的繁荣,作出了杰出的贡献。

(3) 在具体的艺术手法方面,浪漫主义作家尽管风格各异,但是有一个共同的特征,就是他们都喜欢使用极度夸张和强烈对照的艺术手法,从而突出作品中鲜明的艺术效果。

就夸张手法而言,浪漫主义诗人喜欢在艺术形式上标新立异,追求非凡的艺术效果;他们喜欢运用大胆的想象力,书写离奇古怪的故事情节和奇幻神秘的景象。就对照手法而言,他们喜欢使用光明与黑暗、美与丑等方面的强烈对照,以此塑造形象、描写场景。正因如此,在俄国浪漫主义诗歌中,有较为浓厚的智性的要素和玄学的成分,这在巴拉丁斯基、韦涅维季诺夫以及丘特切夫等抒情诗人的创作中体现得极为明显。正是因为他们诗中所具有的较为典型的玄学色彩,他们被二十世纪的一些现代主义诗人视为自己的先驱。

(4) 浪漫主义作家尤为重视民间文学和民族文化传统。这是由"浪漫主义"这一术语的来源所决定的。源自中世纪骑士传奇(Romance)的"浪漫主义"(Romanticism),深受中世纪文学的影响,作家们出色地继承了民间文学中的传奇色彩。还有一些作家注重收集、整理中世纪的民间文学遗产,尤其是民间史诗、壮士歌、谣曲等,并将此运用到自身的创作实践中。譬如,谣曲中的超自然书写就被浪漫主义诗人所承袭。西方有学者认为:"谣曲往往会将超自然的元素嵌入其中,以表明民俗的力量或魔法的力量比人类的意志更强大。"②民间谣曲的意义得到了浪漫主义诗人的重视,"谣曲也许是浪漫主义最重要的诗歌发现。无数的谣曲被写出来,其中包括对民间传说的转述,以及改编、模仿和形态化"③。如普希金、格涅吉奇(Николай Иванович Гнедич)等诗人就善于在自己的诗作中歌颂古老的俄罗斯民间传说中的英雄人物,并喜欢采用民间文学的一些题材进行创作。正是由于浪漫主义作家对民间文学的兴趣,他们也喜欢使用贴近生活、贴近人民的通俗、简洁的

---

① В. И. Коровин, Н. Н. Прокофьева и др. *История русской литературы XIX века В 3-х частях*(1870—1890), Москва: Издательство ВЛАДОС, 2005, c.51.

②③ Michael Wachtel. *Cambridge Introduction to Russian Poetry*, Cambridge: Cambridge University Press, 2004, p.82.

语言进行创作。在诗歌语言风格方面,他们承袭了十八世纪卡拉姆津的诗学传统,在文学语言贴近生活方面成效卓著。

三、俄国浪漫主义诗歌发展历程

浪漫主义文学思潮最早出现在德国。德国早期浪漫主义的代表作家有诺瓦里斯、蒂克、史雷格尔兄弟等。1798 年至 1800 年,他们主办了一份名为《雅典娜神殿》的刊物,利用这一园地宣传新的文学主张,以此与古典主义对抗。作为德国浪漫主义文学理论的奠基人,史雷格尔第一次用"浪漫主义"标明当时与古典主义文学相对立的一种文学思潮,他所下的定义是,"凡是用幻想的形式描绘情感内容的作品,就是浪漫主义的作品"。[①]他们主张打破一切文学艺术的界限,强调作家创作的绝对自由。他们片面强调诗人的主观性,提出浪漫主义的第一条法则,就是诗人随心所欲,不受任何法则的约束。

就西欧和俄国的浪漫主义文学的发展而言,十九世纪的浪漫主义文学思潮明显地经历了前后两个发展阶段。无论是作为浪漫主义文学诞生地的德国,还是代表欧洲浪漫主义文学最高成就的英国,前后两个阶段的作家在题材选择、思想观念、语言风格、创作技巧等方面,都有着明显的区别。早期的浪漫主义作家,如德国抒情诗人诺瓦里斯、法国抒情诗人夏多布里昂、英国抒情诗人华兹华斯、俄国抒情诗人茹科夫斯基等,他们大多逃避现实,他们的创作也大多是主观幻想的产物。他们喜欢描写离奇的神秘景象,或者是赞美黑夜和死亡。而且,他们的作品还具有比较浓郁的宗教色彩和感伤情调。而后期浪漫主义作家,如德国诗人海涅、法国诗人雨果、英国诗人拜伦和雪莱、俄国诗人普希金和莱蒙托夫等,他们大多积极参与现实斗争,反对专制和暴政,同情人民的苦难,支持民主运动和民族解放斗争,具有鲜明的资产阶级民主主义思想倾向。

俄国诗人普希金更是以自己富有特色的创作,表现了俄罗斯民族所独有的性格和气质,他的诗歌经典,构成了俄罗斯民族精神文化的一个典型的象征。他的一些杰出的政治抒情诗反映了当时的社会历史特征和进步人士的思想情感,传达了进步的声音和时代的精神,表达了人民大众对沙皇专制暴政的无比愤怒,也表达了普通群众对自由的渴望。他的一些抒情诗意境十分优美迷人,而且,他的创作题材极为广泛,诗歌体裁也是多种多样,适应

---

① 转引自何寅:《欧洲浪漫主义文学漫议》,《南都学刊》(社会科学版),1988 年第 4 期,第 1 页(转引时做了少量文字的调整)。

于他作品中博大精深的内容。普希金以高度的创作激情以及凝练生动的诗歌语言,为俄罗斯诗歌注入了清新的活力,从而极大地影响了俄罗斯文学发展的进程,也使俄罗斯文学在十九世纪上半叶进入一个辉煌的发展阶段,逐步走向世界文学的前列,形成俄罗斯诗歌发展的黄金时代。

和西欧文学相似,俄国浪漫主义文学发展的两个阶段,尽管观念不同,题材各异,但是,浪漫主义作家都以优美的笔触、深邃的智慧和独特的风格,为世界文学的发展作出了卓越的贡献。

俄国诗歌的兴起与发展虽然比西欧要晚一些,但是自十八世纪中叶的罗蒙诺索夫起,在短短数十年内,其先后经历了古典主义、感伤主义、启蒙主义和浪漫主义的历程。跨入十九世纪之后,在杰尔查文和卡拉姆津依旧在创作的同时,俄罗斯诗坛又出现了茹科夫斯基、巴丘什科夫等新的诗人的名字。他们是俄国第一代浪漫主义作家,以茹科夫斯基为主要代表,还包括伊万·科兹洛夫(Иван Иванович Козлов)和安德烈·波多林斯基等诗人,这些早期浪漫主义诗人也被一些学者视为"茹科夫斯基诗派",他们赞同卡拉姆津的诗学主张,并且向德、英、意等国寻求灵感和契合。随着歌德、华兹华斯、柯尔律治等重要诗人的作品的俄文译介以及"拜伦主义"旋风的影响,俄国的浪漫主义基本上与席卷欧洲的这一运动同步发展,很快便趋于成熟;并且随着这一文学思潮的成熟,俄罗斯诗歌的浪漫主义进入第二发展阶段,即后期浪漫主义,俄罗斯文学也随之进入了它发展进程中的"黄金时代",出现了普希金、巴拉丁斯基、莱蒙托夫、丘特切夫等举世闻名的诗人和震撼人心的诗歌作品。

十九世纪的前 40 年,俄国浪漫主义文学思潮占据主导地位。开始于世纪转折点上的浪漫主义文学运动,受到感伤主义思潮中的两种倾向的强烈影响,即代表逃避现实斗争倾向的卡拉姆津影响了茹科夫斯基等诗人的创作,而代表积极参与社会斗争倾向的拉吉舍夫,则深深影响了 1816 年至 1825 年的十二月党人诗人的创作。由于茹科夫斯基、巴丘什科夫等诗人受到卡拉姆津的强烈影响,俄国早期的浪漫主义甚至被人们称为"卡拉姆津主义"[1],这也使得感伤主义(或称前浪漫主义)和浪漫主义之间的界限显得并不十分鲜明。

以茹科夫斯基为代表的早期浪漫主义诗人,对刚发生过的普加乔夫起义和法国大革命记忆犹新,因而心有余悸,妄想逃避现实,沉溺于自我和内

---

① Victor Terras. *Handbook of Russian Literature*, New Haven: Yale University Press, 1985, p.373.

心深处的感受,关注人的内部世界的矛盾性和复杂性,并且憧憬大自然中的奇异而神秘的理想境界。作为俄国浪漫主义文学的奠基人,茹科夫斯基从翻译托马斯·格雷的《墓园挽歌》起,就开始关注人物内心世界深沉的戏剧冲突,哀叹无常的人生和多舛的命运,并且抒写对自然的向往和回归的心愿。他后来创作的许多诗篇也都以哀怨凄婉的情调和离奇神秘的境界为特色。同时,他在理论上也阐明了自己的观点,认为"诗歌天才的独创性就在于他如何观察大自然,如何把他所得到的印象变成审美思想"①。早期浪漫主义的另一位重要诗人巴丘什科夫在1812年之前的创作中,也毫不涉足社会斗争,只是着重于抒写普通人物的个性以及欢乐和忧伤、自立和自尊的内心感受。

1812年,反抗拿破仑的卫国战争促进了民族意识和潜在的革命意识的觉醒,从此,俄国浪漫主义诗歌开始出现新的音调。诗人们以昂扬的公民激情反映了十九世纪俄国民族解放运动的开端,他们成了"民族的自我意识的带路人",并以鲜明的俄罗斯民族特色和民族语言开启了俄罗斯诗歌发展的新阶段。

作为俄国浪漫主义文学杰出代表的普希金,完成了自十七世纪末开始的俄罗斯新的文学语言的形成过程,在各个方面都为俄国文学的发展提供了典范性的作品,使得俄罗斯文学迈向了世界文学的前列。而以雷列耶夫(К. Ф. Рылеев)、格林卡(Ф. Н. Глинка)为代表的十二月党人诗人,在唤醒俄罗斯民族意识、激发俄罗斯公民的爱国热情以及社会理想方面,为俄国浪漫主义诗歌增添了新的内涵。

这一时期,除了普希金和十二月党人诗人之外,杰尔维格(Антон Антонович Дельвиг)、巴拉丁斯基、柯里佐夫(Алексей Васильевич Кольцов)、莱蒙托夫等一系列优秀的诗人也都为俄国浪漫主义文学的繁荣作出了贡献。尤其是以《诗人之死》而登上诗坛的著名诗人莱蒙托夫,不仅像其他浪漫主义诗人一样,善于表现自我,揭示灵魂深处的奥秘,剖析内心的隐秘情感,他还为俄罗斯诗歌注入了独特的孤傲、忧郁、悲愤的气质。尽管他的一些诗作的基调显得较为忧伤,时常表现出对人类社会以及人的命运的痛苦沉思和哀叹,但是,他始终没有忘记作为一名诗人的崇高使命:用语言去感化和燃烧人们的心灵。

俄国早期浪漫主义文学的主要代表有茹科夫斯基、巴丘什科夫等诗人,后期的主要代表有普希金和莱蒙托夫。俄国的早期浪漫主义与后期浪漫主

---

① В. А. Жуковский. "О поэзии древних и новых." *Вестник Европы*, № 3, 1811, c.208.

义，没有英法等国浪漫主义前后两个时期的那种明显的抗争，但是就创作主题和思想倾向而言，两者还是具有一些区别的。尤其是体现在自我抒情和传达社会理想方面，而且就艺术成就而言，第二时期更为突出，在俄国浪漫主义文学发展的第二时期，出现了普希金、莱蒙托夫、丘特切夫等灿若星辰的诗人群体，构成了俄罗斯诗歌发展史中令人震惊的辉煌的"黄金时代"，俄罗斯文学也为世界文学的发展书写了理想的篇章。

俄国"黄金时代"的诗歌，艺术成就是多方面的，尤其在诗歌类型方面，取得了较为全面的发展，不仅在抒情诗方面成就卓著，而且在长诗以及诗体长篇小说方面，在世界诗歌史上独领风骚；此外，这一时期的克雷洛夫（Иван Андреевич Крылов）在诗体寓言方面也作出了独特的贡献。所有这一切，都为俄罗斯诗歌树立了典范，为俄罗斯诗歌的发展奠定了扎实的基础。

在浪漫主义诗人群体中，不仅有普希金、莱蒙托夫、丘特切夫、茹科夫斯基、巴拉丁斯基、巴丘什科夫、维亚泽姆斯基等一系列灿若星辰的名字，还有雷列耶夫、丘赫尔别凯（В. К. Кюхельбекер）、别斯图热夫（А. А. Бестужев）、奥陀耶夫斯基（А. И. Одоевский）、格林卡、卡杰宁（П. А. Катенин）、拉耶夫斯基（В. Ф. Раевский）等许多优秀的十二月党人诗人，而且，梅尔兹利亚科夫（Алексей Федорович Мерзляков）、格涅吉奇、达维多夫（Денис Васильевич Давыдов）、杰尔维格、雅泽科夫（Николай Михайлович Языков）、波列扎耶夫（Александр Иванович Полежаев）、韦涅维季诺夫（Дмитрий Владимирович Веневитинов）等诗人，也都以自己的创作为俄罗斯浪漫主义诗歌的发展，作出了应有的贡献。

由于浪漫主义是以"自我的发现"为特征，具有典型的"崇尚自我"和"崇尚情感"的创作倾向，所以，自我意识的觉醒以及对情感的尊崇不仅体现在男性诗人的创作中，也体现在女性诗人的创作中。在俄罗斯诗歌发展进程中，浪漫主义时期的一个典型现象是女性诗人的崛起。这些女性诗人群体的出现，正是与浪漫主义诗歌运动中的"崇尚自我"的倾向密切相关的，女性诗人在自己的诗歌创作中，充分展现出女性意识的觉醒，以及女性真挚、深沉、细腻的情感世界。在这些女性诗人群体中，有被誉为"俄罗斯萨福"和"俄罗斯第一位女诗人"的布宁娜（Анна Петровна Бунина），也有被誉为俄罗斯最著名的浪漫主义诗人的帕芙洛娃（Каролина Карловна Павлова）。还有安娜·伊万诺夫娜·戈托夫采娃（Анна Ивановна Готовцева）、伊丽莎白·鲍里索夫娜·库尔曼（Елисавета Борисовна Кульман）、普拉斯科夫亚·米哈伊洛夫娜·巴库尼娜（Прасковья Михайловна Бакунина）、埃夫多基娅·彼得罗夫娜·罗斯托普奇娜（Евдокия Петровна Ростопчина）、娜杰日达·谢尔盖耶夫娜·特普洛娃（Надежда Сергеевна Теплова）、娜杰日达·德米特里耶芙娜·赫沃什钦斯卡娅（Надежда Дмитриевна Хвощинская）等诗人。这些女诗人的创作在十九世纪俄罗斯诗歌发展史上独树一帜。

（一）布宁娜

安娜·彼得罗夫娜·布宁娜是十九世纪初期的一位出色的女诗人兼翻译家，她被同时代人尊为"俄罗斯萨福"和"第十位缪斯"[1]。二十世纪著名女诗人阿赫玛托娃称布宁娜为"俄罗斯第一位女诗人"，而且认为与她具有远房亲戚的关系，她曾在笔记中写道："在家族中，目力所及的周围没有人写诗，只有俄罗斯的第一位女诗人安娜·布尼娜，她是我祖父伊拉斯谟·伊万诺维奇·斯托戈夫的姑姑……"[2]

布宁娜出生在梁赞省的乌鲁索沃村，幼年时代，只有 2 岁的时候，她的母亲就过早地离世，她被她的姑姑收留。在乌鲁索沃村的成长过程中，布宁娜接受了一些朴素的教育：学习俄语字母以及四项算术规则。此后，直到27 岁之前，她主要住在乡村，靠自学学习知识，并且尝试创作诗歌。她的哥哥是一名部队军官，时常带她去莫斯科和圣彼得堡，她因此结识了不少文学界的人物。

1802 年，布宁娜在她父亲去世后的第二年迁居圣彼得堡，租住在瓦西里岛，并且开始刻苦自学，努力攻克法语、德语和英语等外语，并且学习俄罗斯文学。随后，在文学创作方面，她取得了一些成功。1815 年至 1817 年，在英国治病期间，她与瓦尔特·司各特等英国作家有所交往。十九世纪二十年代，布宁娜在与疾病的抗争中，依然坚持诗歌创作和翻译。她终身未婚，将自己的一生献给了她钟爱的文学事业。

布宁娜自 1799 年起，开始发表诗歌作品。她创作的第一部诗集《没有经验的缪斯》（*Неопытная муза*）出版于 1809 年。这部诗集的出版获得了极大的成功，得到了杰尔查文、德米特里耶夫、克雷洛夫等一些著名作家的充分肯定和高度赞赏。她的其他作品还有散文集《乡村的夜晚》（*Сельские вечера*，1811）以及三卷集《诗集》（*Собрание стихотворений*，1819—1821）等。

---

① П. А. Николаев ред. *Русские писатели. Биобиблиографический словарь*. Том 1. А-Л. М.：Просещение，1990.

② https：//ru.wikipedia.org/wiki/Бунина,_Анна_Петровна.

布宁娜的抒情诗常常书写生命和情感体验,充满了女性的坦诚,以及自己对女性责任的担当,表现了难能可贵的、鲜明的女性意识。如在《我与女子们的对话》(*Разговор между мною и женщинами*)一诗中,她借用与其对话的女子们的口吻,认为她是"姐妹们的灵魂"和女性"自己的歌手"。

她也善于在诗中书写自我,以及书写对生活的感悟,如在《虽然贫穷不是恶习》(*Хоть бедность не порок*)一诗中,她写道:

> 我的父亲在悲痛中
> 把我们送给了他的家人。
> 对我的大姐姐们来说
> 根本不是生活,而是无人看管!
> 而我,就像参加宴会一样,
> 在九个不同的家庭里,
> 过着不同方式的生活,
> 没有任何娱乐活动,
> 我是在泪水中长大成人。
> 时常穿过多刺的荆棘,
> 可谓命悬一线。①

她以质朴的语言诉说在她母亲去世之后,她的兄弟姐妹们的艰难生活。而且,她的诗中有时也流露出一定的感伤的情调。譬如,在《致亲近的人》(*К ближним*)一诗中,她写道:

> 爱我或不爱我,怜悯我或不怜悯我,
> 亲近的人啊,你们可以按自己的意愿。
> 灵魂几乎没有时间从身体里飞出来,
> 我们因而不需要更多的怜悯和爱恋。②

就诗歌形式和创作内容而言,布宁娜的诗较多地属于哲学冥想、颂诗,以及个性抒情诗等类型,正是因为这些类型的融合,她的诗歌兼有古典主义

---

① Анна Бунина. "Хоть бедность не порок"//Ю. М. Лотмансост. *Поэты 1790—1810-х годов*.(Библиотека поэта; Большая серия) Л.：Советский писатель, 1971, с.470.

② https://lgz.ru/article/svetloe-more-s-nebom-slilos/.

和浪漫主义的特性,但同时,她的诗歌也在当时引发一定的争议。对于布宁娜的诗歌,卡拉姆津曾赞叹道:"我们中间从来没有任何一个女子写得如此富有力度。"①然而,作为最初的主要表现女性意识的抒情诗人,由于诗句的措辞以及节奏和韵律的断裂,她的诗歌显得较为艰涩,在一定程度上影响了现代读者对她的接受。

(二)梅尔兹利亚科夫

阿列克塞·费多洛维奇·梅尔兹利亚科夫是一位学者型诗人,他出身于喀山省的一个小商人家庭,从小就爱好诗歌。在彼尔姆国民学校读书的时候,他只有 13 岁,就创作了一首颂歌《同瑞典人媾和颂》(*Ода на заключение мира со шведами*)。该诗被督学发现,将它推荐给了圣彼得堡的一些诗人、作家,从而引起了人们极大的关注,该诗作发表于《俄罗斯文萃》(*Российский магазин*),而作为该诗的作者,梅尔兹利亚科夫则获得了良好的机会,公费进入莫斯科大学附属寄宿学校学习。1795 年,梅尔兹利亚科夫进入莫斯科大学学习,于 1799 年毕业。随后,他继续深造,先后获得硕士学位和博士学位,之后,他留在莫斯科大学任教,并从 1817 年开始担任学院院长,直到他于 1830 年去世。

作为一名学者型诗人,他博学多才,他的诗歌创作融汇了音乐、表演、美术的要素,从而极其贴近大众。1801 年,梅尔兹利亚科夫和安德烈·屠格涅夫在他们建立的"友谊文学社"(*Дружеское литературное общество*)中发挥了主导作用。梅尔兹利亚科夫强调学社的主要任务是积极地、无私地为祖国服务。

在创作方法上,梅尔兹利亚科夫喜欢民间诗歌的技巧。他的《巴比伦毁灭颂》(*Ода на разрушение Вавилона*)以及《权利》(*Слава*)等诗篇富有一定的特色。

在思想倾向上,梅尔兹利亚科夫的早期诗歌更偏重于撰写颂歌以及书写热爱祖国和自由的主题。跨入十九世纪之后,诗人的创作发生了一些转变,他开始在诗作中表达对沙皇专制制度的强烈的不满情绪,譬如在题为《名望》的诗歌中,他竭力强调人权以及自由、平等、博爱等政治理念:"人类啊,醒过来吧,获取你们的权利。"而且,他善于创造鲜明的意象,将道德原则人格化,抽象的概念由此也显得栩栩如生:

---

① https://web.archive.org/web/20190405011355/https://rg.ru/2019/04/01/rodina-bunina.html.

> 鲜血定将洗净奴隶制的耻辱，
>
> 鲜血定将囚禁的铁笼烧毁！
>
> **老年**在生机勃勃地寻找
>
> 被毁的盾牌和头盔。
>
> **勇气**将会欣喜若狂地
>
> 用生锈的宝剑撕碎桃金娘。①

在这首诗中，"铁笼""头盔""盾牌""宝剑""桃金娘"等词语透露出一种明晰的寓意，而"老年"与"生机勃勃"这一悖论则更是烘托出"勇气"所具有的力量。这些典型的诗句，将梅尔兹利亚科夫对当时社会的独特认知，极为清晰地表现出来，而这一情绪与同时代的反抗拿破仑的战争以及十二月党人的思想情绪也是相当吻合的。梅尔兹利亚科夫诗歌中的民主倾向，极大地影响了后来的柯里佐夫等具有一定现实主义倾向的诗人的创作。

就艺术风格而言，梅尔兹利亚科夫的早期创作具有一定的创新精神，对于浪漫主义文学的兴起与发展发挥了积极的作用，但是，他的晚期创作较为保守，创新有限，而且他把更多的精力花在古希腊等文学作品的翻译工作上。不过，作为著名的诗歌翻译家，他在理解和体现古希腊萨福等诗人的艺术特质方面，也是具有独到见解的，尤其是在"萨福体"格律上的实验，是极为富有特色的。

譬如，在梅尔兹利亚科夫翻译的萨福的《维纳斯颂》（*Гимн Венере*）中，古老的萨福体的短长格与俄语诗的音节—重音诗律巧妙地融合为一体：

> Низлетала ты—многодарная
>
> И, склоня ко мне свой бессмертный взор,
>
> Вопрошала так, с нежной ласкою：
>
> «Что с тобою, друг? что сгрустилася?
>
> (你已屈尊降临，多才多艺的女子，
>
> 而且，你向我投下不朽的目光，
>
> 柔情似水地发出了疑问：
>
> 朋友，你怎么了，你为何悲伤?）②

---

① А. Ф. Мерзляков. *Стихотворения*.（Библиотека поэта; Большая серия），Ленинград：Издательство Советский писатель，1958，с.210.

② А. Ф. Мерзляков. *Стихотворения*.（Библиотека поэта; Большая серия），Ленинград：Издательство Советский писатель，1958，с.128.

借用洛特曼对该诗原文所作的音节的划分①，便可发现，音节的使用非常匀称：

ᴗᴗ—́ᴗᴗ ‖ ᴗᴗ—́ᴗᴗ
ᴗᴗ—́ᴗᴗ ‖ ᴗᴗ—́ᴗᴗ
ᴗᴗ—́ᴗᴗ ‖ ᴗᴗ—́ᴗᴗ
ᴗᴗ—́ᴗᴗ ‖ ᴗᴗ—́ᴗᴗ

通过以上的音节划分，我们可以看到，在该诗中，诗人利用标点符号和意群停顿，将每行 10 个音节中的轻音和重音作了十分均衡的布置和极为对称的处理，充分体现出梅尔兹利亚科夫驾驭诗歌语言和韵律节奏的能力。

（三）科兹洛夫

伊万·伊万诺维奇·科兹洛夫，是茹科夫斯基诗派的杰出代表。他出身于莫斯科的一个贵族家庭，曾经参加过反抗拿破仑的卫国战争。他虽然比茹科夫斯基年长 4 岁，但是，颇为不幸的是，他在 32 岁的时候，由于腿部疾病而瘫痪，随后又双目失明。在与病魔展开多年搏斗之后，他没有消沉，而是超越这场灾难，开始诗歌创作，让自己在诗歌方面的才华得以发挥。他在 40 多岁的时候，终于在诗歌创作方面获得成功，他于 1828 年在《北国之花》杂志上发表的诗作《晚钟》（*Вечерний звон*），得到了广泛的传播。他的重要作品还有浪漫主义长诗《切尔尼茨》（*Чернец*，1825）。

科兹洛夫主要是从茹科夫斯基的作品中得到了滋养，并且予以承袭，属于典型的茹科夫斯基诗派的作家。"茹科夫斯基的浪漫主义诗歌对科兹洛夫来说是一个真正的启示：它给了他一个艺术形式来表达一个已经成为命运受害者的人的内心世界。"②从茹科夫斯基身上传承的忧郁的气质，以及他自身的不幸体验，使得他对事物有了独到的见解，产生了与浪漫主义诗歌气质相吻合的现实主义思想倾向，对尘世存在亦抱有悲伤的观点。在他看来，尘世间的一切都极为脆弱，甚至转瞬即逝。他在《致友人茹科夫斯基》（*К другу Василию Акдреевичу Жуковскому*）一诗中，悲伤地写道：

---

① См.：Ю. Лотман. "А. Ф. Мерзляков как поэт. Вступительная статья". А. Ф. Мерзляков. *Стихотворения*.（Библиотека поэта；Большая серия），Ленинград：Издательство Советский писатель，1958，с.47.

② Б. П. Городецкий ред. *История русской поэзии в двух томах*. Том 1，Ленинград：Издательство Наука，1968，с.443.

> 我被邪恶的命运所俘获，
>
> 在壮年时期，我已经失去了
>
> 世界上所能提供的一切。①

然而，我们知道，"茹科夫斯基因相信爱情的治愈力和魔力而摆脱了阴郁的绝望，爱情能够赋予灵魂不朽和永恒的幸福"②。也正是在茹科夫斯基的这种诗学思想的感召下，科兹洛夫从个人的不幸中获得了某种启示，成为他艺术思考的一个主题。

（四）达维多夫

杰尼斯·瓦西里耶维奇·达维多夫，出身于莫斯科的一个古老的贵族家庭。1801年，他来到圣彼得堡，在近卫重骑兵团当士官生。他一生中的许多时间，都是在军队中度过的。他多次参加战争，屡建功勋，特别是在1812年反抗拿破仑的卫国战争中，他表现出了卓越的军事才能，是一位尽人皆知的英雄人物，而且还成了后来托尔斯泰的长篇小说《战争与和平》中的人物杰尼索夫的原型。他升任中将之后，于1823年退伍，后来一直居住在辛比尔斯克的乡村，直至去世。

达维多夫的文学创作包括诗歌、散文和回忆录。他以讽刺诗的创作登上文坛，但很快就转向了悲歌的创作，实践了卡拉姆津派的感伤主义诗歌的各种形式。但他在文学史上的价值，主要是作为"骠骑兵诗人"而闻名。骠骑兵的生活成了他1806年以后的重要的诗歌主题。在俄国文学中，他打破了十八世纪战争颂歌的传统，独到地塑造了勇敢的骠骑兵的形象。他笔下的骠骑兵形象放荡不羁，但性情直率，具有丰富的内心世界和真诚的优秀品质。

如《悲歌：饶了我吧！》(*Элегия：О пощади！*)一诗，不仅洋溢着浪漫主义的激情，而且，在表达手法上，显得别具一格，使"悲歌"获得了相反相成的艺术效果：

> 饶了我吧！干吗使出这富有魔力的爱抚和甜言蜜语？
>
> 干吗露出这样的眼神？干吗发出这样深沉的哀叹？
>
> 干吗要从白皙的肩膀和高耸的胸部

---

① И. И. Козлов. *Полное собрание стихотворений*，（Библиотека поэта. Большая серия）. Ленинград：Издательство Советский писатель，1960，c.62.

② Б. П. Городецкий，ред. *История русской поэзии в двух томах*. Том 1，Ленинград：Издательство Наука，1968，c.443.

漫不经心地脱下一层薄薄的衣裳？

啊，饶了我吧！即使没有这些，我也快要死去。

　　听到你来临时衣裙的沙沙声响，

我顿时说不出话语，挪不动脚步；

听到你说话的声音，我便手忙脚乱；

　　但你走了进来……在我沸腾的血液中

流淌着爱情的颤栗、疯狂的渴望，

　　以及生命与死亡，

　　呼吸也忽有忽断！

　　时光在随你飞翔，

我舌头不听使唤……唯有梦境和幻想，

以及甜蜜的痛苦、欣喜的热泪……

　　我的眼光盯住了你美丽的容颜，

如同贪婪的蜜蜂钻进了春天的玫瑰花瓣。①

（吴笛　译）

在该诗中，生理和心理的活动糅合在一起，构成了环环相扣的心灵的画面，突出体现了抒情主人公真切的情感体验。而结尾的"我的眼光盯住了你美丽的容颜，/如同贪婪的蜜蜂钻进了春天的玫瑰花瓣"更是打破了五官的界限，以妥帖的、富有形象性的比喻恰如其分地传达了恋者内心的欢快。

作为一名"骠骑兵诗人"，达维多夫显得名副其实，他创作了多首与骠骑兵以及军队生活有关的诗篇，如《老骠骑兵之歌》（Песня старого гусара）、《骠骑兵》（Гусар）、《骠骑兵的自白》（Гусарская исповедь）、《骠骑兵之宴》（Гусарский пир）等，从各个方面书写骠骑兵过去和当下的生活。而在《歌：我喜欢充满血腥的战斗》（Песня：Я люблю кровавый бой）等诗中，诗人表达了愿为国家赴汤蹈火的精神以及对戎马生涯的热爱：

　　我喜欢充满血腥的战斗，

　　我生来就是为王权服务！

　　马刀，伏特加，骠骑兵的战马，

　　我与你们共度黄金时代！

　　我喜欢充满血腥的战斗，

---

① 飞白主编：《世界诗库》（第5卷），广州：花城出版社，1994年版，第76页。

  我生来就是为王权服务!①

（吴笛 译）

  而且,有些诗中,在对待爱情与战争的关系上,达维多夫也是将战争与爱情密切结合起来进行书写的。在《骠骑兵》一诗中,他认为骠骑兵并非不懂爱情,只是喜欢"血腥的战斗",在他看来,骠骑兵之所以能够英勇奋战,全是因为"爱情的滋养"。在该诗的结尾,诗人更是形象地表露了心中的期待:

    在我们心灵深处,并不总是希望
    听到呻吟,看到战火……
    而是期待在春天的军帽里
    有温柔的鸽子筑起小窝……②

（吴笛 译）

这种将爱情与战争联结起来进行书写的诗篇,既是对古老的战争与爱情这一传统主题的传承,同时也对后世很多作家的战争书写产生了一定的影响。

（五）米雅特列夫

  伊凡·彼特洛维奇·米雅特列夫（Иван Петрович Мятлев）,出身于圣彼得堡的一个贵族家庭,从小接受了良好的家庭教育。他家中富有,生活优雅,而且,他酷爱文学,与普希金、维亚泽姆斯基、巴拉丁斯基等许多诗人都有过交往。在米雅特列夫逝世之后的相当长的时间里,由于俄罗斯诗坛对现实问题的关注,沉浸于书写自然的米雅特列夫的诗歌被评论界忽略,很多文学史著作也极少提及他的诗歌创作。但是,进入二十世纪之后,他的诗歌的价值逐渐被人们所理解,二十世纪著名未来派诗人赫列勃尼科夫在 1912年谈到他在敖德萨的经历时,曾经写道:"我在这里读席勒,读《十日谈》,读拜伦,读米雅特列夫。"③他将米雅特列夫与席勒、拜伦等著名作家相提并论,这充分表明米雅特列夫在赫列勃尼科夫心目中所享有的地位。

  米雅特列夫在诗歌创作方面的主要成就是抒情诗,尤其是插科打诨的

---

① Денис Давыдов. *Стихотворения*.（Библиотека поэта；Большая серия；Второе издание）. Ленинград：Издательство Советский писатель, 1984, с.75.

② Денис Давыдов. *Стихотворения*.（Библиотека поэта；Большая серия；Второе издание）. Ленинград：Издательство Советский писатель, 1984, с.87.

③ В. Хлебников. *Собрание сочинений*, т. 5, Ленинград：Издательство писателей, 1933, с.293.

幽默诗歌。他也创作过一些长篇叙事诗,其中,他的长诗《库尔久科娃夫人
在国外的印象与纪事》(*Сенсации и замечания госпожи Курдюковой за
границею*)很有特色,该诗按照在国外的游历情形,分为德国、瑞典、意大利
三个部分,外加附录,主要以第一人称叙写库尔久科娃夫人对这些国家的
认知。

如在《意大利》这一部分,诗人就分别描写了米兰、威尼斯、佛罗伦萨、罗
马。这部长诗是米雅特列夫诗歌创作的高峰,有着较大的影响,被维亚泽姆
斯基誉为"书写库尔久科娃'奥德赛'的荷马"[1]。但是,就其艺术成就来说,
我认为,米雅特列夫创作的涉及自然主题的抒情诗更加具有现代意义。他
在诗歌中涉及的一些自然意象,如星辰、月亮、云彩、玫瑰、雪片,等等,他都
写得栩栩如生。譬如,在题为《月夜》(*Лунная ночь*)的诗中,诗人写道:

> 我喜欢秋天月光下的奢华之夜,
> 它总是让我感到轻松和欢畅,
> 当月亮与我的眼睛相遇,
> 总是将我带往遥远的梦乡。
>
> 月亮的神秘的阴晴圆缺
> 对我来说就是寓意深刻,
> 当它以明亮的长长的光带
> 在睡梦中的水面上安歇,
> 树木的叶子也似乎洒满银色……[2]

(吴笛 译)

在他看来,洒满月光的夜晚是人间财富难以比拟的一种"奢华之夜",正是在
这样的夜晚,才能使人们得到真正的慰藉。而且,在他的笔下,自然意象是
极有灵性的,还有一双与人类相似的、直视心灵的眼睛。月亮的眼睛与人的
眼睛相互对视的时候,总是给人们带来宁静和安详,从而让他们进入甜美的
"遥远的梦乡"。而且,"月亮的神秘的阴晴圆缺",对于人类也是一种启示,
具有深刻的寓意。这些,都体现了人与自然之间的血肉相连以及难以隔开

---

[1] П. А. Вяземский. "Из старой записной книжки". *Русский архив*, 1874, No 5, с.1350—1351.

[2] И. П. Мятлев. *Стихотворения*. (Библиотека поэта; Большая серия). Ленинград: Издательство Советский писатель, 1969, с.86.

的一体性关系。再如,在题为《玫瑰》(*Розы*)的诗中,他写道:

> 在我的花园里玫瑰花盛开,
> 多么鲜艳,多么美丽!
> 它使我赏心悦目,我祈求
> 春寒不要给他打击!
>
> 我心爱的花儿,宝贵的花儿,
> 我珍重、爱惜他的青春;
> 我感到,花里散发着快乐,
> 我感到,花里充满着爱情。①

(张草纫 译)

在米雅特列夫的笔下,作为自然意象的玫瑰不仅妩媚迷人,而且有着人类的情感,可以散发"快乐",也能充满"情感",这一点,在表现人与自然的一体性方面,颇具独特的现代意识。

(六)雅泽科夫

尼古拉·米哈伊洛维奇·雅泽科夫出身于辛比尔斯克的一个富有的地主家庭。1814 年,他进入圣彼得堡山地武备学校,尚未毕业就转入交通工程师学院,不久又离开。1822 年,他进了杰尔普特大学哲学系,但直至 1829 年他离开学校时,仍未能获得毕业文凭。1833 年,他身患重病,到德国和意大利等国治疗五年,未能治愈,几年之后病逝于莫斯科。

雅泽科夫的文学创作活动是从歌词开始的,他创作了一些充满欢乐和嬉闹情调的歌词。他塑造了纵饮狂欢、自由奔放、与传统生活方式格格不入的生动的大学生形象,被誉为"爱情、友谊和酒的歌手"。

当然,在俄国当时的封建专制的社会语境下,雅泽科夫的这种嬉闹和狂欢的行为是体现他自由思想的一种独特的形式,也是一种妥切的途径,正如他在《我们喜欢热闹的宴会》(*Мы любим шумные пиры*)一诗中所述:

> 我们喜欢热闹的宴会,
> 我们喜欢享乐和饮酒,

---

① 〔俄〕卡拉姆津等:《俄罗斯抒情诗选》(上册),张草纫译,上海:上海译文出版社,1992 年版,第 442 页。

以及无拘无束的自由，

不会因尘世的俗务而烦忧。

我们喜欢热闹的宴会，

我们喜欢享乐和饮酒。

我们的皇上忧心忡忡，

但我们同他毫不相干！

我们欢宴，饮酒，唱歌，

逍遥欢乐，无所忌惮。

我们的皇上忧心忡忡——

但我们同他毫不相干！①

（张草纫　译）

雅泽科夫的诗歌具有非凡的音乐性，在押韵方式等方面也大胆创新。四十年代以后，他由于受到宗教思想的影响，诗中也开始出现了较为浓厚的宗教色彩。

（七）波列扎耶夫

亚历山大·伊万诺维奇·波列扎耶夫，出身于奔萨省的一个乡村地主家庭。10 岁时，他到莫斯科求学，1816 年，他进入莫斯科的一所寄宿学校读书。1820 年，他如愿以偿，进入莫斯科大学学习。不过，在大学读书期间，因为写了含有抨击君主专制的长诗《萨什卡》(*Сашка*，1825)，触怒当局，从而被罚充军，然而，他由于不服管教，又被送往高加索的部队，当了三年士兵。1831 年，他从高加索调回到莫斯科，并开始与赫尔岑等文人交往。1833 年，他又转入高加索的步兵团，并且多次遭遇严厉的处罚，直到 1838 年逝世。

正是由于这些独特的经历，波列扎耶夫的诗歌亦别具一格，他的作品中有着强烈的对自由的向往以及毫不妥协的反抗精神。他时常表达自己的愤怒与不平；然而，由于出生低下，总是无能为力，因此，他在诗中又时常流露出无可奈何的苦恼。

波列扎耶夫的诗歌具有浓郁的现实精神，他对当时专制制度的愤恨极为明显。他将诗歌从高雅的殿堂带往日常生活领域。在讽刺性长诗《萨什卡》中，波列扎耶夫描绘学生因风流韵事和醉生梦死，毁了自己的整个人生

---

① 　飞白主编：《世界诗库》(第 5 卷)，广州：花城出版社，1994 年版，第 125—126 页。

的场景。他还猛烈抨击社会习俗和庸俗腐败的官场,甚至斥责荒唐的大学
秩序,用"愚蠢""卑鄙""野蛮"等词语勾勒出当时整个国家的现状:

> 我愚蠢的祖国啊,
> 你用枷锁压迫心灵!
> 当你的时辰到了,
> 你该在野蛮中惊醒。
> 你何时才能卸下重担,
> 停止卑鄙的迫害行径?[①]

正是这些极具反叛性的犀利的诗句,触动了当时的沙皇尼古拉一世,认
定该诗是十二月党人"阴谋"思想的残余,他由此对波列扎耶夫进行了严
厉的惩处。俄罗斯学界对这部作品的强烈的政治色彩也给予了关注:"在《萨
什卡》中,所有的生理学和情色都变成了炽热的反叛性,因为它们被刻画成
否定现代社会及其道德的思想。这就是波列扎耶夫的自然主义具有侵略性
的政治色彩的原因。"[②]

在一些抒情短诗中,波列扎耶夫也表现出浪漫主义诗歌所特有的对自
由的渴望,以及现实主义诗歌的复仇的心愿,在题为《锁链》(*Цепи*)的诗中,
波列扎耶夫写道:

> 我拖着痛苦的锁链,
> 没有生活乐趣,没有希望。
> 像个令人讨厌的幽灵,
> 每天每夜都在死亡!
> 有时在我绝望的心中
> 也会有烈火升腾,
> 跟要吞噬我的坟墓,
> 仿佛睡梦中都在斗争;
> 有时,愤怒已极
> 恨不得砸碎这锁链,

---

① Полежаев. *Стихотворения и поэмы*. «Библиотека поэта». Малая серия. Ленинград: Издательство Советский писатель, 1956, с.294.

② Б. П. Городецкий, ред. *История русской поэзии в двух томах*. Том 1, Ленинград: Издательство Наука, 1968, с.469.

要用鲜血来满足

甜蜜的复仇的心愿！①

可见，在波列扎耶夫的诗中，有一种将浪漫主义与现实主义相结合的倾向，这一特质，对其后的涅克拉索夫诗派的现实主义诗歌亦有一定的影响。

（八）韦涅维季诺夫

德米特利·弗拉基米罗维奇·韦涅维季诺夫出身于莫斯科的一个古老的贵族家庭，早年受到良好的起始教育。1822年，他作为旁听生进入莫斯科大学。两年之后通过了毕业考试。在大学期间，他醉心于德国唯心主义哲学。因而，他在传统的俄罗斯浪漫主义诗歌中注入了玄学和哲理因素。也因此，他主要以哲理诗人而闻名。

在早期创作中，韦涅维季诺夫同情十二月党人革命，尽管他没有参与该秘密组织的相关活动。但按赫尔岑的话来说，他"富有强烈的1825年的希望和思想"。他在1825年以前创作的诗歌中，奔放着热爱自由的旋律；但十二月党人起义失败之后，他的抒情诗中出现了明显的忧伤的音符。他理性地思考诗人自身的命运，塑造脱离社会活动的诗人的形象，表达孤独的诗人在文化荒原中应有的奢望，寻求宇宙与人生的奥秘。由于他的诗有着鲜明的哲学思考和深邃的心理分析，因此，他被认为是俄罗斯哲理抒情诗的倡导者之一。

作为浪漫主义诗人，他创作的《诗人》（Поэт）一诗，体现了他的诗学主张，诗中写道：

他所虔诚崇尚的就是淳朴，

静思默想的超然才能，

自他出生起就在他的嘴上

留下了寡言少语的烙印。

他的理想，他的愿望，

他的期待，他的郁闷——

全都是秘密，没有吐露；

他把一切难以猜透的情感

全都谨慎地珍藏在内心……

然而，他那充满激情的胸膛，

若是突然间受到触动，

---

① 飞白主编：《世界诗库》（第5卷），广州：花城出版社，1994年版，第139—140页。

　　他就毫不惧怕，毫不伪装，

　　乐意倾吐心中的一切，

　　眼中也会闪现炽热的光芒……①

（吴笛　译）

他主张淳朴的诗风和真情实感的流露。别林斯基极为赞赏他的诗歌，认为他诗中的句法"正确而朴素"，赞赏他诗中"每一个韵脚"都"深得自然之趣"。②作为一名诗人，首先要有丰富的内心世界和深邃的思想和情感，而且，这些思想和情感是不可轻易倾诉的，而是需要"全都谨慎地珍藏在内心"，然而，一旦受到灵感的驱动，这些思想和情感就会"毫不惧怕"地倾吐出来，"闪现炽热的光芒"。可见，诗歌创作的过程，不仅要靠长期的积累，而且也要依赖灵感迸发的契机，他的这首《诗人》，体现了浪漫主义诗歌尊崇内心世界、直抒胸臆的诗学主张。

　　作为具有哲理深度的浪漫主义诗人，韦涅维季诺夫的诗歌的哲理性也常常是通过自然意象来呈现的。如《三朵玫瑰》(*Три розы*)一诗，表达了他所感知的人生的哲理：

　　在人间道路边的荒凉的草原上，

　　上帝朝我们抛下了三朵玫瑰，

　　三朵天堂里的最好的鲜花，

　　以象征天国的无限的优美。

　　一朵是在卡奇米尔的山谷，

　　开放在清澈的溪流旁边；

　　他是和煦春风的恋人，

　　也是夜莺歌声的源泉。

　　日日夜夜，他从不凋谢，

　　若是有人踩着了花瓣，

　　只要早晨露出曙光，

　　玫瑰就会开得鲜艳。③

（吴笛　译）

---

① 飞白主编：《世界诗库》(第5卷)，广州：花城出版社，1994年版，第142页。
② 〔俄〕别林斯基：《别林斯基选集》(第1卷)，满涛译，上海：上海译文出版社，1979年版，第213页。
③ 飞白主编：《世界诗库》(第5卷)，广州：花城出版社，1994年版，第143页。

该诗共分三段,分别表述了三种类型的玫瑰,实际上是诗人对爱情、人生以及命运所抒发出的深邃的思考。第一朵玫瑰,即卡奇米尔玫瑰,指的是一种浪漫主义的幻想。卡奇米尔是印度的一个山谷的名称。韦涅维季诺夫所钟爱的沃尔孔斯卡娅公爵夫人曾于 1819 年创作并出版过长篇小说《卡奇米尔的孩子》。据有关资料介绍,此处的玫瑰意象与沃尔孔斯卡娅公爵夫人有一定关联。他心目中的理想的爱情,如同艺术一样,是源自生活又"高于生活"的,所以,这朵玫瑰不似现实中的玫瑰,而是"从不凋谢"的。接着,诗人在第二诗节和第三诗节分别描写了第二朵玫瑰和第三朵玫瑰:

> 另一朵玫瑰更为迷人:
> 它以绯红的霞光
> 绽开在早晨的天空,
> 灿烂的美色令人难忘。
> 这朵玫瑰中散发着清新,
> 与它相遇,令人心情舒畅;
> 它只在瞬间显现出绯红,
> 但是每一天都会重新开放。
>
> 第三朵玫瑰更为清新,
> 虽然他不是在空中开花;
> 他是为了抚慰充满激情的嘴唇
> 被爱情安插在少女的面颊。
> 但这朵玫瑰顷刻凋谢;
> 它显得温柔、胆怯而腼腆,
> 无论朝霞怎样照射,
> 它都不会再度吐艳。[①]

(吴笛　译)

第二朵玫瑰是现实中的玫瑰,这样的玫瑰不断地凋谢,又不断地绽放,散发出清新和芳香,因而"更为迷人"。而第三朵玫瑰则是属于一种隐喻,无数的诗人都曾经将女子的红润的脸颊比作玫瑰,但韦涅维季诺夫在此处捕捉到的则是被激情所浸润的特别的脸颊,而且,一旦绽放,此后就"不会再度吐

[①]　飞白主编:《世界诗库》(第 5 卷),广州:花城出版社,1994 年版,第 143—144 页。

艳",所以"更为清新",也更为珍贵。然而,尽管第三朵玫瑰只是瞬间绽放,然后永不复现,但是却会永远珍藏在人们的心间,升华为刻骨铭心的记忆。

从《三朵玫瑰》中,我们可以感受到韦涅维季诺夫的诗作所具有的隐喻技巧以及情感的真挚和哲理的深度。

(九)帕芙洛娃

卡罗琳娜·卡尔洛夫娜·帕芙洛娃,原姓雅尼什(Яниш),出身于雅罗斯拉夫尔的一个医生家庭。她1岁的时候,随父母迁居莫斯科,并且在莫斯科度过了自己的童年和少年时代。她的父亲卡尔·雅尼什得到了莫斯科医疗外科学院的教授职位,开始在那里教授物理和化学。作为独生女,帕芙洛娃接受了良好的家庭教育,她还具有极高的语言天赋,经过努力学习,通晓多种外语。少女时代,她对世界文学产生了浓厚的兴趣,开始广泛阅读文学作品,并且尝试诗歌创作。她不仅发表诗作,还在文学沙龙朗诵自己用德语创作的诗歌,受到莫斯科文学界的充分认可。而且,作为女诗人,在遭遇极度偏见的情形下,她不仅在文学沙龙展示作品,甚至还主持过文学沙龙。[①]这在当时是十分罕见的。尤其是在1837年与作家帕夫洛夫结婚之后,她还建立了自己的文学沙龙,吸引了当时文坛的很多重要作家。正因为她出色的诗歌才能,巴拉丁斯基、维亚泽姆斯基,以及波兰诗人密茨凯维奇都作有诗篇献给她。在十九世纪二十年代,密茨凯维奇与她还有过婚约,但由于她家庭的反对,有情人未能成为眷属。此外,德国科学家和地理学家洪堡曾将她写的诗带给了歌德,歌德非常欣赏这位年轻的女诗人,还给她写了一封热情洋溢的信。

十九世纪五十年代后期,帕芙洛娃离开了俄国,先后到过君士坦丁堡、意大利、瑞士等地。1861年,她在德国德累斯顿定居,直到1893年逝世。

帕芙洛娃第一部诗集《北极光》(*Северное сияние*)于1833年在德国以德语出版。在十九世纪中叶,尤其是在四十年代,帕芙洛娃表现出了出色的诗歌才华,被认为是"那一代人中最著名的俄罗斯女诗人"[②]。帕芙洛娃的诗歌体裁多样,有长诗,十四行诗,也有挽歌和抒情诗,还有诗体书信;题材丰富,有政治抒情诗,也有爱情抒情诗。她与密茨凯维奇之间有着真挚但未成眷属的恋情,这一点也在她的诗篇中留下了痕印:"像活生生的火花沉睡在石头之中,/我也将沉睡在您冰冷的怀里;/须知悲痛的负担不会摧毁/她

---

① Diana Greene. *Russian Women Poets of the Mid-Nineteenth Century*. Madison, Wisconsin: The University of Wisconsin Press,2004,p.139.

② Diana Greene. *Russian Women Poets of the Mid-Nineteenth Century*. Madison, Wisconsin: The University of Wisconsin Press,2004,p.137.

身上那种不为人知的神秘……"①同样，她的"乌廷组诗"（утинский цикл）也体现了女性独有的细腻的心理状态。

　　当然，她不仅抒发女性独有的细腻情感，而且也努力探索人的存在之谜，正因如此，她的诗被白银时代的现代主义诗人所称道，尤其是被布留索夫等象征主义诗人所赞赏。如她在早期创作的一首题为《斯芬克斯》（Сфинкс）的诗中写道：

> 俄狄浦斯的斯芬克斯，唉！作为朝圣者，
> 现在他静心地等待于生活的道路，
> 他无可奈何地盯着她的眼睛凝望
> 而且他决不允许任何人过往此处。
>
> 一如既往，对我们这些后来者也是如此，
> 他这个导致灾难的人，现在得以现身，
> 斯芬克斯存在之谜，一个可怕的问题，
> 一半是美丽女郎，一半是野兽身份。
>
> 若没有解开这个致命的谜题，
> 我们中间有谁会徒劳地自信，
> 对于灵魂堕落的人，等待他的
> 是兽爪，而不是年轻女神的嘴唇。
>
> 道路的四周洒落着人血，
> 这个国家到处都是白骨……
> 其他部落又带着神秘的爱，
> 正在向斯芬克斯迈开脚步。②

在帕芙洛娃这首早期创作的抒情诗中，我们可以看出她的古典文化的修养以及对人的存在的哲理探索，她以独特的视角表达了对斯芬克斯未解之谜

---

①　Каролина Павлова. "10 ноября 1840". *См.* Каролина Павлова. *Полное собрание стихотворений*（Библиотека поэта；Большая серия）. Ленинград：Издательство Советский писатель，1991，с.90.

②　Каролина Павлова. *Полное собрание стихотворений*（Библиотека поэта；Большая серия）. Ленинград：Издательство Советский писатель，1991，с.75.

的感伤情怀。在她看来,跳崖身亡的斯芬克斯似乎还没有绝迹,半是美女半是野兽的状态依然迷惑着人类,从自然选择到伦理选择的进化也并非一帆风顺。

除了抒情诗,她的主要作品还有以诗体和散文体混写的长篇小说《双重生活》(*Двойная жизнь*,1848),以及长诗《卡德里尔》(*Кадриль*,1859)等,她还创作了与时代政治生活相关的长诗《在特里亚侬宫的对话》(*Разговор в Трианоне*,1848)和《克里姆林宫的对话》(*Разговор в Кремле*,1854)。前者与1848年欧洲革命有关,后者则与克里米亚战争有关。

《双重生活》被视为帕芙洛娃最成功的作品。在这部作品中,女诗人所要呈现的是妇女的社会地位这一命题。她在作品中对于女性的生活状态进行了犀利的分析,通过富有诗歌才华的女主人公塞西莉亚在莫斯科生活的现实,认为社会为了让年轻女性"适婚",让她们过着平庸、空虚、破坏灵魂的生活,严格遵守礼法。结果,女性失去了自身固有的创造力,即使是她们设法遇到了所谓的好姻缘,嫁给了富人,也只能给她们带来金钱上的一时满足和精神上的空虚。可见,帕芙洛娃在作品中呈现出强烈的女性意识。

在长诗《卡德里尔》中,女诗人也探讨了女性的社会地位。这部长诗的叙述方法非常独特。除了《献诗·致巴拉丁斯基》外,长诗共分四个部分,分别为《纳丁娜的故事》(*Рассказ Надины*)、《丽莎的故事》(*Рассказ Лизы*)、《奥尔加的故事》(*Рассказ Ольги*)和《伯爵夫人的故事》(*Рассказ графини*)。这样,女诗人的叙述与四个相关的女性的故事,构成了作品的复合框架。

在长诗中,四个女人在参加舞会前聚集在一个伯爵夫人的家里。伯爵夫人认为,女性所经历的痛苦,是因为她们软弱的性格导致她们做出错误的选择。其他三个人则抗议说,与有钱有势的伯爵夫人不同,大多数妇女几乎没有做出选择的自由。于是,每个女人都讲述了自己第一次痛苦的爱情经历。

帕芙洛娃晚年的作品因为依旧具有浪漫主义色彩,与时代不相吻合,从而受到了一些批评。此外,帕芙洛娃还是一名出色的诗歌翻译家,她不仅将俄语诗歌翻译成德语和法语,而且还将席勒、海涅、雨果、司各特、拜伦等作家的德语、法语、英语诗歌译成俄语发表,尤其是在她定居德国之后,她在俄罗斯文学与世界文学的交流方面,作出了一定的贡献。

(十)柯里佐夫

阿列克塞·瓦西里耶维奇·柯里佐夫出生在沃龙涅什的一个商贩的家中。父亲是个守财奴和牲口贩子,也从事园艺和木材买卖。尽管阿列克塞·柯里佐夫的父亲只顾生意,也很早就让儿子跟着自己做助手,从事各种力所能及的活儿,但阿列克塞·柯里佐夫却偏偏爱好读书,自 9 岁起,他就在家里学习阅读,表现出优秀的阅读和写作方面的潜力。

柯里佐夫只有过短暂的在学校学习的经历,他多半是靠自学来获取知识的。但他对知识有强烈的渴求,并且有高昂的阅读热情,他利用各种机会阅读童话、散文、诗歌等文学作品。由于过早地踏入社会,以及受到沃龙涅什地区自然风光的感染,他养成了超出凡人的悟性,以及对生活和大自然的敏锐的感受力。

1825 年,柯里佐夫在市场上买到了一本德米特里耶夫的诗集,当他读到《一只灰鸽在呻吟》等抒情诗时,他受到深深的震撼。他从而认识到,诗句不仅是可以写出来的,而且是可以唱出来的。他写诗的愿望,尤其是创作"艺术性民歌"的愿望从而得到强化。

经过不懈的努力,他的第一首"俄罗斯歌曲"《戒指》(*Кольцо*)终于在1831 年第 34 期的《文学报》(*Литературная газета*)上发表了。4 年之后的 1835 年,他的第一部诗集《阿列克谢·柯里佐夫诗集》(*Стихотворения Алексея Кольцова*)终于出版,这使得他在莫斯科的文人中声名鹊起。

柯里佐夫创作的"俄罗斯歌曲",富有浓郁的乡土气息,有俄罗斯学者认为:"'俄罗斯歌曲'使柯里佐夫在他同时代的作家中达到了一个无法超越的高度。"①

柯里佐夫书写农民主题的诗歌,总是包含着深切的同情,总是使用妥帖的比喻:"青春像一只偶然飞来的夜莺/又飞走啦!/欢乐像暴风雨卷起的浪花,/转眼间不见了。"②而且又能情真意切地表达出农民的心愿:"我耕地,我播种,/我心里暗自祷告,/上帝,给我长出粮食吧!/粮食就是我的财宝。"③在这首题为《农人之歌》(*Песня пахаря*)的诗中,柯里佐夫书写了构成俄罗斯民间性格的种种复杂的元素,在这首诗中,"上帝"成了"自然"的化身,因此,正如著名作家萨尔蒂科夫-谢德林的赞叹,"村民与自然的关系被理解得极为深刻",他还认为:"这首无声的歌对灵魂有着优雅而富有生命力的作用;它使人既爱它的创造者,又爱它所讲的劳苦大众。人们可以感觉到,它在这个人群中播种了多少力量和善良,它包含了多少好的机会!在整

---

①　П. А. Николаев ред. *Русские писатели. Биобиблиографический словарь*. Том 1. А-Л. Москва: Просвещение, 1990.

②　〔俄〕柯里佐夫:《痛苦的命运》,参见徐稚芳:《俄罗斯诗歌史》,北京:北京大学出版社,2002年版,第 230 页。

③　〔俄〕柯里佐夫:《农人之歌》,朱宪生译,参见飞白主编:《世界诗库》(第 5 卷),广州:花城出版社,1994 年版,第 149 页。

个俄罗斯文学中，几乎没有任何东西，即使从远处看，接近这首歌，能对灵魂产生如此强大的印象。"①从萨尔蒂科夫-谢德林对柯里佐夫诗歌的评述中，我们可以感受到艺术具有的感化人的灵魂的巨大作用。

柯里佐夫的诗歌具有两种鲜明的创作特性，一是他广泛地汲取民间文学的营养，尤其是民歌的感情质朴、语言简洁、意象鲜明生动、音乐色彩浓郁等创作特性；二是具有浪漫主义与现实主义相结合的创作特性，柯里佐夫善于抒发普通百姓的思想感情，表现理想与现实的矛盾冲突以及广大农民阶层对自由和民主的向往。

柯里佐夫的前一种特性，尤其是清新的民歌风格，影响了后来的费特等一些诗人的创作，而他诗中的后一种特性，尤其是民主精神和农民主题，则深深地影响了涅克拉索夫等现实主义作家的创作。对于柯里佐夫的诗歌现象，别林斯基用沃罗涅日原住民的特殊生活条件来进行解释，写道："在柯里佐夫的成长过程中，他的生活也是农民的生活，虽然比它高一些，但柯里佐夫是在大草原和农民中长大的。他不是为了一句话，不是为了几句话，不是靠想象，不是靠梦想，而是靠他的心境和灵魂，他爱俄罗斯的自然和所有的善和美，这些善和美作为一种萌芽，作为一种机会，活在俄罗斯农民的天性中。他不是在言语上，而是在行动上同情普通人的悲哀、快乐和幸福。他知道他们的生活，他们的需求，他们的悲伤和快乐。"②别林斯基的分析是非常中肯的，能够帮助我们理解柯里佐夫诗歌的艺术特质。

第二节　格涅吉奇的诗歌创作

格涅吉奇是一位出色的诗人兼诗歌翻译家，作为荷马史诗《伊利昂纪》的俄译本译者，他在俄国文坛享有盛誉，尤其是受到同时代作家普希金以及评论家别林斯基的高度赞赏。普希金认为格涅吉奇的《伊利昂纪》的俄译本与卡拉姆津的《俄罗斯国家史》等作品一样，"可以自豪地在欧洲面前推出"，③而且，普希金还在诗中表现出对格涅吉奇的赞美以及对译文的期待：

① Салтыков-Щедрин. "Стихотворения Кольцова", См.: Салтыков-Щедрин. *Собрание сочинений в двадцати томах*. Том 5. Критика и публицистика 1856—1864. Москва: Художественная литература, 1966, с.23.

② В. Г. Белинский. *Собрание сочинений в 9 томах*. Москва: Издательство Художественная литература, 1982, с.111.

③ 〔俄〕普希金:《试驳某些非文学性质的责难》，参见沈念驹、吴笛主编:《普希金全集》(第6卷)，杭州:浙江文艺出版社，2012年版，第195页。

　　你独自与荷马长时间地谈心，

　　　我们久久地把你盼望，

　　从神秘的高空给我们带来碑文，

　　　离开星辰你飘然而降。①

　　尼古拉·伊凡诺维奇·格涅吉奇出身于波尔塔瓦的一个没落的贵族家庭。他的母亲在他出生的那一年就去世了。"格涅吉奇在幼年时出过天花，这使他失去了一只眼睛，并在他挺拔、英俊的脸上留下了痕迹。"②他曾在波尔塔瓦神学校和哈尔科夫学校学习。1800 年，中学毕业后，格涅吉奇到了莫斯科，不久后他进入莫斯科大学哲学系学习。在大学期间，他受到启蒙思想的浸润。但是，由于经济方面的原因，他没有修完大学的课程。1802 年底，他迁居圣彼得堡，并且在政府机关供职，在教育部当上了一名小官吏，以抄写工作谋生。

　　格涅吉奇是以文学翻译登上俄国文坛的，他的创作与翻译并举，在文学翻译领域，除了耗费 20 多年时间翻译了《伊利昂纪》，他还翻译了莎士比亚的《哈姆雷特》和《李尔王》等经典悲剧。正是由于他在文学翻译等方面的突出成就，他于 1811 年被选为俄国科学院院士。

　　就诗歌创作而言，格涅吉奇的创作开始于十九世纪初，他创作的《社会生活》(Общежитие)和《秘鲁人致西班牙人》(Перуанец к испанцу)等诗歌作品使他在当时获得了极高的知名度。在《社会生活》一诗中，格涅吉奇表达了自己的社会理想。在他看来，宇宙是以普遍联系、和谐为主的，他在诗中写道：

　　　所有的事物都系于一根链条，

　　　都连在一起互相编织，

　　　建立这颗星球和天空的**理性**，

　　　将原子和生物明智地结合在一起。③

────────

① 〔俄〕普希金：《给格涅吉奇》，参见沈念驹、吴笛主编：《普希金全集》(第 2 卷)，杭州：浙江文艺出版社，2012 年版，第 418 页。

② И. Н. Медведева. "Н. И. Гнедич: Вступительная статья". См.: Н. И. Гнедич. *Стихотворения*. Ленинград: Издательство Советский писатель, 1956, с.6.

③ Н. И. Гнедич. *Стихотворения* (Библиотека поэта; Большая серия). Ленинград: Издательство Советский писатель, 1956, с.61.

然而,自私自利的风气在社会上横行,现实社会被无情地分为奴役者和被奴役者。有人享受,有人挨饿,整体的和谐遭到了破坏。他因而谴责社会的不公,呼吁人们为共同的幸福而奋斗。《秘鲁人致西班牙人》则充满了真正的公民悲情。"毫无疑问,印有这首诗的《小花》(Цветник)杂志的读者想到的不是西班牙殖民者压迫下的秘鲁人的命运,而是俄罗斯奴隶的命运。"①

就诗歌主题而言,格涅吉奇作为浪漫主义诗人,他崇尚自然,他创作的田园诗《渔夫》(Рыбаки),充满了对民间文学的热忱,他歌颂自由,谴责封建农奴制,同时弘扬公民的责任感,对俄国公民抒情诗的发展产生了一定的影响。

在创作风格方面,格涅吉奇也与西欧浪漫主义文学中追求传奇色彩,以及"返回中世纪"的创作主张具有一定程度的相似性,正如俄罗斯学者所述,"格涅吉奇要求研究俄罗斯语音的原始属性,使现代文学语言更加贴近古代的写作以及生动活泼的民间语言"②。格涅吉奇在自己的诗歌创作中,也正是这样追求的。他的作品,总体基调显得较为哀婉,尤其是到了二十年代末、三十年代初期的时候。如 1824 年在题为《我的生日》(День моего рождения)的诗中,格涅吉奇写道:

> 路途无聊,天气格外恶劣,
> 我如今已经挨过四十个年头。
> 在新的一年,我发现了什么?
> 除了四十个年头,什么都没有。③

这种思绪的产生在一定程度上反映了格涅吉奇在后期诗歌创作中的基调,与十九世纪初期的《社会生活》等诗作相比,对社会现实的失望,使得他产生了对前途感到渺茫的心绪。在后期的诗作中,他依然呼唤自由,强调"呼吸神圣自由"的重要性。不过,在他看来,自由的定义不是政治层面的暴动,而是人应具有的一种神圣状态。他以自己的创作揭示现实的残酷和悲

---

① И. Н. Медведева. "Н. И. Гнедич: Вступительная статья". См.: Н. И. Гнедич. *Стихотворения*. Ленинград: Издательство Советский писатель, 1956, с.10.

② И. Н. Медведева. "Н. И. Гнедич: Вступительная статья". См.: Н. И. Гнедич. *Стихотворения*. Ленинград: Издательство Советский писатель, 1958, 1956, с.15.

③ Н. И. Гнедич. *Стихотворения. Поэмы* (Поэтическая Россия)/Сост., вступ. ст. и примеч. В. В. Афанасьева. Москва: Издательство Советская Россия, 1984.

凉,维护公民的尊严。

第三节　巴丘什科夫的诗歌创作

巴丘什科夫是受到普希金等同时代诗人关注的抒情诗人。他在富有音乐特质的悲歌创作方面,作出了极大的贡献,并且影响了俄罗斯诗歌的发展进程。

康斯坦丁·尼古拉耶维奇·巴丘什科夫（Константин Николаевич Батюшков)出身于沃洛格达的一个古老的贵族家庭。他曾在圣彼得堡的一所法语和意大利语寄宿学校学习。1802 年,他从寄宿学校毕业,进入教育部供职,直到 1807 年。1805 年,他加入"文学、科学、艺术爱好者自由协会"（Вольное общество словесности, наук и художеств),积极参与该社团的有关学术活动,尤其是对法国启蒙思想家的学习活动。1807 年,他自愿参军,在部队接受严格的军事学校的训练并参加战斗,他参加过抵抗拿破仑的战争,后来还参加过与瑞典人的战争。1815 年退伍后,他定居莫斯科。1818 年,他到了意大利的那不勒斯,开始从事外交工作。但是,自 1822 年起,他出现了严重的精神疾病症状,不得不回到故乡沃洛格达。他在那儿忍受了 30 多年病魔的折磨,直到 1855 年因患伤寒而去世。

在走上文学创作道路的过程中,巴丘什科夫的舅父——诗人穆拉维约夫对他产生了很大的影响,正是在舅父的家中,他认识了杰尔查文、利沃夫等著名诗人,在这些诗人的共同影响下,巴丘什科夫对文学产生了浓厚的兴趣。巴丘什科夫自十九世纪初期开始写诗,1806 年,他最早的抒情诗《理想》(Мечта)发表。他早期发表的一些诗作,具有启蒙主义和感伤主义的思想倾向。1817 年,他出版了第一部作品集《诗歌散文习作集》(Опыты в стихах и прозе)。在俄罗斯文学史上,他是一位被别林斯基高度赞赏的作家,别林斯基称他为"杰出的天才"[1]。而且,他的诗歌艺术成就"在俄罗斯诗歌文化的发展进程中是不可缺少的一环"[2]。

巴丘什科夫的诗歌创作道路以 1812 年为界,可以明显地分为前后两个发展阶段。"他的作品在很大程度上决定了俄罗斯诗歌在'黄金时

---

[1]　В. Г. Белинский. *Полное собрание сочинений в 13 томах.* т. 5. Москва：Издательство Академии наук СССР，1953—1959，с.569.

[2]　Н. И. Пруцков. *История русской литературы в четырех томах*，том 2，с.88.

代'的演变。"①在1812年之前的早期诗歌中,巴丘什科夫无疑是卡拉姆津传统的追随者,注重描写普通人的欢乐和忧伤、自主与自尊。在这一方面,他与茹科夫斯基等诗人一起,为俄罗斯诗歌中的浪漫主义风格的开创,发挥了奠基性的作用,因而被一些评论家称为"前浪漫主义诗人"。在这一阶段的创作中,巴丘什科夫自认为其所遵循的是"微末哲学"(маленькая философия)的原则,强调以短小的艺术形式,表达个人深邃的内心世界,"顺应环境,逆水行舟"②,从而获得创作的成功。譬如,他早期的具有代表性的诗作《我的家园》(Мои пенаты),就体现了他的这一以小见大的诗学主张。在这首诗中,诗人让读者沉浸在家庭的环境之中,以各种浓淡色调勾勒这一住所的文化内涵,他用"住处"(обитель),或"小屋"(хижина)、"角隅"(угол)、"窝棚"(шалаш)、"房舍"(хата)、"居所"(домик)等各种同义词指称自己的寓所,在表现出极度的谦逊的同时,也暗示着一种独立的精神和个人的尊严。

1812年卫国战争之后,巴丘什科夫转向了悲歌题材,在俄罗斯"悲歌"这一体裁的创作方面,他有着重要的突破,他这一时期的诗作出现了疑虑和深沉的哀愁,他开始注重哲理思维,并且深入人的内心世界,把人的心理活动同深沉的悲观主义人生观有机地结合在一起。他的诗歌创作手法以及诗学主张对普希金、费特和迈科夫以及二十世纪的曼德尔施塔姆等诗人,都有较大的影响。

在悲歌创作方面,巴丘什科夫的《痊愈》(Выздоровление)极具代表性,普希金高度赞赏该诗,认为这是巴丘什科夫最优秀的悲歌之一。③巴丘什科夫在《痊愈》一诗中写道:

> 犹如一枝铃兰,在收割者致命的镰刀下
> 叶子枯萎了,低低地垂下脑袋,
> 我在疾病中等待着为时过早的终结,
> 我想,敲响命运丧钟的时刻即将到来。
> 地狱的昏沉的黑暗已遮住我的双眼,

---

① Igor A. Pilshchikov & T. Henry Fitt. "Konstantin Nikolaevich Batiushkov". See: Crystine A. Rydel ed. *Russian Literature in the Age of Pushkin and Gogol: Poetry and Drama*. London: The Gale Group, 1999, p.20.

② К. Н. Батюшков. *Нечто о поэте и поэзии*. М.: Наука, 1985, с.242.

③ 〔俄〕普希金:《普希金全集》(第6卷),沈念驹、吴笛主编,杭州:浙江文艺出版社,2012年版,第577页。

心脏也跳动得愈来愈慢，

我，已经消沉，已经凋残，

青春年华的太阳也似乎落入西山。

但是，你走来了，啊，我心灵的生命，

你的樱唇中发出迷人的温馨，

你的双眼闪烁着光焰，滚动着泪水，

接着便是我们合二为一的亲吻、

充满激情的喘息以及亲切的话语，——

这一切把我从冥河的岸边，

从忧愁的领域，从死神的王国

引向了令人销魂的爱恋。

你给了我新生——你这美好的赠品，

我要把我的心血融入你的生命，直至永远，

对于我，我连致命的苦难也显得甜蜜，

为了爱情，即使马上去死，我也心甘情愿。①

（吴笛　译）

在世界诗歌史上，爱情与死亡是描写得较多的主题，尤其是《圣经·旧约·雅歌》中的"爱情比死亡还要强烈"的理念，被许多诗人接受。在巴丘什科夫的《痊愈》中，这一理念更是得到了完美的呈现。在爱情与死亡的较量中，获胜的是爱情，是"心灵的生命"。在该诗的开头部分，抒情主人公将自己比作一枝铃兰，在"收割者致命的镰刀"之下，已经命在旦夕，是"合二为一的亲吻"和"令人销魂的爱恋"，使得抒情主人公获得新生，从而充分展现出情感的力量，表现出浪漫主义诗歌崇尚情感的特质。

作为俄国早期的浪漫主义诗人，巴丘什科夫也喜爱书写墓地、废墟等场所和意象，然而，他书写的废墟景象，既有出人意料的神奇，也有意料之中的现实的平凡。譬如，在《哦巴伊亚，当极光出现时》(*Ты пробуждаешься，о Бойя …*)一诗中，诗人写道：

哦巴伊亚，当极光出现时，

你从坟墓中苏醒过来，

但是，深红色的朝霞

---

① 飞白主编：《世界诗库》(第5卷)，广州：花城出版社，1994年版，第82—83页。

　　不再赐予你昔日的光彩，

　　曾有无数美女撒娇的地方，

　　也不会给你带来庇护的清凉，

　　湛蓝的水底也永远不会呈现

　　你过去的那些紫红色的柱廊。①

（吴笛　译）

　　巴丘什科夫这首在 1819 年作于意大利的抒情诗，被洛特曼誉为他"最成熟的作品"，因为"巴丘什科夫对文本音律组织的掌握，成为构建和传达深刻内容的手段"②。

　　由于他早年曾在圣彼得堡的法语和意大利语寄宿学校学习过，巴丘什科夫特别喜爱意大利和法国的诗歌，并在自己的创作实践中受到一定的影响。同时代的作家乌瓦洛夫在读过《诗歌散文习作集》之后就称巴丘什科夫为"意大利和法国诗歌的热情爱好者"③。巴丘什科夫在翻译塔索等诗人的作品的同时，努力汲取塔索和彼特拉克等诗人的诗艺，丰富自身的诗歌创作。正是由于对希腊以及意大利等地的作品的翻译和借鉴，他的诗歌在承袭欧洲文化传统方面，是一个出色的典型。有俄罗斯学者认为："在俄罗斯诗人中，很难找出像巴丘什科夫这样满怀热忱，如此入迷、如此热情奔放地融汇于欧洲文化的人，而且，他具有强烈的归属感，归属于欧洲最为优秀最具价值的文化之列。"④这句话说明了巴丘什科夫在承袭和借鉴优秀文化方面的积极态度，对于西欧优秀文化，巴丘什科夫的口号是，"别人的东西，我们的宝藏"⑤。在他看来，曾经是别人的情感体验，经过理解和感悟，也能成为自己喜爱的创作源泉。这也许是他酷爱诗歌翻译的一个原因。

　　在俄罗斯诗歌史上，巴丘什科夫对浪漫主义诗歌的贡献，体现在对所谓"轻体诗"的强调上，1816 年，在《关于轻体诗对语言影响的演讲》(Речи о влиянии легкой поэзии на язык)中，他总结了自己的思考："在轻体诗这一

---

① К. Н. Батюшков. *Стихотворения*. Москва：Художественная литература，1988，с.180.

② Ю. М. Лотман. *О поэтах и поэзии：Анализ поэтического текста*，Л.：Издательство Просвещене，1972，с.137.

③ И. А. Пильщиков. *Батюшков и литература Италии：Филологические разыскания*/Под ред. М. И. Шапира. Москва：Языки слав. культуры，2003，с.6.

④ И. Шайтанов. "Константин Николаевич Батюшков"，См.：К. Н. Батюшков. *Стихотворения*. Москва：Издательство Художественная литература，1988，с.14.

⑤ К. Н. Батюшков. *Стихотворения*. Москва：Издательство Художественная литература，1988，с.14.

类型的诗中,读者所要求的是尽可能的完美,表达的纯洁,音节的有序性、灵活性;所要求的是在感觉上的真实,在各方面保持最严格意义上的恰如其分……结构的美在这里是必要的,不能被任何东西所取代。这是一个已知的神秘,特别是对某一主题的持续关注:因为诗歌,即使形式短小,也是一种困难的艺术,需要整个生命和灵魂的所有努力,一个人必须为诗而生,但这还不够;还得在出生后成为诗人……"①这一观点也是浪漫主义诗歌在抒情诗创作领域取得成效的一个重要的说明。

第四节　维亚泽姆斯基的诗歌创作

有俄罗斯学者认为:"在十九世纪初期的 30 多年的俄国文学中,维亚泽姆斯基占据着重要的地位。"②这一评价无疑是恰如其分的。而且,他在创作中,较多地继承了十八世纪感伤主义的文学传统,他以自己的创作,在感伤主义文学和浪漫主义文学之间架起了一座桥梁,是卡拉姆津、德米特里耶夫、茹科夫斯基诗歌风格的传承者。

彼得·安德烈耶维奇·维亚泽姆斯基(Пётр Андреевич Вяземский)是普希金在《叶甫盖尼·奥涅金》等创作中经常提及并且引用的诗人,他在十九世纪上半叶的俄罗斯文坛,占据显著的地位。

维亚泽姆斯基出身于莫斯科的一个古老的贵族家庭,他的父亲战功显赫。维亚泽姆斯基谈到他的父亲安德烈·伊万诺维奇·维亚泽姆斯基公爵的经历的时候,曾经写道:"20 多岁的时候,他已经是指挥一个团的上校了。我不知道这样的迅速升迁归功于什么,但是可以肯定的是,不是靠谄媚奉承,这是有充分证据的,譬如在土耳其战争中,他在波将金公爵的麾下时,他与波将金的关系很不融洽,听说波将金公爵觉得这个年轻人太过自以为是。"③由此可见,他的家庭极为显赫。

1805 年,维亚泽姆斯基被送到圣彼得堡,在圣彼得堡的一所耶稣会寄宿学校学习,有一段时间,他也在师范学院附属贵族寄宿学校读书,但一年

① К. Н. Батюшков. *Опыты в стихах и прозе* (Литературные памятники). Москва: Издательство Академии наук СССР, 1977, с.11—12.

② Л. Гинзбург. "П. А. Вяземский. Вступительная статья". П. А. Вяземский. *Стихотворения*. (Библиотека поэта; Большая серия). Ленинград: Издательство Советский писатель, 1958, с.5.

③ П. А. Вяземский. *Полное собрание сочинений князя П. А. Вяземского*. СПб., 1878—1896, т. 7, с.90.

多之后，他又回到了莫斯科，跟随一位莫斯科大学教授学习有关课程。1807年的时候，他的家庭发生了变故，他的父亲离开了人世。尽管他父亲给他留下了大量遗产，但他离群索居，心情郁闷，与官场疏远。不过，他与文学界的一些重要人物却开始了较为频繁的接触，这也得益于他的家庭环境以及他与著名诗人卡拉姆津的亲戚关系。卡拉姆津的妻子是维亚泽姆斯基的姐姐凯瑟琳·安德烈耶夫娜。正是通过姐夫卡拉姆津的关系，维亚泽姆斯基结识了茹科夫斯基、巴丘什科夫、达维多夫、瓦·普希金等许多著名作家。

1812年，抵抗拿破仑的卫国战争爆发后，维亚泽姆斯基自愿参军，他参加了博罗季诺战役，参战经历极大地促进了他的民族意识的觉醒。在随后的诗歌创作中，俄国自由思想、宗教自由思想、启蒙哲学的传统，在他的头脑中与拿破仑战争时期的爱国主义灵感结合在一起，他因此反对希什科夫在《论俄国语言的新旧风格》中提出的教会斯拉夫语是丰富俄语语音的唯一安全来源的观点，他捍卫俄国十八世纪的文学传统，提倡以贴近生活的日常语言进行诗歌创作。

1817年，出于经济方面的原因以及为了实现光宗耀祖的目标，维亚泽姆斯基进入沙皇政府供职。刚开始的时候，维亚泽姆斯基也对从政抱有一定的希望，特别是1818年他翻译了亚历山大一世在波兰国会开幕式上的讲话，这让他备受鼓舞。这篇以"自由—宪政"精神为基调的演讲，让人们对俄罗斯帝国的国家制度的转型产生了希望。同年，维亚泽姆斯基参与了亚历山大一世主持的俄国宪法的起草工作，他和其他官员提出了关于解放农奴的主张，但未能如愿，宪法也因此而流产。于是，他对专制制度产生了不满的情绪，开始创作热爱自由、反对暴政的诗篇，其中具有代表性的是《愤怒》（Негодование）一诗，该诗曾经轰动一时，广为流传。维亚泽姆斯基在《愤怒》中表达了他对农奴制的愤慨之情，对沙皇专制制度进行了强烈的抗议：

> 那里残暴的罪恶之剑
> 染红了你圣洁的祭坛；
> 恶习露出狰狞的笑容
> 来宣布你的种种罪名。[①]

（王士燮　译）

维亚泽姆斯基的早期诗歌创作，明显受到拜伦诗风的影响，他也是通过

---

① 飞白主编：《世界诗库》（第5卷），广州：花城出版社，1994年版，第86页。

对拜伦的研读来理解浪漫主义思潮的,所以,他早期的诗中有着愤世嫉俗的态度,然而,在控诉专制社会制度种种罪恶的同时,他又不愿主张革命,该诗表达了他温和的政治诉求,幻想开明的君主能够实行改良,实现美好的乌托邦式的理想:

> 公民与帝王的同盟宣言,
> 你会使沙皇一心向善;
> 使当权者受臣民爱戴,
> 使无罪和法律握手言欢。①

(王士燮 译)

这种脱离社会现实的幻想,恰恰代表了十二月党人革命前俄国知识分子的普遍心态。

由于表达了对沙皇政府的不满情绪,维亚泽姆斯基于1821年被解除公职。十二月党人革命期间,他尽管与十二月党人有所交往,但自始至终没有参与他们的组织活动。但他依然以自己的诗篇表达了他与十二月党人在政治思想方面的一致性,他与沙皇政府的对立情绪体现在他的许许多多的讽刺诗和歌颂自由的抒情诗中,如《致西比利亚科夫》(*Сибирякову*)、《彼得堡》(*Петербург*)、《惆怅》(*Уныние*)、《给弗·L.普希金的新年贺词》(*Новогоднее послание к В. Л. Пушкину*)等。

从维亚泽姆斯基对待十二月党人的态度上,也可以看出后期浪漫主义文学对社会现实的关注,在反映社会现实这一问题上,他也明确地提出了自己的观点,在1830年评述冯维辛的创作时,维亚泽姆斯基写道:"人民的文学史也必须是其社会的历史。——如果你所考虑的文学作品不能反映当代社会的观点、激情、色调和偏见;如果你所观察到的社会与当代文学的支配和影响格格不入,那么你可以明确地得出结论,在你所研究的时代,没有真正的、活生生的文学。文学被称为社会的表达,并非没有道理。"②

1829年,维亚泽姆斯基重新回到沙皇政府部门任职,官至教育部大臣助理。晚年,他主要侨居国外,后来在德国逝世。

维亚泽姆斯基晚年创作的作品不再像早年那样愤世嫉俗,但依然以浪

---

① 飞白主编:《世界诗库》(第5卷),广州:花城出版社,1994年版,第86—87页。
② П. А. Вяземский, *Полное собрание сочинений князя П. А. Вяземского*. СПб.: Издание графа С. Шереметева, 1878—1896, т. 5, с.1.

漫主义与现实主义风格的结合为主要特色，他善于借助自然界的一些典型意象来表达内心世界复杂的情感体验。譬如，在题为《秋》（Осень）的诗中，他以拟人的手法，将秋描写成一个亭亭玉立、含情脉脉的美女形象：

> 秋天在跟我们调情：
> 这个美女在她的西方
> 越来越脉脉含情地引诱我们
> 给予最后的温存、最后的奖赏。
>
> ……
>
> 她的一切我都喜欢：绚烂的服装、
> 天鹅绒、锦缎和金色的水流；
> 她身上挂的装饰品我都喜爱：
> 红宝石、琥珀和一串串葡萄。
>
> 越要失去它们越觉得珍贵，
> 秋天的花环也更加芬芳，
> 在香消玉殒的回光返照里
> 既有缠绵，也有怅惘。①

（王士燮　译）

无论是早期的创作还是晚期的创作，维亚泽姆斯基的诗都具有鲜明的崇尚自然的浪漫主义特性，他创作了多首歌颂自然的风景抒情诗，如早期的风景抒情诗《初雪》（Первый снег），其所体现的就是浪漫主义的对照手法：

> 今天好像魔杖一样，
> 周围的景物都变了样。
> 高空闪耀着明亮的碧色，
> 山谷盖上了耀眼的桌布。
> 田野撒满了灿烂的珍珠。
> 冬天的节日大地换了新装，

---

① 飞白主编：《世界诗库》（第5卷），广州：花城出版社，1994年版，第87页。

　　露出振作的笑容欢迎我们。

　　这里雪花像绒毛挂满云杉，

　　那里把白银撒在苍翠的树枝上，

　　还为葱郁的红松描绘出花纹。

　　水蒸气散了，群山闪闪发光，

　　一轮红日悬挂在蔚蓝的天空中，

　　神奇的冬天使世界改变了形象。①

（王士燮　译）

　　在这首《初雪》中，抒情主题交织在对俄罗斯自然界初雪降临时分的细节描述中，蕴含着自然与社会的强烈对照，当然也蕴含着改造社会现实的美好愿望，有论者曾说："《初雪》中的'浪漫'，与其说是对抒情主题和心理主题的诠释，不如说是将民族元素引入有条件的、脱离日常现实的哀伤世界。"②维亚泽姆斯基晚年的风景抒情诗则大多体现了浪漫主义崇尚自然、向往自由的一些本质特征，如在题为《还是三套车》(Еще тройка)的诗中，诗人写道：

　　俄罗斯草原，漆黑的夜，

　　到处弥漫诗的信息！

　　其中传播着朦胧的思绪，

　　还有毫无拘束的自由。③

（汪剑钊　译）

　　该诗语言简洁明快、清新自然，所描绘的形象生动鲜明，不仅体现出浪漫主义崇尚自然的特质，同时，也将俄罗斯浪漫主义诗人固有的忧郁、惆怅的气质表露了出来。

　　维亚泽姆斯基作为诗人和批评家，一直坚持文学创作，直到他生命的最后一天。虽然到了十九世纪五六十年代之后，他的创作思想显得较为保守，与新兴的革命民主主义的观点有些格格不入，但他能够恰如其分地表达自己的诗学观点。他在继承卡拉姆津和茹科夫斯基的俄罗斯诗歌传统的基础

---

①　飞白主编：《世界诗库》(第5卷)，广州：花城出版社，1994年版，第85页。

②　Л. Гинзбург. "П. А. Вяземский. Вступительная статья". П. А. Вяземский. *Стихотворения*.（Библиотека поэта；Большая серия）. Ленинград：Издательство Советский писатель，1958，с.20.

③　〔俄〕普希金等：《俄罗斯黄金时代诗选》，汪剑钊译，山东文艺出版社，第63页。

243

上,努力开拓,汲取拜伦诗风的合理要素,在俄国浪漫主义思潮的发展以及坚守文学创作与现实生活相结合的文学主张方面,为俄罗斯诗歌的发展作出了积极的贡献,并且在政治抒情诗、风景抒情诗、讽刺诗等创作方面,为俄罗斯诗歌提供了典范。

第五节　杰尔维格的诗歌创作

杰尔维格被评论家誉为"普希金时代俄罗斯文学中最杰出的人物之一"[①]。他在诗歌创作与评论方面,都成就卓著。在诗歌评论方面,他颇有远见,要求尊重文学规律,不能过度漠视传统,也不必对作为"商业时代"直接后果的读者欢迎度给予过度关注,他强调诗人不能满足于即时的短暂的成功,而更应该尊重艺术创作规律,重视语言风格上的传承和创新,以及文学所应弘扬的道德和审美规范。他的诗歌主张也极大地作用于他自己的诗歌创作活动。

安东·安东诺维奇·杰尔维格生在莫斯科,父亲曾任陆军少将。杰尔维格曾在一所私立寄宿学校接受了最初的教育,1811年末,他进入皇村学校学习,于1817年毕业。在皇村学校读书期间,他与普希金、丘赫尔别凯等诗人关系密切。从皇村学校毕业后,他曾在政府部门供职,从事文学和出版工作,并渐渐开始与雷列耶夫等十二月党人接近,但他没有参加十二月党人的活动。自1825年开始,他编辑出版《北方的花》(*Северные цветы*)、《雪花莲》(*Подснежник*)等作品集。1830年,他开始创办《文学报》,但第二年该报就被查封,杰尔维格也于当年病逝。

杰尔维格不仅是普希金的同学和亲密的友人,而且也是普希金时代俄国诗坛的杰出代表之一。直至现在,人们依然认为:"杰尔维格的作品和文学生活仍然是普希金时代——俄罗斯诗歌黄金时代——的审美观念和文学生活的纪念碑。"[②]在皇村学校读书期间,他就表现出了卓越的诗歌才华,普希金认为,杰尔维格的早期诗歌"明显表现出不平常的和谐感和他永远保持的古典的严整性"[③]。杰尔维格是在俄国贵族革命高涨的背景下登上文坛的诗人,以悲歌、田园诗、浪漫曲等诗歌体裁的创作而著称,尤其是他的田园

---

① В. Э. Вацуро. *Избранные труды*, Москва：Языки славянской культуры, 2004, c.655.

② В. Э. Вацуро. *Избранные труды*, Москва：Языки славянской культуры, 2004, c.671.

③ 〔俄〕普希金：《普希金全集》(第6卷),沈念驹、吴笛主编,杭州：浙江文艺出版社,2012年版,第303页。

诗,极为成功。普希金认为:"杰尔维格的田园诗使人感到惊异。"[1]1821年,普希金在南俄流放的时候,还致信杰尔维格,对后者的诗歌给予极高的评价:"你的诗歌沉郁悲壮、雄浑有力,是拜伦式的,这才是你真正的领地——消除你那陈旧的自我,可别抑制你那充满灵感的诗才。"[2]杰尔维格在诗中常常怀念过去,歌颂在当时生活中寻求不到的和谐的人类关系,以及人生的意义和价值。他的许多"俄罗斯歌曲",如《夜莺啊,我的夜莺》,被人谱曲,传唱至今。

在《浪漫曲:别说爱情将会消逝》(*Романс: Не говори: любовь пройдет …*)一诗中,诗人认为:

> 爱情的佳期十分短暂,
> 可我不能眼看着爱情冷却;
> 我要同她一起毁灭,就像
> 突然折断的琴弦发出凄凉的音乐。[3]

(吴笛　译)

在《悲歌》(*Элегия*)一诗中,诗人对过去的岁月怀着无比美好的记忆:

> 过去的岁月里的歌声啊,
> 你是青春的唯一标记,
> 你为什么如此深深地
> 铭刻于我的记忆?
> 我走遍山山水水,饱经辛酸,
> 已经忘记了你亲切的目光,——
> 可是你那动听的声音
> 为什么还在我的耳边回响![4]

对自我价值的认知,以及对自我的崇尚也反映在杰尔维格的诗中,在

---

① 〔俄〕普希金:《普希金全集》(第6卷),沈念驹、吴笛主编,杭州:浙江文艺出版社,2012年版,第58页。
② 〔俄〕普希金:《普希金全集》(第8卷),沈念驹、吴笛主编,杭州:浙江文艺出版社,2012年版,第47页。
③ А. А. Дельвиг. *Сочинения*. Ленинград: Издательство Художественная литература, 1986, с.63.
④ 飞白主编:《世界诗库》(第5卷),广州:花城出版社,1994年版,第92页。

《浪漫曲：美妙的一天》（*Романс：Прекрасный день，счастливый день …*）一诗中，诗人写道：

> 美妙的一天，幸福的一天，
> 　　既有阳光，也有爱情！
> 阴影已从光秃的田野里消失——
> 　　心灵中重新放射出光明。
> 树林和原野，快快苏醒吧。
> 　　让万物沸腾着生命的活力；
> 心儿对我轻轻地说：
> 　　这生命属于我自己，属于我自己！
>
> 燕子啊，你为何飞到窗口？
> 　　你干吗任性地唱个不休？
> 或许你在呢喃着春的来临，
> 　　向他诉说爱的企求？
> 虽然没对我说，但是没有你，
> 　　爱情也燃烧在歌手的心里；
> 心儿对我轻轻地说：
> 　　这爱情属于我自己，属于我自己！①

（吴笛　译）

从上述诗句中，我们可以看出杰尔维格崇尚自我的倾向，突出体现了其与西欧浪漫主义具有相同的特性，同样，在题为《灵感》（*Вдохновение*）的十四行诗中，他强调了灵感对于诗人的重要意义：

> 灵感并不是经常来到我们身边，
> 它在灵魂深处燃烧只是一瞬，
> 但缪斯的爱慕者极为看重这瞬间，
> 仿佛殉难者告别大地的庄重。
>
> 朋友间的欺骗，爱情的背弃，

---

① 飞白主编：《世界诗库》（第 5 卷），广州：花城出版社，1994 年版，第 94 页。

心灵倍加珍惜的一切中的毒素，

都可以忘掉：兴奋不已的诗人

已经将它看成了自己的使命。

哦，受人轻慢，被驱逐出人群，

在苍天之下独自流浪，

他依然与未来的世纪进行交流；

他将这荣誉置于一切荣誉之上，

他以自己的光荣来回报诽谤，

与天神们共同分享不朽。①

浪漫主义诗人崇尚灵感和想象，而在杰尔维格看来，灵感极为神奇，灵感只会在灵魂深处发生瞬间的燃烧，所以，捕捉这一瞬间，就是诗人的荣誉和使命。

在俄罗斯诗歌发展史上，杰尔维格的贡献是多方面的，在诗歌题材和体裁上，他的悲歌、田园诗、浪漫曲，以及"俄罗斯歌曲"等，富有特色，他在十四行诗体的运用方面，也颇具特色，在十九世纪二十年代初，他所创作的 5 首十四行诗，就可以列入他最好的抒情诗行列，其中包括《灵感》、《致雅泽科夫》(*Н. М. Языкову*)、《十四行：金色卷发的愉快疏忽》(*Сонет：Златых кудрей приятная небрежность*)、《十四行：我和美人在贡多拉上独自航行》(*Сонет：Я плыл один с прекрасною в гондоле*)，以及《在西班牙，爱神不是陌生人》(*В Испании Амур не чужестранец*)。杰尔维格在借鉴西欧十四行诗体，使之俄语化的进程中，发挥了一定的作用。由于他在革新俄语诗律学方面的成就，有学者认为："杰尔维格开创的六音步扬抑抑格诗歌以及他的'俄罗斯歌曲'的韵律，都为俄罗斯诗歌作诗法的发展作出了宝贵的贡献。"②这一观点无疑是非常中肯的。

第六节　巴拉丁斯基的诗歌创作

如果说俄罗斯早期浪漫主义主要以茹科夫斯基为代表，诗歌艺术成就

---

① 〔俄〕普希金等：《俄罗斯黄金时代诗选》，汪剑钊译，济南：山东文艺出版社，第 101 页。

② Б. П. Городецкий ред. *История русской поэзии в двух томах*. Том 1, Ленинград：Издательство Наука，1968，с.375.

相对有限,那么,俄罗斯后期浪漫主义诗歌的艺术成就则相当辉煌,作为代表诗人的有普希金、莱蒙托夫、丘特切夫等数位杰出的诗人,巴拉丁斯基无疑也是其中富有特色的一位,而且,巴拉丁斯基的诗富有哲理和才智,是浪漫主义诗歌中现代性色彩较强的抒情诗人。正是由于巴拉丁斯基的诗中有着较强的现代性,所以,别林斯基称其为农奴制和资本主义交替时期的"过渡时期的诗人"①。

叶甫盖尼·阿勃拉莫维奇·巴拉丁斯基(Евгений Абрамович Бараты-нский)出身于坦波夫省马拉镇的一个贵族家庭。1813 年,他进入圣彼得堡贵族军官学校,1816 年,他因犯有过失而被沙皇政府开除。1819 年,他与诗人杰尔维格相识,并且成为普希金的好友。但在 1820 年,在普希金流放南方的同时,他也被迫在驻守芬兰的军队中担任军士,直至 1825 年的夏天,他取得准尉军衔之后,才得以退役,定居在莫斯科。好在他服役的芬兰距圣彼得堡并不是很远,使得他经常有机会与俄国文学界人士交流。尽管在 1820 年前后,巴拉丁斯基就结识了未来的十二月党人雷列耶夫和别斯图热夫等诗人,不过仅限于交往,他终究没有成为十二月党人中的一员。1843 年,他到德国和法国旅行,结识了拉马丁、乔治桑等许多法国文人。1844 年夏天,他到了意大利的那不勒斯。然而,令人遗憾的是,不久之后,这位出色的俄罗斯抒情诗人突然病死在那不勒斯。

巴拉丁斯基自 1819 年开始发表诗作,他的诗作日臻成熟。1826 年,他出版诗体小说《埃达》(Эда)。随后,他又于 1827 年出版了他的第一部诗集《诗选》(Стихотворения)。

巴拉丁斯基将 1827 年出版的《诗选》分为三个部分,这三个部分体现了哲理和爱情两个方面的主题。第一部分中,他主要书写的主题是"哲学的冥想",比较典型的是《芬兰》(Финляндия),《真相》(Истина)等诗篇。在第二部分和第三部分中,他主要书写的是"爱情挽歌"。在第二部分,比较重要的诗作有开篇的《分离》(Разлука),还有《觉醒》(Разуверение),《落叶》(Падение листьев)等。如《分离》一诗,具有极为典型的浪漫主义特色,抒情主人公因为爱情的丧失,觉得生活"唯有凄凉的窘迫":

        我们分手了;在令人迷醉的时刻,

① См.: Д. Мирский. "Баратынский", Евгений Абрамович Баратынский, *Полное собрание стихотворений в двух томах*, Том 1. Стихотворения, Ленинград: Издательство Советский писатель, 1936, c.1.

我的生命顷刻间属于我自己；

我不再倾听爱情的絮语，

我不再呼吸爱情的气息！

我曾经拥有的一切突然全部丧失，

美梦刚刚开始……转眼化为乌有！

现在唯有凄凉的窘迫，

从幸福之中为我存留。①

（吴笛　译）

巴拉丁斯基的《分离》一诗，表达了抒情主人公对于已经逝去的情感的追忆以及难以接受这样一种矛盾的心态。对抒情主人公而言，值得追忆的，是他曾经"倾听爱情的絮语"，曾经"呼吸爱情的气息"，即使分手，也是在"令人迷醉的时刻"；而难以接受的是，美梦刚刚开始，顷刻化为乌有，所留存下来的，"唯有凄凉的窘迫"。整首诗在叙述方面所采用的是由第一人称对第二人称进行倾诉这一典型的浪漫主义的叙述风格，突出内在的情感冲撞。

以"我对你说"这一叙事风格表现内心情感冲突的特征，在《觉醒》一诗中也颇为典型：

你不必以重新学会的柔情蜜意

徒劳无益地将我勾引；

对于昔日时分的一切爱恋

失望的人都已经感到陌生！

我不再相信山盟海誓，

也不再相信爱的温馨，

我不能把自己重新献给

一场已经把我背叛的旧梦！

不要再增添我盲目的忧伤，

也不要重提过去的情景，

你这为人分忧的朋友呵，

别把病人从沉睡中惊醒！

我在沉睡，睡得酣甜；

请你忘却昔日的憧憬。

---

① 飞白主编：《世界诗库》（第5卷），广州：花城出版社，1994年版，第116—117页。

> 你能在我心中唤起的
> 只会有烦扰，绝没有爱情。①

（吴笛　译）

　　题为《觉醒》，实为沉睡，作者以此"悖论"表现主人公内在的情感冲突。尤其是"别把病人从沉睡中惊醒"等诗句，既有着浪漫主义诗歌所特有的逃避现实、耽于梦幻的倾向，也在一定的程度上具有深邃的寓意和象征的成分。

　　第三部分的诗作所书写的也主要是"爱情挽歌"这一主题，但是与第二部分那种忧伤的色调相比，则是有了趋于乐观、充满才智的倾向，而且具有伦理教诲的内涵，主要作品有《辩护》（*Оправдание*）、《表白》（*Признание*）等诗。

　　如《表白》一诗，巴拉丁斯基似乎已经从《分离》和《觉醒》等诗篇的忧郁氛围中解脱出来。在该诗的开头，抒情主人公就直截了当地对往日的爱情采取了抗拒的态度：

> 别向我索取假装的温存，
> 我无法掩饰心中冰冷的忧伤。
> 你说得对，在我的心中已经没有
> 　初恋时分的美妙的情感。
>
> 我只是徒劳无益地让自己回忆
> 你可爱的情影以及梦幻般的往昔；
> 如今我的回忆也失去生机，
> 　我发过誓言，但为我力所不及。
>
> 我没有成为另一美女的裙下俘虏，
> 嫉妒的幻影也从我心灵中消散；
> 漫长的岁月在别离中流逝，
> 　在人生的风暴中我得到了排遣。②

（吴笛　译）

正是因为"漫长的岁月在别离中流逝"，所以，抒情主人公在人生的风暴中

----

① 飞白主编：《世界诗库》（第5卷），广州：花城出版社，1994年版，第117页。
② 飞白主编：《世界诗库》（第5卷），广州：花城出版社，1994年版，第118—119页。

"得到了排遣"，他没有在忧伤中沉沦，而是以自己特有的方式理解生活、面对生活。于是，到了诗的最后，诗人抛却了山盟海誓，正视现实生活，屈从于命运的安排：

> 别了！我们共同走过了漫长的行程；
> 可我已选新路，你也应该另有所择；
> 请用理智来制服徒劳无益的悲伤，
> 更不要跟我进行无谓的辩解。
>
> 我们没有权力支配自己，
> 在那些青春年少的日子里，
> 我们过于仓促地山盟海誓，
> 在万能的命运看来，那也许荒诞无稽。①

（吴笛　译）

　　巴拉丁斯基的重要抒情诗作还有《黄昏》(*Сумерки*，1842)等诗集。《黄昏》是巴拉丁斯基的第三部诗集，汇集了他自 1834 年至 1841 年创作的诗歌作品，收有《致维亚泽姆斯基公爵》(*Князю Петру Андреевичу Вяземскому*)、《秋天》(*Осень*)和《最后一位诗人》(*Последний поэт*)等一些具有代表性的抒情诗作。

　　在《致维亚泽姆斯基公爵》一诗中，巴拉丁斯基一方面表达了对维亚泽姆斯基的敬重，另一方面则表达了远离社会现实、享受幸福生活的浪漫主义幻想。《秋天》一诗是诗人的哲理冥思。在第一诗节和第二诗节，诗人描写了九月里秋天的自然景致。在其后的第三诗节，诗人转向现实，思考冬天的来临："别了，别了，天堂之光！/别了，别了，自然之美！/森林迷人的低语，/金光闪闪的河水，/均为夏日易逝的美梦！"②由于该诗写于 1836 至 1837 年间，所以，普希金之死以及相应的政治话语也在诗中得到回应："突然暴风骤雨，/森林哗哗作响，/大洋在咆哮，在奔腾，/疯狂的浪花拍打着海岸……/在人群中听到响亮的回声，/却听不到跨越激情尘世的/动词的回音。"③

---

① 飞白主编：《世界诗库》(第 5 卷)，广州：花城出版社，1994 年版，第 119 页。
② 转引自周露：《巴拉丁斯基哲理抒情诗研究》，杭州：浙江大学出版社，2016 年版，第 179 页。
③ 转引自周露：《巴拉丁斯基哲理抒情诗研究》，杭州：浙江大学出版社，2016 年版，第 183 页。

《最后一位诗人》是巴拉丁斯基的一首非常重要的诗作，得到了许多评论家的关注。该诗主要书写的是社会上的金钱关系对艺术所产生的破坏性作用。该诗运用诗神阿芙洛狄忒从海沫中诞生这一古希腊神话以及著名女诗人萨福因为法翁而在卢卡第安山崖跳向大海的传说，说明诗歌艺术与金钱社会如何格格不入。自私自利、唯利是图的社会风气也只会葬送"最后一位诗人"。

巴拉丁斯基的诗歌创作受到了俄罗斯很多作家和评论家的高度赞赏。人们在他的诗中不仅发现了哲理的抒情，而且发现了与英国玄学派诗歌相似的诗歌技巧。同时代的普希金以及二十世纪的布罗茨基，都对他的创作极为赞赏。普希金写过多篇有关巴拉丁斯基的评论，布罗茨基在诺贝尔奖获奖演说中便引用了巴拉丁斯基的诗句，他说："伟大的巴拉丁斯基在谈到自己的缪斯时，说她具有'表情独特的脸庞'。获得这种独特的表情，这或许就是人类存在的意义。"[1]巴拉丁斯基的早期诗歌因生活受挫，情绪忧伤，从而流露出哀伤的基调。早在巴拉丁斯基进行诗歌创作的十九世纪三十年代，同时代的梅里古诺夫就中肯地指出："巴拉丁斯基主要是哀诗诗人，但是他在第二个创作时期却把自己个人的忧伤上升到大家所共有的富有哲学意义的忧伤的高度，从而成为现代人类哀诗的诗人。"[2]可见，他的哀歌中的哲理性在当时就显得十分突出。巴拉丁斯基诗歌的主题与他自身的经历密切相关，因而被普希金称为"酒宴与忧伤的诗人"。巴拉丁斯基的晚期诗作趋于乐观，并且加深了哲理方面的探究，关注人类的命运。

巴拉丁斯基在自己的抒情诗中，常常书写的哲理主题是浪漫主义幻想的破灭，人类与自然难以协调甚至分离的情景，以及他所设想的艺术在生活中应有的位置。由于早年他出于无知而在圣彼得堡贵族军官学校犯下的过错，他的诗歌因而有了浓郁的孤独和忧伤的基调。俄罗斯著名评论家米尔斯基认为："巴拉丁斯基无力将自己与任何人联系起来，他敏锐而痛苦地体验着自己在思想和创作上的孤独。他的诗歌中最精彩的部分是对这种无能为力和孤独深情的体认。巴拉丁斯基的诗歌的特殊性就在于他与他所处时代的消极联系，在于他对这种消极价值的深刻的独创性的创造性运用。"[3]

---

① 〔美〕布罗茨基：《悲伤与理智》，刘文飞译，上海：上海译文出版社，2015 年版，第 48 页。

② 高尔基世界文学研究所编：《世界文学史》（第六卷·上册），上海：上海文艺出版社，2013 年版，487—488 页。

③ Д. Мирский. "Баратынский", См.: Евгений Абрамович Баратынский, *Полное собрание стихотворений в двух томах*, Том 1. Стихотворения, Ленинград: Издательство Советский писатель, 1936, с.2.

巴拉丁斯基表达哀伤的《觉醒》和《表白》等诗篇都是俄罗斯抒情诗中的不朽名作。《表白》一诗曾得到普希金的高度赞赏,被誉为俄罗斯诗歌中最好的悲歌。《悼念歌德》(*На смерть Гете*)一诗也受到了高尔基的充分肯定和称赞。

《悼念歌德》一诗,共分六个诗节,每一诗节都采用独特而严谨的 A-B-A-B-C-C 韵式,体现了歌德诗歌创作中尊崇诗歌韵式的风格特性,在第一、第二两个诗节中,巴拉丁斯基首先以独特的方式来纪念歌德,他并没有以通常的悲伤来"悼念"歌德的逝世,而是赞美这一伟大生命历程的圆满:

> 死神降临了,伟大的老人
> 平静地闭上鹰一般的眼睛;
> 他安然长眠,因为一切人间的伟业
> 他都已经在尘世上完成!
> 不要在他那宏伟的坟墓边哭泣,
> 也不必哀叹天才的头颅将被蛆虫侵袭。
>
> 他已逝去! 但他留给人间的一切
> 无不受到活着的人们的敬慕;
> 对于所有向他心灵发出的求索,
> 他都以自己的心灵作了答复;
> 他插上想象的翅膀,翱翔于宇宙空间,
> 在无限的境界找到了思想的极限。

歌德作为十八世纪世界文化巨匠,也是一位具有世界意识的诗人。他不仅以《浮士德》征服世界,而且在东西方文化交流方面也是一个卓越的开拓者。所以,巴拉丁斯基在诗中所强调的不是他的逝世,而是他的伟业:"一切人间的伟业/他都已经在尘世上完成",这是强调他在完成人间伟业之后对"无限的境界"的追寻。在接下去的第三诗节和第四诗节中,巴拉丁斯基写道:

> 哲人的著作、古代的遗训和传说、
> 振奋人心的艺术作品、
> 以及对繁荣时代的期望——
> 这一切啊,滋养了他的灵魂;
> 他能够让自己的思想自由驰骋,

> 穿越贫民的茅屋和帝王的官廷。
>
> 他的生命只与大自然息息相通，
> 他理解溪流潺潺的声响，
> 懂得树林中叶儿的絮语，
> 并且感知到小草的生长；
> 他能读懂高空星辰书写的文章，
> 还能与大海的波涛进行交谈。①

在上述第三诗节和第四诗节，巴拉丁斯基所侧重的是对歌德创作历程以及歌德诗歌艺术贡献的高度概括。诗歌强调了狂飙突进时期的启蒙主义思想的价值，更强调了歌德诗歌中对崇尚自然的倾向以及在人与自然关系的探索方面所作出的独特贡献。在巴拉丁斯基看来，歌德能够"与大自然息息相通"，懂得大自然的语言，理解大自然的情感，不仅能够"与大海的波涛进行交谈"，而且能够"读懂高空星辰书写的文章"。这是歌德在人与自然相通相协等方面的独特意义，以及对于浪漫主义诗歌的潜移默化的感化作用。在最后两个诗节，巴拉丁斯基对歌德的一生进行了总结：

> 他已体验和经历整个人生！
> 假若造物主要把我们飞逝的时代
> 限制于尘世间的一个生命，
> 使观念世界和坟墓之外
> 不会再有别的物体生存，
> 那么，他的坟墓则是上苍无罪的证明。
>
> 假若真有阴间的生活，
> 那么，他饱尝了这尘世的甘苦，
> 以宏亮的歌声和深沉的思想
> 向人类回报了自己的全部，
> 他定会心情轻松地飞向天堂，
> 决没有尘事搅扰他的安详。②

（吴笛　译）

----

①②　飞白主编：《世界诗库》（第5卷），广州：花城出版社，1994年版，第122页。

巴拉丁斯基不仅在此宏观地回顾和总结了歌德伟大的一生，赞扬了他对人类所给予的全部的"回报"，而且还在全诗结尾处特别强调了"安详"这一词语和理念。综观歌德的诗歌作品，我们会发现，歌德有着浓厚的宗教文化理念，特别注重"安详"一词的意义所在，在表现自己复杂的内心世界和情感经历的题为《猎人的晚歌》的诗中，歌德在结尾所强调的是"安详"；在他最为著名的抒情诗《浪游者的夜歌》中，歌德采用由远而近，由外而内的结构方式，自然而然地从外部自然景象转向了人的内心世界，到最后以"安详"一词结束，表现出内心世界对这一境界所充满的向往。看来，巴拉丁斯基是非常理解歌德的，以"安详"结束全诗，是对歌德最好的"悼念"。

在俄罗斯诗歌发展进程中，巴拉丁斯基是一个独特的存在。这一点，正如国内学者对巴拉丁斯基所作的概括："有人认为他是一位天才诗人，有人却对他的诗人地位产生怀疑；有人认为他是位浪漫主义诗人，有人却认为他是位现实主义诗人；有人认为他是象征主义的预言者，有人却认为他是自然主义的鼻祖；有人认为他是顺从和绝望的鼓吹者，有人却认为它是心灵勇敢与无畏的代表者；有人认为他是'世界悲伤'的表达者，有人却认为他是存在主义的先驱……这就是充满质疑和分裂的诗人巴拉丁斯基呈现给大众的一幅充满矛盾、闪烁不定的面孔。"①这一概括是较为全面和中肯的。

巴拉丁斯基曾经得到他同时代作家的高度好评。譬如，别林斯基曾经写道："在与普希金同时代出现的诗人中，巴拉丁斯基无疑占有重要的位置。"②别林斯基认为巴拉丁斯基的诗歌"主要因素是才智，作家凭其偶或深思地探究一下崇高的人类主题"。③普希金也曾经评论说："巴拉丁斯基属于我国优秀诗人之列。……他的诗歌和谐、文笔清新、表达生动准确，使任何一个稍有鉴赏力和审美感的人感到惊奇。"④可见，普希金是极为器重巴拉丁斯基的。正如西方学者所言："普希金是巴拉丁斯基诗歌的最伟大的崇拜者。"⑤但是，在十九世纪下半叶，随着浪漫主义诗歌被现实主义诗歌取代，巴拉丁斯基的作品也受到了一定程度的冷落。然而，到了十九世纪末二十世纪初的时候，象征主义登上了诗坛，巴拉丁斯基作品中的固有寓意象征被当时的诗人关注到了，他作品的价值得以被重新发现，他被巴尔蒙特、勃洛

---

① 周露：《巴拉丁斯基哲理抒情诗研究》，杭州：浙江大学出版社，2016年版，第1页。
②③ 转引自吴笛：《巴拉丁斯基》，参见飞白主编：《世界诗库》（第5卷），广州：花城出版社，1994年版，第116页。
④ 〔俄〕普希金：《普希金全集》（第6卷），沈念驹、吴笛主编，杭州：浙江文艺出版社，2012年版，第214页。
⑤ Michael Wachtel. *A Commentary to Pushkin's Lyric Poetry*，1826—1836，Madison：The University of Wisconsin Press，2011，p.3.

克等一些象征派诗人以及曼德尔施塔姆等著名诗人看成自己的先驱。

俄罗斯浪漫主义诗歌,开始于十九世纪初,大约结束于四十年代,中间经历了具有独特历史意义的十二月党人起义这一事件。在俄罗斯的浪漫主义诗歌的发展进程中,从一开始对西欧浪漫主义文学的借鉴,到突破桎梏,形成自己的特色,引领世界文坛,出现了茹科夫斯基、普希金、莱蒙托夫、巴拉丁斯基、丘特切夫等灿若群星的诗人群体,这对于我们构建民族文学与世界文学的理想关系,具有重要的启迪意义。正是俄罗斯诗人对俄国特定的封建农奴制的反抗,以及对自由的呼唤,构成了俄国浪漫主义的基本特质,从而体现了"黄金时代"的艺术辉煌。

第九章　茹科夫斯基的诗歌创作

茹科夫斯基被学界誉为"俄国第一位浪漫主义者"①。他是一位杰出的诗人兼诗歌翻译家,也是俄国早期浪漫主义诗歌的开创者和最主要的代表。茹科夫斯基是以翻译诗歌登上诗坛的,他的很多作品是由外国诗篇自由翻译或改写的,如他翻译的托马斯·格雷的《墓园挽歌》。茹科夫斯基对俄罗斯文学的主要贡献是其新颖独特、清新简洁、富有迷惑力的诗歌风格,而且,他在诗歌创作中善于表现充满深沉的戏剧冲突的内心世界,让深邃的心理书写进入诗的王国,表现人的心灵对美好境界的向往,表现诗歌艺术对于净化人的心灵和人类社会的巨大功能,因此,别林斯基认为,茹科夫斯基"通过艺术作用于社会道德;艺术对他来说是教育社会的一种手段"。②

第一节　发现普希金诗才的优秀诗人

作为俄国早期浪漫主义文学的杰出代表,茹科夫斯基的创作以及诗学思想,对普希金等后期俄国浪漫主义诗人产生了直接的影响。尤其值得一提的,是茹科夫斯基首先发现并肯定了普希金的诗歌创作才能。当普希金还在皇村学校读书的时候,茹科夫斯基就在诗歌朗诵会上对青少年时代的普希金表达了敬佩之情和由衷的欣赏,并以恰当的方式给予普希金以极大的激励。1815 年,当普希金朗读自己创作的诗作《皇村回忆》(*Воспоминания в Царском селе*)时,茹科夫斯基情不自禁地发出惊叹:"这

---

①　В. И. Коровин, Н. Н. Прокофьева и др. *История русской литературы XIX века В 3-х частях*(*1870—1890*), Москва：Издательство ВЛАДОС, 2005, c.51.

②　В. Г. Белинский. *Полное собрание сочинений в 13 томах*. Т. 7. Москва：Издательство Академии наук СССР, 1955, c.323.

是我们真正的诗人!"①普希金从皇村学校毕业以后,茹科夫斯基也一直关心普希金,以博大的胸怀支持普希金的文学事业的发展,当普希金因创作政治主题的诗歌而遭受巨大的磨难时,茹科夫斯基也努力为他奔波求情,呼吁沙皇政府减少对普希金的惩罚。俄国浪漫主义文学前后两个时期的代表诗人之间的深情友谊以及罕见的师生情谊,无疑是俄罗斯诗歌史上的一段佳话。别林斯基说茹科夫斯基的创作"使俄国诗歌获得了心灵",又说"没有茹科夫斯基,我们也就不会有普希金"②,这确实是没有言过其实的。茹科夫斯基对俄国文学和俄国社会所产生的积极影响也是不可低估的,尤其是他作为未来沙皇亚历山大二世少年时代的导师,在亚历山大二世废除农奴制等决策上所起到的潜移默化的作用也是不难想象的。

瓦西里·安德烈耶维奇·茹科夫斯基(Василий Андреевич Жуковский)出生在图拉省别列夫斯基县的一个名叫米申斯科伊的乡村。他的亲生父亲阿法纳西·布宁本是一名富裕的地主,但是,在茹科夫斯基只有 8 岁的时候,他的父亲就过早地离开人世了。他的母亲名叫萨尔哈,本是一个上耳其女俘,她是作为"礼物"被赠送给阿法纳西·布宁的。为了使他摆脱私生子的命运,在亲生父亲布宁的要求下,这个孩子被没落贵族安德烈·茹科夫斯基所收养,所以,这位未来诗人的姓氏便成了茹科夫斯基。

茹科夫斯基的母亲萨尔哈非常聪明能干,长相也很迷人,她成了布宁家的管家,而且她轻松地掌握了俄罗斯语言的读写能力,这对茹科夫斯基的培养也是十分有利的。正因如此,茹科夫斯基的教育主要得益于他的母亲,而且他也主要是靠母亲抚养成人的。在青少年时代,由于自己的出身,茹科夫斯基充分感受到了人世间的冷暖,他曾经写道:"我习惯于将自己与每个人分开,因为没有人特别在意我,因为任何的关心对于我来说都是对我的怜悯。"③茹科夫斯基先是在罗德的私立寄宿学校学习,然后进入图拉公立学校学习。1797 年,茹科夫斯基从图拉迁往莫斯科,就读于莫斯科大学附属贵族寄宿学校,在那里,他接受了良好的古典文化教育,直至1801 年毕业。

在校期间,他努力学习西欧文学,关注西欧文学的发展进程,对感伤主

---

① И. М. Семенко. "В. А. Жуковский". В. А. Жуковский. *Собрание сочинений в 4 т.* Москва: Государственное издательство художественной литературы, 1959. Т. 1, с.XXV.

② 〔俄〕别林斯基:《别林斯基选集》(第四卷),满涛、辛未艾译,上海:上海译文出版社,1991年版,第 192 页。

③ В. А. Жуковский. *Дневник В. А. Жуковского*, под ред. И. А. Бычкова, СПб., 1903, с.27.

义文学以及前浪漫主义文学都颇为爱好,喜欢英国作家托马斯·格雷和爱德华·杨格的作品,崇尚自然、情感、美德以及民间文学和传奇色彩,尤其关注当时兴起的西欧浪漫主义文学思潮的发展。1802 年,他在卡拉姆津创办的《欧罗巴通报》上发表了自己的重要译作——英国诗人托马斯·格雷的《墓园挽歌》,从而成功地登上俄国文坛。著名哲学家兼诗人索洛维约夫称茹科夫斯基的这首挽歌是"俄罗斯真正的人间诗歌的开始"①。从此,茹科夫斯基的诗歌翻译和诗歌创作相辅相成,并驾齐驱。在谈及茹科夫斯基译诗的艺术贡献时,有学者感叹:"让欧洲谣曲用俄语表达这一难题,被瓦西里·茹科夫斯基出色地化解了。他对德语谣曲和英语谣曲的诗体再现显得如此成功,以至于如今他的崇拜者们时常忘记他们读的是译文。"②正是茹科夫斯基出色的诗歌翻译加速了俄罗斯诗歌与西欧文学的接轨与交流,以及俄国民众向先进文化学习的进程,他的诗歌创作又使得西欧先进文学的艺术精华能够被俄罗斯母语诗歌所接受,这两个方面的成就和意义是相互补充、缺一不可的,尽管普希金曾经感叹:"如果茹科夫斯基自己少翻译一些,他的作品就会被译成世界所有的语言。"③

　　在《墓园挽歌》这首诗的中心位置,是一个梦想家诗人的形象,他深刻地领悟到生活的实质和社会的不公。该挽歌颂扬了普通村民的谦卑。在十九世纪初,茹科夫斯基曾经与卡拉姆津接近,这对俄国感伤主义文学的发展起了一定的促进作用。自 1802 年开始,他辅导了自己的几个外甥女,并对其中的一个,即玛利亚·普罗塔索娃,产生了恋情,后来向她求婚,当然未能获得成功。这一悲剧恋情,在诗人的许多悲歌、恋歌和谣曲中,都得到了一定程度的反映。

　　1808 年至 1810 年,茹科夫斯基担任《欧罗巴通报》的编辑工作,在俄罗斯文学界,该报发挥了一定的文学组织作用。1812 年,卫国战争爆发后,他参加了莫斯科民兵组织,并且成为一名中尉。1813 年,他因病离开了部队的岗位。作为一名军人以及博罗季诺战役的见证人,茹科夫斯基创作了诗篇《俄罗斯军营的歌手》(*Певец во стане русских войнов*),这是一首具有颂诗色彩的作品,在文坛颇有影响,奠定了他作为著名诗人的声誉。在这首诗

---

①　См.：В. И. Коровин ред. *История русской литературы XIX века*. В 3 ч. Ч. 1(1795—1830 годы),Москва：Гуманитар, изд. центр ВЛАДОС, 2005, с.44.

②　Michael Wachtel. *Cambridge Introduction to Russian Poetry*, Cambridge：Cambridge University Press, 2004, p.83.

③　〔俄〕普希金:《普希金全集》(第 6 卷),沈念驹、吴笛主编,杭州:浙江文艺出版社,2012 年版,第 14 页。

中,茹科夫斯基赞扬了参加 1812 年卫国战争的俄罗斯军队、士兵和指挥官,充满爱国主义精神。在形式上,该诗颇具特色,它融合了对话、合唱、恋歌、挽歌、庄严的颂歌以及悲歌等体裁的要素,以此由衷地描述战士们的尚武精神以及他们所承受的痛苦。与此同时,茹科夫斯基也为爱国主义的主题赋予了亲切的声音,在其中注入了私人性质的友谊的成分,体现了战士之间的团结,使得严肃的战争主题在风格上显得较为温存:

> 生死存亡——机会一样,
> 那儿的友谊中没有奉承,
> 只有坚定、淳朴的率真;
> 那儿只有战士的美德——
> 服从、勇敢和刚强,
> 毫无虚饰的风尚。
> 朋友们,我们之中不存在庸俗的关系,
> 我们在正确的道路上走向胜利![①]

1812 年卫国战争之后,茹科夫斯基主要从事文学创作以及其他文学活动,是"阿尔扎马斯"文学社团的重要成员。

自 1815 年至 1839 年,他被邀请进入宫廷。起先,他担任皇太后的朗诵员,朗诵诗歌作品。后来他又担任皇室成员的俄语教师。自 1825 年起,他担任皇储(未来的亚历山大二世)的导师,直到亚历山大成年。茹科夫斯基于 1839 年离开皇宫,他的晚年生活主要是在国外度过的,后来,他在德国逝世。

茹科夫斯基作为俄罗斯诗歌史上最早的浪漫主义诗人的杰出代表,他的诗歌创作,具有鲜明的源自西欧的浪漫主义诗歌的艺术特质,尤其是他较好地体现了西欧浪漫主义诗歌崇尚自然、崇尚自我以及重情感、重想象的诗学主张,正如俄罗斯学者所说,"茹科夫斯基的诗歌是一种展现体验、情感和心境的诗歌,可以称其为俄罗斯心理抒情主义的开始。其抒情主人公身上有一种独特的魅力——这种魅力在于诗意的遐想,以及精神生活的升华与崇高"。[②]

---

① 〔俄〕茹科夫斯基:《俄罗斯军营的歌手》,参见〔俄〕茹科夫斯基:《十二个睡美人:茹科夫斯基诗选》,黄春来、金留春译,上海:上海译文出版社,1989 年版,第 211 页。

② И. М. Семенко. "В. А. Жуковский", *Собрание сочинений в 4 т.* Т. 1. Москва: Государственное издательство художественной литературы, 1959, с.5.

第二节　茹科夫斯基诗中的梦境与自然

茹科夫斯基以英国诗人托马斯·格雷的《墓园挽歌》的卓越翻译而登上文坛,并且因此而享有盛誉,他的创作也深受英国"墓园诗派"的影响。作为俄国早期浪漫主义诗人的代表,茹科夫斯基接受了西欧早期浪漫主义的基本诗学主张,也与西欧很多早期浪漫主义诗人一样,喜欢书写梦境,更喜欢描绘夜晚和坟墓等自然景致。如在《梦中的幸福》(*Счастие во сне*)一诗中,作者以凝练的诗句,表达了诗中人物复杂的现实生活体验:

> 少女走在路上;
> 　依傍她年轻的朋友;
> 他们满面悲伤;
> 　目光中包含着忧愁。
>
> 彼此热烈亲吻,
> 　吻明眸也吻双唇——
> 他们的生命力与美
> 　又像花朵吐露芳馨。
>
> 转瞬即逝的欢乐!
> 　两处钟声当当响;
> 梦破时她在修道院中;
> 　惊醒来她正身处牢房。[①]

（谷羽　译）

我们从前两个诗节中所感受到的是一对年轻情侣的幸福而又忧伤的恋情,当我们尚不清楚他们为何在相恋时分如此忧伤时,在接下去的第三诗节中,我们很快就有了答案,这时,读者才明白,诗中所书写的那些恋情,那些亲吻,只不过是一场梦而已,此时,梦境被完全打破,现实中的他们只是处在牢房和修道院中。

---

① 飞白主编:《世界诗库》(第5卷),广州:花城出版社,1994年版,第68—69页。

浪漫主义诗歌的一个重要特色是崇尚自然。茹科夫斯基在这一方面也不例外，而且做得非常出色。"茹科夫斯基是第一位不仅将自然界的色彩、声音和气味，以及自然界的所有的美融入诗歌的俄罗斯诗人，而且他还通过思想和感情将其精神化。"①别林斯基在论及茹科夫斯基时，也坚持认为："如果我们不谈这位诗人对自然界所进行的描绘，不谈他将浪漫的生命力融入自然之中的奇妙技巧，我们就会遗漏茹科夫斯基诗歌的一个最大特点。"②在著名的抒情诗《黄昏》(*Вечер*)一诗中，茹科夫斯基表现了大自然中的理想境界、悲剧的神秘氛围以及对生存的沉思：

> 小溪在明净的沙土上曲曲弯弯地流，
> 你轻轻的和谐的声音多么动听！
> 你闪烁着光芒流入江河！
> 　　啊，美好的缪斯，请你光临。
>
> 带着柔嫩的玫瑰花冠，带着金的排箫；
> 在起着涟漪的水面上沉思地弯下身，
> 在沉睡的大自然的怀抱里吹奏起来，
> 　　歌唱烟霭纷纷的黄昏。③

（张草纫　译）

该诗虽然题为《黄昏》，但是，感知并且歌唱黄昏景致的，却不是诗人自己，而是自然意象——"小溪"！这条小溪在诗中是以第二人称出现的，更加体现了浪漫主义所崇尚的人与自然交融的理念。在这"烟霭纷纷的黄昏"时分，小溪伴随着轻轻、和谐的声音流淌，在"沉睡的大自然的怀抱"中奏起欢快的歌声，这怎能不令人心潮澎湃、焕发诗情呢？所以，在描写了美妙的自然景致之后，诗人所要呼吁的，是"美好的缪斯"的光临，让诗神缪斯记录下人与自然相通相融的和谐景象。然而，在这欢快的歌声中，又有着在十八世纪后期俄罗斯诗歌中所初现的感伤情调，在这首诗中，失去的

① И. М. Семенко. "В. А. Жуковский", *Собрание сочинений в 4 т.* Т. 1. Москва：Государственное издательство художественной литературы，1959，с.12.

② В. Г. Белинский. *Полное собрание сочинений в 13 томах.* Т. 7. Москва：Издательство Академии наук СССР，1955，с.215.

③ 飞白主编：《世界诗库》（第5卷），广州：花城出版社，1994年版，第69页。

朋友,逝去的青年时代的回忆与抒情主人公对黄昏风景的梦幻般的忧郁感是融合在一起的:

> "山岗背后露出月亮残缺的面庞⋯⋯
> 啊,沉思的苍穹中的静静的天体,
> 你的光华在阴暗的森林中荡漾,
> 　　给暗淡的河岸披上金色的外衣!
>
> 我思索了一番坐下,心中充满幻想:
> 我的回忆,飞向已经逝去的岁月⋯⋯
> 啊,我的青春,你多么迅速地消失了,
> 　　带着你的痛苦和喜悦!"①

(张草纫　译)

在茹科夫斯基的笔下,大自然的真实色彩与人的心境是密切相关的,与人的感觉和思想达到一种极为契合的境界。这种契合,让人着迷,令人沉醉。当我们被这黄昏时分的动人景象所深深打动的时候,当我们一直着迷地欣赏着这些无比美妙的诗句的时候,我们几乎完全沉浸其中,但是,读到诗歌的最后一部分,我们终于弄明白抒情主人公究竟是在什么样的地点欣赏黄昏的景致的:

> 因此,歌颂就是我的使命⋯⋯但能歌颂多久?
> 谁知道?⋯⋯也许不久,在一个黄昏,
> 阿尔宾会带着忧郁的敏瓦娜来到这里,
> 在年轻人寂静的坟墓上梦想自己的前程。②

(张草纫　译)

原来,抒情主人公当时所处的地点是坟墓,他在坟墓上思考人生,在坟墓上欣赏美景,甚至吸引了哀歌作品中经常出现的虚构的阿尔宾和敏瓦娜也来到这里,"在年轻人寂静的坟墓上",沉入迷梦和想象之中,"梦想自己的前程"。

---

① 飞白主编:《世界诗库》(第5卷),广州:花城出版社,1994年版,第70—71页。
② 飞白主编:《世界诗库》(第5卷),广州:花城出版社,1994年版,第72页。

茹科夫斯基创作的自然主题的诗篇,不仅清新迷人、毫无雕琢之感,而且充满了当时优秀的自然诗篇所独具的神秘色彩和泛神论倾向。如在题为《春天的感觉》(*Весеннее чувство*)的诗中,诗人在第一部分写道:

> 轻柔的,轻柔的微风啊,
> 你吹得为何如此甜蜜?
> 闪着亮光,施展着魔法,
> 你这柔风在玩什么游戏?
>
> 你的灵魂里满载着什么?
> 又有什么被唤醒在心田?
> 迅疾迁徙的春天啊,
> 是什么回到了她的身边?
>
> 我朝着天空仰望……
> 只见云朵不停地飞翔,
> 闪耀着,大放异彩,
> 又奔赴远处森林的上方。

该诗描写的是对春天的感觉,在这美妙的春天时光,不仅有轻柔的微风,还有飞翔着的大放异彩的云朵,更为重要的,是微风能够唤醒人们心田中的敏锐情感和思绪。而且,诗中的"闪耀""大放异彩"等词语重复出现,既表现了云彩被太阳照亮这一物质层面的意义,也传达了内心世界独有的感觉以及顿悟这一内涵,而以森林为代表的"远处",既是真实的物理空间的呈现,也体现了对"遥远的"未知世界的向往。接下去,诗人写道:

> 或是从高处传来
> 格外熟悉的音讯?
> 或是再一次传来
> 昔日里的甜美的声音?
>
> 或是在天空的流浪者——
> 鸟儿急于飞翔的地方,

依然微妙地隐藏着

一个未知的欲望之乡……?

有谁到了未知的岸边

会给我指引未知的道路?

啊,有谁前来告诉我

是否发现了这一迷人之处?①

（吴笛　译）

到了该诗的后半部分,诗人从对自然景致的书写中走了出来,开始探寻超自然的神秘元素,并将对自然的书写与对灵魂的追求结合起来,与对未知世界的向往结合起来,从而使普通的抒情有了思想的升华,较好地体现了浪漫主义诗歌的艺术特质,正因如此,别林斯基称该诗可列入茹科夫斯基最好的诗作之一,②而评论家马蒂亚什认为,《春天的感觉》"不仅是浪漫主义时代抒情诗的典范,而且也是在非感性基础上形成的俄罗斯哲理抒情诗的标本"③。

作于 1824 年的《神秘的来客》(*Таинственный посетитель*)也体现出同样的特质,在该诗中,茹科夫斯基更是将神秘与想象结合在一起,表现出独特的对浪漫主义美好境界的向往。该诗的第一诗节就对"神秘的来客"提出了一系列无法解答的问题:

幽灵啊,美丽宾客,你究竟是谁?

你从何处飞到我们这里?

沉默寡言,一声也不回答,

你为何从我们这里销声匿迹?

你在哪里? 何处是你的村落?

你带着什么? 究竟消逝何方?

你为何又从那高远的苍穹

① В. А. Жуковский. *Полное собрание сочинений и писем В 20 т.*, Том 2. Стихотворения 1815—1852 гг. Ред. О. Б. Лебедева и А. С. Янушкевич. Москва: Языки славянской культуры, 2000, с.30—31.

② В. Г. Белинский. *Полное собрание сочинений в 13 томах*. Т. 7. Москва: Издательство Академии наук СССР, 1953—1959, с.214.

③ С. А. Матяш. "'Весеннее чувство' В. А. Жуковского", См.: *Анализ одного стихотворения*. Ленинград: Издательство ЛГУ, 1985, с.98.

再次出现在这儿地面之上？①

此处的问题，不仅难以回答，而且更加增添了神秘之感，使人无法确定这一来客究竟是谁。因为诗中对神秘来客的表述，是充满着悖论色彩的，这位美丽的神秘来客既悄然来临，又"销声匿迹"，既游离于"高远的苍穹"，又显现于尘世的"地面"。在接下去的几个诗节中，诗人努力对这些问题进行解答。他在三个诗节中分别将这一来客想象成"希望女神""爱神"，以及"魔术家"：

> 莫非你是年轻的希望女神，
> 披着一件神奇的衣裳，
> 从一个无人知晓的区域，
> 偶尔来到这块地方？
> 你像她一样铁石心肠，
> 只向我们短暂地展示
> 甜蜜的欢乐，随后丢下我们，
> 带着它迅疾地飞驶而去。

> 难道你就是一个爱神
> 为我们而秘密地扮演？……
> 每一个时日都充满着爱意，
> 世界对于我们格外娇艳，
> 啊！那时呀，它透过帷幕，
> 所展现的是一番神秘景象……
> 帷幕现已收起，爱情不复存在；
> 生命空洞，幸福只是梦幻一场。

> 难道思想就是魔术家
> 在你身上为我们呈现？
> 远离尘世的喧嚣和烦扰，
> 手指迷梦般地搁在唇边，
> 她像你一样，时不时地

---

① В. А. Жуковский. *Собрание сочинений в 4 т. Т. 1. Стихотворения*. Москва: Государственное издательство художественной литературы, 1959, c.368.

迈开脚步朝我们走来，
并且一声不吭地引领我们
回到刚刚过去的时代。①

然而，在想象神秘来客是"希望女神""爱神"，以及"魔术家"的同时，他又逐个进行否定：如果说其是"希望女神"，可是带来的只不过是短暂的欢乐；如果说其是"爱神"，可是"爱情不复存在"，而且"幸福只是梦幻一场"；如果说其是"魔术家"，倒是有几分相似，因为这位来客可以让我们"远离尘世的喧嚣和烦扰"，"一声不吭地引领我们/回到刚刚过去的时代"。诗人并不满足于这一猜测，在最后两个诗节中，他继续提问和解答：

> 或者在你身上寓居着
> 至圣的诗神缪斯？……
> 她像你一样，从天堂走来，
> 双重的面纱在面部紧披：
> 蔚蓝色的面纱为了苍天，
> 洁白的面纱则为了大地。
> 附近的一切因此显得优美，
> 远处的物体也因此而明晰。
>
> 或者这是神圣的预感，
> 以你的形象走向我们，
> 并以异常明晰的语言
> 将神圣话题进行谈论？
> 生活中时常发生这样的事情：
> 某个明亮物体朝我们飞翔，
> 接着掀起了自己的面纱，
> 并且招呼我们奔向远方。②

（吴笛　译）

---

① В. А. Жуковский. *Собрание сочинений в 4 т.* Т. 1. *Стихотворения.* Москва：Государственное издательство художественной литературы，1959，c.368—369.
② В. А. Жуковский. *Собрание сочинений в 4 т.* Т. 1. *Стихотворения.* Москва：Государственное издательство художественной литературы，1959，c.369.

尽管答案难以确定,在对"神秘的来客"的追索过程中,这一来客变得愈发神秘,但是,诗人正是在此过程中引导我们同他一起展开想象的羽翼,进行一次自由的飞翔,并且引发我们对若即若离的美好境界的强烈向往。

第三节　茹科夫斯基的叙事诗创作

茹科夫斯基不仅作有著名的《黄昏》和《神秘的来客》等一系列充满柔情和想象的抒情诗作,而且,他还创作了不少优秀的叙事长诗。特别是他的《柳德米拉》(*Людмила*),以及《斯薇特兰娜》(*Светлана*)和《十二个睡美人》(*Двенадцать спящих дев*)等长篇叙事诗,被认为是俄国早期浪漫主义的代表性作品,无疑对俄国浪漫主义文学思潮的确立发挥了极其重要的奠基作用。

叙事长诗《柳德米拉》取材于德国十八世纪后期的传说,该诗流露出典型的神秘主义命运观,表达了诗人对于来世主义以及人类灵魂等观念的看法,同时具有浓郁的浪漫主义色彩。该诗以鲜明的叙事色彩,叙述了女主人公柳德米拉对恋人至死不渝的爱情。诗中的女主人公柳德米拉因未婚夫战死沙场而向上苍申诉抱怨,认为"与心爱的人在一起——到处都是天堂;/与心爱的人死别生离——家屋空余悲怆"①。后来,未婚夫的幽灵跃出坟墓,骑上一匹骏马,来到柳德米拉的住处,然后带上她在午夜奔驰:

> 月亮辉映,山谷泛耀银光;
> 死灵与少女在奔驰;
> 他们的道路通向坟墓的小房。
> "害怕吗,和我在一起?我的姑娘。"
> "死人有什么?坟墓又何妨?
> 死者的屋宇就是大地的内脏。"②

最后,他们终于到达了墓地,坟墓开裂,柳德米拉倒了下来,化为一具尸

---

① 〔俄〕茹科夫斯基:《十二个睡美人:茹科夫斯基诗选》,黄春来、金留春译,上海:上海译文出版社,1989年版,第72页。

② 〔俄〕茹科夫斯基:《十二个睡美人:茹科夫斯基诗选》,黄春来、金留春译,上海:上海译文出版社,1989年版,第78—79页。

体,并且如她生前所愿躺进了未婚夫的坟墓,与他安葬在一起。不过,从
该诗的结尾来看,这首叙事诗不仅歌颂了柳德米拉至死不渝的爱情,同时
也有一定程度的道德劝诫的内涵,告诫人们不要随便抱怨,更不必在抱怨
中过分地埋怨上苍。所以该诗的最后四行是墓地一群死者幽灵所发出的
感慨:

> "凡人的抱怨有多轻狂,
> 公正的裁判者自有那至高的上苍,
> 主听到了你的怨
> 死亡的报应临到你的头上。"[①]

结尾的这四行诗虽然是坟墓中的幽灵发出的感慨和告诫,但是,为柳德米拉
这一形象平添了一丝悲凉。

《斯薇特兰娜》是普罗塔索娃嫁给沃耶科夫时,茹科夫斯基送给她的一
份结婚礼物。诗中的斯薇特兰娜暗指普罗塔索娃,该诗叙述的是一个已经
死亡的未婚夫寻找未婚妻的故事,全篇充满着属于典型浪漫主义风格的哀
怨凄婉的情调。在一群无忧无虑的女孩中,斯薇特兰娜一言不发,极其悲
伤。在知道原因之后,同伴们在铺有白色桌布的桌子上放了一面镜子和一
根点燃的蜡烛。随着午夜的临近,斯薇特兰娜梦见了自己的未婚夫,后来,
斯薇特兰娜尽管被公鸡的叫声所惊醒,但是,在即将到来的秘密黑暗中,她
依然觉得有一辆雪橇停在房子前面,她觉得她看到了前来迎娶她的英俊的
未婚夫。

《十二个睡美人》是一部以神秘主义赎罪为情节基础的长篇叙事诗,全
诗充满了以宗教为"道德赎罪"的思想。整部长诗由《格罗莫鲍依》和《瓦吉
姆》两部分组成。第一部分袭用了人与魔鬼签订契约的故事。格罗莫鲍依
受到魔鬼的诱惑,为了享受荣华富贵不惜出卖自己的灵魂。当十年的契约
快要期满的时候,为了延长契约期限,满足个人欲望,他出卖了被他强行抢
来的十二位妻子所生的十二个女儿的灵魂。后来,多亏上帝垂怜,这些无辜
的孤女们得以沉睡不醒,从而摆脱了魔鬼的掌控。第二部分则主要叙述瓦
吉姆与睡美人的爱情故事。"瓦吉姆在奇异征兆的指引下,寻求心中的幻
影。途中,他搭救了一位基辅公主,被召为驸马并成为王位继承人。但他心

---

① 〔俄〕茹科夫斯基:《十二个睡美人:茹科夫斯基诗选》,黄春来、金留春译,上海:上海译文出
版社,1989年版,第81—82页。

有所属,继续奔向他所向往的、不可知的远方。终于,他来到了十二个睡美人的齿状城堡,使美人们得以复活"①:

> 他流着热泪,仰望上苍;
> 　他话语顿塞,欣喜若狂……
> 俄顷,从塔楼顶房,
> 　向他走来了那些苏醒过来的女郎;
> 他们的眼睛如星星般闪光;
> 　他们鲜艳的脸庞上
> 透露着欢乐、青春的娇媚
> 　和赎了罪的美。
> 呵,这复活的时刻,多么甜美!
> 　在他们的心灵中,世界新生了!
> 须臾间……祝祷的钟声嘹亮,
> 　在静穆的天空回响。"②

(黄春来、金留春译)

这部长诗也表现了诗人心目中的理想境界以及融尘世的此岸与天国的彼岸为一体的思想。

第四节　茹科夫斯基诗中的自我色彩

茹科夫斯基的许多诗作,是展现自我情感世界的重要途径,也是浪漫主义"直抒胸臆"的典型体现。他曾经声称:"生活与诗歌,是同一个概念。"(Жизнь и поэзия—одно.)③可见,在他看来,诗歌就是生活的真实记录,就是诗人心灵历程的忠实体现。"诗意的美必须与诗意的真实同等看待。"④

---

① 吴笛:《茹科夫斯基》,参见飞白主编:《世界诗库》(第5卷),广州:花城出版社,1994年版,第68页。

② 〔俄〕茹科夫斯基:《十二个睡美人:茹科夫斯基诗选》,黄春来、金留春译,上海:上海译文出版社,1989年版,第196页。

③ См.: В. И. Коровин ред. *История русской литературы XIX века*. В 3 ч. Ч. 1(1795—1830 годы), Москва: Гуманитар, изд. центр ВЛАДОС, 2005, с.43.

④ В. А. Жуковский. "О нравственной пользе поэзии",//В. А. Жуковский. *Эстетика и критика*. М.: Издательство Искусство, 1985, с.179.

而且,茹科夫斯基特别注重诗人的个人修养。"遐想、想象力、机智、微妙的敏感性——这些都是诗人的真正品质!"①诗歌也是一个诗人毕生的艺术追求,作用于一个人的道德的修养和理想的提升。"诗歌作用于我们灵魂的审美力量,因此,其理论必须只与审美力量有关。诗歌的主题是感官的完善,因此,其理论的主题必须是通过语言这一诗人的唯一武器所代表的感官的完善而形成的。"②因此,茹科夫斯基的抒情诗具有浓郁的自我色彩,是浪漫主义诗歌史上有关"自我发现"的典型体现。

作为俄国浪漫主义诗人,茹科夫斯基也像后来的浪漫主义诗人一样,具有一种固有的忧郁气质。这种气质的形成,与他个人的生活和自身的情感经历密切相关。这一点,尤其体现在他与玛利亚·普罗塔索娃的恋情上。在世界诗歌史上,有太多的诗人经历过有情人未成眷属的痛苦和忧伤的恋情,并且像前辈诗人一样,将这份恋情化为生活的动力和创作的源泉。譬如古罗马诗人卡图卢斯将自己对克洛迪娅的恋情转化为诗集《歌集》,但丁将自己对贝亚特丽斯的恋情转化为诗集《新生》,意大利诗人彼特拉克将自己对劳拉的恋情转为由 360 多首十四行诗组成的《歌集》。十九世纪初期的俄国诗人茹科夫斯基似乎继承了这一传统,他将自己对玛利亚·普罗塔索娃无望的恋情转化在一系列爱情主题的诗篇中。如《当我被爱时》(*Когда я был любим*),《我的朋友,我的守护天使》(*Мой друг, хранитель-ангел мой*),《亲爱的朋友,现在快乐与你同在!》(*О милый друг, теперь с тобою радость!*),《游泳者》(*Пловец*),《纪念:迷恋的日子已经过去了》(*Воспоминание: Прошли, прошли вы, дни очарованья*),《眼泪的安慰》(*Утешение в слезах*),《致月亮》(*К месяцу*),《1823 年 3 月 19 日》(*19 марта 1823*)等一系列抒情诗,都典型地书写了他与普罗塔索娃的复杂的爱情经历和他的内心体验。

当然,由于他与玛利亚之间的亲属关系以及宗教禁令,他们是不能成为眷属的,所以,普罗塔索娃于 1817 年嫁给了一名外科医生。然而,令人遗憾的是,如同但丁的贝亚特丽斯和彼特拉克的劳拉,普罗塔索娃在婚后不久(1823 年),就过早地离开了人世,茹科夫斯基所经历的痛苦和他心中的悲痛,我们是难以想象的,这也迫使他寻求幽灵般的宗教安慰,在《在维尔腾堡女王陛下逝世之际》(*На кончину ее величества королевы Виртембергской*)

---

① В. А. Жуковский. "О нравственной пользе поэзии",//В. А. Жуковский. *Эстетика и критика*. М.: Издательство Искусство, 1985, с.176.

② В. А. Жуковский. "О нравственной пользе поэзии",//В. А. Жуковский. *Эстетика и критика*. М.: Издательство Искусство, 1985, с.179.

一诗中,他写道:"苦难是我们的老师,而不是我们的敌人……"①正是这份苦难,促使茹科夫斯基创作了一系列优秀的悲歌和恋歌。

"恋歌在茹科夫斯基的诗歌中占有特别重要的地位。"②他的许多诗都带有"浪漫曲"和"歌曲"的标题。这在以普罗塔索娃为主题的组诗中也显得较为典型。

综上所述,无论是叙事长诗创作还是抒情诗创作,无论是对梦境和坟墓等主题的诗歌的创作,还是创作风格,在俄罗斯诗歌史上,茹科夫斯基都是早期浪漫主义的一位杰出的代表,他的诗歌典型地反映了俄罗斯早期浪漫主义诗歌的一些基本特征,体现了其与西欧文学进程的密切的关联。最为重要的,是他诗歌创作中所坚守的梦幻、恋情、死亡等主题,这是世界诗歌史上永恒的主题。而且"现代读者在他的作品中发现了诗意的灵感,优雅和朴素,一种旋律的魅力,最重要的是人性,严肃性和生活方式的深度"③,所以,他创作的诗歌作品一直被现代读者所诵读。

---

① В. А. Жуковский. *Собрание сочинений в 4 т. Т. 1. Стихотворения.* Москва: Государственное издательство художественной литературы, 1959, с.319.

② И. М. Семенко. "В. А. Жуковский". См.: В. А. Жуковский. *Собрание сочинений в 4 т. Т. 1. Стихотворения.* Москва: Государственное издательство художественной литературы, 1959, с.35.

③ И. М. Семенко. "В. А. Жуковский". См.: В. А. Жуковский. *Собрание сочинений в 4 т. Т. 1. Стихотворения.* Москва: Государственное издательство художественной литературы, 1959, с.52.

第十章　普希金的诗歌创作

　　普希金无疑是第一位在世界诗坛赢得广泛声誉和重要地位的俄罗斯民族诗人。在普希金之前，虽然卡拉姆津、罗蒙诺索夫、茹科夫斯基等诗人已经在俄国诗坛作出了杰出的贡献，但是，直到普希金，俄罗斯文学才开始与世界文学真正接轨并且同步发展。无论在浪漫主义诗歌创作还是在现实主义小说创作领域，普希金的创作都呈现出俄罗斯文学的独特魅力。普希金创作的 800 多首抒情诗，10 多部长篇叙事诗，以及诗体长篇小说《叶甫盖尼·奥涅金》，在世界诗坛赢得了广泛的荣誉，产生了极大的影响。普希金的逝世，被当时的文坛称为"俄罗斯诗歌的太阳"的陨落，然而，直到现在，这颗"俄罗斯诗歌的太阳"却仍然印刻在人们的心中，成为俄罗斯文学的一个标杆和象征。普希金的诗歌创作不仅引领了当时的文坛，而且也为十九世纪之后的俄罗斯诗歌的发展奠定了基础，并在各种形式方面树立了典范。"普希金作为俄罗斯民族诗人，同时也是西方文学生活的积极参与者。他的创作道路既与俄罗斯文学的发展相关联，也与全欧洲的文学发展密切相关。"[①]他的许多优美的抒情诗情感真切，措辞明晰，诗句优美，想象丰富，意境深远，思想深邃，不仅在俄国本土被长久地流传，而且也沁润着世界各地读者的心田。在中国，普希金的诗歌同样受到了广泛的欢迎，这些作品深深地植根于中国读者的心灵，同时也对中国文学的发展产生了深远的影响，成为最受中国作家爱戴的外国作家之一。

第一节　普希金诗歌创作概论

　　亚历山大·谢尔盖耶维奇·普希金（Александр Сергеевич Пушкин），出身于莫斯科的一个古老的贵族家庭。他主要在莫斯科度过了自己的童年

---

　　①　Виктор Жирмунский. *Байрон и Пушкин*，Ленинград：Издательство Наука，1978，c.357.

时代。他的家庭有着极其良好的艺术氛围,父亲谢尔盖爱好诗歌,母亲纳杰日达是彼得大帝身边的黑人侍从易卜拉欣·汉尼拔的孙女。汉尼拔出生在非洲,童年时代被带到了俄国,送给了彼得大帝当侍从。彼得大帝很喜欢这个当侍从的孩子,让他接受了良好的教育。普希金对类似的历史以及他的外曾祖父的经历特别感兴趣,创作了《彼得大帝的小黑奴》(*Арап Петра Великого*)等作品。

少年时代的普希金,受到较多来自母亲方面的影响,自 1805 年至 1810 年,每一年的夏天,普希金基本上都是在外婆家中度过的。同时,普希金的保姆阿丽娜,在他童年时代的教育中也起到了很大的作用。阿丽娜是个非常聪明的女人,尽管没有受过什么教育,但她知道很多俄罗斯的童话故事。正是由于她,普希金在童年时代就对许多俄罗斯的民间传说非常熟悉了。

1811 年,普希金离开出生地莫斯科,前往当时的俄国首都圣彼得堡,进入位于圣彼得堡近郊的著名的皇村学校学习,直到 1817 年从皇村学校毕业。皇村学校是一所由沙皇亚历山大一世下令创办的专为贵族子弟提供高等教育的特权机构,主要的目的是为沙皇政府部门培养所需的人才。在皇村学校长达 6 年的学习时间里,普希金接受了极为良好的系统教育,结识了一些挚友,也对文学产生了浓厚的兴趣,系统地阅读了安德烈·谢尼耶、华兹华斯、拜伦等英法诗人的作品,接受了较好的创作训练,并且开始诗歌创作实践,不过,他这一时期的创作,主要处于模仿和吸收阶段。"就其作为模仿行为的意义而言,戏仿与普希金的文学感受力和宣扬其才华的能力是不可分割的。戏仿作为一种基于讽刺性模仿的滑稽技巧,是普希金作为模仿者的能力的自然产物。"①

在圣彼得堡近郊的皇村学校读书期间,普希金尤其受到了皇村学校教师亚历山大·加利奇(Александр Иванович Галич)在审美情趣方面的熏陶以及美学思想方面的影响,还有茹科夫斯基在诗歌创作技巧方面的影响。加利奇作为皇村学校的德语和拉丁语教师,是普希金最熟悉的人,他在去圣彼得堡大学担任美学教授之前,向普希金传授了很多美学思想以及艺术学理论方面的专业知识,这些知识使普希金具备了良好的文学素养和文字功底,以及对美好事物的感悟能力。加利奇在《审美科学论》等著作中认为:"自然界中存在着道德秩序和和谐,而艺术是可以复制这些的;为此,艺术的

---

① Andrew Kahn. *Pushkin's Lyric Intelligence*, Oxford: Oxford University Press, 2008, p.20.

目的必须是表达真、美、善。"①这些理念对普希金想象力的提升和独创性的形成都具有潜移默化的影响作用。而茹科夫斯基则主要是在诗歌创作实践方面，对普希金产生了一定的激励作用，极大地增强了他的自信心。正是在皇村学校读书期间，普希金开始了自己的诗歌创作生涯，写作了"巴库尼娜情诗"等一些抒情诗作。尽管他的诗歌创作在这一时期主要处于学习和模仿俄语传统诗歌的阶段，但他发现了自己对诗歌所具有的敏锐的感悟能力以及对细部事物的洞察力。"在皇村学校的岁月里，他开始意识到，诗歌天赋不仅仅是以有趣和活泼的歌曲去愉悦朋友的能力，而是灵魂的内在燃烧，是一种潜意识的抒情声音，它在人格的深处响起，呼吁人们认真领悟生命。"②这一时期，普希金在诗歌创作中所体现出来的出色才能还得到了包括杰尔查文、卡拉姆津、巴丘什科夫在内的许多诗人的好评和关注，尤其是得到了当时的著名诗人茹科夫斯基的赏识和推崇。

　　1817年，普希金从皇村学校毕业后，便进入俄国外交部供职。由于公务占据的时间较为有限，他有大量的时间从事文学活动。他参加了文学组织"绿灯社"(Зеленая лампа)的一些活动，不仅讨论文学问题，而且还讨论一些政治和社会问题。这一时期，普希金最重要的作品是他创作的一部民族历史题材的童话诗《鲁斯兰与柳德米拉》，这部取材于民间传说的童话叙事诗于1820年发表，其所塑造的鲁斯兰是一个充满传奇色彩的形象，他不畏艰难险阻，与黑海魔王等展开殊死搏斗。全诗洋溢着浪漫主义的浓郁诗意，标志着十九世纪的俄国诗歌创作在与西欧文学思潮平行发展方面开始获得突破性的进展。此外，在这一时期，出于对当时社会政治的关注，普希金还创作了多首政治抒情诗，其中包括《自由颂》(Вольность，1817)、《童话》(Сказки. Noël，1818)、《致恰阿达耶夫》③(К Чаадаеву，1818)、《乡村》(Деревня，1819)等著名诗篇。尤其是在《自由颂》这首诗中，普希金讴歌自由，并且在颂扬自由精神的同时，旗帜鲜明地批判俄国专制制度，认为沙皇将自己凌驾于法律之上，已经成为一名暴君。由此可见，普希金在他的政治抒情诗中，表达了鲜明的政治立场以及向往自由的崇高理想。但也正是这些反抗暴政、崇尚自由的政治抒情诗惊动了沙皇亚历山大一世，愤慨的沙皇

①　See：Andrew Kahn. *Pushkin's Lyric Intelligence*，Oxford：Oxford University Press，2008，p.64.

②　Т. Л. Воронин. *История русской литературы пушкинской эпохи*，Москва：Православный Свято-Тихоновский Гуманитарный Университет，2009，с.226.

③　《致恰阿达耶夫》又译《致恰达耶夫》，本章涉及的普希金作品的中文译名均取自沈念驹、吴笛主编：《普希金全集》(10卷集)，杭州：浙江文艺出版社，2012年版。

下令,要将普希金流放到遥远的西伯利亚,多亏茹科夫斯基出面,当局才改判普希金流放到南俄等地。

1820年至1824年,是普希金所经历的南方流放时期。在此期间,他不但没有消沉,反而更加斗志昂扬,并且在诗歌创作方面取得了突破性的进展。在俄罗斯南部地区,在克里米亚和高加索等地,普希金留下了自己的足印,他到过很多地方,广泛接触社会现实,同时也观赏了很多历史文化遗迹和自然景色。他喜欢俄罗斯南部地区的自然风光,尤其是对大海,他产生了一种独特的感悟和深刻的共鸣,于是,大海意象成为他诗歌作品中自由的象征。

普希金在南俄流放期间,最主要的艺术贡献,是俄国浪漫主义长诗的创作。他受到英国第二代浪漫主义诗人拜伦等诗人的影响,创作了一系列具有浓郁的浪漫主义色彩的长诗,其中包括《高加索的俘虏》(*Кавказский пленник*)、《巴赫齐萨拉伊的喷泉》(*Бахчисарайский фонтан*)。这些被统称为"南方组诗"(*Южные поэмы*)的长诗,塑造了一系列追求自由精神的浪漫主义英雄形象。这些形象的共同特征就是他们力图抛开世俗社会的偏见,探寻新的存在价值。这些长诗如同拜伦的"东方叙事诗"等作品一样,充满着叛逆精神以及对自由的强烈向往。在这些作品中,诗意化反叛英雄的塑造以及对叛逆精神的颂扬,代表了普希金浪漫主义长诗创作的鲜明特色和艺术成就的高峰。

1824年,普希金离开了南俄地区,被囚禁在他祖辈的领地——普斯科夫省的米哈伊洛夫斯克村。在这片远离都市的乡村大地上,他度过了难挨的岁月。"在米哈伊洛夫斯克村流放的日子是一种严峻的考验:与心爱的女子分离、孤独、物质上的困难,缺乏精神上的陪伴、朋友和娱乐,这些会使生活变成一种不断的道德折磨。维亚泽姆斯基写道:要想忍受它,就必须成为'精神上的英雄',他严重担心普希金会发疯或酗酒。但普希金具有积极应对周围生活,并使之富有灵气的才能:他不是服从环境,而是改造环境。"①在远离都市的幽禁期间,普希金不仅没有沉沦,反而克服了常人难以想象的困境,思想更为成熟,还由此开始步入了他创作生涯中最辉煌最成熟的阶段。他开始研究俄国历史,认真研读了卡拉姆津的《俄罗斯国家史》等著作,这个时候,他对一些敏感的、重要的社会政治问题产生了更加浓烈的兴趣,他全心思考人民大众和沙皇政府的关系问题,而正是关于这些问题的思考,提升了他的文学作品的思想内涵。对国家命运问题的思考,在他这一时期

---

① Ю. М. Лотман. *Пушкин*. СПБ: Издательство Искусство, 1995, c.96.

创作的诗体悲剧《鲍里斯·戈杜诺夫》(*Борис Годунов*)等作品中有所体现。而且,普斯科夫乡村的自然风光以及风土人情,对普希金诗情的激发以及心灵的平静也产生了一定的影响,正是在米哈伊洛夫斯克村,由于与邻近的三山村女地主奥西波娃一家人的接触和密切的交往,普希金创作了《假如生活欺骗了你》(*Если жизнь тебя обманет ...*)和《致凯恩》(*К ...: Я помню чудное мгновенье*)等多首脍炙人口的抒情诗。

普希金被囚禁在祖辈领地的 1825 年,是俄国历史上的一个重要的年份,在这一年,沙皇亚历山大一世去世,尼古拉一世成为俄国的新沙皇。也正是在这一年的 12 月,在俄国首都圣彼得堡发生了著名的十二月党人起义。十二月党人起义归于失败,与普希金关系密切的一些诗人,由于受到该事件的牵连,遭受了不同程度的惩罚和迫害,有的甚至付出了生命的代价。而当时远离首都圣彼得堡,身处米哈伊洛夫斯克村的普希金,逃过了这一劫难。如果当时普希金没有被囚禁在穷乡僻壤,他参与十二月党人起义应该是大概率事件,当然,他可能会遭遇的命运的磨难和不测也是不难想象的。

1826 年,普希金终于得到沙皇尼古拉一世的准许,结束了长达六年的流放生活,获准回到莫斯科。在莫斯科生活数年之后,他又于 1831 年回到圣彼得堡。

无论是在贴近自然的宁静乡村,还是回归喧嚣的都市,普希金始终不变的是他对诗歌创作的坚守。自 1826 年结束流放至 1837 年 1 月因与丹特斯决斗而逝世,在这十年的珍贵时光里,普希金的诗歌创作更是达到了炉火纯青的地步,他不仅创作了《先知》(*Пророк*)、《在西伯利亚矿山的深处》(*Во глубине сибирских руд ...*)、《皇村回忆》《纪念碑》(*Я памятник себе воздвиг нерукотворный ...*)等近 300 首抒情诗,而且创作了《青铜骑士》(*Медный всадник*)、《波尔塔瓦》(*Полтава*)等多首长诗和诗体悲剧,以及《渔夫和金鱼的故事》(*Сказка о рыбаке и рыбке*)等一些重要的长篇童话诗,而且完成了他的代表作——诗体长篇小说《叶甫盖尼·奥涅金》。被后人称作"波尔金诺的秋天"(*Болдинская осень*)的那段时间,更是令人惊叹,普希金在这期间的创作体现了他在文学创作领域的辉煌。

普希金在各种诗体的艺术形式方面,发挥了引导作用,为俄罗斯文学丰富多彩的艺术形式树立了典范,为世界诗坛留下了丰厚的文化遗产。回归都市后的十年间,普希金对俄国专制制度的认知更加透彻,他进行了更为深入、严肃的思考。他在自己的作品中讽刺批判这一专制制度,也妄想以自己设想的方式进行社会改良,如在长诗《波尔塔瓦》中,作品的主人公之一便是沙皇彼得一世。普希金将这一形象塑造为理想的改革者,从而为尼古拉一世树立一个榜样。而在长诗《青铜骑士》中，普希金塑造了两个主要形象：一个是普通官员尤金，一个是彼得一世的雕像。诗人以这部长诗明晰地表明了自己的人道主义思想，彼得一世创造了一个强大的俄罗斯帝国，但他为此付出了非常惨重的代价：他失去的是作为普通人的幸福。

普希金的诗歌创作题材丰富，涉及面极为广泛，体裁多种多样，不仅包括爱情抒情诗、政治抒情诗、自然抒情诗、哀歌、十四行诗，还包括讽刺短诗、长篇叙事诗、童话诗以及诗体长篇小说等，几乎囊括了诗体作品方方面面的体裁。

普希金不仅在诗歌体裁上为俄罗斯诗歌艺术的发展奠定了扎实的基础，而且在诗歌艺术形式方面，他也是一位大胆的实验者和卓有成就的革新者。普希金充分发挥俄罗斯语言在音响方面的优势特性，灵活运用各种诗体和韵式。譬如，由于受到西欧诗歌的影响，他在诗歌创作中，较为常用的是四行诗体。不过，在具体的四行诗体的韵式体系方面，普希金也不是一成不变的，而是极富创新意识。

虽然他在创作中也承袭了传统，但普希金并没有满足于固定的诗歌结构模式，而是对此进行大胆的试验和革新，努力拓展俄罗斯诗歌韵律体系，不仅在传统的四行诗体上勇于创新，而且在其他诗体方面，也力求体现俄语诗歌的艺术特性。如在五行诗体的韵律方面，他不满足于固有的模式，而是根据需要，灵活运用，譬如在 1826 年他创作的《致巴拉丁斯基》(К Бараты́нскому)一诗中，他使用抑扬格四音步的五行诗体进行创作，诗歌的押韵形式是 a-B-a-a-B[①]：

> Стих каждый в повести твоей
>
> Звучит и блещет, как червонец.
>
> Твоя чухоночка, ей-ей,
>
> Гречанок Байрона милей,
>
> А твой зоил прямой чухонец.[②]
>
> (你那篇故事中的每首诗，如同
>
> 金币般铮铮作响，熠熠闪光，
>
> 你笔下的芬兰女娃啊，

---

① 在讨论押韵时，除了相同的字母代表押相同的韵，通常还以大写字母代表阴性韵，小写字母代表阳性韵。

② А. С. Пушкин. *Собрание сочинений в 10 томах*. Том 2. Стихотворения 1823—1836, Москва: Государственное издательство художественной литературы, 1959—1962, с.139.

　　　　胜过拜伦的可爱的希腊姑娘，

　　　　至于瞎批乱评你的评论家——

　　　　他才真正是芬兰傻瓜。)①

同一时期创作的《致沃尔夫》(*К Е. Н. Вульф*)一诗，同样是五行诗，也同样是使用抑扬格四音步，但是其韵脚排列形式却发生了微妙的变化，变更为A-A-b-A-b：

　　　　Вот, Зина, вам совет: играйте,

　　　　Из роз веселых заплетайте

　　　　Себе торжественный венец—

　　　　И впредь у нас не разрывайте

　　　　Ни мадригалов, ни сердец.②

　　　　(我说，吉娜，我劝你，尽量嬉戏，

　　　　用可爱的玫瑰花为您自己

　　　　编上一顶辉煌漂亮的花冠，

　　　　以后不要在我们当中大唱起

　　　　古老的情歌，把人心儿搅乱。)③

　　六行诗体的创作也是如此，如在他创作于 1827 年的《致基普连斯基》(*Кипре́нскому*)一诗中，普希金用的是抑扬格四音步六行诗体，押韵形式是A-b-A-b-A-b：

　　　　Себя как в зеркале я вижу,

　　　　Но это зеркало мне льстит.

　　　　Оно гласит, что не унижу

　　　　Пристрастья важных аонид.

　　　　Так Риму, Дрездену, Парижу

---

① 乌兰汗译，参见〔俄〕普希金：《普希金全集》(10 卷集)，沈念驹、吴笛主编，杭州：浙江文艺出版社，2012 年版，第 151 页。

② А. С. Пушкин. *Собрание сочинений в 10 томах*. Том 2. Стихотворения 1823—1836, Москва: Государственное издательство художественной литературы, 1959—1962, с.140.

③ 魏荒弩译，参见〔俄〕普希金：《普希金全集》(10 卷集)，沈念驹、吴笛主编，杭州：浙江文艺出版社，2012 年版，第 151—152 页。

Известен впредь мой будет вид.①

（我看自己和照镜子无异，

但这面镜子却会把我奉承。

它向我宣布，我不会贬低

庄重的阿俄尼亚的偏心。

因此，我的肖像将来定会

在罗马、德累斯顿、巴黎闻名。）②

　　他在同时期创作于 1828 年的《诗韵啊，清晨悦耳的朋友》（*Рифма，звучная подруга*）一诗中，采用的依然是六行诗体，却使用了不同的韵律。整首诗用的是扬抑格四音步，韵脚排列形式也基本相同，如第四诗节，其所用的押韵形式为 A-A-b-C-C-b：

Я с тобой не расставался,

Сколько раз повиновался

Резвым прихотям твоим；

Как любовник добродушный,

Снисходительно послушный,

Был я мучим и любим.③

（我没有同你分过手啊，

多少次了，我尽量实践

你那机灵的异想天开；

好像一个心地慈善

而又谦卑恭顺的恋人，

我受你折磨，又让你爱恋。）④

在这首书写"诗韵"的诗中，普希金以六行诗的形式进行了"机灵的异想天

① А. С. Пушкин. *Собрание сочинений в 10 томах*. Том 2. Стихотворения 1823—1836, Москва：Государственное издательство художественной литературы，1959—1962, с.177.

② 卢永译，参见〔俄〕普希金：《普希金全集》（10 卷集），沈念驹、吴笛主编，杭州：浙江文艺出版社，2012 年版，第 203 页。

③ А. С. Пушкин. *Собрание сочинений в 10 томах*. Том 2. Стихотворения 1823—1836, Москва：Государственное издательство художественной литературы，1959—1962, с.223.

④ 〔俄〕普希金：《普希金全集》（10 卷集），沈念驹、吴笛主编，杭州：浙江文艺出版社，2012 年版，第 256 页。

开"的实践,由此可见,普希金对诗歌韵式是极为关注的。在二十年代后期,普希金对诗律的探索以及诗歌韵式的关注体现在他当时创作的许多诗作中。如他于 1829 年创作的著名抒情诗《我爱过您……》(*Я вас любил* ...),在这一方面同样显得极为独特。

> Я вас любил: любовь ещё, быть может,
>
> В душе моей угасла не совсем;
>
> Но пусть она вас больше не тревожит;
>
> Я не хочу печалить вас ничем.
>
> Я вас любил безмолвно, безнадежно,
>
> То робостью, то ревностью томим;
>
> Я вас любил так искренно, так нежно,
>
> Как дай вам Бог любимой быть другим.①
>
> (我爱过您,也许,我心中,
>
> 爱情还没有完全消退;
>
> 但让它不再扰乱您吧,
>
> 我丝毫不想使您伤悲。
>
> 我爱过您,默默而无望,
>
> 我的心受尽羞怯,嫉妒的折磨;
>
> 我爱得那么真诚,那样温柔,
>
> 愿别人爱您也能像我。)②

(顾蕴璞 译)

在这首抑扬格五音步的八行诗中,有两个完整的句子,形成两组,阴性韵和阳性韵交替出现,而且在韵脚方面,两组也是完全相同的,从而构成 A-b-A-b-C-d-C-d 的结构。不仅通过"безнадежно"与"нежно"等阴性韵,以及"совсем"与"ничем"等阳性韵,而且还通过"Я вас любил"等词语的重复,使全诗构成一个统一的、紧密的整体。而"Я вас любил"的三次重复,将抒情主人公从嫉妒到大度的心理承受和转变的过程巧妙地融为一体。

　　跨入三十年代之后,普希金在散文体作品创作获得重要成就的同时,依

---

① A. C. Пушкин. *Собрание сочинений в 10 томах*. Том 2. Стихотворения 1823—1836, Москва: Государственное издательство художественной литературы, 1959—1962, c.259.

② 〔俄〕普希金:《普希金全集》(第 2 卷),沈念驹、吴笛主编,杭州:浙江文艺出版社,2012 年版,第 307 页。

然在诗歌领域不断地进行开拓创新。以十四行诗体为例,在三十年代后,普希金不仅完成了以十四行诗体为基本艺术形式的诗体长篇小说《叶甫盖尼·奥涅金》,而且还创作了《致诗人》(Поэту)、《圣母》(Мадона)等多首十四行诗。

然而,在形式上,尽管都是十四行诗体,普希金也做出了一些变化,在《叶甫盖尼·奥涅金》中,他使用的是 4-4-4-2 结构。而在其所创作的其他一系列十四行诗中,他基本上使用的是 4-4-3-3 结构。前者显然是对英国十四行诗体的承袭和改造,而后者无疑是对意大利十四行诗体的承袭。

由此可见,普希金在自己的诗歌创作中一直坚持不懈地探索,为俄罗斯诗歌艺术的繁荣和创新付出了极大的努力,为其后的俄语诗歌的发展,指明了努力的方向。与此同时,也为之后的俄罗斯文学语言的发展奠定了扎实的基础。有研究普希金语言的俄罗斯学者认为:"针对普希金语言的研究是一项任务,不解决这个问题,就不可能了解十九世纪俄罗斯文学语言的历史,也不可能了解十九世纪上半叶常见书面语和口语的叙事体裁语言的历史。"[1]从中,我们不难理解普希金对俄罗斯文学语言发展所作出的贡献。

第二节　普希金抒情诗的艺术特色

普希金在俄罗斯诗歌发展史上的贡献是多方面的,无论是抒情诗,还是长诗或诗体长篇小说,他都在诗艺上进行了大胆的探索与不懈的开拓和创新,他通过诗的形式,呈现了俄罗斯民族精神的内涵,并且发挥了俄罗斯语言的独特魅力,展现出俄语诗歌的固有特质。与此同时,他还通过诗歌,传达自己广博的思想内涵、深邃的生活哲理。在他的诗歌创作中,800 多首抒情诗是他艺术才华的卓越体现,也是他细腻情感和复杂思想的呈现,更是他留给世界诗歌艺术宝库的丰厚遗产。

一、俄罗斯民族意识与时代精神的折射

普希金的抒情诗意境十分优美迷人,题材广泛,形式多种多样,内容博大精深。他以高度的创作激情以及简洁凝练、生动多彩的诗歌语言,为俄罗斯诗歌艺术注入了清新的活力和迷人的魅力,从而极大地影响了俄罗斯文

---

① В. В. Виноградов. Язык Пушкина, Москва: Academia, 1933, c.11.

学的发展进程,也使俄罗斯文学进入了一个辉煌的发展阶段,走向世界文学的前列。

普希金诗歌的主题是多方面的。他在社会政治、人生体验和感悟以及自然风景等主题上都作有一些抒情诗作,这些诗作风格清新,语言明晰,哲理深邃,大多是抒情诗创作的典范。而且,在普希金的作品中,无论是俄罗斯的民族精神还是独特的时代语境,都得到了充分的折射和展现,"俄国大自然、俄国灵魂、俄国语言、俄国性格反映得如此明晰,如此纯美,就像景物反映在凸镜的镜面上一样"①。

普希金的一些杰出的政治抒情诗反映了当时的社会历史特征和进步人士的思想情感和政治诉求,传达了时代的精神,表达了人民大众对沙皇专制暴政的无比愤怒,也表达了人民群众对自由和理想社会的渴望和向往。

如在《童话》一诗中,普希金以戏剧诗的形式表达了对亚历山大一世的辛辣讽刺。该诗通过圣母玛利亚和圣婴耶稣这两个人性化的形象,表明了涉世不深者会被沙皇蒙骗,而涉世较深者则能看穿沙皇真实面目的主题。圣诞之日,在耶稣哇哇哭吵的时候,圣母玛利亚吓唬他说:妖怪来了——沙皇来了! 这一类比所蕴含的寓意是极为深刻的,在一定程度上代表了已经觉醒了的俄罗斯人民对沙皇的看法。该诗还通过沙皇的独白来揭露他的欺骗性以及他所作所为的虚伪性。最后一个诗节中的小基督受骗以及圣母安抚的话语进一步突出沙皇的虚情假意,诗人借此暗中劝解人们不要上当受骗,而应觉醒过来。

《致恰阿达耶夫》一诗洋溢着高昂的热忱,表现了强烈的爱国主义激情,传达了诗人在逆境中依然对祖国前途所抱有的一种坚定的信念。该诗在开头八行典型地表现了那一代贵族青年知识分子的探索与追求,以及被爱国主义思想所激发出的热情。此时此刻,爱情的甜蜜、青春的欢愉——这些属于小我的问题不再骗得他们的痴情,他们这些热血青年正在考虑的,是一个更为重要、更为严肃的问题:祖国的命运。接着,诗人用恋人等待幽会的急切之情来比喻他们这些进步的爱国青年对自由的热切向往。诗的最后一节,更是全诗的精华所在,被人们广为传诵:

> Товарищ, верь: взойдет она,
> Звезда пленительного счастья,

---

① 〔俄〕果戈理:《关于普希金的几句话》,参见冯春编:《普希金评论集》,上海:上海译文出版社,1993 年版,第 6 页。

283

Россия вспрянет ото сна,

И на обломках самовластья

Напишут наши имена!①

(同志,相信吧:迷人的幸福的星辰

就要,上升,射出光芒,

一颗迷人的幸福之星,

俄罗斯要从睡梦中苏醒,

在专制暴政的废墟上,

将会写上我们姓名的字样!)②

（戈宝权　译）

该诗所用的是抑扬格四音步,前部分用的是由"ы"和"e"等音所构成的阴性韵,然而到了最后五行,则是用"a"和"я"这两个字母所组成的阳性韵。这些铿锵有力的诗句,因而显得格外豪迈,并且充满磅礴的激情和浓郁的乐观主义的信念。这些充满乐观主义信念的诗句引发了读者的共鸣,这节诗因而被刻在十二月党人秘密徽章的背面,其对十二月党人所进行的反抗暴政的斗争无疑起到了强烈的激励作用。

而著名的《在西伯利亚矿山的深处》则表现了诗人高风亮节的品质,普希金在此高度赞赏十二月党人的杰出功绩。他以铿锵有力、豪情激昂的诗句表达了对十二月党人的如海深情,相信他们的事业必将获得胜利,相信自由的时日必将来临:

沉重的枷锁定会打断,

监牢会崩塌——在监狱入口,

自由会欢快地和你们握手,

兄弟们将交给你们刀剑。③

普希金也是一位富有个性特质的抒情诗人。他善于书写自我,展现自

---

① А. С. Пушкин. *Собрание сочинений в 10 томах*. Том 1. Стихотворения 1814—1822, Москва: Государственное издательство художественной литературы, 1959—1962. c.65.

② 〔俄〕普希金:《普希金全集》(第1卷),肖马、吴笛主编,杭州:浙江文艺出版社,2012年版,第350页。

③ 〔俄〕普希金:《在西伯利亚矿山的深处》,卢永译,引自〔俄〕普希金:《普希金全集》(第2卷),肖马、吴笛主编,杭州:浙江文艺出版社,1997年版,第206页。

我的思想和情感,因此,诗歌是他心灵历程的真实记录。他的很多以人生感悟和爱情体验为题材的抒情诗,都格外清新迷人,感人至深。他的基于个人情感体验和思想感悟的诗篇,不仅构思精巧,风格清新,而且具有深邃的哲理思想。

在爱情抒情诗的创作方面,正如别林斯基所作的评论,"普希金是第一个偷到维纳斯腰带的俄国诗人……他笔下的每一种感觉、每一种情绪、每一个思想、每一段描绘,都充满着无法形容的诗"①。他的爱情抒情诗多半与他自身的情感经历有关,所以写得情真意切,细腻缠绵,而且意境深远,格调高雅。

《致凯恩》可以说是普希金爱情抒情诗中传诵最广的一首。该诗作于普希金在普斯科夫省的米哈伊洛夫斯克村的幽禁时期。从圣彼得堡来到当地三山村姑妈家做客的美丽姑娘凯恩与普希金相遇,叩响了他紧闭的心扉,使得他在远离都市的穷乡僻壤,获得了心灵的滋润和美好的回忆:

> 我记得那神奇的一瞬:
> 在我的眼前出现了你,
> 犹如瞬息即逝的幻影,
> 又像纯洁美丽的天使。
>
> 当我遭受难遣忧愁的煎熬,
> 当我在喧嚣世事中忙乱不堪,
> 你温柔的话语在我耳边萦绕,
> 你可爱的面容在我梦中显现。
>
> 岁月流逝。一阵阵暴风骤雨
> 驱散了我从前的美好的梦。
> 于是我忘记了你温柔的话语,
> 忘记了你的天仙般的面容。
>
> 囚禁于阴暗的穷乡僻壤,
> 我默默地挨过漫长的年岁。

---

① 〔俄〕别林斯基:《别林斯基选集》(第四卷),满涛、辛未艾译,上海:上海译文出版社,1991年版,第349页。

> 没有灵感，没有崇拜的对象，
> 没有生活，也没有爱情和眼泪。①

该诗层次分明地叙述了抒情主人公心灵的嬗变。过去，当抒情主人公遭受着"难遣忧愁的煎熬"，并且在"喧嚣世事中忙乱不堪"的时候，因为心灵中有着亲切的记忆，所以，挨过了艰难的岁月。然而，生活中意想不到的"暴风骤雨"驱散了这一切，甚至驱散了美好的梦想。尤其在他被"囚禁于阴暗的穷乡僻壤"的时候，他几乎丧失了心灵的记忆，几乎屈从于命运的安排。正是在这一激情快要丧失殆尽的时刻，纯洁美丽的形象又神奇地出现在他的眼前，使他整个心灵焕发生机，重新获得灵感和活力，赢得复苏：

> 心灵复苏的时刻终于来临，
> 我的眼前再次出现了你，
> 犹如瞬息即逝的幻影，
> 又像纯洁美丽的天使。
>
> 于是心儿陶醉，跳得欢畅，
> 一切都为它而重新苏醒，
> 有了崇拜的对象，有了灵感，
> 有了生活，也有了眼泪和爱情。②

该诗描绘了水晶般晶莹透彻的、纯真圣洁的爱情，表现了"纯洁美丽的天使"这一净化的女性形象在诗人的内心世界以及创作灵感方面所起到的神奇的作用。

二、崇尚自然以及向往自由的磅礴的激情

普希金还同其他许多浪漫主义诗人一样，崇尚大自然，对大自然中的一切物体都有着极其敏锐的感受力，努力探寻和感悟大自然的妩媚和性情，并且发掘大自然与人类灵魂的契合之处。在他的自然主题的诗作中，景色描绘极为美妙，常常显得逼真如画，而且，对自然意象的歌颂，不只是为了诗情

---

① 〔俄〕普希金：《致凯恩》，吴笛译，引自飞白主编：《世界诗库》（第5卷），广州：花城出版社，1994年版，第105页。

② 〔俄〕普希金：《致凯恩》，吴笛译，引自飞白主编：《世界诗库》（第5卷），广州：花城出版社，1994年版，第105—106页。

画意的渲染或展现自己的艺术才华,也是借外部自然意象来表现他内心世界的细腻感受,或是通过自然意象来反映人类社会的理想情怀。

普希金的著名抒情诗《致大海》(К морю)便是这一方面的代表性作品,该诗是以自然意象来歌颂自由主题的典范。普希金以对大海意象的歌颂来表现他对自由的赞美。全诗气势磅礴,意境雄浑,洋溢着强烈的浪漫主义激情。"在这首庄严的大海的颂歌里,诗人咏赞大海,是为了表达对人生命运的深沉感叹,对人类自由的强烈向往以及对专制统治的强烈愤懑。波涛汹涌、壮阔浩渺的大海融会了人类的命运、生活的坎坷以及诗人的理想。"①

该诗采用 A-B-A-B 和 A-B-A-B-B 相结合的韵式,表达诗人在流放时期对自由的向往,大海意象是普希金复杂情感的合适载体。在孤寂的流放地,大海是他的伴侣,也是倾听他郁愤的对象,他们也相互倾诉,在该诗的第二诗节至第四诗节,诗人写道:

> 像是友人的哀伤的怨诉,
> 像是他分手时的声声召唤,
> 你忧郁的喧响,你的疾呼,
> 最后一次在我耳边回旋。
>
> 我的心灵所向往的地方!
> 多少次在你的岸边漫步,
> 我独自静静地沉思,彷徨,
> 为夙愿难偿而满怀愁苦!
>
> 我多么爱你的余音缭绕,
> 那低沉的音调,深渊之声,
> 还有你黄昏时分的寂寥
> 和你那变幻莫测的激情!②

诗人在流放地时,时常来到大海边,在海岸茫然徘徊,既向大海怨诉,也倾听大海"忧郁的喧响",甚至还有大海的"召唤"。当然,这"召唤"并非像雪莱那

---

① 吴笛:《比较视野中的欧美诗歌》,北京:作家出版社,2004 年版,第 94 页。

② 〔俄〕普希金:《致大海》,卢永译,引自沈念驹、吴笛主编:《普希金全集》(第 2 卷),杭州:浙江文艺出版社,2012 年版,第 29—30 页。

样,要与大海融为一体,更多的是要通过大海,逃出流放的偏僻之地,驰向自由的远方,实现他心灵的向往。

在普希金的笔下,作为自由的"客观对应物"的,不仅仅是大海的意象,还有很多其他的自然意象,譬如在《囚徒》(*Узник*)一诗中,普希金将自由比作一只被囚禁的"幼鹰",时刻期待着能够置身于万里蓝天,任意翱翔。在这首由三个诗节所组成的抒情诗的最后一个诗节中,诗人更是发出了"放飞"的呼唤:

> Мы вольные птицы; пора, брат, пора!
>
> Туда, где за тучей белеет гора,
>
> Туда, где синеют морские края,
>
> Туда, где гуляем лишь ветер … да я! …①
>
> (我们是自由的鸟儿,弟兄,该飞啦!
>
> 飞往那乌云后闪着光的山岗,
>
> 飞往那泛着碧波的大海,
>
> 飞往那只有风和我散步的地方!)②

(刘湛秋　译)

在这首题为《囚徒》的诗中,犹如《致恰阿达耶夫》一诗,诗人以洪亮的"а""я"作为韵脚,显得气势磅礴,突出了诗人乐观主义的信念以及向往自由的激情。

三、优美的抒情意境,明朗的忧伤气质

在语言风格方面,普希金更是一位独到的诗人,他以自己杰出的创作才能,奠定了俄罗斯新的时代的文学语言的基础。在这方面,他的作用和地位犹如英语文学中的莎士比亚。在书面语贴近日常生活方面,在使文学语言富于生活气息方面,他迈出了重要的一步。因此,他的抒情诗具有鲜明的特色。

我们读着他的抒情诗,可以感受到,他的诗既洋溢着浪漫主义的激情,又具有强烈的现实主义因素。按俄国作家的理解,浪漫主义的作品也具有

---

① А. С. Пушкин. *Собрание сочинений в 10 томах*. Том 1. *Стихотворения 1814—1822*, Москва: Государственное издательство художественной литературы, 1959—1962. c.204.

② 飞白主编:《世界诗库》(第5卷),广州:花城出版社,1994年版,第101—1102页。

现实主义的成分。普希金就曾认为,"真正的浪漫主义"的特点,"是对人物、时间的忠实的描写,是历史性格和事件的发展",其中对现实主义成分的强调是不言而喻的。正是由于采用了浪漫主义与现实主义相结合的手法,普希金的作品诗句优美流畅,铿锵有力,豪迈自信,而且节奏和谐,尤其是他创作的一些政治抒情诗,渗透着浓郁的抒情和丰富的想象,体现了一种不畏暴政、向往自由的民主精神。俄国浪漫主义诗人也特别强调民族性。所谓民族性,是指一种经过积淀的民族精神和民族的独特气质,诗歌应该通过自身来传达和反映民族的生活和风貌。普希金在这方面显然是一个典范,所以当时他就被誉为"民族诗人"。果戈理在《关于普希金的几句话》一文中就认为:"一提起普希金,立刻就使人想到他是一位俄罗斯民族诗人……这个权利无论如何是属于他的。在他身上,就像在一部辞典里一样,包含着我国语言的一切财富、力量和灵活性。"①

由于普希金深深地懂得文学语言贴近生活的重要意义,所以他的抒情诗语言质朴简洁,诗句凝练流畅、清新易懂,韵律严谨、多变、和谐、优美。普希金在抒情诗创作方面善于贴近社会现实和生活本身,并且充分发挥俄罗斯语言的音响特征和韵律优势。他注重书面语与口头语的完美结合,广泛吸取生动的民间语言的精华,把民间语言、民间传说以及文学传统融为一体,为新的俄罗斯文学语言的发展奠定了基础。譬如,他的"奥涅金诗节",节奏感特别鲜明,听起来有灵活多样、清新轻快、优美舒畅之感。

普希金的抒情诗情真意切,有着俄罗斯人固有的民族气息,从中可以感受到俄罗斯鲜明的民族性格特质。他的诗句没有过度的渲染、夸张,他也较少表现狂风暴雨般的激烈情感,而是善于抒发内心深处的忧闷之情等细腻的情绪变化,因此,他的许多抒情诗的基调都显得忧伤,但是,忧伤之中往往又有着一种磅礴的气势,以及明朗和乐观的成分,其深沉的忧郁或凄婉是服从于乐观主义基调的。这就是评论家们所乐于称道的"明朗的忧伤"。如在《致凯恩》这首诗中,诗人表现了一种晶莹、纯洁、神圣的情感,那情感是无法虚构的,而是诗人的真实感受。还有在人们熟知的《假如生活欺骗了你》一诗中,诗人认为尽管当前的状况令人感到苦闷,但心灵生活在对未来的憧憬之中。

"明朗的忧伤"不仅是普希金抒情诗的一大特色,而且也影响了杰出的抒情诗人叶赛宁以及许多其他作家,构成了俄罗斯许多优秀的抒情诗人所固有的气质。

---

① 　冯春编:《普希金评论集》,上海:上海译文出版社,1993年版,第6页。

四、广博的思想内涵,深邃的生活哲理

普希金的抒情诗不仅语言生动流畅、简洁优美,而且还充满了哲理和人格的魅力。他继承了伏尔泰、孟德斯鸠等法国作家的启蒙主义思想,也汲取了英国诗人拜伦的激情和叛逆精神,并在前辈思想精髓的基础上,不断充实和发展。他淡泊名利,蔑视权威,不愿随波逐流,而是追求独立的人格,在《致诗人》一诗中,他就明确地表达了这种超然豁达的精神境界:

> 诗人啊! 不要重视世人的爱好,
> 热烈的赞美不过是瞬息的喧闹;
> 你会听到愚人的批评和世人的冷嘲,
> 但你应该坚定沉着,安详勿躁。
>
> 独自生活吧,你就是帝王。
> 自由的心灵在前指引,沿着自由之路奔向前方,
> 要使你那珍爱的思想成果日臻完善,
> 不要为你的高贵的功绩索取奖赏。①

可见,他的一些抒情诗虽然在形式方面显得质朴简洁,但在内容方面,却显得极为深邃,具有广博的思想内涵,令人深思,耐人寻味。如脍炙人口的《假如生活欺骗了你》一诗,就仿佛是一个饱经风霜的长者对涉世未深的少女的诚挚告诫和谆谆教诲。这首诗实为赠言,题在三山村女地主奥西波娃 15 岁的小女儿耶夫普拉克西娅的纪念册上。该诗以简洁的语言与朴实的句法,以及极少的隐喻,真心实意地表达了自己对生活的信念和处世态度。尽管诗句简洁,但诗中蕴含着强烈的乐观情绪和深邃的生活哲理:

> 如果生活将你欺骗,
> 不必忧伤,不必悲愤!
> 懊丧的日子你要容忍:
> 请相信,欢乐的时刻定会来临。

---

① 〔俄〕普希金:《普希金论文学》,张铁夫等译,桂林:漓江出版社,1983 年版,第 35 页。

心灵总是憧憬未来，

现实让人感到枯燥：

一切转眼即逝，成为过去；

而过去的一切，都会显得美妙。①

在这首抒情诗中，普希金宛如一名出色的诗人哲学家，以现在、过去、未来不同的"时间"为角度，来观察人生，审视生活。不同于别的一些诗人，他不再抒发时间的无情和残忍，而是强调时间的积极作用。在普希金看来，时间是医治一切的灵丹妙药，他认为心灵是生活在未来之中的，凡是未来的，都是很有希望的，凡是现实的，都是不完美的，终究要成为过去的，而时间会医治心灵的创痛，因此，凡是过去了的，都会变得可亲可爱，令人怀念。其中蕴含着多么深刻的生活哲理和乐观的信念！正是这种乐观的信念，使得普希金承受住了种种磨难，也正是这种信念，感染了无数的读者，安抚了众多的心灵。

第三节　普希金长诗与诗体小说的艺术创新

普希金在诗歌创作方面的艺术贡献不仅体现在抒情诗创作方面，还体现在长篇叙事性以及诗体长篇小说创作方面。他创作的《巴赫齐萨拉伊的喷泉》等 14 部长诗，体现了高超的浪漫主义艺术技巧，他的诗体长篇小说《叶甫盖尼·奥涅金》，无疑是俄罗斯诗歌艺术史上的一座丰碑。

一、"南方组诗"中浪漫主义特质

普希金一直坚持从事长篇叙事诗的创作，这一体裁贯穿他创作生涯的始终。他最早的一部长诗《鲁斯兰与柳德米拉》，始于他文学创作的第一阶段——皇村学校时期；而他的最后一部长诗《青铜骑士》，则创作于他文学创作活动的最后一个时期，即十九世纪三十年代，这部作品直到他死后的1837 年才得以发表。

长篇童话叙事诗《鲁斯兰与柳德米拉》所歌颂的是坚贞的爱情和刚毅的品格，这部作品使用的是自由押韵的四音步抑扬格，这也很快成为长篇叙事

---

① 乌兰汗译，引自〔俄〕普希金：《普希金全集》（第 2 卷），肖马、吴笛主编，杭州：浙江文艺出版社，1997 年版，第 106 页。

诗的标准格律。而长诗《青铜骑士》则从神话、历史和当时社会上发生的事件中汲取了许多素材，其主题是书写以彼得一世的雕像为象征的帝国意志和欲望与叶甫盖尼这一形象所体现的个人生活现实之间的矛盾冲突。"在《青铜骑士》中，普希金的确创造出了一个真正的，而又十分独特的民族史诗。他展示了与命运斗争的彼得，但拒绝对其结局作出评判：'高傲的马，你将奔向何方？'"①

在普希金创作的十多部长诗中，"南方组诗"最具特色，也最能代表普希金诗歌创作的浪漫主义风格。"南方组诗"包括《高加索的俘虏》《强盗兄弟》（Братья-разбойники）、《巴赫齐萨拉伊的喷泉》，以及《茨冈人》（Цыганы）等作品。

这些作于南俄流放期间的长诗，体现了普希金对世界文学的借鉴以及对俄罗斯民族文化独创性的掌控。在叙事诗这种新的文学体裁以及对诗中充满叛逆精神的人物形象的塑造方面，普希金显然受到了西欧浪漫主义的启迪，尤其是受到拜伦"东方叙事诗"的一定的影响。这些诗作具有鲜明的浪漫主义特质，正如部分论者所论述的，"自1820年开始的南方流放，是普希金创作生涯中的一个转折点，这种理解是正确的。……普希金在自己和拜伦之间看到了他们的相容性，这更有成效地刺激了他对文学创新和实验的渴望，这一点突出体现在创作于这一时期的叙事诗中"②。当然，诗人在情感上也认同拜伦长诗主人公的主观抒情精神，并在作品中以此为折射来描绘俄国当时的社会现实。

至于普希金是否接触过拜伦的作品以及究竟什么时候开始研读拜伦的诗作这一问题，俄罗斯著名学者日尔蒙斯基对此进行了极为认真的考察，他认为："普希金是在流放前不久，在圣彼得堡第一次接触到拜伦的作品，只是到了南俄，拜伦才成为他最喜欢的诗人。普希金认为拜伦的反叛诗篇是以欧洲革命事件为背景的，这位诗人的个性被自由歌手的英雄光环所笼罩。"③不过，日尔蒙斯基又认为："普希金在南方生活的几年中（1820—1824），崇尚过拜伦主义，但很快又反抗拜伦主义。他克服了自己身上的浪漫主义所蕴含的个人主义的局限。"④日尔蒙斯基在肯定普希金对拜伦的浪漫主义激情

---

① Andrew Kahn, ed. *The Cambridge Companion to Pushkin*, Cambridge: Cambridge University Press, 2006, p.89.

② Andrew Kahn. *Pushkin's Lyric Intelligence*, Oxford: Oxford University Press, 2008, p.34.

③④ Виктор Максимович Жирмунскй. *Байрон и Пушкин*, Ленинград: Издательство «Наука», 1978, с.360, 368.

进行借鉴的同时,也认为普希金逐渐克服了其中的基于"自我扩张"的个人主义。普希金的这种克服,典型地体现在长诗《茨冈人》中。在这首长诗中,男主人公阿列戈尽管是城市文明的叛逆者,体现出俄国贵族青年与专制农奴制之间的真实的历史冲突;但是,他身上的劣根性也暴露无遗,体现了环境对性格的影响。

在《高加索的俘虏》中,普希金塑造了"拜伦式英雄"的俄国典型。不过,普希金并没有脱离俄国社会现实的根基,而是借此表现了俄国贵族青年的时代特征,正如普希金本人致友人的书信中所作的说明,"我想在他身上描写出对生活本身和对生活享受的这种冷漠的态度,描绘出他心灵的未老先衰,这些均已成了十九世纪青年的特点"[①]。这个俘虏同样被描绘成城市文明的叛逆者:

> 他深深懂得人寰与尘世,
> 熟知无常的人生的价值。
> 发觉了朋友的弃义背信,
> 追求爱情也是愚蠢的梦,
> 利禄和浮华已不屑一顾,
> 奸黠的诽谤他无法容忍,
> 狡猾的谎言也使他厌恶,
> 他已做够了惯常的牺牲,
> 自然的朋友,人世的叛徒,
> 他抛开自己可爱的故乡,
> 怀着自由的快乐的幻想。
> 飞到了这个遥远的地方。[②]

正是因为对社会现实的不满,他毅然放弃自己所拥有的一切,到高加索地区去寻找自由,结果却被切尔克斯人所俘虏。

长诗还描绘了一个动人的女性形象——切尔克斯女郎。她没有遵从她的父兄给她安排的命运,不愿被卖给别的山村的她不爱的男人。她爱上了

---

① 这封信是写给戈尔恰科夫的,译文引自〔俄〕普希金:《普希金全集》(第8卷),沈念驹、吴笛主编,杭州:浙江文艺出版社,2012年版,第91页。
② 〔俄〕普希金:《高加索的俘虏》,余振译,参见〔俄〕普希金:《普希金全集》(第3卷),沈念驹、吴笛主编,杭州:浙江文艺出版社,2012年版,第127页。

这个被俘的俄罗斯青年,她对青年动情地说:

> "我的可怜的俘虏啊,
> 让忧郁的目光快乐起来,
> 把你的头靠在我的胸前,
> 把祖国和自由全都忘怀。
> 我情愿和你一起隐匿在
> 荒山僻野,我心灵的主宰!
> 爱我吧,至今还没有一人
> 亲吻过我的这一双眼睛;
> 黑眼睛的切尔克斯青年
> 在深夜的寂静中也不曾
> 悄悄地走近过我的卧床;
> 我有着冷若冰霜的容颜,
> 是一个心如铁石的女郎。"①

可是,这位对现实不满的俄罗斯贵族青年,并没有对切尔克斯姑娘的充满深情的表白报以热切的恋情,而是以冰冷的嘴唇回应姑娘的一记记热吻,以漠然的笑容迎接姑娘那双热泪盈眶的眼睛。所有这一切,都是因为这位高加索俘虏爱着另一个俄罗斯女郎,他在与切尔克斯姑娘亲热的时候,也只是将她当作不在他身边的另一个姑娘,他对切尔克斯女郎说:

> "但你这样慢慢地深情地
> 一次次地吮吸着我的吻,
> 在你看起来,爱情的时刻
> 度过得如此迅速而平静;
> 这时,在寂静中吞着眼泪,
> 我心情忧郁,我神志茫然,
> 像在梦寐中,我看见永远
> 可爱的芳影就在我面前;
> 我在呼唤她,我在奔向她,

---

① 〔俄〕普希金:《高加索的俘虏》,余振译,参见〔俄〕普希金:《普希金全集》(第3卷),沈念驹、吴笛主编,杭州:浙江文艺出版社,2012年版,第139—140页。

我默默地,既不见,也不闻;

我心神恍惚中忘情于你,

却拥抱着我的神秘的幻影。

我为她荒野里淌着眼泪,

她伴我在四处流浪飘零,

而把阴沉的忧郁的思想

注入我孤寂落寞的心灵。"①

切尔克斯姑娘并没有因此而产生嫉恨的情绪。在长诗的最后,切尔克斯女郎为了自己心爱的俘虏能够与心上人相聚,为了所爱的青年能够获得自由和幸福,她趁切尔克斯战士出征之际,手持利刀和钢锯,前来营救俘虏。她一边流着热泪,一边用颤抖的手锯断了青年的铁镣,引导他偷渡过了界河,让他游到了对岸的山崖。然而,当俘虏平安地脱离险境之后,这名切尔克斯姑娘便投河自尽了,只在平静的河面上留下了飞溅的、发着白光的浪花……

在长诗《高加索的俘虏》中,俄罗斯贵族青年不仅具有"拜伦式英雄"的特性,也具有后来的俄国"多余的人"的劣根性。相对而言,切尔克斯姑娘这一形象更为丰满,也更为感人,她对封建婚姻和传统习俗的反抗以及对爱情的忠贞不渝,无疑有着达吉雅娜等形象所具有的反抗性格,是普希金笔下叛逆女性形象的生动呈现。普希金似乎也看出了这一点,1822 年,在写给戈尔恰科夫的信中,普希金写道:"俘虏的性格是不成功的;这证明我不适合描写浪漫主义诗歌的英雄。我想在他身上描写出对生活本身和对生活享乐的这种冷漠的态度,描绘出他心灵的未老先衰,这些均已成了十九世纪青年的特点。当然,把这首叙事长诗改名为《切尔克斯少女》更恰当一些——这一点我没想到。"②可见,普希金也觉得切尔克斯姑娘在这首长诗中的分量是很重的,不过,他更在乎通过"俘虏"的形象展示俄罗斯一代贵族青年的时代特征和典型性格。

紧随《高加索的俘虏》,普希金的南方组诗的第二部是《强盗兄弟》。这部长诗创作于 1821 年至 1822 年。如果说在《高加索的俘虏》中,普希金所塑造的是"多余的人"的先声,那么,在这部长诗里,他所塑造的则是"小人

---

① 〔俄〕普希金:《高加索的俘虏》,余振译,参见〔俄〕普希金:《普希金全集》(第 3 卷),沈念驹、吴笛主编,杭州:浙江文艺出版社,2012 年版,第 142 页。

② 〔俄〕普希金:《普希金全集》(第 8 卷),沈念驹、吴笛主编,杭州:浙江文艺出版社,2012 年版,第 91 页。

物"的先声。这部作品中的兄弟两人，与当时的社会现实发生了剧烈的冲突——在农奴制的残酷剥削下，他们走上了抢劫之路。整部长诗基本上是哥哥的陈述，他们尝尽了贫困的滋味，受尽了痛苦的屈辱。但是，因为抢劫他们很快被抓，进了监狱。弟弟在阴森的监狱里身染重病，在逃跑的途中凄凉地离开了人世。整首长诗充满了对下层百姓苦难生活的哀叹以及对黑暗的社会现实的强烈控诉。

如果说《高加索的俘虏》这首长诗歌颂了切尔克斯女郎以死相报的忠贞不渝的爱情，那么，在长诗《巴赫齐萨拉伊的喷泉》中，我们不仅能看到玛丽雅的以死相报的爱情，还能看到莎莱玛不惜丢弃生命而对爱情的竭力争取，该诗同样洋溢着浓郁的浪漫主义气息。这部长诗的女主人公——后宫的美人莎莱玛，不顾后果，来到玛丽雅的卧室，以独白的形式回顾了自己与基列伊可汗的恋情，以及他与玛丽雅相遇之后的变化，并且果敢地表达了自己对爱的想象和追求：

> 他和我在一起已没有了
> 往昔的深情，娓娓的情谈。
> 你并没有参与这桩罪行；
> 我知道，这不是你的责任……
> 可是听我说：我美艳绝伦；
> 在整个后宫里能够跟我
> 比一比的就只有你一人；
> 但我生来就是为了爱情，
> 像我这样地爱，你是不能；
> 为什么你用冷静的美色
> 来搅扰他那颗脆弱的心？
> 把基列伊给我；他是我的；
> 他的吻还燃烧在我嘴上，
> 他对我赌过可怕的誓言，
> 基列伊把他的一切思想
> 和愿望同我的结成一体；
> 他的变心将置我于死地……
> 我在哭泣；你瞧瞧，我现在
> 在你的面前屈下了双膝，
> 我不敢怪你，我这是求你，

> 把快乐和平静还给我吧，
> 还给我那原先的基列伊……①

这首长诗的结局，自然是玛丽雅"撇下了这个凄惨的人寰"，随后，基列伊又像往常一样，驰骋于沙场。而莎莱玛，自然也遭受了严酷的处罚，为爱付出了惨重的代价。

"南方组诗"的第四部是《茨冈人》，普希金于 1824 年开始动笔，同年 10 月完成。这部作品尽管充满了浪漫主义所特有的异域情调，但是，在浓郁的浪漫主义色彩的根基上，已经开始萌生出一些现实主义的成分。作品的男主人公阿列戈，一如《高加索的俘虏》中的男主人公，是城市文明的叛逆者，而女主人公金斐拉，则是典型的如《高加索的俘虏》中充满浪漫主义气质的切尔克斯女郎那般的爱情至上主义者。

在长诗《茨冈人》中，普希金以抒情的笔触，歌颂了茨冈人无忧无虑的、淳朴的流浪生活：

> 熙熙攘攘的一群茨冈人
> 在比萨拉比亚平原流浪。
> 今天他们在河岸上过夜，
> 撑起了他们破烂的篷帐。
> 要在广阔的天幕下做起
> 宁静的梦，像自由般快乐；
> 马车用毡毯半掩了起来，
> 车轮中间燃烧起了篝火；
> 一家人围起来烧着晚饭；
> 平川旷野正好牧放马匹；
> 在篷帐外面，驯服的狗熊
> 自由自在地躺卧在那里，
> 草原上的一切都充满生气……②

长诗中的男主人公阿列戈厌倦了城市文明，来到了茨冈人中间，为的是寻找

---

① 〔俄〕普希金：《巴赫齐萨拉伊的喷泉》，余振译，参见〔俄〕普希金：《普希金全集》（第 3 卷），沈念驹、吴笛主编，杭州：浙江文艺出版社，2012 年版，第 222—223 页。

② 〔俄〕普希金：《茨冈人》，余振译，参见〔俄〕普希金：《普希金全集》（第 3 卷），沈念驹、吴笛主编，杭州：浙江文艺出版社，2012 年版，第 233 页。

自由,过上宁静幸福、自由自在的草原生活。他幸运地得到了金斐拉的爱情,并且得到了金斐拉的父亲——茨冈老人的允准。金斐拉成了阿列戈的妻子。然而,阿列戈这个城市文明的叛逆者依然改变不了他身上所固有的劣根性,在茨冈人中间生活了两年之后,当他发现妻子爱上了别人的时候,他毫不顾忌别人的自由,更不怜惜别人的生命,残忍地杀害了金斐拉和她的情人。

金斐拉的父亲并没有采取任何手段为女儿复仇,只是恳求阿列戈不要继续留在茨冈人中间,因为在他看来,茨冈人已经容不下阿列戈这样的异己人物,要把他驱逐出茨冈人的队伍,这是对他的最严厉的惩罚。阿列戈寻求的所谓自由,完全是为了他自己,是一种极端自私自利的自由,于是,在长诗的最后部分,作者写道:

> 一群为了赶程途的野鹤
> 呱呱地叫着从田野飞起,
> 向着那遥远的南方飞去,
> 有时,一只被致命的铅弹
> 击中,垂下了受伤的两翼,
> 独一个凄凉地留在那里。①

《茨冈人》中的主人公阿列戈是为了追求自由的生活和独立的人格才来到茨冈人中间的,然而,他的性格中有着典型的个人主义倾向,他只顾追求自己的自由,而完全不尊重别人的自由,当他极端自私自利的个性被金斐拉所识破和厌恶的时候,当金斐拉告诉他,她不再爱他的时候,他却只是将金斐拉看成自己的私有财产,他的这种极端自私自利的追求暴露无遗。所以,在作品的最后,茨冈人离开了他,将他一个人留在那片不祥的旷野上。阿列戈的自私自利的劣根性中有着城市文明根深蒂固的影响,也有着很深的社会历史根源,所以,在这部作品中,现实主义的因素也是显而易见的,这体现了普希金的创作风格逐渐从浪漫主义向现实主义过渡。他在 1824 年之后的创作,被俄罗斯学者视为现实主义作品,就连普希金 1824 年之后创作的抒情诗,也被视为"现实主义抒情诗"(Реалистическая лирика)②。

---

① 〔俄〕普希金:《茨冈人》,余振译,参见〔俄〕普希金:《普希金全集》(第 3 卷),沈念驹、吴笛主编,杭州:浙江文艺出版社,2012 年版,第 266—267 页。
② B. C. Баевский. История русской поэзии: 1730—1980,Смоленск: Русич, 1994,c.96.

二、诗体长篇小说的独特创新

普希金的诗体长篇小说《叶甫盖尼·奥涅金》,是他最具代表性的作品,也是体裁最为独特的作品,既有长篇小说精彩的情节结构,也有构成这部作品独特形式的"奥涅金诗节",甚至有学者认为,这部作品是"普希金的散文与诗歌的深邃的对话"①。可以说,《叶甫盖尼·奥涅金》为俄罗斯文学的发展提供了典范,并且深深地影响了俄罗斯文学的发展进程。为了创作这部作品,普希金耗费了 8 年的时间,如果将普希金在皇村学校创作的诗歌视为他创作生涯的起点,这部诗体长篇小说的创作时间占据了他全部创作生涯的三分之一。而且,这部作品的创作历程也反映了普希金创作风格的嬗变以及俄罗斯十九世纪二三十年代文学思潮的发展。在 1823 年开始创作《叶甫盖尼·奥涅金》的时候,普希金是以"南方组诗"为特色的浪漫主义作家,而在 1830 年的著名的"波尔金诺的秋天"结束这部作品的时候,他已经是一位以同时完成"别尔金小说集"和"小悲剧"而为人称道的现实主义作家了。所以,《叶甫盖尼·奥涅金》不仅是普希金艺术才华的体现,更是俄国时代精神和文学发展进程的折射。

(一) 俄国现实生活的"百科全书"

这部诗体长篇小说的独特贡献在于其在艺术形式和内容方面的创新,以及,它充分反映了十九世纪初期,尤其是亚历山大一世统治时期的独特的俄罗斯社会生活,因而,这部作品被同时代的俄国批评家别林斯基誉为"俄国生活的百科全书"②。

这一时期,在俄国历史上,是亚历山大一世统治末期和尼古拉一世继位之初,也是俄国著名的十二月党人的革命和起义活动最初酝酿、爆发和最终归于失败的时期。诗体长篇小说《叶甫盖尼·奥涅金》在一定程度上是这一时期俄罗斯社会的真实写照。

《叶甫盖尼·奥涅金》是普希金最重要的一部作品,是诗歌与长篇小说两种艺术形式有机结合的典范,既是俄罗斯诗歌艺术成就的代表,也是俄国十九世纪长篇小说最早的杰作。"《叶甫盖尼·奥涅金》是十九世纪第一部现实主义经典长篇小说。在这部长篇小说中,崇高的美学价值与鲜明的人

---

① David M. Bethea ed. *The Pushkin Handbook*. Madison: University of Wisconsin Press, 2005, p.155.

② Виссарион Белинский. *Полное собрание сочинений в 13 т*, Москва: Издательство Академии наук СССР, 1953—1959. т. VII, с.503.

物性格以及社会历史规律紧密地结合在一起。"①它作为俄国现实主义文学的一块奠基石,"标志着俄罗斯文学中从世纪初对'小说'的不信任到接受新的艺术概念的一个重大突破"②。

普希金的《叶甫盖尼·奥涅金》具有极其深邃、丰富的思想意涵。这部作品的内容涉及当时俄罗斯社会生活的方方面面,深刻地展示了十九世纪二十年代俄罗斯社会生活的丰富画卷,同时,这部作品也通过对主人公奥涅金悲剧命运的描写,书写了"多余的人"的共同的性格特征,表达了俄国当时一些觉醒的贵族青年在思想上的苦闷以及探索过程中的迷惘。而这一典型的时代精神是通过主人公奥涅金在社会探索与婚姻爱情之间的悲剧冲突来具体表现的。

《叶甫盖尼·奥涅金》是普希金描写时代题材的长篇小说,也是一部富有历史性意义的诗体小说;它是当时俄国现实生活的真实写照,也是俄国十九世纪初期一段社会历史的真实记录,正如别林斯基所说,"我们在《奥涅金》中首先看到的,是俄国社会在其发展过程中最重要的一段时间里的诗体的画面。从这一点来看,《叶甫盖尼·奥涅金》是一部真正名副其实的历史的长诗,虽然它的主人公当中并没有一个历史人物。它在罗斯是这类作品中第一次的经验,也是一次光辉的经验,因此这部长诗的历史优越性也就更高。在这部作品中,普希金不仅是一位诗人,而且是社会中刚刚觉醒的自我意识的一位代表者:史无前例的功勋啊!普希金之前,俄国诗歌只不过是欧洲缪斯的一个聪敏好学的小学生而已——因此那时俄国诗歌的一切作品都更像是习作临摹,而不像是独特的灵感所产生的自由作品"③。别林斯基不仅认为这是一部史诗性作品,而且还形象地肯定这部作品在俄罗斯诗歌发展中所起到的开拓与创新的作用。

诗体长篇小说《叶甫盖尼·奥涅金》之所以被誉为俄国文学史上的第一部优秀的现实主义文学作品,主要在于作品紧扣当时的社会现实。该长篇小说在结构方面极为独特,显示出了作者高超的艺术技巧,从人物设置到场景配备,似乎是对俄国社会的整体巡视。其中,在第一章至第三章中,每一章都导出一个主要人物,从各个不同的角度审视社会。第一章导出的是奥

---

① А. С. Бушмин. *История русского романа в двух томах*. Том 1, Москва: Издательство Наука, 1962—1964. с.107.

② Andrew Kahn ed. *Cambridge Companion to Pushkin*, Cambridge: Cambridge University Press, 2006, p.42.

③ 〔俄〕别林斯基:《论〈叶甫盖尼·奥涅金〉》,王智量译,《文艺理论研究》1980 年第 1 期,第179 页。

涅金,书写厌倦了俄国首都圣彼得堡社交生活的奥涅金为了继承他叔父的遗产,从繁华的都市来到偏僻的乡村的故事。第二章导出的是连斯基,叙述奥涅金在乡村结识了邻村的刚从德国归来的青年诗人连斯基的情节。连斯基当时正与女地主拉林娜家的小女儿奥尔加恋爱。第三章导出的是女主人公达吉雅娜,书写奥涅金在连斯基的介绍下,结识了女地主拉林娜家的大女儿达吉雅娜的情形。作品中,这位女主人公对奥涅金一见钟情,并向他大胆地表达爱情。随后的第四章至第七章,主要书写了奥涅金、连斯基、达吉雅娜这几位主人公之间的各种纠葛以及在此之中所呈现的社会图景。其中也包括达吉雅娜对奥涅金的恋情以及后者的拒绝,还有在奥涅金与连斯基之间发生的冲突和他们两人的决斗。在连斯基死后,奥涅金外出漫游,达吉雅娜则遵从母亲的意愿,嫁到城市,做了将军夫人。这部诗体长篇小说的第八章所写的则是三年之后的情景。

仅从叙事场景出发,我们便可以看出,这部诗体小说随着主人公奥涅金的活动,从乡村到城市,从外省到京城,整个俄罗斯社会的广阔场景和历史画卷完整地展现在读者的面前,因此,别林斯基认为这部小说是“俄国生活的百科全书和最富有人民性的作品”[1],是“一部高度独创的民族性的俄国作品”[2]。

除了对社会现实的“百科全书式”的书写,在普希金的《叶甫盖尼·奥涅金》中,俄罗斯大地的自然景色也被描绘得极为精致,无比美妙,在这部诗体长篇小说中,对春、夏、秋、冬四季景色的出色描绘,不仅逼真如画,而且独立成篇。然而,普希金的风景描绘,绝不只是诗体长篇小说诗情画意的点缀,而是融于作品情节的展开和作品思想内涵的推进之中的。如果没有画家般的天赋和独到眼力,是很难达到像普希金的文学作品中那样景致描绘与思想相契合的效果的。

(二) 诗意化形象的塑造

《叶甫盖尼·奥涅金》不仅反映了十九世纪初叶亚历山大一世时代俄国真实的社会生活,而且在人物形象塑造方面,为俄国文学开创了系列典型,塑造了诗意化的男女主人公形象,尤其是塑造了俄国文学史上的“多余的人”这一丰满的艺术典型,以及俄国文学画廊中的既有传统道德理想又有叛逆色彩的贵族妇女的丰满典型。

---

[1]　Виссарион Белинский. *Полное собрание сочинений в 13 т*, Москва：Издательство Академии наук СССР, 1953—1959. т. VII, с.503.

[2]　〔俄〕别林斯基:《别林斯基选集》(第四卷),满涛、辛未艾译,上海:上海译文出版社,1991年版,第533页。

普希金在这部诗体长篇小说中,主要塑造了俄国贵族革命时期奥涅金这样的刚刚觉醒但又找不到出路的贵族青年知识分子的典型形象。奥涅金尽管受到过良好的贵族文化的教育以及民主思想的启蒙和熏陶,但是,他却没有明确的政治主张和社会理想,不知出路何在,陷入深深的苦闷之中。

这部作品的情节并不复杂,作品中出场的人物也相对有限,所描写的场景也并非宏大,它之所以能被称为"百科全书"式的作品,主要得益于作者对奥涅金等人物的一些典型性格的刻画。

作为俄国文学史上"多余的人"的典型,奥涅金身上有着后来的俄罗斯文学中陆续出现的这一系列形象的共同特性。像其他"多余的人"一样,奥涅金出身于贵族家庭,接受过良好的教育,也受到西欧进步思想的熏陶,而且富有理想,愿意为实现自己的宏大理想而奋斗。他本来可以作出正确的选择,成就一番事业,然而,他远离实际生活,耽于幻想,脱离人民大众,与社会现实格格不入,最终成了一事无成的"无根的浮萍"。

奥涅金出身于一个没落的贵族家庭,他的父亲曾经身居高位,但是由于生活糜烂,挥霍无度,他总是靠借债度日。由于受到当时一些新的思想的影响,奥涅金对于上层贵族的空虚无聊的生活感到极度烦闷,他厌倦上流社会社交界的喧嚷,"简单说,是俄国的抑郁病/慢慢地逐渐控制了他"[1],于是,他感到苦闷、彷徨,既愤世嫉俗,又无能为力,从而终日郁郁寡欢。

奥涅金的那种忧郁、彷徨、孤傲、愤世嫉俗的性格,也是导致他悲剧命运的重要原因。像同时代的许多接受过启蒙主义思想的青年人一样,他为了实现自己的理想,集中精力进行社会探索,而毫不顾及个人的爱情生活,以免影响自己的事业,这在某种程度上说明他不甘随波逐流,勇于探索,努力改造社会,这是他不同于一般青年的具体表现,而且是他具有一定精神境界的体现。

为了实现自己的理想,奥涅金不愿与上流社会同流合污,只愿孤身奋战,追求理想事业的实现,而且不愿接受达吉雅娜的真挚的爱情,以免使自己的事业以及前程因此而受到束缚。在第四章第十三节,奥涅金表达了自己对达吉雅娜的恋情以及考虑到当时自己所处的状态而对爱情的舍弃:

> 假如我想用家庭的圈子
> 来把我的生活加以约束;

---

[1] 〔俄〕普希金:《叶甫盖尼·奥涅金》,智量译,见〔俄〕普希金:《普希金全集》(第4卷),沈念驹、吴笛主编,杭州:浙江文艺出版社,2012年版,第31页。

> 假如因幸福命运的恩赐，
>
> 要我做一个父亲和丈夫；
>
> 假如那幸福生活的画面
>
> 哪怕只一分钟让我迷恋，——
>
> 那么只有您才最为理想，
>
> 我不会去另找一个新娘。
>
> 我这话不是漂亮的恋歌：
>
> 如果按照我当年的心愿，
>
> 我只选您做终身的侣伴，
>
> 同我度过我悲哀的生活，
>
> 一切美的有您都能满足，
>
> 我要多幸福……就能多幸福！①

从这段表白中，我们可以看出，奥涅金其实有着丰富的内心世界，而且他也是真诚地爱着达吉雅娜的，他在这位沉静而美丽的少女身上发现了如同抒情诗一般的优美气质，他意识到这位达吉雅娜是他理想的伴侣。然而，即使这样，他依然不为所动，而是轻率地拒绝了达吉雅娜的爱情。这不是因为他缺乏对达吉雅娜的爱恋，而是因为他当时正深深地陷于苦恼之中而不能自拔，他拒绝这份爱情只是为了实现自己改造社会的理想。可是，他的这番理想最终并没有实现，数年的漂泊也磨灭了他满腔的热忱，曾经因为对事业的追求而断然舍弃爱情的奥涅金，到头来也只是妄想在世俗的爱情生活中获得一丝心灵的慰藉，尽管连这点滴慰藉到后来也是遥不可及、难以实现的。这位曾经高傲地拒绝达吉雅娜纯洁爱情的贵族青年，最后在圣彼得堡与达吉雅娜重逢时所遭受的却是达吉雅娜的拒绝。

　　经过三年时间的漂泊，奥涅金依然一事无成，他对昔日的理想产生了怀疑，精神上已经快要到达崩溃的边缘，于是，在圣彼得堡偶然与达吉雅娜重逢之后，这位曾经不为爱情所动的人，为了寻求一点精神的安慰，开始苦苦乞求达吉雅娜爱情的施舍。他在给达吉雅娜的信中写道：

> 我知道：我的日子已有限，
>
> 而为了能延续我的生命，

---

① 〔俄〕普希金：《叶甫盖尼·奥涅金》，智量译，见〔俄〕普希金：《普希金全集》（第4卷），沈念驹、吴笛主编，杭州：浙江文艺出版社，2012年版，第109页。

> 每天清晨必须有个信念：
> 这一天能见到您的身影……
> ……
> 希望能够抱住您的膝头，
> 痛哭一场，俯在您的脚下，
> 倾吐我的怨诉、表白、恳求，
> 说出一切我能说出的话……
> 一切都已决定：随您处理，
> 我决心一切都听天由命。①

可见，普希金为了突出奥涅金这类"多余的人"在社会探索方面一事无成的结局，最后将他置于他们曾经唾弃的爱情中，作画龙点睛般的刻画，恰如其分地表现出一代贵族青年虽然觉醒过来但依然找不到出路的悲剧命运。与此同时，奥涅金与达吉雅娜之间的未能实现的恋情，无疑也是这部诗体小说扣人心弦、感人至深、具有经久不衰的艺术魅力的一个重要方面。

奥涅金是一个不满于现实生活，鄙弃上流社会，为了进行社会探索甚至舍弃个人幸福爱情的进步青年的典型形象，但他同时也是一个耽于幻想、脱离实际的人，从而在当时的社会上找不到自己的出路，导致了他在社会探索和个人爱情方面的双重失败。他的悲剧浓缩了那个时代觉醒过来而没有出路的贵族青年的悲剧命运。

普希金在《叶甫盖尼·奥涅金》这部诗体长篇小说中不仅塑造了奥涅金这一"多余的人"的典型形象，而且也在俄国文学史上第一次塑造了俄罗斯文学艺术画廊中丰满的女性艺术典型——达吉雅娜的形象。这是普希金心目中理想的、富有诗意的俄罗斯女性的典型形象。普希金"第一个以达吉雅娜为代表，诗意地再现了俄国妇女"②，并且书写这一心地纯洁的形象，突出她与俄国社会现实的格格不入以及她在社会现实面前所呈现的优雅与崇高。

达吉雅娜这一形象的首要特征是天真纯朴，具有大自然般清新、迷人的气质。她生活在外省，从小就受到了俄罗斯大自然的美丽景致的感染，她虽然出身于贵族地主家庭，但是她不满于外省地主的平庸生活，热切向往自

---

① 〔俄〕普希金：《叶甫盖尼·奥涅金》，智量译，见〔俄〕普希金：《普希金全集》（第4卷），沈念驹、吴笛主编，杭州：浙江文艺出版社，2012年版，第247页。

② 〔俄〕别林斯基：《别林斯基选集》（第四卷），满涛、辛未艾译，上海：上海译文出版社，1991年版，第582页。

由,向往自由纯洁的真挚爱情。普希金在描绘达吉雅娜这一形象时,总是采用质朴、优美的诗句,他也时常以带有赞美色彩的词语描写她的外貌以及内心世界。在第三章第七节,作者描写了她对奥涅金所产生的纯洁质朴的爱情,他写道:

> 一个想法在她心头诞生,
> 是时候了,她已有了爱情。
> 仿佛一粒种子落在土里,
> 春天的火使它萌发生机,
> 很久以来,那柔情和苦痛
> 一直在燃烧着她的想象,
> 渴求那命中注定的食量;
> 很久以来,她年轻的胸中,
> 一直深深地感觉到苦闷;
> 心儿在盼望……那么一个人。①

其次,达吉雅娜具有鲜明的资产阶级个性解放精神和强烈的反抗精神。她能够冲破俄罗斯旧的传统道德和伦理观念的束缚,向奥涅金大胆地表白自己的爱慕之情。尽管她对传统道德的叛逆还是十分有限的,她所进行的反抗也是非常脆弱的,但是,仅凭她对奥涅金的大胆表白,就足以证明她是俄国文学史上第一个具有叛逆精神的女性形象。

最后,达吉雅娜是一个坚韧克制、具有俄罗斯女子传统美德的优秀的女性形象,她是俄罗斯文学画廊中最为优美动人的女性形象之一。在她炽热的初恋遭到奥涅金轻蔑的拒绝之后,她像别的普通的俄罗斯女性一样,遵照母亲的命令,顺从命运的安排,嫁给了圣彼得堡的一位她所不爱的将军。她宁愿舍弃一切荣华富贵,以及"令人厌恶的生活光辉",换回在乡村时与奥涅金第一次见面的情境,换回简陋的住所与荒芜花园的景色。然而,在她嫁给将军之后,她尽管在心中依然深深地爱着奥涅金,可是,她将这份爱情珍藏在自己的心灵深处,不去触碰,也不去亵渎。可见,她身上又有着朴素的俄罗斯人民的传统美德,当奥涅金再次出现在她的眼前,向她表露爱意时,她没有接受这份她久久期盼、现在唾手可得的爱情,而是毅然决然地拒绝了这

---

① 〔俄〕普希金:《叶甫盖尼·奥涅金》,智量译,见〔俄〕普希金:《普希金全集》(第4卷),沈念驹、吴笛主编,杭州:浙江文艺出版社,2012年版,第77—78页。

份她所珍视的爱情。并且对奥涅金表白说：

> 我爱您（我何必对您说谎？），
> 但现在我已经嫁给他人；
> 我将一辈子对他忠贞。①

从她的这一表白中，可以看出她的坚守与崇高。达吉雅娜是在俄国文学女性画廊中占据重要位置的典型形象，她不仅性格较为丰满，而且还具有一定的叛逆精神。

普希金是把达吉雅娜当作自己心中一个理想的人物形象来进行塑造的。所以，这一形象极为迷人，是一个充满诗意的形象。甚至连别林斯基也极其动情地评述说："达吉雅娜是一朵偶然生长在悬崖峭壁的隙缝里的稀有而美丽的鲜花！"②达吉雅娜是被美化的宗法制生活的化身。同时，达吉雅娜自身的命运也反映了当时俄罗斯女性的悲惨处境。而且，达吉雅娜身上凝聚着作者普希金自己的理想观念和思想情感。"普希金将他自己的追求转移到了达吉雅娜身上，由此，她成为一个极富思想个性，具有理智的精神、崇高的心灵、真实而深刻的情感、对责任的忠诚的形象。她对奥涅金的拒绝，……也象征着徘徊于普希金内心的矛盾与挣扎。"③

（三）对照手法与"奥涅金诗节"的独特使用

《叶甫盖尼·奥涅金》这部诗体长篇小说有着鲜明的艺术特征。由于在这部作品长达 8 年的创作历程中，普希金的创作方法发生了演变，所以，该诗体小说充分说明普希金既是俄国文学史上优秀的浪漫主义诗人，同时也是从浪漫主义向现实主义成功过渡的优秀的现实主义作家。而且，在小说叙事艺术和诗歌节奏方面，普希金也展现了独特的艺术才华，尤其是在对照艺术和"奥涅金诗节"的使用等方面，表现得尤为明显。

首先是普希金在艺术结构上所采用的对照艺术手法，体现了他对世界文学史上的浪漫主义文学艺术的娴熟掌控以及他在这方面所作出的独特贡献。在诗体小说《叶甫盖尼·奥涅金》中，就小说的叙事情节而言，该作品存

---

① 〔俄〕普希金：《叶甫盖尼·奥涅金》，智量译，见〔俄〕普希金：《普希金全集》（第 4 卷），沈念驹、吴笛主编，杭州：浙江文艺出版社，2012 年版，第 257 页。
② 〔俄〕别林斯基：《别林斯基选集》（第四卷），满涛、辛未艾译，上海：上海译文出版社，1991年版，第 597 页。
③ J. Douglas Clayton. "Towards a Feminist Reading of Evgenii Onegin", *Canadian Slavonic Papers*, Vol.29, No.2/3（June-September 1987），p.261.

在两条主线的对比,一条是发生在奥涅金与达吉雅娜之间的种种纠葛以及永无止境的精神追求,另一条是连斯基与奥尔加的世俗平庸、毫无亮点的一场婚恋。就小说人物形象塑造而言,该作品也存在两个男主人公形象的对比,一个沉着镇定、孤傲冷漠,另一个则显得狂放,充满激情;同时,也存在两个女主人公形象的鲜明对比,一个感情细腻真挚,有着丰富的内心世界,另一个则显得轻浮平庸,内心空虚。正是这些人物形象的对比,突出地显现出不同人物的性格特征。此外,还有具体情景的前后对照,譬如达吉雅娜与奥涅金在不同场景的相互求爱,以及两者在不同场合的被拒等,起初是以达吉雅娜的求爱和被拒形成冲突,最后又以奥涅金的表白和达吉雅娜的拒绝形成又一个高潮,使得整部作品在情节的发展方面有起有伏,引人入胜。

其次是理想与现实的对照。无论是奥涅金还是达吉雅娜,男女主人公都有自己独特的个性意识,有着远大的理想以及有关事业与爱情的个人追求,结果,男女主人公各自的理想与追求都未能实现,从而各自妥协于社会:曾经为了理想和事业而唾弃爱情的奥涅金,到后来却乞求哪怕一丁点儿的爱情的施舍;曾经不顾一切地大胆追求爱情,视爱情为生命和全部存在意义的达吉雅娜,却为了服从社会现实和母亲的意旨而嫁给自己既不熟悉也不爱恋的一位年长的将军,并且,当她愿意舍弃一切荣华富贵而去追求的爱情突然在眼前降临的时候,当她曾经全身心向往的奥涅金突然间真的出现在自己的眼前的时候,她却除了流泪之外再也没有任何别的举动和激情了。无论是奥涅金从社会探索到乞求爱情的变化,还是达吉雅娜从追求爱情到最后向社会妥协的转变,普希金都是通过对照艺术来相互映衬的,这使该作品感人至深,也使人物性格更为丰满,"尤其是突出了普希金心目中理想的女性形象达吉雅娜那种既大胆追求爱情、要求个性解放,又具有坚忍克制、道德纯洁等传统美德的性格特征"①。

最后我们应该强调的是普希金在这部诗体长篇小说中所呈现的别具一格的诗歌艺术形式,以及对世界十四行诗体的突出贡献,也就是这部作品中的"奥涅金诗节"的独特使用。"奥涅金诗节"是将对文化传统的承袭和对诗体的开拓创新这两者巧妙结合起来的典范。普希金对起源于古罗马、盛行于中世纪和文艺复兴时期的西方传统十四行诗体进行了一次成功的艺术改造。在《叶甫盖尼·奥涅金》中,普希金发挥了俄罗斯语言和诗歌艺术的音律特征,巧妙地借鉴在欧洲文学史上得到充分认可的传统的十四行诗体,并

---

① 吴笛:《普希金全集·前言》,参见〔俄〕普希金:《普希金全集》(第1卷),沈念驹、吴笛主编,杭州:浙江文艺出版社,2012年版,第15—16页。

且对此进行了令人惊叹的加工,以适应俄罗斯诗歌语言的特性。经过改造的"奥涅金诗节"既不同于意大利诗歌史上著名的"彼特拉克诗体",也不同于英国文学中的"莎士比亚十四行诗体",而是在借鉴的基础上,创造而成的、别具一格的诗体。"奥涅金诗节"也是由三个"四行组"和一个"双行联韵组"所构成,但韵式更为丰富多彩,其中包括交叉韵、成对韵、抱韵、双行韵。这一诗体不仅格律严谨,而且富有变化,具有鲜明的节奏感,显得优美流畅、清新明快。"奥涅金诗节"的一个突出的特点是其将韵脚排列形式与每一行的音节数密切结合。其韵脚排列形式是:ABAB CCDD EFFE GG;为了体现对韵式的呼应,普希金将相应的每行的音节数目限定为:9898 9988 9889 88。在长达8年的创作历程中,普希金一直坚守对这一"诗节"的运用。普希金之所以强调韵式的变化和丰富性,主要目的依然在于对阅读体验的创新,"韵脚的多样性,旨在减轻不可改变的抑扬格四音步的潜在的单调"[1];当然,更有语义功能上的需求,在语义功能方面,"奥涅金诗节"与莎士比亚十四行诗体比较接近,每节诗中的四个韵组都分担着鲜明的表意功能。一般来说,第一个交叉韵起着确定话题的作用,接着在成对韵和抱韵中继续展开和发挥,最后在双行韵中收尾或者作出带有警句色彩和抒情意味的结论。

普希金的"奥涅金诗节"在著名诗体长篇小说《叶甫盖尼·奥涅金》中的成功使用,使得十四行诗体这一传统的艺术形式显得更为丰富多彩,也为世界十四行诗体的流传和发展以及艺术的多样性作出了自己的独特的贡献。

普希金对世界文学的独特贡献是多方面的。这位"俄罗斯文学和世界文学的天才"[2],在其短暂的人生中为世界文学宝库留下了丰厚的遗产。而且,普希金还以独特的艺术成就为俄罗斯现代语言的发展作出了重要的贡献,被誉为"现代俄罗斯文学语言的奠基者"[3]。

以普希金为代表的十九世纪浪漫主义诗歌,无疑是俄国诗歌发展史上的一座丰碑,被誉为俄罗斯诗歌发展的"黄金时代"。著名学者洛特曼撰文认为:"当时国家生活的一切力量都集中在文学上。这就是普希金的

---

① David M. Bethea ed. *The Pushkin Handbook*, Madison: The University of Wisconsin Press, 2005, p.161.

② М. М. Калаушин. *Пушкин в портретах и иллюстрациях*, Москва: Государственное учебно-педагогическое издательство, 1954, с.3.

③ См. В. В. Виноградова, Б. Томашевский. "Вопросы языка в творчестве Пушкина", *Пушкин: Исследования и материалы*, АН СССР. Ин-т рус. лит. (Пушкин. Дом), Москва: Издательство АН СССР, 1956, т. 1. с.126—184.

时代。"①

普希金对于俄罗斯诗歌的发展而言,其意义是非常重大的,他不仅拓展了俄罗斯诗歌的韵律体系,充分体现了俄语诗歌的艺术特性,为浪漫主义长诗、抒情诗等各类诗歌作品的创作树立了典范;而且面对专制制度,他不畏强暴,豪迈地歌颂了自由的精神,表达了乐观的信念,通过诗的形式,传达了深邃的生活哲理,呈现出独特的精神内涵,成为俄罗斯民族精神文化的一个重要象征。而且,他的诗歌深深地影响了俄罗斯诗歌发展的进程。二十世纪初期,白银时代的著名诗人勃留索夫在论及普希金的诗歌对他的创作所产生的影响时,写道:"我们将永远对普希金的神圣诗歌,对其纯洁的色彩和声音抱有共同的敬畏和崇敬。"②这一话语代表了二十世纪许多诗人的心声。

① Ю. М. Лотман. *Пушкин*. СПБ: Издательство Искусство, 1995, с.27.
② Валерий Брюсов. *Сочнения в двух томах*, Москва: Бродский, 1987, с.536.

第十一章　莱蒙托夫的诗歌创作

　　莱蒙托夫是继普希金之后又一位著名的俄国浪漫主义作家,他是俄罗斯诗歌黄金时代的杰出代表。然而,"当诗人的创作天才刚刚开始张开强大的翅膀的时候,这个生命就被不幸地断送了"①。他以其短暂的创作生涯,在抒情诗创作、长诗创作以及小说创作等领域,为俄罗斯文学的发展作出了杰出的贡献。莱蒙托夫一生中创作了 400 多首抒情诗,27 部长诗,7 部剧本,以及充满诗意的《当代英雄》(*Герой нашего времени*)等中长篇小说,为世界文坛留下了丰厚的遗产,为俄罗斯诗歌增添了充满激情而又忧伤的乐音。

　　莱蒙托夫作为继普希金之后登上诗坛的俄罗斯抒情诗人,他也像普希金一样,其血统中具有非俄罗斯的成分。根据有关考据,在莱蒙托夫家族的男系中,具有苏格兰的血统。中世纪时,有一位名叫莱蒙特(Leirmont)的苏格兰吟游诗人,十八世纪的著名作家瓦尔特·司各特在自己的作品中,还提及过这位诗人。这个莱蒙特家族的后裔之一,尤里·莱蒙特,在十七世纪初移居立陶宛,并在那里加入位于莫斯科的年轻沙皇米哈伊尔·费奥多罗维奇的麾下。著名的俄罗斯抒情诗人莱蒙托夫就是在尤里·莱蒙特的直系亲属中诞生的。②

第一节　莱蒙托夫诗歌创作概论

　　莱蒙托夫是一个"早熟"作家,但是,遗憾的是,他出现得早,离去得更早。"莱蒙托夫的精神世界形成得很早,其中的原因不仅要从他个人的天赋

---

① Б. П. Городецкий ред. *История русской поэзии в двух томах*. Том 1, Ленинград: Издательство Наука, 1968, с.484.

② В. П. Авенариус. "Михаил Юрьевич Лермонтов", *Собрание сочинений в 5-ти книгах*. Том 5, Москва: Терра, 2008, с.583.

和他那一代人的生平特征中寻找，还要从他个人命运的环境中寻找。"①

　　米哈伊尔·尤利耶维奇·莱蒙托夫（Михаил Юрьевич Лермонтов），出生在莫斯科的一个退役军官的家中。他的父亲尤利·彼得洛维奇·莱蒙托夫来自图拉省的一个小地主之家，曾在圣彼得堡第一军校学习，毕业后留在该校任教。1811 年，在他只有 24 岁的时候，"他不明原因地以上尉军衔退役"②。米哈伊尔·莱蒙托夫的母亲玛丽娅·米哈伊洛芙娜是一个富有才华的女性，"拥有深沉的、充满诗意的、温存的天性"③，而且经常写诗，以表达她对尤利·彼得洛维奇充满柔情的深挚情感，但是，由于身体虚弱等方面的原因，1817 年，尚未满 22 岁的她就患病离开了人世。

　　母亲去世的时候，莱蒙托夫只有 3 岁，此后，主要由外祖母叶丽扎维达将他抚养成人。但是，叶丽扎维达本来就不同意她女儿与莱蒙托夫父亲的婚事，再加上莱蒙托夫母亲玛丽娅过早地离开了人世，更是加深了外祖母与莱蒙托夫父亲之间不可调和的矛盾。幼小的莱蒙托夫在度过短暂的宁静的童年生活之后，就不得不忍受着无尽的不幸与忧伤。好在他的外祖母在失去自己的爱女之后，便将其满腔的爱恋和心思全都转移到了她这个外孙的身上。

　　1828 年秋天，莱蒙托夫进入莫斯科大学附属贵族寄宿中学读书。莱蒙托夫在校办刊物上发表了《印第安纳》等诗作，同时参与学校《灯塔》等杂志的编辑工作。在寄宿中学读书期间，他特别喜爱阅读普希金的诗歌作品，同时，他还尝试翻译席勒的作品，并且在诗歌创作方面，他在寄宿中学中也小有名气。在这期间，"他写了 60 多首短诗和几篇长诗。长诗《恶魔》也是在这里开始写的"④。1830 年，他前往莫斯科大学读书。在大学期间，他与同学别林斯基、赫尔岑等人交往甚密，并参与文学和哲学小组的活动。由于和大学当局发生冲突，莱蒙托夫于 1832 年离开莫斯科大学，进入圣彼得堡近卫军士官学校学习。他于 1834 年毕业，之后便开始服役，他被派到圣彼得堡近郊皇村附近的一个骠骑兵团。尽管莱蒙托夫很早就开始从事诗歌创作，在贵族寄宿中学读书的时候，他就开始写诗，但是，莱蒙托夫一直默默无

①　В. Э. Вацуро. "художественная проблематика Лермонтова".//М. Ю. Лермонтов. *Собрание сочинений в 4 томах*. Т. 1. *Стихотворения*，СПб.：Издательство Пушкинского Дома，2014，с.5—6.

②　М. Ф. Николаева. *Михаил Юрьевич Лермонтов：жизнь и творчество*，Москва：Государственное Издательство Детская литература，1956，с.3.

③　М. Ф. Николаева. *Михаил Юрьевич Лермонтов：жизнь и творчество*，Москва：Государственное Издательство Детская литература，1956，с.4.

④　〔苏〕马努伊洛夫：《莱蒙托夫》，郭奇格译，北京：北京出版社，1988 年版，第 10 页。

闻,直到 1837 年 1 月普希金遇害之后,他才以《诗人之死》(*Смерть поэта*)一诗震惊全国,声名大振,然而,他也因此而被捕、遭到流放。他的一生,正如他在《不,我不是拜伦》(*Нет,я не Байрон,я другой …*)一诗中所说,"我更早开始,也将更早结束",1841 年 7 月,在他因病在高加索疗养期间,一个头脑空虚、心胸狭窄的军官马丁诺夫在来自圣彼得堡的上流社会人物的唆使下,与莱蒙托夫发生决斗,并在这次决斗中杀害了莱蒙托夫。这位年仅 27 岁的优秀诗人,成了高尔基所说的俄国文坛的"一曲没有唱完的歌"①。

可以说,《诗人之死》一诗的及时创作与独特的流传形式,宣告了一位新的诗坛巨匠的诞生——莱蒙托夫由此成了继普希金之后又一位著名的俄罗斯抒情诗人。而且,莱蒙托夫也同普希金一样,虽然生活在上流社会,却鄙弃贵族沙龙的平庸生活,有着崇高的理想和热爱自由的性格。就思想倾向而言,莱蒙托夫与十二月党人颇为接近,他尤为憎恨残酷的沙皇专制制度。

莱蒙托夫也是在普希金和拜伦的影响下开始自己的抒情诗创作的。普希金对莱蒙托夫影响最深的,自然是二十年代的"南方组诗"。至于拜伦的影响,也是与"南方组诗"有关。"莱蒙托夫主要是通过普希金来认识拜伦的。这位英国诗人不仅以他的创造性工作,而且还以他被浪漫光环包围的不寻常的命运俘获了莱蒙托夫的思想。"②与此同时,在他从事诗歌创作的时候,俄国十二月党人起义失败之后的社会意识,也较多地影响了他的创作,因此,他的许多作品具有独特的忧郁和悲愤的气质,这一特殊气质被学界视为"莱蒙托夫元素"(*лермонтовский элемент*)。"莱蒙托夫作品的深刻个性,除了美学本身的基础外,还有其时代的特殊性。……整个时代的公共和私人生活的气氛都充满了个人地位的悲剧感。"③所以,莱蒙托夫的浓郁的悲愤气质与他的亲身经历不无关系。他母亲早亡,外祖母又迫使他与父亲分离,这一切,使诗人的心灵从小就蒙上了悲哀的阴影。在爱情方面,莱蒙托夫也屡遭挫折,"他沉闷的精神生活在一个接一个痛苦的迷恋中寻求出路"④,少年时代,他饱尝了对远房表妹的朋友苏什科娃的单恋之苦,大学时代又经历了伊凡诺娃的变心,以及他与洛普欣娜的最为深挚却又不幸的恋

---

① 转引自顾蕴璞:《莱蒙托夫诗选·译序》,参见〔俄〕莱蒙托夫:《莱蒙托夫诗选》,顾蕴璞选译,长春:时代文艺出版社,2020 年版,第 6 页。

② Б. П. Городецкий. ред. *История русской поэзии в двух томах.* Том 1, Ленинград: Издательство Наука, 1968, с.490.

③ Б. Т. Удодов, М. Ю. Лермонтов. *Художественная индивидуальность и творческие процессы.* Воронеж: Издательство Воронежского университета, 1973, с.43.

④ 高尔基世界文学研究所编:《世界文学史》(第六卷·上册),上海:上海文艺出版社,2013 年版,第 523 页。

情。他的这一切悲哀和痛苦的经历与他对黑暗的农奴制社会的愤恨以及对自由的向往交织在一起,他由此形成了一种孤傲的性格,也使他的诗歌迸发出巨大的力度和强烈的艺术感染力。他的《一片橡树叶子》(*Дубовый листок*)、《又寂寞又悲伤》(*И скучно и грустно*)等著名的抒情诗都是他心灵历程的真实呈现。

如其他浪漫主义诗人一样,莱蒙托夫善于表现自我,抒发强烈的个人情感,揭示心灵的奥秘,展现心灵的历程。莱蒙托夫的诗歌创作大致可以划分为两个创作阶段。在早期创作(1828—1836)中,他较多地受到西欧浪漫主义的影响,以及俄国社会语境的影响。他通过法文以及俄文译本,阅读了拜伦等许多浪漫主义作家的作品,并且在较早的时候,就"翻译和模仿拜伦的诗作"[1]。因而在他的早期作品中,如《预言》(*Предсказание*)、《孤帆》(*Парус*)等诗,具有强烈的内省、自传和自白的色彩,也有拜伦式英雄的那种叛逆精神,他的抒情诗仿佛是一篇篇剖析内心状态和隐秘情感的诗体日记。同时,他也极为关注社会和政治的主题。

在后期创作(1837—1841)中,莱蒙托夫努力寻求新的美与崇高的形式。虽然忧伤的基调仍未发生明显的改变,但是,他创作于这一阶段的诗歌少了一份自我色彩和自我感受,而增强了对时代波澜的反映,因而更加具有普遍性。诗人常常对人类社会和人的命运进行痛苦的沉思,表现同时代人的共同的情绪和心境,如《诗人》(*Поэт*)、《我独自一人走上广阔道路》(*Выхожу один я на дорогу*)、《沉思》(*Дума*)、《悬崖》(*Утес*)等抒情诗就典型地反映了俄罗斯一代青年既孤独郁悒又呼唤风暴、追求变革的思想境界。

莱蒙托夫不仅在抒情诗创作方面给后世留下了许多传诵不绝的佳作,而且,他还创作了许多优美的长篇叙事诗。莱蒙托夫在其短暂的一生中共创作了 27 部长篇叙事诗(包括几部未完稿长诗),不过,他虽然创作了多部长诗,但在他生前仅发表了其中四部。他在长篇叙事诗方面的代表性作品,是具有浓郁浪漫主义风格的歌颂叛逆者悲壮历程的《童僧》(*Мцыри*)和《恶魔》(*Демон*)。"《童僧》和《恶魔》这两部作品是莱蒙托夫在长诗体裁上取得的最高成就,是长诗这一形式的精华所在。"[2]莱蒙托夫也用民歌体裁创作了带有现实主义色彩的长诗《沙皇伊凡·瓦西里耶维奇、年轻的近卫士和勇敢的商人卡拉希尼科夫之歌》(*Песня про царя Ивана Васильевича*,

---

[1]　Elizabeth Cheresh Allen. *A Fallen Idol Is Still a God: Lermontov and the Quandaries of Cultural Transition*, Stanford: Stanford University Press, 2007, p.60.

[2]　高尔基世界文学研究所编:《世界文学史》(第六卷·上册),上海:上海文艺出版社,2013年版,第 531 页。

молодого опричника и удалого купца Калашникова），表现出卓越的创作才能，别林斯基高度赞扬这部长诗，认为该诗被民间文学的精神所浸染，与之融合，"显示了他与民间文学的亲缘关系"。①

长诗《童僧》是由民间故事改编的，描绘了童僧孤独而又充满激情的一面，塑造了一个坚守"不自由，毋宁死"的英雄少年的灿烂形象，将追求自由的精神提升到了一个极高的水准。童僧本是一个自由自在的少年，是崇尚自由的山民的后裔，但是，在他只有 6 岁的时候，战争就把他从故乡夺走，他成了俄国人的俘虏，被关进陌生的寺院，当上了一名"童僧"，远离故乡和亲人。然而，面对绝境，他却不愿妥协，寺院的高墙阻碍不了他对故乡和亲人的思念。终于，在一个雷雨交加的夜晚，他逃出了寺院，怀着返回故乡的崇高梦想，勇敢地与野兽进行搏斗，与重重困难进行抗争，即使在路上与一个格鲁吉亚少女相遇，他也毅然决然地斩断情丝，不愿改变返回家乡的初衷。在逃出寺院之后，他享受了盼望已久的自由，尽管他为此付出了惨痛的代价，在临终时分，他通过自白表达了他对自由的渴望。在长诗中，作者还以浪漫主义的笔触，书写他对自然的尊崇，表现他对自由的向往：

> 啊！我真愿如兄弟一般，
> 和暴风雨拥抱在一起，
> 抬眼注视乌云的行踪……
> 伸手捕捉电光的足迹……②

在格鲁吉亚语中，"Мцыри"一词也具有"新手"的内涵。在形式上，该诗是叛逆青年对精神父亲的临终告白，是对现存秩序的一种挑战，更是一种歌颂自由精神永存的宣言。

长诗《恶魔》是莱蒙托夫在创作的早期就着手的作品，始于 1829 年，完成于 1841 年。在他有限的生命中，这部长诗的时间跨度已经算很长了，几乎跨越了他全部的创作历程。在这长达十多年时间的创作中，他数易其稿，对这部长诗反复进行推敲和修改，而且，每个修改的版本都富有变化，能让读者和批评家对此作出不同的评价。所以，莱蒙托夫的《恶魔》充满对善与恶、爱与恨的哲学沉思，作品中的两个主要形象——恶魔和塔玛

---

① В. Г. Белинский. *Полное собрание сочинений в 13 томах*，т. 4. М.：Издательство Академии наук СССР，1954，с.517.

② 彭少健主编：《外国诗歌鉴赏辞典》(2)，上海：上海辞书出版社，2010年版，第308页。

拉,就充分体现出两者的辩证关系。在刚刚开始创作这部长诗的时候,莱蒙托夫还只是一个 15 岁的少年,他之所以对世界文学史上的恶魔题材发生兴趣,是因为他在恶魔身上看到了他所欣赏的与上帝进行抗争的反抗精神,这与他当时的处境和气质是非常吻合的。"莱蒙托夫出于对尼古拉反动暴政的痛恨,特别着意刻画与歌颂恶魔反抗上帝的叛逆精神。"①《恶魔》尽管经过多次修改,但基本情节是始终一贯的。在基于浪漫主义极为感兴趣的恶魔主题的前提下,经过反复修改,他对恶魔的态度也相应地定型:恶魔既是天国的强有力的反叛者,天庭的至高权力的蔑视者和否定者,也是具有两重性格、脱离现实的利己主义者。在作品开头的时候,恶魔是以受逐者的形象出现的:

> 忧郁的恶魔,受逐的精灵,
> 在罪孽深重的尘世上盘旋,
> 往昔那美好岁月里的情景,
> 一幕接一幕浮现在他眼前······②

恶魔因叛逆暴动而被逐出天庭,而且,因为自身的罪孽,他被剥夺了死亡的权利,所以,他无法遗忘过去。这位天国的逐客没有安身之处,在尘世上盘旋。随着长诗情节的展开,作者在这一孤独悲壮的恶魔身上,逐渐嵌入了否定和反叛的精神以及对自由和真善美的向往,恶魔是"认识与自由的皇帝",是"反抗束缚人的理性和自由的叛逆者"③。这在一定程度上反映了诗人在思想上的困惑与抗争,是他心灵历程的奇特折射,尤其体现了他对沙皇尼古拉一世反动暴政的强烈愤恨。与此同时,恶魔又是一个缺乏崇高理想、脱离现实生活,具有强烈个人主义色彩和极强危害性的负面形象。他虽然爱慕塔玛拉的美丽,并在塔玛拉失去新郎的时候,化为一个神奇的声音,说服她不要哭泣,不要为这个灵魂早已前往天国的死者而悲伤,力图给她带来安抚:

> 别哭,孩子,别徒然哭泣!

---

① 曹靖华主编:《俄苏文学史》(第一卷),郑州:河南教育出版社,1992 年版,第 184 页。
② 〔俄〕莱蒙托夫:《莱蒙托夫全集》(第 3 卷),顾蕴璞主编,石家庄:河北教育出版社,1994 年版,第 660 页。
③ 余振:《莱蒙托夫诗歌精选·前言》,参见〔俄〕莱蒙托夫:《莱蒙托夫诗歌精选》,余振编,太原:北岳文艺出版社,1994 年版,第 4 页。

> 泪水落到无言的尸体上，
> 成不了起死回生的甘露：
> 它只能使你的明眸模糊，
> 灼痛你少女双颊的肌肤！
> 他如今在离你很远的地方，
> 不会知悉，懂得你的哀伤；
> 如今天国的光辉抚慰着
> 他眼中射出的空灵的目光；
> 他此刻正聆听天国的歌唱……
> 人生的琐俗不堪的幻梦，
> 不幸少女的哭泣和呻吟，
> 在天国贵客眼里值几文？
> 不，人间天使，相信我：
> 一个平庸的造物的一生，
> 怎抵你可贵的悲哀一瞬！①

在塔玛拉悲伤的时刻，这个动听的声音自然强烈地吸引着她，以至于在她的灵魂中唤起了迄今为止她所不知道的情感。他甚至对塔玛拉发誓：

> 我把往昔的一切全丢弃，
> 天堂和地狱全在你眼里。
> 我以非人间的激情爱你，
> 这种爱是你所望尘莫及；
> 用永不止息的思想和幻念，
> 用全部威力和莫大的快感。
> 在我心中，从开天辟地起，
> 就深深刻上了你的容颜，
> 在荒原般的永恒的太空里，
> 你的芳姿萦回在我眼前。②

---

① 〔俄〕莱蒙托夫：《莱蒙托夫全集》（第3卷），顾蕴璞主编，石家庄：河北教育出版社，1994年版，第673—674页。

② 〔俄〕莱蒙托夫：《莱蒙托夫全集》（第3卷），顾蕴璞主编，石家庄：河北教育出版社，1994年版，第688—689页。

尽管如此,到了长诗的后半部分,在他获得塔玛拉的好感后,他却为了自私的爱情,以他的亲吻中的"致命毒液"杀害了女主人公塔玛拉,并企图将她的灵魂带走,以达到与天庭妥协的目的。可见,这里的恶魔已经不同于歌德笔下浮士德的作恶造善的靡菲斯特,而是一个具有典型的二重性的复杂形象。

第二节　莱蒙托夫诗歌的艺术贡献

莱蒙托夫为俄国浪漫主义诗歌的发展作出了独特的艺术贡献,这主要体现在他的诗歌所具有的鲜明的俄罗斯浪漫主义诗歌的特质上。他的诗中,不仅有着西欧后期浪漫主义诗歌所推崇的鲜明的对照艺术、富有音乐性的严谨的格律,以及重情感、重想象的艺术主张,而且有着早期浪漫主义独有的描写墓地、崇尚黑夜等神秘主义的创作倾向。"莱蒙托夫的作品洋溢着俄罗斯的民族精神和这个伟大民族在十九世纪二三十年代的道德审美理想。……他真是无愧为俄罗斯民族诗人的美称,称得上是俄罗斯民族之魂。"①就莱蒙托夫的艺术贡献来看,他是有资格享有这种定论的。

一、磅礴的激情与孤傲的忧伤气质

莱蒙托夫以抒情诗《诗人之死》登上俄罗斯文坛,受到当时人们的极度关注。这首抒情诗也在一定程度上代表了莱蒙托夫诗歌的一些基本的艺术特色,正如俄罗斯学者所说,"《诗人之死》以诗歌形式的完美、情感内容的丰富、思想穿透力的强大和深度让人惊叹"②。可以说,该诗的艺术特色是多方面的,然而,最为重要的,是该诗中富有"穿透力"的博大而深邃的思想。他将西欧浪漫主义对情感的崇尚化为磅礴的政治激情。

在《诗人之死》中,莱蒙托夫对于天才诗人普希金所遭遇的迫害表现出极度的惋惜之情:

熄灭了,这盏天才的明灯,

---

① 顾蕴璞:《"没有奋争,人类便寂寞难忍"——莱蒙托夫短暂而光辉的一生》,参见〔俄〕莱蒙托夫:《莱蒙托夫全集》(第1卷),顾蕴璞主编,石家庄:河北教育出版社,1994年版,第1页。

② Б. Т. Удодов. *М. Ю. Лермонтов. Художественная индивидуальность и творческие процессы.* Воронеж: Издательство Воронежского университета, 1973, с.206.

> 凋零了,这顶绚丽的花冠。

与此同时,莱蒙托夫谴责俄国上流社会对普希金的迫害,对于那些依靠权势扼杀天才的刽子手充满了愤怒:

> 你们,蜂拥在皇座两侧的人,
> 扼杀自由、天才、荣耀的刽子手,
> 你们藏身在法律的庇荫下,
> 不准许法庭和真理开口……

莱蒙托夫直截了当地称呼那些"蜂拥在皇座两侧"并在"法律的庇荫下"为非作歹的官吏为"刽子手",对他们的不法行为进行激烈的谴责。在诗的结尾,莱蒙托夫在一系列的追问之后,对黑暗势力发出更加犀利的声讨:

> 你们即使倾尽全身的污血,
> 也洗不净诗人正义的血痕![1]

可见,莱蒙托夫固然有一种忧伤的气质,但是,他能够看透事物的本质特性,能够将忧伤化为悲愤,化为对不法者的强烈控诉。所以,《诗人之死》不是一般意义上的对诗人的哀悼,而是对迫害思想独立进步的艺术天才的统治阶层所发出的正义审判。"莱蒙托夫心中的忧伤、忧患、甚至忧愤所积聚的特有的能量,有如一座随时行将爆发的火山的熔岩,倾泻在许多诗篇之中,除了像《诗人之死》那种对恶势力的直接挞伐外,更多地表现于借古喻今、借外喻本国、借鬼魂喻人或寓情于景的诗篇中。"[2]我国学者的这一评价,突出地体现了莱蒙托夫诗歌的悲愤气质所具有的思想价值。

而在《我孤零零在人群喧嚣中》(*Один среди людского шума*)等抒情诗中,普希金式的忧伤表现得尤为典型。在该诗开头四行中,诗人所突出的是他与生俱来的悲愤和孤傲的气质:

> 我孤零零在人群喧嚣中,

---

① 飞白主编:《世界诗库》(第5卷),广州:花城出版社,1994年版,第160页。
② 顾蕴璞:《莱蒙托夫诗选·译序》,参见〔俄〕莱蒙托夫:《莱蒙托夫诗选》,顾蕴璞选译,长春:时代文艺出版社,2020年版,第9页。

在他人荫庇下逐渐成长。
在我心中慢慢地养成了
傲视一切的创造的思想。①

这首诗的开头四行,具有强烈的自传性质,表明了莱蒙托夫成长的经历以及孤傲思想的形成。接下去的诗行,则是倾诉诗人自身的忧伤与不幸,以及灵感的丧失:

我的痛苦就这样过去了,
我已找得了朋友的热情,
但是我失掉自己的灵感,
折磨我的是人生的不幸。
痛苦又这样重新来访问
我已经复苏过来的胸怀。
背信负义刺伤了我的心,
而使我连气都喘不过来。
我又记起了往日的不幸,
但是在我的心中找不到
一点点虚荣、一星星幸运、
甚至眼泪和热情的燃烧。②

（余振　译）

这首诗饱含着犹如普希金的《致凯恩》一诗中的情绪,所要表现的,是丧失了热情、丧失了灵感、所剩下的唯有不幸的情感。然而,到了该诗的最后四行,普希金诗中所复苏的爱情、灵感和眼泪,却不复呈现,什么也没有留存。可见,在莱蒙托夫的笔下,没有太多的普希金式的明朗,更多的是孤傲与忧伤。

不过,他诗中的忧伤和悲哀,不全是个人的忧伤和悲哀,而常常是针对时代所发出的感慨,如在《沉思》中,诗人写道:

我悲哀地望着我们这一代人！
我们的前途不是黯淡就是缥缈,

---

① ② 〔俄〕莱蒙托夫:《莱蒙托夫诗歌精选》,余振编,太原:北岳文艺出版社,1994 年版,第 26 页。

>　　对人生求索而又不解有如重担，
>　　定将压得人在碌碌无为中衰老。
>　　……
>　　真可耻，我们对着善恶都无动于衷，
>　　不抗争，初登人生舞台就退下来，
>　　我们临危怯懦，实在令人羞愧，
>　　在权势面前却是一群可鄙的奴才。①

由此可见，抒情主人公的忧伤，主要是时代的忧伤，是他望着整个"一代人"，发出的"哀其不幸，怒其不争"的忧伤感慨。

二、鲜明的对照艺术

莱蒙托夫的抒情诗，如同西欧的浪漫主义诗歌，善于使用典型的对照艺术手法。在他的作品中，出现的常常是宏大的或普遍意义上的对照，如上苍与尘世的以及理想与现实的强烈对照，譬如，在他的早期诗作《天使》（Ангел）中，一位美丽的天使带着新生的、纯洁无瑕的人的灵魂，在午夜的空中飞翔，以轻柔的歌声赞颂创造生命的上苍：

>　　天使在子夜的天空飞翔，
>　　轻声地唱着神圣的歌曲，
>　　月亮和群星，还有朵朵云彩
>　　全都聚精会神，听得入迷。
>
>　　他歌唱纯真心灵的福佑，
>　　在天庭花园的下方，
>　　他歌唱伟大的上帝，
>　　他的赞美真诚高尚。②

月亮、星星、云朵——这些自然意象，也同人群一道，聆听着圣洁的歌声。

然而，接下来的两节，却与以上两个诗节形成了强烈的对比——纯洁无

---

① 〔俄〕莱蒙托夫：《莱蒙托夫全集》（第 2 卷），顾蕴璞主编，石家庄：河北教育出版社，1994 年版，第 196—197 页。

② М. Ю. Лермонтов. *Полное собрание сочинений в 4 томах*. Т. 1. *Стихотворения 1828—1841*，СПб．：Издательство Пушкинского Дома，2014，с.202.

瑕的年幼的灵魂,却注定要走向充满悲哀和泪水的世界:

> 他怀中拥抱一颗年轻的心灵,
> 为了抚慰我们的眼泪和哀痛,
> 他的歌声留存于年轻的心灵,
> 尽管没有言词,但是如此生动。
>
> 歌声在大地上久久地挣扎,
> 遍体浸染着奇特的愿望,
> 可是大地上的沉闷的歌声
> 却难以取代上天的声响。①

(吴笛　译)

虽然生灵要"饱受人间苦难",但是,他的心中却留存着天使的歌声,这使他对这个世界充满了美好的憧憬,而且,天堂的歌声会一直萦绕于他的灵魂之中,保留在他的灵魂深处,任何人间繁杂的歌声都无法取代这一天籁之音。

对照是浪漫主义作家惯用的富有鲜明特色的艺术手法,莱蒙托夫不仅在抒情诗中运用了对照,而且在叙事诗中也娴熟地运用了这一技巧。如莱蒙托夫具有代表性的叙事诗《恶魔》,就渗透着这一艺术手法。在这部长诗中,恶魔形象本身就是恶与善的综合体,他的身上充满了现实与浪漫、崇高与低俗、妥协与抗争、爱情与憎恨的强烈对照。恶魔并非生来就是恶的精灵,他是因为妄想自由而遭到放逐、被赶出天堂、被称为"恶魔"的。他看到了一个美丽的年轻女子塔玛拉,爱上了她,倾心于这一真善美的化身,寄希望于这份珍贵的爱情,甚至决定放弃一切权力和欲望,"断绝高傲的心态",以爱情战胜仇恨:

> 我以我自己的爱情来起誓;——
> 我已经断绝了往日的仇恨,
> 我已经断绝了高傲的心志;
> ……
> 我想要同神圣的天国和解,

---

① М. Ю. Лермонтов. *Полное собрание сочинений в 4 томах*. Т. 1. *Стихотворения 1828—1841*, СПб.: Издательство Пушкинского Дома, 2014, c.202.

> 我想要相信真理和至善，
>
> 我想要祈祷，我想要爱。①

然而，他最终的命运依然是极为悲惨的，尽管他狂热地诉说着他对塔玛拉的非凡爱情，尽管他在表达对爱的倾诉时是情真意切、感人至深的，可是，他给塔玛拉带来的却是无尽的悲凉和痛苦，他的热吻，也如同刀剑一般，"他的亲吻的致命的毒液／霎时间就渗入她的心胸"②。他以热吻杀死了她。

莱蒙托夫长诗中的强烈对照，也体现了辩证法的精神。"莱蒙托夫在创作一部以恶魔形象为中心的作品时，为关于恶的本质的古老讨论作出了贡献，从而有意无意地成为神学（theodicy）的贡献者，神学解释了恶在一个神圣有序的宇宙中的存在。"③

在莱蒙托夫的抒情诗中，还有鲜明的物理空间与心理空间的相互对照，譬如，在《孤帆》这首抒情诗中，三个诗节分别以"地平线"视角的"孤帆"、地理空间层面的"故乡"与"远方"、海洋空间层面的"蓝天"和"大海"，以及细部空间的"帆上"和"帆下"等不同方位的物理空间来和"内在孤独"和"外向叛逆"等心理空间进行强烈的对照，突出抒情主体的不同视点，并且通过外向的心理活动呈现抒情主人公试图从内心的孤独向理想世界奔赴的强烈愿望。

三、跌宕起伏的音响效果

在诗歌格律方面，莱蒙托夫也为俄罗斯诗歌的发展作出了贡献。在韵律的运用方面，他不是依照词形，而是根据俄罗斯语言的发音规则来选用恰当的韵脚，既保持了古典传统的严谨性，也注入了情感和音乐的成分。同时，他熟练地使用相应的格律，使诗歌显得抑扬顿挫、铿锵有力，形成跌宕起伏的音响效果。如在著名的抒情诗《孤帆》中，莱蒙托夫写道：

> Белеет парус одинокой
>
> В тумане моря голубом!..
>
> Что ищет он в стране далекой?

---

① 〔俄〕莱蒙托夫：《莱蒙托夫诗歌精选》，余振编，太原：北岳文艺出版社，1994 年版，第 365—366 页。

② 〔俄〕莱蒙托夫：《莱蒙托夫诗歌精选》，余振编，太原：北岳文艺出版社，1994 年版，第 369 页。

③ Elizabeth Cheresh Allen. *A Fallen Idol Is Still a God*：*Lermontov and the Quandaries of Cultural Transition*，Stanford：Stanford University Press，2007，p.87.

Что кинул он в краю родном?..

Играют волны—ветер свищет,
И мачта гнется и скрыпит...
Увы! он счастия не ищет
И не от счастия бежит.

Под ним струя светлей лазури,
Над ним луч солнца золотой...
А он, мятежный, просит бури,
Как будто в бурях есть покой!①
(在大海的蒙蒙青雾中
一叶孤帆闪着白光⋯⋯
它在远方寻求什么?
它把什么遗弃在故乡?

风声急急,浪花涌起,
桅杆弯着腰声声喘息⋯⋯
啊,——它既不是寻求幸福,
也不是在把幸福逃避!

帆下,水流比蓝天清亮,
帆上,一线金色的阳光⋯⋯
而叛逆的帆呼唤着风暴,
仿佛唯有风暴中才有安详!)②

　　莱蒙托夫这首著名的《孤帆》共有四个诗节,所使用的是抑扬格四音步,
单行使用阴性韵,双行使用阳性韵,交替进行押韵,显得错落有致。在结构
方面,三个诗节都具有完全相同的形态,每一诗节的前两行是描述性的诗
句,并且以省略号结束,每一诗节的后两行则是解释性的诗句,是对前两行

---

①　М. Ю. Лермонтов. *Полное собрание сочинений в 4 томах. Т. 1. Стихотворения 1828—1841*, СПб.: Издательство Пушкинского Дома, 2014, c.254.
②　〔俄〕莱蒙托夫:《孤帆》,引自飞白主编:《世界诗库》(第5卷),广州:花城出版社,1994年版,第157页。

所作的解答或是延伸性的评论。而每一诗节所延伸的解释,在结构上也是相互联系的,第一诗节最后两行的解释性诗句是以问句结尾的,第二诗节的解释性诗句则以陈述句结尾,是对前面的问题所作的回答,而最后一节解释性诗句则以感叹句结尾。从第一诗节的问号到第二诗节的句号,直到最后诗节的感叹号,突出地体现了全诗在情感结构的表达上的精致,尤其是最后以感叹号结尾的解释性诗句,是诗中的观察者对全诗内容的总体概括,是对孤帆的叛逆性象征形象所进行的画龙点睛式的总结。

俄国浪漫主义诗人莱蒙托夫著名的《孤帆》,歌颂了叛逆的精神,弘扬了自由的精神。该诗每一节的前两行描写的是自然景色,而每一诗节的后两行,则是采用问答的形式,于是,全诗是抒情与哲理探索的有机结合。为了赞美"呼唤着风暴"的这一孤帆的形象,莱蒙托夫注意声音效果与地理空间的有效结合。在空间层面上,全诗的结构是由远而近的,先是展现宏观的画面,最后才落实到对具体的孤帆意象的微观书写以及声响的呈现,从而突出这一在茫茫大海上漂泊的孤帆,不是逃避或追求幸福,而是在祈求风暴,因为在这一叛逆的孤帆看来,"仿佛唯有风暴中才有安详"!

这首诗歌的一个主要特色,是诗人采用拟声手法来表现自然形象。莱蒙托夫充分利用俄语作为拼音文字在表现声音要素方面的优势,在诗中体现了诗歌语义与音乐性密不可分的重要特性。

其实,在诗的音乐性特质与诗的语义的关系这一问题上,欧洲的很多诗人和一些诗评家都倾向将"音乐"与"意义"相提并论,极为强调音乐性在传达语义方面的独特作用。就连亚历山大·蒲柏这样特别强调文学作品"意义"的重要性的古典主义诗人,也在《批评论》一诗中强调:"声音须成为意义的回声。"[1]有些欧美诗人直接借助字母的声音效果以及拟声手法,来表现作品的"意义"成分。莱蒙托夫的《孤帆》这首诗,不是以第一人称来进行抒情的,而是以第三人称,即其是以观察者的视角来进行描写的;于是,诗人可以自如地描述自然景象。诗人运用一些拟声词来模拟海浪、桅杆等意象的声响,到了结尾之处,诗人同样借助具有独特声响的俄语字母"Б""У"和"Р"的重复,来模拟和表现大海和风暴的形象特征,这体现出莱蒙托夫诗歌中的音乐特质以及相应的语义功能。

四、梦境与死亡的主题呈现

浪漫主义诗人总是喜欢描写梦境,而且,早期浪漫主义诗人常常将夜晚

---

① 伊丽莎白·朱:《当代英美诗歌鉴赏指南》,李力、余石屹译,成都:四川人民出版社,1987年版,第28页。

看成死亡的化身,将睡梦看成死亡的体现,这一点,在莱蒙托夫的作品中也有所体现,如在题为《梦》(*Сон*)的诗中,梦境与死亡交织在一起。该诗叙述的是一个人的死亡和两个人的梦境。第一诗节至第三诗节是抒情主人公所做的死亡之梦,而第四诗节和第五诗节则是梦中之梦,是年轻姑娘的悲伤之梦。在该诗的第一节至第三节中,莱蒙托夫写道:

> 在达格斯坦峡谷的炎热的正午,
> 我躺着一动不动,胸口中了枪伤,
> 深沉的伤口还在向外冒着热气,
> 我的鲜血一滴一滴慢慢地流淌。
>
> 我独自一人躺在峡谷的沙地,
> 陡峭的悬崖峭壁在四周涌动,
> 太阳烤着黄色巅峰,也烤着我——
> 但是我沉睡,做着死亡的迷梦。
>
> 我梦见在我家乡的一个傍晚,
> 人们举行盛宴,灯火辉煌,
> 年轻的姑娘们头上戴着花冠,
> 轻松愉快地谈论着我的过往。①

在第一诗节和第二诗节中,"我"一动不动地躺在达格斯坦的一个峡谷里,因为胸口中了一颗子弹。"我"深深的伤口还在冒着热气,血液一滴一滴地往外流淌。尽管太阳正炙烤着黄色的山顶,而且也炙烤着"我",但是,"我沉睡,做着死亡的迷梦"。在此,死亡与迷梦难解难分,融为一体,既体现了浪漫主义者对梦的迷恋,也呈现出他们对身后生命的坚信。

第三诗节延续了抒情主人公的梦境:"我"梦见自己来到故乡,这里有一场晚间的盛宴,灯火辉煌,年轻的姑娘们戴着花冠,"轻松愉快地"交谈。

然而,到了第四诗节和第五诗节,诗人笔锋一转,开始描写一个姑娘的忧伤的梦:

---

① М. Ю. Лермонтов. *Полное собрание сочинений в 4 томах.* Т. 1. *Стихотворения 1828—1841*, СПб.：Издательство Пушкинского Дома, 2014, с.349.

> 但是,有个姑娘独坐一旁沉思,
> 没有介入那场愉快的交谈,
> 她年轻的心灵陷入忧伤之梦,
> 上帝才知道她为何难以排遣。
>
> 她梦到了达格斯坦的一个峡谷,
> 看到一具熟悉的尸体躺在沙地,
> 他胸前黑沉沉的伤口冒着烟雾,
> 冰凉血液依然流淌,如同小溪。①

(吴笛　译)

她在梦中所看见的是与开篇部分的抒情主人公的梦境相吻合的迷梦。她看见达格斯坦的一个峡谷,躺着一个熟悉的身影,胸前蒸腾着一道黑沉沉的伤口,从中流出冰凉的血液。

可见,在莱蒙托夫的这首题为《梦》的诗中,诗人将浪漫主义作家对梦境的迷恋发展到了一种极致,不仅在梦境中交织着梦境,而且,将梦境主题与死亡主题密切联结起来,梦境中有死亡,死亡中有梦境,互为印证;同时,还有着丰富的情感内涵,诗中的姑娘对"我"的思念和一腔柔情,亦通过梦境展露出来,由此可见莱蒙托夫抒情诗结构的精巧和情感的深邃与细腻。

不仅在抒情诗中,在莱蒙托夫的长篇叙事诗中,梦境和死亡的主题也是相继呈现的。在长诗《童僧》中,诗人在描写奄奄一息的童僧时,也是以梦境的形式呈现的:

> 忽然在一片寂静之中,
> 悠悠传来遥远的钟声……
> 这时候我才恍然大悟。
> 啊!我立刻认出这钟声!
> 多少次从我童稚的眼睛,
> 它曾驱散我逼真的梦:
> 梦见的是至亲和好友,
> 梦见草原上不羁的自由,

---

① М. Ю. Лермонтов. *Полное собрание сочинений в 4 томах.* Т. 1. *Стихотворения 1828—1841*, СПб.: Издательство Пушкинского Дома, 2014, с.349.

梦见轻快狂奔的骏马，

梦见山岩间奇特的战斗——①

在这里，尤其是童僧梦见的草原和骏马等自然意象，以及"山岩间奇特的战斗"，突出体现了他那颗向往自然、热爱自由的不羁的灵魂，体现了浪漫主义所热衷的自由精神。

莱蒙托夫主要从事诗歌创作的十九世纪三十年代，是十二月党人起义失败之后的一段黑暗的时期。因为莱蒙托夫的创作与十二月党人诗人的创作几乎是同时进行的，所以，不少论者常常将莱蒙托夫的作品与十二月党人诗人的诗歌创作相提并论。其实，就诗中所体现的公民悲情、自由激情以及民族意识而言，莱蒙托夫与同时代的十二月党人诗人之间有着很多共性；但是，就诗歌所揭示的社会问题、所展示的社会心理以及诗学技艺而言，莱蒙托夫的诗歌更富有个性，尤其是在对社会心理和个人心理的呈现方面，显得极为深邃。莱蒙托夫的抒情诗充满了忧伤和愤懑的气质，他的叙事诗中的"恶魔"和"童僧"等艺术形象，也具有孤傲的性格和反抗的精神，在一定意义上，这体现了莱蒙托夫对时代的感悟以及他的独特心境。

---

① 彭少健主编：《外国诗歌鉴赏辞典》(2)，上海：上海辞书出版社，2010年版，第312页。

第十二章　十二月党人诗人的诗歌创作

如果说1812年俄国在反抗拿破仑的卫国战争中取得的胜利,极大地激发了俄罗斯知识分子的民族意识,那么,紧随卫国战争出现的十二月党人起义,同样也是发生在俄国社会政治生活中的一个重要的历史事件。而积极参与这一事件的十二月党人诗人,也是一个重要的知识分子群体。这些十二月党人诗人通过文学,不仅较好地传播了他们的进步思想,而且也在一定的意义上参与了十二月党人的斗争。

第一节　十二月党人诗歌创作概论

1825年,俄国"十二月党人"在圣彼得堡发动起义,但是这场起义最终归于失败,不少诗人为此献出了自己年轻的生命。十二月党人诗人是一批接受了先进思想熏陶的贵族青年,他们反对暴政,以满腔的热情创作诗篇,讴歌民族解放和爱国主义的精神。尽管处在浪漫主义时代,但是这些十二月党人诗人所创作的诗篇,不仅洋溢着浓郁的浪漫主义情感,而且也开始呈现出现实主义的特质。在回顾自己的创作道路的时候,十二月党人诗人格林卡在致伊兹马伊洛夫的信中,曾经写道:"我不是一个经典作家,也不是一个浪漫主义者,我也不知道究竟该怎么称呼自己。"①由此可见,处在浪漫主义创作时期的十二月党人诗人,在其创作中,并不完全赞同浪漫主义的文学主张。但是,浪漫主义的文学主张和相关理论引起了十二月党人对相关民族问题的兴趣,所以,他们充分利用一些合适的浪漫主义创作原则,传达自己的社会理想。他们以文学为展开斗争的平台,以诗歌的形式展开对民族

---

① В. Базанов. "Ф. Н. Глинка". См.: Ф. Н. Глинка. *Избранные произведения*. (Библиотека поэта; Большая серия; Второе издание), Ленинград: Издательство Советский писатель, 1957, c.9.

出路的探索,充分发挥文学所应有的社会功能。

其实,十二月党人的诗学理念和创作实践在很大程度上接近于浪漫主义的文学主张,尤其是与世界文学发展进程中的浪漫主义第二浪潮的创作思想非常贴近。但是,十二月党人诗人的创作究竟是否属于浪漫主义文学的范畴,在学界也是存有争议的。因为十二月党人诗歌融汇了启蒙主义、古典主义、浪漫主义,以及现实主义等多种要素,显得极为独特。如果说十二月党人诗歌属于俄国浪漫主义文学的一个组成部分,除了缘于其具有贴近社会现实生活等的要素,更多的是就时间的层面而言的。所以,有俄罗斯学者倾向于将十二月党人诗歌看成俄国诗歌发展进程中的一种独特现象,这也是颇有道理的。譬如,金兹堡(Л. Гинзбург)认为:"如果将十二月党人的诗歌风格看成西欧意义上的古典主义或者浪漫主义,我们就会陷入前后不一的状况和矛盾之中,而我们同时代的人已经陷入了这种矛盾。但是,如果我们把这种风格当作当时的民族任务和奋斗目标的体现,那么,这种风格是相当合理的,是前后一致的。这是俄国贵族革命者的一种特有的风格,他们是十八世纪法国和俄国启蒙运动的继承者,他们同时拥有同时代西方的一切文化经验,因而也拥有浪漫主义的经验。"[1]这一概括是较为中肯的,也正因如此,我才将十二月党人诗歌单独作为一章进行探讨。

十二月党人的诗歌与十二月党人的运动密不可分,这一运动又与俄国浪漫主义诗歌运动平行发展。十二月党人运动最早可以追溯到 1814 年的"俄罗斯骑士团"(Орден Русских Рыщарей)或称"俄罗斯十字骑士团"(Орден рыцарей русского креста),该组织是于 1814 年至 1817 年间由 М.Ф.奥尔洛夫少将和 М.А.德米特里耶夫-马蒙诺夫创建的前十二月党人组织之一,旨在推翻沙皇专制,在俄罗斯建立君主立宪制。其后,又出现了新组建的秘密政治社团组织"救赎联盟"(Союз спасения),诗人格林卡是其组织者之一。该组织于 1817 年制定了组织"章程"(Статут),强调其目标是"全力以赴为共同利益而努力,支持所有良好的政府措施和有益的私人企业,防止一切罪恶,消除社会恶习,谴责人民的惰性和无知,不公正的法庭、官员的滥用和私人的不名誉行为、敲诈和贪污、残酷对待士兵、不尊重人类尊严和个人权利的行为以及外国人的统治"[2]。1817 年秋天,暗杀沙皇的建议在组织成员中引发争议,该组织随之解散,他们决定在其基础上建立一

---

① Л. Гинзбург. "П. А. Вяземский. Вступительная статья",//П. А. Вяземский. *Стихотворения*. (Библиотека поэта; Большая серия). Ленинград: Издательство Советский писатель, 1958, c.15.

② Декабристы-Википедия. https://ru.wikipedia.org/wiki//Декабристы.

个更大的组织，以影响公众舆论。

于是，1818 年 1 月，新的组织"福利联盟"（Союз благоденствия）组建。这一组织延续到 1821 年。1821 年，在"福利联盟"的基础上，组建了两个主要的革命组织：基辅的"南方协会"（Южное общество）和圣彼得堡的"北方协会"（Северное общество）。"北方协会"主要由穆拉维约夫（Н. М. Муравьёв）、屠格涅夫（Н. И. Тургенев）、雷列耶夫领导。

除了秘密革命组织，文学刊物也起到了一定的宣传鼓动作用。尤其是 1823 年至 1825 年间，雷列耶夫和别斯图热夫组织出版了三期文学年鉴《北极星》（Полярная звезда），该年鉴发表了普希金、巴拉丁斯基以及十二月党人诗人格林卡等人的作品，该年鉴在十二月党人事业的推进方面也发挥了一定的作用。

十二月党人的诗歌，正是上述十二月党人运动的产物，尤其是出现在 1825 年前后的那些作品，表达了时代的进步思想。其实，早在十二月党人发动起义之前，相关诗人的诗歌创作就将批判的矛头直接指向当时俄国的封建专制制度，这些作品对于这场起义的发动发挥了一定的宣传鼓动的作用。"在 1825 年以后的头五六年里，十二月党人诗人继续本着在起义前激励他们与专制制度作斗争的理想精神从事创作活动。"①然而，虽然十二月党人的诗篇出现在十二月党人起义前后不到二十年的时间里，但是，这场斗争所产生的影响以及在俄国诗歌发展中的意义却是极为深远和重要的。"与任何时期俄国文学的发展一样，1825 年是俄国诗歌史上的一个重要的时间节点。十二月党人起义的失败，对整个俄国的精神生活产生了重大影响。"②这些影响既体现在作家、诗人个人的生活经历中，也体现在他们所创作的文学作品中。在十二月党人起义的参与者，即这一秘密组织的有关成员中，有许多富有正义感的作家，其中包括当时的一些重要的诗人，如雷列耶夫、丘赫尔别凯、别斯图热夫、奥陀耶夫斯基、格林卡、卡杰宁、拉耶夫斯基等。他们的诗歌不仅是俄国民族解放运动初期贵族革命家的思想感情的具体表现，而且首次将俄国文学的创作实践同民族解放运动的进程密切结合起来，在诗歌创作中融入了民族解放的主题和爱国主义的思想，从而极大地影响了后来的俄罗斯文学的发展。对于十二月党人诗人来说，起义失败的悲剧不可避免地导致了他们起初的启蒙主义意识形态的危机——几十年来

---

① Б. П. Городецкий ред. *История русской поэзии в двух томах*. Том 1，Ленинград：Издательство Наука，1968，c.457.

② Б. П. Городецкий ред. *История русской поэзии в двух томах*. Том 1，Ленинград：Издательство Наука，1968，c.442.

由贵族的优秀代表所形成的一系列进步的思想观点受到了一定的冲击,对引领人们走上启蒙王国的理想道路的信念也随之发生了动摇。正是在这样的社会历史语境的影响下,这一批诗人先后表现出了更为明晰的浪漫主义创作倾向,也成为当时的浪漫主义诗歌潮流中的一股不可忽略的进步力量。

一、格　林　卡

格林卡不仅是俄罗斯文学史上一位重要的诗人,他还是一位军事家和社会活动家。他参加了 1805 年至 1806 年的斗争、1812 年的卫国战争和 1813 年至 1814 年对拿破仑的军事行动。他是"俄罗斯文学爱好者协会"(Вольное общество любителей русской словесности)的创始人和领导人之一,也是"绿灯社"的重要成员。他在十二月党人这一进步组织的早期发展进程中,发挥了重要的作用,"格林卡在形成十二月党人诗派的思想和文学方面的作用是显著的,也是富有成效的。他在俄罗斯诗歌史上占有独特的地位"①。

费奥多尔·尼古拉耶维奇·格林卡,出身于斯摩棱斯克省的一个贵族家庭。曾在圣彼得堡第一武备学校读书。作为一名职业军官,他于 1805 年至 1806 年在阿普歇伦步兵团服役,担任准尉,1807 年退役。1808 年,他发表了参加军事战役的笔记。1812 年,他重返俄国军队,参与了博罗季诺战役,并远征国外。回国后,他于 1816 年当选为"俄罗斯文学爱好者协会"主席。

格林卡曾积极参与十二月党人的活动,但他没有直接参加十二月党人的起义。十二月党人起义失败后,格林卡遭到逮捕,先是被关押在彼得保罗要塞(在那里,他写了著名的《囚徒之歌》),后被流放到彼得罗扎沃茨克,直至 1835 年释放。他的晚年是在特维尔度过的。

格林卡不仅是一位出色的诗人,也是一位散文作家和剧作家。他写作的回忆反抗拿破仑战争的作品《一个俄国军官的信》(Письма русского офицера)为他赢得了极高的声誉。在诗歌创作的风格方面,他被认为是一个典型的浪漫主义作家,他迷恋大自然的神秘的语言,擅长描绘色彩绚丽的自然风景。在思想倾向上,他的作品具有强烈的爱国主义思想。格林卡于 1807 年在斯摩棱斯克发表的第一首诗的标题就是《爱国者的声音》(Глас патриота),这在一定意义上代表了他始终一贯的爱国主义精神。格林卡

---

① В. Базанов. "Ф. Н. Глинка". См.: Ф. Н. Глинка. *Избранные произведения*. (Библиотека поэта; Большая серия; Второе издание). Ленинград: Издательство Советский писатель, 1957, с.5.

用庄严的诗句写就的献给 1812 年卫国战争的赞美诗等作品,是十二月党人诗歌中的高尚的公民风格的先声,对 1812 年高涨的爱国主义风潮以及早期的十二月党人的思想,都产生了积极的影响。而且,他早年的一些抒情诗,具有十八世纪启蒙思想的艺术表现力。格林卡在 1818 年至 1825 年创作的挽歌诗篇和道德寓言,构成了他的《圣诗试作》(*Опыты священной поэзии*)和《诗体隐喻描写试作》(*Опыты иносказательных описаний в стихах*)等诗集,诗集于 1826 年出版。格林卡在彼得保罗要塞和流亡岁月(1826—1831)所创作的诗歌,具有相当的社会意义和文学价值。他的许多狱中诗作都暗示了十二月党人抒情诗的基本主题。他在晚年主要献身于神秘宗教题材作品的创作,写下了《灵魂诗篇》(*Духовные стихотворения*,1839)等诗集。

在抒情诗创作中,格林卡最著名的作品是《三驾马车》(*Тройка*)和《囚徒之歌》(*Песнь узника*),这在后来成为民歌的基础。

《囚徒之歌》中的抒情主人公是一位失去自由的囚徒,在森严的牢狱中唱起歌儿,倾吐心中的苦闷:

> 请原谅,我亲爱的故乡!
> 请原谅,我的家园!
> 我关在这儿的铁笼里,
> 再也回不到你们的身边!
>
> 别再等我啦,我的未婚妻,
> 抛却那枚定情的指环,
> 我今生难以获得自由,
> 无缘去做你的情郎!
>
> 我已同牢狱定下终身,
> 注定只有痛苦和眼泪!
> 但我没有一声怨言,
> 亲手接过命运的苦杯。
>
> 苦难能从哪儿得到拯救?
> 灾祸能在哪儿才是尽头?
> 但是,世上注定有慰藉存在,

神圣的俄国也会有领袖。

啊,俄国皇帝! 在你的王冠上
镶有无价的钻石。
它是恩典的象征! 请你在宝座上
对我们发一点仁慈!

我们会以向上帝祈祷时的虔诚
在你的脚前坚定地磕头;
只要你吩咐,我们就在道路上
把你的胜利的旗帜铺就。①

（吴笛　译）

在这首《囚徒之歌》中,我们在年轻囚徒的倾吐中,可以清楚地看出,他为何被捕入狱——他是因为反抗暴政而入狱的。然而他义无反顾,"接过命运的苦杯",与牢狱"定下终身"。尽管他再也回不到自己的故乡,再也无缘与自己的未婚妻相逢,但是,他仍然怀着乐观的信念,期盼俄国能够出现开明的君主,让苦难的人民得到拯救。可见,这首《囚徒之歌》在一定意义上反映了格林卡作为十二月党人而遭逮捕入狱后的复杂心境。

二、拉耶夫斯基

弗拉基米尔·费奥多耶维奇·拉耶夫斯基,出身于库尔斯克州赫沃罗斯季扬卡村(今库尔斯克州切列米西诺沃区)的一个富裕的地主家庭。1803年,他进入莫斯科大学附属贵族子弟寄宿学校读书,毕业后,于1811年进入圣彼得堡第二军校接受教育,在那里,他结识了未来的十二月党人巴滕科夫(Г. С. Батеньков)。1812年,卫国战争爆发后,他参加了卫国战争,因战功卓著而升为中尉。1815年至1816年,他在卡缅涅茨-波多尔斯克担任炮兵第七步兵团副司令,不久因伤退役。但在1818年12月,他又重新回到南俄军队服役,担任少校。

"拉耶夫斯基是亚历山大时代末期最典型的代表作家之一。"②他也是

---

① 飞白主编:《世界诗库》(第5卷),广州:花城出版社,1994年版,第80页。
② П. Е. Щеголев. "Владимир Раевский и его время: Биографический очерк", *Вестник Европы*, 1903, No.6, с.509—561.

十二月党人早期组织"幸福联盟"的成员和十二月党人"南方协会"的主要成员。1822 年,拉耶夫斯基在基希讷乌被捕,他的罪名是在士兵和军官们中间进行革命煽动。不过,在被捕之前,他确实发表过《关于俄国农奴制和迅速改造的必要性》(*О рабстве крестьян и необходимости скорого преобразования в России*)等文章,对俄国农奴制进行了强烈的谴责。他在监狱中度过了六年的监禁生活之后,于 1827 年被判处流放西伯利亚。

拉耶夫斯基最重要的作品是在被捕前和 1822 年在第拉斯波尔要塞写的诗作:《给 G.S.巴滕科夫的书信》(*Послание Г. С. Батенькову*)、讽刺诗《我笑着哭》(*Смеюсь и плачу*)、《道德讽刺诗》(*Сатира на нравы*)、《狱中歌手》(*Певец в темнице*)、《致基希讷乌的朋友》(*К друзьям в Кишинев*)等;在这些作品中,对暴政和暴力的抗议与对斗争的号召是相互结合的。如在《狱中歌手》一诗中,他谴责沙皇政府对人民的血腥统治:

> 呆若木鸡的沉默的人民
> 暗怀恐惧在重压下打盹;
> 血腥的家族高举着鞭子
> 惩罚他们的思想和眼神。
>
> 信仰——沙皇的钢铁盾牌,
> 给迷信的老百姓套上了龙头,
> 在受过涂油式的皇上面前,
> 使大胆的思想化为乌有。[1]

在这首诗中,拉耶夫斯基在谴责农奴制的同时,对人民的"沉默"也表现出不满,不过,到诗的最后,他还是发出了斗争的号召:"他们迟早还会站起来,/以新的力量发展壮大。"[2]

拉耶夫斯基在早期诗歌创作中也书写过爱情主题,歌颂"甜蜜的幸福"和"爱情的快乐",但是,随着时间的推移,他主张"把爱留给其他歌手",而他自己开始主要关注社会政治主题,宣传反抗暴政以及爱国主义思想。

---

① 〔俄〕卡拉姆津等:《俄罗斯抒情诗选》(上册),张草纫译,上海:上海译文出版社,1992 年版,第 196 页。

② 〔俄〕卡拉姆津等:《俄罗斯抒情诗选》(上册),张草纫译,上海:上海译文出版社,1992 年版,第 197 页。

三、别斯图热夫

别斯图热夫是一位出色的俄国十二月党人作家,除了诗歌创作,他在二三十年代的小说创作领域也取得了显著的成就。

亚历山大·亚历山德罗维奇·别斯图热夫,笔名为马尔林斯基(Марлинский),出身于圣彼得堡的一个知识分子家庭。他的父亲亚历山大·费多舍耶维奇·别斯图热夫(Александр Федосеевич Бестужев)是一位具有启蒙主义倾向的作家,曾经与普宁(И. П. Пнин)一起创办《圣彼得堡杂志》(Санкт-Петербургский журнал)。在这份杂志中,他竭力宣扬公民意识和启蒙主义思想。

别斯图热夫毕业于中等武备学校,他积极参加十二月党人组织的"北方协会"的各种活动,他还是著名的十二月党人诗人雷列耶夫的好友。1825年,在十二月党人起义中,他也是一位积极的参与者。正是因为参加了十二月党人起义,他才遭到了逮捕,但是,由于他的"罪行"相对而言不算严重,他在监狱里被关押了一年半之后,被流放到雅库特。然后,在1829年,他又被送到高加索地区充军。别斯图热夫在当地参加了多次战斗,并且因为勇敢作战在部队中获得了提拔,当上了士官和准尉,还获得了乔治十字勋章。1837年,别斯图热夫在一场发生于森林中的小型军事冲突中不幸身亡。

别斯图热夫自1819年开始创作,当时在《祖国之子》和《教育竞争者》等杂志上,他发表了一些诗作和短篇小说。他还曾同雷列耶夫一起创作鼓动诗,并且一起主编《北极星》集刊。在十二月党人起义失败后,他被流放至高加索地区。但他在流放地化名为"马尔林斯基",继续创作。

别斯图热夫的抒情诗显得非常朴实,但是其中蕴含着对专制制度的愤懑以及崇高的公民精神。如在《致雷列耶夫》(К Рылееву)一诗中,别斯图热夫写道:

> 他从沙发上站了起来,
> 他先是嗅了一嗅,
> 接着在房间里踱步。
> 他来到了一叠纸跟前
> 并在上面写了"诗"。
> 于是,普列特尼奥夫来了
> 他是歌手中的歌手。

> 他看着,他颤抖着说:
> "对于你的崇高工作。
> 给你的不是桂冠,而是鞭子。
> 阿波罗在俄罗斯的遗赠。"①

在这首诗中,别斯图热夫在赞赏雷列耶夫的同时,也对他的悲剧命运给予了深切的同情,而且对沙皇政府惩处诗人的行为表现出极大的愤恨。面对社会的不公,别斯图热夫总是表现出一种乐观主义的信念。在题为《生机》(Оживление)的诗中,他坚信"等到和煦的春光/把欢乐传遍大地,/老人会变得年轻,/心儿会充满生气"。在十二月党人起义失败之后,他也没有气馁,而是相信未来,在他创作的《在蔚蓝的海边,蔚蓝的远方》(Я за морем синим, за синею далью …)一诗中,别斯图热夫更是期盼能从梦中苏醒,得以复活:

> 在蔚蓝的海边,蔚蓝的远方,
> 我把自己的心儿埋葬。
> 一想到昔日令人寒心的忧伤,
> 仿佛有一块不可摧毁的厚钢板
> 把我的心儿同人们隔断。
> 我大梦沉沉。我的挡箭牌
> 无法打碎。然而在黑夜里
> 我有时觉得,严寒在退避,
> 我又复活了,我又年轻了,
> 目光中充满了美好的生气。②

他与雷列耶夫共同创作的鼓动诗,更是言简意赅,充满对沙皇的讽刺和批判,如《我们的沙皇——俄罗斯的德国人》(Царь наш—немец русский)一诗,对沙皇进行批判:"他尽管喜欢学习,/依然是启蒙的敌人。"该诗在谈及俄国社会现实时,写道:"所有的学校都是军营。/所有的法官都

---

① А. А. Бестужев-Марлинский. "К Рылееву". А. А. Бестужев-Марлинский. *Сочинения*. В 2-х т. Т. 2. Сост.; подгот. текста; коммент. В. И. Кулешова. Москва: Худож. лит., 1981.

② 〔俄〕卡拉姆津等:《俄罗斯抒情诗选》(上册),张草纫译,上海:上海译文出版社,1992 年版,第 207 页。

是宪兵。"①简洁的诗句将沙皇专制制度的实质极为典型地呈现出来。

四、奥陀耶夫斯基

亚历山大·伊万诺维奇·奥陀耶夫斯基,出身于圣彼得堡的一个古老的贵族家庭。他是十二月党人起义的积极参与者。起义失败后,他被判8年苦役,流放西伯利亚,后来定居伊尔库茨克附近地区。1837年,他被调到高加索地区,成为下诺夫哥罗德骑兵团的一名普通士兵。1839年,他在黑海沿岸的一次作战行动中不幸阵亡。

奥陀耶夫斯基以不同的方式,与俄国浪漫主义文学最重要的两位代表作家普希金和莱蒙托夫发生关联。1827年,十二月党人的妻子穆拉维约娃出发去西伯利亚,普希金托她带去了献给十二月党人的著名诗篇《在西伯利亚矿山的深处》,奥陀耶夫斯基则以十二月党人的名义,向普希金写了酬答诗《十二月党人答普希金》(*Ответ декабристов Пушкину*),之后,这两首诗以手抄本的形式广为传播;1837年,在高加索地区,奥陀耶夫斯基与莱蒙托夫结识,两人之间的友谊为奥陀耶夫斯基最后的岁月增添了喜悦的光彩。

奥陀耶夫斯基的诗大多写于服苦役期间,因而他的诗作体现了十二月党人强烈的反抗精神,他最著名的诗篇,是《十二月党人答普希金》,在这首16行的短诗中,诗人以高昂的乐观主义精神,抒发了对未来的信念:

> 能预言的琴弦的热烈音响,
> 传到了我们的耳边,
> 我们急忙伸手去握剑,
> 可——握到的只有锁链。
>
> 但是,请你放心吧,诗人!
> 我们为着锁链和命运而自豪,
> 在这牢层的重重铁门里
> 我们对沙皇报之以嘲笑。

---

① А. А. Бестужев-Марлинский. *Сочинения*. В 2-х т. Т. 2. Сост.; подгот. текста; коммент. В. И. Кулешова. Москва: Худож. лит., 1981.

> 我们的悲惨的劳动不会白费。
> 星星之火，可以燎原，
> 我们受到了启蒙的人民
> 定将汇合在神圣的旗帜下面。
>
> 我们将用锁链铸成利剑
> 重新把自由之火点燃！
> 自由一定会打击沙皇，
> 人民如释重负，露出笑颜。①

（王士燮　译）

该诗抒发了西伯利亚囚徒的共同心声，表达了对祖国前途的无比乐观的信念，相信自己"将用锁链铸成利剑/重新把自由之火点燃"。尤其是诗中的"星星之火，可以燎原"（Из искры возгорится пламя），成为著名的诗句而被广泛传播，列宁据此将第一份布尔什维克的报纸取名为《火星报》（Искра），可见，该诗在俄国革命的历程中所发挥的作用，同时，也概括了十二月党人诗人的创作所具有的历史意义。

第二节　雷列耶夫的诗歌创作

雷列耶夫是俄国十二月党人诗人的杰出代表。他以短暂的生命谱写了反抗暴政的宏伟篇章。

康德拉季·费奥多罗维奇·雷列耶夫出身于圣彼得堡省加奇纳县巴托沃村的一个小贵族家庭。从少年时代起，他就接受严格的军事学校的训练。在反抗拿破仑入侵的卫国战争期间，他表现出强烈的爱国主义精神，创作了颂歌《热爱祖国》（Любовь к отчизне，1813）和《致斯摩棱斯克王子》（Князю Смоленскому，1814）等颂诗，以及《致英雄的胜利之歌》（Победная песнь героям，1813）等散文体作品。1814 年，他毕业于圣彼得堡武备学校，并成为一名准尉级别的军官。1814 年至 1815 年，他参加国外远征作战，在巴黎住过一段时间。回到俄国后，他随所在部队驻扎沃罗涅日省，并在该地结识了后来成为他妻子的捷维亚西娃。1818 年，他退伍以后，迁居圣彼得堡，与

---

① 飞白主编：《世界诗库》（第 5 卷），广州：花城出版社，1994 年版，第 124—125 页。

首都的知识界人士保持着良好的接触,结识了很多作家,其中包括后来的十二月党人诗人丘赫尔别凯和格林卡。他还积极参与文学活动,在《祖国之子》(Сын Отечества)等杂志上发表文学作品。

1820 年,谢苗诺夫近卫团发生起义,绝望的士兵公开反对新团长的霸道,结果遭到镇压,雷列耶夫被残酷的镇压起义的行为所触动,在《涅夫斯基旁观者》(Невский зритель)杂志上发表了《致宠臣》(К временщику),以自己的作品来对抗封建专制制度。

1821 年,他被选为圣彼得堡刑事法庭陪审官,并且以清正、廉洁和果敢而获得了一定的知名度。与此同时,他与圣彼得堡的文学界有了广泛的交往,与普希金等诗人成为挚友。1823 年,他参加秘密组织"北方协会",不久便成为"北方协会"的领导人。1825 年底,他参与十二月党人起义,起义失败后,他被捕入狱。1826 年 7 月,雷列耶夫在彼得保罗要塞被处绞刑。

雷列耶夫的死亡是令人惋惜的,更是令人愤恨的。丘赫尔别凯在题为《俄罗斯诗人的命运》(Участь русских поэтов)一诗中,极其愤恨地写道:

> 所有民族诗人的命运都令人嗟叹;
> 命运对俄罗斯的处罚最为沉重:
> 雷列耶夫原本为荣誉而诞生;
> 但这年轻人终生迷恋的是自由……
> 绞索因此套上了果敢无畏的脖颈。①
>
> 　　　　　　　　　　　　　　(汪剑钊　译)

在丘赫尔别凯看来,雷列耶夫之死是俄罗斯所遭受的来自命运的最为沉重的"处罚"。作为一个诗人,雷列耶夫写过抒情诗、讽刺诗、诗体故事,他还同别斯图热夫合作过鼓动诗。他于 1820 年发表的影射沙皇亲信阿拉克切耶夫的诗《致宠臣》,震惊了整个文坛。诗的开篇对"宠臣"进行了严厉的讽刺和批判:

> 卑鄙而又阴险,你这目空一切的宠臣,
> 你,君主狡猾的献媚者和忘恩负义的友人,
> 你是自己祖国疯狂的暴主,

---

① 〔俄〕普希金等:《俄罗斯黄金时代诗选》,汪剑钊译,济南:山东文艺出版社,2017 年版,第 97 页。

> 你这仰仗钻营而跃居高位的恶棍！
>
> 你竟敢带着轻蔑的神情望着我，
>
> 你那凶恶的目光对我闪着强烈的愤恨！
>
> 下流东西，对你的垂青我并不稀罕；
>
> 你嘴里的辱骂，是值得赞美的花冠！①

该诗不仅仅将矛头对准宠臣，更是对准了以宠臣为代表的暴君以及整个专制制度：

> 你还是发抖吧，暴君！由于你的暴虐和奸诈，
>
> 后世子孙也要宣判你的罪行。②

（魏荒弩　译）

雷列耶夫开创了公民诗的传统，在题为《公民》(Гражданин)的抒情诗中，他反对年轻一代的碌碌无为，主张应该与专制制度进行斗争，要为公民的责任、祖国的前途和人类的自由而奋斗：

> 不，我不能在荒淫的怀抱里，
>
> 在可耻的悠闲中打发年轻的生命。
>
> 更不能在专制的重轭下
>
> 使自己沸腾的心遭受苦痛。
>
> 且让青年人不了解自己的命运，
>
> 不想去完成时代的使命，
>
> 不打算将来为被压迫的
>
> 人类自由而进行斗争。③

在《致亚·亚·别斯图热夫》(А. А. Бестужеву)一诗中，他声称："作为阿波罗苛刻的儿子，/你在其户看不到什么艺术，/但是可以找到生动的感情，/我不是诗人，而是一个公民。"④可见，雷列耶夫的诗作呈现出了强烈的

---

① ② 飞白主编：《世界诗库》(第5卷)，广州：花城出版社，1994年版，第89—90页。

③ 〔俄〕雷列耶夫等：《十二月党人诗选》，魏荒弩译，上海：上海译文出版社，1985年版，第139页。

④ 〔俄〕普希金等：《俄罗斯黄金时代诗选》，汪剑钊译，济南：山东文艺出版社，2017年版，第80页。

公民意识。而且,在呈现公民意识的时候,雷列耶夫也十分注意艺术手段的更新。譬如,在他于 1823 年创作的题为《沃纳罗夫斯基》(*Войнаровский*)的长诗中,诗人将自己的思想通过主人公之口传达出来,而且,诗人还力图将公民思想的呈现与心理分析的手法密切结合起来。

雷列耶夫以歌颂自由、反抗暴政的政治抒情诗而闻名,体现了俄国浪漫主义歌颂自由的精神特质,他的以《沉思》(*Думы*)为题的组诗,同样具有鲜明的浪漫主义特征,并且将历史上的爱国主义和他所处时代的公民意识密切地结合起来,表现出对社会主题的关注,以唤起公民的爱国热情和社会理想,以及对自由精神的向往。对雷列耶夫来说,诗歌的实质就是"时代的精华",生活即斗争,诗歌则是斗争的号召。在《杰尔查文》(*Державин*)一诗中,他道出了诗人的使命:"诗人的使命比一切更崇高,/神圣的真理就是责任,/他的目标是做个有益社会的人……/他的心里沸腾着对不义的憎恨。"[1]即使是在 1826 年,他被捕入狱,关押在彼得保罗要塞的时候,他依然怀着乐观的信念,写下了《监狱对于我是一种荣誉……》(*Тюрьма мне в честь, не в укоризну ...*):

> 监狱对于我是一种荣誉,而不是耻辱,
> 我身陷囹圄,是为了正义的事业,
> 我不能为这些锁链而感到羞耻,
> 因为我镣铐缠身是为了我的祖国。[2]

雷列耶夫的诗歌是十二月党人诗歌的典范之作,由于他在诗歌创作中弘扬了公民意识,开创了公民诗的传统,他无疑也是涅克拉索夫等民主主义诗歌的重要先驱。

第三节　丘赫尔别凯的诗歌创作

丘赫尔别凯是声望仅次于雷列耶夫的著名的十二月党人诗人。他支持

① К. Ф. Рылеев. "Державин". См.: К. Ф. Рылеев. *Думы* (Серия "Литературные памятники"), М.: Издательство "Наука", 1975.

② К. Ф. Рылеев. "Тюрьма мне в честь, не в укоризну ...". См.: К. Ф. Рылеев. *Полное собрание стихотворений* (Библиотека поэта. Большая серия), Ленинград: Издательство Советский писатель, 1971, с.191.

雷列耶夫的事业,同情雷列耶夫的遭遇,积极参与十二月党人的起义。他也和雷列耶夫一样,被关进了彼得保罗要塞,并且被判死刑,但是,他的死刑判决最后没有与雷列耶夫一道执行,而是得到了改判,最终他被长期囚禁和流放。

威廉·卡尔洛维奇·丘赫尔别凯出身于圣彼得堡的一个贵族家庭。1811 年,他进入皇村学校学习,是普希金的同学,并且与普希金一直保持着密切的友谊。1817 年,从皇村学校毕业后,他进入俄国外交部供职。

1820 年 5 月,当普希金被流放、离开圣彼得堡时,丘赫尔别凯用他的诗作《诗人》(Поэты)向俄罗斯文学爱好者协会发表演讲,歌颂了那些反抗暴政的诗人。除了《诗人》一诗,丘赫尔别凯还写过《致普希金》(К Пушкину)、《诗人的命运》(Участь поэтов)、《诅咒》(Проклятие)、《俄罗斯诗人的命运》等诗篇,都强调了诗歌与诗人所具有强大的社会力量,可见,抒写诗歌的崇高目的是贯穿丘赫尔别凯诗歌创作的一个重要的主题。在《俄罗斯诗人的命运》一诗中,丘赫尔别凯对雷列耶夫等十二月党人的遭遇进行了控诉,他在诗中写道:

> 岂止他,是几辈诗人的噩梦:
> 他们醉心于美好的憧憬,
> 却成了无情时代的牺牲;
> 上帝赋予火种似的智慧和良心,
> 也赋予忧国忧民的一腔激情……
> 于是,他们的命运是长年的囚禁
> 或者成为冰雪流放地上的孤魂!①

诗中所提及的"他",是指雷列耶夫,丘赫尔别凯认为,不仅是十二月党人雷列耶夫,还有怀有美好憧憬的几代俄罗斯诗人,都曾遭受专制制度的摧残。

1820 年至 1821 年,丘赫尔别凯周游欧洲,并在巴黎发表演讲,他的演讲充满了自由和爱国主义的精神,从而引起俄国当局的极度不满。他回到俄国后,参加了"北方协会"秘密组织,他以非凡的勇气和无私的精神积极参加十二月党人起义,努力为起义作出贡献。在起义被镇压的当天晚上,他就逃离了圣彼得堡,期盼能够逃到国外。然而,在起义一个月后,他在华沙被捕,被戴上镣铐押到圣彼得堡,送进彼得保罗要塞。丘赫尔别凯是十二月党

---

① 张草纫,李锡胤选译:《俄罗斯抒情诗百首》,哈尔滨:黑龙江人民出版社,1983 年版,第 18 页。

人起义的重要参与者,因而被判处死刑,不过后来改判为苦役。他在囚禁和流放中度过了一生中最美好的 20 多年时光,但也经受了难以想象的肉体和精神折磨。由此,他不仅双目失明,而且还患了肺结核,于 1846 年死在托博尔斯克。

丘赫尔别凯的诗歌充满高昂的革命精神,具有丰富的思想内涵,如在《致阿哈特斯》(*K Axamecy*)一诗的结尾两节,诗人写道:

> 我们蔑视安乐、奢华和慵倦,
> 为了祖国,一旦我们的宝剑
> 在欢腾的搏斗中露出锋芒,
> 我们的胜利眼看就会实现!
>
> 到那个时候会响起隆隆的炮声,
> 枪弹乱飞,闪着刀光剑影,
> 这是一场阴郁而热烈的浴血战斗:
> "我们热爱自由",全世界都相信。①

这首写于十二月党人起义之前的 1821 年的诗作,所体现的为了自由而"浴血战斗"的精神,无疑在十二月党人追求自由、反抗暴政的思想意识中,起到了重要的促进作用。

丘赫尔别凯在 1821 年创作的另一首诗作《希腊之歌》(*Греческая песнь*),同样表现出对革命精神的赞颂。诗中写道:

> 朋友们! 希腊之子正等待着我们!
> 谁为我们插上翅膀? 让我们飞翔!
> 快消失吧,高山、江河、城墙——
> 他们等着我们——赶快飞向他们!
> 命运啊,请聆听我们的祈祷——
> 请让我参加,请让我参加第一场战斗。
>
> 请让我被第一支利箭射中,

---

① 〔俄〕卡拉姆津等:《俄罗斯抒情诗选》(上册),张草纫译,上海:上海译文出版社,1992 年版,第 214 页。

> 请让我流尽满腔的热血——
>
> 谁能够摆脱了锁链与烦闷，
>
> 谁能够在激战中捐弃年轻的生命，
>
> 并且在片刻的痛苦中赢得荣誉，
>
> 谁就会得到幸福，得到永恒的幸福。①

（汪剑钊　译）

这首诗所写的虽然是希腊反对土耳其统治奴役的民族革命和民族解放战争，但是其所表现出的对坚强的革命精神和献身精神的赞颂，无疑对俄国的十二月党人的斗争，有着重要的激励作用。

十二月党人起义失败之后，丘赫尔别凯面对难以想象的绝境，依然以诗歌创作作为自己的精神支柱，"在闷热的监狱里，天使曾经用金色的梦／为我建造过一座诗歌的天堂"②。在艰难的岁月里，他不仅创作诗歌，而且还翻译了莎士比亚的作品，表现出了十二月党人知识分子的顽强的毅力和乐观的心态。1827 年，丘赫尔别凯在监狱牢房里创作了诗歌《雷列耶夫的影子》（*Тень Рылеева*），十二月党人的炽热情感在这里化为理想的预言：

> 相信我，你没有放弃梦想：
>
> 你的愿望也必将实现。
>
> 他将会以一只无形的手
>
> 推倒墙壁，解开锁链。
>
> 歌手抬起那双欣喜的眼睛——
>
> 将会看到：在神圣的俄罗斯
>
> 定会降临自由、幸福与和平。③

丘赫尔别凯正是出于这种强烈的乐观主义信念，所以即使身陷牢狱，依然以自己的诗篇激励着广大的俄罗斯民众。

---

① 〔俄〕普希金等：《俄罗斯黄金时代诗选》，汪剑钊译，济南：山东文艺出版社，2017 年版，第 95—96 页。

② 〔俄〕丘赫尔别凯：《十月十九日》，张草纫译，参见〔俄〕卡拉姆津等：《俄罗斯抒情诗选》（上册），张草纫译，上海：上海译文出版社，1992 年版，第 216 页。

③ В. К. Кюхельбекер. *Избранные произведения в двух томах*, т. I. (Библиотека поэта. Большая серия.) Ленинград: Издательство Советский писатель, 1967, с.212.

在 1825 年十二月党人起义前后出现的俄国十二月党人诗人群体,以及他们所创作的诗歌,是俄国诗歌发展史上的一个极为独特的现象,这批诗人具有真正的"抛头颅、洒热血"的英勇气概。他们的诗歌创作的特性,不是"纸上谈兵",而是斗争实践的体现;他们的诗歌创作的目的,不是为了"流芳百世",而是一种不顾个人得失甚至不惜牺牲生命的行为,是为了现实斗争的需求。他们的这种精神,是值得颂扬的,在俄罗斯诗歌发展史上无疑也是值得肯定的。

第四编　多元发展：现实与唯美的冲撞

第十三章 十九世纪现实主义诗歌

如果说十九世纪早期的俄罗斯诗歌是以浪漫主义为主要思潮的话,那么,到了十九世纪中后期,俄罗斯诗坛则形成了以现实主义与唯美主义为主要思潮的平行发展的格局。

在十九世纪,俄罗斯文学一改十八世纪以前在世界文坛落后的情形,一跃而起,出现了一系列著名的作家和作品,达到了一种空前的辉煌状态,逐渐占据了世界文学的高地,并且开始发挥一定的引领作用。就文学类型而言,十九世纪的俄罗斯文学中,首先获得辉煌的是诗歌创作,是以普希金、莱蒙托夫、丘特切夫为代表的一批优秀的诗人,他们以具有鲜明的俄罗斯艺术风格的诗歌创作,赢得了世界性的声誉和普遍性的关注,从而成就了俄罗斯诗歌发展历程中的"黄金时代"。随后,在跨入十九世纪后半叶之后,俄国的小说创作也开始奋起直追,以屠格涅夫、陀思妥耶夫斯基、托尔斯泰等为代表的小说家群体,在世界文坛异军突起,灿若群星,从而在一定程度上遮掩了诗歌的光芒。相对小说创作而言,俄罗斯的诗歌创作在十九世纪中后期有所衰落,没有了十九世纪上半叶的磅礴气势,在世界文坛占据一席之地的一流诗人也不及十九世纪上半叶那么突出了。然而,尽管诗歌艺术成就在一定的程度上被小说艺术成就的光芒所遮掩,十九世纪下半叶依然出现了一些重要的诗人。二十世纪著名诗人巴尔蒙特曾经说过:"俄罗斯十九世纪的诗歌有七个伟大的名字:普希金、莱蒙托夫、柯里佐夫、巴拉丁斯基、涅克拉索夫、费特和丘特切夫。"[1]而这七位诗人中,后三位诗人的诗歌艺术成就主要体现在十九世纪的下半叶。以涅克拉索夫为代表的现实主义诗歌,以及以费特为代表的唯美主义诗歌和以丘特切夫为代表的现代主义先驱,在俄罗斯诗歌的发展进程中,依然具有独特的意义,形成了十九世纪中后期俄罗斯诗歌中既发生关联又形成冲撞的两个主要发展方向。

---

[1] Ф. Я. Прийма, Н. И. Пруцков. *История русской литературы. В 4-х тт.* Том 3. Москва-Ленинград: Издательство Наука, 1980.

第一节　十九世纪中后期现实主义诗歌概论

就文学主潮而言,十九世纪的世界文学大体上可以划分为两个发展时期:浪漫主义文学时期和现实主义文学时期。前 30 年,主要是浪漫主义时期,后 70 年,主要是现实主义时期,但伴随着唯美主义等多种文学思潮的涌现,现代主义文学的产生也由此奠定了根基。不过,由于各个国家社会文化语境以及文学发展进程的限制,文学思潮的展开并不平衡,也存在着一定的差异。如美国文学大致以南北战争为界,浪漫主义文学思潮一直延续到了六十年代,在十九世纪中叶,当浪漫主义思潮在其他国家已经消退的时候,美国的浪漫主义文学仍然主宰文坛,与此同时,具有资产阶级民主主义倾向的现实主义文学也开始萌芽;六十年代以后,美国文学才真正进入现实主义阶段。

在浪漫主义文学思潮退潮之后,由于自然科学和社会科学所取得的重大成就,作家的创作思想在一定程度上也受到了时代语境的影响和作用。在自然科学方面,由于细胞学说、能量转化学说、进化论等学说的出现,作家也开始用科学的态度和方法以及整体联系的观点去观察、分析和研究人类社会。在社会科学方面,有德国唯物主义哲学家费尔巴哈的唯物论哲学、孔德的实证哲学,以及泰纳在实证主义基础上所提出的种族、环境、历史决定文学的一些理论观点,这些成了十九世纪后期现实主义文学和自然主义文学的基本的理论基础。从而,在当时的文坛,形成了一种客观的、冷静的、务实的社会风气。作家在创作方法上,开始厌倦浪漫主义文学的过度的情感漫溢和想入非非,以及对自我的无节制的崇尚,于是,作家反过来开始在创作中追求文学作品的客观性、真实性、准确性。

现实主义文学是西欧资本主义制度得以确立和发展时期的产物。在这一时期,在资本主义因素向各个方面渗透的同时,资产阶级的一些弊端也开始充分地暴露出来,浪漫主义的幻想和抽象的抗议已经解决不了现实生活中的一些实际问题。于是,人们不再耽于幻想,开始冷静地面对现实,思考种种现象之谜,客观地剖析社会问题,探讨民族的出路。现实主义文学便是这种面对现实的产物。在世界文学史上,现实主义诗歌也得到了蓬勃的发展,主要艺术成就包括以厄内斯特·琼斯为代表的英国宪章派诗歌、以鲍狄埃为代表的巴黎公社诗歌、以涅克拉索夫为代表的俄国革命民主主义诗歌,以及以高尔基为代表的俄国早期无产阶级革命诗歌。

在俄国,1825 年,十二月党人在圣彼得堡发动的起义失败之后,作为现实折射的文学创作也随之发生了变化,逐渐进入现实主义创作时期。以浪漫主义诗歌创作登上文坛的普希金、莱蒙托夫等著名诗人,也相继成为现实主义作家,他们干预现实生活,反映社会真实,尤其在他们后期的小说等体裁的创作中,现实主义要素表现得更为典型。

四十年代西欧资产阶级革命的爆发,也直接作用于俄国社会,引发了俄国社会的剧烈波动。1853 年至 1856 年间爆发的克里米亚战争,更是暴露了俄国农奴制的腐败本质,激发了人们对沙皇专制制度极大的不满和反抗情绪。1861 年的农奴制改革,以及六七十年代掀起的民粹派运动,都为现实主义文学提供了坚实的社会语境。所以,就文学的整体创作而言,现实主义时期,俄国文坛的小说艺术成就极大地高于诗歌创作成就,以普希金的诗歌创作为代表的俄罗斯诗歌黄金时代,亦暂时告一段落,让位于小说创作,尤其是长篇小说创作。

1861 年,沙皇政府宣布实行"农奴制改革",从此,资本主义在俄国得到了迅速的发展,但是,封建农奴制的残余依然存在于俄国社会的现实生活之中,这些封建残余又与新兴的资本主义因素错综复杂地交织在一起,构成了十九世纪下半叶俄国社会经济的主要特征,也构成了当时思想文化的重要语境。实际上,由于沙皇封建专制制度没有发生根本性的改变,在实行农奴制改革之后,所谓被"解放"的农民的生活并没有好转,反而受到资本主义和封建主义双重的压榨和剥削,他们的生活因此变得更加艰辛,更加令人难以承受。在农奴制改革之后的六十年代,以车尔尼雪夫斯基为首的革命民主主义者纷纷撰文,以文学的形式,揭露农奴制改革的虚伪特性,并且在文学创作领域提出对沙皇政府的统治应该"怎么办"的问题。七十年代,"到民间去"的民粹主义运动也是面对现实的体现。"一些具有革命思想倾向的学生,装扮成农民或工匠,前往俄国的各个角落,唤起俄国农民的力量,进行民族解放斗争。"[①]1881 年,在沙皇遭到暗杀之后,俄国政府对平民百姓的镇压更加严酷。但反抗运动也更加激烈,与此同时,马克思主义开始在俄国传播,直至 1895 年在圣彼得堡成立了"工人阶级解放斗争协会"。正是在这种历史条件下,面对急剧变化的社会政治生活,现实主义文学一直在俄国占据主导地位。

十九世纪下半叶,尤其是农奴制改革之后,俄国诗坛形成了现实与唯美

---

① Б. Бессонови др. сост. *Поэты-демократы 1870—1880-х годов*（Библиотека поэта, Большая серия）, Ленинград: Издательство Советский писатель, 1968, с.5.

的典型冲撞,也就是形成了现实主义诗歌和唯美主义诗歌这两个思想倾向和诗学主张都不相同的阵营。两个阵营也时常发生论争。唯美主义诗歌抛却社会责任,将诗美的创造视为艺术的神圣任务,而现实主义诗人则担负起社会责任,为现实的社会斗争贡献力量,他们所着力强调的是:首先必须成为一个公民,其次才是一个诗人。

正是因为有了这样的公民意识,所以在这一时期,出现了一大批民主派诗人。早在五六十年代,就有一些具有公民意识的现实主义诗人追随涅克拉索夫的诗学主张,其中包括普列谢耶夫(А. Н. Плещеев)、亚霍恩托夫(А. Н. Яхонтов)、泽姆丘兹尼科夫(А. М. Жемчужников)、库罗奇金(В. С. Курочкин)、拉夫罗夫(П. Л. Лавров),等等。六七十年代之后,米纳耶夫(Д. Д. Минаев)、费多罗夫-奥姆列夫斯基(И. В. Федоров-Омулевский)、特雷福列夫(Л. Н. Трефолев)、肖勒-米哈伊洛夫(А. К. Шеллер-Михайлов),以及苏里科夫(И. З. Суриков)等乡村诗人,都在诗中表现出强烈的公民意识和民主精神。

就现实主义诗歌创作而言,俄国这一时期的文学,最具代表性的作家是著名小说家兼诗人屠格涅夫,以及抒发公民情感的革命民主主义诗人涅克拉索夫。较为重要的诗人有伊凡·尼基钦(Иван Саввич Никитин)、瓦西里·库罗奇金、苏里科夫、杜勃罗留波夫(Николай Александрович Добролюбов)、雅库波维奇(Петр Филиппович Якубович)、纳德松(Семён Яковлевич Надсон)、福法诺夫(Константин Михайлович Фофанов),以及主要在圣彼得堡等地从事文学活动的乌克兰著名诗人谢甫琴科。他们的诗歌创作,构成了世界诗歌史上比较独特的现实主义诗人群体。

一、尼 基 钦

伊凡·萨维奇·尼基钦,出身于沃罗涅日省的一个小工厂主家庭,他8岁时进入当地的宗教学校读书,后于1838年转到奥罗涅日中学。在中学学习期间,他对文学产生了浓厚的兴趣。他特别喜爱茹科夫斯基、普希金等作家的作品。他盼望能上大学读书,但他的父亲由于生意急剧恶化,伤心欲绝,开始酗酒,把所有的家庭经济负担都扔给了儿子,尼基钦连中学也没念完,就承担起养家糊口的重任,1844年,他20岁的时候,被迫变卖了父亲的蜡烛厂,成为一名旅馆老板。这也使得他有机会广泛接触社会现实,在与马车夫、流浪汉等俄罗斯社会的不同阶层的人们的交往中,他深刻地认识到了社会的一些本质特性。尼基钦一生贫困,加上劳累,终于在与普希金、别林斯基等作家相似的37岁这个年龄离开人世,死于肺结核。

尼基钦从小就对文学有浓厚的兴趣,在中学读书期间就开始了诗歌创作。他曾经回忆自己青年时代被迫做旅馆生意时对诗歌创作的迷恋:"周围都是缺乏哪怕一点点教育的人,没有主管,没有听到关于我应该做什么和如何做的合理建议,我匆匆忙忙地去做每一项重要的工作,也匆匆忙忙地去做每一件平庸的事情……在向马车夫出售干草和燕麦时,我思考着我所读到的、令我印象深刻的句子,我也在泥泞的小屋里思考着这些句子……一旦有空闲时间,我就会去家里的一个僻静角落。在那里,我将熟悉人类的骄傲;在那里,我将写下谦虚的诗句,从我的心底发出乞求。我把我写的东西都藏起来了,就像犯罪一样,不让任何陌生人看到,而到了黎明时分,我便烧掉那些我在不眠之夜为之哭泣的诗句。随着岁月的流逝,我对诗歌的热爱在胸中不断增长,但同时也产生了一个疑问:我身上是否具有天赋的火花……"[1]由此可见,他无论面对什么样的困境,都心甘情愿地坚守诗歌这一片净土。

由于自己不懈的努力,尼基钦于 1856 年出版了第一部诗集:《诗作》(Стихотворения)。他所写的诗大部分为描写景色的自然诗和描写贫困人们生活的"现实诗",他的作品基调不太和谐,反映了他世界观的矛盾性。在"现实诗"的创作方面,他基本上属于涅克拉索夫诗派。在许多优秀的诗作中,他表现出强烈的民主主义思想,而且具有高度的公民责任感,他善于描写农民、纤夫、马车夫、纺织女等普通百姓的生活,在他的笔下,这些普通百姓的思想情感表现得极为生动。在描写"自然诗"方面,尼基钦善于捕捉大自然的优美音调,与现实社会形成鲜明的对照,如在《漆黑的树林里,夜莺沉默不语》(В темной чаще замолк соловей)一诗中,尼基钦写道:

> 漆黑的树林里,夜莺沉默不语,
> 蔚蓝的天空中,星星在漂浮;
> 月亮透过茂密的枝头凝望,
> 并且点亮了草地上的露珠。
>
> 玫瑰打着盹儿。一阵阵寒意袭来。
> 有人吹着口哨……即刻沉默。
> 耳畔所能听见的是一片片树叶
> 被虫子咬破了,勉强没有掉落。

---

[1]　И. С. Никитин. *Сочинения*. М.：Гослитиздат，1955，c.302.

> 在这个温顺而沉寂的月夜，
>
> 多么迷人啊，你这张可爱的脸！
>
> 这个夜晚，充满了金色的梦，
>
> 但愿此刻无休止地延长，直至永远！①

（吴笛　译）

在这首描写景色的自然诗中，无论是天空、月亮、星辰等天文类意象，还是树叶、草地、玫瑰等植物类意象，都具有人的品性，月亮可以"凝望"，可以"点亮"露珠，玫瑰可以"打盹儿"，它们共同编织成美妙的"金色的梦"。而且，他的抒情诗描写生动具体，音乐性很强。他的诗歌中有 60 多首被人谱曲，广为流传。

伊凡·尼基钦描写现实的诗，主要有抒情诗《罗斯》(*Русь*)、《早晨》(*Утро*)，以及长诗《拳头》(*Кулак*)。他的这类作品，大多是描绘农民的现实生活，以及他们的情感，譬如，在题为《早晨》的抒情诗中，诗人在书写了星辰熄灭、太阳升起的自然风光之后，着重书写了农夫一天生活的开始：

> 农夫唱着歌，带着木犁下地，
>
> 小伙子的肩膀上越来越感到重甸甸……
>
> 你不要伤心！放下工作休息一下吧！
>
> 向太阳，向愉快的早晨道一声早安！②

在尼基钦的《早晨》这首描写现实的诗中，也有对自然的关注，可以说这首诗是"自然诗"和"现实诗"两种要素的结合，既有对自然景色的描绘，也有对农夫辛酸生活的感慨，不过，从中依然可以感受到一种乐观的信念。

作为一名现实主义诗人，尼基钦也善于写作政治抒情诗。他创作的政治抒情诗，表达了他对俄国社会现实的深刻的理解，如在《我们肩负着沉重的十字架》(*Тяжкий крест несем мы, братья ...*)一诗中，诗人写道：

> 我们肩负着沉重的十字架，弟兄们，
>
> 思想被禁锢，言论被封锁，

---

① И. С. Никитин. *Полное собрание стихотворений*. ("Библиотека поэта. Большая серия"), изд. 2-е. Ленинград: Издательство Советский писатель, 1965.

② 〔俄〕卡拉姆津等:《俄罗斯抒情诗选》(上册)，张草纫译，上海：上海译文出版社，1992 年版，第 685 页。

诅咒埋藏在心灵深处，

眼泪在胸中沸腾。

俄罗斯在桎梏中，俄罗斯在呻吟，

你的公民在忧愁中缄默不言，

欲放声痛哭，又哭不出声，

儿子思念着病中的母亲！

你没有吉兆，没有乐土，

你是苦难和奴役的王国，

你是贿赂和官僚的乐园，

你是棍棒和皮鞭的化身。①

（黎皓智　译）

在这首题为《我们肩负着沉重的十字架》的诗中，尼基钦对当时的俄国专制制度进行了犀利的批判。该诗分为三个诗节，从书写俄罗斯普通民众开始，层层递进，直到最后，将批判的矛头指向俄罗斯国家政权。第一诗节所描述的是普通百姓遭受压迫的情形："思想被禁锢，言论被封锁。"于是，百姓的内心充满了凄苦，"眼泪在胸中沸腾"。到了第二诗节，诗人所要描述的是民族和国家："俄罗斯在桎梏中，俄罗斯在呻吟。"可以说，正是因为思想被禁锢，百姓被剥夺了言论自由，他们才"肩负着沉重的十字架"，所以，整个俄国才会处在桎梏之中。第三诗节则进一步控诉了整个俄罗斯民族的苦难，认为生活在"棍棒"和"皮鞭"之下的俄国，是一个"苦难和奴役的王国"。全诗铿锵有力，表现了诗人面对专制制度的满腔愤恨。

二、米哈伊洛夫

米哈伊尔·拉里昂诺维奇·米哈伊洛夫（Михаил Ларионович Михайлов），出身于奥伦堡的一个官吏家庭，早年，他接受过良好的家庭教育，熟练地掌握多门外语，但父母早亡，为了求学，年轻的米哈伊洛夫到了圣彼得堡，在大学做旁听生，从而结识了车尔尼雪夫斯基，并且开始写诗和译诗。随后，在1848年，为生计所迫，他到了下诺夫哥罗德，在盐业管理处当

---

① 〔俄〕尼基钦：《我们肩负着沉重的十字架》，黎皓智译，参见许自强、孙坤荣编：《世界名诗鉴赏大全》，北京：商务印书馆，2009年版，第824—825页。

文书。1851 年,在自己的中篇小说《亚当·亚当梅奇》面世之后,他重返圣彼得堡,开始为《现代人》杂志撰稿,后来他还为该杂志主持外国文学栏目。他撰写的政论文章涉及妇女平等、向往自由等话题,在当时产生了一定的影响。他积极组织反对沙皇政府的革命宣传等活动,因此于 1861 年被捕,押往西伯利亚服刑,几年之后在苦役中逝世。

米哈伊洛夫一直坚持从事诗歌创作以及外国诗歌的俄文翻译工作,即使是在服刑期间,他也没有终止这一对他而言极为重要的文学活动。他的作品常常涉及政论主题,他是“涅克拉索夫诗派”中创作政治抒情诗的代表性诗人,他的政治抒情诗表现出了强烈的反抗农奴制专制的倾向,如《地主》(Помещик)、《酒馆》(Кабак)等诗篇。而且他也善于在作品中发出斗争的呼吁,如《哦,悲哀的人们的心》(О, сердце скорбное народа …)、《坚定地,友好地拥抱我们》(Крепко, дружно нас в объятья …)等诗篇,都具有极强的鼓动性。米哈伊洛夫的诗歌作品洋溢着崇高的公民意识和热切的爱国主义精神,他的《朋友们,要勇敢》(Смело друзья)等诗篇,曾被谱曲,广为流传。他翻译的海涅等西欧诗人的一些作品,也对俄罗斯诗歌的发展作出了积极的贡献。

《朋友们,要勇敢》一诗,有着强烈的正义感,在该诗的开头部分,米哈伊洛夫写道:

> 朋友们,要勇敢! 不要
> 在力量悬殊的战斗中失去锐气,
> 来保卫祖国母亲吧,
> 维护自己的自由和正义!
>
> 让他们把我们关进监狱吧,
> 让他们用烈火来折磨我们,
> 让他们把我们送进矿山吧,
> 我们会熬过所有的酷刑。[①]

米哈伊洛夫在此发出战斗的召唤,他号召人们为了自由和正义,勇敢地进行战斗,即使是“关进监狱”或是“送进矿山”。其实,该诗写于 1861 年,创作该

---

① 〔俄〕卡拉姆津等:《俄罗斯抒情诗选》(下册),张草纫译,上海:上海译文出版社,1992 年版,第 702 页。

诗的时候,他已经被关进了监狱,这首诗是他被关押在彼得保罗要塞的时候写的。但他毫不屈服,表现出豪迈的英雄气概,坚信自己能够"熬过所有的酷刑"。他之所以有这样的信念,是因为他决心为人民大众谋福祉,他看到了遭受折磨的人民在期待他们的行动,所以,在该诗的后半部分,诗人写道:

> 贫苦的、受折磨的人民
> 在沉重地喘息、呻吟,
> 他们向我们伸出双手,
> 呼吁我们去援助他们。
>
> 一旦革新的时刻到来——
> 人们就会得到解放,
> 他们会热情地纪念我们,
> 到我们的坟墓上来瞻仰。
>
> 如果我们在潮湿的矿坑
> 和监狱里结束自己的生命,
> 朋友们,我们的事业必然
> 会在活着的几代人中得到响应。①

他坚信,人民群众所进行的正义的斗争必将取得胜利,封建农奴制必将被彻底废除,人民必将"得到解放"。然而,他也深深懂得,只要有斗争,就会有牺牲,但他义无反顾,即使牺牲,也相信广大的人民群众定会到他的坟头凭吊。而最后的四行诗,更是他的信念所在,也是他对自己生命的一个预言。

　　米哈伊洛夫创作的诗歌,语言极为质朴,易于被人民大众理解、感悟和接受。在诗歌写作技巧方面,他喜欢使用对照的手法,如在《监禁的时期已满》(*Вышел срок тюремный*)一诗中,米哈伊洛夫就使用了多种对照的手法,他将监狱的生活与释放后的"自由"生活进行对照,得出了现实生活比监狱更严酷的结论:"这里有更多的自由;/但为何这些山峦壁立,/比监狱的墙壁更厉害地/限制着我的广阔天地?"②在诗的最后,诗人还将人类生活与鸟

---

① 〔俄〕卡拉姆津等:《俄罗斯抒情诗选》(下册),张草纫译,上海:上海译文出版社,1992年版,第702—703页。

② 〔俄〕卡拉姆津等:《俄罗斯抒情诗选》(下册),张草纫译,上海:上海译文出版社,1992年版,第704页。

类生活进行对照,以百灵鸟的自由飞翔与欢乐歌唱来对照人类社会失去自由的疲惫与苦难,体现出现实主义诗人的创作风格。

三、库罗奇金

瓦西里·斯捷潘诺维奇·库罗奇金是一名被"解放"了的农奴的儿子。他的诗歌创作风格属于典型的涅克拉索夫诗派的风格,是俄国革命民主主义公民诗的典型的组成部分。

库罗奇金于 1849 年毕业于圣彼得堡军事学校,随后入伍参军,并于 1853 年退役。退役之后,他主要从事文学活动,在 1859 年至 1873 年,他编辑《星火》(Искра)杂志,以诗歌和讽刺性作品等形式,对社会生活和文学事件进行及时回应。这本杂志被誉为"六十年代所有俄国讽刺杂志中最尖刻、最重要的杂志"①。

在诗学思想上,库罗奇金极力反对"纯艺术派"的主张,他善于以讽喻的手法批判社会现实和庸俗习气,反映乡村生活的贫困,也善于讴歌普通百姓的淳朴和诚实,如《春天的童话》(Весенняя сказка)等,他还主张对不合理的社会制度进行讽刺和批判,如《双头鹰》(Двуглавый орел)、《官吏诉苦》(Жалоба чиновника)、《地主们压迫我们太久了》(Долго нас помещики душили ...),等等。

在《双头鹰》一诗中,库罗奇金利用俄国国徽中的双头鹰这一形象,讽刺社会上存在的言行不一的恶习,挖掘种种灾难的社会根源,在诗的开头一节,诗人就直截了当地对国徽所象征的灾难进行讽喻,认为它就是罪魁祸首:

> 朋友,我有一个发现:
> 我们的一切不幸和灾难
> 到底应该归罪于谁?
> 这个罪魁祸首就是国徽——
> 全俄帝国的双头鹰,
> 两个舌头,四只眼睛。②

(王士燮　译)

---

① Н. В. Банников сост. *Три века русской поэзии*. Москва: Издательство Просвещене, 1979, с.290.

② 飞白主编:《世界诗库》(第5卷),广州:花城出版社,1994年版,第205页。

在该诗中,作者反复重复这一诗节,如同音乐的主旋律,反复吟唱。不仅如此,他还在一些诗行中,声称"两个脑袋是坏人的标记"。而四只眼睛导致"玩忽职守到处出现"。

尽管库罗奇金的讽刺诗结尾犀利,但是他创作的一些抒情诗却显得简洁,措辞极为朴实,毫无雕琢之感,极为贴近日常生活的语言特色。《一个心地善良的人》(Человек с душой)和《离别》(В разлуке)等抒情诗,都体现了这一特质。

在《一个心地善良的人》这首诗中,库罗奇金以朴实的语言描绘了一个朴实的俄罗斯普通男子的一生。他"尊老爱幼",遵守传习习俗,具有善良的品质,诗人力图从普普通通的日常生活和行为中来表现普通民众的博大的胸怀。

他的一些抒情诗不仅语言清新质朴,而且具有较为曲折的叙事色彩,他还善于制造情境,这使他的诗句充满了微妙的暗示,有着内在的复杂的戏剧冲突,如在《离别》一诗中,诗人通过独白,表现了抒情主体的复杂的内心体验:

> 我们高傲地分别了;不说一句话,不流一滴眼泪,
> 我没有对你作出忧伤的表示。
> 我们永远分别了……但如果能重新同你见面,
> 　　那该多么有意思!
>
> 我服从命运的安排,不流一滴眼泪,没有怨言。
> 我不知道,在生活中你干了这么多对不起我的事,
> 你是否爱过我……但如果能重新同你见面,
> 　　那该多么有意思。①

需要说明的是,在俄文原文中,该诗的抒情主人公是一位女性,这在中文译文中是无法辨别的。所以,《离别》这首诗是一位女子的独白,通过她的独白,我们不仅可以大致了解事情的来龙去脉,而且,更为重要的,我们可以看出该女子的坚毅而可贵的性格特征,她面对负心的男子,作出的选择是与他"高傲地"分手,表现出了独立的人格,以及俄罗斯女子坚忍克制的良好品德。在与恋人分手的时候,她"不说一句话,不流一滴眼泪",更没有显现出

---

① 〔俄〕卡拉姆津等:《俄罗斯抒情诗选》(下册),张草纫译,上海:上海译文出版社,1992年版,第763页。

悲伤的神情,但她内心的痛楚,我们从她期盼再次相见的语气中还是可以看出的。在诗中,那名男子始终没有露面,没有发出一丝声息,只是一名纯粹的"潜在的听众",因此,该诗也有一些戏剧独白诗的特性,而且具有明晰的叙事性,表现了作者独到的感悟能力以及对女性独立性格的赞赏,当然,对负心男子的责备也是显而易见的。

除了诗歌创作,库罗奇金在诗歌翻译方面的贡献也是比较突出的,尤其是他翻译的法国诗人贝朗瑞的作品,得到俄国诗坛的极大的关注和一致好评。

四、杜勃罗留波夫

杜勃罗留波夫不仅是一位出色的革命民主主义批评家,而且也是一位颇具特色的革命民主主义诗人,在讽刺诗和抒情诗等领域都颇有贡献。

尼古拉·亚历山大罗维奇·杜勃罗留波夫出身于下诺夫哥罗德的一个神父家庭。11 岁之前,他主要是在家庭接受教育。1848 年至 1853 年,他在下诺夫哥罗德神学校和下诺夫哥罗德中学学习。中学毕业后,他到了圣彼得堡,进入中央师范学院历史语文系学习。1854 年,杜勃罗留波夫遭遇了人生中极为严重的打击:上半年,他的母亲死于分娩;下半年,他的父亲死于霍乱。突如其来的创痛使他的生活遭受了巨大的打击。为了养活父母留下的五个妹妹和两个弟弟,他不得不靠授课和翻译等工作赚钱。为了生计,1855 年 9 月,他申请提前参加教师资格考试,不过,在维亚泽姆斯基等人的努力下,这位天才学生的家庭得到了一些物质援助,这使他能够继续学习。1857 年 6 月,杜勃罗留波夫以优异的成绩从师范学院毕业。大学毕业后,他主要从事教育工作,但是一年之后,他因健康原因被解雇。1860 年 5 月,杜勃罗留波夫因肺病出国治疗,后于 1861 年回国,同年 11 月,他因肺病在圣彼得堡逝世。

早在中学时代,杜勃罗留波夫就开始创作。在大学读书期间,他撰写了许多文学评论,并发表在《现代人》等重要刊物上。他也一直坚持诗歌创作。他主要的诗歌作品有《诗选》(*Избранные стихотворения*,1861)等。

杜勃罗留波夫的诗歌创作,无论是讽刺诗,还是抒情诗,都体现了他的革命民主主义思想,以及他作为平民知识分子的思想情绪。譬如,在《那时候,正是寒冷的冬天》(*Когда, среди зимы холодной ...*)一诗中,他描写的是贫富差别,以及不同阶级之间的对立情绪。在诗歌开头部分,诗人写道:

那时候,正是寒冷的冬天,

我身无分文，囊无财物，
贫弱乏力，饥寒交迫，
在一个繁华的都市，彳亍；

那时候，一辆驷马高车
几乎把我当场碾死，
我还被留在街上示众，
为了教训愚民的无知；

那时候我浑身筋疲力尽，
整了整衣服，坐到台阶上，
寒风吹着我的耳朵，
湿雪打着我的面庞——①

在该诗的前三诗节，诗人所描写的是抒情主人公无限的悲凉生活。一位饥寒交迫的穷人，在大街上小心翼翼地匍匐而行的时候，却遭遇有权有势者横冲直撞的马车的碾压，如同狄更斯的《双城记》中的贫苦百姓一样，驱车者不仅没有实施救治，反而扬长而去，不顾受伤百姓的死活，任凭受到伤害的弱势群体在寒风湿雪中受苦受难。在接下去的诗节中，诗人所抒发的便是被侮辱与被损害者的愤怒之情：

啊，我咒骂了千遍万遍，
我胸中激起了多少怒气，
我心中多么痛恨那些
过着幸福生活的兄弟。

在这疯狂的豪华生活中，
声色犬马，纸醉金迷，
倚红偎翠，一掷千金，
使他们听不见兄弟的哭泣。

---

① 〔俄〕卡拉姆津等：《俄罗斯抒情诗选》，张草纫译，上海：上海译文出版社，1992年版，第718页。

> ……可是不幸的时代过去了,
> 我高傲地乘车在大道上奔驰,
> 当我的马车夫挥鞭碰到
> 过路人,我也会等闲视之。①

由于受到等级观念的限定,抒情主人公并没有理解贫苦百姓遭受欺辱和损害的真正原因,所以,其愿望也是有朝一日能够富裕起来,以同样的方式欺压别的民众。其中,也可以看出,诗人所塑造的这一下层民众也有着狭隘自私的一面。

五、苏里科夫

伊凡·扎哈罗维奇·苏里科夫出身于亚罗斯拉夫尔省的一个农民家庭。靠邻居的帮助,他学会了读书写字。1862 年。他结识了诗人普列谢耶韦(А. Н. Плещееый),在后者的帮助下,他开始在杂志上发表作品,1863 年,他在《娱乐》(Развлечение)杂志上发表了他的第一首诗。苏里科夫的第一部诗集《诗作》(Стихотворения)出版于 1871 年。其后,他又于 1875 年出版了诗集。1872 年,他为同一阶层的诗歌爱好者编写了诗歌小册子《曙光》(Рассвет),围绕它,形成了以一批志同道合的诗歌爱好者为主的"苏里科夫诗派"(поэты-суриковцы),其中包括巴枯宁(А. Я. Бакулин)、捷鲁诺夫(С. Я. Дерунов)、科兹列夫(М. А. Козырев)等诗人。

苏里科夫主要是一位农民诗人。他的诗歌的主题是农民的贫困生活和悲惨命运,以此反映他们的思想感情,并借以表达他对专制制度的愤恨。他继承了涅克拉索夫、阿列克谢·柯里佐夫、伊凡·尼基钦的诗歌传统,并汲取了民间口头创作的营养。他的诗简洁易懂,自然流畅,思想深刻,而且充满抒情性和音乐性。他的很多诗作,如《薄薄的山灰》(Тонкая рябина)、《我生来就是个孤女》(Сиротою я росла ...)等,被谱成歌曲,广为流传。

抒情诗《我生来就是个孤女》以一个孤女作为抒情主人公,描写了她的凄凉与艰辛,由此表达了诗人对普通百姓悲惨命运的同情。在诗的起始,诗人写道:

我生来就是个孤女,

---

① 〔俄〕卡拉姆津等:《俄罗斯抒情诗选》,张草纫译,上海:上海译文出版社,1992 年版,第 718—719 页。

恰似野外的一根小草；
我的青春奴役般地
在别人的身边消耗。

我自从十三岁起，
就在人间遍地漂泊；
忽而给人家当保姆，
忽而到牛奶场干活。

我没有享受过喜悦，
也没有得到过抚慰，
我的面容未老先衰，
我的美色也已凋谢。①

在这首诗中，抒情主人公将自己比作"一根小草"，遭受风暴的无情摧残，享受不到童年时代的欢乐，她在年少时期就不得不遍地漂泊，居无定所，干的是与年龄严重不相符的繁重的体力劳动，甚至出现"未老先衰"的情形，然而，她为何如此不幸，命运如此悲惨？在接下去的两个诗节，诗人给出了答案：

是痛苦和奴隶地位
夺走了我的娇艳，
看来，我的命运
已经注定，难以改变。

我也曾经出落成
一个漂亮的姑娘，
只是上帝没有让我
享受幸福命运的荣光。②

原来，正是沙皇专制制度，正是她被奴役的地位，才使她遭受如此不幸。本来，她可以像其他姑娘一样，显得娇艳，被人羡慕，可是，由于命运作祟，她无法享受"幸福命运的荣光"，只能承受着"奴隶地位"的一切苦难。接着，抒情主人公

①②　飞白主编：《世界诗库》(第5卷)，广州：花城出版社，1994年版，第213页。

以大自然中的野兽和鸟雀等意象,作为参照,进一步凸显自己的生命的凄凉:

> 黑暗庭院里的鸟雀
> 也会欣喜地鸣啭,
> 树林深处的母狼
> 也会愉快地游玩。
>
> 母狼有自己的幼崽,
> 鸟雀有自己的小巢,
> 可我在这个世界
> 一无所有,形影相吊。
>
> 啊,我衣衫褴褛,
> 生活赤贫如洗,
> 只因我这般穷困,
> 谁也不愿娶我为妻!
>
> 呃,只怪我命苦,
> 注定要接受孤女的凄凉,
> 就像一根小草,
> 或是一株痛苦的山杨![1]

(吴笛　译)

抒情主人公甚至觉得自己不如森林深处的母狼,不如黑暗庭院的鸟雀,因为,由于社会上存有的偏见,她作为一个贫穷的姑娘,甚至被剥夺了恋爱的权利,所以,不仅"一无所有",而且"形影相吊"。诗的最后两节,是对俄国专制社会的饱含血泪的控诉,体现了作者激昂的人道主义思想。

苏里科夫在自己的诗歌中,善于书写人间的悲凉和社会的阴暗,为此,他也受到了人们的误解,甚至是一定程度的责难,他在1878年创作的《朋友啊,不要责怪我》(Не корите, други ...),便是对这一问题的回答,从中我们能够明晰地看出他所主张的现实主义诗学思想。在该诗开头的两个诗节中,诗人写道:

---

① 飞白主编:《世界诗库》(第5卷),广州:花城出版社,1994年版,第213—214页。

　　　　朋友啊,不要责怪我,
　　　　责怪我的作品,
　　　　从不抒写温暖,
　　　　也不表现光明。

　　　　在这个世界上,
　　　　谁怎样生活、怎样呼吸,
　　　　那么谁就会唱出
　　　　怎样的歌曲……①

在苏里科夫看来,艺术源于生活,因为"生活为诗歌提供/形象和声音",然而,由于处于沙皇的封建专制之下,普通民众生活艰辛,所以,他的诗中才充满悲伤的音符:

　　　　生活为诗歌提供
　　　　各种形象和声音:
　　　　它所提供的是欢乐
　　　　还是痛苦和不幸,

　　　　是美妙富有的白昼
　　　　还是不见光明的黑暗——
　　　　所有这一切啊
　　　　都与诗人作品相关。

　　　　我的诗歌显得忧郁……
　　　　然而这不是我的过错,
　　　　因为生活给予我的
　　　　只有悲哀与苦涩!②

　　　　　　　　　　　　　　　　　　　　　　　　(吴笛　译)

苏里科夫在此强调了生活与艺术之间的关系,他的诗歌主题是抒发普通百

---

① 飞白主编:《世界诗库》(第5卷),广州:花城出版社,1994年版,第214页。
② 飞白主编:《世界诗库》(第5卷),广州:花城出版社,1994年版,第214—215页。

姓的生活和情感,尤其是农民的贫困生活和悲惨命运,这体现了他的现实主义诗学思想。

六、雅库波维奇

彼得·菲利波维奇·雅库波维奇是一名很有才华的革命民粹派诗人,出身于诺夫哥罗德省的一个破落的贵族家庭。

1882 年,雅库波维奇毕业于圣彼得堡大学语文系。大学期间,他积极参与革命活动,后于 1882 年参加秘密的革命组织"民意党"(Народная воля),并成为该党的领导人之一。1884 年 11 月,他遭受逮捕,被关入彼得保罗要塞。因禁 3 年之后,他于 1887 年被判处死刑,后又被改判为 18 年苦役,1895 年,又被改为流放。1903 年,他回到圣彼得堡,进入《俄罗斯财富》(Русское богатство)杂志社工作。1905 年,他因积极参与俄国大革命,再次被捕入狱。

雅库波维奇自大学时代开始就在《祖国纪事》(Отечественные записки)等杂志上发表诗作,1887 年,他以拉姆舍夫(Матвей Рамшев)为笔名,出版第一本诗集,《诗作》(Стихотворения)。他的诗歌继承了涅克拉索夫的传统,表达了对人民苦难的同情、对仁爱的向往以及对正义事业必胜的信念,反映了重大的社会生活问题。雅库波维奇的诗歌风格简洁明晰,不假雕琢,基本主题是书写正义的愤怒和复仇。他的诗歌在十九世纪末期的公民诗中,占有一定的地位。

如在《我为心灵年轻的人们歌唱》(Я пою для тех , чьи души юны ...)一诗中,诗人写道:

> 我为心灵年轻的人们歌唱,
> 他们为弟兄分忧,像关心自己一般。
> 我的缪斯是牢房里的阴暗,
> 锁链和绳索便是我的琴弦。
>
> 你们所关心的是严肃的艺术,
> 你们是爱情和幸福的歌手!
> 我却歌唱一代人的伟大的痛苦,
> 尽管这代人为上帝所诅咒。[1]

(吴笛　译)

---

① 飞白主编:《世界诗库》(第 5 卷),广州:花城出版社,1994 年版,第 223 页。

在这首诗中,诗人阐述了自己的诗学主张,以及他与别的诗人的不同之处。他的缪斯是"牢房里的阴暗",他的琴弦是"锁链和绳索",他诗歌的主题也不像别的诗人那样,他不是"爱情和幸福的歌手",而"歌唱一代人的伟大的痛苦"。由此可见,雅库波维奇具有作为民粹派诗人的创作倾向。然而,"锁链和绳索"并非永久的目的,歌颂"伟大的痛苦"还在于坚守和奋斗,以及最后对"锁链和绳索"的挣脱。因此,在《大海上并非每一道波涛的飞溅》(*Не за каждым всплеском моря …*)一诗中,诗人写道:

> 大海上并非每一道波涛的飞溅
> 都被舵手战战兢兢地注视,
> 一切取决于最后的一道,
> 最后的九级浪极为迅疾!
>
> 但是,为了掀起九级巨浪,
> 掀起最后的迅猛的波涛,
> 需要付出最初的努力,
> 一级浪、二级浪都必不可少……
>
> 尽管它们勉强可辨,
> 尽管它们又平息下去,
> 弟兄们,满怀信心地等待吧,
> 攻克一切的波浪定会涌起![1]

(吴笛　译)

可见,曾经为了自己的理想而被捕入狱的雅库波维奇,心中总是期待着更为猛烈的风暴,而且,他坚定地相信,只要付出努力,"攻克一切的波浪定会涌起"!

雅库波维奇的诗歌具有极大的鼓动作用,他的诗歌创作受到了包括契诃夫和高尔基在内的许多著名作家的高度赞赏。而且,除了诗歌创作,他还率先将法国诗人波德莱尔的《恶之花》翻译成俄文,对俄国诗坛产生了一定的影响。

---

[1] П. Ф. Якубович. *Стихотворения*. Ленинград: Издательство Советский писатель, 1960, c.112.

七、纳 德 松

谢苗·雅可夫列维奇·纳德松出身于圣彼得堡的一个犹太血统的官吏家庭。他曾就读于彼得堡第二军事中学和巴甫洛夫军事学校。从巴甫洛夫军事学校毕业后,他曾担任军官。1882 年,他在喀琅施塔得的里海军团被提升为中校。1884 年,他因病退役,三年后,他在雅尔塔不幸因病逝世。

纳德松继承了莱蒙托夫和涅克拉索夫的诗歌创作传统,在他的创作中,能看到明晰的民主主义精神,他常常表现出对人民大众的热爱以及对光明未来的向往。然而,他的诗也有着浓郁的沉郁忧伤的基调。在题为《白日梦》(Грезы)的诗中,纳德松作出了自己对诗的定义:"我与哭泣的人一同哭泣,/我与受苦的人一同受苦,/我向疲倦的人伸出我的手。"①这些诗句,确立了他在俄罗斯诗歌史上的独特地位,体现了他与普通百姓同甘苦、共患难的处事原则。

纳德松于 1885 年出版第一部诗集,这给他带来了巨大的声誉。他诗歌中的彷徨绝望的基调以及悲观主义倾向,是十九世纪下半叶俄罗斯社会现实的真实写照,在十九世纪末的俄国文坛曾经引起了极大的共鸣。譬如,在《母亲》(Мать)一诗中,纳德松像涅克拉索夫等诗人一样,展现了俄罗斯母亲的悲苦:

> 孩子,好苦呀,我的苦命儿,
> 　穷得活路无一条。
> 今天马马虎虎把你爹
> 　用黄土与草皮苦好,
> 明儿清早我就沿街
> 　提了口袋一家家乞讨!②

(李锡胤　译)

诗中的母亲,为了生计,四处乞讨,她"低三下四,苦求哀告,/忍受这生活的煎熬"③,这一母亲形象,也有着诗人自己母亲的影子。在纳德松只有两岁的时候,他的父亲就离开了人间,也没有留下任何财产。他的母亲一贫如

---

① Семён Яковлевич Надсон. *Полное собрание стихотворений*, М.: Советский писатель, 1962.

② 飞白主编:《世界诗库》(第 5 卷),广州:花城出版社,1994 年版,第 225—226 页。

③ 飞白主编:《世界诗库》(第 5 卷),广州:花城出版社,1994 年版,第 226 页。

洗,先是在基辅当家庭教师,后来再婚了,但这段婚姻又非常不幸。在诗人的记忆中,有着痛苦的家庭场景的记忆,这些悲凉场景以他继父的自杀而告终,随后,他母亲带着孩子们一起搬到了圣彼得堡,与纳德松的舅父一起生活,但她很快离开了人世。所以,诗中的母亲形象是有现实根基的,这不仅是普通的下层女子的形象,而且是俄罗斯大地母亲的化身。

作为一名现实主义诗人,在书写爱情主题时,纳德松的诗中已经没有了浪漫主义诗人的诗情画意,而是赤裸裸的真实。《美好的只是爱情的黎明》(*Только утро любви хорошо ...*)一诗便是对爱情的一种悲观意识的体现,在该诗的开头,他所呈现的是"爱情的黎明"所具有的些许美好:

> 美好的只是爱情的黎明,
>   只是最初的胆怯的谈吐,
> 纯洁的、羞涩的心灵的颤动,
>   半吞半吐的话语、仓促的会晤,
> 模棱两可的暗示,目光的游戏,
>   有时满怀希望,有时盲目嫉妒;
> 永志不忘的美满的幸福时光,
>   身处尘世——却享受天堂的幸福!……①

然而,在纳德松看来,尘世间的"天堂的幸福"并不能长久维持,婚姻的殿堂也充满冷漠和远离纯洁的"肉欲":

> 幻想变得可以实现,为时不远,
>   接吻——是通往冷漠的第一步;
> 纯洁的桂冠随着亲吻而脱落,
>   偶像也从宝座降至低处;
> 心灵的声音微微可辨,不过,
>   思想开始陶醉,血液开始发言:
> 恋爱中的人,丧失理智地亲吻,
>   恋爱中的人,沸腾着疯狂的意愿……
> 明亮的教堂变成了淫荡的场所,
>   神圣祈祷的声音也已沉寂,

---

① 飞白主编:《世界诗库》(第5卷),广州:花城出版社,1994年版,第227页。

> 淫火中烧的祭司狂热地渴求
> 尘世上的肉欲的乐趣。①

于是，在接下去的诗篇中，纳德松所竭力强调的是世俗婚姻中的难堪的一面：

> 以前那种充满了赞赏、
> 　脉脉含情却又显得羞怯的目光
> 现在却蛮横无礼地游移于
> 　被恬不知耻的双手弄得裸露的肩膀……
> 接下去——便是销魂时刻，华丽的花朵
> 　被压扁，被鲁莽地采摘，
> 生命中所奔放的激情
> 　都成为过去，不再重获……
> 情感的节日结束了……面具摘除，
> 　胭脂涤净，火焰就此熄灭；
> 毫无诗意的、充满哀伤和欺骗的日子
> 　无聊地延伸着，使人受尽折磨！……②

（吴笛　译）

　　在纳德松所创作的这一以"爱情"为主题的诗中，尽管所写的是"丧失理智"的爱情的实质，但是，对待现实爱情的过分的悲观和忧伤其实也是不理智的体现。不过，考虑到十九世纪下半叶的俄国社会现实以及诗人的真实处境，纳德松的悲观失望也是情有可原的。

第二节　谢甫琴科的诗歌创作

　　塔拉斯·格里戈里耶维奇·谢甫琴科（Тарас Григорьевич Шевченко）是十九世纪俄国一名杰出的革命民主主义诗人，同时，他又被誉为乌克兰近代文学的奠基人。他诞生在俄罗斯帝国基辅省的一个贫苦的农奴家庭里，

---

①　飞白主编：《世界诗库》（第5卷），广州：花城出版社，1994年版，第227页。
②　飞白主编：《世界诗库》（第5卷），广州：花城出版社，1994年版，第227—228页。

他本人在小时候也是基辅省的一名农奴。在少年时代,当他在地主家当家仆的时候,他就开始偷偷地学诗作画。十二月党人起义的很多动人的事迹,以及普希金的一些充满激情的诗篇,都曾激励过他敏感的心灵。1831年,他得到机会,跟随主人迁居到圣彼得堡,在一家画店里当学徒,因为地主庄园也需要有各种手艺的匠人。在学徒期间,他"利用夏天白夜的机会,偷偷跑到涅瓦河旁的夏令花园里去,画林荫道上的各种雕像"①,由于刻苦学习,他成了一个很有绘画潜力的少年。1836年,他的才能开始被圣彼得堡的著名画家和诗人所发现。著名画家勃柳洛夫同情谢甫琴科的境遇,以拍卖作品所得的2 500卢布巨资,于1838年为他赎得了人身自由。其后,他上了圣彼得堡的艺术学院,跟随勃柳洛夫教授学习美术。在美术学院学习期间,他也开始从事诗歌创作,于1840年出版了第一本诗集《科布查歌手》(*Кобзарь*),其中收有饱含着批判现实主义气息的著名叙事长诗《卡泰林娜》(*Катерина*)。

1843年至1844年,这是谢甫琴科一生中最值得纪念的时光,他获得了自由艺术家的称号,回到故乡乌克兰旅行。在前往沃伦、基辅和波尔塔瓦省期间,他不断地写生,沉醉在乌克兰如诗如画的自然风光和历史遗迹中。

不过,被赎身的谢甫琴科并没有获得真正意义上的自由。他由于创作了传达进步思想的诗歌以及参加乌克兰秘密革命组织的一些活动,特别是他所创作的《梦境》(*Сон*)一诗,对当时的沙皇和皇后进行了辛辣的讽刺,从而激怒了沙皇,被沙皇政府判处十年流放和强制兵役,从1847年开始,直到1857年,他才回到圣彼得堡。回到圣彼得堡之后,他又结识了革命民主主义批评家车尔尼雪夫斯基和杜勃罗留波夫,以及涅克拉索夫等诗人,继续创作反抗沙皇暴政的诗篇。他一生中其余极少的"自由"年头,也是在沙皇宪警的监视之下度过的。

农奴的悲惨生活,沙皇政府的残酷迫害,多年流放和监禁的痛苦遭遇,使他产生了对自由的强烈渴望。他在著名的抒情诗《遗嘱》(*Завещание*)中就恰如其分地表达了这种渴望自由的心声。1860年的初冬,谢甫琴科的健康状况开始恶化,虽然他热切地期待着沙皇俄国政府废除农奴制的宣言,但是令人遗憾的是,他最终没有等到农奴制改革就离开了人世。1861年3月10日,诗人死在了他位于圣彼得堡的工作室中,人们将他安葬在圣彼得堡

---

① 戈宝权:《谢甫琴科诗选·译本序》,参见〔俄〕谢甫琴科:《谢甫琴科诗选》,戈宝权等译,上海:上海译文出版社,1983年版,第5页。

的斯摩棱斯克公墓。后来,正是根据他在《遗嘱》中所表达的意愿,他的骨灰被运到了乌克兰,埋葬在卡涅夫镇附近,位于宽阔咆哮的第聂伯河的最高点。不过,直到现在,在圣彼得堡谢甫琴科大街附近的斯摩棱斯克公墓里,他的墓地依然保留着,接受人们的瞻仰。

谢甫琴科的第一本诗集《科布查歌手》出版后,便立即引起文坛的关注,这使他成为一个著名的乌克兰人民诗人。这部诗集共收录他所创作的 200 多首抒情诗,是他最重要的诗歌作品集。别林斯基撰文评论道:"在谢甫琴科的诗歌当中,有很多的热情,有很多深邃的感情,在它们里面到处都透散着对祖国热爱的气息。"①他的早期诗作汲取了乌克兰民歌的营养,具有很强的音乐性和浓郁的浪漫主义色彩。1841 年,他创作的重要长诗《海达马克》(Гайдамаки)面世,这部长诗共有 2 500 多行,主要内容是书写十七至十八世纪乌克兰农民起义者反对波兰贵族地主的革命斗争,塑造了由热烈兹尼雅克和冈塔索领导的被称为"海达马克"的起义者的光辉形象。他在诗集《三年》(Три года)等诗作中,已经从早期的浪漫主义过渡到现实主义诗歌的创作,从朴素的民歌体诗歌发展为充满战斗精神的自由诗篇,以诗歌来揭露专制制度的黑暗,书写劳动人民的疾苦(如《梦境》),并且表达对自由的渴望以及人们对民族解放事业的赞颂。

在谢甫琴科的抒情诗创作中,最具代表性的作品无疑是《遗嘱》一诗。《遗嘱》写于 1845 年。正是在这一年,谢甫琴科再一次回到了自己的故土,回到了乌克兰。他目睹了乌克兰的社会现实,尤其是农奴的悲惨生活,这激发了他的创作激情。这期间,他完成了诗集《三年》,《遗嘱》便是其中最为著名的一首。该诗共有三个诗节,一气呵成,诗人在第一诗节写道:

> 当我死后,请将我
> 在坟墓里安葬,
> 葬在亲爱的乌克兰
> 茫茫草原中央,
> 要让我能望见原野
> 和第聂伯的浪潮,
> 要让我能听到河水

---

① 转引自吴笛:《谢甫琴科》,参见飞白主编:《世界诗库》(第 5 卷),广州:花城出版社,1994 年版,第 672 页。

在陡岸下咆哮。①

这首诗的第一段充满了他对乌克兰故乡的强烈的眷恋之情,充满了浓厚的浪漫主义的幻想——一种对自由的幻想。因为谢甫琴科是一个人道主义诗人,但人道主义属于社会的、历史的范畴,各个时代、各个阶级都有其阶级内容。在谢甫琴科所处的时代,由于人类历史发展进程的缓慢,他作为农奴制俄国的苦难的一员,在现实生活中是没有自由可言的,而且他也认识到,在他的一生中,他无法目睹人类的解放。那么,怎样分享人类自由的幸福? 怎样参与人类解放的事业呢? 可以说,他在这著名的"遗嘱"中作了回答。

谢甫琴科首先在诗的开头宣布了他梦寐以求的、通往自由的唯一道路:"当我死后,请将我/在坟墓里安葬,/葬在亲爱的乌克兰/茫茫草原中央",这样,他就能享受活着的时候所不能享受的自由,就能自由自在地眺望茫茫无际、无拘无束的原野,就能随心所欲地倾听第聂伯河的自由奔腾和高声呼啸。这些诗句中虽然包含着某些悲凉的成分,但这种悲凉却被豪迈的激情和强烈的憧憬所压倒。

如果说第一诗节所表述的还是一种属于个人范畴的对自由精神的向往,那么,该诗从第二诗节开始,所流露出的则是抒情主人公的一种新的情绪:

> 待到滚滚河水洗净
> 乌克兰的地面,
> 把仇敌的全部污血
> 冲进大海碧蓝,
> 我才会离开山岗平原,
> 飞向上帝去顶礼……
> 在这一天来到之前
> 我不承认上帝。②

我们从以上所引的第二诗节可以看到,抒情主人公把个人的"小我"融入了人类的解放事业,以自己死后所力所能及的方式参与人间的斗争,盼望仇敌的污血全被冲洗的时刻早日降临乌克兰的大地。于是,《遗嘱》的结尾便充满着极为乐观的情调:

①② 飞白:《诗海——世界诗歌史纲》(传统卷),桂林:漓江出版社,1989年版,第515页。

> 安葬了我，就站起来，
>
> 砸断身上铁链，
>
> 用凶残的敌人之血
>
> 去把自由浇灌。
>
> 在自由的大家庭里，
>
> 在新的大家庭里，
>
> 别忘了用告慰的话
>
> 轻声向我奠祭。[①]

（飞白　译）

谢甫琴科号召人们站立起来，砸烂身上的锁链，他相信总有一天，俄国各族人民将成为一个自由的大家庭，他的名字也将被这个大家庭中的一代代自由的成员所缅怀："在自由的大家庭里，/在新的大家庭里，/别忘了用告慰的话/轻声向我奠祭。"获得自由的人们并没有忘记这位为自由而奋斗的战士，该诗结尾处的这四行美丽的诗句已被刻在许多城市中的这位伟大诗人的纪念碑上。而且，诗人在圣彼得堡病逝并且安葬之后，人们也几经周折，终于得以按照《遗嘱》中诗人的遗愿，把他的骨灰运回乌克兰，安葬在第聂伯河畔的山岗，让他永远能够聆听第聂伯河自由的欢唱。

　　谢甫琴科是一位极其关注中国文化的著名作家，而且，他也是最早被我国学界关注的欧洲作家之一。早在百年之前的1921年，在《小说月报》出版的号外《俄国文学研究》中，沈雁冰就专门对谢甫琴科的创作进行了评介，给予高度评价，并引用、选译了《遗嘱》和《狱中感想》等诗篇。百年以来，他的诗作受到我国广大读者的喜爱，成为世界文化宝库中的优秀遗产。

第三节　屠格涅夫的诗歌创作

　　屠格涅夫是一位杰出的现实主义小说家兼诗人，他不仅以表现十九世纪三十年代至七十年代编年史一般的现实主义长篇小说著称于世，而且在俄罗斯诗歌史上也占有一席之地。无论是他早期的格律严谨的抒情诗创作还是晚年的散文诗创作，都各具特色，是他卓越的文学成就的重要组成部分。屠格涅夫早年的抒情诗富有浓郁的浪漫主义艺术特质，而他

---

① 　飞白：《诗海——世界诗歌史纲》（传统卷），桂林：漓江出版社，1989年版，第515—517页。

晚年创作的 80 多首散文诗,在艺术性和思想性两个方面都别具一格,是他现实主义文学思想的有机组成部分,更是他一生创作中思想和艺术的一个总结。

伊凡·谢尔盖耶维奇·屠格涅夫(Иван Сергеевич Тургенев)出身于奥廖尔市的一个贵族家庭。在青少年时代,他接受过良好的教育。从圣彼得堡大学毕业后,屠格涅夫又到德国留学,潜心研究黑格尔哲学。就文学创作而言,屠格涅夫早年醉心于浪漫主义诗歌创作,他以富有浪漫主义激情的抒情诗和叙事诗享誉文坛。后来,在别林斯基的影响下,屠格涅夫逐渐走上了现实主义小说的创作道路,创作了《罗亭》《父与子》等多部反映时代特征的长篇小说,成为俄国十九世纪文坛的一位著名长篇小说作家。

屠格涅夫是以抒情诗人的身份登上文坛的,他的诗歌创作体裁多样,题材广泛。在多种诗歌体裁和诗歌题材创作方面,都颇有成就。

就体裁而言,屠格涅夫的诗歌创作包括抒情诗、叙事诗,以及散文诗等三个方面,尤其在散文诗创作领域,他具有极高的地位。

在抒情诗创作方面,屠格涅夫的抒情诗的题材不仅有自然抒情诗,还有爱情抒情诗,以及反映时代脉搏的政治抒情诗。他创作的第一首抒情诗《夜》(Вечер),就呈现出他对自然的敏锐感悟,以及透过自然意象进行哲理思考的倾向。如在诗的开篇,诗人写道:

> 在倾斜的河岸,海浪正在沉睡;
> 天空中燃烧着晚霞的火焰;
> 穿过朦胧的迷雾,独木舟慢慢滑行——
> 而我默然无声地伫立在岸边,
> 充满了悲伤的思想和奇怪的思念。[1]

从这首由五行诗体组成的诗中,我们可以看出,屠格涅夫的抒情诗格律严谨,意境优美,语言明快,形象生动。在他的抒情诗中,有不少描写自然的诗篇,在这些自然诗篇中,他表现了与浪漫主义相近的崇尚自然的倾向。如《秋》(Осень)一诗,所呈现的就是浪漫主义的回归自然的倾向:

> 我经常到森林里闲坐消遣,

---

[1] И. С. Тургенев. *Полное собрание сочинений и писем в тридцати томах*. Москва-Ленинград: Издательство Наука, 1978. Т. 1. С.9.

> 望着清朗明净的天空
> 和松树郁郁苍苍的树冠。
> 我喜欢躺着咬带有酸味的
> 叶子,带有慵倦的微笑,
> 沉浸于荒诞诡异的幻想,
> 倾听啄木鸟轻轻的鸣叫。
> 草儿全都枯萎了……草地上
> 露出一片静静的寒光……
> 我的整个儿心胸充满
> 无拘无束的淡淡的忧伤……①

屠格涅夫虽然与俄国浪漫主义诗人一样,喜欢书写自然景象,抱有回归自然的理念,希望到大自然的怀抱去进行感受,然而,他却没有在自然界汲取到浪漫主义诗人所企盼得到的来自大自然的慰藉,他所能感受到的只是与人类世界相一致的"淡淡的忧伤"。同样,在题为《梦》(Сон)的抒情诗中,他所书写的也不是浪漫主义诗人所惯常书写的夜颂,而是俄罗斯社会现实的折射:

> 仍旧到处都是泥泞、臭气、贫困、熬煎!
> 还是那种乞怜的目光,有时大胆,有时忧伤……
> 我国人民已经自由;但自由的手
> 仍旧像软弱的鞭子那样
> 悬挂着,一切,一切都照旧……②

屠格涅夫在爱情抒情诗的创作方面,也颇为成功。在这类诗中,他常常直抒胸臆,表达自己内心世界的真挚感受。如写给巴库尼娜的《当我和你分手时……》(Когда с тобой расстался я ...)等诗,尤其是献给维亚尔多夫人的抒情诗《我为什么要反复沉咏悲凄的诗句》(К чему твержу я стих унылый ...),表现了忧伤的难以实现的爱情,显得格外感人:

---

① 〔俄〕卡拉姆津等:《俄罗斯抒情诗选》(下册),张草纫译,上海:上海译文出版社,1992 年版,第 553 页。

② 〔俄〕卡拉姆津等:《俄罗斯抒情诗选》(下册),张草纫译,上海:上海译文出版社,1992 年版,第 558 页。

我为什么要反复沉咏悲凄的诗句？
为什么每当夜阑人静之时，
那热情的声音，亲切的声音，
便禁不住要向我身边飞驰？

为什么？不是我在她心里
点燃无声息的痛苦之火？
在她胸中，在她痛苦的哭诉中
发出的呻吟不是为了我？

那为什么我的心儿
这样疯狂地朝着她脚边靠拢？
就如海浪喧腾不息地
向那不可企及的岸边奔涌……①

　　在叙事诗创作方面，屠格涅夫取得的成就也同样较为可观。1843 年，屠格涅夫的叙事诗《帕拉莎》（Параша）得以发表，受到别林斯基的高度赞赏；紧接着，他又有《高谈》（Разговор，1845）、《安德烈》（Андрей，1846）、《房东》（Помещик，1846）等多部叙事诗面世。屠格涅夫的这些叙事诗受到了来自莱蒙托夫的较大的影响。这种影响，在他的叙事诗《帕拉莎》中显得颇为典型，这部叙事诗书写的是纯洁的少女帕拉莎与青年地主维克多之间的爱情和婚姻。冷漠的、玩世不恭的维克多在帕拉莎的真挚的情感的感召之下，也对她产生了恋情，并且与她结婚，但是，这却是一场在精神境界方面并不相称的婚姻。叙事诗《房东》亦富有特色，它确定了屠格涅夫在果戈理派作家圈的地位。在屠格涅夫的这部叙事诗中，有两个主人公——一个是梦想家，一个是怀疑论者，前者有着激情和叛逆的灵魂，以及内心的焦虑和模糊的希望；而后者则是奥涅金-毕巧林式的典型形象。所以，他的叙事诗具有将浪漫主义和现实主义交织为一体的特色。

　　就屠格涅夫的散文诗创作而言，散文诗是他在诗歌创作领域中最突出的艺术成就之一，也是他对新的诗歌艺术形式所作出的富有成效的探索。更为重要的是，屠格涅夫于他人生中的最后岁月，共创作了 83 首散文诗，这

---

① 〔俄〕屠格涅夫：《屠格涅夫全集》（第 10 卷），刘硕良主编，朱宪生等译，石家庄：河北教育出版社，2000 年版，第 54 页。

些不仅是他晚年的重要作品,而且也可以说是他对自己一生的探索和思考所作的一个富有诗意的总结。

在《散文诗》(*Стихотворения в прозе*)的前言《致读者》中,屠格涅夫设想了短小精悍的散文诗的作用,他写道:"我的好读者,不要连续读完这些诗:你可能会感到厌烦,书也会从你手中掉落。但是,每次读它们,今天读一篇,明天读另一篇——其中一篇,也许会在你的心灵中种下一些东西。"①由此可见,他在这些作品中所要表现的并非宏大的构思,而主要是思想的火花。他在一首首短小精悍的散文诗中,表达了他哲理性的思考和内心的自白,敏锐地反映了俄国社会生活的真实情形和社会的矛盾。在《俄罗斯语言》(*Русский язык*)中,他以一系列的修饰语,表现他对俄罗斯语言的热爱,突出体现祖国语言是"伟大的、强大的、真实的和自由的俄罗斯语言";而且他坚信,"这样的语言一定会被赋予一个伟大的民族"!②再如,在《麻雀》(*Воробей*)一诗中,他描写了一只老麻雀为了保护小麻雀,在面对比自己强大得多的猎狗的时候,依然不顾安危:

> 它俯冲下来救护自己的孩子,用自己的身躯作掩护……但是它整个小小的身躯,确因恐惧而瑟瑟发抖,它叫得嗓音都变了,嘶哑了。它站定了,要拿自己作牺牲!
>
> 在它看来,猎狗是何等巨大的怪物!然而它依然无法安坐在高高的处在安全地位的树杈上,一种超意志的力量,将它从那里抛了下来。③

老麻雀出于母爱的本能,在自己的孩子遇到危难的时刻,毫不畏惧,无论面对什么样的对手,也要冲锋陷阵,用自己的生命保护幼小的麻雀。该诗表现出了屠格涅夫所坚守的仁爱思想:爱情比死亡更为强大,仁爱精神必将战胜对死亡的恐惧。

屠格涅夫的散文诗具有独到、鲜明的艺术特征,诗歌形式活泼多样,涉及题材广泛,语言简洁凝练,而且富有一定的音乐美感。此外,屠格涅夫在散文诗创作中特别注重哲理抒情以及抒情主人公的自我解剖,善于将浓郁

---

① И. С. Тургенев. "К читателю"//Тургенев И. С. *Полное собрание сочинений и писем в тридцати томах.* Т. 10, Москва-Ленинград: Издательство Наука, 1982, с.125.

② И. С. Тургенев. "К читателю"//Тургенев И. С. *Полное собрание сочинений и писем в тридцати томах.* Т. 10, Москва-Ленинград: Издательство Наука, 1982, с.172.

③ 〔俄〕屠格涅夫:《屠格涅夫散文诗》,沈念驹译,桂林:漓江出版社,2012年版,第30页。

哀婉的抒情与深沉、悲郁的哲理思考融会在一起。譬如,在题为《通向爱的道路》(Путь к любви)这首著名的散文诗中,他独到地表达了对爱情本质特性的敏锐感悟和深邃认知:在他看来,人类的一切情感,甚至包括憎恨,都可以导致爱情的萌发,然而,在所有的情感中,他却将"感激"排除在导致爱情的因素之外。所以他写道:"感激是一种债务,任何一个诚实的人都编扎自己的债务的木筏……然而,爱却不是金钱。"①在他看来,对人表示"感激",就如同"偿还债务"一样,既然已经偿还了"债务",那么也就没有什么别的牵连了。他的这一爱情观极为独特,这是他基于自己的情感经历的人生感悟。屠格涅夫在散文诗中,也表达了对现实人物的关注,如在《门槛》(Порог)一诗中,诗人塑造了愿意忍受一切苦难、作出一切牺牲的民粹主义女革命家的崇高形象。这位女革命家具有博大的胸怀和坚强的意志,不仅愿意作出牺牲,而且不在乎任何名声——只要能够为社会的进步和民族的解放事业作出自己力所能及的贡献,她愿意舍弃一切。

而《我怜悯》(Мне жаль …)一诗,则典型地表达了作为现实主义的人道主义作家对社会所具有的深切的同情之心:

> 我怜悯自己,别人,一切人,一切鸟兽……一切生物。
>
> 我怜悯孩子和老人,不幸的人和幸运的人……怜悯幸运的人,甚于不幸的人。
>
> 我怜悯无往不胜、趾高气扬的领袖们,伟大的艺术家们、思想家们、诗人们。
>
> 我怜悯凶手和他的牺牲品,怜悯丑和美,被压迫者和压迫者。
>
> 我怎样才能摆脱这种怜悯呢? 它简直不让我活……这怜悯,还有烦闷。
>
> 烦闷啊,整个浸泡了怜悯的烦闷!②

怜悯和同情,本是感伤主义诗歌和浪漫主义诗歌尤为珍惜的情感,可是,在屠格涅夫的这首诗中,怜悯却使他感到烦闷,使他无法从中得到解脱。不过,在这种烦闷和怜悯之中,却浸透着他一生的感悟,曲折地表达了他对现实生活的悲叹,对世事无常的悲悯和无奈。屠格涅夫在散文诗中所表达的思想情感,是基于他的生活和情感经历的,而且,他所思考的问题以及所作

---

① 〔俄〕屠格涅夫:《屠格涅夫散文诗》,沈念驹译,桂林:漓江出版社,2012年版,第119页。
② 飞白:《诗海——世界诗歌史纲》(传统卷),桂林:漓江出版社,1994年版,第547页。

出的结论总是充满哲理内涵的,因而其被视为他一生思想探索的总结。

以杜勃罗留波夫、涅克拉索夫、屠格涅夫、苏里科夫等诗人为主要代表的十九世纪俄国现实主义诗歌,尤其是俄国革命民主主义诗歌,是世界诗歌史上一个独特的组成部分,与以厄内斯特·琼斯为代表的英国宪章派诗歌一样,形成世界诗歌史上一道独特的风景线,并且对二十世纪现实主义诗歌亦产生了实质性的影响。

第十四章　十九世纪唯美主义诗歌

尽管就世界文学史的发展而言,整个十九世纪文学大致经历了两个重要的发展阶段,前30年的浪漫主义文学与后70年的现实主义文学平分秋色。但是具体在诗歌领域,情形要复杂得多,同样存在着多种思潮流派相互激荡、平行发展的局面。然而,在十九世纪中后期,俄罗斯诗坛最具代表性的,是现实主义和唯美主义这两种诗学思潮的冲撞。而唯美主义思潮,在一定程度上又是俄罗斯现代主义诗歌的先声,为随后到来的始于十九世纪末的现代主义诗歌运动发挥了一定的先导和铺陈的作用。

第一节　十九世纪唯美主义诗歌概论

1861年,沙俄政府实行"农奴制改革"之后,就俄罗斯文坛而言,虽然其诗歌方面的成就不及小说方面的辉煌,也没有了浪漫主义诗歌时期那种灿若群星的局面,但是却形成了现实主义和唯美主义诗人奋发笃行的格局,依然呈现出活跃的态势。俄罗斯诗坛的主要成就,除了屠格涅夫、涅克拉索夫等著名的现实主义诗人的创作以及始于浪漫主义时期的丘特切夫的创作,还有费特、迈可夫等诗人在唯美主义诗歌领域作出的卓越的艺术贡献。

俄罗斯诗歌中的唯美主义(эстетизм),源自西欧的唯美主义(aestheticism)思潮。"该术语原本是在十九世纪早期使用的,是给一种对艺术美感要素予以关注的倾向贴上的标签,以对抗其社会责任,于是,在同时代的评论中,主要论及丁尼生的早期诗歌。更为著名的,是这一术语被用于十九世纪后期的文学、哲学、文化运动中,并且将此等同于'为艺术而艺术'这一短语。"[①]与唯美主义直接相关的理念"为艺术而艺术",也是这场唯美主义运

---

①　Roland Greene ed. *The Princeton Encyclopedia of Poetry and Poetics*, Fourth Edition, Princeton, New Jersey: Princeton University Press, 2012, p.10.

动的富有才智的核心主张。"唯美主义或唯美主义运动是十九世纪晚期以法国为中心波及欧洲的一种文艺思潮。为了抵制当时占据主导地位的科学和挑战中产阶级社会对不宣扬功利主义或教化道德观的任何艺术的普遍冷漠乃至敌视,法国作家提出了这样一种艺术宗旨,即艺术品是人类成果中最有价值的东西,之所以这样,正是因为艺术品是傲然自足的,除了自我存在,别无其他任何功利或道德目的。一件艺术品的目的仅仅在于其以完美无瑕的形式存在;换句话说,唯美唯思即是其本身的目的。唯美主义的呼声最终演变成为'为艺术而艺术'的口号。"①这一著名的表述通常被认为是在沃尔特·派特(Walter Pater)的《文艺复兴史》(*History of the Renaissance*,1873)中得到强调的,但这一短语在英语中至少可以追溯到史文朋对威廉·布莱克的论述,甚至最早可以追溯到 1818 年维克多·卡森(Victor Cousin)的相关论著。沃尔特·派特在相关论著中认为艺术是美之思想的体现,而审美理解是一种特别的知觉模式。

所以,俄罗斯诗歌发展史也是如此,唯美主义诗歌也在一些场合被称为"纯艺术派"(чистое искусство),即强调审美的非功利性和艺术的独立价值,主张"为艺术而艺术"(искусство для искусства)。然而,在诗歌艺术的"情""理""美"三极中,三者也处于一种辩证的关系,每一极的侧重也是相对而言的。"作为'美'的一极尽管显得超脱,也无法割断'情'、'理'二极,若脱离了'情'、'理'二极,'美'就剩下单纯的形式了。"②可见,唯美主义诗歌尽管对于当时物欲横流的社会现实以及唯利是图的功利主义来说,是一种具有积极意义的反抗,但是,其毕竟有着绝对化和片面化的倾向,所以其反抗也是较为消极的。因为唯美主义所强调的脱离现实生活和社会价值的单纯的审美体验,往往只是一种徒有单纯形式的虚幻,尽管这种唯美的虚幻也同样存在着一定的认知价值。从世界诗歌的发展进程来看,唯美主义也是一种波及较广的文学思潮,其诗歌成就主要包括法国巴那斯派诗歌、俄国纯艺术派诗歌、英国先拉斐尔派诗歌以及以王尔德为代表的唯美派诗歌。可见,以费特等诗人为代表的俄国纯艺术派诗歌,在世界唯美主义诗歌中,占据着十分重要的地位。

俄国的唯美主义诗人,不太关注艺术与生活之间的关联,有时甚至脱离现实生活,尤其是脱离日常生活的体验,纯粹为艺术而艺术,为唯美而

---

① 〔美〕艾布拉姆斯、哈珀姆编:《文学术语词典》,吴松江等译,北京:北京大学出版社,2014年版,第 9 页。

② 飞白:《诗海——世界诗歌史纲》(传统卷),桂林:漓江出版社,1989 年版,第 565 页。

创作。文学史家米尔斯基在评述费特的诗歌创作时,用了非常妥帖的比喻,在一定程度上道出了唯美主义诗歌的本质特征:"诗歌于他而言为一种纯粹实质,如同山顶稀薄的空气,它不可能成为某人的家,而仅仅为一处避难所。"①

俄罗斯的唯美主义诗歌的艺术成就亦显得非常突出,除了费特这一代表性诗人之外,重要的诗人还有阿·康·托尔斯泰(Алексей Константинович Толстой)和阿波罗·迈科夫(Аполлон Николаевич Майков)。此外,还包括波隆斯基(Яков Петрович Полонский)、格里戈里耶夫(Аполлон Александрович Григорьев)、斯卢切夫斯基(Константин Константинович Случевский)、阿普赫京(Алексей Николаевич Апухтин)、索洛维约夫(Владимир Сергеевич Соловьев)、福法诺夫等诗人的创作。而且,著名诗人丘特切夫,以及帕芙洛娃、梅伊(Лев Александрович Мей)等诗人,也具有一定的唯美主义艺术倾向。这些诗人积极探索诗艺,为俄国唯美主义诗歌的发展作出了重要的贡献。

一、波隆斯基

雅科夫·彼得洛维奇·波隆斯基出身于梁赞省的一个小官吏家庭,他的母亲来自一个古老的贵族家庭,卡夫蒂列夫。1838 年,从梁赞中学毕业后,波隆斯基进入莫斯科大学法律系学习。在大学期间,年轻的波隆斯基就与纯艺术派诗人阿波隆·格里戈里耶夫、阿法纳斯·费特建立了非常密切的关系,而这种密切关系在很大程度上作用于波隆斯基的诗歌创作道路。所以,在大学期间,他就投身于诗歌创作,1840 年,他首次在重要的刊物《祖国纪事》杂志上发表了自己的诗作《神圣的钟声庄严地响起……》(Священный благовест торжественно звучит ...),产生了一定的影响。

1844 年大学毕业后,波隆斯基到了敖德萨,1846 年至 1852 年,他在梯比里斯高加索总督办事处工作,并兼任《外高加索通报》(Закавказский вестник)副主编。四十年代,当他生活在敖德萨和高加索的时候,他对格鲁吉亚的风土人情和民俗产生了浓厚的兴趣,并且创作了多首描写大自然风光的诗篇。

1853 年,波隆斯基迁居圣彼得堡,但是由于生活贫困,他不得不到斯米尔诺夫家当家庭教师。1857 年,他随斯米尔诺夫一家出国,游历了德、法、

---

① 〔俄〕米尔斯基:《俄国文学史》(下册),刘文飞译,北京:人民文学出版社,2013 年版,第39 页。

意等国家。1858 年回到俄国之后,他在《俄罗斯言语》(*Русское слово*)杂志社从事编辑工作。1860 年,他开始担任外国书刊审查委员会秘书,随后在出版事业总管理处工作,直到晚年。

波隆斯基在文学创作方面,主要成就是抒情诗和叙事诗。他一生创作了数百首抒情诗和十多首叙事长诗。同时,他在小说创作方面也有所成就,写过《谢尔盖·恰雷金的自白》(*Признания Сергея Чалыгина*,1867)等长篇小说。他重要的诗篇主要是在圣彼得堡时期创作的。在圣彼得堡,他与文学界密切交往。"波隆斯基早年与唯美倾向突出的格里戈里耶夫和费特是好友,并且这种友谊持续了几十年,深受他们的影响,所以很自然地成为了'唯美主义'诗人。"[1]然而,在十九世纪下半叶政治与文化生活发生剧烈变动的时代,波隆斯基依然能够坚守自己的文学主张,并没有随波逐流。"他是艺术家的一种特殊的'独立'的范例,他能够在思想意识的紧张斗争中保持独立的主见。"[2]有段时间,由于生活贫苦,他在文学创作方面没有得到任何资助,也没有其他方面的稳定的工作收入,他深深体会到了下层百姓的辛劳与艰难,甚至在描写大自然的诗篇中也流露出痛苦的思绪。正因为体验过艰难的现实生活,所以,他后期创作的抒情诗也能密切联系社会现实,他尽管是唯美主义诗人,但其创作却有着坚实的现实生活的根基。有论者曾说:"他的世界观意味着理想与现实的共存,这决定了他的作品拓展生命的力度——忠于美与诗歌的理想,以及理想与现实世界的融合。"[3]

而且,在诗歌风格上,波隆斯基也在一定程度上继承了普希金等诗人的优秀传统,有着独特的忧伤气质。如在《我的心是一汪清泉》(*Мое сердце-родник,моя песня-волна ...*)一诗中,诗人写道:

> 我的心是一汪清泉,我的歌是浪花滚滚,
>
> 　　从远处降落,——四散飞洒……
>
> 在雷雨下——我的歌,像乌云,黑沉沉,
>
> 　　黎明时分——我的歌中映着片片红霞。
>
> 假如出人意料的爱情火花突然燃起,

---

① 曾思艺:《波隆斯基:颇具现代色彩的唯美主义诗人》,《江南》2015 年第 9 期。

② Л. В. Чекурин ред. *Яков Петрович Полонский:личность и творчество в русской культуре*,Рязань: Издательство Первопечатникь,2014,с.10.

③ А. А. Решетова. "Яков Полонский на Рязанской земле",*Известия УРФУ. Серия 2. Гуманитарные науки*. 2016. Т. 18. № 2(151),с.221.

或者心中的痛苦越积越深——

我的眼泪就会与我的歌融为一体，

浪花就会赶忙带着它们向前飞奔。①

可见，抒情主人公并没有沉湎于忧伤之中，而是在艺术的感染下得以消解忧伤，正如俄罗斯学者所说，"波隆斯基的诗歌有一种特殊的忧伤的曲调，不是阴郁而无望的忧伤，而是明亮而和顺的忧伤。在这忧伤中克服了、融化了个人苦难和不幸（而他的生活却有着大量的不幸）；更确切地说是一种生活总体上不完满、能力无法实现的忧伤，是不破坏'不可动摇明确精神'的忧伤"②。从这段评述中，我们也可以看出他与俄罗斯诗人普希金一脉相承的"明朗的忧伤"这一传统。此外，波隆斯基创作的诗篇非常真诚，他甚至认为："我自己的诗开始追求我，在我的大脑中燃烧。"③

二、格里戈里耶夫

阿波罗·亚历山大洛维奇·格里戈里耶夫，出身于莫斯科的一个官吏家庭，早年主要在家中接受教育，也在相应的学校读书。1838年，在他中学还没有读完的时候，他就参加了大学入学考试，并进入莫斯科大学法律系读书。1842年，从莫斯科大学毕业之后，他在大学图书馆工作了一年。1843年，他被选为莫斯科大学管理委员会秘书。1844年，他迁居圣彼得堡，主要在警察局等部门工作，不久辞职。

格里戈里耶夫在良好的家庭教育下成长，自幼爱好文学，他曾在自传中写道："从幼时起，只要我开始做梦和思考，我就会在这样或那样的文学印象下做梦和思考。"④他在大学读书期间就开始诗歌创作，并且与同在莫斯科大学法律系读书的费特、波隆斯基等唯美主义诗人密切交往。自1843年起，他开始在杂志上发表诗作。1846年，他出版了第一部诗集。但是，他的这部诗集并没有受到文坛的关注，他因而感到有些失望，有一段时间转向了诗歌翻译，翻译了莎士比亚、拜伦以及其他英国经典诗人的作品。他也开始

---

① 〔俄〕波隆斯基：《夜以千万只眼睛观看：波隆斯基诗集》，曾思艺、王淑凤译，北京：中国工人出版社，2024年版，第110页。

② 高尔基世界文学研究所编：《世界文学史》（第七卷·上册），上海：上海文艺出版社，2013年版，第121页。

③ В. Фридлянд. "Поэт сердечной и гражданской тревоги", См.: Я. П. Полонский. *Стихотворения и поэмы.* Москва: Издательство Правда, 1986, с.II.

④ Аполлон Григорьев. *Мои литературные и нравственные скитальчества*, Москва-Ленинград: Издательство Наука, 1980.

撰写评论文章,他的有关普希金的《高加索的俘虏》等长诗的评论,颇具学理深度。

格里戈里耶夫的诗歌作品善于描写他所经历的痛苦和折磨,以及对此所进行的深沉的反思。他的主要诗歌作品有组诗《搏斗》(*Борьба*,1857)、《一个流浪的浪漫主义者的即兴之作》(*Импровизации странствующего романтика*,1860),以及长诗《伏尔加河上游》(*Вверх по Волге*,1862)。他的自传性散文体作品《我的文学与精神生涯》(*Мои литературные и нравственные скитальчества*)也颇为著名。就诗歌风格而言,他的诗既有唯美主义的特质,也有少许浪漫主义的余音。他的抒情诗注重内心深处复杂的情绪变化,甚至注重生理和心理双重作用的描述,如在《我并不爱她……》(*Я ее не люблю, не люблю ...*)一诗中,他写道:"我自己也不明白,为什么在她身边/我就会感到既痛苦又甜蜜? /为什么在分别时握着她的手/我就会不由自主地浑身颤栗?"①而且,他也像浪漫主义诗人一样,时常通过自然意象来表达情感上的共鸣,如在《哦,你至少跟我说说话儿……》(*О говори хоть ты со мной*)一诗中,格里戈里耶夫写道:"我的灵魂是如此充满渴望,/而夜晚的月光是如此的皎洁!"②可见,作为一名唯美主义诗人,格里戈里耶夫也没有忘记承袭传统,竭力在浪漫主义诗歌中汲取自己的所需。所以,"格里戈里耶夫是一位毋庸置疑的充满激情的诗人"③。当代俄罗斯学者也认为:"格里戈里耶夫的诗歌奇特地将'天然性'(情感强度)与诗意的思考融合在一起,与诗句中的思想融合在一起。"④正因如此,他是一个在真正意义上承袭了巴拉丁斯基和丘特切夫传统的哲理诗人。

三、斯卢切夫斯基

康斯坦丁·康斯坦丁诺维奇·斯卢切夫斯基出生在圣彼得堡的一位枢密官的家中。1855 年,他毕业于圣彼得堡第一中等武备学校。他曾经在近卫军谢苗诺夫团服役,担任过数年军官。1860 年退役后,他到国外学习,曾在巴黎、柏林等地听课,并在海德堡大学获得了哲学博士学位。1866 年回

---

① 〔俄〕卡拉姆津等:《俄罗斯抒情诗选》(下册),张草纫译,上海:上海译文出版社,1992 年版,第 643 页。

② Вл. Орлов сост. *Русская лирика XIX века*, Москва: Издательство Художественная литература, 1981, с.368.

③ Ф. М. Достоевский. *Собр. соч.*, т. 13. Москва-Ленинград: Издательство Наука, 1930, с.353.

④ Павел Громов. "Аполлон Григорьев". См.: Аполлон Александрович Григорьев, *Избранные произведения*, Ленинград: Издательство Советский писатель, 1959, с.5.

到俄国后,他曾担任过多种要职。

斯卢切夫斯基自 1857 年开始创作。1860 年,他开始在《现代人》杂志上发表诗作。他的早期诗作受到屠格涅夫等作家的好评,但也因缺乏现实性而遭到一些指责。这使他长久沉默,潜心研究哲学和自然科学,直到 1871 年才重新写诗。他的诗歌创作在八十年代达到一个高峰,1898 年,他的 6 卷本文集得以出版。

斯卢切夫斯基的文学创作体裁多样,屠格涅夫曾经开玩笑地称他为"诗人—画家—历史学家—哲学家—经济学家—公关家"。不过,在他创作的作品中,以诗歌成就最为突出。他自 1857 年就开始在杂志上发表诗作。1878 年,他的第一部诗歌作品,童话诗《在雪中》(*В снегах*)得以出版,随后他又于 1880 年出版了诗集《诗作》(*Стихотворения*)。他的诗歌体现了俄罗斯诗歌从传统倾向到现代派的过渡,既继承了浪漫主义诗歌的传统,也有许多独到的创新。他喜欢描写悲剧的主题,诗中有着强烈的心理冲撞和悲观主义音调。他的诗歌语言的风格也极具特色。他创造性地使用不协调的散文体诗句,以及缺少逻辑关联的比喻,虽然他没有完全抛开学究气的词语,诗句因而显得格外凝重,但其诗作在风格上的带有创新意味的不协调以及对悲剧主题固有的关注,使他成为俄罗斯现代主义诗歌的先驱。斯卢切夫斯基的创作,对勃洛克、安年斯基,以及帕斯捷尔纳克等二十世纪诗人,都产生过一定的影响。他的《我见到了自己的葬礼》(*Я видел свое погребенье ...*)就典型地体现了现代主义的特性,在诗的开头,诗人以极为荒诞的形式描写自己在自身葬礼上的情形:

> 我见到了自己的葬礼。
> 长长的蜡烛全都点燃,
> 尚未醒酒的助祭摇着香炉,
> 几名歌手嘶哑地哼唱。
>
> 我枕着绸缎枕头,
> 躺在棺材里,客人聚集在一起,
> 神甫做完送终祈祷,
> 亲人们开始告别我的遗体。[1]

---

[1] 飞白主编:《世界诗库》(第 5 卷),广州:花城出版社,1994 年版,第 209 页。

他以魔幻而冷静的笔触描写自己葬礼上的情形。然而,客观描写自己的葬礼并非诗人本意,他是想以死者的眼光,通过葬礼这一情形来折射各种人物的心理状态:

> 妻子在有趣的神经错乱中
> 吻了一下我布满皱纹的额头,
> 然后巧妙地用黑纱作为掩护,
> 同她表兄窃窃私语、喋喋不休。
>
> 四个悲伤的兄弟姐妹
> (大自然真是不可思议)
> 各自有幸得到一份遗产,
> 然而,却又痛哭流涕。
>
> 我的债主们皱着眉头,
> 满腹心事地站在一边,
> 他们那游移不定的目光
> 显得浑浊、可怕、慌乱。
>
> 佣人们在门外祈祷,
> 因丧失职业而神情黯然,
> 厨房里吃得过饱的厨师
> 在那儿折腾着发酵的面团。①

在失去亲人的葬礼上,人们本应感到悲伤,可是在斯卢切夫斯基的笔下,死者的妻子则"用黑纱作为掩护",与别人暗中调情。其他参加葬礼的人们,也都一反常态,表现出了各不相同的自私和麻木,而在诗的结尾,无论是亲友还是来宾,都毫无悲伤之感,一个个"入席进餐"后,都显得"饭饱酒足":

> 大馅饼已经全部烤香。
> 埋葬好我的毫无反应的尸骨,

---

① 飞白主编:《世界诗库》(第5卷),广州:花城出版社,1994年版,第209页。

　　亲友、佣人和来宾入席进餐，
　　一个个显得饭饱酒足。①

（吴笛　译）

　　从以上这首诗中可以看出，斯卢切夫斯基所喜爱书写的一个主题是"临终人"弥留之际的生命以及凋零飘忽的灵魂，将真实与幻想奇迹般地融会在一起。他的诗歌在内容上常常呈现出不协调的状态。他也把自己定义为一个不和谐的诗人（"在啜泣中欢笑，在欢笑中默默哭泣"）。正是因为斯卢切夫斯基的诗中有着现代主义的要素，在十九世纪八九十年代，他被一些年轻诗人所推崇，被誉为象征主义等现代诗派的先驱。

四、阿　普　赫　京

　　阿普赫京的诗作不仅以纸质文本的形式传播，而且还以音乐改编的形式得以传播，他大量的抒情诗作被柴可夫斯基等音乐家谱曲，因而广为流传。

　　阿列克赛·尼古拉耶维奇·阿普赫京，出身于奥尔洛夫省的沃尔霍夫市的一个没落的贵族家庭，他的童年时代是在他父亲的祖传庄园——巴甫洛达村度过的。与唯美主义诗人费特、波隆斯基、迈科夫、格里戈里耶夫一样，他也是法律专业出身的。1852 年，他进入专门培养法官和司法人员的学校——圣彼得堡司法学院学习，1859 年他毕业后，在俄国司法部任职。

　　阿普赫京在司法学校读书期间，非常爱好诗歌，并开始创作诗歌。1854年，他发表了第一首诗，《埃帕米农》（Эпаминонд）。1859 年，他在《现代人》杂志上发表组诗《乡村纪事》（Деревенские очерки），诗中充满了爱国主义精神以及对人民大众的同情之心。他在读书期间发表的诗作，受到一定的关注，其名气超出了学校的范围，他受到帕纳耶夫、屠格涅夫等作家的关注。"阿普赫京的早期诗歌，比他的成熟作品更清晰地传达出了现实社会的旋律。"②虽然他的起始阶段的诗作有着较强的政治色彩，关注社会现实，不过，这一倾向很快就发生了变化，他放弃了涅克拉索夫的传统，转向了"纯艺术派"的创作。

　　尽管阿普赫京很早就在《现代人》等重要杂志上发表过诗作，但他的第一部作品集《诗作》（Стихотворения）直到 1886 年才得以出版。

---

① 飞白主编：《世界诗库》（第 5 卷），广州：花城出版社，1994 年版，第 209—210 页。
② М. В. Отрадин. "А. Н. Апухтин". См.：А. Н. Апухтин. Полное собрание стихотворений （Библиотека поэта；Большая серия）. Ленинград：Издательство Советский писатель，1991, с.8.

　　阿普赫京喜欢以哀歌和浪漫曲的体裁，进行诗歌创作，他创作的《狂妄的夜，不眠的夜》(*Ночи безумные，ночи бессонные …*)、《破碎的花瓶》(*Разбитая ваза*)等浪漫曲，广为流传。他诗歌的题材较为广泛，但他喜欢书写日常生活，在极为普通的意象和事件中发掘美的实质，在极为细小的事物，譬如大海的夜色、秋叶的沙沙声、落星的光亮等中，探寻诗意和诗的本质要素。他总是善于从具体的、有时是"瞬间"的经验和细部观察中，提升诗意的思想，追求"瞬间"和"永恒"的有机平衡和有效结合，将日常的、普通的题材上升到具有普遍性意义的高度。

　　阿普赫京也写过一些自然诗篇，但是他创作的自然主题的诗篇，总是建立在与人类社会进行比较这一基础之上的，即以自然意象反映诗人对人类社会的认知，如在《梦普莱西尔之夜》(*Ночь в Монплезире*)一诗中，大海的"叛逆不安"与俄罗斯人民将从沉默中惊醒的预感是相互映衬的，诗人试图传达一种暴风雨即将到来的预感：

> 夜晚的海岸，寂静而温暖，
> 远处雾气缭绕，看不到船舶，
> 就像不胜枚举的眼睛，
> 海上的星星在不断闪烁。
> 古老的树上没有沙沙瑟瑟响动，
> 人间的声息也没有一丝一毫，
> 看起来，似乎一切都在准备
> 永远沉睡在夜的怀抱。
> ……
> 但大海不困。它充满愤怒，
> 皱着眉头的桀骜不驯的海浪
> 对着海岸又是拍打又是敲击；
> 并且喃喃自语，表达难以理解的愿望，
> 在海浪与优雅夜晚的絮语中，
> 可以听到一些不太和谐的声响。[1]

---

[1] А. Н. Апухтин. "Ночь в Монплезире". См.: А. Н. Апухтин. *Полное собрание стихотворений* (Библиотека поэта; Большая серия). Ленинград: Издательство Советский писатель, 1991, с.147—148.

阿普赫京的一些作品也具有浓郁的悲观主义色彩,他常在抒情诗中表达忧郁和孤独的心境、心灵的痛苦和精神的疲惫,以及对当时的社会现实的失望和对俄罗斯过去时光的怀念之情。譬如在《没有反响,没有言语,没有致意》(*Ни отзыва,ни слова,ни привета …*)一诗中,阿普赫京写道:

> 没有反响,没有言语,没有致意,
> 世界在我们中间躺着像一块荒原,
> 我的思绪带着一个没有答案的问题
> 惊悸不安地把苦恼对着心灵播撒。
>
> 难道在忧愁和愤懑的时刻里,
> 昔日的往事已消失得无踪无影,
> 像被遗忘的歌曲的余音愈益见稀,
> 像夜色苍茫之中殒落的星星。①

该诗已经有了较为强烈的现代主义诗歌的悲怆,"世界在我们中间躺着像一块荒原"更是具有现代主义诗歌所固有的荒原意识。阿普赫京的诗歌语言以明晰、简洁著称。他的许多诗作,被柴可夫斯基、拉赫玛尼诺夫等著名的作曲家谱曲,以音乐等跨媒介的方式得以广泛传播。音乐学家雅科夫列夫写道:"阿普赫京主要是通过柴可夫斯基、拉赫玛尼诺夫、阿伦斯基、格利耶尔的音乐诠释而令人'难以忘怀'。"②阿普赫京的诗歌创作所具有的现代主义特质,对勃洛克等象征主义作家亦产生一定的影响。

作为具有唯美主义倾向的诗人,阿普赫京努力在诗歌艺术上进行探索,他的诗艺探索是多方面的。他的诗歌不仅以音乐性取胜,并以音乐等跨媒介的方式得以传播,而且,他也在诗歌的视觉艺术方面有所创新,尤其是在视觉诗的创作方面,有一些成功的范例。譬如,他的抒情诗《生活的道路如贫瘠荒凉的草原向前延伸》(*Проложен жизни путь бесплодными степями*),就是一首典型的视觉诗。如在该诗的第二诗节中,诗人写道:

> И вдруг покажется не так тяжка дорога,

---

① 飞白主编:《世界诗库》(第5卷),广州:花城出版社,1994年版,第215页。
② В. В. Яковлев. "П. И. Чайковский и А. Н. Апухтин". См.:*П. И. Чайковский и русская литература*. Ижевск, 1980, с.19.

Захочется и петь, и мыслить вновь.

На небе звезд горит так много,

Так бурно льется кровь …

Мечты, тревога,

Любовь![①]

在这首诗的三个诗节中,每一个诗节的第一行都是 13 个音节,然后依次减少,到了最后一行,只剩下了两个音节,从而构成了与诗歌语义相仿的由近而远的视觉图像。曾思艺的中文译诗精彩地体现了这一视觉特质:

忽然间路途显得不再难以忍受,

歌儿振翅欲飞,思想转动。

星星在天空烈燃不休,

血液狂热奔涌……

幻想,惊扰,

爱情![②]

联想到视觉诗在白银时代的俄罗斯诗歌中的出色表现,更能感受到阿普赫京诗中的画面所蕴含的象征意义和现代主义特质,及其对俄罗斯现代主义诗歌创作的影响。

五、索洛维约夫

索洛维约夫在俄罗斯文化界是一个杰出的人物,他是十九世纪俄国享有盛誉且具有广泛影响力的哲学家兼诗人,他的哲学思想深深地作用于二十世纪俄罗斯的现代主义诗歌创作。他的哲学著作充满了诗意的阐释,他的诗歌创作则有机地融入了俄罗斯哲学抒情的传统。"在诗学和哲学上,他渴望实现'无形'和'有形'世界的结合:'上升'到高地和'下降'到低地是他诗歌的一个常态。"[③]

---

① А. Н. Апухтин. «Проложен жизни путь бесплодными степями …»//Апухтин А. Н. *Полное собрание стихотворений*(Библиотека поэта; Большая серия). Ленинград: Издательство Советский писатель, 1991, с.248.

② 顾蕴璞、曾思艺主编:《俄罗斯抒情诗选》,北京:商务印书馆,2017 年版,第 331 页。

③ Р. А. Гальцева. "Владимир Сергеевич Соловьев", Николаев, П. А. ред. *Русские писатели, 1800—1917. Биографический словарь*. Том 5. Москва: Научное издательство "Большая Российская энциклопедия", 2007, с.738.

　　弗拉基米尔·谢尔盖耶维奇·索洛维约夫,出身于莫斯科的一个知识分子家庭,父亲谢尔盖·索洛维约夫是一名历史学家,以严谨而系统的历史研究而享有盛名,曾担任莫斯科大学校长。弗拉基米尔·索洛维约夫深受父亲的影响,从小就博览群书。1864 年,他进入莫斯科第五中学接受教育。1869 年,他以优异的成绩进入莫斯科大学学习,最初进入物理和数学系,后转入历史语言系,他于 1873 年毕业。同年 6 月,他开始作为研究生继续在历史语言系深造。1874 年 11 月,他以出色的学位论文《西方哲学的危机》(*Кризис западной философии*)顺利通过硕士学位答辩,获得硕士学位,同时,该论文也在当时的报纸杂志上引起了许多反响,这也给他带来了名声。随后,他开始在多所大学从事教学科研工作。1876 年,他在莫斯科大学任教,1877 年,他离开莫斯科,迁居圣彼得堡。在圣彼得堡,他成为教育部学术委员会委员,同时在大学任教。1880 年,他以博士学位论文《抽象起始的批判》(*Критика отвлеченных начал*)通过答辩,获得博士学位。然而,在 1881 年,由于他为因刺杀亚历山大二世而判处死刑的民粹派党人公开辩护,他被迫中止教职。其后,他集中精力从事神学和哲学研究,以及文学批评和诗歌创作。他出版了多种哲学著作,其中包括《理论哲学》(*Теоретическая философия*,1897—1899)、《生命的精神基础》(*Духовные основы жизни*,1882—1884)、《神权政治的历史与未来》(*История и будущность теократии*,1886),等等。1891 年,他的第一部诗集得以出版。

　　索洛维约夫不仅指出西方哲学的危机,而且指出与此相关的西方文明的整体危机,并提出自己的观点:"人的真正本性呈现出三种基本存在形式:感觉、思维和能动的意志。"①索洛维约夫的哲学思想和诗歌创作也是基于这三种基本的存在形式的。"人类社会就存在着与此相对应的三个领域:以情感为主体的创造领域、以思维为基础的知识领域、以意志为主导的社会实践领域。每一个领域又存在着从低到高的三个发展形态:在创造领域中先后是一般技艺、高雅艺术、体现绝对美的神秘;在知识领域中依次是实证哲学、抽象哲学、神学理论;在社会实践领域分别是经济社会、政治社会(以国家为主导)、精神社会(以教会为主导)。"②

　　索洛维约夫的哲学思想从本质上来说主要是一种宗教神秘主义思想,他创作的诗歌作品虽然不是很多,但是,由于其中体现了他的哲学思想,因

---

① 〔俄〕索洛维约夫:《西方哲学的危机》,李树柏译,杭州:浙江人民出版社,1999 年版,第 161 页。

② 张杰:《走向真理的探索——白银时代俄罗斯宗教文化批评理论研究》,北京:北京大学出版社,2012 年版,第 36—37 页。

而极大地影响了十九世纪末和二十世纪初俄国文学的发展。"在整整一代诗人作家的意识中,都存在着关于索洛维约夫的神话,这来自于对他的个性、哲学美学观结构,来自于对他诗歌的情节和主题的回忆。"①索洛维约夫的诗歌作品常常是他哲学思想的形象的阐释,而他的哲学思想在一定程度上成为俄国象征主义诗学理论的根基,如果没有这样的根基,俄国象征主义诗歌艺术恐怕难以取得那样大的成就。

索洛维约夫曾与陀思妥耶夫斯基有过较为密切的交往,甚至可以说是陀氏《卡拉马佐夫兄弟》中的阿廖沙和伊万形象的原型。他也与陀思妥耶夫斯基一样,相信"美"的救赎使命,它与"真"和"善"一起,是即将到来的积极"融合"的保证。

索洛维约夫的诗学思想是在承袭传统的基础上的创新,他诗中的意象也显得较为富有理性。他把"万物"的形象看作是"活的精神存在",因而强调"万物统一""神人合一"。正是在"神人合一"的理念下,他创造出了"索菲亚"等女性形象,成为"永恒的女性"的化身。而且,有的时候,"神人合一"又是具体化的,这一点尤其体现在"马尔蒂诺娃组诗"中的索菲亚·马尔蒂诺娃身上。在索洛维约夫的抒情诗《我的女王有座巍峨的殿堂》(*У царицы моей есть высокий дворец …*)以及《冬季在塞玛湖上》(*На Сайме зимой*)等许多诗作中,我们都可以深切地感受到这一永恒女性的存在。在《冬季在塞玛湖上》一诗中,索洛维约夫写道:

> 你全身裹着毛绒绒的大衣,
> 安然躺在恬静的梦里。
> 闪光的空气里没有死亡的气息,
> 这一片洁白晶莹的静谧。
>
> 在深深的平静的安宁中,
> 不,我不是徒劳地寻找你。
> 在我心目中你的形象恰似
> 主宰山崖和松林的仙女。
>
> 你纯洁无瑕,像高山上的雪,

---

① 高尔基世界文学研究所主编:《俄罗斯白银时代文学史》(第2卷),谷羽、王亚民译,兰州:敦煌文艺出版社,2006年版,第233—234页。

　　你富于沉思,像冬天里的夜,

　　你一身阳光,像极地的火焰,

　　你是漆黑混沌的女儿,光彩熠熠。①

(郑体武　译)

　　对于索洛维约夫来说,"主宰山崖和松林的仙女"是一个象征,是爱的化身,是人类的道德复兴的意义所在。所以,他常在诗中表现对这种永恒形象的追求。在索洛维约夫的笔下,这一永恒的女性形象来自上苍:"要知道,永恒的女性现在/以不朽的躯体来到人间。"而且,她的其他面目是世界之魂、索菲亚、彩虹门的圣女。

　　无论如何,"永恒的女性"的哲学形象是充满诗意的,从而吸引了不少的追随者,尤其是二十世纪的勃洛克等象征主义诗人,他们对索洛维约夫极为崇敬。

六、福　法　诺　夫

　　康斯坦丁·米哈伊洛维奇·福法诺夫是一个很有才气的诗人,他出身于圣彼得堡的一个小商贩家庭。福法诺夫的祖父曾是奥洛涅茨省的农民,他的父亲则在圣彼得堡经商。但是,因父亲经商破产,福法诺夫只读了不到两年的书就辍学了。然而,福法诺夫却喜欢看书,特别迷恋诗歌。13岁的时候,他就开始写诗。自1881年起,他开始在杂志上发表作品。他的早期诗作在当时就曾受到纳德松等人的好评。

　　1887年,他的第一部诗集《诗作》(Стихотворения)得以出版,他也由此进入创作生涯的旺盛时期。福法诺夫是当时俄罗斯诗坛最多产的抒情诗人之一,他一生创作了2 000多首抒情诗。他的主要作品有诗集《阴影与秘密》(Тени и тайны,1892)、《幻象》(Иллюзии,1900)等。进入二十世纪之后,他追随巴尔蒙特等人,转向了象征主义诗歌的创作。尽管就象征主义诗人而言,他的艺术成就并不算高,但是,在传统诗歌向以象征主义为代表的现代主义诗歌的转型过程中,福法诺夫还是起到了一定的桥梁作用的。

　　福法诺夫作为唯美主义诗人,在描写自然景色时,喜欢使用华丽的词语,也偏好描写艳丽的色泽,譬如,在《天空与海洋》(Небо и море)一诗中,诗人写道:

---

① 飞白主编:《世界诗库》(第5卷),广州:花城出版社,1994年版,第220页。

> 你是天体中的黑暗天空，
> 我则是黑暗的海洋。请看：
> 就像对付潮湿坟墓里的死者，
> 我埋葬了你所有的光线。
>
> 但是，如果你在黎明时分，
> 又给凌晨染上红润的颜色，
> 我将使我那些波浪变得珠光宝气，
> 并且闪烁着绿松石的光泽。
>
> 如果你以红润的云彩
> 皱起你蔚蓝的愤怒的眉梢，——
> 我将扬起波涛汹涌的风帆，
> 傲然迎接降临的风暴……①

在这首诗中，福法诺夫似乎有意回避社会现实，刻意描写自然意象的灵动，但是，其中无疑也有着对世纪末纷争的折射。

福法诺夫尽管主张为艺术而艺术，但是他在其创作中也继承了俄罗斯现实主义的传统，注重对内心世界的展现和对现实生活的表现。但他的诗歌又有着复杂的矛盾的基调。一方面，他同情人民大众的疾苦，另一方面，他又逃避斗争，无视现实。他所作的《双重世界》（Два мира）一诗，便典型地反映了这一矛盾的现实：

> 那边是白衣仙子欢快的环舞，
> 月亮，爱情，褒扬和梦幻，
> 而这里——为自由的幻影而奋斗，
> 这里是乞丐的悲哭和呻吟！
>
> 那边天宇之光既快乐又安恬，
> 那边寺庙中霞光永远点燃，
> 而这里——一座座无名的小庙

---

① К. М. Фофанов. "Небо и море"，См.：*Стихи русских поэтов о родине*/Сост.，вступ. ст. и комм. Л. Асанова，Москва：Издательство Правда，1988.

香火默默熄灭的祭坛……

那是像上帝般超群的歌手们的天地，
那是奇迹,爱情和美的世界……
这里——疯狂、不安和险恶的世界,
争斗、忧郁和空虚的歌手们的世界……①

（剑钊　译）

作为"纯艺术派"诗人,福法诺夫在诗中竭力寻求能够在魔幻的梦境中摆脱庸俗而残酷现实的希望。他在一些对自然风景的抒情描绘中,也不时流露出悲观的情调,这反映了十九世纪八九十年代远离人民大众和社会现实的知识分子的基本心态。

第二节　阿·康·托尔斯泰的诗歌创作

阿·康·托尔斯泰是一位出色的唯美主义诗人,他出身于圣彼得堡的一个贵族之家。他在家庭中受过最初的良好的教育。他出生后不久,由于父母离异,母亲将未来的诗人带到了她的娘家,即乌克兰的南部地区。阿·康·托尔斯泰的童年时代是在乌克兰他的外祖父的庄园以及他的舅父的庄园里度过的。他的舅父彼罗夫斯基（А. А. Перовский）是当时很有名气的小说家。正是在舅父的影响和引导下,阿·康·托尔斯泰受到了文学的熏陶,从小就迷恋文学艺术。10 岁的时候,他与母亲和舅父出国旅行,到了德国和意大利等国。在德国的魏玛,他随舅父拜见了伟大的作家歌德,②而意大利的艺术博物馆更是给他留下了深刻的印象。

1834 年,阿·康·托尔斯泰被录取为外交部莫斯科档案馆的"大学生"。1837 年,他离开俄国,前往俄国驻普鲁士公使馆任职。1840 年,他被调往圣彼得堡,在沙皇的宫廷中任职。克里米亚战争时期,他还担任过步兵团的少校。

1850 年的冬天,阿·康·托尔斯泰与一名骑兵上校的妻子索菲娅在宫

---

① 飞白主编:《世界诗库》(第 5 卷),广州:花城出版社,1994 年版,第 230 页。
② И. Г. Ямпольский. "А. К. Толстой". См.: А. К. Толстой. *Собрание сочинений в четырех томах*, Том 1. Москва: Издательство Правда, 1969, c.5.

廷舞会上相遇,并与她相爱;尽管遭到他母亲的极力反对,在十多年后的1863年,他们还是步入了婚姻的殿堂。索菲娅是一位受过良好教育的女性,而且具有极高的审美品位。阿·康·托尔斯泰经常称她为他最好、最严厉的批评家。从1851年开始,他所有的情诗都是写给索菲娅的。

1861年退役后,阿·康·托尔斯泰专门从事文学创作,在自己的庄园度过了余生。

阿·康·托尔斯泰自三十年代末登上文坛后,在俄罗斯文坛勤奋耕耘,一生中创作极其丰富,体裁众多,他不仅是以历史小说《谢列勃良内公爵》(*Князь Серебряный*)而闻名的小说家,也是一名出色的剧作家,作有《伊凡雷帝之死》(*Смерть Иоанна Грозного*)等多部戏剧作品,以及《唐璜》(*Дон Жуан*)等诗剧。

在诗歌创作方面,阿·康·托尔斯泰主要的贡献是抒情诗和政治讽刺诗。他一生中创作了一百多首抒情诗。他的长诗《波波夫之梦》(*Сон Попов*)则是一部出色的政治讽刺诗。这部长诗以波波夫在梦中未穿裤子的出场所闹出的种种窘态以及其所遭受的惩处,对当时的统治阶层和宫廷官僚进行了辛辣的讽刺。他在抒情诗中所书写的基本主题是自然与爱情。对他而言,对自然景色的描绘以及爱情生活的赞美是他探索诗歌唯美境界的一个理想。就自然主题而言,"阿·康·托尔斯泰热爱大自然,咏叹大自然,他在诗中描绘出一幅幅大海、高山、飞瀑、流泉、森林、草原等俄罗斯大自然的绮丽画卷"①。而且,他以自然为主题的抒情诗充满了对大自然奥秘的哲理的探索。他以爱情为主题的抒情诗,主要书写的对象是索菲娅,他在这类主题的诗中,不仅表现了爱情的全部浓淡色调,而且呈现出具有神秘色彩和圣洁的宗教特质的绝美境界。无论是自然主题还是爱情主题,阿·康·托尔斯泰的抒情诗总是以对心理状态的细腻刻画、对景物描写的形象性、浓郁的音乐性,以及和谐明晰的情绪感受为其特色。他的抒情诗,曾被柴可夫斯基等许多作曲家谱成歌曲,广为流传。

阿·康·托尔斯泰的美学观形成于三十年代,当时尽管俄国现实主义文学取得了巨大的成就,但浪漫主义思潮仍然占据重要的位置。受浪漫主义思潮的影响,阿·康·托尔斯泰对艺术的本质问题有着自己的理想主义式的理解。"对于艺术的本质和任务,阿·康·托尔斯泰遵循的是唯美主义

---

① 曾思艺、王淑凤:《我的风铃草:阿·康·托尔斯泰抒情诗选·译后记》,参见〔俄〕阿·康·托尔斯泰:《我的风铃草:阿·康·托尔斯泰抒情诗选》,曾思艺、王淑凤译,济南:山东文艺出版社,2018年版,第202页。

的观点,他认为:艺术是人与另一世界进行沟通的桥梁,而'永恒思想王国'
是他创作的源泉;想要完整地认识世界,只借助科学这个工具是不足以办到
的,科学只能研究那些独立分散的自然现象。"①可见,艺术对阿·康·托尔
斯泰来说,最为重要的,不是书写现实生活,它不是社会现实的一面镜子,而
是沟通尘世与"其他世界"的一座桥梁。这显然是在部分接受浪漫主义诗学
观点的基础上,所形成的一种唯美主义观点。"不仅是阿·康·托尔斯泰的
理论观点,他的诗歌作品也与浪漫主义有关。在浪漫主义者的观念中,艺术
起着至高无上的作用,所以在他们的作品中经常出现艺术家的主题、灵感。
我们在托尔斯泰身上也看到了同样的情形。"②所以,在抒情诗创作中,他喜
欢像浪漫主义诗人那样直抒胸臆,而且善于使用明喻等艺术手法,表达抒情
主人公丰富的内心世界的感受,如在《在人声喧闹的舞会上》(*Средь
шумного бала ...*)一诗中,诗人写道:

> 在人声喧闹的舞会上,
> 怀着城市空虚的不安,
> 我偶然一瞥见到了你,
> 而神秘笼罩着你的容颜。
>
> 只是眼睛忧郁的扑闪,
> 嗓音听来出奇的美妙,
> 仿佛芦笛吹响那般悠远,
> 仿佛大海奔腾不息的波涛。③

(剑钊　译)

1850 年的冬天,阿·康·托尔斯泰在大剧院参加了一场新年化装舞会,并
且在这场舞会上遇到了一位神秘的女子,犹如普希金的《致凯恩》,阿·
康·托尔斯泰在诗中强调此次偶遇的美妙的一瞬:"我偶然一瞥见到了
你,/而神秘笼罩着你的容颜。"由于该女子戴着面纱,所以诗人看不清她

---

① 曾思艺、王淑凤:《我的风铃草:阿·康·托尔斯泰抒情诗选·译后记》,参见〔俄〕阿·康·
托尔斯泰著:《我的风铃草:阿·康·托尔斯泰抒情诗选》,曾思艺、王淑凤译,济南:山东文
艺出版社,2018 年版,第 199 页。

② И. Г. Ямпольский. "А. К. Толстой". См.: Алексей Константинович Толстой. *Собрание
сочинений в четырех томах*, Том 1. *Стихотворения*. Москва: Художественная литература,
1964, с.5.

③ 飞白主编:《世界诗库》(第 5 卷),广州:花城出版社,1994 年版,第 168 页。

的面容,但是他深深地感到:她的面部笼罩着一层神秘的色彩。随之,诗人通过描写她的眼睛中扑闪的忧郁以及奇妙的噪音,来加强这种神秘之感。此处,诗人以"芦笛"和"波涛"等自然意象,比喻他所崇拜的对象的奇妙噪音,显得颇为妥帖。随后,诗人直接抒发他对"娇躯"的倾慕以及自己复杂的内心体验:

> 我倾倒于你窈窕的娇躯,
> 你那一副沉思的憨态,
> 而你的笑声,时而清脆,时而忧郁,
> 自那以后总在我心里回旋。
>
> 深夜,当我孑然一身的时候,
> 我疲倦地半倚着躺下,
> 便看见那一对哀怨的美眸,
> 便听到那一番快活的谈话。
>
> 我如此忧郁地进入梦境,
> 在无形的幻想中酣睡,
> 我爱你吗? 我没法判明,
> 看起来似乎有点为你迷醉。①

(剑钊 译)

该诗与普希金有《致凯恩》所不同的是,普希金在诗中所呈现的是他自身的心理感受,阿·康·托尔斯泰在该诗中所美化的则是对方的神秘形象,以及他对这一形象的模糊的遐想、记忆和"迷醉"。从此,这一形象一直激励着诗人。其实,诗中的女子就是后来成为阿·康·托尔斯泰妻子的索菲娅·米勒,在这次舞会以后,阿·康·托尔斯泰几乎所有的以爱情为主题的诗篇都是献给她的,在文学评论界,诗人写给她的诗篇被统称为"米勒组诗"（миллеровский цикл）。

　　作为一名具有唯美主义倾向的诗人,阿·康·托尔斯泰在使用比喻的时候,总是善于将他熟悉的自然意象作为喻体,妥帖地表达他的情感体验。如在《如果我过分悲伤时说了我不再爱你》(*Не верь мне, друг, когда в*

---

① 飞白主编:《世界诗库》(第5卷),广州:花城出版社,1994年版,第168—169页。

избытке горя …)一诗中,诗人使用自然界中他所钟爱的大海意象,以海浪与海岸之间的若即若离、但密不可分的关系,来比喻人世间的情感体验:

> 如果我过分悲伤时说了我不再爱你。
> 亲人啊,此话你可不要信以为真,
> 在落潮的时分别相信大海的背叛,
> 它定会重投大地的怀抱,欣喜万分。
>
> 既然我思念,满怀着昔日的激情,
> 我愿把我的自由再一次向你奉献,
> 就连大海也会以汹涌的波涛
> 从远处重新返回亲爱的岸边。①

(吴笛　译)

阿·康·托尔斯泰以海浪与海岸之间的辩证关系,阐释忧伤时分人类情爱的特殊性。而在《并不是来自高空的野风》(*Не ветер, вея с высоты* …)一诗中,诗人更是运用了丰富的明喻手法,真切地传达出自身的情感体验。在该诗中,阿·康·托尔斯泰写道:

> 并不是来自高空的野风
> 在月夜将树叶拂动,
> 而是你搅扰了我的心,
> 使它像树叶般战栗不停,
> 又像古琴般弹出多种弦音。
>
> 生活的旋风折磨我的心,
> 呼啸着、吼叫着对它侵害,
> 以致命的一击撕断心弦,
> 又以寒冷的冰雪将其掩埋。
>
> 可是你的声音清脆悦耳,

---

① А. К. Толстой. *Собрание сочинений в четырех томах*. Том I. Москва：Издательство Правда，1969，c.113.

　　　　　你轻柔的抚摸和触动

　　　　　犹如自花朵飘下的细绒，

　　　　　又似五月里轻轻吹拂的夜风。①

　　　　　　　　　　　　　　　　　　　（吴笛　译）

在这首题为《并不是来自高空的野风》的抒情诗中，作者使用了大量的源自自然意象的明喻。在写到心灵受到"搅扰"时，诗人用"树叶般战栗不停，/又像古琴般弹出多种弦音"进行形容；在表达"轻柔的抚摸"时，则用"犹如自花朵飘下的细绒，/又似五月里轻轻吹拂的夜风"进行描绘。这些都表现出了诗人明锐的感悟能力以及细腻的艺术表现力。而且，在这首诗中，为了充分地体现抒情主人公被对方的温存以及悦耳的声音所触动，诗人还使用了明晰的对照手法，来突出心灵的触动和其所遭受的心灵的"侵害"之间的典型区别，表达对"生活的旋风"和"轻柔的抚摸"两者的不同的情感体验。

　　如上所述，阿·康·托尔斯泰在抒情诗中所书写的基本主题是自然与爱情，然而，这两个主题也常常融为一体，既表现其对大自然所具有的情感，同时也表达人类的情感不以人类社会为基点的自然属性。在《泪水在您嫉妒的眼神里颤动》(*Слеза дрожит в твоем ревнивом взоре* …)一诗中，便表现出自然与爱情之间的相互关系，以及爱情在自然属性中所呈现出的宏伟与博大：

　　　　　当上苍的巨大的创造力

　　　　　把许多星球从黑夜中召唤而出，

　　　　　爱情便像阳光一样普照，

　　　　　只是她那稀疏的光束

　　　　　分散地落到我们栖息的大陆。

　　　　　于是我们分别贪婪地寻找，

　　　　　捕捉永恒之美的反光；

　　　　　低声絮语的树林通报爱情的可喜信息，

　　　　　清凉的潺潺溪流谈论着爱的情感，

　　　　　朵朵鲜花也一边倾诉一边摇晃。

---

① Н. В. Банников сост. *Три века русской поэзии*. Москва：Издательство Просвещене，1979，с.320—321.

我们是以零零散散的爱情

既爱小溪之畔的柳树的低语，

也爱漂亮姑娘向我们投来的秋波，

还有星星的闪光以及普天下的全部美丽，

我们不可能把爱情倾注于同一样物体。①

（吴笛　译）

在阿·康·托尔斯泰的笔下，爱情无疑是大自然的创造物，像大自然一样淳朴，也像大自然一样具有广博的胸怀，她并不会"倾注于同一样物体"，而是有着博大的境界，"像阳光一样普照"，也"像大海一样宽广无垠"。在他看来，正是爱情与自然的这种一体性关系，才是唯美主义诗人的理想追求。

第三节　费特的诗歌创作

费特是俄国纯艺术派诗歌的领袖人物。他以独特的诗歌艺术成就，呈现了俄罗斯十九世纪诗歌创作的最后的辉煌，也在一定程度上折射了俄罗斯诗歌从黄金时代到白银时代的转向。

一、费特的创作历程与诗学贡献

阿法纳西·阿法纳西耶维奇·费特（Афанасий Афанасьевич Фет），出身于俄国奥廖尔省的一个地主家庭，幼年时曾在德国人办的德语寄宿学校学习。他从童年起就已经贪恋诗歌，年轻时，受到西欧启蒙主义思想的熏陶。1838 年，他进入莫斯科大学读书，起先是在法律系，后来转到语文系。

在大学读书期间，费特酷爱诗歌，并且与后来同属唯美派的阿波罗·格里戈里耶夫以及波隆斯基等诗人来往密切，友谊深厚，他们经常聚会，探讨诗歌艺术，尤其是格里戈里耶夫，给予了费特极大的帮助。在校期间，费特出版了第一部诗集《抒情诗的万神殿》（Лирический пантеон，1840），该诗集得到别林斯基等人的高度评价。随后，他又出版了两部诗集，即 1850 年出版的《诗作》（Стихотворения）和 1856 年出版的《诗作》（Стихотворения）。这三部诗集的基本主题可以归纳为两类，即"人与自然"和"诗与音乐"。"这

---

① А. К. Толстой. *Собрание сочинений в четырех томах*. Том I. Москва：Издательство Правда，1969，c.157.

两个主题对于呈现费特诗歌世界的主要特征至关重要：他所有的诗歌主题（自然、爱情、创作）都集中在这里，他诗歌世界的建构成分在这里得到了最完整的呈现和表现：方法、风格、情感基调等；最后，他的美学和世界观中最令人印象深刻的方面在这里得到了表现。"①

1845 年大学毕业之后，费特前往部队服役，第二年就当上了军官，并且随部队驻扎在南俄等地。后来，1858 年，他以大尉军衔退役。

在文学方面，费特一直保持着旺盛的创作热情。费特的诗歌创作持续了半个多世纪。而从他二十年代到九十年代的一生，囊括了十九世纪俄罗斯经典文学的全部发展历程。

费特的诗歌创作活动，断断续续持续了半个多世纪，大致可以分为三个创作阶段。

第一阶段从他出版诗集《抒情诗的万神殿》的 1840 年开始，到他出版两卷集的抒情诗集的 1863 年。这一时期，是他在诗歌创作方面获得声望的时期。他出版的诗集得到了文坛的高度关注。他发表于 1843 年的抒情诗《我带着问候向你走来》(*Я пришел к тебе с приветом …*)，体现了这一时期他登上诗坛的愉悦，以及他对普希金等俄罗斯优秀诗歌传统的承袭：

> 我带着问候向你走来，
> 告诉你太阳已经升起，
> 它那一束束灿烂的光芒，
> 在树叶之间穿梭摇曳。
>
> 告诉你树林已经苏醒，
> 每只鸟儿都振翅飞翔，
> 每一根枝桠，每一片树叶
> 都充满着春天的渴望。
>
> 告诉你我也满怀热忱，
> 重新走来，如同昨天，
> 心中依然洋溢着幸福
> 乐意为你作出一切奉献。

---

① А. И. Лагунов. Лагунов. *А. А. Фет : от золотого к серебряному веку русской поэзии*, Орел: Картуш, с.19.

告诉你周围春意盎然，

向我袭来欢乐的情景，

我真不知道该唱什么歌曲，——

但是歌儿很快就要诞生。①

（吴笛　译）

费特的诗歌创作的第二阶段是从 1863 年起至八十年代初，在这将近20 年的时间内，费特主要处于思想困惑和艺术酝酿时期，诗歌创作成就相对有限，其中有 10 年左右的时间，他没有写诗，甚至远离文学，醉心于扮演一个精明能干的地主的角色，从而拥有了一定的财富。所以，所谓他创作的第二阶段，也是他获得财富、成为贵族和富裕地主的人生阶段。在这一时期，费特不仅让他买下的一度受到忽视的农庄不断兴旺起来，而且他还运用农业和商业科学的规律来从事经济和商业活动。他开办了磨坊、养马场，还经营黑麦生意，使自己的财富得到了迅猛增长。在这一时期，与文学事业有些相关的，是他对叔本华的悲观主义哲学产生了浓厚的兴趣，他对此深有共鸣，并且将叔本华的哲学著作《作为意志和表象的世界》翻译成俄文出版。他还曾在写给康斯坦丁公爵的信中借叔本华的话说道："艺术和美使我们摆脱无穷欲望的痛苦世界，帮助我们进入纯粹直觉的境界。"②

费特的诗歌创作的第三阶段是从八十年代初期起至他逝世的 1892 年。在七十年代末，费特就开始考虑重新进入文学界。这一时期，尽管他已经进入老年时期，但是他努力创作，爆发出了最后的辉煌，他分别于 1883 年、1885 年、1888 年、1891 年陆续出版总名为《黄昏的灯火》（Вечерние огни）的四卷诗集。"费特的《黄昏的灯火》所蕴含的是他自己的命运，他的非同寻常的命运。而且，类似的非凡而复杂的命运，在许多方面具有戏剧性，这是费特整体文学活动中所固有的特性。"③四卷诗集的主题是爱情、自然、创造。在他的诗中，自然也是心灵的折射，自然的风景也是心灵的风景，自然也具有其自身的深刻而神秘的生命，也是能够呼吸、能够运动的活生生的形象。与此同时，在这四卷诗集中，也有着明显的叔本华悲观主义哲学思想的影

---

① Лев Озеров Сост. *Чудное мгновенье. Любовная лирика русских поэтов В двух томах*，Москва：Издательство Художественная литература，1988，c.182.

② 〔俄〕费特：《在星空之间：费特诗选》，谷羽译，桂林：广西师范大学出版社，2014 年版，第259 页。

③ Д. Благой. *Мир как красота：О "Вечерних огнях" А. Фета.* Москва：Издательство Художественная литература，1975，c.5.

响,以及转向玄学主题的倾向。

作为一名杰出的俄罗斯唯美主义诗人,费特在诗歌创作中,非常重视诗歌韵律等要素,追求艺术形式的完美。而且,他还善于将诗歌创作中的某些规律与诗歌主题巧妙地结合起来,以此体现生活中的艺术之美,如在《傍晚与夜间》(*Вечера и ночи*)的组诗中,诗人写道:

> 我的朋友,言语无力,唯有热吻万能⋯⋯
> 诚然,在你的笔记中,我高兴地看到
> 思想的起伏波动和情感的潮起潮落
> 怎样影响你的笔在纸张上的种种关照;
> 诚然,我也写诗,顺从女神的意愿,
> 我也有很多韵脚,也有很多活生生的格律⋯⋯
> 但在它们之间,我喜欢相互亲吻的韵味,
> 嘴唇的微妙节奏,爱情的自由韵式。①

从这些诗句中,我们也可以看出费特对于传统诗歌创作理念的基本态度,在他看来,诗的韵律不是人为的,而是一种不由自主的自然行为。1867 年,在论及诗歌韵律的本质特性时,费特更明晰地阐述了这一理念:"当一个灵魂被深刻的印象所感染和激励,试图表达自己,而人类的普通语言失去方向的时候,它会不由自主地转向神灵的语言并且为之歌唱。在这种情况下,不仅是歌唱行为本身,而且它的韵律结构也不是取决于艺术家的意愿,而是凭借其必然性。"②

费特在俄罗斯诗歌发展史上无疑有着重要的地位,他在诗歌创作方面的成就受到了很多作家的赞赏。譬如,列夫·托尔斯泰就非常推崇费特,认为"在他自己的私人交往中,只有费特才能给自己提供'使人充实的精神食粮'"③。费特的诗歌不仅具有典型的唯美主义创作倾向,而且,他的诗歌还以明澈的暗示为其特色,对后来的俄罗斯象征主义诗歌产生了一定的影响。

---

① А. А. Фет. *Собрание сочинений и писем В 20 т.* Т. 1. СПб.: Издательство Наука,2002,с.85.

② А. А. Фет. *Собрание сочинений и писем В 20 т.* Т. 3. СПб.: Издательство Наука,2007,с.282.

③ 汪剑钊:《被"白银"所命名的"黄金"——俄罗斯黄金时代诗歌简述》,参见〔俄〕普希金等:《俄罗斯黄金时代诗选》,汪剑钊译,山东文艺出版社,第 9 页。

二、费特诗歌创作中悲剧气质

作为一名唯美主义作家,费特的创作却具有独特的悲观主义色彩。他似乎生来就具有悲剧气质。他的出生就显得非常奇特,他的父亲姓善申(Шеншин),然而,他的母亲在与善申结婚时,已经怀有身孕,由于善申不是他的亲生父亲,当地教会不准孩子继承父姓,只能以费特为姓,数十年之后,他才获得继承父姓的权利。所以,他后来以费特-善申(Фет-Шеншин)作为姓氏。

正是基于自己的出生,以及对叔本华悲观主义哲学的迷恋,他总是不厌其烦地表达他对生活的悲观态度,常常认为生活是没有什么意义可言的,也是无聊的,生活的主要内容便是痛苦。但是,他并没有在这个痛苦的世界中沉沦,在他看来,在这个悲伤和无聊的世界里,唯有一个神秘的、不可理解的,然而却是真正的、纯洁的快乐领域——美的领域。所以,他总是在忧伤之中发掘美的要素,譬如在《忧伤的白桦》(*Печальная береза ...*)一诗中,诗人写道:

> 一株忧伤的白桦
> 在我的窗前伫立,
> 按照严寒的要求,
> 打扮得分外美丽。
>
> 犹如一嘟噜葡萄,
> 枝丫悬挂在空中,
> 整个儿忧伤的装束
> 愉悦着人们的眼睛。
>
> 我喜欢静静地观察
> 朝霞在树身上嬉戏,
> 又痛惜一只只鸟雀
> 逃离了树枝的美丽。①

---

① Афанасий Афанасьевич Фет. *Полное собрание стихотворений*. Ленинград：Издательство Советский писатель, 1959.

白桦固然忧伤,但它依然以忧伤的神情和装束,"愉悦着人们的眼睛"。在费特看来,忧伤的白桦经过"严寒"的装扮,则显得分外美丽,当朝阳冉冉升起,朝霞在树身开始嬉戏的时候,其所呈现出的异常的美丽更是显得独特,尽管难以被一只只"鸟雀"所感知,但是却被诗人深深地领悟到。

在费特的宛如悲剧的生命中,还有一场催人泪下甚至令人难以置信的悲剧恋情,这就是费特与他的恋人玛莉亚·拉济奇(Мария Лазич)之间的恋情。1845 年至 1858 年,费特在部队服役,他极为尽职,只想获得世袭贵族的荣誉,然而,不久之后,为了阻止下层阶级的一些代表性人物进入贵族阶层,沙皇尼古拉一世签署了一道法令,根据该项法令,只有获得少校军衔的军人才能获得世袭贵族的身份。费特之所以能够忍受枯燥而悲惨的军旅岁月,主要是想通过努力来改变自己的身份,然而,这一愿望却难以实现。在军旅生活中,费特完全处在精神孤独的气氛中。他在写给他的朋友鲍里索夫的信中表述道:"周围没有人——而围着我的人群,如果我说出一个字,他们就会嘲笑这个字。"①正是在这样的极度孤独的氛围中,费特结识了一个小地主的女儿——玛莉亚·拉济奇。她是一个很有教养,也富有才华的姑娘,她喜欢音乐,酷爱文学,深深地迷恋费特创作的诗歌,而且无条件地爱上了自己所迷恋的诗歌的作者。费特也深深地爱着玛莉亚。但是,他们两人除了爱情,一无所有。经过一段时间的交往之后,费特下定决心不再欺骗自己和玛莉亚,更不想伤害女孩的名誉,于是,他鼓起勇气,大胆而直率地表达了他对事情的看法,认为两人之间的爱情和婚姻对于两人来说是不合适的,也是自私的。玛莉亚·拉济奇表面上极为平静地接受了这一残酷的事实。1850 年,费特在日记中表述道,尽管他努力想从这一段爱情中解脱出来,然而事与愿违,却"越解越紧"。

后来,1851 年,玛莉亚·拉济奇以一场伪装成意外的自杀,结束了这段恋情。她事先伪造现场,造成她意外被火烧焦的假象,以这一令人悲痛的途径终结了自己的生命。在这场伪装而成的意外中,她纯洁的生命连同她洁白的长裙被"意外的"火焰所吞没烧焦,她之所以以意外死亡的形式结束自己的生命,是不希望自己死亡的阴影笼罩在费特的身上。然而,费特深受震撼,无法从中解脱,这一事件在他的灵魂深处和诗歌中留下了不可磨灭的印记。从此,他所有关于爱情的诗篇大都与玛莉亚·拉济奇有关——与这份被烧焦的爱情有关。他的诗作,总是充满着"烧焦的爱情"的痛苦

---

① О. Ю. Юрьева. *Русская литература XIX века*, Иркутск: Издательство ГОУ ВПО Восточно-Сибирская государственная академия образования, 2010, с.104—105.

回忆。

譬如,在作于 1854 年的《多么幸福:深夜,只有我俩》(*Какое счастие*：*и ночь，и мы одни*！)一诗中,费特写道:

> 多么幸福:深夜,只有我俩!
> 水平如镜映照着星星,
> 那里……仰起头来,看哪:
> 天空是多么深邃,多么纯净!
>
> 呵,呼我为狂人吧! 你爱称呼
> 什么都行;此刻我理智已尽,
> 心底澎湃着爱的波浪,
> 不会沉默,不愿,何况也不能。
>
> 我病了,我爱了,爱煎熬着我,
> 呵,听哪! 明白吗? 激情奔腾,
> 我想表白,我已爱上了你——
> 我只爱你一人,只想着你一人!①

(剑钊　译)

这首《多么幸福:深夜,只有我俩》表现的是诗人对他与玛莉亚在一起时的幸福时光的追忆,而且,在诗中,诗人将对爱情的书写与对风景的描绘结合起来,甚至,自然风景就是抒情主人公的情感的源泉,而深邃、纯净的天空更是他们爱情的理想境界。

在作于 1857 年的《给一位女歌唱家》(*Певице*)一诗中,费特将能歌善舞的玛莉亚·拉济奇看作歌唱家,祈求对方将他的心灵也带到"嘹亮的远方":

> 把我的心带向嘹亮的远方,
> 那边悬着哀伤像林后的月亮;
> 此声之中恍惚有爱的微笑,
> 在你点点热泪上柔光照耀。

---

① 飞白主编:《世界诗库》(第5卷),广州:花城出版社,1994年版,第186—187页。

> 姑娘！在一片无形的涟漪之中，
> 把我交给你的歌是何等轻松，——
> 沿着银色的路游去，向上向上，
> 如同蹒跚的影子追随翅膀。
>
> 你燃烧的声音在远方凝结，
> 仿佛晚霞在海外凝入黑夜，——
> 却不知从何处，我难明奥妙，
> 突然涌来了响亮的珍珠之潮。
>
> 把我的心带到嘹亮的远方，
> 那边哀伤柔顺得像微笑一样，
> 我沿着银色的路，上升上升，
> 如同追随着翅膀的蹒跚的影。①

（飞白　译）

费特的恋人玛莉亚·拉济奇喜欢音乐，酷爱唱歌，在费特看来，她就是一名地地道道的歌唱家。该诗表达的是诗人渴望这名已经享受天国之福的"歌唱家"能够将费特本人带出这一现实的世界，奔赴"嘹亮的远方"，进入纯艺术的境界。

诗中类似于"你燃烧的声音在远方凝结，/仿佛晚霞在海外凝入黑夜"等诗句，充满了诗人对玛莉亚的追忆，整首诗也蕴含着他对追随玛莉亚·拉济奇的渴望。这种追随，在作于1878年的《第二自我》(*Alter ego*)一诗中达到极致。费特在诗中写道：

> 正像在山溪中照影的百合，
> 你临照着我的第一首歌，
> 这儿有胜利吗？谁的胜利？
> 是溪胜了花？是花胜了溪？
>
> 你天真无邪的心完全理解
> 神秘的力让我说出的一切，

---

① 飞白主编：《世界诗库》(第5卷)，广州：花城出版社，1994年版，第188—189页。

尽管命运注定我独自苦挨，

没有力量能把我们分开。

远方你坟上的草长在我心中，

此心越老，草也越发葱茏，

当我偶然望见星星，我深信

我俩一同望星时不亚于神。

爱情说出的话永不消失，

等待我们的是特殊的审判日，

它将从千万人中认出我们，

我俩将一同到庭，决不离分。①

（飞白　译）

这首诗突出地表达了抒情主人公渴望与恋人相聚的心境。"远方你坟上的草长在我心中，/此心越老，草也越发葱茏"这一诗句真实地传达了费特悼念玛莉亚·拉济奇的悲苦的心情，而且，这更是解开费特晚年出人意料地离世而去的谜团的一把钥匙。从费特的经历来看，他的死亡就像他的出生一样，蒙着一层神秘的面纱，让人们无法探究其中的奥秘。现在，人们倾向于认为，费特的死亡如同他的恋人玛莉亚·拉济奇一样，也是一场预谋已久、决心坚定的自杀行为，正如俄罗斯学者所说，"他战胜了追寻他几十年的不公正的命运之神，终于使自己的生命如愿以偿，他在他认为必要的时候，'制造'了他自己的死亡"②。

　　费特的存在确实是一个谜，如俄罗斯学者所说，他是"俄国诗歌史上最神秘莫测的个体。无论是他的出生还是他的死亡，都充满谜团"③。他的诗篇也同样显得神奇，他在世俗的世界里，给人们留下了许多美丽的诗篇，试图将人们带向一个特殊的纯美的世界，虽然他的生活充满了忧伤，然而，他却坚持以诗的形式，给人们带来美的享受和真正的对生活的体验。

---

①　飞白主编：《世界诗库》（第5卷），广州：花城出版社，1994年版，第189—190页。

②　О. Ю. Юрьева. *Русская литература XIX века*，Иркутск：Издательство ГОУ ВПО Восточно-Сибирская государственная академия образования，2010，c.110.

③　Е. Б. Глушаков. *Великие судьбы русской поэзии：XIX век*，Москва：Издательство Флинта，2009，c.182.

第四节　迈科夫的诗歌创作

在十九世纪下半叶的俄罗斯文坛,迈科夫拥有极高的知名度,他与很多著名作家交往密切,并且积极投身于各项文学和社会活动,是一位关注社会问题的唯美主义诗人。他对俄罗斯的自然之美也有着极深的感悟,善于在自然中探寻美的境界。而且,作为曾经投身于绘画的诗人,他的诗歌的绘画特质也是构成他诗歌风格的重要成分。

一、回应现实生活的"纯艺术派"诗人

迈科夫作为俄罗斯唯美主义诗人,却是从描写俄国社会现实生活的"自然派"作家的创作倾向起步的。

阿波罗·尼古拉耶维奇·迈科夫出身于莫斯科的一个知识分子家庭,他的父亲尼古拉·迈科夫,是俄国才华横溢的著名画家,曾经担任过俄国艺术科学院院士,他的母亲迈科娃是一位作家。"在迈科夫的家中,特别是1834 年全家迁居圣彼得堡以后,会集了许多艺术家、文学家、音乐家。他们经常对一些艺术、文学问题进行热烈交谈甚至激烈争论。"①于是,他的家庭富有浓郁的文学艺术色彩和学术氛围,冈察洛夫、帕纳耶夫等作家,都与他的家庭有过密切的交往。

迈科夫在莫斯科度过了自己的童年和少年时代。1834 年,他们全家迁往圣彼得堡,他早年主要在家庭接受来自各位家庭教师的良好教育。1837年,他进入圣彼得堡大学法律系学习。1841 年大学毕业后,他进入沙皇政府财政部供职,但不久之后,1842 年,他从尼古拉一世的政府获得了出国旅行津贴,到过意大利、法国、德国、捷克等一些国家。这些旅行的经历对他的文学才能的发挥和精神的发展,都至关重要。

在出国期间,迈科夫大部分时间都是在意大利从事诗歌和绘画创作,也到巴黎听过美术和文学讲座,他还到过德累斯顿和布拉格等地,参加当地的文学活动。国外的经历开阔了他的视野,极大地提升了他的创作水准,为他在诗歌创作方面的进一步发展,创造了必要的条件。譬如,他对意大利的印象反映在他的第二本诗集《罗马素描》(*Очерки Рима*,1847)中。迈科夫于

---

① 〔苏〕斯捷潘诺夫:《迈科夫》,曾思艺译、马琳译,参见〔俄〕迈科夫:《寻找逍遥的原野:迈科夫诗集》,曾思艺译,北京:中国工人出版社,2024 年版,第239 页。

1844 年回到俄国,随后担任过一些公职,但他主要的时间还是沉浸在圣彼得堡的文学生活中,他积极参与《祖国纪事》和《现代人》等重要杂志的撰稿,发表文学和美术方面的评论文章。

迈科夫在四十年代与别林斯基、屠格涅夫、陀思妥耶夫斯基等作家关系密切,思想较为激进,甚至受到过彼得拉舍夫斯基案件调查委员会的审讯。但是,自六十年代起,他作品中的唯美主义倾向逐渐形成。不过,作为唯美主义作家,他与费特等诗人的观点也不完全相同,他在一定的程度上继承了普希金的简洁明晰的抒情传统,他在诗歌创作中,总会突然忘记自己的"纯艺术派"的身份属性,并没有完全沉湎于唯美主义所醉心的爱情、自然、美与艺术,而是热切地回应出现在现实生活中的重要事件,如克里米亚战争等。

迈科夫在年轻的时候就养成了绘画和写诗的习惯。在大学学习期间,即使在学业紧张的情况下,他也坚持写诗和绘画。1842 年,迈科夫的第一部诗集《诗作》(*Стихотворения*)得以出版,他的第二部诗集《罗马素描》随后也于 1847 年出版。

在诗集《罗马素描》中,迈科夫进一步丰富了他的诗歌表达方式,充分展现出他在诗歌创作方面的才华。在这部诗集中,不少诗篇都表达了他对古罗马艺术的赞叹以及对古罗马废墟的哀伤沉思。正如诗集名称所示,很多诗的确是从画家的视角出发的,是诗人的素描。如《古罗马》(*Древний Рим*)、《参观梵蒂冈博物馆之后》(*После посещения Ватиканского музея*)等诗篇,其特点是利用图像来呈现内在的情感,通过艺术作品的棱镜来感知意大利的民族性格以及当时的社会生活。

迈科夫创作的《两个世界》(*Два мира*)、《两种命运》(*Две судьбы*)、《玛申卡》(*Машенька*)以及《梦幻》(*Сны*)等多部长诗亦贴近现实生活,富有特色。在他的长诗《两种命运》中,主人公弗拉基米尔的漂泊动机,"与普希金的长诗《高加索的俘虏》中的动机极为接近"[①]。甚至有学者认为,这部长诗所描写的正是"多余的人":"作为一个典型的'多余的人',弗拉基米尔最终在命运的打击下屈服了,在道德上沉沦了,成为一个昏庸懒散的'草原旱獭',一个'无所事事的人',一个地主农奴主。"[②]

迈科夫是一位具有良好的法律修养和法律功底的抒情诗人,所以,在审视俄国社会现实时,他也时常抱有诗性正义的崇高理想。所以,他创作的长

① Ф. Я. Прийма "Поэзия А. Н. Майков", А. Н. Майков. *Избранные произведения* (Библиотека поэта), Ленинград: Издательство Советский писатель, 1987, с.9.

② Ф. Я. Прийма "Поэзия А. Н. Майков", А. Н. Майков. *Избранные произведения* (Библиотека поэта), Ленинград: Издательство Советский писатель, 1987, с.10.

诗《玛申卡》,具有一定的俄国自然派的特性,他不仅描写官场上的腐败,展现人物的道德沦丧,而且注重书写社会心理状态和复杂的情感体验。在作品风格方面,他的作品则有着崇高与低俗、悲剧与喜剧、史诗与抒情相结合的创作倾向。

在一些短小的抒情诗中,迈科夫更是对社会上的种种不公发出批判的声音,如在《他和她》(*Он и она*)一诗中,他巧妙地描绘了一个官僚的形象:

> 在这里,他走在权力的光辉中,
> 他全身披上了公义的寒衣;
> 在他的心中没有人的激情,
> 他所怀抱的只有一条法律。
>
> 没有什么可以让他受到干扰,
> 像一个牧师,没有内在的焦虑。
> 以一纸具文的名义,他惩罚
> 就连上帝都会怜悯的东西……①

从这首他写于五十年代的抒情诗中,我们不难看出,他对现实中的封建官僚极为愤恨。在他看来,死守法律条文的那些官员,心中根本没有情感可言,他们的身上只有冷漠无情,而且,他们动辄根据为当局所用的法律条文,对受苦受难的普通百姓进行无谓的惩罚。这些官僚不仅丧失人性,甚至缺乏宗教情感。或许,这也是迈科夫虽然攻读法律专业却不愿从事法律事务的一个原因吧。当然,尽管他在诗中,尤其是在早期的诗中,善于回应生活现实,但是,他也在诗中表达出艺术高于现实的唯美主义的诗学思想,如在《哦,永恒的青春王国》(*О царство вечной юности*)一诗中,迈科夫写道:

> 哦,永恒的青春王国
> 和永恒的美!
> 在光荣的天才的作品里
> 我们为你迷醉!

---

① А. Н. Майков. *Избранные произведения*（Библиотека поэта）, Ленинград: Издательство Советский писатель, 1987, с.21—22.

闪闪发光的大理石，

　　里热普和伯拉克西特拉斯！……

永恒的圣母

　　幸福的拉斐尔！……

普希金神圣的天才，

　　他那水晶的诗句，

莫扎特的曲调，

　　所有这一切都使人无比快乐——

所有这一切，

　　不是来自天国的启示，

不是永恒的青春王国

　　和永恒的美？①

这首诗，仿佛是一篇诗学论文，探究美的源泉。他在诗的开篇，就强调他为永恒的青春和永恒的美而陶醉，随后的两个诗节，则是展开充分的论证。作为证据的，有古希腊的著名雕刻家里热普（留西波斯）和伯拉克西特拉斯，有天才诗人普希金，还有杰出的音乐家莫扎特，最后一个诗节则以反问的形式来强调，真正的艺术和美，不是来自世俗生活，而是来自天国的启示，对于唯美主义诗人而言，现实生活是短暂的，而艺术之美则是永恒的。

二、以画家的才赋感悟自然之美

　　尽管迈科夫在创作的初期曾经具有涅克拉索夫诗派的现实主义创作倾向，但是，在意大利等地的生活，以及对社会现实斗争的疏远，还有沙皇政府为了巩固自身的统治而产生的警惕性和严格的审查制度，逐渐将他推向了脱离现实的纯艺术的道路。

　　作为俄国纯艺术派诗歌领域的重要人物，迈科夫其实在其早期的诗歌创作中，就已经呈现出善于创作风景抒情诗的倾向，表现出卓越的画家的眼力和才赋。他在诗歌创作初期就基本形成了自己独到的创作思想，他于1841 年创作的名篇《八行诗》(Октава)，便充分地反映了他独到的美学观：

---

① 〔俄〕迈科夫：《迈科夫抒情诗选》，曾思艺译，北京：中国友谊出版公司，2014 年版，第99—
　　100 页。

使诗歌和谐的神圣奥秘

你别想从先哲的书本中猜出,

而是到梦幻般的河边漫步,

偶尔用心灵倾听芦苇的嗫嚅、

橡树的絮语;去感受和领会

它们特殊的声音……这样,

音调优美、节奏和谐的诗句

就会自然流出,犹如森林的欢唱。①

(吴笛 译)

从这首《八行诗》可以看出,就诗歌灵感的源泉而言,迈科夫认为诗歌创作的灵感的形成来自对大自然的感悟,而不是来自书本的阅读,也不是出于理智。一个诗人要用心灵去倾听大自然的种种声响,感悟大自然的种种色调。他曾经指出:"最重要的是寻找必需的基调、分寸……有的时候你写着写着,自己会感觉到全不是那么回事儿:分寸不对头,不是你所需要的。在绘画中也一样:色调不对,色彩不适合,那就全完了。"②此外,对迈科夫来说,一首完美的诗,必须"音调优美、节奏和谐",而且自然清新。可见,他的早期创作体现了浪漫主义的余波,他像浪漫主义诗人一样强调贴近自然,但是,贴近自然不是为了获得原始的慰藉,而是为了获取自然的灵感,使诗歌的音调像自然一样和谐,像自然一样优美。他正是从对大自然的美的感悟中,在对大自然的书写中,逐渐形成了自己的唯美主义创作风格。

迈科夫正是在贴近自然的过程中,发现了人与自然的一体性关系,在1855年创作的《我的天哪!》(*Боже мой! Вчера-ненастье ...*)一诗中,正是因为自然的妩媚,"你"也变得更加甜美,即使"我"不小心将露水溅到了你的脸上,你也因为感受到了自然的清新气息而不会对"我"进行责备:

我的天哪! 昨天还是阴雨绵绵,

今日的天气却如此晴朗!

阳光明媚,鸟雀欢唱!

草儿挂满露珠,丁香含笑开放……

---

① А. Н. Майков. *Стихотворения*. Книга 1, Москва: Издательство Директ-Медиа, 2012, с.11.

② 转引自汪剑钊:《迈科夫》,参见飞白主编:《世界诗库》(第5卷),广州:花城出版社,1994年版,第199页。

你仍在懒洋洋地酣睡，

哦，别惊动了这可爱的小宝贝！……

我这就去采一束丁香花儿，

上面还沾着清凉明澈的露水，

我会突然把露珠溅到你的脸上……

而你微含责怪的神情

也会极为甜蜜愉快地

被春天的清新气息所战胜！①

（吴笛　译）

从这些诗句中，我们可以看出迈科夫作为画家的魅力所在。"阳光""鸟雀"
"丁香花""露珠""脸庞"，所有这些意象或素材构成了一幅优美的风景画。
在这幅优美的风景画中，正是因为人与自然的一体性关系，所以，"沾着清凉
明澈的露水"的丁香也会露出感染人类的甜美的笑容。可见，"绘画在诗人
迈科夫的作品中留下了明显的痕迹：它表现在对客观世界形象的准确性和
绘画的色彩表现力的日益关注上"。②在迈科夫的笔下，美好的不仅是阳光
明媚的自然，哪怕是喧闹的风暴，也自有迷人之处，在题为《风暴》（Гроза）的
诗中，诗人以开头数个诗节的渲染，随后得出的结论是对风暴的赞赏：

突然，似乎有人从田野上

拉下了一条锦缎的台布，

黑暗跟在台布后面穷追不舍，

越发凶猛，越发迅速。

圆柱早已变得模糊不清，

银色的屋檐也已消失不见，

传来一阵阵轰轰的喧嚣，

大雨倾盆，夹杂着闪电……

---

①　飞白主编：《世界诗库》（第5卷），广州：花城出版社，1994年版，第201页。

②　Ф. Я. Приймма. "Поэзия А. Н. Майков"，А. Н. Майков. *Избранные произведения*
（Библиотека поэта），Ленинград：Издательство Советский писатель，1987，c.14.

> 哪儿是太阳和蓝空的王国？
> 哪儿是田野的光彩、溪谷的宁静？
> 然而，风暴的喧哗也妙不可言，
> 冰雹的舞蹈也优美迷人！
>
> 要想捕捉冰雹——所需的正是
> 被孩童们辱骂的大胆鲁莽！
> 冰雹恰似一群喧闹的小孩
> 在台阶上又蹦又跳、尖声叫嚷！①

（吴笛　译）

此处对风暴的描写生动形象，表现出迈科夫对自然景色出色的描绘才能，而且，在经过对风暴的自然形成过程进行一番准确、形象地描绘之后，诗人甚至将冰雹比喻为活泼可爱的一群孩童，在台阶上"喧闹""叫嚷"，从而更加强调了大自然与人类的相似性和一体性。

有时，诗人特别强调自然现象对于人类所具有的独特的意义，譬如在《遇雨》(Под дождем)一诗中，两个年轻人突然遭遇大雨的袭击，天气异常恐怖：

> 还记得吗，我们的笑声渐渐轻微……
> 猛然间我们头顶掠过一阵惊雷——
> 你吓得迷住双眼，扑进我怀里……
> 啊，天赐的甘霖，美妙的黄金雨！②

在这首诗中，迈科夫不仅惟妙惟肖地描写了晶莹透亮的水珠，而且还将暴风骤雨以及惊雷闪电看成大自然的馈赠，更是体现了人与自然的和谐。而且，在这首诗中，迈科夫将自然与爱情两个主题合二为一，体现了纯美的境界。

迈科夫创作的爱情主题的抒情诗，大多具有远离社会现实、抛却一切的意愿，如在《幸福的女郎》(Fortunata)一诗中，他就表现出爱情至上的理念：

---

① А. Н. Майков. *Стихотворения*，Москва：Издательство Детская литература，1978，с.163—164.
② 〔俄〕迈科夫：《寻找逍遥的原野：迈科夫诗集》，曾思艺译，北京：中国工人出版社，2024年版，第97页。

啊,爱我吧,别再瞻前顾后,

别再左思右想,也不要忧伤,

不要责备我,也不要凭空猜疑,

我属于你,你属于我,还有什么可想?

……

相信爱情吧,幸福不会消逝,

自豪的人啊,请你像我一样相信:

我们今生今世永远不会分离。

我们的亲吻也永远没有止境……①

该诗的标题用的是意大利语"Fortunata",这一标题本身不仅体现了迈科夫崇尚古典艺术的创作倾向,同时也体现了他的远离现实生活的纯爱情调。在他看来,人们在相恋的时候,是无须"瞻前顾后"的,而是要相信爱情,听从心灵发出的呼唤,将整颗心交给对方,达到合而为一、超越现实、"永不分离"的纯美境界。在谈及迈科夫诗歌的艺术特质时,俄罗斯学者写道:"迈科夫的诗歌,尽管朴实无华,但以其思想和感情的和谐融合,艺术品位的纯洁性、调和性和音乐性吸引了我们。就配乐诗的数量而言,迈科夫是十九世纪俄罗斯的主要诗人之一,这并非偶然。"②由此可见,迈科夫诗中所蕴含的包括图像性和音乐性在内的跨艺术特质是得到学界充分肯定的。

十九世纪中后期以丘特切夫为先驱,以费特、迈科夫等诗人为主要代表的俄国唯美主义诗歌,与俄国十九世纪中后期的现实主义诗歌并驾齐驱,平行发展,两者在文学主张方面,爆发了一定的冲突,形成了现实与唯美的冲撞,分别代表了强调艺术道德意义和社会功能以及追求艺术技巧和"为艺术而艺术"这两种创作倾向。同时,俄国唯美主义诗歌又与英国维多利亚时期的唯美主义诗歌遥相呼应,体现了其与十九世纪主流文学不尽相同的创作倾向,在一定意义上发出了十九世纪末二十世纪初现代主义诗歌运动的先声。不过,由于唯美主义的诗歌与同时代的涅克拉索夫诗派相比,所缺少的是社会责任和公民意识,这种局限性也在一定的程度上影响了唯美主义诗歌的发展。

---

①　А. Н. Майков. *Стихотворения*. Книга 1, Москва: Издательство Директ-Медиа, 2012, с.108.

②　Ф. Я. Прийма "Поэзия А. Н. Майков", А. Н. Майков. *Избранные произведения* (Библиотека поэта), Ленинград: Издательство Советский писатель, 1987, с.44.

第十五章　涅克拉索夫的诗歌创作

　　涅克拉索夫是俄国十九世纪中后期文学中一名杰出的革命民主主义诗人，他以自己优秀的、贴近社会现实生活的诗篇，为遭受剥削和欺压的农奴说话，表达社会底层的广大民众的心声。他在"公民诗"创作方面享有盛誉，是十九世纪俄国现实主义诗歌的代表诗人，在诗坛具有一定的影响力，甚至在当时形成了影响较大的"涅克拉索夫诗派"。而且，涅克拉索夫还是一位出色的文学组织者，发现和培养了不少作家。作为一位著名的"复仇和悲歌诗人"，他的创作曾经得到列宁、车尔尼雪夫斯基以及卢那察尔斯基的高度赞赏。在1861年俄国实行农奴制改革之后，俄国社会究竟取得了怎么样的发展？ 农民的生活究竟有无实质性改善？ 俄罗斯民族究竟路在何方？ 对于这些问题，涅克拉索夫进行了深入的思考和积极的探索，并以一系列的诗歌创作，尤其是长诗《谁在俄罗斯能过好日子》（*Кому на Руси жить хорошо*）等作品，给出了这一问题的答案，在一定意义上代表了十九世纪下半叶俄罗斯诗歌现实主义发展的方向。"涅克拉索夫不仅是一位出色的民主派，而且亦为具有惊人独创性的伟大诗人。"[1]当代俄罗斯学者格鲁萨科夫则认为涅克拉索夫是"俄罗斯古典诗歌中最有争议的人物之一"，并且针对十九世纪下半叶俄罗斯诗歌的影响力不及小说艺术成就的现象，他高度赞赏了涅克拉索夫的公民诗歌所具有的进步意义和社会功能，认为"涅克拉索夫的杰出作品给俄罗斯诗歌带来了强大的进步动力，其影响在随后的二十世纪是很明显的"[2]。而且，涅克拉索夫在诗中体现的公民意识，也受到普通民众的喜爱和尊崇。

---

[1]　〔俄〕米尔斯基：《俄国文学史》（下册），刘文飞译，北京：人民文学出版社，2013年版，第38页。

[2]　Е. Б. Глушаков. *Великие судьбы русской поэзии：XIX век*，Москва：Издательство Флинта，2009，c.154.

第一节　抒写公民情感的"公民诗人"

在俄罗斯诗歌史上,涅克拉索夫是一位出色的抒写公民情感的"公民诗人"。无论是抒情诗还是长诗,"人民的命运是涅克拉索夫抒情主人公冥想的永恒主题"①。

尼古拉·阿列克谢耶维奇·涅克拉索夫(Николай Алексеевич Некрасов)出身于卡缅涅茨-波多利斯基省的一个军官家庭。他的童年时代是在雅罗斯拉夫尔省、位于伏尔加河畔的格雷什涅沃村度过的。在母亲的教导下,他在童年时代接受了良好的家庭教育。自 1832 年至 1837 年,他在省城的一所中学读书,并产生了对文学的兴趣。1838 年,他中学尚未毕业,就前往圣彼得堡继续求学,但他违背父亲的意愿,没有进入武备学校,而是准备投考圣彼得堡大学,因此,他父亲断绝了对他的经济资助。他只能一面在圣彼得堡大学旁听,一面从事一些抄写等方面的工作,得到的报酬勉强可以糊口,从而真正进入了贫苦的平民知识分子的行列。涅克拉索夫自 1838 年开始在《祖国之子》等杂志上发表诗作,1840 年出版第一本诗集《幻想与声音》(Мечты и звуки),他这时的作品带有明显的浪漫主义色彩和较强的模仿的痕迹,因此也受到了评论界的一些批评。

在早期的诗歌创作中,涅克拉索夫即创作爱情抒情诗,也写作哲理抒情诗,他诗中的意象极为生动,比喻也颇为妥帖,如"窒息的海""讽刺的梦""喷火的眼睛""海浪一样的羽毛"等表述,极富艺术张力。涅克拉索夫还特别注重吸收俄罗斯民间文学的营养,他曾经写道:"俄罗斯歌曲、传说、谚语、迷信恐惧,最后还有俄罗斯童话——毫无疑问,这些都是值得我们高度重视的:它们是我们对悠久历史的记忆,它们是俄罗斯民族的宝库。"②正因为具有这样的认识,涅克拉索夫的早期诗歌自觉地受到茹科夫斯基的浪漫主义诗歌的影响,他对民间谣曲产生了浓厚的兴趣,也在自己的创作中充分汲取民间谣曲的营养。如在民谣《乌鸦》(Ворон)、《骑士》(Рыцарь)、《女巫的盛宴》(Пир ведьмы)等诗歌中,我们都极易寻到茹科夫斯基的痕迹。如在题为《夜》(Ночь)的诗中,涅克拉索夫写道:

---

①　Г. В. Краснов. "Николай Алексеевич Некрасов", См.: *Краткая литературная энциклопедия*. В 9 т. Т. 5. Москва: Издательство Советская энциклопедия, 1968.

②　Н. А. Некрасов. *Полное собрание сочинений и писем*. В 15 т., т. 11, Ленинград: Издательство Наука, 1989, с.9.

> 我醒了,醒了,无法入睡,
>
> 我的心遭受悲伤的折磨,
>
> 我的心在静谧中流泪,
>
> 我的心在渴望中撕裂。
>
> 有一颗明亮的星星,
>
> 披着色彩斑斓的衣裳,
>
> 对着宁静的天空,
>
> 闪现出灿烂的光芒。①

　　四十年代初,他与别林斯基结识后,受其影响,诗风开始发生改变,逐渐走上革命民主主义的创作道路,成了十九世纪俄国诗坛的现实主义诗派的代表人物。"涅克拉索夫在四十年代开始从事诗歌创作的时候,就遵循了'自然派'的创作原则。他写的短诗,总是针对现实中的重大问题,把他的诗情化入生活的艺术图景之中。"②自 1847 年起,涅克拉索夫主编和合作主编了《现代人》和《祖国纪事》等进步刊物,团结了一大批进步作家,在文学界起到了重要的组织作用。同时,他也创作了大量诗歌,其中既有《未收割的土地》(*Несжатая полоса*)等著名的抒情诗,也有俄国文学中著名的叙事长诗《谁在俄罗斯能过好日子》——作为革命民主主义文学的代表性作品,涅克拉索夫的这部长诗对俄国农奴制改革之后的社会现实进行了深刻的揭露和剖析。

　　作为俄国现实主义作家中的重要一员,涅克拉索夫虽然出身于贵族家庭,但是从童年时代起,他就在心中孕育了对腐朽的农奴制制度进行抗议的情绪。在童年时代,农民的悲惨生活和遭受奴役的地位,伏尔加河上的纤夫的苦难等事件给他留下了深刻的印象。青年时代,他在脱离家庭接济之后,全靠抄写、卖稿维持生计。四十年代,他在别林斯基的帮助下,走上文坛,获得了一定的成功。自四十年代末期起,他为《现代人》和《祖国纪事》等进步杂志辛勤操劳 30 多年,在俄国进步文学界发挥了极为重要的组织作用;而且,他的诗歌创作同样富有成就,他在自己创作的作品中抒发了对下层人民苦难生活的深切同情,发出反抗沙俄反动统治的大声疾呼,体现出强烈的革命民主主义思想,在十九世纪下半叶的现实主义诗歌创作中,具有独特的地

---

① Н. А. Некрасов. *Полное собрание сочинений и писем*, т. 1, Москва: Гослитиздат, 1953, c.271.

② 雷成德等编:《俄国文学史》,长沙:湖南文艺出版社,1986 年版,第 387 页。

位。特别是在 1861 年沙皇政府宣布农奴制改革之后,涅克拉索夫接连创作
的《货郎》(Коробейники)、《红鼻子雪大王》(Мороз, красный нос)、《谁在俄
罗斯能过好日子》等著名叙事长诗,取得了极大的成功。在这些长诗中,涅
克拉索夫认为农奴制改革之后,平民百姓遭受双重压迫,于是,他号召农民
起来进行抗争,取得真正的解放。他的这些充满人道主义精神的现实主义
作品成了俄国文学史上的宝贵财富。

长诗《货郎》主要书写农村货郎的见闻和遭遇。货郎万卡只想早点卖
完货物,好与村姑卡佳结婚,可是,可怜的村姑等来的不是新郎,而是噩
耗。在结构方面,这部长诗从欢快的爱情开始,以凄凉的悲剧结束,其间
穿插着串村走乡的货郎与广大村民交往的经历,描写了货郎所见的许多
人物和生动多彩的场景,呈现出沙皇农奴制专制制度之下农村的真实生
活画面。

而《红鼻子雪大王》这部长诗,如果仅看书名,似乎觉得这是富有浪漫气
息的童话故事,其实不然,这部长诗所书写的是俄罗斯下层妇女的悲惨命
运,"表现了涅克拉索夫现实主义诗歌的高度技巧,……是涅克拉索夫悲歌
中抒情性最强的一曲悲歌"①。作品中的女主人公达丽亚的丈夫为穷困所
迫,为了养家糊口,尤其是为了能够交租纳税,只得冒着严酷的风雪,离开家
庭,外出运货,结果因受冻而病死。成了寡妇的达丽亚,为了孩子们能够有
柴火取暖,只好到森林中砍柴,结果,衣裳单薄的达丽亚也被"雪大王"冻死
在林中。这部长诗的结构简洁明晰,分为两个部分,在第一部分中,达丽亚
回忆了她一生的幸福,她的婚姻,丈夫的死亡以及随之而来的苦难。在第二
部分中,达丽亚在冰天雪地的森林深处拾柴时,遇到了农民传说中的雪大
王,第 32 章描写了达丽亚在幸福的梦中被冻死的情形:

> 须发全白的老魔法师
> 吻着她的嘴唇、眼睛、肩膀。
> 还悄悄地在耳边说些情话,
> 和普洛克求婚的话一模一样。
>
> 也许是这样甜蜜的话
> 叫痴心的达丽亚听入了迷,
> 她不知不觉闭上了眼,

---

① 飞白:《诗海——世界诗歌史纲》(传统卷),桂林:漓江出版社,1989 年版,第 520 页。

手里的斧子滑下了地。①

整部长诗的内容都是紧扣俄罗斯下层妇女达丽亚而展开的,聚焦她的生与死。"涅克拉索夫以其内容和隐喻结构将当时的事件与俄罗斯百年的历史进程联系起来,将农民的生活方式与民族的普遍存在联系起来。"②涅克拉索夫在俄国文学中以卓越的艺术表现力着力抒写公民的情感,表达他们的思想,并以公民的目光来观察俄国的社会现实,开创了俄国文学中书写公民诗的优秀传统。他的诗作反映了俄国城市贫民和资本主义萌芽时期的普通民众的苦难,抒发了对普通人民悲惨生活的深切同情,也表达了对俄国农奴制专制制度的强烈憎恨,因而他被人们称为"复仇和悲歌的诗人"。涅克拉索夫曾经写道:"每个作家只能表现他深切感受到的东西。因为我从小就有机会看到俄国农民在饥寒和各种暴行中遭受的苦难,所以我从他们中间撷取了我的诗歌。"③因此,他强调诗歌的现实性和诗人的社会责任,主张"为人生而艺术",反对"纯艺术派"诗人"在苦难的岁月里歌颂山谷、天空和大海的美丽,歌颂亲爱的恋人的抚爱"④。他把诗歌的主题转向了"被鞭打的缪斯",既对下层人民的痛苦命运寄予深切的同情,又不仅仅是为他们一洒热泪,而是发掘他们作为人的价值以及他们身上所固有的朴实和美的特质。当然,他诗歌的主题也是非常丰富的:"除了农民苦难的主题和农民对自己命运的哀叹外,他的诗歌题材还包括对知识分子形象的描绘,对深厚的母爱(总是与父亲的粗野、不近人情形成鲜明对比)的赞美,以及对流亡中的十二月党人妻子的感人至深的刻画……"⑤

涅克拉索夫也找到了与诗歌主题相适应的艺术形式,他注意吸收民歌和民谣的营养,他的诗歌语言显得极为朴实简洁,贴近普通百姓的生活,非常接近民间口头语言,以具体细腻、思路明晰为主要特色。他用自己的朴素的语言阐述了高尚的真理,以自己的创作实践开创了俄国诗坛上的一代新的诗风,对俄罗斯诗歌,尤其是对十九世纪六十年代至九十年代的俄罗斯诗坛产生了重要的影响。他创作的《沉默吧,复仇和忧伤的女神》(*Замолкни*,

---

① 飞白:《诗海——世界诗歌史纲》(传统卷),桂林:漓江出版社,1989 年版,第 531 页。

② Ю. В. Лебедев. "Н. А. Некрасов: биобиблиографическая справка", *Русские писатели*: *Биобиблиографический словарь*, т. 2, под редакцией П. А. Николаева. Москва: Издательство Просвещение, 1990.

③ 转引自吴笛:《世界名诗欣赏》,杭州:浙江大学出版社,2008 年版,第 176—177 页。

④ 转引自飞白主编:《世界名诗鉴赏辞典》,桂林:漓江出版社,1990 年版,第 412 页。

⑤ Charles A. Moser ed. *The Cambridge History of Russian Literature*. Cambridge: Cambridge University Press, 1996, p.271.

Муза мести и печали！)、《诗人和公民》（*Поэт и гражданин*）、《昨天下午，五点多钟》（*Вчерашний день，часу в шестом*）等抒情诗，体现了强烈的公民意识，呈现出他独特的诗学理念。

在《诗人和公民》一诗中，涅克拉索夫对当时的诗坛只顾书写美景、书写温存，而对祖国现实情形视而不见的现象进行了严厉的批评，并且在诗的结尾部分发出呼吁：

> 你可以不必当一位诗人，
> 但你有责任做一个公民。
> 公民这称号是什么意思？
> 是我们祖国优秀的儿子，——
> 啊！我们已经有够多的商人，
> 官吏、贵族、士官生、小市民，
> 即使是诗人也已经满够，
> 我们需要的、需要的是公民！①

在这首诗中，涅克拉索夫提出了与当时的"纯艺术派"诗人完全不同的诗学主张，他反对脱离现实生活的"为艺术而艺术"的诗学观念，认为，如果要成为一个诗人，首先就得服从于"公民"的责任，就得为公民而呐喊。既然是"公民诗人"，理应关注公民的处境，为公民争取应有的权利而呼吁。因此，涅克拉索夫在自己的诗中，总是关心百姓的疾苦，总是书写农奴的不幸遭遇，为他们鸣不平。如在题为《未收割的土地》的诗中，涅克拉索夫充分利用隐喻等技巧，以"麦穗"的视角来书写农奴的苦难。在一片未收割的田地里，麦穗经历了无数的忧伤，它遭遇过鸟群的破坏，也忍受过野兔的糟蹋，还有暴风雨的吹打，但是，就是唤不来它所期盼的农夫的保护。原来：

> 可怜的人已病倒，不吃也不喝，
> 蛆虫在吸吮着他害病的心窝，
>
> 那开出这些垄沟的双手
> 垂着像枯藤，干瘪如柴瘦，

---

① 〔俄〕涅克拉索夫：《诗人和公民》，参见〔俄〕涅克拉索夫：《涅克拉索夫诗选》，丁鲁译，长沙：湖南人民出版社，1985年版，第119页。

> 农夫眼色暗淡，而且又哑了歌喉，
> 再不能用歌声抒发自己的哀愁，
>
> 他再也不能手扶犁杖，
> 沉思地走过自己的田头。①

涅克拉索夫还特别善于书写女农奴的苦难。如《在旅途中》(В дороге)一诗，描写了一个农奴女孩的故事，她和领主的孩子一起在领主家长大，然而，却得不到自由，因为某种"过错"被强行送回村里，嫁给了一个农奴，不久便悲惨地死去。在题为《三套马车》(Тройка)的诗中，涅克拉索夫书写了农妇的凄凉生活："围裙紧紧地系在腋下，/将胸脯勒得扭扭歪歪，/爱找碴儿的丈夫会来打你，/婆婆把你折磨得死去活来。//由于粗重而又艰苦的活计，/你还来不及开花就要凋零，/你将陷入沉睡不醒的梦里，/照看孩子、吃饭、劳累终生。"②在《昨天下午，五点多钟》一诗中，他更是记录了一个女农奴遭受鞭打的情形。涅克拉索夫写道：

> 昨天下午，五点多钟，
> 我偶然走到干草广场，
> 只见一个女人在受鞭刑——
> 一个年轻的农村姑娘。
>
> 她没有吐出一声呻吟，
> 只有鞭声把空气撕碎……
> 我不禁向诗神缪斯喊道：
> "看啊！你的亲姐妹！"③

《昨天下午，五点多钟》这首短诗作于涅克拉索夫的创作早期，即 1848年，它记载了诗人目睹的一件事。为了强调事件的现实性和真实性，诗人用的是朴素、简洁、新闻报道式的语言：时间——昨天下午五点多钟，地点——

---

① 〔俄〕涅克拉索夫：《涅克拉索夫诗歌精选》，魏荒弩译，太原：北岳文艺出版社，2000 年版，第 58 页。
② 〔俄〕涅克拉索夫：《涅克拉索夫诗歌精选》，魏荒弩译，太原：北岳文艺出版社，2000 年版，第 13 页。
③ 飞白：《诗海——世界诗歌史纲》(传统卷)，桂林：漓江出版社，1989 年版，第 521 页。

圣彼得堡的干草广场,事件——一个女农奴在遭受酷刑。但是,虽说语言朴素、简洁,其中却蕴含着强烈的情感和深刻的美学思想。诗人将抒情和政论熔于一炉,既抒发了诗人的情感,也宣告了自己的文艺主张,表明了自己的美学观点。在十九世纪的欧洲诗苑中,浪漫主义诗人摒弃繁文缛节、片面追求文雅的古典诗风,打破古典主义的清规戒律,在创作中直抒胸臆,澎湃的情感溢于言表。涅克拉索夫受到这些浪漫主义诗人的启发,但又不同于他们,他不是像他们那样去歌颂大自然,没有像他们那样去挖掘大自然中的美,而是从俄国下层农民中撷取诗歌主题,从下层人物身上发掘美的源泉。他更不像同时代的俄国纯艺术派诗人费特、迈科夫等诗人那样,追求为艺术而艺术,如果说费特、迈科夫等人的缪斯是头戴玫瑰花冠的女神,那么涅克拉索夫的缪斯形象却是这首诗所提及的受鞭打的女农奴。

自 1848 年写成这首《昨天下午,五点多钟》之后,一个个被鞭打的女农奴的形象,构成了涅克拉索夫诗歌常见的内容。涅克拉索夫以自己的诗歌创作充分证明:"诗歌,即使是最脆弱的抒情诗,也完全有能力承担起公民的重任,并且有责任引起读者的共鸣。"①他的诗作不仅引起了读者的共鸣,而且也引起了现实主义作家的共鸣。所以有学者认为:"正如涅克拉索夫所坚持认为的,惨遭虐待的妇女就是缪斯的姐妹,这与普希金和莱蒙托夫的诗学格格不入,但是却与伟大的道德现实主义者陀思妥耶夫斯基和托尔斯泰的境界不谋而合。"②

这首短诗尽管形式并不纯熟圆润,但已显示出诗人独到的艺术特色,特别是一系列修辞手法的运用,使得诗歌形象鲜明,效果强烈,发人深思,耐人寻味。

首先,诗人在第一节中多次重复合口元音[u](俄语字母 y 和 ю),以表现压抑的悲痛之情;在第二节中却多次重复开口元音[a](俄语字母 a 和 я),以表现愤怒的抗议和诗人的呐喊。由此可以看出,诗人并不是沉湎于悲哀之中的,而是赋予诗歌以悲壮雄豪的气概。

其次,该诗采用了婉曲笔法,涅克拉索夫没有正面描写被鞭打的女农妇的惨状,因为这种惨状是不堪目睹的,他只是写下了"鞭声把空气撕碎……"。他没有描述女农奴血肉模糊的形象,但这一点读者是能够想象得到的,空气都被撕碎,何况人的皮肉?这样的描写,更充分表达了诗人内心深挚的情感以及强烈的仇恨,这比直接描写更加具有艺术感染力。

---

①② Caryl Emerson. *The Cambridge Introduction to Russian Literature*, Cambridge: Cambridge University Press, 2013, p.155.

再则,诗人采用了对比法,一方面是呼啸着的皮鞭声音,另一方面,女农奴却没有发出一丝声音,通过对比,暴虐者专横跋扈的形象和被压迫者含冤忍辱、但毫不屈服的形象都跃然纸上,激发读者对沙皇农奴制社会中的剥削者的强烈愤恨,以及对被鞭打的女农奴的深切同情。

当然,修辞方式是以内容为前提的,诗歌的艺术形式是为主题思想服务的,涅克拉索夫自己就曾说过:"在形式上要舍得下功夫,诗的风格必须和主题相当。"[1]正因为《昨天下午,五点多钟》奠定了他自己心中的缪斯形象,所以这又促使他选择了供自己缪斯穿的合身的"服装"。

1861年,俄国实行农奴制改革的当年,涅克拉索夫怀着十分振奋的心情,对农奴制改革之后的俄国充满了期待,在题为《自由》(*Свобода*)的诗中,诗人满怀激情地写道:

> 祖国母亲啊! 在你的原野上奔腾,
> 我从不怀着如此深沉的感情!
>
> 我看见母亲的手里抱着个婴孩,
> 美妙的思绪啊,激荡在我的胸怀:
>
> 婴儿诞生在一个美好的时辰,
> 感谢上帝! 你再不会流泪伤心!
>
> 我从小不会受别人的恐吓和压迫,
> 任你挑选自己合适的工作,
>
> 要是愿意——你可以一辈子务农,
> 有能力——就学那展翅长空的雄鹰!
>
> 在这些幻想中差错一定不少,
> 人类的头脑是多么机灵、乖巧,
>
> 农奴制度的罗网刚刚解开,
> 一定又有人想出些别的网来。

---

[1] 转引自吴笛:《世界名诗欣赏》,杭州:浙江大学出版社,2008年版,第186页。

但是人民会更易于求得解放。

欢迎自由吧，诗神！——满怀着希望！①

诗人觉得，农奴制的罗网一旦解开，人们就会获得自由，就会如同"展翅长空的雄鹰"，成就一番事业。然而，涅克拉索夫的期待并没有实现，他并没有看到广大百姓生活的改善，反而在农奴制和资本主义双重的压迫下，他们的生活更加艰难，负担更加沉重。

涅克拉索夫在农奴制改革之后，于 1864 年创作的著名诗篇《铁路》（Железная дорога），就典型地表现了农奴制改革之后，在资本主义新的历史条件下，农民所遭受的新形式的剥削和压迫，以及他们因此流下的辛酸血泪。这些来自乡村的农工为了修筑铁路，长年累月地过着非人的生活，有的还因寒冷和饥饿惨死在工地。诗人在《铁路》中控诉道："铁轨，桥梁，一根根标柱，/而铁路两旁尽是俄罗斯人的白骨……"②这是涅克拉索夫以诗的形式发出的血泪控诉。

可见，在涅克拉索夫看来，由于沙俄帝国统治阶层的残忍和无情，无论是农奴制改革之前，还是实行农奴制改革之后，广大农民的生活都没有得到任何改善，而他，作为一名"公民诗人"，始终关注普通民众的苦难，坚持为他们生活的改善而呐喊。"涅克拉索夫的诗歌反映了俄国解放运动的革命和民主阶段。在农奴制专制统治下，人民的，只有人民的苦难才是他作品的中心。"③

第二节　《谁在俄罗斯能过好日子》

在涅克拉索夫的葬礼上，当陀思妥耶夫斯基说涅克拉索夫作为一个诗人可以与普希金和莱蒙托夫并列时，他的话语立刻被人群中的声音所打断，人们高呼："不是并列，而是高出！"④这句口号所表达的是普通百姓对涅克

①　〔俄〕涅克拉索夫：《自由》，参见〔俄〕涅克拉索夫：《涅克拉索夫诗选》，丁鲁译，长沙：湖南人民出版社，1985 年版，第 193—194 页。

②　〔俄〕涅克拉索夫：《涅克拉索夫诗歌精选》，魏荒弩译，太原：北岳文艺出版社，2000 年版，第 281 页。

③　Г. В. Краснов. *Краткая литературная энциклопедия*：В 9 т. Т. 5. Москва：Издательство Советская энциклопедия，1968.

④　Charles A. Moser ed. *The Cambridge History of Russian Literature*. Cambridge：Cambridge University Press，1996，p.272.

拉索夫的尊崇。他之所以得到人们如此的喜爱,主要是因为他表达了普通民众的心声,在下层人物身上发掘出美的源泉。涅克拉索夫不仅创作了许多表达公民情感的抒情诗,而且在长诗创作方面,同样传达了浓郁的革命民主主义思想。

在涅克拉索夫的长诗创作方面,《谁在俄罗斯能过好日子》无疑最为成功,这部长诗也最能体现涅克拉索夫的革命民主主义思想,最能代表涅克拉索夫的革命民主主义诗学主张。

涅克拉索夫的这部长诗,创作于俄国农奴制改革之后的 1866 年至1876 年,十年的创作,是对农奴制改革之后的俄国社会真实的观察、反思和总结,所以,"《谁在俄罗斯能过好日子》是涅克拉索夫最重要的代表作,是对沙皇'改革'农奴制后的俄国社会进行深刻解剖的一部巨著",[①]可以说,这部作品是反映俄国十九世纪六七十年代人民生活的百科全书。

在艺术结构上,这部长诗是由一系列相对独立的故事所组成的。其中的一条主要线索是围绕七个刚刚获得"解放"的农民的故事而展开的,是他们有关"谁在俄罗斯能过好日子"这一问题的争议,正是为了寻求这一问题的答案,他们决定结伴而行,到俄国各地寻访,于是,他们的脚步遍及许多乡村。长诗通过这一具有典型游记形式的寻访,对沙皇统治下的俄国社会现实进行了辛辣的讽刺和猛烈的批判。读者也随着七个获得"解放"的农民的足迹,看到了俄国广阔大地上现实生活的真实图景。

如同果戈理的探索俄罗斯民族出路何在的长篇史诗性作品《死魂灵》,涅克拉索夫的长诗《谁在俄罗斯能过好日子》也没有能够全部写完,只是完成了第一部的创作。所以,他在作品中虽然回答了"谁在俄罗斯能过好日子"这一问题,但是,对于怎样才能够过上好日子的话题,并没有在作品中完全展开,只是通过作品中的格里沙(Гриша Добросклонов)这一形象,偶尔触及这一话题。

长诗开篇的第一、第二行,作者就明晰地提出了两个问题:"哪年哪月——请你算,/何处何方——任你猜。"[②]以此来强调时间和地点的真实性和重要性。而对于这一时间与地点的问题,在随后的篇章中就有了明确的

---

① 飞白:《译者序》,参见〔俄〕涅克拉索夫:《谁在俄罗斯能过好日子》,飞白译,上海:上海译文出版社,1979 年版,第 iv 页。

② 〔俄〕涅克拉索夫:《谁在俄罗斯能过好日子》,飞白译,上海:上海译文出版社,1979 年版,第 3 页。

答案。在第一章"神父"中出现的"暂时义务农"①一词,已经揭开了谜底。"暂时义务农"的俄语原文为"временнообязанные",是一个特定的词汇,指的是根据 1861 年 2 月 19 日的法规从农奴制中解放出来、但尚未转让赎回的,因此有义务使用土地的权利来支付贡金或其他事项的农民。这一词语的出现,将长诗中的时间和地点准确地限定在 1861 年农奴制改革之后的俄国广大乡村。

而对于"谁在俄罗斯能过好日子"这一问题,实际上我们从作品开端所列的地名就已经知道答案了。作品开头的七个刚刚获得"解放"的农民,分别来自"勒紧裤袋省""受苦受难县"的"一贫如洗乡",而且紧挨着的几个村庄的名字则是"补丁村""破烂村""灾荒村"②等。这些村庄的名称,是有特别的语义特征的,虽然我们不能把艺术文本中出现的人名或地名看作人物和行动地点的常规称谓,然而,这些名称无疑具有表现艺术形象方面的功能。在长诗中,这些地方的名称已经明确地表明俄国农民在农奴制改革之后的生活现状——他们依然赤贫如洗,根本谈不上能过什么好日子。

这部长诗围绕七个农民在俄罗斯大地的访问,不仅塑造了各种不同的人物形象,包括地主、神父、农妇,以及平民知识分子,而且通过他们的经历以及七个农民与他们的交往和对话,广泛地展现了俄罗斯广大民众在沙皇政府统治下的真实生活画面和心理状态,如此安排情节,可以涉及社会生活的各个方面。

涅克拉索夫紧扣"谁在俄罗斯能过好日子"这一具有典型时代特征的重要话题,运用普通百姓易于接受的简洁语言,描写了下层人民遭受剥削和欺压的真实情形,如在"苦难的时代苦难的歌"(Горькое время—Горькие песни)一章中,作者写道:

> 沙皇抓壮丁,
> 老爷抢姑娘……
> 俄罗斯的老百姓
> 生活顶刮刮!③

---

① 〔俄〕涅克拉索夫:《谁在俄罗斯能过好日子》,飞白译,上海:上海译文出版社,1979 年版,第 25 页。
② 关于这些地名译名,参见〔俄〕涅克拉索夫:《谁在俄罗斯能过好日子》,飞白译,上海:上海译文出版社,1979 年版,第 3 页。
③ 〔俄〕涅克拉索夫:《谁在俄罗斯能过好日子》,飞白译,上海:上海译文出版社,1979 年版,第 359 页。

在此,涅克拉索夫以反讽的技巧,表现人们生活的艰辛。广大农民即使在受尽苦难、走投无路,为了生计不得不外出讨饭的时候,他们也同样遭受欺压:

> 讨饭讨到富人家,
> 富人好凶狠,
> 一顿铁叉和木棍,
> 把我赶出门!
>
> 财主围墙钉满钉,
> 根根对穷人;
> 高楼里面住盗贼,
> 个个是畜生![①]

然而,涅克拉索夫并没有深陷悲苦的倾诉,他依然对俄罗斯大地充满深情,期盼俄罗斯民众能够摆脱愚昧。他歌颂他们的勤劳刻苦和坚忍克制的优良品质,希望他们能够通过不懈的奋斗,找到通往幸福的道路。于是,在这部长诗的结尾,诗人写道:

> Ты и убогая,
> Ты и обильная,
> Ты и забитая,
> Ты и всесильная,
> Матушка-Русь!..[②]
> (你又贫穷,
> 你又富饶,
> 你又苦难,
> 你又全能,
> 俄罗斯母亲!……)[③]

---

① 〔俄〕涅克拉索夫:《谁在俄罗斯能过好日子》,飞白译,上海:上海译文出版社,1979 年版,第 412 页。
② Н. А. Некрасов. *Полное собрание сочинений и писем в 15 томах.* т. 5, Москва-Ленинград: Издательство Наука, 1981—2000, с.234.
③ 〔俄〕涅克拉索夫:《谁在俄罗斯能过好日子》,飞白译,上海:上海译文出版社,1979 年版,第 437 页。

这五行简洁的诗句,是涅克拉索夫对当时俄国真实形象的最为恰当的描绘
和概括,蕴含着他对受尽苦难的祖国母亲所怀抱的满腔热忱和复杂的情感,
也表达了他对祖国未来的乐观信念。

　　在诗歌形式方面,涅克拉索夫也对传统诗歌格律进行了大胆的革新。
在格律上,他较多地采用三音步抑扬格以及扬抑抑格的形式,体现了较为浓
郁的民歌特色。涅克拉索夫善于将口语表述和民歌渊源融合起来,运用到
自己的诗歌创作中,正因如此,在十九世纪五十年代,普拉贡拉沃夫(Эраст
Благонравов)在评述涅克拉索夫的创作时写道:"很难找到一个比涅克拉索
夫更不像诗人的诗人了……读他的诗,人们会感叹,作者是以何种方式将极
端平凡的内容植入诗歌的形式之中的。"[1]有时,涅克拉索夫的作品还直接
穿插大量的民歌,是作品内容的有效补充,如在题为《盐之歌》(Соленая)的
民歌中,涅克拉索夫在开头就通过描写缺少必备的食盐的情形来书写贫苦
百姓的艰难生活:

> 可怜的小儿子
> 不吃也不喝,
> 上帝真造孽,
> 眼看他不能活!
>
> 娘给片面包,
> 娘再给一片,——
> 不吃,光哭喊:
> "撒点盐盐!"

幼小的孩子因为缺乏必需的食盐而濒临死亡。孩子的母亲也因为缺少食盐
而束手无策。农奴制改革后的农村生活状况究竟如何,在此通过盐花贵如
白银的事实可以窥见其一斑。在这首民歌的后半部分,幼小的孩子终于获
得拯救。但是,他之所以能够得救,靠的不是别的手段,而是他母亲心酸的
眼泪:

> 盐花如白银,
> 一撮也难寻!

---

① 《Москвитянин》，1852，№ 17，т. V，отд. VIII.(заметка Эраста Благонравова).

上帝在耳边说：
"撒点面粉。"

儿子咬一口，
小嘴儿一扁，
又哭喊起来：
"还要盐盐！"

娘再撒面粉，
眼泪如雨淋！
淋透了面包，
儿子大口吞！

为娘心高兴，——
全靠娘的泪
那点儿咸味，
救了儿的命！……①

　　类似的民歌展现了俄罗斯普通民众的真实生活场景，是涅克拉索夫以犀利的眼光对改革后的俄罗斯生活场景和社会画面的真实展现，更是对"谁在俄罗斯能过好日子"这一主题的恰当回答。在当时的俄国，普通百姓毫无幸福可言，涅克拉索夫站在普通人民大众的立场，对人民遭遇的苦难寄予深切的人道主义同情，充分表达了人们期盼实现社会改良的诉求。

　　涅克拉索夫的现实主义诗歌，不仅承袭了俄罗斯诗歌的优良传统，同时也深深地影响了十九世纪后期和二十世纪的许多俄罗斯诗人的创作，尤其是马雅可夫斯基、特瓦尔多夫斯基等具有强烈公民意识的诗人的创作，以及二十世纪六七十年代的"高声派"诗人的创作。"涅克拉索夫继承了他的前辈们的优良传统，并根据车尔尼雪夫斯基的美学原则，对俄罗斯的生活现象断然作出了自己的判断。"②

----

① 〔俄〕涅克拉索夫：《谁在俄罗斯能过好日子》，飞白译，上海：上海译文出版社，1979 年版，第 424—425 页。
② 魏荒弩：《涅克拉索夫诗歌精选·序言》，参见〔俄〕涅克拉索夫：《涅克拉索夫诗歌精选》，魏荒弩译，太原：北岳文艺出版社，2000 年版，第 21—22 页。

　　有些当代俄罗斯学者认为："要评价涅克拉索夫，是一件非常困难的事。在他的时代，这位伟大的诗人被牺牲在'社会学'的文学方法上——直到今天，他还总是以'人民的卫士''革命民主主义者''劳动和战斗的诗人'的身份出现在普通人的想象中，他在作品中始终呼吁着革命。在大量关于涅克拉索夫的专门文献中，已经很难找到不在'革命'话语的前提下论述他的文章了。"①然而，我们认为，对于十九世纪俄国特定的时代语境，涅克拉索夫的意义正是在于他的革命民主主义思想以及这一思想在他作品中典型的艺术呈现。

---

① В. А. Кошелев. «Кому на Руси жить хорошо»: О великой поэме и о вечной проблеме, Íîâãîðîä：Издательство НовГУ им. Ярослава Мудрог, 1999, c.2.

第十六章　丘特切夫的诗歌创作

在俄罗斯诗歌发展史上,丘特切夫确实是一个独特而又独立的存在,他的诗歌创作生涯持续了半个多世纪,所以很难将他划归于某一具体诗派,他既是普希金时代浪漫主义诗歌的杰出代表,像莱蒙托夫一样,是普希金传统的优秀继承者;同时,他又与涅克拉索夫的"公民诗"传统以及"纯艺术派"具有一定的关联,他不仅是"公民诗"传统的承袭者,而且是唯美主义的先驱。"关于丘特切夫在俄罗斯文学中的地位,一直存在着矛盾的看法。"[①]然而,尽管学界有关丘特切夫的观点存有分歧、难以统一,但可以肯定的是,丘特切夫是一位杰出的、富有哲理深度的抒情诗人,他在俄罗斯诗歌发展史上所作出的艺术贡献是十分显著的,对于我们来说,无论是探究俄国浪漫主义诗歌,还是涉及以公民诗为代表的现实主义诗歌,或是唯美主义诗歌,丘特切夫所取得的成就都是值得关注的,他对象征主义等俄国现代主义诗歌所产生的影响,也是不可忽略的。丘特切夫创作的诗歌不仅是十九世纪上半叶俄国浪漫主义诗歌中一个重要的组成部分,而且也与十九世纪中后期的唯美主义诗歌有着十分密切的关联,甚至被视为俄罗斯象征派诗歌等现代主义文学的直接先驱。此外,在俄罗斯诗歌与法、德等西欧诗歌的内在交流与互鉴方面,丘特切夫也是一个发挥了重要作用的诗人。一方面,他深度接受了西欧文学的影响;另一方面,他诗歌作品中的俄罗斯精神要素,也反过来被西欧诗坛所关注,他的作品在俄罗斯诗歌与世界诗坛的交流方面,架起了一座沟通与互鉴的艺术桥梁。"丘特切夫把有真正发现的内容与绝对独特的创作手法完美地结合起来,达到了空前的艺术境界。这样,他在俄国诗歌史上,同样也在俄国文学发展史上有着独特的地位。"[②]

---

① R. C. Lane. "Tyutchev's Place in the History of Russian Literature", *The Modern Language Review*, Vol.71, No.2(Apr., 1976), p.344.

② 曾思艺:《丘特切夫诗歌研究》,长沙:湖南文艺出版社,2000 年版,第 415 页。

第一节　长期从事外交工作的抒情诗人

　　尽管丘特切夫是俄罗斯诗歌领域一位举足轻重的人物,但他的职业却与文学没有太多的关联,他长期在俄国驻外部门从事外交工作。

　　费多尔·伊万诺维奇·丘特切夫(Федор Иванович Тютчев),出身于奥尔洛夫省勃良斯克县奥夫斯图格村(Овстуг)的一个古老的贵族家庭。他父亲曾在近卫军服役,母亲的家族与列夫·托尔斯泰是远房亲戚。丘特切夫很小就对文学产生了浓厚的兴趣,尤其对诗歌艺术情有独钟,阅读了很多诗歌经典作品,而且在 10 岁的时候,他就动笔创作了一首诗作,《致亲爱的老爸》(Любезному папеньке!),表达了他对父亲的爱,以此庆贺他父亲的生日。在青少年时代,丘特切夫在家庭中接受了良好的拉丁语、法语等语言的教育和训练。担任他语言课程的家庭教师名为拉伊奇,是一位颇有才气的年轻诗人,正是在他的教导和影响之下,丘特切夫广泛地接触和阅读俄罗斯传统文学以及古希腊罗马的经典文学作品和哲学著作,他还跟随拉伊奇翻译过古罗马诗人贺拉斯的作品,这一切为他后来的诗歌创作打下了坚实的基础。

　　1819 年,丘特切夫进入莫斯科大学语文系学习。在校期间,他除了研修相关的课程,还积极参与各种文学活动。他于 1821 年冬从莫斯科大学毕业,之后便到了首都圣彼得堡。1822 年 2 月,也就是在普希金离开外交部的工作岗位到南俄流放 2 年之后,丘特切夫进入俄国外交部任职。同年 5 月,他获得了一个在俄国驻慕尼黑外交使团中工作的职位。从此,他在俄国驻外使馆等外交领域,一直工作了 22 年,其中有 20 年时间他是在德国慕尼黑度过的。当时的慕尼黑是德国乃至欧洲的文化中心之一,在这个城市,有着丰富的艺术生活、文化交流和思想碰撞。丘特切夫在此深受诗歌艺术的熏陶。出于外交工作的需要,他刻苦学习欧洲各民族语言,通过不懈的努力,他精通法语等多种外语语种。在慕尼黑期间,他不仅崇尚德国古典哲学以及歌德的经典著作,而且还结识了德国哲学家谢林,并且与同时代的德国抒情诗人海涅密切交往,与他结下了深厚的友谊。正是由于他在慕尼黑的生活,他创作的诗篇不像普希金、莱蒙托夫等浪漫主义诗人那样,所接受的是拜伦等英国浪漫主义的影响,而是更接近德国浪漫主义。"俄国浪漫主义是一个富有变化的流派。如果说莱蒙托夫的诗歌的个性体现了拜伦式的理想,那么费多尔·丘特切夫与德国浪漫主义的距离要更近一些。丘特切夫在慕尼黑生活多年,对自然哲学的发展了如指掌。自然哲学是一种高度抽象的哲学,它利用人与自然的关系来研究主体/客体问题。丘特切夫在其诗歌中提出了类似的问题,尽管没有采用哲学的严谨形式。"①不过,丘特切夫对其他西欧国家的文学也同样尊崇,尤其是英国的莎士比亚等作家的作品以及法国浪漫主义文学,他都有广泛的阅读体验,并且进行颇为深入的探究,形成了自己的独到的见解。

1844 年,在国外度过长达 22 年的外交生活之后,丘特切夫终于回到俄国,回到圣彼得堡,不过,他仍然在俄国外交部供职。自 1858 年起,他一直担任进口书刊审查委员会主席。

作为一名长期从事外交工作的抒情诗人,丘特切夫在文学创作方面的经历显得非同寻常,他的诗歌创作起步极早,他在 10 岁的时候就创作了第一首诗歌;自 15 岁起,他就开始比较系统地从事诗歌创作活动;在 16 岁的时候,他的诗歌作品就得以公开发表,显现出他在语言艺术方面的出色天赋和诗歌创作才能。但是,在其后相当长的时间里,他尽管依然坚持诗歌创作,却绝少公开发表自己的作品,也未能引起文坛的注意。直到 1836 年,伟大诗人普希金在其主编的《现代人》杂志上发表了一组丘特切夫的诗作,题为《寄自德国的诗》(*Стихотворения，присланные из Германии*),作品的署名为丘特切夫姓名的首字母"Ф. Т."。这组诗歌作品得到当时文坛一定的关注,丘特切夫本可以就此成为诗坛的一颗耀眼的新星,然而,令人遗憾的是,尽管普希金怀着惊喜和激动的心情发表了丘特切夫的这组诗作,对其无比欣赏,可是不久之后,普希金就意外地与世长辞,丘特切夫因而未能获得与普希金更进一步交往以及得到肯定的机会。正是因为缺少了普希金的进一步引荐,丘特切夫也未能真正地融入当时俄罗斯文学创作的领域。这一情形在 10 多年之后才有所改观。1850 年,在《寄自德国的诗》发表 14 年之后,依然是在《现代人》杂志上,著名诗人涅克拉索夫撰文,对丘特切夫的诗作给予极高的评价,认为丘特切夫是"第一流的杰出的俄罗斯诗人"②。涅克拉索夫的高度评价,为丘特切夫在文坛得到进一步认可发挥了极其重要的作用。几年之后的 1854 年,丘特切夫的第一部诗集《诗作》(*Стихотворения*)终于得以出版,并且得到当时评论界的极高的评价。从此,他的诗歌创作不仅得到了评论家杜勃罗留波夫和车尔尼雪夫斯

---

① Michael Wachtel. *The Cambridge Introduction to Russian Poetry*. Cambridge：Cambridge University Press，2004，p.115.

② См.：Н. Берковский. "Ф. И. Тютчев"，Ф. И. Тютчев. *Полное собрание стихотворений*，Ленинград：Издательство Советский писатель，1987，с.10.

基的好评，而且受到了屠格涅夫、托尔斯泰、陀思妥耶夫斯基、费特和迈可夫等作家的极大关注和高度赞赏。

　　尽管丘特切夫长期从事俄国的外交工作，并不是以从事文学创作为生的专业作家，但是，在圣彼得堡期间，他在文学界享有一定的地位，与一些著名的俄罗斯作家保持着密切的联系，与很多作家建立了深厚的友谊。由于与西欧有着广泛的交往，他在俄罗斯诗歌与西欧诗歌的交流与互动方面，成就尤为显著。"丘特切夫作为抒情诗人，在他的许多诗中，率先涉及了宏大的主题，即社会危机和个人危机，在这一方面，他先于陀思妥耶夫斯基和托尔斯泰的心理小说 20 多年，向世人讲述了这些主题。"①

　　当然，作为一名外交家诗人，他作品中的社会责任感，以及对社会危机和人类命运的关注是他在诗歌创作中所不由自主产生的倾向。他对法国和德国等西欧国家的诗歌的借鉴也是情不自禁的。然而，丘特切夫的诗歌主题却有别于西欧浪漫主义诗人，呈现出多元化的倾向，他不仅是一位被车尔尼雪夫斯基等评论家称道的具有深厚人道主义思想的公民诗人，也是一位具有深邃思想的哲理诗人，还是一位崇尚自然的浪漫主义诗人，更是一位富有细腻情感的爱情抒情诗人。尤其是他创作的"杰尼西耶娃组诗"，代表了丘特切夫抒情诗艺术成就的高峰。"他在杰尼西耶娃生前创作的诗歌以及纪念她的诗歌，一直被视为俄罗斯抒情诗的最高成就。"②而且，无论写什么题材，他都能承袭俄罗斯优秀的文化传统，汲取俄罗斯诗歌艺术的精髓，并且借鉴西欧诗歌的技巧，是一位善于融汇民族文学与世界文学的精华，并且具有浓郁的现代意识的作家，无疑是一位西方现代主义诗歌的出色先驱。

第二节　丘特切夫诗歌中的哲理抒情

　　如上所述，丘特切夫的诗歌题材是多方面的，显得丰富多彩，然而，无论他书写什么题材，总是具有深邃的哲理性和浓郁的抒情性，他将哲理与抒情这两个要素密切地结合起来，巧妙地融为一体。在世界诗歌史上，就"哲理诗"而言，通常具有两种形态，一是体现诗歌与哲学之间的关系，诗人以凝练的诗的形式表达某种具体的哲学思想，如卢克莱修的《物性论》便属于这类

---

① Н. Берковский. "Ф. И. Тютчев",//Ф. И. Тютчев. *Полное собрание стихотворений*, Ленинград：Издательство Советский писатель，1987，c.11.

② Н. Берковский. "Ф. И. Тютчев",//Ф. И. Тютчев. *Полное собрание стихотворений*, Ленинград：Издательство Советский писатель，1987，c.38.

作品;二是将某些哲理融于诗人所营造的诗的意境之中,其中的哲理思想是依附于诗中的意境或特定意象而存在的,丘特切夫就属于这一类诗人。他是一位善于在蕴含着浓郁情感的抒情诗中展现自身哲理思想的诗人,因而被一些评论家誉为"抒情哲学家"。在宗教哲学主题方面,他典型地继承了杰尔查文的诗学传统,风格崇高庄严;在社会政治主题方面,他目光锐利,笔触辛辣;在自然主题的诗篇中,他的抒情诗较多地受到泛神论思想的影响,风格清新,语言淳朴;而在爱情主题方面,因为他所经历的独特的爱情悲剧,他的诗不仅显得忧伤,而且情真意切,细腻感人。

一、公民诗的开创者与自然诗的倡导者

作为"公民诗人",丘特切夫与涅克拉索夫等诗人创作的公民诗有许多共同之处。早在三十年代,丘特切夫就掌握了"穷人"这一主题。他翻译过贝朗瑞的《我不得不在山沟里结束我的生命……》等诗篇,在这一方面,他显然受到贝朗瑞一定的影响。四五十年代,丘特切夫创作的《人间的泪水,啊,人间的泪水》(*Слезы людские,о слезы людские*,1849)、《这些可怜的村庄……》(*Эти бедные селенья …*,1855)和《可怜的乞丐》(*Бедный нищий*,1850)等诗篇,更是对那些被侮辱和被压迫的人流露出真切的同情心。

在《人间的泪水,啊,人间的泪水》一诗中,一些扬抑抑格的韵式,以及"看不见的"(незримые)、"无穷无尽的"(Неистощимые),"不可估量的"(неисчислимые)等长音节单词的连续运用,配合自然界的雨水的运动以及人类泪水的流动:"你流啊流啊,永远不断流去,/就像凄凉秋天里深夜的苦雨。"[①]这一描写,升华了人间的哭声,充满了对社会同情心的呼唤。

作为一名"自然诗人",丘特切夫深受泛神论思想的影响,而且具有浓郁的浪漫主义情怀。正是在泛神论思想的作用下,丘特切夫的诗歌形成了一种独特的张力。"从主要的能量来看,丘特切夫的抒情诗是人类灵魂和人的意识扩张的激情冲动,是它们向外部世界的无尽拓展。诗人是富有的,时间充实了他,以至于他自己的精神存在对于别人和世间万物来说都是极为充分的。丘特切夫的抒情诗向我们证实,人与在空中盘旋的风筝、与高原流动的小溪、与在水中弯腰的可怜的柳树,其身份是完全相同的。在丘特切夫的抒情诗中,整个世界都与意识和意志结合在一起。"[②]

---

① 〔俄〕丘特切夫:《丘特切夫抒情诗选》,陈先元译,桂林:漓江出版社,1986 年版,第 125 页。

② Н. Берковский. "Ф. И. Тютчев",//Ф. И. Тютчев. *Полное собрание стихотворений*,Ленинград: Издательство Советский писатель,1987,c.19.

在丘特切夫看来,自然界是富有的,其中所存在的不仅是美感,而且还有深邃的思想。在题为《诗》(*Поэзия*)的抒情诗中,他明晰地表达了人类艺术与大自然的一体性关系:

> 在雷雨之中,在火焰之间,
> 伴着沸腾的激烈迸发的情怀,
> 以及自然力的灼热的纷争,
> 她从天空向我们疾驶而来——
>
> 上苍之女奔向大地之子,
> 眼神中带着蔚蓝的明晰,
> 于是对着汹涌澎湃的大海,
> 倾泻出安抚人心的香脂。①

（吴笛　译）

还有,在《不,大自然,不是你想的那样》(*He то，что мните вы, природа*)一诗中,他更加明晰地表达了同样的思想,他写道:"自然有灵魂,自然有自由,/自然有爱情,自然有语言……"②

正是因为在丘特切夫看来,自然像人类一样,也有灵魂、自由、爱情、语言,所以,在他的笔下,在呈现人与自然的一体性方面,他总是努力揭示大自然的情感世界,如在《杨柳啊,为什么你如此痴心》(*Чтó ты клонишь над водами ...*)一诗中,诗人写道:

> 杨柳啊,为什么你如此痴心,
> 对急流的溪水频频垂下头?
> 你的叶子好似干渴的嘴唇
> 微颤着,只想获取一口清流……
>
> 尽管你的枝叶痛苦得颤抖,
> 那溪水只是哗哗地奔跑,

---

① Ф. И. Тютчев. *Полное собрание стихотворений*，Ленинград：Издательство Советский писатель，1987，c.158.

② Ф. И. Тютчев. *Лирика*，Москва：Издательство Наука，1965，I，c.81.

　　　　　它在阳光的抚爱下,舒适地
　　　　　闪着明亮的眼睛对你嘲笑……①

　　　　　　　　　　　　　　　　　（查良铮　译）

在这首抒情诗中,诗人是作为说话者——第一人称而出现的,而诗歌中的"潜在的听众"不是别人,正是一个典型的自然意象:杨柳。作为自然界中的一员,杨柳不仅具有与人类相同的情感,而且也渴望得到来自溪水的深切情感。杨柳对着溪水垂下头来,想用干渴的嘴唇去汲取溪水,可是,溪水却毫不顾忌杨柳的痛苦,享受着阳光的抚爱,眼睛中闪烁着明亮的光芒。短短两个诗节,丘特切夫将自然界与人类情感相似的丰富的情感世界出色地展现了出来。

　　作为具有浪漫主义根基的诗人,丘特切夫不仅重情感,而且重想象,于是,与西欧抒情诗人一样,丘特切夫喜欢书写梦境,在题为《幻象》(*Видение*)的诗中,他写道:

　　　　　夜晚的某一时刻,世界一片沉寂,
　　　　　在那充满奇迹和幻象的时分,
　　　　　宇宙的一辆生死攸关的战车
　　　　　毫不顾忌地朝着天穹迅疾驶进。

　　　　　其后夜色越发浓密,如同水中混沌,
　　　　　遗忘压制着大地,如同擎天神;
　　　　　唯有上帝派遣的谜一般的梦幻
　　　　　搅扰着缪斯的纯洁无瑕的心灵。②

　　　　　　　　　　　　　　　　　（吴笛　译）

在这首题为《幻象》的诗中,丘特切夫通过对夜的描写,表达了大自然的神秘,他不像莎士比亚在《十四行诗集》中所声称的那样,认为"黑夜是死神的化身",而是在黑夜表面上的寂静中,捕捉其内在的充满戏剧冲突的神奇运动。

---

① 〔俄〕丘特切夫:《杨柳啊,为什么你如此痴心》,查良铮译,参见查良铮:《穆旦译文集》(第8卷),北京:人民文学出版社,2005年版,第46页。

② Ф. И. Тютчев. *Полное собрание стихотворений*, Ленинград: Издательство Советский писатель, 1987, с.79.

同样是自然主题的诗篇,丘特切夫作于十九世纪五十年代后期的《初秋有一段奇异的时节》(*Есть в осени первоначальной*)一诗,则不太具有浪漫主义的特质,诗中更多的是唯美主义的要素。该诗篇幅较为简短,共为三个诗节:

> 初秋有一段奇异的时节
> 它虽然短暂,却非常明丽——
> 整个白天好似水晶的凝结,
> 而夜晚的天空是透明的……
>
> 在矫健的镰刀游过的地方,
> 谷穗落了,现在是空旷无垠——
> 只是在悠闲的田垄的犁沟上
> 还有蛛网的游丝耀人眼睛。
>
> 空气沉静了,不再听见鸟歌,
> 但离冬天的风暴还很遥远——
> 在休憩的土地上,流动着
> 一片温暖而纯净的蔚蓝……①

丘特切夫是一位酷爱书写自然的诗人,而且,就其精神内涵而言,他的自然主题的诗篇充满哲理。由于受到泛神论思想的影响,他的自然诗大多歌颂自然的美丽景致,体现了浪漫主义崇尚自然的理念,然而,在这首自然诗中,他所捕捉到的自然,却是初秋的一个短暂的独特时节,仿佛是一名出色的摄影师捕捉到了时空中的独特的一瞬。在这一独特、奇异的时节,没有绽放的鲜花,没有翠绿的草地,更没有莺歌燕舞、百鸟欢唱。这本是一个平淡无奇的时节,收割已经结束,鸟雀已经迁途,秋风尚未嚣张,冬雪更未降临,似乎对于抒情诗人来说没有极为优美的东西存在。然而,正是在这平淡无奇之中,丘特切夫发现了独特的美感和诗意。在这首诗中,丘特切夫不像其他浪漫主义诗人惯常所做的那样,让抒情主人公以第一人称抒情,而是似乎以观察家甚至旁观者的视角,用第三人称进行没有主观渲染的客观陈述。透过这位观察家的眼睛,我们可以发现独特的细部景致,如"悠闲的田垄"以及更

---

① 〔俄〕丘特切夫:《丘特切夫诗选》,查良铮译,北京:外国文学出版社,1985年版,第131页。

为细小的"蛛网的游丝"。正是这些细小的景致,使人进入一种充满神秘的恬静之中。于是,最终感受到的,是除了浪漫主义所崇尚的"自我",在这个世界上还有透明的天空和"纯净的蔚蓝";于是,在缺少"强烈情感漫溢"的时节,无论是沉寂或是缺席,无论是空间层面的"空旷无垠"还是情感层面缺乏梦想的无动于衷,都是纯美的呈现,这样,这个转瞬即逝的时刻不仅带来了一种永恒的感觉,而且使我们得以感受到丘特切夫所具有的诗人的博大胸怀。

二、"隐匿"情感的哲理抒写

丘特切夫的诗歌风格极为独特,他既在浪漫主义的自然书写方面成就斐然,同时,他又是一位具有现代色彩和哲理深度的诗人,他善于将对自然景色的描写和对哲理思想的传达有机地结合起来,正如国内学者所述,"由于丘特切夫有着复杂的哲学观、美学观和创作个性:既植根大地,奔向崇高甚至悲壮,向往阔大、丰盈的人生境界,又极力追求艺术与美,渴望心灵的宁静与和谐,因此,其诗歌的艺术风格因之比较复杂,多种因素并存,具体表现为自然中融合新奇、凝练里蕴含深邃、优美内渗透沉郁等几个方面的综合"①。这一分析是极为中肯的。

在宗教哲学主题的诗歌创作方面,丘特切夫深受谢林等哲学家的影响。丘特切夫曾经构思了一部大型的政治哲学论文,名为《俄国与西方》。根据他的论述,俄国是一个伟大的宗法帝国,宗教是秩序的支柱,俄国是基督教冒昧和谦逊的忏悔者。基督教的思想与丘特切夫的征服理念共存,丘特切夫甚至呼吁扩张领土,将君士坦丁堡攻占下来,按照他的理论,君士坦丁堡将成为俄国沙皇统治之下的统一斯拉夫民族国家的一个中心。丘特切夫也在政治抒情诗中表达了类似的思想。丘特切夫的政治理想在一定程度上受到他在欧洲所经历事件的影响:基督教的温顺和仁爱要把东方从西方资产阶级社会的无政府状态中拯救出来,从那里盛行的过分的个人主义中拯救出来,宗法国家的政权在丘特切夫的思想中也同样起到了一定的作用。

在丘特切夫的哲理抒情诗中,《沉默》(*Sileutium*!)一诗最具代表性。他诗中写道:

> 沉默吧,隐匿你的感情,
> 让你的梦想深深地藏躲!

---

① 曾思艺:《丘特切夫——诗人哲学家》,参见〔俄〕丘特切夫:《丘特切夫诗选》,曾思艺译,长沙:湖南文艺出版社,2018年版,第28页。

就让它们在心灵深处

冉冉升起，又徐徐降落，

默默无言如夜空的星座。

观赏它们吧，爱抚，而沉默。

思绪如何对另一颗心说？

你的心事岂能使别人懂得？

思想一经说出就是谎，

谁理解你生命的真谛是什么？

搅翻了泉水，清泉会变浊，——

自个儿喝吧，痛饮，而沉默。

只要你会在自己之中生活，

有一个大千世界在你心窝，

魔力的神秘境界充满其中，

别让外界的喧嚣把它震破，

别让白昼的光芒把它淹没，——

倾听它的歌吧，静听，而沉默。①

浪漫主义诗歌本应敞开胸怀，直抒胸臆，张开想象的翅膀，探究神秘的梦想，然而，在这首题为《沉默》的诗中，诗人却主张"隐匿"感情，并且让"梦想"深深地藏躲。表面上看，这似乎与浪漫主义的诗学理念相悖，实际上，该诗是用极为独特的方式呈现和丰富了浪漫主义的诗学主张。在丘特切夫看来，表达情感的方式，不仅仅只有"直抒胸臆"，还可以采用复杂多变的艺术形式，他因而主张情感不是一般意义的显露，而是"在心灵深处"爆发，并且学会"冉冉升起"之后，又"徐徐降落"，因为情感和任何事物一样，是有活动规律和生命周期的，如同星辰，有升有降，又如同大海，潮起潮落。这样，情感不仅需要展现，也需要"隐匿"。其中的哲理是非常深邃的。

正因如此，该诗才会得到普希金的关注，并且被他刊载在由他主办的《现代人》杂志上。在这首诗中，诗人并非否定浪漫主义所强调的感情和梦想，而是主张将它们"隐匿"起来，由此更会产生相反相成的艺术效果。正是

---

① 〔俄〕丘特切夫：《沉默》，飞白译，参见飞白主编：《世界诗库》（第5卷），广州：花城出版社，1994年版，第128—129页。

因为有了这种情感的"隐匿",反而导出了热切的情感和真挚的梦想。而且，这种"隐匿"也使抒情主体的内心世界更加丰富，使得这一内心世界显得更加神秘多彩，也更为值得发掘和探幽。更何况，情感的表达和思想的传达不仅仅是依靠说出的话语，还可以依靠默契。"思想一经说出就是谎"，此处所体现的内涵是，思想是深沉的，情感是真挚而神秘的，它们是很难以语言来呈现的；而是需要依靠"沉默"去静静地感知，依靠"沉默"去领悟心灵的真挚和生命的本质。可见，诗人在此更着重突出的是人类心灵的奥秘，以及对奥秘的坚守与对外部庸俗的逃避，以此获得孤傲与浓厚的神秘。

如果说丘特切夫的《沉默》一诗是以极为独特的方式书写了浪漫主义所热衷的情感和梦想，那么他的《海马》(Кон морской)一诗则是以深邃的哲理书写了浪漫主义的又一个重要的主题——自然。在该诗的第一节，诗人写道：

> 海马呀海马，奔驰不停，
> 披着白绿色的马鬃；
> 一会儿你柔和温驯，
> 一会儿又顽皮放纵。
> 在上帝宽广的牧场上，
> 暴烈的龙卷是你的食粮，
> 上帝练得你爱跳爱蹦，
> 尽情驰骋，自由奔放。①

该诗的第一诗节，令人毫无悬念地感到，这里所描写的，一定是神话世界中由海神所驾驭的海马，它"披着白绿色的马鬃"，一会儿温驯，一会儿放纵，在"上帝宽广的牧场"上奔驰，"尽情驰骋，自由奔放"。

然而，在第二诗节中，诗人终于亮出了谜底：

> 我爱疾奔如飞的你，——
> 显示着你傲视一切的威力，
> 散乱着又长又密的鬣毛，
> 全身冒着汗和蒸汽，

---

① 〔俄〕丘特切夫：《海马》，飞白译，参见飞白主编：《世界诗库》(第5卷)，广州：花城出版社，1994年版，第130页。

> 向海岸猛烈冲击、进迫，
>
> 一声长嘶迸发出欢乐，
>
> 蹬得海岸蹄声轰响，
>
> 接着——散成一天飞沫！……①

原来，这匹海马不是神话世界的海马，而是现实世界的"海浪"。这汹涌的海浪，如同一匹狂放的马，"向海岸猛烈冲击"，迸发出欢乐的长嘶，随后——"散成一天飞沫"。

由此可见，《海马》作为海景诗，诗中不仅有着浪漫主义的狂放和桀骜不驯，而且，诗人通过"海"与"马"的意象和象征，突出了大自然的一体性及其与人类灵魂的共性。诗人在对浪漫主义的自然景色的理想描绘中，又借助象征的魔力来突出理想与现实的冲撞，理想的海马向现实的海岸冲击，最后所形成的是具有唯美色彩的"一天飞沫"。

除了哲理抒情诗和自然抒情诗，在丘特切夫的诗歌艺术成就中，如同其他浪漫主义诗人一样，书写爱情主题的诗作是其中的重要组成部分。丘特切夫的这些爱情主题的抒情诗篇，不仅是俄罗斯诗歌艺术的瑰宝，而且也是他心灵历程的重要记录。他的爱情主题的抒情诗，在他诗歌创作的各个阶段均有创作。就早期爱情抒情诗而言，他的抒情诗《啊，我记得那黄金的时刻》(*Я помню время золотое*)便是其中的代表，该诗是献给他的初恋阿玛莉雅的，诗的开头三节写道：

> 啊，我记得那黄金的时刻，
>
> 我记得那心灵亲昵的地方：
>
> 临近黄昏，河边只有你我，
>
> 而多瑙河在暮色中喧响。
>
> 在远方，一座古堡的遗迹
>
> 在那小山顶上闪着白光，
>
> 你静静站着，啊，我的仙女，
>
> 倚在生满青苔的花岗石上。②

---

① 〔俄〕丘特切夫：《海马》，飞白译，参见飞白主编：《世界诗库》（第5卷），广州：花城出版社，1994年版，第130页。

② 〔俄〕丘特切夫：《丘特切夫诗选》，查良铮译，外国文学出版社，1985年版，第40页。

与其他浪漫主义诗人有所不同的是,尽管作者采用的还是"我对你说"这一典型的浪漫主义叙述风格,但是在这首诗中,抒情主人公并没有对恋者直接抒发自己的感情,而是先提及行为发生的场景,以优美的自然景致进行烘托,在舒缓地呈现大自然的优美景致的同时,在不经意间将恋人的妩媚及其与大自然的一体性不动声色地自如地展现出来。在接下去的四节诗中,作者写道:

> 你的一只纤小的脚踩在
> 已塌毁的一段古老的石墙上,
> 而告别的阳光正缓缓离开
> 那山顶,那古堡和你的面庞。
>
> 向晚的轻风悄悄吹过,
> 它把你的衣襟顽皮地舞弄,
> 并且把野生苹果的花朵
> ——朝你年轻的肩头送。
>
> 你满酒地眺望着远方……
> 晚天的彩霞已烟雾迷离,
> 白日烧尽了,河水的歌唱
> 在幽暗的两岸间更清沥。
>
> 我看你充满愉快的心情
> 度过了这幸福的一日;
> 而奔流的生活化为幽影,
> 正甜蜜地在我们头上飞逝。①

在该诗中,情侣之间的甜美爱情是基于美丽的自然风光的。正是在美妙的黄昏时分,在多瑙河畔,晚风轻轻地吹拂,夕阳温情地构筑彩霞,周边充满了柔情蜜意。于是,恋人"倚在生满青苔的花岗石上","仙女"的美丽形象与自然美景相互映衬,对自然界的崇拜与对爱情的赞美融为一体。正因如此,涅克拉索夫对这首抒情诗极为赞赏,认为它"属于全俄罗斯最优

---

① 〔俄〕丘特切夫:《丘特切夫诗选》,查良铮译,外国文学出版社,1985年版,第40—41页。

秀的诗歌之列"①。

三、"杰尼西耶娃组诗"中的浓郁的忧伤

在丘特切夫创作的以爱情为主题的抒情诗中,最为成功、最为著名的是他晚年创作的别具一格的组诗,"杰尼西耶娃组诗"。俄罗斯评论家奥泽罗夫认为:"丘特切夫的抒情自白作为世界爱情诗的高峰之一,在我们今天得到了承认。它具体体现在著名的杰尼西耶娃名下(这个名称不是作者取的)的组诗中,它们构成了一部独特的诗体长篇小说。"②

"杰尼西耶娃组诗"作为抒情自白式的组诗,各首诗之间有着密切的逻辑关联以及对心绪发展变换的书写,正是这种关联,使得组诗有了一定的类似于长篇小说的叙事色彩;也正是这种对心绪的关注,从而使组诗具有长篇小说心理描写的种种体验。

我们可以从组诗中的《我见过一双眼睛》(*Я очи знал，—о，эти очи …*)这一首诗中,看出丘特切夫的这份爱情是怎样通过"心灵的窗口"来体现的:

> 我见过一双眼睛——啊,那眼睛
> 我多么爱它的幽黑的光波!
> 它展示一片热情而迷人的夜。
> 使被迷的心灵再也无法挣脱。
>
> 那神秘的一瞥啊,整个地
> 呈现了她深邃无底的生命
> 那一片柔波向人诉说着
> 怎样的悲哀,怎样的深情!
>
> 在那睫毛的浓浓的阴影下,
> 每一瞥都饱含深深的忧愁,
> 它温柔得有如幸福的感觉,
> 又像命定的痛苦,无尽无休。

---

① 转引自曾思艺:《丘特切夫诗歌研究》,长沙:湖南文艺出版社,2000年版,第106页。

② 〔俄〕列夫·奥泽罗夫:《丘特切夫的银河系》,见《丘特切夫诗选》,莫斯科,1995年版,第12页。转引自曾思艺:《丘特切夫诗歌研究》,长沙:湖南文艺出版社,2000年版,第108页。

啊,每逢我遇到她的目光,
我的心在那奇异的一刻
就无法不深深激动:看着她,
我的眼泪会不自禁地滴落。①

丘特切夫与杰尼西耶娃之间的爱情,是常人难以想象的爱情,也是诗人整个晚年生活中的精神寄托,更是他晚年诗歌创作的灵感源泉。他因此而触发的诗情,是他爱情诗歌王国的一曲绝唱。1850 年,丘特切夫与当年只有 24 岁的杰尼西耶娃在斯莫尔尼学院相逢,两人一见钟情,随之就陷人热恋之中,直到 1864 年杰尼西耶娃逝世。杰尼西耶娃为丘特切夫生育了两男一女,而丘特切夫始终没有与自己的原配妻子脱离婚姻关系。丘特切夫与杰尼西耶娃之间的恋情受到社会的非议,他们也承受着巨大的舆论压力。在题为《最后的爱情》(Последняя любовь)的抒情诗中,丘特切夫写道:

啊,在我们迟暮残年的时候,
我们会爱得多痴迷,多温柔……
行将告别的光辉,亮吧! 亮吧!
你最后的爱情,黄昏的彩霞!

夜影已遮暗了大半个天空,
只有在西方,还有余辉浮动;
稍待吧,稍待吧,黄昏的时光,
停一下,停一下,迷人的光芒!

尽管血液里的血要枯干,
那内心的柔情没有消减……
哦,最后的爱情啊! 你的游荡
竟如此幸福,而又如此绝望。②

---

① 〔俄〕丘特切夫:《我见过一双眼睛》,查良铮译,参见飞白主编:《世界诗库》(第 5 卷),广州:花城出版社,1994 年版,第 133 页。

② 引自查良铮译文,参见〔俄〕丘特切夫:《丘特切夫诗选》,查良铮译,北京:外国文学出版社,1985 年版,第 112 页。

　　有许许多多的抒情诗人以优美的笔触颂扬过自己的初恋（first love），然而，书写"最后的爱情"（last love）的，确实不多见。英国著名诗人托马斯·哈代是个典型，他既写"初恋"，也写"最后的爱情"，不过，他是将诗歌创作视为自己的"初恋"和"最后的爱情"，因为他在刚刚开始从事文学创作的时候，是以写诗开始的，诗歌创作由此被他视为"初恋"，但是，由于未能赢得读者，他出于无奈而转向了小说创作，而在小说创作领域获得巨大成功之后，他初心未泯，又转向诗歌创作。于是，他将第二阶段的诗歌创作视为"最后的爱情"，一直坚守到自己生命的终点，出版了8部诗集，还有史诗剧《列王》，与他的长篇小说创作平分秋色。但俄罗斯诗人丘特切夫则迥然不同，他的"最后的爱情"不是隐喻，而是实实在在、真真切切的恋情。不过，丘特切夫的这首《最后的爱情》，也有着同样的意蕴，在此之前，丘特切夫已经多年没有创作以爱情为主题的诗篇了，现在，在他看来，这不仅是他人生的"最后的爱情"和"黄昏的彩霞"，而且也是他创作生涯中爱情诗篇的绝唱。然而，在这曲绝唱中，诗人所体现的是幸福和绝望的融合，是两种对立因素的碰撞——既是"迟暮残年"，又是"痴迷"和"温柔"；既是"遮暗天空"的"夜影"，又是大放"迷人的光芒"的"彩霞"；既是生理层面的将要"枯干"的"血管"，又是精神层面的永远不会消减的"柔情"。该诗通过这些要素的强烈的对照，让我们深深地意识到，这一由欢快和忧伤所汇聚而成的"最后的爱情"，将要超越自然界的"天空""霞光""血管"等时空理念和物质概念，达到永远不会消亡的理想境界。

　　然而，令人遗憾的是，在1864年，杰尼西耶娃因患肺病去世，丘特切夫悲痛欲绝，并且将这份情感化为诗性追忆。在悼念她的《我又伫立在涅瓦桥头》（*Опять стою я над Невой ...*）这首诗中，诗人甚至灵活地转换抒情主人公的身份，从死者的视角，书写"爱情与死亡"这一世界诗歌史上的永恒主题：

> 我又伫立在涅瓦桥头，
> 像当年我也活着的时候，
> 凝望着这一江春水
> 像梦一样慢慢地流。
>
> 蓝天上不见一点星星，
> 苍白的夜景一片寂静。
> 唯有沉思的涅瓦河上

流泻着一天月色如银。

究竟这一切全是梦幻，
还是当真我重新看见
我俩在这轮明月之下
生前曾经见过的画面?①

丘特切夫的抒情诗《我又伫立在涅瓦桥头》是他的"杰尼西耶娃组诗"中最为著名的一首。该诗写于杰尼西耶娃因肺病逝世 4 年之后的 1868 年。杰尼西耶娃逝世之后，丘特切夫悲痛欲绝，为了减轻自己思念的痛苦，他远离祖国，到了瑞士等地。可是，他对杰尼西耶娃的怀念和哀悼依然在他心中久久萦绕，挥之不去。

圣彼得堡的涅瓦桥头，是诗人和杰尼西耶娃常去的地方。如今，尽管一江春水还像往昔一样慢慢地流淌，可是，昔日的恋人却已经永远地离开，与他阴阳两隔。诗人孤独的心灵渴望与另一个世界的恋人进行对话和交流，与她再次欣赏涅瓦河畔的美丽景色。于是，他仿佛被思念的痛苦和情感的力量推向了另外一个世界，现在，他是以另一个世界的死者的视角，来审视眼前所见到的一切的，"我又伫立在涅瓦桥头，/像当年我也活着的时候"，因为正是在那"活着的时候"，他们常常共享一江美景和一天月色。正是在流泻着如银月光的夜色之下，他们享受着爱情的甜美和人生的欢乐。

然而，梦幻毕竟只是梦幻，朦胧的夜色固然神秘，但是其中却蕴含着无尽的哀愁。隔世的恋情终究难以安抚他心中的孤独和凄凉。是否应该坚信自己已经处于另一个世界，觉得依然与杰尼西耶娃在一起，在那个神秘的世界与恋人甜美地追忆着生前在皎洁的月色之下曾经见过的美丽画面? 这也正是该诗感人至深的地方。

在"杰尼西耶娃组诗"中，丘特切夫并非总是以自己的视角进行叙述，而是自如地改变抒情视角，灵活地变更抒情主人公的角色。如《不要说他像以前一样爱我》(*Не говори: меня он, как и прежде, любит ...*)一诗便是典型的例子。该诗与前面的诗作有所不同的是，抒情主体显然发生了变更，不再是以诗人自己作为抒情主人公，而是以女性的视角，来审视男性恋人的恋情:

---

① 〔俄〕丘特切夫:《我又伫立在涅瓦桥头》，飞白译，参见飞白主编:《世界诗库》(第 5 卷)，广州:花城出版社,1994 年版,第 136—137 页。

不要说他像以前一样爱我，
并像以前一样将我珍惜……
不！他残忍地摧毁我的生命，
尽管他握刀的手在战栗。

忧伤而又愤怒，包含着泪水，
心醉神迷，却忍着心灵的创伤，
我活在痛苦中，只为他一人而生，
然而这是生活！哦，多么悲痛！

他为我调节空气如此吝啬，
还不如对待一个恶毒的敌人，
啊，我依然十分艰难地喘息，
尽管尚能呼吸，却已不能生存。①

（吴笛　译）

在这首诗中，丘特切夫充分发挥他的诗歌叙事才能，将抒情主人公变更为一名女性。可见，丘特切夫是以杰尼西耶娃的角度进行发声、进行诉说的，以这样的视角，更能传达杰尼西耶娃的内在的情感世界，从中我们不难看出丘特切夫对杰尼西耶娃的愧疚之情，以及他对待这份爱情所抱有的自责的态度。如有西方学者所说，"在他的诗作中，内疚感开始比纯真感更为强烈"②。

　　"杰尼西耶娃组诗"主要是丘特切夫在晚期创作的作品。在该组诗中，他一改早期"公民诗"中的乐观情绪，转而呈现出悲凉和忧伤的色彩，在这些诗中，爱情具有一种能够导致毁灭和死亡的致命力量的悲剧概念。甚至有学者认为："丘特切夫无疑是一名伟大的悲剧诗人。丘特切夫的诗歌在音调的准确性和细腻程度方面，显得独特，反映了诗人深沉的生活历程。他诗歌中的光与影，以极其丰富的事件以及复杂性和矛盾性，折射了现实生活中的光与影。悲剧的音符在他创作于十九世纪五十年代至七十年代的作品中得以加深，这一点，完全可以用他的生活经历和历史事件进行解释，这位艺术

---

①　Ф. И. Тютчев. *Полное собрание стихотворений*.（Библиотека поэта；Большая серия）. Ленинград：Издательство Советский писатель, 1987, c.175.

②　Evelyn Bristol. *A History of Russian Poetry*, Oxford：Oxford University Press, 1991, p.128.

家的心灵和意识深处也以自己的方式深深地感知着这一点。"①的确,"杰尼西耶娃组诗"有着浓郁的忧伤,尤其是其中的《我们的爱情多么毁人》(*О,как убийственно мы любим*)、《命数》(*Предопределение*)、《孪生子》(*Близнецы*)、《最后的爱情》等诗,写得极为悲壮、苍凉,然而,其中也同样有着炽热心灵的真切而深沉的搏动,从而为俄罗斯诗歌艺术的发展增添了独特的色彩。

四、内心世界的矛盾与悖论技巧的运用

丘特切夫是一位具有深邃思想的诗人,同时也有着宏大的浪漫理想,然而,俄国沙皇专制制度的阴暗现实,以及他所经历的痛苦的爱情,使他的内心世界变得异常复杂而矛盾。正是他的内在思想的矛盾性,决定了他在诗歌创作中对悖论技巧的偏爱。可以说,悖论技巧贯穿于他诗歌创作的始终。早在他诗歌创作的起始阶段,他在题为《我强大有力……》(*Всесилен я и вместе слаб*)的诗中,就典型地呈现了这种技巧:

> 我强大有力,又羸弱无助,
> 我是个君主,又是个奴仆。
> 究竟是在作恶,还是行善?
> 对此,我不进行任何评判。
>
> 我贡献甚多,却索取甚少,
> 我为了自己把自己掌握牢——
> 倘若,我想要去打击别人,
> 须知,这就是在打击自身。②

既"强大有力",而又"羸弱无助",以及"君主"和"奴仆"、"作恶"与"行善"、"贡献"和"索取",诗中所出现的一连串的悖论,恰如其分地表现了丘特切夫富有哲理的辩证思维,以及诗人内心世界的复杂的矛盾情绪。

其实,自从抒情诗产生起,悖论这一手法就开始被抒情诗人所接受,并且得到诗人的宠爱。悖论手法在揭示人类心灵的复杂状态方面具有得天独

---

① B. P. Щербина Ред. *Литературное наследство. Том 97: Федор Иванович Тютчев. Кн. 1*, Москва: Издательство Наука, 1988, с.13.

② 〔俄〕丘特切夫:《丘特切夫抒情诗选》,陈先元译,桂林:漓江出版社,1986 年版,第 1 页。

厚的优势。于是,各个时期的抒情诗人都酷爱悖论,讲究"双重思维",以此来表述自己的真知灼见。丘特切夫善于以悖论的手法展现抒情主人公的复杂的内心世界。他的早期创作就富有这样的艺术特质,如上述抒情诗《我强大有力……》;他的中期创作依然具有这样的特质,如在《灵柩已被放进了坟墓》(*И гроб опущен уж в могилу*)一诗中,既有着"腐朽的气息让胸口闭闷"的哀伤,也有着"小鸟歌唱着缓缓前行"的乐观①;在晚年创作中,他的这一特质依然如旧。如在他晚年创作的《最后的爱情》一诗中,一方面是垂暮的阴影,另一方面又是黄昏的晚霞;一方面是枯涩的血脉,另一方面却是依然存在的温情。诗人以此体现"最后的爱情"中"既是仙境又是绝望"的复杂体验。

　　在俄罗斯诗歌发展史上,丘特切夫是一个独特的存在。他卓越的诗歌创作是俄罗斯诗歌艺术的重要组成部分,他在持续半个多世纪的诗歌创作活动中,经历了俄罗斯诗歌发展进程中的不同思潮,他不仅在俄国十九世纪浪漫主义诗歌艺术的发展中,作出了重要的贡献,同时也在现实主义诗歌的发展方面,体现了"公民诗"的精神,还为唯美主义诗歌,作出了出色的艺术贡献。与此同时,他的诗歌体现出强烈的传统与现代的冲撞,他在承袭传统诗歌风格的同时,又为十九世纪末二十世纪初的俄国象征主义等现代诗歌艺术的发展,起到了重要的先驱作用。

---

① 　参见〔俄〕丘特切夫:《灵柩已被放进了坟墓》,见〔俄〕丘特切夫:《丘特切夫诗选》,汪剑钊译,上海:上海文艺出版社,2017年版,第65页。

结　语

　　诗歌作为源远流长的文学艺术类型,既是人类艺术宝库的重要组成,也是我们了解和感知人类情感世界的一个重要的途径,甚至是我们探究人类"童年时代"生活场景的重要语料。从自古代流传下来的丰厚的文学遗产来看,包括诗歌在内的文学的功能并非仅仅限于审美。文学的内涵是极为丰富的,别林斯基曾经说过:"'文学'(литература)这个字眼,按照俄文,可以被翻译成'文献'(письменность)。"①由此可见,文学就是具有文献价值的社会历史生活的记录。别林斯基强调:"文学像一面镜子,反映着民族的精神和生活;文学是一种事实,从这里可以看出一个民族所负的使命,它在人类大家庭中所占有的位置,它通过它的存在所表现的人类精神的全世界性历史发展的阶段。"②诗歌创作更是这样,它是人类历史发展进程以及思想情感的一种重要折射。就世界诗歌发展历程而言,人类最早的文学艺术成就是诗歌。古埃及的最重要的诗集《亡灵书》,迄今已有近 5 000 年的历史,它不仅是我们了解人类"童年时代"社会生活和精神境界的重要文献,同时也是文学研究跨学科视野的最初的依据。经过时间的考验,这些超越历史时空而流传下来的诗篇,"无疑是人类一份珍贵的文化遗产,是人类童年时代穿越时间隧道而发出的悠远的回声"③。

　　西方有学者认为:"俄罗斯是欧洲拥有最为丰富、最为令人钦佩的文学成就的国家之一。"④然而,此处所说的文学成就,是就十九世纪文学而言的。俄罗斯的文学成就,在漫长的中世纪,以及俄罗斯文学中的"古罗斯"时

---

① 〔俄〕别林斯基:《别林斯基选集》(第 2 卷),满涛译,上海:上海译文出版社,1979 年版,第394 页。

② 〔俄〕别林斯基:《别林斯基选集》(第 2 卷),满涛译,上海:上海译文出版社,1979 年版,第396 页。

③ 吴笛:《外国文学经典生成与传播研究》(第 2 卷),北京:北京大学出版社,2019 年版,第1 页。

④ Andrew Kahn et al. *A History of Russian Literature*, Oxford: Oxford University Press, 2018, p.1.

期,并没有领先于欧洲文学,甚至显得较为落后,与世界文学主潮严重脱节。其中,俄罗斯诗歌脱节与落后的情形显得更为严重。俄罗斯著名理论家加斯帕罗夫(М. Л. Гаспаров)在1984年出版的专著《俄国诗史概述·格律、节奏、韵脚、诗节》(Очерк истории русского стиха：Метрика，ритмика，рифма，строфика)中,对俄国诗歌的发展和演变进行了考察,"该书六章分为六个历史阶段:史前阶段、罗蒙诺索夫和杰尔查文时期、茹科夫斯基和普希金时期、涅克拉索夫和费特时期、勃洛克和马雅可夫斯基时期、苏维埃时期"①。这六个阶段,所涉及的大多是十八世纪以后的诗歌创作,而"古罗斯"时期的俄罗斯诗歌的艺术成就则难以论及。英国研究俄罗斯诗歌的著名学者彼得·佛朗斯(Peter France)也曾断言:"据我们所知,俄罗斯诗歌开始于十八世纪。"②正是这些观点的存在,影响了学界对十八世纪之前的俄罗斯诗歌的关注,现有的一些俄罗斯诗歌研究著作,大多涉及的是十九世纪和二十世纪的诗歌创作。

尽管就目前的认知而言,诗歌是人类最早的文学类型,正是在诗歌的根基上萌生并且成就了如今文学这棵枝繁叶茂的参天大树。诗歌不仅在东方的一些文明古国得到了空前的发展,就连在西欧的一些国家,到了十七世纪的时候,诗歌艺术也已经相当成熟了。以英国诗歌为例,尽管到了公元十世纪才出现英雄史诗《贝奥武夫》等重要诗作,但是,到了十六世纪和十七世纪,莎士比亚的十四行诗集以及约翰·多恩等英国玄学派诗人的诗歌创作,已经将英诗艺术提升到了后人难以企及的高度。著名诗人T. S.艾略特甚至认为,在约翰·多恩之后,英语诗歌就开始走下坡路了。然而,俄罗斯文学却与此相反,是一个例外,在十二世纪出现著名的英雄史诗《伊戈尔远征记》之后,诗歌艺术似乎接近于销声匿迹,在十七世纪之前的相当长的历史时间里,几乎没有出现真正意义上的书面形式的诗歌作品。俄国著名诗人普希金曾经对此有过感叹,他写道:"俄罗斯长期置身于欧洲大局之外。它从拜占庭接受了基督教之光,却从未参与罗马天主教世界的政治和思想意识领域的活动。伟大的文艺复兴时代没有对俄罗斯产生任何影响;骑士精神高尚的狂热没有使我们的先辈们振奋;十字军东征引起的有良好作用的振动在北方这块麻木的土地上没

① 黄玫著:《韵律与意义:20世纪俄罗斯诗学理论研究》,北京:人民出版社,2005年版,第99页。

② Peter France. *Poets of Modern Russia*，Cambridge：Cambridge University Press，1982，p.1.

有得到任何反响……"①

所以,纵观俄罗斯诗歌的发展历程,我们发现,除了"壮士歌"等一些口述诗歌以及到十八世纪才得以发现的英雄史诗《伊戈尔远征记》,根据迄今为止的文献资料,俄罗斯诗歌艺术在十七世纪之前,主要的诗歌作品都是以口头流传的途径传播的,很少有以书面形式流传下来的诗歌艺术成就。在被称为"古罗斯文学"的艺术成就中,大多是散文体作品,直到十七世纪才出现真正意义上的以波洛茨基为代表的诗人以及以《多彩的花园》为代表的个人诗集。然而,进入十八世纪之后,情况突然发生了翻天覆地的变化。这一变化的原因是值得我们梳理、研究和参考的。从十七世纪之前的默默无闻到十八世纪的崭露头角,直至十九世纪在世界诗坛占据引领地位,对俄罗斯诗歌的这一颠覆性的发展进程进行研究无疑具有重要的意义。当然,这座艺术大厦也不是没有根基而凭空产生的。十八世纪之前的俄罗斯诗歌的渊源同样值得我们探索,十八世纪之前的不少优秀的诗歌作品,尤其是流行于民间的诸如"壮士歌"、民间谣曲等大量诗作,无疑是值得发掘的艺术宝库。

俄国诗歌在中文世界具有广泛的影响,尤其是普希金、莱蒙托夫、丘特切夫等诗人的作品,在我国已有多种中文译本,在中外文化交流方面发挥了重要的作用。俄罗斯诗歌史类著作,也颇受关注,我国学者已经从不同的研究视角,出版了多部不同时期的俄罗斯诗歌史,如徐稚芳所著的《俄罗斯诗歌史》②、刘文飞所著的《二十世纪俄语诗史》③、许贤绪所著的《二十世纪俄罗斯诗歌史》④,以及由郑体武、马卫红合著的《俄罗斯诗歌通史》⑤。这些著作的出版,极大地促进了我国俄罗斯诗歌研究的繁荣。

撰写这部《古罗斯与近代俄国诗歌发展史》,我们拟追求的学术价值以及研究意义主要体现在以下三个方面:

首先,相比较而言,已有成果对普希金以来的俄罗斯诗歌给予了充分重视,而对普希金之前的俄罗斯诗歌创作不够重视,或者有所忽略甚至存在一笔带过的倾向,本书力图予以改变。本书以将近一半的篇幅探究十八世纪之前的俄罗斯诗歌艺术的渊源和发展、音节诗等诗体的生成和演变轨迹,对

---

① 〔俄〕普希金:《论俄罗斯文学之贫困》,参见〔俄〕普希金:《普希金全集》(第6卷),沈念驹、吴笛主编,杭州:浙江文艺出版社,2012年版,第294页。

② 徐稚芳:《俄罗斯诗歌史》,北京:北京大学出版社,2002年版。

③ 刘文飞:《二十世纪俄语诗史》,北京:社会科学文献出版社,1996年版。

④ 许贤绪:《二十世纪俄罗斯诗歌史》,上海:上海外语教育出版社,1997年版。

⑤ 郑体武、马卫红:《俄罗斯诗歌通史》,上海:上海外语教育出版社,2019年版。

十九世纪初期普希金登上诗坛之前的诗歌亦给予一定的篇幅进行探究,力图呈现俄罗斯诗歌发展的全部真实历程。

其次,俄罗斯诗歌对中国读者的影响是极为深远的,尤其是普希金等一些著名俄罗斯诗人的作品,在我国国民文学修养以及国民素质提升方面起到了重要的作用,俄罗斯诗歌对中俄文化交流以及中国文化建设亦发挥了重要的借鉴作用。撰写本书的其中一个愿景,是力图对我国文化强国建设,尤其是文学、文类学研究和中外文化交流,发挥一定的借鉴作用。

最后,自二十世纪九十年代初苏联解体起,由于世界格局所发生的变化以及我国文化发展的新的局面,对包括俄罗斯诗歌史在内的俄罗斯文学发展历史都有必要进行反思和重写。过去撰写的一些文学史类著作在新的历史语境下,已经很难适应科研和教学工作的需求,迫切需要具有创新意识的全面探究俄罗斯体裁文学史类的新的著作,以求正本清源,适应我国新时代文化建设的需求以及学科体系、学术体系、话语体系建构的需求。

我撰写的这部《古罗斯与近代俄国诗歌发展史》,对十世纪以来的俄罗斯诗歌进行研究,探究诗歌发展的渊源、不同体裁的发展、不同诗体形式的演变,以及不同历史时期的主导意涵、诗学特征、诗歌艺术技艺、民族文化内涵;探究诗歌艺术在俄罗斯历史文化、民族意识以及个体诗人内心精神世界的折射。

这部《古罗斯与近代俄国诗歌发展史》依照俄罗斯古代与近代诗歌艺术的发展进程,以四个部分对俄罗斯古代与近代诗歌艺术的发展轨迹以及各个发展时期的重要的诗歌艺术成就进行梳理和探究。

在第一发展阶段"古罗斯:俄国诗歌的渊源"中,主要发掘俄罗斯诗歌艺术的渊源。尽管很多研究更关注十九世纪以后的俄罗斯诗歌,仿佛俄罗斯诗歌是在没有自身谱系的情况下突然成功降临的,但是,形成于公元十世纪至十七世纪的俄罗斯诗歌的源头也是不可忽略的,民间谣曲和独特的"壮士歌",在俄罗斯诗歌发展中的渊源作用是急需发掘的;而英雄史诗《伊戈尔远征记》等诗歌艺术成就更是代表了俄罗斯诗歌艺术的高超成就,波洛茨基以音节诗体创作的被誉为俄罗斯的第一部个人诗集《多彩的花园》,已经蕴含典型的寓教于乐的成分,以及文学所特有的伦理教诲功能。

在第二发展阶段"十八世纪:俄国诗歌的成形"中,主要聚焦俄国十八世纪诗歌艺术成就。实际上,十八世纪的俄罗斯诗歌在古典主义和感伤主义两个方面所取得的成就已经令人赞叹。罗蒙诺索夫、特列佳科夫斯基、卡拉姆津等诗人的创作，已经开始与世界诗坛接轨，并逐步缩小与先进文化的差距，为俄罗斯诗歌艺术发展开创了新的篇章，尤其是俄罗斯音节—重音诗律的最终成形，为十九世纪俄罗斯诗歌的辉煌奠定了扎实的根基。

在第三发展阶段"黄金时代：俄国诗歌的辉煌"中，主要探究的是十九世纪俄国浪漫主义时期的诗歌创作。在十八世纪罗蒙诺索夫、特列佳科夫斯基、卡拉姆津等诗人的奠基性工作的基础上，以及在亚历山大一世统治时期茹科夫斯基、巴丘什科夫、维亚泽姆斯基等诗人的共同努力下，为普希金、莱蒙托夫、巴拉丁斯基、丘特切夫，以及雷列耶夫等十二月党人诗歌的登场，铺平了道路，俄罗斯诗歌不仅逐渐与西欧诗歌接轨，并且在世界诗坛占据了主导地位。

在第四发展阶段"多元发展：现实与唯美的冲撞"中，主要探究在浪漫主义思潮之后，十九世纪中下叶俄罗斯诗歌所呈现出的以唯美主义诗歌和现实主义诗歌为代表的两种创作倾向。在这一时期，曾经作为浪漫主义杰出诗人并且创作公民诗的丘特切夫，开始在"杰尼西耶娃组诗"等诗篇中展现出唯美主义创作倾向以及一定的现代色彩，为象征主义等现代诗歌的发展起到了先驱的作用；与此同时，涅克拉索夫、屠格涅夫等诗人，为俄罗斯现实主义诗歌的发展作出了杰出的贡献；而费特、阿·康·托尔斯泰、波隆斯基、迈科夫、斯卢切夫斯基、阿普赫京、索洛维约夫等一些具有唯美主义倾向的诗人，强调审美的非功利性和艺术的独立价值，不仅为俄国唯美主义诗歌作出了积极贡献，同时也在一定程度上折射出俄罗斯诗歌从黄金时代到白银时代的转向。

这部《古罗斯与近代俄国诗歌发展史》，始于基辅罗斯起始的公元 988年，终于十九世纪八十年代，前后长达 900 年。纵观俄罗斯诗歌从起始到繁荣的发展历程，我们发现，在这近千年的历史长河中，俄罗斯诗歌从起初的无所建树，直到后来的享誉全球，是一种奇迹般的飞跃，这一演进过程，值得我们深思。

在《古罗斯与近代俄国诗歌发展史》的撰写过程中，作者力图对俄罗斯诗歌的发展进程中的重要阶段作连贯的、完整的书写。聚焦古罗斯和近代这两个重要的发展时期，对俄罗斯诗歌的渊源和成形，对俄罗斯诗歌从对西欧的借鉴到傲然独立于世界诗坛，对俄罗斯诗歌与西欧诗歌的脱轨到与世界诗坛的接轨，对俄罗斯诗歌艺术的独特魅力、俄罗斯诗歌在中国的译介与交流以及对中国民族文化建设的独到意义等方面的问题，进行深入的探究和思考。本书在撰写过程中，为体现中国学者的学术立场，力求在汲取俄罗斯学者和欧美学者学术观点的基础上，努力探寻新的文献资料，发掘俄罗斯诗歌所具有的文化意义和艺术价值，尤其是弥补受到忽略的古罗斯诗歌的研究，努力探寻俄罗斯诗歌发展的源头，从而客观真实地展现俄罗斯诗歌艺术发展的历史进程。

参 考 文 献

一、中 文 文 献

〔美〕艾布拉姆斯、哈珀姆编:《文学术语词典》,吴松江等译,北京:北京大学出版社,2014 年版。

〔苏〕巴赫金:《巴赫金全集》(第 3 卷),钱中文主编,石家庄:河北教育出版社,1998 年版。

〔苏〕巴赫金:《巴赫金全集》(第 4 卷),钱中文主编,石家庄:河北教育出版社,1998 年版。

〔苏〕巴赫金:《陀思妥耶夫斯基诗学问题》,刘虎译,北京:中央编译出版社,2010 年版。

〔美〕巴勒斯:《鸟与诗人》,川美译,天津:百花文艺出版社,2008 年版。

〔俄〕别林斯基:《别林斯基选集》(第 1 卷),满涛译,上海:上海译文出版社,1979 年版。

〔俄〕别林斯基:《别林斯基选集》(第 2 卷),满涛译,上海:上海译文出版社,1952 年版。

〔俄〕别林斯基:《别林斯基选集》(第 4 卷),满涛、辛未艾译,上海:上海译文出版社,1991 年版。

〔俄〕别林斯基:《别林斯基选集》(第 5 卷),辛未艾译,上海:上海译文出版社,2005 年版。

〔俄〕别林斯基:《论〈叶甫盖尼·奥涅金〉》,王智量译,文艺理论研究,1980 年第 1 期。

〔俄〕波隆斯基:《夜以千万只眼睛观看:波隆斯基诗集》,曾思艺、王淑凤译,北京:中国工人出版社,2024 年版。

〔俄〕布罗茨基:《悲伤与理智》,刘文飞译,上海:上海译文出版社,2015 年版。

〔美〕布鲁姆:《读诗的艺术》,王敖译,南京:南京大学出版社,2010 年版。

曹靖华主编:《俄苏文学史》(第 1 卷),郑州:河南教育出版社,1992年版。

〔俄〕车尔尼雪夫斯基:《艺术与现实的审美关系》,周扬译,北京:人民文学出版社,2009 年版。

〔俄〕杜勃罗留波夫:《文学论文选》,辛未艾译,上海:上海译文出版社,1984 年版。

飞白主编:《世界诗库》(第 5 卷),广州:花城出版社,1994 年版。

飞白:《诗海——世界诗歌史纲》(传统卷),桂林,漓江出版社,1994年版。

飞白主编:《世界名诗鉴赏辞典》,桂林:漓江出版社,1990 年版。

〔俄〕费特:《在星空之间:费特诗选》,谷羽译,桂林:广西师范大学出版社,2014 年版。

冯春编:《普希金评论集》,上海:上海译文出版社,1993 年版。

黄玫:《韵律与意义:二十世纪俄罗斯诗学理论研究》,北京:人民出版社,2005 年版。

〔俄〕卡拉姆津等:《俄罗斯抒情诗选》(上册),张草纫译,上海:上海译文出版社,1992 年版。

〔俄〕卡拉姆津等:《俄罗斯抒情诗选》(下册),张草纫译,上海:上海译文出版社,1992 年版。

高尔基世界文学研究所编:《世界文学史》(第 2 卷·下册),上海:上海文艺出版社,2013 年版。

高尔基世界文学研究所编:《世界文学史》(第 4 卷·下册),上海:上海文艺出版社,2013 年版。

高尔基世界文学研究所编:《世界文学史》(第 6 卷·上册),上海:上海文艺出版社,2013 年版。

高尔基世界文学研究所编:《世界文学史》(第 7 卷·上册),上海:上海文艺出版社,2013 年版。

高尔基世界文学研究所主编:《俄罗斯白银时代文学史》(第 2 卷),谷羽、王亚民译,兰州:敦煌文艺出版社,2006 年版。

〔俄〕格罗斯曼:《普希金传》,天津:天津人民出版社,1996 年版。

顾蕴璞、曾思艺主编:《俄罗斯抒情诗选》,北京:商务印书馆,2017年版。

〔俄〕拉夫连季主编:《往年纪事》,朱寰、胡敦伟译,北京:商务印书馆,2011 年版。

〔俄〕莱蒙托夫:《莱蒙托夫诗选》,顾蕴璞选译,长春:时代文艺出版社,2020 年版。

〔俄〕莱蒙托夫:《莱蒙托夫全集》(第 1 卷),顾蕴璞主编,石家庄:河北教育出版社,1994 年版。

〔俄〕莱蒙托夫:《莱蒙托夫全集》(第 2 卷),顾蕴璞主编,石家庄:河北教育出版社,1994 年版。

〔俄〕莱蒙托夫:《莱蒙托夫全集》(第 3 卷),顾蕴璞主编,石家庄:河北教育出版社,1994 年版。

〔俄〕莱蒙托夫:《莱蒙托夫诗歌精选》,余振编,太原:北岳文艺出版社,1994 年版。

雷成德等编:《俄国文学史》,长沙:湖南文艺出版社,1986 年版。

〔俄〕雷列耶夫等:《十二月党人诗选》,魏荒弩译,上海:上海译文出版社,1985 年版。

刘保端:《俄罗斯的人民诗人——莱蒙托夫》,北京:北京出版社,1985 年版。

刘若端编:《十九世纪英国诗人论诗》,北京:人民文学出版社,1984 年版。

刘亚丁:《俄罗斯文学感悟录》,北京:中国社会科学出版社,2016 年版。

〔英〕洛克:《人类理解论》,关文运译,北京:商务印书馆,1983 年版。

〔俄〕洛特曼:《艺术文本的结构》,王坤译,广州:中山大学出版社,2003 年版。

《马克思恩格斯全集》(第 29 卷),北京:人民出版社,1974 年版。

〔俄〕马努伊洛夫:《莱蒙托夫》,郭奇格译,北京:北京出版社,1988 年版。

〔俄〕迈科夫:《迈科夫抒情诗选》,曾思艺译,北京:中国友谊出版公司,2014 年版。

〔俄〕迈科夫:《寻找逍遥的原野:迈科夫诗集》,曾思艺译,北京:中国工人出版社,2024 年版。

〔俄〕米尔斯基:《俄国文学史》(上卷),刘文飞译,北京:人民出版社,2013 年版。

〔俄〕米尔斯基:《俄国文学史》(下卷),刘文飞译,北京:人民出版社,2013 年版。

〔美〕纳博科夫:《文学讲稿》,申慧辉等译,北京:生活·读书·新知三联书店,1991 年版。

〔苏〕尼古拉耶夫等:《俄国文艺学史》,北京:生活·读书·新知三联书店,1987年版。

聂珍钊:《文学伦理学批评导论》,北京:北京大学出版社,2014年版。

〔俄〕涅克拉索夫:《谁在俄罗斯能过好日子》,飞白译,上海:上海译文出版社,1979年版。

〔俄〕涅克拉索夫:《涅克拉索夫诗选》,丁鲁译,长沙:湖南人民出版社,1985年版。

〔俄〕涅克拉索夫:《涅克拉索夫诗歌精选》,魏荒弩译,太原:北岳文艺出版社,2000年版。

〔俄〕帕斯捷尔纳克:《第二次诞生——帕斯捷尔纳克诗选》,吴笛译,上海:上海人民出版社,2013年版。

彭少健主编:《外国诗歌鉴赏辞典》(2),上海:上海辞书出版社,2010年版。

〔俄〕普希金等:《俄罗斯黄金时代诗选》,汪剑钊译,济南:山东文艺出版社,2017年版。

〔俄〕普希金:《普希金全集》(第1卷),肖马、吴笛主编,杭州:浙江文艺出版社,1997年版。

〔俄〕普希金:《普希金全集》(第2卷),肖马、吴笛主编,杭州:浙江文艺出版社,1997年版。

〔俄〕普希金:《普希金全集》(第6卷),沈念驹、吴笛主编,杭州:浙江文艺出版社,2012年版。

〔俄〕丘特切夫:《丘特切夫抒情诗选》,陈先元译,桂林:漓江出版社,1986年版。

〔俄〕丘特切夫:《丘特切夫诗选》,查良铮译,北京:外国文学出版社,1985年版。

〔俄〕丘特切夫:《丘特切夫诗选》,汪剑钊译,上海:上海文艺出版社,2017年版。

〔俄〕丘特切夫:《丘特切夫诗选》,曾思艺译,长沙:湖南文艺出版社,2018年版。

任光宣主编:《俄罗斯文学简史》,北京:北京大学出版社,2006年版。

〔俄〕茹科夫斯基:《十二个睡美人:茹科夫斯基诗选》,黄春来、金留春译,上海:上海译文出版社,1989年版。

〔俄〕托尔斯泰:《我的风铃草:阿·康·托尔斯泰抒情诗选》,曾思艺、王淑凤译,济南:山东文艺出版社,2018年版。

〔俄〕屠格涅夫：《屠格涅夫散文诗》，沈念驹译，桂林：漓江出版社，2012年版。

〔俄〕屠格涅夫：《屠格涅夫全集》（第 10 卷），刘硕良主编，朱宪生等译，石家庄：河北教育出版社，2000 年版。

王福祥，吴君编：《俄罗斯诗歌掇英》，北京：外语教学与研究出版社，1999 年版。

王钺：《〈往年纪事〉译注》，兰州：甘肃民族出版社，1994 年版。

吴笛：《比较视野中的欧美诗歌》，北京：作家出版社，2004 年版。

吴笛：《英国玄学派诗歌研究》，北京：中国社会科学出版社，2013 年版。

吴笛：《世界名诗欣赏》，杭州：浙江大学出版社，2008 年版。

吴笛主编：《外国诗歌鉴赏辞典》（1），上海：上海辞书出版社，2010年版。

吴笛总主编：《外国文学经典生成与传播研究》（8 卷集），北京：北京大学出版社，2019 年版。

吴笛等：《外国文学经典生成与传播研究》（第 2 卷），北京：北京大学出版社，2019 年版。

吴笛：《俄罗斯小说发展史》，杭州：浙江工商大学出版社，2022 年版。

吴元迈：《俄苏文学及文论研究》，北京：中国社会科学出版社，2014年版。

吴晓都：《俄国文化之魂：普希金》，济南：山东画报出版社，2006 年版。

吴晓都：《俄罗斯诗神——普希金诗歌》，海口：海南出版社，1993 年版。

〔俄〕谢甫琴科：《谢甫琴科诗选》，戈宝权等译，上海：上海译文出版社，1983 年版。

薛君智主编：《欧美学者论苏俄文学》，北京：社会科学文献出版社，1996年版。

徐稚芳：《俄罗斯诗歌史》，北京：北京大学出版社，2002 年版。

许自强、孙坤荣编：《世界名诗鉴赏大全》，北京：商务印书馆，2009年版。

〔古希腊〕亚里士多德：《诗学》，罗念生译。上海：上海世纪出版集团，2006 年版。

杨素梅、闫吉青著：《俄罗斯生态文学》，北京：人民文学出版社，2006年版。

〔拜占庭〕佚名：《狄吉尼斯·阿克里特》，刘建军译，北京：北京大学出版社，2017 年版。

乐峰：《东正教史》，北京：中国社会科学出版社，1999年版。

查良铮：《穆旦译文集》（第8卷），北京：人民文学出版社，2005年版。

查晓燕：《普希金——俄罗斯精神文化的象征》，北京：北京大学出版社，2001年版。

张草纫、李锡胤选译：《俄罗斯抒情诗百首》，哈尔滨：黑龙江人民出版社，1983年版。

张杰：《走向真理的探索——白银时代俄罗斯宗教文化批评理论研究》，北京：北京大学出版社，2012年版。

张建华：《俄国史》，北京：人民出版社，2014年版。

张建华等主编：《20世纪俄罗斯文学：思潮与流派》，北京：外语教学与研究出版社，2015年版。

〔俄〕普希金：《普希金论文学》，张铁夫等译，桂林：漓江出版社，1983年版。

李炳海：《中国诗歌通史·先秦卷》，赵敏俐、吴思敬主编，北京：人民文学出版社，2012年版。

曾思艺：《丘特切夫诗歌研究》，长沙：湖南文艺出版社，2000年版。

曾思艺：《俄罗斯诗歌研究》，北京：北京大学出版社，2018年版。

郑体武、马卫红：《俄罗斯诗歌通史》，上海：上海外语教育出版社，2019年版。

周式中等主编：《世界诗学百科全书》，西安：陕西人民出版社，1999年版。

周露：《巴拉丁斯基哲理抒情诗研究》，杭州：浙江大学出版社，2016年版。

朱光潜：《诗论》，北京：生活·读书·新知三联书店，1984年版。

二、英 文 文 献

Abrams, M. H. and Geoffrey Galt Harpham. *A Glossary of Literary Terms*, Stamford, CT: Cengage Learning, 2015.

Alexander, Alex E. *Bylina and Fairy Tale: The Origins of Russian Heroic Poetry*, The Hague: Mouton & Co. N. V., Publishers, 1973.

Allen, Elizabeth Cheresh. *A Fallen Idol Is Still a God: Lermontov and the Quandaries of Cultural Transition*, Stanford: Stanford University Press, 2007.

Amodio, Mark C. ed. *Oral Poetics in Middle English Poetry*. New

York: Garland Publishing, Inc., 1994.

Bethea, David M. ed. *The Pushkin Handbook*, Madison: The University of Wisconsin Press, 2005.

Bristol, Evelyn. *A History of Russian Poetry*, Oxford: Oxford University Press, 1991.

Brown, W. E. *A History of Eighteenth-Century Russian Literature*. Ann Arbor: Ardis, 1980.

Chadwick, H. Munro, Chadwick, Nora K. *The Growth of Literature*, Volume 2, Cambridge: Cambridge University Press 2010.

Cizevskij, Dimitrij. *History of Russian Literature: From the Eleventh Century to the End of the Baroque*. The Hague, Netherlands: Mouton & Co., Publishers, 1971.

Clayton, J. Douglas. "Towards a Feminist Reading of Evgenii Onegin", Canadian Slavonic Papers, Vol.29, No.2/3(June-September 1987).

Cornwell, Neil. *The Routledge Companion to Russian Literature*, London: Routledge, 2001.

Doane, A. N. & Carol Braun Pasternack. *Vox intexta: Orality and Textuality in the Middle Ages*. Ed. A. N. Doane. Madison: U of Wisconsin P, 1991.

Emerson, Caryl. *The Cambridge Introduction to Russian Literature*, Cambridge University Press, 2013.

Ferber, Michael ed. *A Companion to European Romanticism*, Oxford: Blackwell Publishing Ltd.

France, Peter. *Poets of Modern Russia*, Cambridge: Cambridge University Press, 1982.

Frank, John G. "Pushkin and Goethe", *The Slavonic and East European Review*, Vol.26, No.66(Nov., 1947), pp.146—151.

Gamsa, Mark. *The Reading of Russian Literature in China: A Moral Example and Manual of Practice*, London: Palgrave Macmillan, 2010.

Greene, Diana. *Russian Women Poets of the Mid-Nineteenth Century*. Madison, Wisconsin: The University of Wisconsin Press, 2004.

Greene, Roland ed. *The Princeton Encyclopedia of Poetry and Poetics*, Princeton: Princeton University Press, 2012.

Howe, Elisabeth A. *Dramatic Monologue*, New York: Twayne Publishers, 1996.

Kahn, Andrew ed. *The Cambridge Companion to Pushkin*, Cambridge: Cambridge University Press, 2006.

Kahn, Andrew. *Pushkin's Lyric Intelligence*, Oxford: Oxford University Press, 2008.

Kahn, Andrew et al. *A History of Russian Literature*, Oxford: Oxford University Press, 2018.

Khitrova, Daria. *Lyric Complicity: Poetry and Readers in the Golden Age of Russian Literature*, Madison, Wisconsin: The University of Wisconsin Press, 2019.

Lane, R. C. "Tyutchev's Place in the History of Russian Literature", *The Modern Language Review*, Vo.71, No.2(Apr., 1976) pp.344—356.

Lang, David M. "Radishchev and the Legislative Commission of Alexander I", *The American Slavic and East European Review*, Vol.6, No.3/4(Dec., 1947).

Lezhnev, I. "The Father of Modern Russian Literature", *Collection of Articles and Essays on Great Russian Poet A. C. Pushkin*, ed. by USSR Society for Cultural Relations with Countries, University Press of the Pacific, 2002.

Martinsen, Deborah A. ed. *Literary Journals in Imperial Russia*, Cambridge: Cambridge University Press, 1997.

McConnell, Allen. *A Russian Philosophe Alexander Radishchev*. The Hague, Netherlands: Martinus Nijhoff Publishers, 1964.

McConnell, Allen. "The Empress and Her Protégé: Catherine II and Radischev", *The Journal of Modern History*, Vol. 36, No. 1 (Mar., 1964).

Mirsky, D. S. *A History of Russian Literature: From Its Beginnings to 1900*, ed. by Francis J. Whitfield, New York: Alfred A. Knopf, 1958.

Moser, Charles A. ed. *The Cambridge History of Russian Literature*. Cambridge: Cambridge University Press, 1996.

Obolensky, Dimitri ed. *The Heritage of Russian Verse*, Bloomington: Indiana University Press, 1976.

Oinas, Felix J. "The Problem of the Aristocratic Origin of Russian Byliny", *Slavic Review*, Vol.30, No.3(Sep., 1971).

Reyfman, Irina. "The Emergence of the Duel in Russia: Corporal Punishment and the Honor Code." *The Russian Review*, Vol.54, No.1 (Jan., 1995). 26—43.

Rukalski, Z. "Maupassant and Chekhov: Similarities", Canadian Slavonic Papers/Revue Canadienne des Slavistes, Vol.11, No.3(Fall, 1969), pp.346—358.

Rydel, Crystine A. ed. *Russian Literature in the Age of Pushkin and Gogol: Poetry and Drama*. London: The Gale Group, 1999.

Shevchenko, T. G. *The Selected Works in 5 Volumes*. Moscow, 1956.

Shrader-Frechette, Kristin. *Ethics of Scientific Research*, London: Rowman & Littlefield Publishers, Inc., 1994.

Stone, Jonathan. *Decadence and Modernism in European and Russian Literature and Culture: Aesthetics and Anxiety in the 1890s*, London: Palgrave Macmillan, 2019.

Strada, V. 'Saggio introduttivo' in Iu. Lotman, *Da Rousseau a Tolstoj*. Bologna: Il Mulino, 1984, pp.9—39.

Terras, Victor. *Handbook of Russian Literature*, New Haven: Yale University Press, 1990.

Thaler, R. P. "Catherine II's Reaction to Radishchev", *Slavic and East-European Studies*, Vol.2, No.3(Automne/Autumn 1957).

Thorlby, A. K. ed. *The Penguin Companion to Literature: European*, London: Penguin Books, 1969.

Tosi, Alessandra. *Waiting for Pushkin: Russian Fiction in the Reign of Alexander I*(1801—1825). Amsterdam: Rodopi. 2006.

Wachtel, Michael. *Cambridge Introduction to Russian Poetry*, Cambridge: Cambridge University Press, 2004.

Wachtel, Michael. *A Commentary to Pushkin's Lyric Poetry, 1826—1836*, Madison: The University of Wisconsin Press, 2011.

三、俄 文 文 献

Авенариус, В. П. сост. *Книга былин. Свод избранных образцов русской народной эпической поэзии*，Москва：Издание А. Д. Ступина，1893.

Аникин，В. П. *Устное народное творчество*，Москва：Издательский центр Академия，2011.

Апухтин，А. Н. *Полное собрание стихотворений*（Библиотека поэта；Большая серия）. Ленинград：Издательство Советский писатель，1991.

Асташова，А. М. ред. *Народные баллады*（Библиотека поэта；Большая серия；Второе издание）. Ленинград：Издательство Советский писатель，1963.

Баевский，В. С. *История русской поэзии*：*1730—1980*，Смоленск：Русич，1994.

Базанов，В. "Ф. Н. Глинка". См.：Ф. Н. Глинка. *Избранные произведения*（Библиотека поэта；Большая серия；Второе издание）. Ленинград：Издательство Советский писатель，1957.

Балашов，Д. М. сост. *Русские народные баллады*，М.：Современник，1983.

Банников，Н. В. сост. *Три века русской поэзии*. Москва：Издательство Просвещене，1979.

Баратынский，Е. А. *Полное собрание стихотворений в двух томах*，Том 1. Стихотворения，Ленинград：Издательство Советский писатель，1936.

Батюшков，К. Н. *Нечто о поэте и поэзии*. Москва：Издательство Современник，1985.

Батюшков，К. Н. *Стихотворения*. Москва：Издательство Художественная литература，1988.

Батюшков，К. Н. *Опыты в стихах и прозе*（Литературные памятники）. Москва：Издательство Академии наук СССР，1977.

Белинский，В. Г. *Полное собрание сочинений в 13 томах*. Москва：Издательство Академии наук СССР，1953—1959.

Белинский，В. Г. *Собрание сочинений в 9 томах*. Москва：Издательство Художественная литература，1976—1982.

Берков，П. Н. "Державин и Карамзин в истории русской литературы конца XVIII—начала XIX века". *XVIII век*，Сборник 8，Ленинград：Издательство Наука，Ленинградское отд-ние. 1969，с.5—17.

Берков, П. Н. "Основные вопросы изучения русского просветительства" В кн.: *Проблемы русского Просвещения в литературе XVIII века*. Ленинград: Издательство Акад. наук СССР, Ленинградское отделение, 1961, с.18—20.

Беркова, И. ред. *Вирши. Силлабическая поэзия XVII—XVIII веков* (Библиотека Поэта. Малая Серия), Ленинград: Издательство Советский Писатель, 1935.

Берковский, Н. "Ф. И. Тютчев", Ф. И. Тютчев. *Полное собрание стихотворений*, Ленинград: Издательство Советский писатель, 1987.

Бессонов, Б. и др. сост. *Поэты-демократы 1870—1880-х годов* (Библиотека поэта, Большая серия), Ленинград: Издательство Советский писатель, 1968.

Бестужев-Марлинский, Александр Александрович. *Сочиненияв двух томах*. Т. 2. Сост.; подгот. текста; коммент. В. И. Кулешова. Москва: Издательство Художественная литература, 1981.

Благой, Д. *Мир как красота: О "Вечерних огнях" А. Фета*. Москва: Издательство Художественная литература, 1975.

Богданович, И. Ф. *Стихотворения и поэмы* (Библиотека поэта; Большая серия). Ленинград: Издательство Советский писатель, 1957.

Бунковская, 3. П. *Лучшие сочинения: поэзия XVIII—XIX вв./* Серия Библиотека школьника. Ростов н/Д: Феникс, 2003.

Бушмин, А. С. и др. *История русского романа в двух томах*. Москва: Издательство Наука, 1962—1964.

Вацуро, В. Э. *Избранные труды*, Москва: Языки славянской культуры, 2004.

Виноградов, В. В., Томашевский, Б. "Вопросы языка в творчестве Пушкина"//*Пушкин: Исследования и материалы/*АН СССР. Ин-т рус. лит.(Пушкин. Дом). Москва: Издательство АН СССР, 1956. т. 1. с.126—184.

Виноградов, В. В. *Язык Пушкина*, Москва: Academia, 1933.

Водовозов, Н. ред. *Былины об Илье Муромце*, Москва: Государственное издательство художественной литературы, 1947.

Воронин, Т. Л. *История русской литературы пушкинской эпохи*, М.: Православный Свято-Тихоновский Гуманитарный Университет,

2009.

Вяземский, П. А. *Полное собрание сочинений князя П. А. Вяземского.* СПб., 1878—1896.

Вяземский, П. А. *Сочиненияв двух томах.* Т. 2. Литературно-критические статьи. Сост., подг. текста и коммент. М. И. Гиллельсона. Москва: Издательство Художественная литература, 1982.

Гайдзинков, *Русские поэты XIX века*, Москва: Издательство Просвещене, 1964.

Гинзбург, Л. "П. А. Вяземский. Вступительная статья", П. А. Вяземский. *Стихотворения* (Библиотека поэта; Большая серия). Ленинград: Издательство Советский писатель, 1958.

Глинка, Ф. Н. *Избранные произведения* (Библиотека поэта; Большая серия; Второе издание), Ленинград: Издательство Советский писатель, 1957.

Гнедич, Н. И. *Стихотворения.* Ленинград: Советский писатель, 1956.

Горелова, Ал. сост. *Русская народная поэзия. Лирическая поэзия: Сборник*, Ленинград: Художественная литература, 1984.

Городецкий, Б. П. ред. *История русской поэзии в двух томах.* Том 1, Ленинград: Издательство Наука, 1968.

Горфункель, А.Х. "*Пентатеугум Андрея Белобоцкого*" (Из истории польско-русских литературных связей). "Новонайденные и неопубликованные произведения древнерусской литературы", *Труды Отдела древнерусской литературы*, т. XXI, Москва: Издательства Наука, 1965.

Греков, Б. Д. *Киевская Русь.* Москва: Государственное издательство политической литературы, 1953.

Григорьев, Аполлон. *Мои литературные и нравственные скитальчества*, Ленинград: Издательство Наука, 1980.

Григорьев, Аполлон. *Избранные произведения*, Ленинград: Издательство Советский писатель, 1959.

Глушаков, Е. Б. *Великие судьбы русской поэзии: XIX век*, Москва: Флинта, 2009.

Гудзий, Н. К. *История древней русской литературы*, Москва:

Издательство Наука, 1976.

Гуковский, Г. А. *Русская литература XVIII века*, Москва: Аспект Пресс, 1999.

Гуковский, Г. А. "Сумароков и его литературно-общественное окружение", *История русской литературы*: В 10 т. АН СССР. Москва: Издательство АН СССР, 1941—1956. Т. III: Литература XVIII века. Ч. 1. 1941.

Давыдов, Денис. *Стихотворения* (Библиотека поэта. Большая серия; Второе издание). Ленинград: Издательство Советский писатель, 1984.

Дельвиг, А. А. *Сочинения*. Ленинград: Издательство Художественная литература, 1986.

Дёмин, А. С. ред. *Древнерусская литература*, Москва: Издательство МГУ, 2000.

Державин, Г. Р. *Стихотворения* (Библиотека поэта; Большая серия). Ленинград: Издательство Советский писатель, 1957.

Дмитриев, И. И. *Полное собрание стихотворений* (Библиотека поэта; Большая серия). Ленинград: Издательство Советский писатель, 1967.

Емельянов, Л. И. сост. *Русская историческая песня* (Библиотека поэта). Ленинград: Издательство Советский писатель, 1990.

Жирмунский, В. М.*Народный героический эпос*. Москва-Ленинград: Государственное издательство художественной литературы, 1962.

Жирмунский, В. М. *Байрон и Пушкин*, Ленинград: Издательство Наука, 1978.

Жирмунский, В. М. *Введение в литературоведение*: *Курс лекций*, СПб.: Издательство Санкт-Петербургского университе, 1996.

Жирмунский, В. М. *Теория литературы. Поэтика*. Стилистика. Ленинград: Издательство Наука, Ленинградское отделение, 1977.

Жуковский, В. А. *Полное собрание сочинений и писем В 20 т.*, Том 10. Проза 1807—1811 гг. Кн. 2. Ред. И. А. Айзикова. Москва: Языки славянской культуры, 2014.

Жуковский, В. А. *Полное собрание сочинений и писем В 20 т.*, Том 2. Стихотворения 1815—1852 гг./Ред. О. Б. Лебедева и А. С. Янушкевич. Москва: Языки славянской культуры, 2000.

Жуковский, В. А. *Полное собрание сочинений и писем В 20 т.*, Том 5. Эпические стихотворения/Ред. А. С. Янушкевич.—М.: Языки славянских культур, 2010.

Жуковский, В. А. *Собрание сочинений в 4 т. Т. 1. Стихотворения.* Москва-Ленинград: Государственное издательство художественной литературы, 1959.

Жуковский, В. А. *Дневник В. А. Жуковского*, под ред. И. А. Бычкова, СПб., 1903.

Жуков, Д., Пушкарев, Л. Н. *Русские писатели XVII века (Аввакум Петров, Симеон Полоцкий)*, Москва: Издательство Молодая гвардия, 1972.

Западов, В. А. *Русская литература XVIII века, 1770—1775. Хрестоматия*, Москва: Издательство Просвещение, 1979.

Институт Русской Литературы(Пушкинский дом). *История русской переводной художественной литературы*, Санкт-Петербург: Издательство дмитрий буланин, 1995.

Қалаушин, М. М. *Пушкин в портретах и иллюстрациях.* Москва: Государственное учебно-педагогическое издательство, 1954.

Калита, Инна. "'Новый реализм' русской литературы в зеркале манифестов XXI века", *Slavica Litteraria*, 2016 № 1. pp. 67—80.

Калугина, А., Ковпик, В. сост. *Былины. Исторические песни. Баллады*, Москва: Эксмо, 2008.

Кантемир, А. Д. *Собрание стихотворений.* Ленинград: Издательство Советский писатель, 1956.

Карамзин, Н. М. *Стихотворения* (Библиотека поэта; Второе издание). Ленинград: Издательство Советский писатель, 1966.

Карамзин, Н. М. *Избранные сочинения в двух томах.* Москва: Издательство Художественная литература, 1964.

Карамзин, Н. М. *Письма русского путешественника.* Ленинград: Издательство Наука, 1987.

Китанина, Т. А. "Еще раз о старой канве", *Пушкин и мировая культура. Материалы VI Международной конференции*, Санкт-Петербург: Издательство Симферополь, 2003.

Княжнин, Я. Б. *Избранные произведения.* Ленинград: Издательство

Советский писатель, 1961.

Кокорев, А. В. Сост. *Хрестоматия по русской литературе XVIII в.*, Москва: Издательство Просвещение, 1965.

Козлов, И. И. *Полное собрание стихотворений* (Библиотека поэта). Большая серия. Ленинград: Издательство Советский писатель, 1960.

Коровин, В. И. ред. *История русской литературы XIX века в 3-х частях*. Ч. 1 (1795—1830 годы), Москва: Гуманитар, изд. центр ВЛАДОС, 2005.

Коровин, В. И. Сост. *История русской литературы XX-начала XXI века: Учебник для вузов в 3-х частях*, Москва: Гуманитарный изд. Центр, ВЛАДОС, 2014.

Коровин, В. И., Прокофьев, Н. Н. и др. *История русской литературы XIX века в 3-х частях* (1870—1890), Москва: ВЛАДОС, 2005.

Костин, А. А., Кочеткова, Н. Д. ред. *Жизнь, творчество, круг общения*, СПб.: Институт русской литературы(Пушкинский Дом) РАН, 2010.

Кочеткова, Н. Д. ред. *Русская литература. Век XVIII. Лирика.* Москва: Издательство Художественная литература, 1990.

Кошелев, В. А. *Кому на Руси жить хорошо: О великой поэме и о вечной проблеме*, Íîâãîðîä: Издательство НовГУ им. Ярослава Мудрог, 1999.

Краснов, Г. В. *Краткая литературная энциклопедия: В 9 т.*, Т. 5. Москва: Советская энциклопедия, 1968.

Кузнецова, О. А. *История о русской средневековой поэзии*, Москва: Издательство Московского университета, 2019.

Кусков, Â. В. *История древнерусской литературы*, Москва: Издательство Высшая школа, 2003.

Кюхельбекер, В. К. *Избранные произведения в двух томах*, т. I. (Библиотека поэта. Большая серия). Ленинград: Издательство Советский писатель, 1967.

Лагунов, А. И. *А. А. Фет: от золотого к серебряному веку русской поэзии*, Орел: Картуш.

Левин, Ю. Д. ред. *История русской переводной художественной литературы. Древняя Русь. XVIII век. Проза. Том 1.* СПб.: Дмитрий Буланин, 1995.

Лермонтов, М. Ю. *Полное собрание сочинений в 4 томах.* Т. 1. *Стихотворения 1828—1841*, СПб.: Издательство Пушкинского Дома, 2014.

Лихачев, Д. С. *Поэтика древнерусской литературы.* Изд. 3-е, доп. Москва: Издательства Художественная литература, 1979.

Лихачев, Д. С. ред. *История русской литературы X—XVII вв*, Москва: Издательство Просвещение, 1980.

Лихачев, Д. С. *Повести о Николе Заразском* (тексты). *Труды Отдела древнерусской литературы*, т. 7. Москва: Издательства Наука, 1949.

Лихачев, Д. С. ред. *Былины* (Библиотека поэта; Большая серия), Ленинград: Издательство Советский писатель, 1957.

Лихачев, Д. С., Дмитриев, Л. А., Понырко, Н. В. ред. *Библиотека литературы Древней Руси*, Т. 1—15, СПб.: Издательство Наука, 2006.

Ломоносов, М. В. *Избранные произведения* (Библиотека поэта; Большая серия), Ленинград: Издательство Советский писатель, 1986.

Ломоносов, М. В. *Российская грамматика*, Москва: Издательство Лань, 2013.

Лотман, Ю. М. "Карамзин Николай Михайлович", *Русские писатели, 1800—1917: Биографический словарь.* Т. 2, Москва: Большая Российская энциклопедия, 1992.

Лотман, Ю. М. *О русской литературе: Статьи и исследования* (*1958—1993*). *История руссской прозы. Теория литературы*, Санкт-Петербург: Издательство Искусство, 1997.

Лотман, Ю. М. Сост. *Поэты 1790—1810-х годов.* Ленинград: Издательство Советский писатель, 1971.

Лотман, Ю. М. *О поэтах и поэзии: Анализ поэтического текста*, Ленинград: Издательство Просвещение, 1972.

Лотман, Ю. М. *Структура художественного текста*, Москва: Издательство Искусство, 1970.

Лотман, Ю. М. "Поэзия Карамзина", Н. М. Карамзин.

Стихотворения. Ленинград: Издательство Советский писатель, 1966.

Лотман, Ю. М. *Пушкин*. СПб.: Издательство Искусство, 1995.

Луначарский, А. *Русская литература*. Москва-Ленинград: Государственное издательство художественной литературы, 1947.

Львов, Н. А. *Избранные сочинения*, СПб.: Издательство Акрополь, 1994.

Макогоненко, Г. П. "Пути развития русской поэзии XVIII века". См.: *Поэты XVIII века в двух томах*, т. 1, Ленинград: Издательство Советский писатель, 1972.

Майков, В. И. *Избранные произведения* (Библиотека поэта). Ленинград: Издательство Советский писатель, 1966.

Майков, А. Н. *Избранные произведения* (Библиотека поэта), Ленинград: Издательство Советский писатель, 1987.

Майков, А. Н. *Стихотворения*, Москва: Издательство Детская литература, 1978.

Майков, А. Н. *Стихотворения*. Книга 1, Москва: Издательство Директ-Медиа, 2012.

Мерзляков, А. Ф. *Стихотворения*. (Библиотека поэта; Большая серия), Ленинград: Издательство Советский писатель, 1958.

Мирский, Д. С. *История русской литературы с древнейших времен до 1925 года*. Новосибирск: Издательство Свиньин и сыновья, 2005.

Мирский, Д. С. "Баратынский", Евгений Абрамович Баратынский, *Полное собрание стихотворений в двух томах*, Том 1. Стихотворения, Ленинград: Издательство Советский писатель, 1936.

Мирзоев, В. Г. *Былины и летописи. Памятники русской исторической мысли*. Москва: Издательство Мысль, 1978.

Муравьев, М. Н. *Стихотворения*. Ленинград: Издательство Советский писатель, 1967.

Мятлев, И. П. *Стихотворения* (Библиотека поэта; Большая серия). Ленинград: Издательство Советский писатель, 1969.

Некрасов, Н. А. *Полное собрание сочинений и писем*, т. 1, Москва: Гослитиздат, 1953.

Некрасов, Н. А. *Полное собрание сочинений и писем*. В 15 т., т. 11, Ленинград: Издательство Наука, 1989.

Николаев, П. А. ред. *Русские писатели, 1800—1917. Биографический словарь*. Том 5. Москва: Научное издательство "Большая Российская энциклопедия", 2007.

Некрасов, Н. А. *Полное собрание сочинений и писем в 15 томах*. Ленинград: Издательство Наука, 1981—2000.

Никитин, И. С. *Полное собрание стихотворений* ("Библиотека поэта. Большая серия"), изд. 2-е. Ленинград: Издательство Советский писатель, 1965.

Никитин, И. С. *Сочинения*. Москва: Гослитиздат, 1955.

Николаев, П. А. ред. *Русские писатели: Биобиблиографический словарь*, Том 2, Москва: Издательство Просвещение, 1990.

Николаев, П. А. ред. *Русские писатели. 1800—1917. Биографический словарь*. Том 5. Москва: Научное издательство "Большая Российская энциклопедия", 2007.

Николаева, М. Ф. *Михаил Юрьевич Лермонтов: жизнь и творчество*, Москва: Государственное Издательство Детская литература, 1956.

Одоевский, В. Ф. *Русские ночи*. Ленинград: Издательство Наука, Ленинградское отделение, 1975.

Озеров, Лев сост. *Чудное мгновенье. Любовная лирика русских поэтов*. В двух томах, Москва: Издательство Художественная литература, 1988.

Орлов, Вл. *Радищев и русская литература*. Ленинград: Издательство Советский писатель, 1952.

Орлов, Вл. сост. *Русская лирика XIX века*, Москва: Издательство Художественная литература, 1981.

Орлов, П. А. *История русской литературы XVIII века: Учеб. для ун-тов*. Москва: Издательство Высшая школа, 1991.

Орлов, А. С., Пропп В. Я. *Героическая тема в русском фольклоре*/ Сост. и отв. редактор О. А. Платонов. Москва: Институт русской цивилизации, 2015.

Отрадин, М. В. *"А. Н. Апухтин"*. См.: А. Н. Апухтин. *Полное собрание стихотворений*. Ленинград: Издательство Советский писатель, 1991.

Павлова, Каролина. *Полное собрание стихотворений* (Библиотека поэта; Большая серия). Ленинград: Издательство Советский писатель, 1991.

Панченко, А. М., Адрианова-Перетц, В. ред. *Русская силлабическая поэзия XVII—XVIII вв* (Библиотека поэта. Большая серия), Ленинград: Издательство Советский писатель, 1970.

Пильщиков, И. А. *Батюшков и литература Италии: Филологические разыскания* / Под ред. М. И. Шапира. Москва: Языки слав. культуры, 2003.

Полежаев, А. И. *Стихотворения и поэмы* (Библиотека поэта. Малая серия). Ленинград: Издательство Советский писатель, 1956.

Полоцкий, Симеон. *Вертоград многоцветный*. Vol.1. Wien: Böhlau, 1996.

Пропп, В. Я. *Русский героический эпос*, Москва: Издательство "Лабиринт", 1999.

Пропп, В. Я. *Исторические корни волшебной сказки*. Москва: Издательство "Лабиринт", 1998.

Прокофьев, Н. И. Сост. *Древняя русская литература. Хрестоматия*. Москва: Издательство Просвещене, 1980.

Пруцков, Н. И. гл. ред. *История русской литературы в четырех томах. Том первый. Древнерусская литература. Литература XVIII века*. Ленинград: Издательство Наука, Ленинградское отделение, 1980.

Пруцков, Н. И. гл. ред. *История русской литературы в четырех томах. Том 2*, Ленинград: Издательство Наука, Ленинградское отделение, 1981.

Пруцков, Н. И. гл. ред. *История русской литературы в четырех томах. Том 3*, Ленинград: Издательство Наука, Ленинградское отделение, 1982.

Пруцков, Н. И. гл. ред. *История русской литературы в четырех томах. Том 4*, Ленинград: Издательство Наука, Ленинградское отделение, 1983.

Путилов, Б. Н. сост. *Былины* (Библиотека поэта; Большая серия), Ленинград: Издательство Советский писатель, 1986.

Путилов, В. Н. сост. *Русская народная поэзия. Эпическая поэзия*,

Ленинград: Издательство Художественная литература, 1984.

Пушкин, А. С. *Собрание сочинений в десяти томах*, Москва-Ленинград: Государственное издательство художественной литературы, 1959—1962.

Пушкин, А. С. *Полное собрание сочинений*. Том 11. Москва: Издательство АН СССР, 1949.

Пушкин, А. С. *Полное собрание сочинений*. Том 12. Москва: Издательство АН СССР, 1949.

Радищев, А. Н. *Сочинения*. Москва-Ленинград: Государственное издательство художественной литературы, 1988.

Радищев, А. Н. *Полное собрание сочинений в трех томах*. Том 1. Москва: Издательство Академии Наук СССР, 1938.

Радищев, А. Н. *Полное собрание сочинений в трех томах*, Том 3. Москва: Издательство Академии Наук СССР, 1954.

Решетова, А. А. "Яков Полонский на Рязанской земле", *Известия УрФУ. Серия 2. Гуманитарные науки*. 2016. Т. 18. № 2(151).

Рылеев, К. Ф. *Думы* (Серия "Литературные памятники"), Москва: Издательство Наука, 1975.

Рылеев, К. Ф. *Полное собрание стихотворений* (Библиотека поэта. Большая серия), Ленинград: Издательство Советский писатель, 1971.

Сакулин, П. М. *Русская литература. Социолого-синтетический обзор литературных стилей*, В 4-х частях. Ч. 1. Русская старина, Москва: Издательство Работник Просвещения, 1928.

Салтыков-Щедрин. *Собрание сочинений в двадцати томах*. Том 5. Критика и публицистика 1856—1864. Москва: Издательство Художественная литература, 1966.

Сиповский, В. В. ред. *Русские повести XVII—XVIII*. СПб.: Издание А. С. Суврина, 1905.

Смолянов, И. Д. *Великий писатель-революционер Александр Николаевич Радищев. К 200-летию со дня рождения*. Псков: Псковиздат, 1949.

Сперанский, М. Н. *Русская устная словесность: Пособие к лекциям на Высших женских курсах в Москве*, Москва: Типо-лит. т-ва И. Н.

Кушнерев и Ко, 1917.

Сперанский, М. Н. *История древней русской литературы*, Москва: Юрайт, 2018.

Стендер-Петерсен, А. И. "О так называемом Девгениевом деянии", *Scando-Slavica*. Т. I, 1954, с.87—97.

Сурков, А. А. ред. *Краткая литературная энциклопедия*. Т. 6. Москва: Сов. энцикл., 1971.

Сумароков, А. П. *Избранные произведения*. Ленинград: Издательство Советский писатель, 1957.

Сумароков, А. П. *Полное собрание всех сочинений в стиках и прозе Александра Петровича Сумарокова*. ч. I. Москва: В университетской типографии у Новикова, 1781.

Тахо-Годи, Е. А. ред. и сост. *Русская литература и философия: пути взаимодействия*, Москва: Аîaîëáé, 2018.

Толстой, А. К. *Колокольчики мои ...*, Москва: Издательство Молодая Гвардия, 1978.

Толстой, А. К. *Собрание сочинений в четырех томах*. Том I. Москва: Издательство Правда, 1969.

Толстой, А. К. *Собрание сочинений в четырех томах*, Том 1. Стихотворения, Москва: Художественная литература, 1964.

Томашевский, Б. В. *Стилистика и стихосложение*. Ленинград: Учпедгиз, 1959.

Тредиаковский, В. К. "Краткое описание жизни и ученых трудов сочинителя сия трагедии". См.: В. К. Тредиаковский. *Деидамия*. Москва, 1775.

Тредиаковский, В. К. *Избранные произведения*. Ленинград: Издательство Советский писатель, 1963.

Тургенев, И. С. *Полное собрание сочинений и писем в тридцати томах*, Москва: Издательство Наука, 1981.

Тютчев, Ф. И. *Полное собрание стихотворений*, Ленинград: Издательство Советский писатель, 1987.

Тютчев, Ф. И. *Лирика*, Москва: Издательство Наука, 1965.

Тредиаковский, В. К. *Избранные произведения*. Ленинград: Издательство Советский писатель, 1963.

Тургенев, И. С. *Полное собрание сочинений и писем в тридцати томах*. Москва: Издательство Наука, 1978.

Холшевников, В. Е. *Основы стиховедения: Русское стихосложение*, Москва: Издательский центр Академия, 2002.

Удодов, Б. Т. *М. Ю. Лермонтов. Художественная индивидуальность и творческие процессы*. Воронеж: Издательство Воронежского университета, 1973.

Фет, Афанасий Афанасьевич. *Полное собрание стихотворений*. Ленинград: Издательство Советский писатель, 1959.

Фет, А. А. *Собрание сочинений и писем В 20 т.* Т. 1. СПб.: Издательство Наука, 2002.

Фет, А. А. *Собрание сочинений и писем В 20 т.* Т. 3. СПб.: Издательство Наука, 2007.

Фридлянд, В. "Поэт сердечной и гражданской тревоги", См.: Я. П. Полонский. *Стихотворения и поэмы*. Москва: Издательство Правда, 1986.

Чекурин, Л. В. ред. *Яков Петрович Полонский: личность и творчество в русской культуре*, Рязань: ПервопечатникЪ, 2014.

Чистова, К., Чистова, Б. сост. *Русская народная поэзия. Обрядовая поэзия (Сборник)* Москва: Издательство Художественная литература, 1984.

Чулков, М. Д. сост. *Собрание разных песен*. Часть I/Издатель М. Д. Чулков, СПб., 1770.

Юрьева, О. Ю. *Русская литература XIX века*, Иркутск: Издательство ГОУ ВПО Восточно Сибирская государственная академия образования, 2010.

Шайтанов, И. "Константин Николаевич Батюшков", См.: К. Н. Батюшков. *Стихотворения*. Москва: Издательство Художественная литература, 1988.

Шелемова, А. О. *История древней русской литературы*, Москва: Издательство Флинта, 2015.

Щеголев, П. Е. "Владимир Раевский и его время: Биографический очерк", *Вестник Европы*, 1903, No 6, с.509—561.

Щербина, В. Р. Ред. *Литературное наследство*. Том 97: *Федор*

Иванович Тютчев. Кн. 1, Москва: Издательство Наука, 1988.

Яковлев, В. В. "П. И. Чайковский и А. Н. Апухтин". См.: *П. И. Чайковский и русская литература*. Ижевск, 1980.

Якубович, П. Ф. *Стихотворения*. Ленинград: Советский писатель, 1960.

Ямпольский, И. Г. "А. К. Толстой". См.: Алексей Константинович Толстой. *Собрание сочинений в четырех томах*, Том 1. *Стихотворения*, Москва: Издательство Художественная литература, 1964.

索　引

后　记

在度过 2024 年的夏天的罕见的炎热,迎来久违的清凉的时候,收到了上海人民出版社寄来的《古罗斯与近代俄国诗歌发展史》的校样,顿时感到一阵舒畅:数年的研究终将告一段落了。

我对俄罗斯诗歌翻译与研究的兴趣,始于 20 世纪 80 年代。除了一些发表在杂志和收录在文集的零星的俄语译诗,我最早翻译出版的俄罗斯诗歌作品是 1988 年由浙江文艺出版社出版的诺贝尔奖获奖诗人帕斯捷尔纳克的诗集。但是,我系统翻译、研究俄罗斯诗歌是在 1993 至 1994 年,我在俄罗斯圣彼得堡大学访学期间。在此期间,我完成了《世界诗库·俄罗斯东欧卷》的选编和部分翻译工作。此书由花城出版社于 1994 年出版。正是我在上个世纪八九十年代对俄罗斯诗歌系统的翻译和研究,为这部《古罗斯与近代俄国诗歌发展史》的撰写打下了扎实的基础。如今,经过多年的努力,拙著即将面世,在此做些琐碎的必要说明。

首先需要说明的是拙著的名称。拙著是 2021 年立项的国家社科基金后期资助重点项目"俄罗斯古代诗歌发展史"的最终成果。本来,鉴于我国学界有关中国古代文学、现代文学、当代文学的理念,以及我国政府主管部门的相关二级学科的划分(中国古代文学史所涉及的是从上古一直到 1919 年五四运动的中华民族文学发展的历史;中国现代文学史所涉及的是五四运动至 1949 年的文学;而中国当代文学史所涉及的则是 1949 年新中国成立之后的文学),拟将拙著定名为与项目名称相同的《俄罗斯古代诗歌发展史》。而且,以后继续撰写《俄罗斯现代诗歌发展史》和《俄罗斯当代诗歌发展史》,也是我心中的意愿。但是,考虑再三,为避免争议,在综合专家建议的基础上,最终确定将拙著定名为《古罗斯与近代俄国诗歌发展史》,所涉及的内容从俄罗斯诗歌的渊源直至现代主义诗歌运动开始之前的十九世纪八十年代。其实,书名中的"俄国",也可以用"俄罗斯"表示,但是,为了避免文字重复,所以用了"俄国"。在书中,也时常出现"俄国诗歌"与"俄罗斯诗歌"这两种名称。鉴于"俄国"可以是"俄罗斯帝国"的简称,因此,"俄国诗歌"和

"俄罗斯诗歌"可以共同存在,两者在很多情况下是可以通用的,但两者也有明显的区别。"俄国诗歌"的内涵要小于"俄罗斯诗歌",因为"俄罗斯诗歌"包括俄罗斯帝国之前的古罗斯诗歌,也包括"俄罗斯帝国"时期的诗歌,还包括苏联时期的俄罗斯民族的诗歌,以及苏联解体之后的俄罗斯联邦的诗歌。而"俄国诗歌"则是指古罗斯之后直至苏联成立之前的诗歌。

其次需要说明的是书中出现的外文名称的格式问题。鉴于出版机构的规定,以及我国读者的阅读习惯,书中著作名以及篇名之后所附的外文原文,既没有使用俄文原有格式,也没有采用欧美多数英文著作所使用的MLA格式,而是按相关出版规定,不分著作、篇名或析出文献,全都以斜体编排。

再者,凡是书中译自外文原著而未标注译者姓名的译诗,均为笔者所译,为避免重复而省略译者之名。

最后,衷心感谢在"俄罗斯古代诗歌发展史"项目立项以及结项过程中给予热情支持并充分肯定的多位评审专家,你们的肯定是拙著得以顺利完稿的信心保障;衷心感谢《古罗斯与近代俄国诗歌发展史》的责任编辑金铃老师,您的细致而精到的付出是拙著得以顺利面世的质量保障。

吴　笛

2024 年 9 月 28 日

图书在版编目(CIP)数据

古罗斯与近代俄国诗歌发展史 / 吴笛著. -- 上海 ：
上海人民出版社, 2024. -- ISBN 978-7-208-19128-0

Ⅰ. I512.072

中国国家版本馆 CIP 数据核字第 2024L80P40 号

责任编辑 金　铃
封面设计 夏　芳

古罗斯与近代俄国诗歌发展史

吴　笛 著

出　　版	上海人民出版社	
	(201101　上海市闵行区号景路 159 弄 C 座)	
发　　行	上海人民出版社发行中心	
印　　刷	上海商务联西印刷有限公司	
开　　本	720×1000　1/16	
印　　张	31.5	
插　　页	4	
字　　数	540,000	
版　　次	2024 年 11 月第 1 版	
印　　次	2024 年 11 月第 1 次印刷	
ISBN 978 - 7 - 208 - 19128 - 0/I·2174		
定　　价	138.00 元